STELLA TACK

NIGHT OF CROWNS

KÄMPF UM DEIN HERZ

STELLA TACK

NIGHT OF CROWNS

KÄMPF UM DEIN HERZ

Band 2

Ravensburger

MIX
Papier aus verantwortungsvollen Quellen
FSC® C111262
FSC www.fsc.org

3 5 7 6 4

Originalausgabe

Dieses Buch wurde vermittelt von der
Literaturagentur erzähl:perspektive, München
(www.erzaehlperspektive.de).

Covergestaltung: Marie Graßhoff (www.marie-grasshoff.de)
unter Verwendung von Fotos von shutterstock: Alex_Po, Jenov Jenovallen,
Burhanuddin, CARACOLLA, OLaLa Merkel, Lithian, Daria_Cherry,
GoMixer, K N, CHAKRart und Gearstd.

Notizzettel auf S. 7–17: Colourbox.de

Lektorat: Sarah Heidelberger (www.sarah-heidelberger.de)

Printed in Germany

ISBN 978-3-473-58569-4

www.ravensburger.de

FÜR ALLE,

DIE MIT TRÄNEN IN DEN AUGEN MUTIG SIND.

Alices Notizen

SPIELFIGUREN-ÜBERSICHT

32 SPIELFIGUREN INSGESAMT

16 SCHWARZE

1 KÖNIG – 1 KÖNIGIN – 2 LÄUFER – 2 TÜRME – 2 SPRINGER – 8 BAUERN

16 WEISSE

1 KÖNIG – 1 KÖNIGIN – 2 LÄUFER – 2 TÜRME – 2 SPRINGER – 8 BAUERN

33. SPIELFIGUR

SLAVE MÖGLICH – UNGEKLÄRT

AUS DEM SPIELERHANDBUCH, S. 4

GEFALLENE SPIELER

SCHWARZ	WEISS
† Keith – Läufer	† Nixon – Turm
† Page – Springer	† Lark – Bauer
† Amber – Turm	† Hazel – Bauer
† Cloud – Bauer	† Unbekannt – Bauer

KÖNIGIN

MERKMALE UND FÄHIGKEITEN

DIE KÖNIGIN (DAME) IST NEBEN DEM KÖNIG DIE STÄRKSTE SPIELFIGUR. IHRE REFLEXE SIND STARK AUSGEPRÄGT. SIE KANN SOWOHL BEWUSSTSEINSBEEINTRÄCHTIGENDES GIFT ALS AUCH IHR EIGENES GEGENGIFT PRODUZIEREN. IHR GIFT KANN ZU FIEBER, SCHÜTTELFROST, HALLUZINATIONEN ODER BEI HOHER DOSIS ZUM TOD FÜHREN.

AUS DEM SPIELER-HANDBUCH, S. 16, SPIELFIGUREN UND IHRE FÄHIGKEITEN IM ÜBERBLICK

ISOLDES SCHOKOKUCHEN

Zutaten:

6 EL Mehl
3 EL Kakaopulver
¼ TL Backpulver
2 EL Zucker
1 Prise Salz
6 EL Milch
3 EL neutrales Speiseöl
1 EL Nuss-Nougat-Creme

Zubereitung:

Mehl mit Kakaopulver, Backpulver, Zucker und Salz in die Tasse geben. Kurz vermischen. Milch, Öl und Nuss-Nougat-Creme hinzugeben. Tasse für 2,5 Minuten bei ca. 600 Watt in die Mikrowelle stellen. Warm genießen.

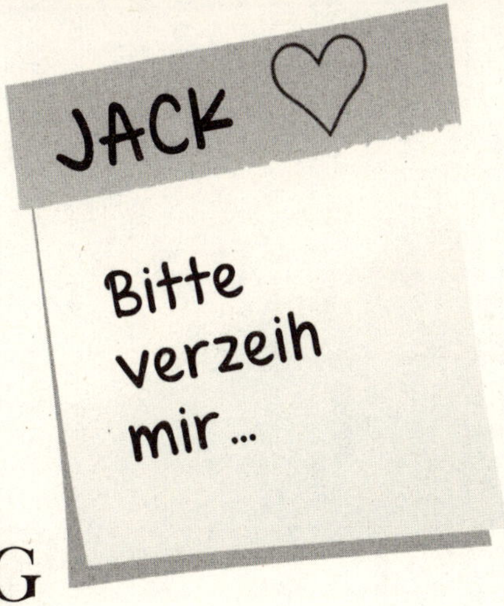

KÖNIG

MERKMALE UND FÄHIGKEITEN

SCHWARZER KÖNIG: DER SCHWARZE KÖNIG KANN FLÜCHE AUSSPRECHEN. DIESE FÄHIGKEIT GILT ALS AUSSERORDENTLICH GEFÄHRLICH UND UNKONTROLLIERBAR. ZUDEM BESITZT ER LEICHTE MAGIEFÄHIGKEITEN, DIE ILLUSIONEN SCHAFFEN KÖNNEN.

WEISSER KÖNIG: DER WEISSE KÖNIG KANN WAHRNEHMUNGEN UND GEDANKEN MANIPULIEREN. ZUDEM BESITZT ER LEICHTE MAGIEFÄHIGKEITEN, DIE ILLUSIONEN SCHAFFEN KÖNNEN.

EIN KÖNIG KANN NUR DURCH EINEN DIREKTEN STICH INS HERZ ODER EINE STARKE VERLETZUNG DES HERZENS AUS DEM SPIEL GENOMMEN WERDEN. ERST WENN DAS HERZ EINES KÖNIGS ZU SCHLAGEN AUFHÖRT, GILT ER ALS SCHACHMATT GESETZT UND DAS SPIEL DAMIT ALS BEENDET.

AUS DEM SPIELERHANDBUCH, S. 17,
SPIELFIGUREN UND IHRE FÄHIGKEITEN IM ÜBERBLICK

BAUERN

MERKMALE UND FÄHIGKEITEN

BAUERN BESITZEN NUR LEICHTE KRÄFTE. MITUNTER KÖNNEN SIE BESSER SEHEN, RIECHEN, HÖREN ODER SICH SCHNELLER BEWEGEN, GEDANKEN LESEN, LEVITIEREN, UNSICHTBAR WERDEN, SIND KÖRPERLICH STÄRKER ODER VERFÜGEN ÜBER AUSGEPRÄGTE SELBSTHEILUNGSKRÄFTE ETC.

AUS DEM SPIELERHANDBUCH, S. 12,
SPIELFIGUREN UND IHRE FÄHIGKEITEN IM ÜBERBLICK

Grave: Selbstheilung
Lark: Unsichtbar
Flora: Lügen erkennen
Sol: Lügen einflüstern

... muss herausfinden, was die anderen Spieler können ...

LÄUFER

MERKMALE UND FÄHIGKEITEN

LÄUFER SIND MIT ELITESOLDATEN VERGLEICHBAR. SIE SIND KÖRPERLICH STARK, SCHNELL, BEINAHE LAUTLOS UND (MITUNTER) DIE AKTIVSTEN KÄMPFER IM SPIEL.

AUS DEM SPIELERHANDBUCH, S. 14,
SPIELFIGUREN UND IHRE FÄHIGKEITEN IM ÜBERBLICK

SPRINGER

MERKMALE UND FÄHIGKEITEN

SPRINGER KÖNNEN AUSGESPROCHEN HOCH SPRINGEN UND AGIEREN AUCH MEIST AUS DER HÖHE HERAUS. IHRE ZIELGENAUIGKEIT, NACHTSICHT, RUHE UND KONZENTRATION SIND STARK AUSGEPRÄGT. SIE ÜBERWACHEN DAS SPIELFELD UND GREIFEN AUS DEM HINTERHALT AN. SPRINGER AGIEREN IM ZWEIERTEAM.

AUS DEM SPIELERHANDBUCH, S. 13,
SPIELFIGUREN UND IHRE FÄHIGKEITEN IM ÜBERBLICK

St. Burrington:
Hawkins

Chesterfield:
Ebony & Ivory
(Hitachi-Zwillinge)

Hat Ebony eigentlich
jemals gesprochen?

TÜRME

Bisher unbekannter Spieler:

DAGGER
(weißer Rabe)

MERKMALE UND FÄHIGKEITEN

TÜRME HABEN EINEN STARK AUSGEPRÄGTEN SEH-,
HÖR- UND GERUCHSSINN UND BENÖTIGEN WENIG SCHLAF.
SIE KÖNNEN ZUDEM IHRE GESTALT WECHSELN.

AUS DEM SPIELERHANDBUCH, S. 15,
SPIELFIGUREN UND IHRE FÄHIGKEITEN IM ÜBERBLICK

Der Sklave wählt die Farbe.
Der Sklave wählt die Figur.
Die Entscheidung beendet das Spiel.

SLAVE

MERKMALE UND FÄHIGKEITEN

GERÜCHTEN ZUFOLGE IST DER SLAVE VARIABEL EINSETZBAR. ER KANN JEDE BELIEBIGE GEFALLENE FIGUR – EGAL AUF WELCHER SEITE – ERSETZEN. ZUDEM KURSIERT DAS GERÜCHT, ER KÖNNE GEFALLENE SPIELFIGUREN ZURÜCKBRINGEN. ALTERNATIV HEISST ES, DER SLAVE EXISTIERE, UM EINEM DER KÖNIGE ZU DIENEN. EINE WEITERE THESE LAUTET, ER SEI ESSENZIELL, UM DEN FLUCH ZU BRECHEN, WOBEI HIERZU KEINERLEI GENAUE INFORMATIONEN VORLIEGEN.

KEINES DER GERÜCHTE KONNTE BISHER BEWIESEN ODER WIDERLEGT WERDEN. SOLLTE DER SLAVE EIN ERKENNUNGSZEICHEN BESITZEN, IST ES BISLANG UNBEKANNT.

EINZIGE ERWÄHNUNG SIEHE S. 30, ABSCHNITT F.

AUS DEM SPIELERHANDBUCH, S. 18,
SPIELFIGUREN UND IHRE FÄHIGKEITEN IM ÜBERBLICK

CHESTERFIELD ST. BURRINGTON

Spielregeln im Überblick

DAS SPIEL BEGINNT, SOBALD BEIDE KÖNIGE
DAS 18. LEBENSJAHR VOLLENDET UND ALLE 16 SPIELFIGUREN
BEIDER SEITEN DAS SPIELFELD BETRETEN HABEN.

WÄHREND DES SPIELS KANN KEINER
DER SPIELER DAS SPIELFELD VERLASSEN.

AUS DEM SPIELERHANDBUCH, S. 23

Spiel um
dein
Schicksal

JEDE SPIELSEITE HAT ABWECHSELND 24 STUNDEN ZEIT, UM EINEN ODER MEHRERE SPIELZÜGE AUSZUFÜHREN.

DIE SPIELZÜGE SIND NACH ANWEISUNGEN DES JEWEILIGEN KÖNIGS DURCHZUFÜHREN. ANWEISUNGEN DES KÖNIGS SIND IN JEDEM FALL ZU BEFOLGEN.

AUS DEM SPIELERHANDBUCH, S. 48

UM EINE FIGUR AUS DEM SPIEL ZU NEHMEN, MUSS DER BETREFFENDE VON EINER GEGNERISCHEN FIGUR VERLETZT WERDEN, SODASS SEIN BLUT AUF DAS SPIELFELD FÄLLT. DER VERLETZTE SPIELER VERSTEINERT DARAUFHIN.

DIE DAUER DES SPIELS IST NICHT FESTGELEGT. WEIGERN SICH DIE KÖNIGE JEDOCH, DAS SPIEL ZU SPIELEN, ODER PAUSIEREN SIE ABSICHTLICH, SORGT DER FLUCH DAFÜR, DASS WEITERGESPIELT WIRD. MÖGLICHE FOLGEN FÜR DIE KÖNIGE SIND SCHLAFSTÖRUNGEN, SCHMERZEN, WAHNSINN, HALLUZINATIONEN, WUTAUSBRÜCHE, KRANKHEIT ETC.

NUR DER KÖNIG KANN AUCH SPIELER AUS SEINEN EIGENEN REIHEN OPFERN.

AUS DEM SPIELERHANDBUCH, S.77

WIRD EIN KÖNIG STARK VERLETZT, GILT ER ALS SCHACH GESETZT

UND DAS SPIEL PAUSIERT, BIS ER SICH WIEDER ERHOLT HAT.

IN DER SCHACHPHASE VERLIEREN ALLE SPIELER IHRE KRÄFTE.

DAS SPIEL ENDET, SOBALD DAS HERZ EINES KÖNIGS

ZU SCHLAGEN AUFHÖRT.

AUS DEM SPIELERHANDBUCH, S. 213

Kämpf um dein Herz

Kapitel 1

»Alice«, hörte ich Jackson auf der anderen Seite der Mauer rufen. »Komm zurück!«

Ich hielt mir die Ohren zu und rannte los.

»Bitte!«

Ich rannte schneller, und obwohl Tränen meine Sicht verschleierten, hielt ich nicht an. Kein einziges Mal.

Schluchzend folgte ich dem schmalen Trampelpfad. Die Sonne brannte so heiß auf mich herunter, dass die herablaufenden Tränen beinahe sofort wieder trockneten, ehe neue die vorgezogenen Spuren nachzeichnen konnten. Zweige peitschten mir ins Gesicht. Ich trat auf spitze Steine und Äste. Wahrscheinlich blutete ich längst, doch ich konnte nicht stehen bleiben oder langsamer werden. Neben mir verlief die verfluchte rote Mauer, hinter der Jackson mich verfolgte. Ich spürte ihn tief in meinen Knochen, hörte ihn voller Verzweiflung nach mir schreien.

Ruckartig verließ ich den Pfad und bog scharf nach links ab. Vor mir tat sich ein abschüssiger Hang auf. Er war steil, doch ich nahm ihn trotzdem, ich musste weg von dieser Mauer.

Weg von Jackson.

Alice, lass uns nicht im Stich!

Ich hörte seine Stimme wie ein verzweifeltes Tier in meinem

Kopf brüllen und stolperte. Mit wackligen Knien stützte ich mich an einem Ast ab. Ich sah nicht zurück, doch ich murmelte: »Ich komme zurück. Versprochen!«

Alice! Bitte!

Ich rannte weiter. Erde und Tannennadeln stachen mir in die ohnehin schon aufgerissenen nackten Füße. Der Hang rutschte unter mir weg. Hektisch hielt ich mich an einem tief hängenden Ast fest. Der Weg war so steil, dass ich beinahe vertikal heruntersteigen musste. Ein falscher Schritt, und ich würde mir das Genick brechen. Vor Anstrengung rasselte mir der Atem in der Lunge. Ich stieg über eine spitzkantige Felsformation und sah tief unter mir, wie sich die dicht stehenden Bäume lichteten und der Hang auf eine Straße hinauslief. Eine gepflasterte Schnellstraße, die hoffentlich direkt nach Foxcroft führte.

»Gott sei Dank.« Zittrig packte ich einen weiteren Ast, setzte den Fuß ab und spürte im selben Augenblick, wie ich ins Rutschen geriet. »Fuck!«

Ich packte den Ast fester und hörte es knacken, als das Holz zwischen meinen Fingern nachgab. Der Schwung riss mich von den Füßen. Ich ruderte mit den Armen, versuchte, mich aufzufangen, stürzte und krallte meine Finger in den Boden. Die Schwerkraft lachte nur und versetzte mir einen Stoß. Ich kniff die Augen zusammen, als ich ungebremst stürzte. Die Welt drehte sich um mich herum, ich überschlug mich immer und immer wieder, spürte dabei, wie sich Steine in meine Haut gruben. Ein heftiger Schlag auf meine Schläfe kostete mich beinahe das Bewusstsein. Ich würgte, und im nächsten Augenblick kam ich hart auf der Straße auf. Schmerz! Da war überall Schmerz.

»Aua!«

Ich blinzelte Erde aus meinen Augen. Sie brannten. Trotzdem sah ich blauen Himmel über mir. Immer noch schien die Sonne heiß auf mich herab. Die Zikaden schrillten laut. Auf dem Spielfeld war es viel stiller gewesen. Als hätten sich selbst die Insekten davon ferngehalten.

Ich war mir nicht sicher, wie lange ich auf dem heißen Teer lag und mich einfach nur bemühte, nicht ohnmächtig zu werden. Ich schluckte das Gefühl herunter, mich erbrechen zu müssen. Es war ohnehin nichts in meinem Magen. Irgendwann legte sich der Schwindel zumindest so weit, dass ich mich traute, mich aufzusetzen und vorsichtig umzusehen. Ich lag im Graben der Schnellstraße. Als ich aufsah, ragte der Abhang des Walds, hinter dem sich das Spielfeld befand, wie ein unheilvoller Schlund vor mir auf.

Der Wald wirkte düster und warf so lange Schatten, dass ich die wuselnden Bewegungen erst bemerkte, als mir bereits lange, zitternde Spinnenbeine über die Haut huschten.

Ich zuckte zusammen und schlug den Fluchweber blitzschnell von mir ab. Er hinterließ eine schmierige, schwarze Spur auf meiner Haut. Vielleicht war es Blut, vielleicht auch etwas anderes. Um es genauer zu untersuchen, blieb mir keine Zeit, denn ich sah aus dem Augenwinkel, wie sie aus den tiefen Schatten auf mich zukamen. Nicht nur einer, sondern Hunderte Fluchweber. Sie kullerten praktisch zu mir herab, begleitet von einem wütenden, klackenden Zirpen, bei dessen Klang sich mir ruckartig die Nackenhaare aufstellten. Es kam mir vor, als würde die gesamte Erde vor mir in Bewegung geraten. Die Fluchweber schälten sich aus dem Schatten, ließen sich von den Bäumen fallen oder krabbelten direkt aus der

Erde, als würde das Dunkel sich selbst ausspucken. Die Geräusche, die sie dabei verursachten …

Eiskaltes Adrenalin flutete meine Venen, und obwohl ich kaum noch Kraft hatte, quälte ich mich auf die zitternden Füße. Mein Atem kam gepresst aus meiner Lunge. Alles schmerzte. Vielleicht schluchzte ich auch, doch ich verbot mir, hier und jetzt zusammenzubrechen.

Bebend humpelte ich auf die Straße hinaus. Das klickende, zirpende Geräusch der Fluchweber kam immer näher, und ich spürte, wie mir bereits die ersten wütenden Exemplare den Rücken hinaufkrabbelten.

Schnaufend wischte ich mir einen von der Wange, als ein röhrendes Geräusch die Luft durchtrennte. Wie ein Fluchttier hob ich ruckartig den Kopf und sah ein Auto auf mich zukommen. Ein echtes Auto … mit einem normalen Menschen darin.

»An…anhalten! Halt! Bitte anhalten!«, brüllte ich, so laut ich konnte, und winkte mit beiden Armen.

Das Auto – ein silberner Volvo – fuhr einfach unbeirrt weiter.

»Nein, nein, bitte nicht! Bitte stehen bleiben!«, rief ich und sprang auf die Straße.

Zugegebenermaßen gab es schlauere Dinge. Doch ich stand unter Adrenalin, hatte Schmerzen, und hinter mir nahte eine ganze Flutwelle an Fluchwebern. Als ich mitten auf der Fahrbahn verzweifelt mit den Armen wedelte, passierte es.

Das Gefühl war so ähnlich, als würde sich meine Seele kurz ausklinken und von oben auf das Spektakel herabsehen. Ich sah das Auto auf mich zukommen. Hörte das Quietschen der Reifen, als der Fahrer viel zu spät bremste, und beobachtete, wie mein weicher

Körper gegen die harte Karosserie knallte. Meine Rippen brachen mit einem lauten Knacks, der durch meinen gesamten Körper hallte. Der Schock holte mich zurück in meinen Körper. Wie ein Gummiband schnalzte meine Seele zurück, und ich spürte, wie die Wucht des Aufpralls mich packte und über das Auto schleuderte. Eine Rippe musste sich in meine Lunge gebohrt haben, denn ich bekam schlagartig keine Luft mehr, während sich die Welt um mich drehte. Mein Schädel knallte gegen die Scheibe. Das Quietschen der Bremsen und der Geruch nach verbannten Reifen reizte meine Sinne. Glas splitterte. Ich rollte über das Dach und krachte auf dem heißen Asphalt zu Boden.

Ich hörte jemanden schreien, während ich mich umdrehte und Blut über die Straße spuckte. Rot. Die Welt wurde langsam in dunkles Blutrot getaucht. Dann wurde es dunkel.

Im nächsten Augenblick war da nur noch Schwärze.

KAPITEL 2

Das Nächste, was ich mitbekam, war ein unangenehm punktuelles Licht.

Ruckartig zogen sich meine Pupillen zusammen, und ein scharfer Schmerz jagte mir durch den Schädel.

»Aua!« Ich zuckte zurück.

»Pupillenreflexe normal, Puls ebenso. Ihr könnt euch beruhigen, Jungs. Ich übernehme ab hier«, flötete eine Stimme.

Das Licht verschwand aus meinen Augen. Ich blinzelte und starrte auf eine etwas verschwommene gelbliche Decke, die aussah, als hätte jemand meine Welt in Sepiafarben getaucht. Ich schluckte, obwohl sich meine Zunge grauenvoll pelzig anfühlte.

»Oh, du bist wach. Kannst du mir deinen Namen sagen?«

Ein Schemen schob sich heran und beugte sich über mich. Das grelle Licht über uns flackerte. Einmal, zweimal.

Eine Krankenschwester lächelte mich an. Sie trug einen etwas altbackenen rosa Kittel, und ihre blonden Haare sahen aus, als hätte sie die Frisur in den Siebzigern machen lassen.

»Mädchen? Kannst du mich hören?«, wiederholte sie und lächelte breit. Ihre Stimme klang verzerrt in meinen Ohren, als würde sie einen winzigen Tick zu langsam sprechen.

Ich starrte sie an. Sie erinnerte mich an eine Barbie, was eventuell auch an der Reihe unglaublich gerader Zähne lag, die strahlend weiß in ihrem Mund aufblitzten.

Ich zwang meine pelzige Zunge loszustolpern. »Alice … Ich bin Alice Salt.«

»Weißt du, was mit dir passiert ist, Alice?«

»Ich wurde angefahren?«

»Sehr gut«, zwitscherte sie, als hätte ich gerade bei *Der Preis ist heiß* die Gewinnerfrage beantwortet, und tätschelte mir tatsächlich die Wange. Ihre Finger waren unangenehm kalt.

»Wo … wo bin ich?«, fragte ich krächzend, während ich mich mit hektisch klopfendem Herzen umsah. Das Licht musste defekt sein, denn es flackerte immer weiter. Eigentlich litt ich nicht unter Klaustrophobie, doch die schmutzig grünweißen Wände des Raums wirkten, als würden sie immer enger rücken. Mein Atem ging schwer.

»Du bist im Foxcroft Memorial«, erklärte mir die Krankenschwester freundlich. »Du befindest dich hier in guten Händen. Die Sanitäter haben dich in meine Obhut gegeben. Dann wollen wir dich doch gleich mal dem netten Herrn Doktor zeigen, ja?«

»Ne…«, setzte ich an, doch da rollte sie mich auf der Liege, auf die mich die Sanitäter gewuchtet haben mussten, bereits durch eine Tür.

Weiße Gänge hüllten uns ein. Die Schritte der Schwester hallten auf dem Boden wider.

Klack.

Klack.

Klack.

Meine Nackenmuskeln spannten sich an, als ich versuchte, mich aufzusetzen.

»Na, na, na, bleib lieber liegen, Liebes.« Sie drückte mich mit erstaunlicher Kraft wieder zurück auf die Liege.

»Nein, bitte, lassen Sie mich raus. Es geht mir gut. Es ist nicht so schlimm«, murmelte ich und versuchte erneut, mich aufzusetzen.

Doch entweder waren meine Verletzungen schwerer als gedacht, oder sie hatten mir ein Mittel gespritzt, denn ich schaffte es gerade einmal, den Kopf zu heben, bevor mich ein heftiger Brechreiz erfasste. Ich würgte trocken. Die Schwester blickte mit ihrem gruseligen Plastikbarbielächeln auf mich herab.

»Na, na ... Es gibt keinen Grund, Angst zu haben, Kind«, versuchte sie mich zu beruhigen, während sich meine Finger panisch in die Liege krallten.

»Lassen Sie mich gehen!«, presste ich hervor.

Meine eingerissenen Fingernägel brannten schmerzhaft auf, doch ich ließ nicht los.

»Der Arzt sieht sich nur deine Verletzungen an, und ehe du dichs versiehst, bist du auch schon wieder zu Hause.«

Die Art, wie sie *zu Hause* sagte, ließ mich schaudern. Doch bevor die Panik mich endgültig überrollen konnte, schob die Schwester mich in ein Untersuchungszimmer.

Mein Blick huschte über den Raum hinweg. Doch es sah alles normal aus. Der sterile Geruch nach Desinfektionsmittel hing schwer in der Luft, und auf einem Rollhocker saß ein Arzt mittleren Alters, der gerade in einer Akte blätterte und dann lächelnd aufblickte. Sein Haar rangierte zwischen weiß und silbern und war akkurat aus dem Gesicht gekämmt. Seine Augen waren von einem hellen Blau.

»Guten Tag, wen haben wir denn hier?«, fragte er mit einer erstaunlich angenehmen Baritonstimme.

»Eine nervöse Patientin, Dr. Night«, sagte die Schwester amüsiert.

Dr. Night lächelte, sodass sich feine Fältchen um seine Augen legten. »Sieht nach einem harten Tag aus«, stellte er fest, als die Schwester mich vor ihm abstellte.

Ich schluckte und unterdrückte den Drang, mich panisch umzusehen. Es gab keinen Grund zur Panik. Ich war in einem Krankenhaus. Hier würden sich nette Menschen um mich kümmern. Trotzdem beruhigte sich mein Herzschlag nicht, und das Klingeln in meinen Ohren blieb hartnäckig.

»War es auch«, bestätigte ich leise, weil Dr. Night mich ansah, als erwartete er eine Antwort.

Dr. Night machte einen Schritt auf mich zu, und jeder Muskel in meinem Körper spannte sich ruckartig an. Ich zuckte so schnell vor ihm zurück, dass ich beinahe von der Liege plumpste.

Verdutzt hob er seine Hände. »Ich möchte dir nur aufhelfen.«

Seine Stimme war warm und weich wie Butter. Mein Puls schoss trotzdem weiter nach oben. Ich starrte die Liege an, danach Dr. Night und die Schwester, die sich an einem der Medizinschränke zu schaffen machte.

»Ich möchte es selbst versuchen«, teilte ich ihm mit.

Dr. Night nickte. »Dann setz dich bitte langsam auf.«

Doch schon beim ersten Versuch ließen meine Muskeln ruckartig nach, und ich sank mit kaltem Schweiß bedeckt zurück. In meinen Ohren summte es. Ich blinzelte zur Decke, die immer wieder leicht verschwamm.

Dr. Night tastete mich ab. »Tut das weh?«

»Etwas.« Seine Hände waren kühl, aber nicht unangenehm.

»Und hier?«

Ich schüttelte den Kopf.

»Hm-m …«, brummte der Arzt.

»Hm-m gut oder hm-m schlecht?«, fragte ich schwach.

»Hm-m …«, kam es wieder nur. »Also, auch wenn du sehr zerschlagen aussiehst, scheinen die meisten Verletzungen rein oberflächlich zu sein. Musstest du dich übergeben?«

Ich nickte.

»Eine Gehirnerschütterung ist damit nicht auszuschließen. Zudem hast du etliche Prellungen und Schürfwunden. Woher hast du all diese Verletzungen, Alice?«, erkundigte er sich, und seine Augen bohrten sich in meine. Obwohl seine Stimme freundlich klang und seine Augen gutmütig auf mich herabblickten, rann mir der Angstschweiß den Rücken herunter.

Das Foxcroft Memorial war nur etwa zwei Kilometer vom Wald entfernt. Viel zu nah am Spielfeld, hier saß ich dem Fluch praktisch vor der Nase. Ich musste weg. So schnell wie möglich.

»Ich wurde beim Wandern angefahren«, sagte ich ausweichend und sah, wie sich die Mundwinkel des Doktors nach unten zogen.

»Du bist beim Wandern angefahren worden? In Schuluniform und ohne Schuhe?«, bohrte er etwas ungläubig nach.

Ups.

»Offensichtlich bin ich nicht sehr gut im Wandern«, erwiderte ich trocken.

Wir starrten uns an. Dr. Night seufzte schließlich, wandte sich ab und notierte etwas auf seinem Klemmbrett.

»Wir werden dich röntgen und danach aufnehmen, Alice. Ich würde dich gern zur Beobachtung ein paar Nächte hierbehalten.«

»Nein, danke … ich … ähm …« Fieberhaft suchte ich nach einer Ausrede. »Ich habe keine Krankenversicherung«, wandte ich ein und hielt angespannt die Luft an.

Dr. Night nickte jedoch nur. »Keine Sorge, Foxcroft ist eine kleine Stadt, hier helfen wir einander. Deine Gesundheit geht vor.«

Was? Nein!

Er zwinkerte mir zu und stand auf, was die Rollen seines Stuhls gegen einen weißen Schreibtisch stoßen ließ. Das Geräusch war laut und hallend und irgendwie seltsam. Wenn ich blinzelte, fühlte es sich träge an. Als würde ich träumen. Als wäre ich nicht ganz da. Das ungute Gefühl in meinem Bauch wurde immer stärker, und probehalber kniff ich mich unauffällig. Der Schmerz jagte scharf und spitz durch meinen Arm, die Stelle rötete sich, doch ich wachte nicht auf. Ich war immer noch hier. Es roch weiter nach Desinfektionsmittel. Das Licht stach mir immer noch in den Augen.

Aber das surreale Gefühl blieb wie ein leichter Kopfschmerz in meinem Hinterkopf, der pochte wie ein zweiter Herzschlag. Irgendetwas stimmte hier nicht.

Als der Arzt die Tür hinter sich zumachte, schloss ich frustriert die Augen. Wie hatte meine Flucht nur so katastrophal anfangen können? Ich musste meine nächsten Schritte sorgfältiger überlegen. Wie konnte ich untertauchen, um … Ein Stich in meinem Arm ließ mich zusammenfahren. Er war nur kurz, doch das Gefühl, das daraufhin durch meine Adern spülte, war kalt wie Eis. Schockiert riss ich die Augen auf und starrte in das Gesicht der gruseligen Schwester. Mit einem seligen Lächeln sah sie auf mich herab.

»Entschuldige, hat das wehgetan?«, fragte sie und zog dabei die Spritze wieder aus meinem Arm.

Ich wollte zurückzucken, doch die Kälte fraß sich mit solcher Heftigkeit durch meinen Körper, dass es sogar schmerzhaft war, die Finger zu biegen.

»Was … haben Sie mir da gegeben?«, krächzte ich.

Die Pflegerin legte den Kopf schief. Die Bewegung wirkte etwas hölzern. »Nur ein leichtes Beruhigungsmittel, damit du uns nicht einfach so wieder verschwindest. Das wollen wir doch nicht, oder? Nein, das wollen wir nicht. Menschen könnten sich Sorgen um dich machen.«

»Sie können mir doch nicht gegen meinen Willen so ein Mittel spritzen«, stieß ich hervor, und da sah ich es wieder. Einen seltsamen Ausdruck in ihren Augen, kein Aufleuchten, sondern eher die absolute Abwesenheit von … allem. Von jeglichem Licht. Die Pupillen wirkten starr wie Knöpfe. Ihr puppenhaftes Gesicht strahlte im Neonlicht unnatürlich grell.

Die feinen Härchen in meinem Nacken stellten sich auf. Jedes einzelne.

Ein Schweißtropfen rann kitzelnd über meine Wirbelsäule, und das unruhige Gefühl in mir, dass hier etwas ganz und gar nicht stimmte, wurde zu einer ausgewachsenen Panik.

»Ich will gehen«, krächzte ich, doch gleichzeitig bemerkte ich, dass ich meine Finger nicht mehr bewegen konnte.

Mein Herz stolperte, es pochte, es rauschte. Das Summen in meinen Ohren hallte wie ein Glockenschlag in meinem Schädel wider.

Die Schwester sah mich mitleidig an. »Du bleibst, Alice«, sagte sie bestimmt, hob eine Hand und strich mir eine Haarsträhne aus der Stirn. Die Berührung fühlte sich seltsam an. Wie durch Watte. Ich fixierte die Frau vor mir und sah, wie sich das Spiel aus Licht und Schatten um ihre Gestalt sammelte, bis ihre Augen so tief in den Höhlen lagen, dass ich nur noch das feine Lächeln sah, das ihre Lippen auseinanderzog.

»Ich war nachlässig. Mein Fehler. Ich hatte in diesem Jahr mit vielem gerechnet, allerdings nicht mit dir. Das hat meine Pläne ganz schön durcheinandergebracht, aber keine Sorge … Ich kümmere mich um jede meiner Spielfiguren, und für dich werde ich auch einen Platz finden.«

»Lassen Sie mich raus hier, oder ich schreie«, flüsterte ich mit rauer Stimme. Meine Muskeln spannten sich an, während ich mir auf die Zunge biss, bis ich Blut schmeckte.

Mit jedem ihrer Worte wurde mir kälter und kälter. Als ich aushauchte, sah ich meinen eigenen Atem vor mir schweben.

»Wer sind Sie?«, fragte ich zitternd.

Sie lächelte. Ihre Mundwinkel dehnten sich weiter, als es menschenmöglich sein sollte. Die Haut spannte sich um ihre Knochen, und in ihre starren Pupillen schien Bewegung zu kommen. Verästelungen breiteten sich darin aus, bis es wirkte, als würde das Schwarz alles verschlucken.

»Sie sind keine Krankenschwester«, beantwortete ich meine Frage selbst.

»Nein, das bin ich wirklich nicht, Alice Salt. Genauso wenig, wie du ein normaler Mensch bist, oder?«, stimmte sie mir zu.

»Was wollen Sie von mir? Arbeiten Sie mit dem Fluch zusammen?«, fragte ich, kaum mehr fähig zu zittern.

»Pardon? Ich arbeite mit niemandem zusammen, Liebes. Ich bin eine Einzelkämpferin, genauso wie du.« Sie rückte ihr Häubchen zurecht.

Das Licht über ihr begann, hektisch zu flackern.

Hell.

Dunkel.

Hell.

Dunkel.

Ich musste raus hier! Doch ich konnte mich nicht bewegen.

»Wer … was sind Sie?«, japste ich nach Luft.

»Jetzt gerade?« Sie hob ihre Hand, wackelte mit den Fingern wie ein Marionettenspieler, der an seinen Fäden zog, und musterte diese, als sei sie fasziniert von sich selbst. »Spielerin 68. Ihr Name war Cinnamon. Sie war ein weißer Läufer. Die Arme wurde von einem Bajonett aufgespießt. Es sah aus wie ein groteskes Gemälde. Noch heute rieche ich ihr Blut und höre ihre Schreie. Es war wundervoll.«

Ihre Augenlider bebten, zitterten, während sie selig lächelte. Voller Grauen starrte ich die Person vor mir an, die zu mir herablinste und sich über das Puppengesicht fuhr.

»Magst du ihr Gesicht nicht? Wie wäre es mit diesem?«

Sie blinzelte, ein Schauder rieselte durch ihren Körper, und im nächsten Augenblick stand ein blasser, hübscher Junge mit langen schwarzen Haaren und traurigen Augen vor mir.

»Oh, ein weiterer Spieler. Sein Name lautete Benjamin T. St. Burrington. Er war zu seiner Zeit ein schwarzer König, aber weich im Inneren, viel zu weich. Grausig, was für ein Ende seine Herrschaft genommen hat.«

Benjamin T. Der Name sagte mir etwas. Ich starrte den Jungen an, bis sich tief aus meinen Erinnerungen ein Tagebucheintrag herausschälte, den ich gelesen hatte. Die Erinnerung trieb mir die Gänsehaut über den Rücken. Benjamin T. war jener König gewesen, der sich geweigert hatte zu spielen. Als mein Gegenüber sah, dass ich zu begreifen begann, lächelte es süffisant und schnalzte mit der Zunge.

»Ich sehe, der liebe Benjamin ist dir ein Begriff. Er war meine Warnung an alle zukünftigen Könige. Als er sich zu spielen weigerte, musste ich ihn bestrafen. Sein Verstand war köstlich. Ich verdrehte ihn, Nacht für Nacht, Atemzug für Atemzug, bis er sich am Boden wand, sich die Seele aus dem Leib schrie und seine eigenen Spieler tötete. In dieser Nacht leuchtete der Himmel rot von Feuer, und ihre Schreie verklangen erst in den frühen Morgenstunden. Danach dauerte es beinahe ein Jahr, bis sich die Vögel wieder zu singen trauten, und die Blumen blühen an dieser Stelle bis heute rot wie Blut. Erinnere mich daran, sie dir zu zeigen, wenn wir zurück auf dem Spielfeld sind.« Das Geschöpf kicherte abermals, während mir das kalte Grauen die Wirbelsäule herablief. Ich musste raus hier! Raus! Raus! Raus!

Das Licht über uns flackerte erneut. Die Schatten in den Ecken wurden tiefer und schienen sich auszudehnen. Meine Finger zuckten. Ich öffnete den Mund, doch heraus kam nur ein Krächzen.

Das Wesen vor mir blinzelte auf mich runter. »Findest du ihn besser als Cinnamon?«, fragte es sanft.

Ich blinzelte.

»Nein? Dann vielleicht etwas Vertrautes?«

Die Figur schüttelte sich, und im nächsten Augenblick fiel weißes Haar in sanften Locken um ein wunderschönes, markantes Gesicht. Die Haut weiß wie Schnee, der Blick ruhig und kühl wie Eis. Vor mir stand Vincent Chesterfield. Er hob seine Hand und musterte sie fasziniert.

»Vincent ist schon ein spannender Charakter, findest du nicht? So gebrochen und zerfressen vor Angst und dabei doch so irritierend perfekt in seinem Äußeren. Es war unglaublich faszinierend, euch dabei zu beobachten, wie ihr miteinander gespielt habt. Wie er versuchte zu fühlen und sich schließlich doch entschied, dich zu brechen. Sag mir, Alice, wie hat sich sein Blut auf deiner Haut angefühlt? War es heiß, als es über deine Finger pulsiert ist?« Das Wesen starrte mich gierig an.

»Was ... was ... b...b...bist du?«, quetschte ich aus meiner Kehle hervor.

Nicht-Vincent ging vor mir in die Hocke und strich mir übers Haar. Es fühlte sich an, als würde mich ein Toter berühren. Ich zuckte zurück, doch er nahm nur mein Kinn zwischen seine Finger und drehte mein Gesicht zu sich, sodass ich seinen kalten Atem fühlen konnte.

»Du kennst mich, Alice Salt, und ich kenne dich«, raunte er. Er strich mit dem Daumen über meine zitternden Lippen, und ich schauderte, während sich seine Pupillen weiteten. »Ich bin jeder Spieler, bin jeder vergossene Blutstropfen. Ich bin die Erde, auf der du stehst und auf der du sterben wirst. Ich bin die Luft, die du atmest. Ich bin das Vermächtnis. Ich bin ...«

»... der Fluch«, flüsterte ich.

Das Lächeln wurde breiter. »Ja«, hauchte er zurück. »Ich bin der Fluch, aber ich bin auch ein Teil von euch allen. Von Jackson und Vincent, von den Zwillingen, von Regina … Und sie vermissen dich, Alice. Vor allem Jackson will, dass du zurückkommst. Es war nicht nett von dir, davonzulaufen.«

Als das Wesen Anstalten machte, mich wieder zu berühren, schaffte ich es, mich wegzudrehen, obwohl meine Muskeln vor Schmerz protestierten. Dabei rollte ich jedoch über die Bettkante und fiel. Als ich hart auf den Boden knallte, musste ich einen Aufschrei unterdrücken. Die Luft wich mir aus der Lunge, und meine Rippen knackten.

»Alice, was soll denn der Unsinn?«

Stirnrunzelnd tauchte das Wesen wieder über mir auf. Es hatte erneut die Gestalt der Krankenschwester angenommen. Oder nein, die Gestalt von Spielerin 68. Cinnamon. Verzweifelt versuchte ich, Luft in meine gequetschte Lunge zu pressen, während ich hilflos zu ihr aufstarrte.

»B…b…bleib w…w…weg!«, fauchte ich.

Der Fluch runzelte die Stirn. Das Schwarz seiner Augen lief über, kräuselte sich. Verästelungen hoben sich von seiner Haut ab und lösten sich bebend. Es sah aus als … als würden Spinnenbeine aus seinem Körper dringen.

»Was … was …?«

Die Kälte in meinen Adern zog mich immer erbarmungsloser nach unten. Presste mir die Luft heraus. Ich rang danach, während der Fluch schauderte und sein Körper sich aufzulösen begann. Die Haut wurde immer dunkler, immer mehr Fluchweber wühlten sich aus ihr heraus.

»Du hast doch nicht wirklich geglaubt, verschwinden zu können, kleine Salt?«

Bebend und zitternd stand der Fluch vor mir. Sein ganzer Körper schien nur noch aus schwarzen Fluchwebern zu bestehen, die mich aus Hunderten Augen anstarrten. Er hob die Hand, und die Fluchweber, die seine Finger bildeten, lösten sich ab. Mit einem dumpfen Ton fielen sie zu Boden, wo sie augenblicklich auf mich zukrabbelten. Ich starrte sie an. Hilflos. Bewegungslos.

»Niemand kann mir entkommen, Alice. Auch du nicht«, raunte der Fluch aus Tausenden Stimmen, die doch wie eine klangen.

Er bestand inzwischen nur noch aus einem Gebilde aus schwarzen Spinnen, das die vage Form eines Menschen hatte.

Dann brach die Gestalt in sich zusammen, und die Fluchweber prasselten zu Hunderten auf mich herab. Ich schrie vor Panik, als die Spinnen sich auf mich stürzten und unter ihren wuselnden Leibern begruben.

»Du kannst dem Fluch nicht entkommen. *Blut für Blut, so muss es sein, jeder steht am Ende allein.*«

Das Zirpen und Knirschen klang wie ein Sprechgesang, wie eine Stimme aus vielen Hundert. Das Echo riss mich mit sich. Ich schrie, hustete und krümmte mich zusammen.

Das schiere Grauen zerbrach etwas in mir, das sich zurückzog, einen Raum suchte, um sich zu schützen. Das hier war Teil eines großen Albtraums. Ich musste bei der Flucht gestürzt sein und immer noch bewusstlos im Wald liegen. Das hier war nicht echt.

Ich musste also nur noch aufwachen.

Aufwachen.

Aufwachen.

Stattdessen wurde ich ohnmächtig.

Kapitel 3

»Ahhhhhhhhhh!« Ein gellender Schrei zerriss meine Kehle. »Ahhhh! Weg! Weg!«

Brüllend schlug ich wie eine Wilde um mich, krümmte mich, kämpfte gegen den Übergriff, schnappte verzweifelt nach Luft.

Ein Knall wie von einer Tür war zu hören. Etwas packte mich an den Oberarmen und hielt mich fest. Es fühlte sich jedoch anders an als das Gewicht der Spinnen, die zuvor auf mir gesessen hatten. Echter, realer … wie … menschliche Finger, die sich um meine Oberarme legten.

»Alice? Es ist alles gut, hörst du mich? Alice?«

Verzweifelt klammerte ich mich an diesem Gefühl fest und rang darum, bei Bewusstsein zu bleiben, obwohl mich das Grauen mit klammen Fingern nach unten zog.

»Gut so. Beruhige dich. Atme tief durch.«

Eine Stimme drang wie durch Watte zu mir durch. Es war eine menschliche Stimme. Ich spannte meine Muskeln an und stemmte mich nach oben. Es fühlte sich an, als würde ich durch schweren Morast nach oben stoßen. Ich rang nach Luft und schlug tatsächlich die Augen auf. Grelles Licht blendete mich. Meine Pupillen zogen sich so ruckartig zusammen, dass es schmerzte.

»So ist es gut. Tief durchatmen, Alice«, sagte eine warme Stimme, und als ich den Kopf hob, sah ich in ein rundliches, freundlich wirkendes Gesicht. Die Person trug eine Krankenschwesteruniform und blickte besorgt auf mich herunter.

»Wer sind Sie? Wo bin ich? Wo ist der Fluch?« Hektisch irrte mein Blick umher, und ich wollte mich aufsetzen, wurde jedoch mit sanfter Gewalt wieder nach unten gedrückt.

»Es ist alles in Ordnung, Mädchen. Ich bin Schwester Bethany. Du bist im Foxcroft Memorial, erinnerst du dich? Du hattest einen Autounfall und bist anschließend bei der Untersuchung ohnmächtig geworden. Du bist hier auf der Krankenstation.«

»Ohnmächtig?« Ich starrte an mir herunter und registrierte einen grün-weiß karierten Krankenhauskittel. Mein Handgelenk war dick bandagiert, und ich lag in einem klobigen Bett. Von den Fluchwebern fehlte jede Spur. In meinem Augenwinkel blitzte etwas auf, und ich zuckte so heftig zusammen, dass das Bett wackelte, doch es war nur eine kleine Taschenlampe, die Schwester Bethany zückte, um meine Pupillenreflexe zu testen.

»Weißt du, wer du bist?«, fragte sie mich sanft.

»Ich … ja …«

Mein Blick schweifte umher. Es war eindeutig ein Krankenhauszimmer. Allerdings sah dieses beinahe bewohnt aus. In einer Ecke stand ein bezogenes Bett, ein leerer Tropf hing daneben. Auf einem weißen, sterilen Nachtkästchen stapelten sich Bücher, von denen ich die meisten kannte.

»Was ist hier los? Hier war gerade noch … diese Schwester! Wo ist sie?« Hektisch setzte ich mich wieder auf, und diesmal ließ ich mich nicht niederdrücken.

»Schwester? Oh, meinst du Schwester Cinnamon? Sie hatte die

Nachtschicht, Liebes, und ist nach Hause gegangen. Ich bin jetzt für dich zuständig. Keine Sorge, das bekommen wir schon wieder hin. Jetzt beruhige dich erst einmal und trink etwas, ehe ich Dr. Night Bescheid gebe, dass du aufgewacht bist.«

Bevor ich protestieren konnte, drückte sie mir einen gefüllten Plastikbecher in die Hand. Verwirrt sah ich einen Tropfen Kondenswasser am Rand runterlaufen. Was zum Teufel war hier los? Gerade hatte mich der Fluch noch unter sich begraben, und jetzt das! Hatte ihm jemand dazwischengefunkt? Hatte Schwester Bethany ihn gestört, sodass er mich zurückgelassen hatte, anstatt mich zurück aufs Spielfeld zu schleppen?

Ich schauderte und spürte immer noch die langen, spitzen Spinnenbeine auf mir. Was auch immer passiert war, ich musste von hier verschwinden, bevor der Fluch zurückkam.

»Ich kann nicht … ich muss gehen. Sofort!« Ich stellte den Wasserbecher ab und kämpfte mich aus den weißen Laken.

»Ni…«, setzte die Schwester an, da riss mich bereits die Infusionsnadel zurück, die in meinem Arm steckte.

Ich schrie auf, als mich ein stechender Schmerz durchfuhr. Die Nadel musste abgebrochen sein, denn ich sah ein silbernes Schimmern unter der Haut, während aus der abgerissenen Kanüle eine klare Flüssigkeit auf den Boden tropfte.

»Oh nein, Mädchen, was machst du denn? Das müssen wir jetzt rausholen«, stöhnte Bethany und stampfte auf mich zu.

Panisch hievte ich mich vom Bett, stolperte los, riss die Tür auf und krachte in einen weißen Arztkittel.

»Hoppla! Na hallo, junge Frau, wo wollen wir denn so schnell hin?«

Dr. Night hielt mich zurück, und Schwester Bethany hinter uns meckerte: »Das Mädchen ist völlig orientierungslos und panisch. Wir sollten ihm etwas zur Beruhigung geben, Doktor.«

»Nein!«, sagte ich scharf, während Dr. Night eine Augenbraue hochzog.

»Nun, das kommt wohl darauf an, ob eine gewisse junge Dame sich von allein beruhigt und in ihr Bett zurückgeht, damit ich sie untersuchen kann.« Fehlte nur noch, dass er mir den Kopf tätschelte.

Scharf sah ich zu ihm auf. Suchte nach Anzeichen des Fluchs, Verästelungen in den Augen, einem starren Blick, harten Pupillen. Doch seine Gesichtszüge blieben weich, zudem konnte ich seine Körperwärme fühlen. Vor mir stand ein Mensch, da war ich mir ziemlich sicher. Mein Blick ließ von ihm ab und suchte stattdessen alle Ecken ab. Doch das Zimmer wirkte bis auf die immer noch vor sich hin schimpfende Bethany ruhig. Nicht einmal ein Fluchweber drückte sich in den Decken herum.

Mein Puls flatterte und beruhigte sich zumindest so weit, dass Dr. Night es schaffte, mich zurück ins Zimmer auf das Bett zu bugsieren.

»Du hast uns gestern aber einen ganz schönen Schrecken eingejagt, mein Mädchen.«

Wenn er mich noch einmal *mein Mädchen* nannte, würde ich ihm seine Nase ins Gehirn rammen.

Der Gedanke war so gehässig, dass ich mich im nächsten Augenblick unruhig versteifte und die Nägel ins Bettlaken krallte. So etwas hätte ich früher nicht gedacht. Das Spielfeld hatte mich verändert, und zwar nicht zum Besseren, wie ich glaubte.

Ruhig. Ich musste ruhig bleiben, egal wie sehr mir Dr. Night auf die Nerven ging.

»Du bist stärker, als wir dachten, aber du solltest jetzt nicht auf den Beinen sein, sonst kippst du uns wieder um«, rügte er mich, während er meinen Puls fühlte und wie zuvor Bethany meine Pupillenreflexe testete.

Ich zwang mich, stillzuhalten und so ruhig wie möglich zu kommunizieren. »Es geht schon viel besser. Ich möchte entlassen werden«, beteuerte ich und versuchte dabei, nicht wie eine Irre auszusehen.

»Tja …«, seufzte Dr. Night, schnappte sich meine Krankenakte und kritzelte etwas hinein. »Ich freue mich, dass du dich besser fühlst, aber ich denke, die Entlassung wird noch ein wenig auf sich warten lassen.«

»Warum?«, schnappte ich, während Bethany meinen Arm nahm und zungenschnalzend auf das Desaster starrte, das ich mit der Nadel in meiner Ellenbeuge verursacht hatte. Ich zuckte zusammen, als sie die Nadel herauszog und die Einstichstelle mit einem fetten Pflaster zuklebte.

Dr. Night musterte mich eindringlich, und in seine Stimme mischte sich ein neuer Unterton. Die Herablassung wich einer Ernsthaftigkeit, bei der sich mir die Nackenhaare aufstellten.

»Nun, Alice, wir haben dich in unserem System überprüft, und du hast recht: Du besitzt keine Krankenversicherung.«

»Ich kann also doch gehen?«

»Nein.«

»Warum nicht?«

»Weil du nicht nur keine Versicherung hast, wir haben gar nichts über dich gefunden. Zumindest niemanden, der deinem Aussehen und deinem Alter entspricht. Es gibt keine Akte, keine Geburtsurkunde, keine ID, gar nichts. Entweder ist es ein Fehler in unserem System, oder du hast uns einen falschen Namen genannt.«

Er hielt inne, und ich schluckte, während es in meinem Kopf arbeitete. »Und das bedeutet genau?«

»Das bedeutet, wir werden dich so lange hierbehalten, bis wir deine echte Identität überprüfen konnten.«

Ein Klopfen an der Tür ließ meinen Kopf herumschnellen.

»Ah, das ging ja schnell. Bitte kommen Sie rein, Sheriff!«, rief Dr. Night, und die Tür ging auf.

Mir stockte der Atem, und mein Herz stolperte, während sowohl Sehnsucht als auch stechende Angst meine Venen flutete. Vor mir stand niemand anders als …

»Mom!«, entfuhr es mir.

Ich starrte sie an, Tränen schossen mir in die Augen. Sie war es wirklich!

Ihr kurzes blondes Haar war jedoch zu einem modischen Bob geschnitten, und die blauen Augen sahen so glücklich und sorgenlos aus, wie ich sie selten gesehen hatte.

Die Lachfältchen ließen sie jünger wirken, als sie war. Hinter ihr stand ihr Partner Kay. Beide trugen ihre Uniform und verströmten Kaffeeduft.

Ich glaube, ich musste ein seltsames Geräusch gemacht haben, denn Kay und meine Mom sahen mich verwundert an. Meine Mom fixierte mich. Für eine kurze Sekunde blieben ihre Pupillen seltsam starr, als würde sie mich nicht sehen.

»Mom!« Ich bewegte mich auf sie zu, die Zeit holte mich schlagartig wieder ein, und meine Mutter blinzelte. Ihre Pupillen weiteten sich, und sie schloss ruckartig die Tür hinter sich.

»Hallo, ich bin der Sheriff von Foxcroft, das ist mein Partner Kay Bellamy. Dr. Night hat uns angerufen. Bist du Alice?«, erkundigte sie sich professionell.

Bist du Alice?

Ich starrte meiner Mom ins Gesicht und sah Freundlichkeit darin, allerdings keine vertraute Wärme. Kein Erkennen. Nichts. Kaltes Grauen packte mich.

»Mom«, sagte ich erneut und spürte, wie meine Knie vor reiner Erschöpfung einfach nachzugeben drohten. Sie brannten. Alles schmerzte.

Ihre Stimme klang weich, als würde sie ein wildes Tier besänftigen wollen. »Suchst du deine Mutter?«, fragte sie und tauschte Blicke mit Kay.

»Heißt du wirklich Alice, Liebes?«, fragte mich Kay ebenfalls sanft.

»J…ja«, krächzte ich. Die Stimme versagte mir, während meine Mom auf mich zukam und mir sanft eine Hand auf die Schulter legte.

»Okay, Alice, warum setzt du dich nicht und erzählst mir, was passiert ist?«, fragte sie und lächelte mir zu.

Ich starrte sie nur an. Meine eigene Mutter erkannte mich nicht mehr. Meine Knie gaben nach. Ich hatte keine Kraft mehr. Mein gesamter Körper krümmte sich zusammen, und ohne jede Vorwarnung senkte ich den Kopf und würgte. Es kam jedoch nicht mehr heraus als Speichel und scharfe Magensäure, die mir im Rachen brannte.

»Um Gottes willen!«, hörte ich eine Stimme. Zwei Hände packten mich und drückten mir eine Schale in die Hand, in die ich hineinwürgte. »Tief durchatmen, Liebes. Ja genau, so ist's gut.«

Ich reagierte auf die Befehle von Schwester Bethany, ohne nachzudenken. Bebend presste ich Luft in meine Lunge, obwohl es bereits schrill in meinen Ohren klingelte.

»Atmen. Ja, genau. So ist es gut.« Meine Mom stand bei mir und tätschelte mir fürsorglich den Rücken.

»Geht es dir gut?«, hörte ich Kay besorgt fragen.

»Neben einer Gehirnerschütterung hat sie Hämatome und Quetschungen, wie man sie normalerweise bei Misshandlungsopfern sieht. Bisher habe ich das jedoch noch nicht angesprochen. Vielleicht ist sie von zu Hause fortgelaufen«, hörte ich Dr. Night sagen.

»Ich werde nicht misshandelt!«, rief ich und sah so hektisch auf, dass mir prompt wieder schwindelig wurde.

»Kopf unten lassen«, befahl meine Mom streng.

Ich tat wie befohlen und starrte in die Schüssel mit den Spuckeresten. »Ich bin nicht fortgelaufen«, log ich.

»Kannst du uns noch mal deinen echten Nachnamen sagen, damit wir dich im System überprüfen können?«, erkundigte sich Kay, ganz der professionelle Polizist.

Mit heftig klopfendem Herzen sah ich auf. »Salt«, flüsterte ich. Ich wusste nicht, welche Reaktion ich erwartete. Vielleicht, dass sich ihr freundlich distanzierter Blick endlich in so etwas wie Erkenntnis oder Wiedererkennen umwandeln würde.

Doch meine Mom runzelte nur leicht die Stirn. »Salt? Bist du zufällig mit Emerald Salt verwandt?«, hakte sie nach.

»Ja! Ja, sie … Sie ist meine Großmutter«, sagte ich erleichtert. Begann sie sich wieder zu erinnern? Wenn sie Grandma Emerald kannte, musste sie doch auch von mir wissen, oder?

Kay und meine Mom wechselten einen vielsagenden Blick, doch die nächsten Worte von Kay drückten mir schlagartig die Luft ab. »Lebt die alte Salt nicht ganz allein in dieser großen Villa bei der Autumn Street?«

»Hat«, berichtigte ihn meine Mom. »Soweit ich weiß, wohnt sie seit ihrem Schlaganfall im Altenheim. Die Villa steht seitdem leer.« Sie musterte mich.

»Hatte die alte Emerald nicht einen Sohn?«, fragte Kay weiter.

Meine Mom zuckte mit den Schultern. »Ja, aber ich habe Luke Salt schon seit der Highschool nicht mehr gesehen, und soweit ich weiß, ist er auch bereits vor ein paar Jahren gestorben.« Sie sprach über meinen Dad, ihren Ehemann, als wäre er ein Fremder. Als ob sie nie verheiratet gewesen wären.

Ich spürte, wie mir auch noch der letzte Rest Blut aus den Wangen wich. Meine Gliedmaßen fühlten sich eiskalt an.

»Luke Salt ist … Er war mein Vater«, sagte ich trotzdem mit leiser Stimme.

Meine Mutter und Kay wechselten wieder einen Blick. »Ich wusste nicht, dass Luke eine Tochter hatte. Und Emerald hat auch nie etwas von einer Enkelin erzählt.« Mom wirkte sichtlich skeptisch.

»Ich sehe mal nach.«

Kay stapfte aus dem Raum, während meine Mom mir wieder meinen Wasserbecher reichte. »Austrinken«, befahl sie mir.

Mit zitternden Fingern nahm ich das Wasser an und trank einen Schluck. »Darf ich di… Sie etwas fragen?«, murmelte ich zwischen zwei Schlucken.

»Natürlich.« Meine Mom lächelte.

»Heißen Sie nicht auch Salt?«, fragte ich vorsichtig.

»Ich?« Sie sah mich überrascht und gleichzeitig besorgt an. »Nein, ich bin Sheriff Bellamy.« Sie tippte auf ihr Namensschild an der Brust.

Ich folgte ihrem Blick, und meine Finger krampften sich so fest um den Becher, dass das Wasser nach oben über meine Finger quoll. Bellamy war auch Kays Name.

»Sie kannten meinen Vater wirklich nur von der Highschool?«, hakte ich nach.

Es war mir egal, wie seltsam diese Frage auf sie wirken musste. Es war notwendig, dass ich herausfand, was hier los war. Doch mir wurde bereits langsam klar, dass es an dem Fluch liegen musste. Isolde hatte mir davon erzählt, genauso wie Lark damals. Die Menschen in Foxcroft vergaßen uns Spieler. Die Frage war nur, wie weit sich die Auswucherungen des Fluchs verzweigt hatten. Welche Erinnerungen er genau ausgelöscht hatte und ob diese wiederkamen, wenn ich mich einfach länger in ihrer Gegenwart aufhielt. In meinem Kopf dröhnte es, und das Gefühl der Surrealität verstärkte sich, genauso wie der Drang, mich erneut zu zwicken, um herauszufinden, ob das alles hier nur ein Traum war.

»Luke Salt?« Meine Mom musterte mich mit einem seltsamen Gesichtsausdruck, als wäre ich ihr nicht ganz geheuer. »Ich weiß leider nicht viel über ihn.« Ihr entschuldigendes Lächeln ließ ihre Augenfältchen tiefer wirken. »Wir waren zwar zusammen in der

Highschool, aber er war ein ziemlicher Eigenbrötler und zog gleich nach seinem Abschluss fort. Mehr weiß ich nicht.«

Ich öffnete den Mund, doch es kam nur Luft heraus. Und da war es erneut. Das träge Gefühl im Kopf. Das Surren in den Ohren. Kurz fühlte es sich an, als würde die Zeit ein wenig langsamer vergehen, ein wenig aus der Bahn geraten.

Der Mund meiner Mutter bewegte sich. Das Rot ihrer Lippen war zu grell. Das Weiß ihrer Augen zu stechend. Dafür waren ihre Pupillen verwaschen, als wäre dahinter kein echter Ausdruck. Als hätte jemand mit den Fingern über eine Kreidezeichnung gewischt.

Ich blinzelte. Kay kam zurück. Es knackte in meinen Ohren, und die Zeit fand wieder zurück an ihren Platz. Spielte sich wieder ab wie ein perfekter Film.

Kay sah uns mit ernstem Gesichtsausdruck an.

»Und?« Meine Mom richtete sich auf.

»Im System finde ich keine Alice Salt«, sagte er.

»Gar nichts?«, bohrte Mom nach.

»Nur eine ältere Dame aus Idaho.«

»Aber …«, murmelte ich verzweifelt.

Kay kratzte sich am Kopf. »Hast du einen Ausweis dabei? Einen Führerschein? Irgendetwas?«

»N…nein«, sagte ich.

Mein Mom warf mir einen langen Blick zu. »Wo sind deine Sachen, Alice? Du musst doch mehr haben als die Uniform.«

»Ich … ich weiß es nicht«, log ich und spürte, wie mein Puls vor Nervosität zu flattern begann. All meine Sachen lagen immer noch in Chesterfield, aber das konnte ich nicht sagen. Sie würden dort oben anrufen, sich nach mir erkundigen und Fragen stellen … Fragen, die sie nicht stellen durften. Ich konnte ihnen also rein gar nichts sagen, darum sah ich nur gequält auf und schwieg.

Meine Mutter seufzte und nickte schließlich. »Okay, danke für deine Zeit, Alice. Wir kommen diese Woche wieder zu dir, doch erst einmal musst du dich ausruhen. Falls du etwas brauchst, kannst du mich jederzeit auf dem Revier anrufen.«

Ihre schmalen, vertrauten Hände legten eine Visitenkarte neben mein Bett. Ich starrte auf die bekannte Nummer. Ich kannte jede einzelne Ziffer auswendig.

»Okay«, presste ich hervor.

Sie lächelte mich an und sprach flüsternd mit Dr. Night über mich, ehe die Tür wieder zuging.

Ich blieb allein im Zimmer zurück und hatte absolut keine Ahnung, was ich tun sollte.

KAPITEL 4

Irgendwie musste es Bethany gelungen sein, mir ein Schlafmittel unterzujubeln, denn die Müdigkeit schlug wie eine gigantische Welle über mir zusammen und drückte mich unerbittlich nach unten, tiefer und tiefer in die Dunkelheit hinein, bis ich gänzlich aufhörte, etwas zu fühlen.

Ich war mir nicht sicher, was mich erwartete. Träume? Visionen? Ein Blick in die Vergangenheit? Eine Nachricht von Madelyn oder sonst jemandem? Zumindest ein Zeichen, ein Wink, was hier vor sich ging?

Doch es passierte rein gar nichts. Da war nur undurchdringliche Schwärze. Ein allumfassendes Nichts, in dem ich schwebte. Das Einzige, wozu ich mich imstande fühlte, war zu lauschen.

Es kam mir so vor, als könnte ich in weiter Ferne ein Geräusch hören. Ein rhythmisches Klicken und Reiben. Es klang beinahe wie das Aneinanderreiben Dutzender, Hunderter Insektenbeine, doch sobald ich versuchte, mich darauf zu konzentrieren, verschwand das Geräusch wieder. Also konnte ich nur in der Schwärze ausharren und warten. Plötzlich glaubte ich, eine Stimme zu hören, tief und weich, und hatte das Gefühl, als würde mich ein leuchtendes Augenpaar aus der Dunkelheit anstarren. Die Stimme schnurrte mir ins Ohr:

»Was machst du denn hier, kleiner Slave? Weißt du denn nicht, dass Träume gefährlich sind? Sie sind wie klebrige Spinnennetze, die ihre Beute einfangen. Je tiefer du dich hineinverirrst, desto mehr verstrickst du dich in ihnen. Wach auf, bevor es zu spät ist, Alice. Wach au…«

Ich riss die Augen auf. Ein Echo in den Ohren.

Wach auf, Alice …

Das steife Krankenhausbettzeug raschelte leise, während ich mit steifem Nacken den Kopf drehte. Ich lag zusammengekauert, als hätte ich mich im Schlaf zu schützen versucht. Den tiefen Schatten nach, die durch das schmale Fenster in den Raum fielen, musste es später Nachmittag sein. Mein Magen knurrte und lenkte mich von der Gänsehaut ab, die mir langsam die Wirbelsäule hoch- und runterkrabbelte.

Mit schwammigem Kopf setzte ich mich auf und sah neben mir ein Tablett mit bereits kaltem Essen. Daneben stand ein Stück Schokokuchen. Ich starrte auf das braune Stückchen Teig und merkte entsetzt, wie mir die Tränen in die Augen schossen. Verflucht noch mal, konnte ich jetzt keinen Kuchen mehr sehen, ohne dabei sofort an Isolde und Jackson zu denken? Es war immerhin meine Idee gewesen, wegzulaufen, ich hatte gewusst, es würde nicht einfach werden, und trotzdem pochte in mir die Einsamkeit so heftig, als würde ein Teil von mir fehlen. Wie konnte ich Jackson und das Spielfeld vermissen? Das war doch krank! *Ich* war krank.

Nach Luft schnappend kauerte ich mich zusammen, und für einen sehr schwachen Augenblick wünschte ich mir, Jackson wäre bei mir und ich könnte seine unerschütterliche Zuversicht, Arroganz und Stärke fühlen.

Was würde er tun?

Was würde er zu alldem sagen?

Vermutlich, dass ich meinen weißen Knackarsch zusammenkneifen solle, und noch irgendetwas Arrogantes, was mich dermaßen auf die Palme brachte, dass ich ihm an die Gurgel gehen wollte. Gott, wie sehr ich es vermisste, ihn anzuschreien!

Wütend über mein Selbstmitleid wischte ich mir die Tränen weg, schnappte mir das Stückchen Kuchen und schlang es herunter. Es war grauenhaft trocken, trotzdem zwang ich auch den letzten Bissen herunter, ehe ich den mehligen Geschmack mit einem Glas Wasser wegspülte, das ebenfalls auf dem Tablett stand. Beim Schlucken fühlte ich jede Bewegung bis ins kleinste Detail. Es fühlte sich echt an. Ich zwickte mich erneut, doch es tat nur weh, und ich blieb, wo ich war.

Dann fiel mein Blick auf die Tür, die nicht vollständig zugefallen war. Ein kleiner Spalt stand offen, sodass ich den sterilen Flur sehen konnte. Ich wischte mir den Mund ab. Mir war klar, dass ich noch heute Abend von hier verschwinden musste. Dass mir meine Mom im Nacken saß, machte die ganze Sache noch um einiges komplizierter, als sie ohnehin schon war. Zudem ließ der Gedanke an den Fluch nicht locker. Ich hatte das Gefühl, als beobachtete er mich aus der Dunkelheit heraus, als spielte er mit mir wie eine Katze mit der Maus. Es war an der Zeit, herauszufinden, was hier wirklich vor sich ging, und dafür musste ich hier raus.

Skeptisch sah ich mich um. An mir hing schon wieder eine Infusion. In den Blockbustern rissen sich die Protagonisten die Nadel immer heraus und stolperten dann heroisch davon. Da ich diesen Ansatz bereits erfolglos ausprobiert hatte, popelte ich lieber vorsichtig an dem Schlauch herum und zog das Pflaster samt der Nadel ab.

Meine Klamotten waren nirgendwo zu sehen. Wahrscheinlich waren sie entsorgt worden. Die Uniform musste vor Dreck und Blut praktisch selbstständig in den Müllschlucker gelaufen sein. Auch okay, dann würde ich eben versuchen müssen, mir in einem anderen Zimmer etwas zum Anziehen zu klauen, denn in meinem Krankenhausnachthemd würde ich nicht weit kommen.

Als ich mich aufrecht hinstellte, wurde mir allerdings erst mal wieder schwindelig.

»Du schaffst das, Alice«, sprach ich mir selbst gut zu. Jupp, ich führte Selbstgespräche. Damit sollte ich vielleicht aufhören, wenn ich die Welt von meiner geistigen Gesundheit überzeugen wollte. Ich schnitt mir selbst eine Grimasse, ehe ich davontapste und in den Flur hinausspähte.

Ich schlich nach draußen, roch das Desinfektionsmittel und hörte das Piepen von Maschinen. Grelles Licht flackerte von der Decke. Dutzende Türen gingen neben der meinen auf den Gang. Bei manchen Zimmern standen sie offen, und ich sah ein paar Krankenschwestern geschäftig hin- und herflitzen. Irgendwo klingelte ein Telefon. Alles wirkte normal. Okay, wo war hier der Ausgang?

Nach kurzem Überlegen schwenkte ich nach links. Neben mir ging eine Tür auf, und ich lächelte verkrampft, als eine Krankenschwester an mir vorbeimarschierte. Hoffentlich stopfte sie mich nicht sofort zurück ins Zimmer.

Tat sie zum Glück nicht. Sie warf mir nur einen flüchtigen Blick zu, ehe sie weiterging. Die Tür blieb dabei einen Spaltbreit offen, und da ich genau danebenlehnte, konnte ich einen Blick hineinwerfen. Das Zimmer war beinahe identisch mit meinem. Der Patient oder die Patientin darin schien gerade Besuch zu haben. Vor dem Bett stand ein Junge mit rabenschwarzem Haar und roter Collegejacke. Auf den Rücken waren die Nummer 3 und das Logo der Foxcroft High gedruckt. Daneben standen zwei Mädchen, die etwa in meinem Alter sein mussten.

Ich wollte mich gerade wieder in Bewegung setzen, als eines der Mädchen aufschluchzte. »Oh Jack, was sollen wir nur tun, wenn er nicht aufwacht?«

Der Klang ihrer Stimme fuhr mir durch Mark und Bein. Mitten in der Bewegung hielt ich inne, während mein Kopf herumschnellte. Ich musterte das Mädchen mit den dunklen Haaren genauer, und als es aufsah, blickte ich in ein Paar vertrauter dunkler Augen. Jedes einzelne meiner Nackenhärchen stellte sich auf, während sich meine kalten Zehen auf dem Flurboden verkrampften.

Wie konnte das sein?

Was machte Isolde hier?

Sie hatte den Arm um das hellhaarige Mädchen geschlungen, das erbarmungswürdig schluchzte.

»Scht ...«, murmelte sie und drückte das Mädchen fester an sich.

»Wenn du jetzt sagst, dass alles wieder gut wird, dann dreh ich dir den Hals um, Issy. Nichts wird wieder gut. Sieh ihn dir doch nur mal an«, stieß das hellhaarige Mädchen hervor. Sie sah ebenfalls auf, und ich zuckte so heftig zusammen, dass ich von der Wand abrutschte.

»Regina?«, entfuhr es mir.

Die Köpfe der Mädchen fuhren herum.

Der Kerl in der Collegejacke meiner alten Schule hob den Kopf. Ein Lichtstrahl fiel auf seine goldbraune Haut, und ein Paar dunkle Augen starrte mich verwundert an.

»Jackson?«, keuchte ich.

Unsere Blicke trafen sich quer durch das Zimmer. Mein Magen drehte sich ruckartig um, meine Haut kribbelte, und ich schmeckte Schokolade auf der Zunge. Er war es … und dann irgendwie auch wieder nicht. Seine Haare waren kürzer. Sie wellten sich nicht mehr bis knapp über die breiten Schultern, sondern waren so geschnitten, dass sich ein paar Locken um seine Ohren kringelten. Über der linken Augenbraue klebte ein weißes Pflaster, und Teile seines Auges bis hinab zum Kinn waren blau, lila und rot angeschwollen. Sein rechter Arm steckte in einem Gips.

Wir starrten uns an, und seine Pupillen weiteten sich. Nur für einen kurzen Augenblick, ehe er die Stirn runzelte.

»Wer …«, setzte er an.

»Was zum Teufel machst du hier?«, platzte ich heraus und stolperte in das Zimmer.

Alle Anwesenden erstarrten, als wäre ich eine Irre.

»Wie bist du aus dem Spielfeld herausgekommen?« Und warum trug er eine Jacke des Foxcrofter Footballteams? Aber die Frage schien mir zu lapidar, um sie auszusprechen, auch wenn mich die Jacke extrem irritierte.

Jackson starrte mich an, dann sah er verunsichert zu Isolde und Regina. Okay, dass sich Regina an seiner Seite befand, ohne dass sie einander die Augen auskratzten, irritierte mich sogar noch mehr als die Jacke.

»Ähm … kennen wir uns?«, fragte Jackson. Seine Stimme mit

dem leicht französischen Cajun-Akzent rollte weich über mich hinweg.

»Was?« Ich starrte zu ihm hoch. »Issy! Regina! Warum ... was geht hier vor? Wie seid ihr aus dem Spielfeld gekommen?«

Die Mädchen wechselten unruhige Blicke.

»Wer zum Teufel ist das? Und warum kennt sie unsere Namen?«, fragte Regina beinahe schon angewidert. Der Blick, mit dem sie mich bedachte, war es jedenfalls.

»Nein«, krächzte ich und hatte das Gefühl, als würde mir erneut der Boden unter den Füßen weggezogen werden. Vielleicht träumte ich ja doch?

Wach auf, Alice!

Aber leider war und blieb ich wach.

Mit einem surrealen Gefühl ging ich auf Jackson zu und zwickte ihn fest in den Oberarm.

»Wow, Pfoten weg!« Jackson zuckte heftig zurück, sodass die Mädchen erschrocken aufquiekten.

»Bist du aus der Klapse ausgebrochen? Hallo? Kann uns jemand hier mal helfen?«, motzte Regina, während ich auf meine Hand starrte, mit der ich Jackson gekniffen hatte. Feste Haut und starke Muskeln waren darunter gewesen. So real fühlte sich kein Traum an.

Ich sah zu ihm auf. »Bitte sag mir nicht, dass ihr mich auch vergessen habt. Ihr wisst, wer ich bin. Ich bin's, Alice!«

Alle drei wechselten einen ratlosen Blick.

»Ihr wisst, wer ich bin«, beharrte ich und griff nach Jacksons Hand.

Dessen Augen musterten mich irritiert, dann mischte sich ein abweisender Ausdruck hinein. Die Situation war ihm sichtlich unangenehm.

»Hör zu, Blondchen«, murmelte er behutsam und pflückte meine Hand von seinem Arm. *Blondchen?* »Du musst uns verwechseln. Wir kennen dich nicht, und um ehrlich zu sein, störst du gerade. Wir sind nur hier, um einen Freund zu besuchen.«

»Freund?«, echote ich und mein Blick wanderte mit einer grauenvollen Vorahnung zum Bett.

Ich hielt inne. Dort im Bett – angeschlossen an Dutzende Schläuche und eine Atemmaske – lag niemand anders als Vincent Chesterfield. Sein Haar war so hell, dass es sich kaum vom Kopfkissen abhob. Sein Gesicht sah ähnlich verquollen und zerschlagen aus wie das von Jackson. Das Piepen des Monitors füllte den Raum, während sich sein Brustkorb nur mühsam hob und senkte.

Ich zuckte zurück. »Was macht denn Vincent hier?«, fragte ich krächzend.

»Woher kennst du meinen besten Freund?«, fragte Jackson scharf zurück.

Besten Freund? Wir starrten uns gegenseitig an, als wäre der jeweils andere komplett gestört.

»Sie wird ihn aus der Schule kennen«, warf Issy sanft ein. Sie sah mich mitleidig an und berührte Jackson leicht an den angespannten Schultern.

»Ich hab sie noch nie gesehen. Ich glaube nicht, dass sie auf die Foxcroft geht«, warf Regina ein und musterte mich ebenfalls kritisch.

Ich öffnete den Mund, als die Tür aufging und Bethany hereinkam.

»Na, wo brennt denn der Schuh?«, fragte sie, ehe ihr sachlicher

Blick auf mich fiel. »Oh, ich glaube, du gehörst nicht in dieses Zimmer«, sagte sie streng.

»Das tut sie wirklich nicht«, sagte Jackson sichtlich erleichtert.

»Ach herrje, armes Mädchen. Wir haben dich bereits gesucht. Du kannst doch nicht einfach so verschwinden. Schon gar nicht, nachdem du gerade erst aufgewacht bist«, sagte die Pflegerin streng und bugsierte mich durch den Raum. Sie war größer und deutlich kräftiger als ich, trotzdem packte ich im Vorbeigehen Jacksons Arm.

»Sieh mich an! Du musst dich an mich erinnern! Der Fluch steckt dahinter, da bin ich mir sicher. Du weißt, wer ich bin!«

Jackson starrte mich an. Ich sah mich selbst in seinen Augen. Blass wie ein Geist. Und da war er wieder, jener verwischte Ausdruck in seinen Pupillen, als hätte jemand jegliche Emotionen herausgewischt.

»Bist das wirklich du, Jack?«, hörte ich mich selbst flüstern.

Er blinzelte, der blasse Ausdruck verschwand. Ruckartig riss er sich von mir los und griff sich gleichzeitig an den Arm, als müsste er meine Berührung abwischen.

»Keine Ahnung, was bei dir für Schrauben locker sind, aber halt dich von mir fern«, sagte er leise.

Ich zuckte zusammen. Sein Kinn spannte sich an. Er sah weg. Isolde strich ihm wieder über den Rücken und flüsterte ihm etwas zu.

»Issy …«, fing ich an, doch die Schwester zerrte mich praktisch aus dem Zimmer.

Meine nackten Füße klatschten laut über den Boden, während durch meinen Kopf immer wieder ein und dieselbe Frage kreiste: Was zum Teufel war hier los?

KAPITEL 5

Die Dunkelheit der Nacht kroch langsam in mein Zimmer. Die Uhr an der Wand tickte viel zu laut und eindringlich. Neben mir tröpfelte Flüssigkeit in meine Venen.

Tick.

Tropf.

Tick.

Tropf.

Tick.

Tropf.

Mein Blick heftete sich auf den Tropf. In den letzten Stunden hatte ich beobachtet, wie die Schwestern ihre Schicht getauscht hatten. Eine andere Schwester hatte mich wieder an diesen dämlichen Tropf angeschlossen und mich so fest zugedeckt, dass es einer Zwangsjacke ähnelte.

Der Fluch war nicht wieder aufgetaucht. Zumindest hatte er sich nicht zu erkennen gegeben.

Tick.

Tropf.

Es war kurz vor Mitternacht. Ich band mir einen Zopf und wartete, bis die Nachtschwester ihre Patrouille beendet hatte. So weit, so gut. Mein Ausbruchsversuch hatte sich soeben zu einer Waszum-Teufel-ist-hier-los-Mission verändert. Abhauen würde ich erst, wenn ich mit Vincent geredet hatte. Selbst wenn sich alles in mir sträubte, mit dem weißen König in ein und demselben Zimmer zu sein, war er gerade mein einziger Anhaltspunkt.

Die Besuchszeit war längst vorüber. Ich hatte nur noch einen letzten Blick auf Jackson, Issy und Regina erhaschen können, die etwa eine Stunde, nachdem Schwester Bethany mich schimpfend zurück in mein Zimmer verfrachtet hatte, in ein Auto gestiegen und davongefahren waren. Regina und Issy hatten dabei die Köpfe zusammengesteckt, als wären sie die besten Freundinnen aller Zeiten.

Leise setzte ich mich auf und begann, an der Infusion herumzupulen. Zischend stieß ich die angehaltene Luft aus und rutschte über die Bettkante. Jetzt brauchte ich nur noch Kleidung und vor allem Schuhe.

Im Flur war das Licht gedimmt. Ich linste in alle Richtungen, ehe ich ihn entlanglief und in mehrere Zimmer spähte, bis ich eines fand, in dem über einem Stuhl eine Jogginghose und ein Kapuzenpulli hingen. Davor stand ein Paar Turnschuhe, das ungefähr meine Größe hatte. Jackpot! Alles war besser, als halbnackt rumzulaufen.

Hastig streifte ich die Sachen über, dann huschte ich zurück auf den Flur und durch Vincents Tür. Auch hier war es dunkel, nur schwaches Mondlicht fiel durchs Fenster, das jemand ein Stück weit offen gelassen hatte, sodass eine angenehme kühle Brise die stickige Luft verdrängen konnte.

Das Foxcroft Memorial befand sich etwas außerhalb der Stadt. Die einzige Straße, die von hier aus in die Stadt führte, zog sich wie ein dunkles Band unter uns vorbei. Der angrenzende Wald hob sich zackig und düstergrau vom Horizont ab.

Der Schein des Monds erhellte sanft das Zimmer. Ich trat an Vincents Bett und musterte den weißen König von Chesterfield. Er hing noch immer an allen möglichen Kabeln und Schläuchen und schlief tief und fest. Mein Blick zuckte zu der Krankenakte, die am Bettrand steckte. Ich begann, darin herumzublättern.

Anamnese:

Vincent Chesterfield

Geb.: 21.12.2001

Größe: 185 cm

Gewicht: 70 kg

Blutgruppe: 0-

Versicherung: ja

Appendizitis: operativ entfernt

Fraktur der rechten Clavicula

Fraktur des rechten Handgelenks

Lazeration an Stirn und Lippen

Distensionen im Schulterbereich (Deltamuskeln)

Weiteres: alte Schnittverletzungen unbekannten Ursprungs – vermuteter Ursprung: körperliche Gewalteinwirkung, konnte bislang nicht bestätigt werden, Befragung der Angehörigen ist anzuraten

Diagnostik:

Koma infolge einer Prügelei, Schädel-Hirn-Trauma, Hämatome im Bereich von Kopf und Brustkorb,

Schnittverletzung im Bereich des oberen Brustkorbs, ansonsten unauffälliger Befund

Therapie:
Lebenserhaltende Maßnahmen,
künstliche Ernährung

Ich biss mir auf die Lippe und sah auf. Ich verstand nicht viel von dem Fachchinesisch, doch Vincent schien des Öfteren mit Brüchen und Muskelzerrungen im Krankenhaus gelegen zu haben. Den Grund dafür hatte der Arzt offenbar ebenfalls erraten. Vincent hatte von den Misshandlungen durch seinen Vater Direktor Chesterfield nur mit solcher Angst in den Augen und vor allem wortkarg erzählt, dass ich damals nicht weiter nachgebohrt hatte, doch ich wusste auch so genug. Hier lag er nun aber angeblich wegen einer Prügelei.

Langsam steckte ich die Papiere zurück und trat näher. Zögerlich betrachtete ich das schöne Gesicht. Wie er hier lag, wirkte er zerbrechlich wie Glas. Ihn zu berühren, fühlte sich gleichzeitig falsch und richtig an, wie so vieles, was mit Vincent Chesterfield zu tun hatte. Trotzdem tat ich es und schob das Krankenhaushemd hoch. Dort, wo ich ihn verwundet hatte, befand sich tatsächlich ein fester weißer Verband. Ansonsten war sein Brustkorb mit großen blauen Flecken übersät, die äußerst schmerzhaft aussahen. Seine Haut fühlte sich unter meinen Fingern kühl an.

Ich ließ ihn los und gab ihm stattdessen einen Miniklaps auf die Wange. »Vincent, wach auf«, flüsterte ich.

Er rührte sich nicht.

»Vincent! Bitte wach auf!«, flehte ich.

Der Monitor piepte nur weiter.

»Vincent, komm schon. Ich bin dem Fluch begegnet. Wir müssen herausfinden, was hier los ist. Und vor allem müssen wir verschwinden, ehe er zurückkommt«, sagte ich lauter, als in dem Moment das Licht im Flur anging.

Rufe wurden laut. Ich zuckte zusammen. Die Nachtschwester musste bemerkt haben, dass ich verschwunden war. Ich hörte Fußgetrappel und begann, Vincent zu schütteln.

Ich merkte, wie mir heiße Frusttränen hochstiegen, die ich schnell wieder wegwischte. »Bitte! Ich weiß nicht, was ich tun soll«, stieß ich hervor.

Im selben Augenblick riss jemand die Tür auf. Ein Pfleger starrte mich an. Ich starrte wie ein Reh im Scheinwerferlicht zurück.

»Ich hab sie!«, rief er, obwohl ich hektisch den Kopf schüttelte.

Ich stolperte rückwärts und sah mich verzweifelt um.

»Ganz ruhig, Alice, wir bringen dich nur zurück in dein Zimmer«, redete der Pfleger auf mich ein.

Abwehrend hob ich die Hände und flüchtete bis zum Fenstersims. »Frieden«, krächzte ich panisch. *Frieden?* Innerlich verdrehte ich über mich selbst die Augen.

»Komm zurück, Alice. Es geht dir noch nicht gut, wir müssen dich ins Bett bringen«, sagte der Pfleger eindringlich.

»Ich …« Ich schluckte, sah angespannt hinter mich und bemerkte, dass wir uns im zweiten Stock befanden. Hoch, aber nicht unmöglich zu springen.

»Komm zu mir, Alice«, rief der Pfleger, bei dem offensichtlich alle Alarmglocken schrillten.

»Sorry, aber ich kann nicht bleiben«, sagte ich, kletterte auf den Fenstersims und sprang hinaus.

Der Pfleger schrie mir panisch etwas nach, während ich wie ein nasser Sack fiel und hart am Boden aufkam.

»Hey!«, rief er mir hinterher.

»Au!« In meinen Ohren schrillte es.

Keuchend drehte ich mich auf den Rücken und sah das blasse Gesicht des Pflegers aus dem Fenster auf mich herabstarren.

»Nicht bewegen, Alice, wir holen dich!«

Ich rappelte mich auf und begann zu laufen … oder besser zu humpeln. Laufhumpeln. Aber egal wie, zumindest war ich draußen.

Verzweifelt sog ich die frische Luft in meine Lunge und überlegte fieberhaft, was ich als Nächstes tun sollte.

Mich verstecken, bis die Luft rein war?

Und dann?

Aktuell war die Situation umgeschwenkt. Eigentlich hatte ich den Slave finden wollen, aber nun musste ich erst mal herausfinden, was zum Teufel hier los war. Denn gerade fühlte es sich so an, als würde ich meinen Verstand verlieren. Mein Blick fiel auf den Wald, und mich überzog eine Gänsehaut. Jackson, Issy, Regina und Vincent hatten aus unerfindlichen Gründen das Spielfeld verlassen und litten genau wie meine Mom – und, wie ich annahm, auch der Rest von Foxcroft – an Amnesie, was mich betraf. Doch was war mit den anderen Spielern, wenn alle Könige und Königinnen das Spielfeld verlassen hatten? Was war passiert, während ich im Krankenhaus gelegen hatte? Das war doch alles Irrsinn!

Ich war vor dem Wald geflohen, und dennoch lief ich jetzt wieder darauf zu. Die Internate waren der einzige Ort, an dem ich mir im Augenblick Antworten erhoffen konnte.

Bis zur Mauer waren es in etwa drei Meilen. Das war auch in meinem Zustand zu schaffen, vorausgesetzt, ich war schnell genug, um dort zu sein, bevor die Krankenhausleute mich wieder einfingen.

Bereits nach kürzester Zeit merkte ich, wie mir die Puste ausging, doch ich durfte nicht stehen bleiben. Meine Schritte fühlten sich an, als würde mir Zement an den Füßen kleben, die Schuhe ohne Socken rieben mir die Fersen auf. Dennoch ging ich weiter, so schnell ich konnte, jenseits der Straße durchs hohe Gras, das im Wind tanzte. Die Bäume rauschten leise, Grillen zirpten. Über mir schienen die Sterne. Sie glitzerten und funkelten am dunklen Firmament, als wäre alles normal. Die Welt drehte sich weiter, nur ich schien darin stehen geblieben zu sein.

Nach einer gefühlten Ewigkeit wurden der Weg zusehends steiler und der Wald dichter. Fast da. Keuchend lehnte ich mich an einen runzeligen Baumstamm, dessen Rinde unter meinen Fingern bröckelte, und schnappte nach Luft. Schweiß rann mir am gesamten Körper herab. Die Kleidung klebte mir förmlich an der Haut.

»Komm schon, Alice, du schaffst das. Dort oben muss die Mauer sein«, sprach ich mir selbst gut zu, doch meine Füße bewegten sich nicht. Sie zitterten nur, während ich in den dunklen Wald starrte. Wollte ich wirklich wieder dort hinein?

Im selben Augenblick hörte ich den schrillen Klang einer Polizeisirene. Ich riss den Kopf herum und sah in einiger Entfernung, jedoch schnell näher kommend, eine blau leuchtende Sirene. Mom! Das Krankenhaus musste meine Mom gerufen haben. Vermutlich hatten sie durch die Überwachungskameras vor dem Krankenhaus herausgefunden, welche Richtung ich eingeschlagen hatte, und dann selbst geschlussfolgert, dass ich wohl dorthin flüchtete, wo man mich nach dem Unfall gefunden hatte.

Mist, Mist, Mist!

Ich diskutierte nicht länger mit meinen Beinen, sondern zwang sie schlichtweg weiterzulaufen, obwohl ich bereits gefühlt am Limit war. Drei Meilen mochten nach wenig klingen, aber sie waren unendlich weit, wenn man zu Fuß unterwegs war. Immer tiefer schlug ich mich ins Dickicht. Die flüsternden Baumkronen schlossen sich um mich herum, und schlagartig wurde es still und dunkel. Selbst das bisher spärliche Mondlicht erlosch, sodass ich kaum noch etwas sehen konnte.

Ein tief hängender Ast peitschte mir genau ins Gesicht und zerkratzte mir die Wange. Was hätte ich jetzt für die Nachtsicht eines Springers gegeben, oder für die Stärke und Ausdauer eines Läufers. Wer hätte gedacht, dass ich es einmal vermissen würde, eine Spielfigur zu sein? Zischend sog ich Luft ein, duckte mich und stolperte prompt über etwas Hartes am Boden.

»Alice? Bist du hier?«

Die vertraute Stimme meiner Mutter schallte durch die Dunkelheit zu mir. Ich erstarrte, hielt die Luft an und spitzte die Ohren wie ein Wildtier, das befürchtet, gleich gerissen zu werden.

»Alice, hier ist Sheriff Bellamy! Bitte komm zurück!«, rief sie.

Ein Lichtkegel blitzte auf und zuckte neben mir über den Waldboden. Langsam kam ich wieder auf die Beine und schlich weiter.

»Alice!«, mischte sich eine tiefe männliche Stimme in die meiner Mutter. Kay.

Die beiden riefen nach mir, immer und immer wieder. Es schnürte mir die Kehle zusammen. Ich war am Ende meiner Kräfte, wollte nichts mehr als aufgeben und zu den beiden zu gehen. Vielleicht war ich wirklich verrückt. Vielleicht war alles, was mir passiert war, nicht mehr als ein Hirngespinst.

Wie einfach wäre es gewesen, wie erleichternd, wenn ich die Bürde, eine Spielfigur zu sein, einfach hinter mir hätte lassen können wie einen schlechten Traum. Wie einfach wäre es gewesen ... Doch genau das war der springende Punkt: Es war *zu* einfach. Das Leben, das ich geführt hatte, war zu real für ein reines Hirngespinst. Was auch immer hier vor sich ging, es war nicht echt. Ich musste in meine Welt zurück.

Darum humpelte ich weiter. Ignorierte die Rufe, die mich zurückhalten wollten, und ging tiefer in den Wald hinein, der mich wie ein gieriger Schlund verschlang. Keuchend sah ich mich um. Irgendwo hier musste die Mauer sein. Eigentlich hätte ich sie längst passiert haben müssen, gefühlt irrte ich seit einer Ewigkeit im Wald umher. Doch alles, was sich vor mir erstreckte, waren die stummen, runzligen alten Stämme der Bäume.

Ein Schritt weiter, noch einer, und endlich sah ich etwas schimmern. Die Bäume lichteten sich, und ich spürte, wie pures Adrenalin meine Adern durchflutete. Ich ging weiter und hörte es leise platschen, ehe plötzlich etwas Nasses kalt durch meine Schuhe flutete. Die offenen Blasen an meinen Fersen pochten und brannten. Überrascht blieb ich stehen und sah auf die Lichtung, die sich vor mir auftat.

Ich stand im Ufermatsch eines Sees. Das Wasser war beinahe so dunkel wie die Nacht. Der Mondschein fiel jedoch punktgenau herab und zeichnete jede Welle, die sich am Ufer schaumig schlug, silbern. Das leise Plätschern füllte meine Ohren. Ich kannte diesen See. Auf dem Spielfeld gab es nur einen einzigen, und der gehörte zu St. Burrington.

Das Adrenalin in meinen Adern flachte ab und machte stattdessen etwas anderem Platz. Etwas Hässlichem, was in meinem Magen begann, meine Kehle hinaufkroch und mir dort langsam die Luft abdrückte. Meine Knie zitterten und knickten ein. Ich fiel ins Wasser. Kühl umfloss es meine Beine und durchnässte mich bis auf die Knochen.

Dieser See gehörte eindeutig zu St. Burrington, doch das Anwesen war nicht hier. Von dem wuchtigen Schloss fehlte jede Spur.

Meine Zähne begannen zu klappern, während mich ein überwältigendes Gefühl flutete. Es war Verzweiflung. Wenn die Internate nicht existierten, was war dann noch real und was nicht? Die Verzweiflung verschlang mich in großen Stücken und hinterließ dort, wo die ganze Zeit eiserne Entschlossenheit geherrscht hatte, eine gähnende Leere. Konnte es wirklich sein, dass ich nur halluziniert hatte? War Alice Salt am Ende gar keine Spielfigur, sondern einfach nur verrückt?

Und so fanden mich Mom und Kay schließlich. Mitten im Wald. Tropfnass und zitternd. Sie sagten nichts. Sie schimpften nicht. Sie wickelten mich nur in eine Decke und brachten mich zurück ins Krankenhaus.

KAPITEL 6

Vier Wochen später

»Na, bereit für den ersten Schultag?«

Meine Mom … oder eher Sheriff Bellamy, wie ich sie jetzt nannte, schob mir eine Kaffeetasse hin, während ich den letzten Bissen meines ungetoasteten Toasts aß.

Vier Wochen.

Vier Wochen saß ich nun schon in Foxcroft fest. Zuerst hatten sie mich im Krankenhaus festgehalten, bis zwei Dinge klar wurden: Erstens gab es von mir keinerlei Spuren im Netz. Ich existierte nicht. Und zweitens war Grandma Emerald inzwischen so dement, dass sie kaum noch sprechen und damit weder widerlegen noch bestätigen konnte, ob ich wirklich ihre Enkeltochter war, wie ich es immer noch behauptete.

Ich war eine Fremde ohne Vergangenheit. Niemand hatte so recht gewusst, was er mit mir anfangen sollte. Am allerwenigsten ich selbst. Nachdem ich weder St. Burrington noch Chesterfield gefunden hatte, wusste ich gar nichts mehr, außer dass ich nicht verrückt war. An diesen Gedanken klammerte ich mich wie eine Ertrinkende.

Jede Nacht hatte ich seitdem wach gelegen und mir all das in

Erinnerung gerufen, was in den letzten Monaten auf dem Spielfeld passiert war. Der Duft von Issys Kuchen, Jacks dunkles, kehliges Lachen in meinem Ohr. Selbst Vincents Berührungen. Ich hatte mich gezwungen, die Erinnerungen wie eine Flamme in meinem Inneren am Leben zu halten. Das Spielfeld war keine Einbildung! Daran hielt ich fest. Auch wenn sich niemand an mich erinnerte. Ich wusste, wer ich war, und ich würde herausfinden, was der Fluch getan hatte. Ich hatte in all der Zeit gehofft, einen Anhaltspunkt zu finden, wohin der Fluch verschwunden war, und dabei immer erwartet, ihm jederzeit wieder zu begegnen. Doch das war nicht passiert.

Einige Zeit war diskutiert worden, ob sie mich nach Augusta, die Hauptstadt von Maine, abschieben sollten, doch ich hatte darauf bestanden zu bleiben. Nichts und niemand brachte mich aus Foxcroft fort. Da es in Foxcroft jedoch kein Internat oder betreutes Wohnen gab, hatte mich die einzige Person aufgenommen, die sich für mich zuständig fühlte. Ironischerweise war das mein Mom … pardon, Sheriff Bellamy.

Sheriff Bellamy hatte mich auch bisher so weit von der Außenwelt isoliert, dass heute praktisch der erste Tag war, an dem ich wirklich wieder unter normale Menschen gehen würde. Jackson, Isolde und Regina hatte ich nur noch ein einziges Mal wiedergesehen. Die drei waren aus einem schnittigen schwarzen Sportwagen gestiegen. Ich hatte an meinem Krankenhausfenster gestanden und ihnen hoffnungsvoll zugewunken. Jackson hatte mich direkt angesehen. Durch seine dunklen Augen war ein verunsicherter Blick gehuscht, ehe er ohne jegliche weitere Reaktion nach drinnen verschwunden war.

Danach hatte ich es vermieden, wieder aus dem Fenster zu sehen, und mich gleichzeitig für meine Feigheit geschämt. Es gab nur Vincent, und der lag immer noch im Koma. Demnach war der Gute nicht sehr geschwätzig.

Wie auch immer ... Seit ich aus dem Krankenhaus entlassen worden war, galt ich offiziell als Waise. Die Verlegung nach Augusta hatte ich vielleicht abwenden können und mir damit ein paar Wochen Aufschub geholt, doch das Thema, wo ich letztendlich untergebracht werden sollte, war dennoch nicht vom Tisch. Aber der Staat war langsam, die Versorgung von Kids, die durch das Raster der Regierung rutschten, absolut mies. Was für andere Jugendliche eine Katastrophe war, kam mir in diesem Fall ausnahmsweise zugute. Solange ich keine offizielle Bleibe hatte, war ich bei Sheriff Bellamy und Kay untergebracht worden. Eine Übergangslösung, die in mir sowohl Beklemmung und Trauer als auch Erleichterung auslöste, denn obwohl weder Mom noch Kay dieselben waren, die ich in meine Erinnerung hatte, waren sie es dann irgendwie doch. Zum einen waren da das Lachen meiner Mutter, der Duft nach Kaffee und Kays dezent morbider Humor. Und zum anderen die dick glasierten Donuts, die jeden Morgen frisch auf dem Tisch standen. Alles davon war mir so vertraut, dass ich für einen kurzen Augenblick wie erstarrt im Zimmer stand und sie wortlos beobachtete.

Doch dann kam die Katze herein, ein schwarzer Kater namens Whiskas, den ich nicht kannte, den sie jedoch angeblich schon seit zehn Jahren besaßen. Und Kay küsste meine Mutter, als hätte er das schon immer getan. Diese Augenblicke lösten mich wieder aus meiner Starre, und obwohl es so wehtat, dass ich mich am liebsten eingerollt und losgeweint hätte, tat ich nichts davon. Nein, ich lächelte, schenkte mir Kaffee ein, streichelte Whiskas und erinnerte mich selbst daran, dass ich hier nicht zu Hause war. Manchmal fühlte es sich an, als wäre ich in der Zeit stehen geblieben.

Und schließlich war es so weit. Der erste Schultag nach den Sommerferien war angebrochen. Meine Hände fühlten sich feucht vor Nervosität an, auch wenn ich erleichtert war. In der Schule würde Sheriff Bellamy nicht andauernd an mir kleben, als hätte sie Angst, ich würde erneut versuchen davonzulaufen.

»Alice? Hörst du mir zu?«

»Hm?« Ich sah auf und lächelte entschuldigend, als ich den bedrückten Gesichtsausdruck meiner Mom sah. »Ja, nein, sorry … Ich freue mich auf die Schule«, sagte ich, damit sie beruhigt war, und wurde mit einem Lächeln belohnt.

»Bist du sicher, dass ich dich nicht bringen soll?«

»Ja, aber danke. Das schaffe ich schon. Noch dazu wesentlich unauffälliger als mit Blaulicht und so.« Etwas gezwungen rutschte ich vom Tresen und warf mir einen Rucksack über die Schulter. Er war neu. Wie alles, was ich nun besaß.

»Ruf mich an, falls ich dich abholen soll«, rief mir Sheriff Bellamy nach.

Ich gab ihr einen Wink, dass ich verstanden hatte, und holte draußen ein Fahrrad aus den Rhododendronbüschen.

Ich trat in die Pedale, und während mir der Fahrtwind die Haare aus dem Gesicht peitschte, versuchte ich, mir selbst gut zuzureden. Ich brauchte keine Angst zu haben. Es war die Foxcroft High. Ich kannte meine Schule, oder?

Und genau das war der springende Punkt. War die Foxcroft High so, wie ich mich erinnern konnte, oder hatten sich auch hier Dinge verändert? Und wenn ja, konnte ich darauf reagieren, ohne am Ende wie eine komplett Verrückte dazustehen?

Zumindest hatte ich es geschafft, alle zu überzeugen, mich in die Schule gehen zu lassen. Noch im Krankenhaus hatten sie mich einen Test schreiben lassen, um zu sehen, ob ich mit dem aktuellen Schulstoff überhaupt mithalten konnte. Er war beinahe lächerlich leicht gewesen, was irgendwie ebenfalls ironisch war, wenn man bedachte, dass ich überhaupt erst nach Chesterfield gekommen war, weil ich durchgerasselt war. Zumindest in meiner Erinnerung.

Ein wenig außer Atem blieb ich vor dem schlichten Schulgebäude stehen, während Schüler in ihren Autos oder zu Fuß an mir vorbeiströmten. Einige von ihnen starrten mich an. Ich schloss mein Fahrrad ab und wollte ins Gebäude stapfen, als ich mit jemandem zusammenstieß und erschrocken herumfuhr.

»Heilige Schei… Cordelia?«

Ich erstarrte und blickte meine ehemals beste Freundin an, die verunsichert zurücklächelte. Sie sah noch genauso aus, wie ich sie in Erinnerung hatte. Das dunkle Haar lang und top frisiert. Das Make-up saß perfekt, genauso wie ihr kurzer Rock, den sie mit einem süßen blauen Pulli kombiniert hatte.

»Ähm, hallo?«, sagte sie verwirrt und ich bemerkte sofort, dass sie keine Ahnung hatte, wer ich war. »Bist du neu?«, fragte sie und musterte mich neugierig.

Innerlich zuckte ich zusammen. Äußerlich lächelte ich sie jedoch an und streckte ihr meine Hand entgegen. Jetzt kam der Part, den ich tagelang vor dem Spiegel geübt hatte.

»Ja. Alice Salt. Ich bin diesen Sommer hergezogen.« Am Ende stolperte ich ein wenig über meine eigenen Worte, fing mich jedoch schnell wieder und sah mich um. »Hast du zufällig eine Ahnung, wo ich hinmuss?«

Sie lächelte. »Welches Fach hast du denn?«

»Ähm, Bio. Bei einem gewissen Mr Hensen.«

»Hensen? Ah ja, Bio und Geschichte. Mein Beileid. Sitz bloß nicht in der ersten Reihe, der gute Hensen neigt zum Spucken, wenn er über Zellteilung oder die Boston Tea Party spricht«, sagte Cordy, und wir setzten uns plaudernd in Bewegung.

Innerlich atmete ich auf. So weit, so gut. Ich begann, mich gerade zu entspannen, als Regina und Issy über den Schulhof kamen. Die beiden besuchten also wirklich die Foxcroft High. Sie sahen jedoch aus, als kämen sie irgendwie aus einer anderen Welt. Schon allein die Art, wie sie sich bewegten, hatte etwas … nun … Königliches an sich. Sie wirkten wie Puzzleteile, die zwar der Form nach ins Bild passten, jedoch zu bunt waren. Wie ein Fehldruck. Die Schüler wichen instinktiv vor ihnen zurück.

»Cordelia! Wo bleibst du denn?«, rief ausgerechnet Regina meiner Freundin zu.

Als sie mich sahen, blieben sie stehen. »Oh, dich kennen wir doch …«, setzte Isolde in meine Richtung an.

»Du bist die Verrückte aus dem Krankenhaus«, schloss Regina.

»Gina!«, fauchte Issy.

»Was denn? Sie war eindeutig nicht richtig in der Birne. Was machst du hier auf unserer Schule?«, fragte Regina kühl, während sie ihren Fischgrätenzopf über die Schulter warf.

Aus dem Augenwinkel sah ich, wie Cordelia ein Stückchen von mir abrückte. Verdammter Mist. Ich zwang mich trotzdem zu einem Lächeln. Ich hatte das geübt. Ich konnte das.

»Ich bin nicht verrückt. Ich bin Alice. Ich bin neu«, stellte ich mich vor und sah ihr direkt in die Augen. Nicht blinzeln, nicht verunsichert wirken. Aktuell wusste ich mehr über Regina als sie über sich selbst.

Es wirkte. Zumindest etwas. »Freut uns«, sagte Isolde und lächelte mich an.

»Nicht! Kommt, wir sind sonst noch zu spät zum Unterricht«, unterbrach Regina. Sie klang verunsichert. Ich sah das Flackern in ihren Augen, und mein Lächeln wurde noch eine Spur breiter. Oh ja, Regina Chesterfield hatte Angst vor mir. Sie trat einen Schritt zurück und schleifte Issy einfach hinter sich her.

Ich unterdrückte den Drang, ihnen zu folgen, und wandte mich stattdessen wieder Cordelia zu. »Also, der Bioraum war …?«, setzte ich an.

»Sorry, ich muss auch los«, sagte sie schnell und nahm von mir Abstand, als wäre es ihr plötzlich unangenehm, mit mir erwischt worden zu sein. »Wir sehen uns vielleicht zu Mittag«, sagte sie leise. So leise, als hätte sie Sorge, es könnte jemand hören.

Sie drehte sich um und huschte zu den beiden Königinnen, die erst ihr, dann mir einen scharfen Blick zuwarfen. Zumindest Regina guckte scharf. Issy eher, als würde sie sich Sorgen machen. Eine steile Falte bildete sich zwischen ihren Augenbrauen, ehe sie auf Cordelia einzureden begann. Ich folgte ihnen mit den Blicken, bis sie im Schulgebäude verschwunden waren.

Okay, das war gut, aber es ging besser. Doch zumindest wusste ich jetzt mit Sicherheit, dass die Königinnen hier waren, und wo sie waren, war auch der König nicht weit.

Stellte sich nur die Frage, wem ich heute noch alles begegnen würde. Tief atmete ich durch und betrat die Schule.

Das Geflüster in den Fluren folgte mir wie ein großer Schatten, brandete zum Raunen auf, das sich wie ein Echo bis in den entlegensten Teil der Foxcroft High ausbreitete. Den ganzen Weg über zwang ich mich, den Kopf hochzuhalten. Dabei sah ich mein eigenes Spiegelbild in der Vitrine mit den Schulpokalen. Das blonde Haar fiel mir in einem glänzenden Pferdeschwanz über den Rücken. Mein Gang war geschmeidig, beinahe zu lautlos, und in meinen Augen tanzten Schatten, die nicht gänzlich menschlich waren. Als ich es endlich bis in den Biologiekurs geschafft hatte, rann mir dennoch ganz und gar menschlicher Schweiß den Rücken herunter. Als ich die Tür aufstieß, fuhren ruckartig die Köpfe aller Anwesenden zu mir herum.

Mir stockte der Atem. Die halbe Schülerschaft von Chesterfield und St. Burrington saß hier zusammen mit Schülern der Foxcroft. Isolde und Regina in der ersten Reihe. Dahinter die Zwillinge aus Chesterfield, Ebony und Ivory, die wie üblich gelangweilt auf ihren Stühlen lümmelten. Ich sah Bastion mit seinen türkisfarbenen Haaren und Hawkins, der gerade an seiner Beanie herumzupfte. Dazwischen verschiedene Schüler, die ich noch von früher von der Foxcroft High kannte. Nur Jackson fehlte, und seltsamerweise war ich erleichtert darüber.

Alle starrten mich an.

Ich schluckte, hob die Hand, und murmelte: »Ähm … hallo!«

Keiner antwortete, und ich beeilte mich, in die letzte Reihe zu kommen. Zumindest versuchte ich es, denn plötzlich kickte mir jemand genau in die Füße hinein. Ich stolperte und fing mich gerade noch an einem der Tische ab, dessen Kante sich schmerzhaft in meinen Handballen drückte. Die Schüler lachten.

»Was zum …?«

Langsam drehte ich mich um und sah, wie einer der Zwillinge langsam den Fuß einzog, mit dem er mich zu Fall gebracht hatte.

»Was soll der Scheiß?«, fuhr ich ihn an.

»Willkommen auf der Foxcroft High«, sagte er nur, und ich erkannte, dass es Ivory war.

Sein Zwilling daneben verdrehte nur die Augen. Wütend öffnete ich den Mund, als die Tür aufging und der Lehrer hereinkam.

»Ah, unser Neuzugang«, nuschelte er, als er mich erblickte, und spuckte bereits jetzt wild drauflos. Die Kids in der ersten Reihe wichen geschickt aus. »Es ist schön, dich bei uns zu haben. Falls du Probleme hast, dem Unterricht zu folgen, melde dich bitte«, sagte er.

Ich unterdrückte meine Wut auf Ivory, nickte und schob mich ganz nach hinten auf den Fensterplatz. Als ich endlich saß, atmete ich tief durch, und der Unterricht begann. Doch noch während Mr Hensen äußerst bewässerungsreich versuchte, die menschliche Zelle an der Tafel zu erklären, ging klackernd die Tür auf, und ein großer Schatten fiel ins Klassenzimmer. Ich spürte ihn, ohne aufsehen zu müssen. Es fühlte sich an, als würde sich alles in mir zusammenziehen.

»Zehn Minuten zu spät, Jackson«, bellte Mr Hensen. »Das macht eine Stunde nachsitzen.«

Jackson, dessen rechte Hand noch immer in einem leichten

Gips steckte und dessen Footballjacke lässig über die Schulter hing, schnaubte nur, während er den freien Platz neben Isolde anstrebte.

»Hm-m, letzte Reihe, Jackson. Ich habe heute keinen Nerv, dir beim Abschreiben zuzusehen. Zudem kannst du unserer Neuen helfen, falls sie sich nicht auskennt.«

»Wem?«, fragte Jackson irritiert, der mitten in der Bewegung innehielt.

»Letzte Reihe, Alter«, knurrte Bastion, und Jacksons Kopf schnellte zu mir herum.

Unsere Blicke verhakten sich ineinander, und für einen Augenblick fühlte es sich an, als würde dem Raum schlagartig jeglicher Sauerstoff entzogen werden. Die Leuchte über Jacksons Kopf blinzelte, sodass ein scharfer Schatten seine Gesichtszüge auseinanderriss.

»Na großartig, die verrückte Krankenhaustussi«, murmelte er so laut, dass es alle hören konnten.

»Jackson!«, fuhr ihn Isolde an, doch da stapfte er bereits zu mir in die letzte Reihe und warf sich neben mich an den Tisch. Er streckte die langen Beine in den schwarzen Converse aus, und ich bemerkte, dass er weder Bücher noch Stifte bei sich hatte.

Ich starrte ihn an und hielt ihm einen meiner Stifte entgegen. »Hier.«

Er starrte darauf, als hätte ich ihm ein unanständiges Angebot gemacht. »Kann nicht schreiben«, sagte er nur spöttisch und hob seinen Arm.

Ich zog eine Augenbraue hoch. »Doch, du bist Linkshänder.«

Seine dunklen Augen fixierten mich, während ein misstrauischer

Ausdruck durch sein Gesicht huschte. »Sag mal … bist du ein Stalker oder so was?«, fragte er mich irritiert.

Ich schnaubte. »Lustig, dieselbe Frage habe ich dir auch schon mal gestellt.«

»Was?«

»Ach, nichts.« Ich pustete mir eine Haarsträhne aus dem Gesicht und nahm den Stift zurück. »Vergiss es, ich wollte nur nett sein«, sagte ich, ehe sich Mr Hensen scharf räusperte.

»Gibt es ein Problem?«, fragte er uns.

»Nein«, sagten Jackson und ich im Chor und sahen demonstrativ in eine andere Richtung.

Ich spürte, wie meine Wangen heiß brannten. Dieser Riesenarsch! Jackson und ich hatten zugegebenermaßen von Anfang an eine sehr holprige Beziehung zueinander gehabt, doch er hatte auch immer schon etwas Spezielles an sich gehabt. Er war vielleicht ein schroffer, sozial leicht inkompetenter Idiot gewesen, aber gleichermaßen auch loyal, mutig, charakterstark und prinzipientreu. Der Jackson hier und jetzt benahm sich wie ein Football-Hohlkopf. Wie sollte ich ihn nur davon überzeugen, dass er sich anstrengen musste, um sich an mich zu erinnern? Wenn mir einer helfen konnte, dann er.

Den gesamten Unterricht grübelte ich darüber, als plötzlich ein Zettelchen auf meinem Tisch landete.

Hey, geht es dir besser?

Ich sah auf und bekam von Isolde eine Reihe vor mir ein schüchternes Lächeln.

Überrascht kritzelte ich eine Antwort und warf sie nach vorn.

Ja, danke. Sorry, dass ich euch damals im KH erschreckt hab. War nicht meine Absicht.

Issy runzelte die Stirn, ehe ihre Antwort postwendend zurückkam.

Wir sind in einer Kleinstadt, da passieren nicht oft seltsame Dinge. So übel, wie es wirkt, sind wir aber gar nicht. Hast du Lust, mit uns Mittag zu essen?

In mir wurde alles weich vor Erleichterung, und ich bemerkte, dass sich in meiner Brust ein Knoten löste, von dem ich gar nicht gewusst hatte, dass er mir dort die ganze Zeit die Luft abgedrückt hatte. Ich antwortete und warf das Knöllchen, das im Flug aber blitzschnell von einem langen Arm abgefangen wurde.

Jackson entfaltete den Papierball und las sich die Nachricht blitzschnell durch, ehe er das Gesicht verzog. »Vergiss es! Du sitzt nicht mit uns an einem Tisch.«

»Warum nicht?«, fuhr ich ihm dazwischen und grapschte nach dem Zettel.

»Weil …« Ein zwiegespaltener Ausdruck huschte durch seine markanten Gesichtszüge. Er runzelte die Stirn, als hätte er Kopfschmerzen. Dann öffnete er den Mund und schloss ihn wieder, ehe er sich wütend durch die Haare fuhr und mich anfunkelte. »Weil du seltsam bist, darum.«

Er hielt den Zettel hoch, und ich war kurz davor, wie ein kleiner

Hund an ihm hochzuspringen, als ihm eine Hand das Zettelchen aus der Hand riss.

»Was ist das?«, fragte Mr Hensen spuckend.

»Gehört nicht mir. Ist ihrer«, sagte Jackson prompt und deutete auf mich.

Ich funkelte ihn an. »Was ist dein Problem?«, zischte ich.

Mr Hensen sah mich enttäuscht an. »Nun, wenn das so ist, darf Miss Salt Mr St. Burrington beim Nachsitzen Gesellschaft leisten. Und da ihr bereits das zweite Mal meinen Unterricht stört, machen wir doch gleich zwei Stunden draus.« Damit drehte er sich um und ließ uns beide zurück.

Als es endlich zum Ende der Stunde klingelte, war ich kurz davor, Jackson mit meinem Bleistift zu erstechen. Mit dem Schrillen der Klingel sprang er auf und rannte förmlich weg.

Regina und die Zwillinge warfen mir teils herablassende, teils amüsierte Blicke zu, während ich selbst die Stirn gegen den Tisch schlug. Um Gottes willen! Das war ja noch schlimmer, als ich befürchtet hatte!

Kapitel 7

Der Tag wurde leider nicht besser. Die Nachricht, dass Jackson mich nicht leiden konnte, verbreitete sich wie ein Lauffeuer in der Schule, und bereits ab der Mittagspause schien mich die Schülerschaft zu meiden, als hätte ich die Pest. Es half auch nicht, dass Regina jedes Mal sehr laut über »die verrückte Tussi« sprach, sobald ich vorbeiging. Die Jungs hier benahmen sich in Jacksons Gegenwart im Allgemeinen wie ein speichelleckender Hofstaat, was mich jedoch auch nicht stark verwunderte. Selbst die gehirnamputierte Trollversion von Jackson strahlte noch etwas Respekteinflößendes aus.

Den zweiten Hofstaat schienen Regina, Isolde und Cordelia zu bilden.

Ich schnitt dem Inneren meines Spinds eine Grimasse, ehe ich die Tür krachend schloss und mich entschlossen umdrehte. Irgendwie musste ich doch mit Jackson reden können! Ich war so in Gedanken versunken, dass ich prompt in jemanden hineinrannte. Die Bücher, die ich soeben herausgeholt hatte, flogen wild in alle Richtungen.

»Ups, sorry …«

Vor mir stand ein Junge, den ich an der Foxcroft High noch nie gesehen hatte, was bei einer Gesamtschülerzahl von knapp zweihundertfünfzig Leuten eigentlich unmöglich war. Und dieser Kerl fiel definitiv auf. Er war mindestens einen Kopf größer als ich und ziemlich schlank. Leuchtend hellblaue Augen sahen auf mich herab, während sich seine geschwungenen Lippen zu einem attraktiven Lächeln verzogen. Sein Gesicht war klassisch geschnitten, mit hohen Wangenknochen und einer langen, geraden Nase. Seine Haare waren beinahe so hell wie Schnee und fielen ihm bis auf seine Schultern hinab. Mitten auf dem Kopf hatte er ein Haarbüschel mit einem Haargummi zusammengefasst, sodass es senkrecht nach oben abstand und bei jeder Bewegung fröhlich wippte. Dabei blitzte eine ganze Reihe silberner Stecker in seinem rechten Ohr auf.

Sein Anblick war so irritierend, dass ich ihn eine Sekunde lang sprachlos anstarrte, ehe es aus mir herausplatzte: »Was hast du da auf dem Kopf?«

Der Junge grinste, was seine spitz zulaufenden Eckzähne zum Aufblitzen brachte. »Soweit ich weiß, nennt man das Assi-Palme. An meinen Good Hair Days nenne ich es aber lieber mein Puschelschwänzchen.«

»Puschel… was?« Ich starrte ihn an.

Er lachte und streckte mir die Hand hin. »Hey, ich bin Charlie. Und du musst Alice sein. Weißt du eigentlich, dass sich jeder in diesem Provinzkaff über dich das Maul zerreißt?«

»Ja, ganz großartig. Ich suhle mich in all der Aufmerksamkeit«, sagte ich trocken und schüttelte seine Hand.

Seine Haut war sogar noch blasser als meine, die Fingernägel im krassen Gegensatz dazu schwarz lackiert. Schräger Kerl. Und trotzdem … Ich legte stirnrunzelnd den Kopf schief.

»Sag mal, bist du zufällig mit Regina verwandt?«, fragte ich ihn und deutete mit dem Kinn hinter uns, wo ihr glockenhelles Lachen quer durch den Flur zu hören war.

Eine seiner elegant geschwungenen Augenbrauen wanderte nach oben. »Das hätte Gini wohl gern.« Er feixte. »Im Gegensatz zu meiner Haarfarbe kommt ihre aber aus der Tube. Die Letzte, die das weitergetratscht hat, ist allerdings kurz darauf spurlos verschwunden, darum sollten wir lieber nur leise darüber lästern.«

Amüsiert sah ich zu Charlie auf. »Hat dir niemand beigebracht, dass lästern unhöflich ist?«, zog ich ihn auf, was mir ein Augenzwinkern einbrachte.

»Jemanden öffentlich als verrückt zu bezeichnen, würde ich ebenfalls unhöflich nennen. Ich finde, es wird dringend Zeit, in dieser Bruchbude für etwas ausgleichende Gerechtigkeit zu sorgen. Aber wenn du nicht mitmachen willst, lästere ich eben für uns beide, während wir zusammen Mittag essen. Magst du Thunfisch?« Er kramte in seinem Rucksack herum und zog zwei in Folie gepackte Sandwiches heraus.

Ich starrte darauf, ehe ich mir auf die Unterlippe biss.

Sein Gesichtsausdruck verrutschte ein wenig. »Ich mein, du musst nicht mit mir essen, ist ein bisschen spontan, aber … ich mag spontane Dates.« Er zuckte mit den Schultern und brachte mich damit wieder zum Lachen.

»Date? Wir kennen uns gerade mal drei Minuten.«

»Drei sehr großartige Minuten. Also. Du, ich und der Thunfisch? Ich schwöre, du wirst es nicht bereuen.«

Mein Blick huschte hinüber zu Regina und Issy. Die beiden waren eindeutig auf dem Weg zur Mensa, und eigentlich hätte ich

Isoldes Einladung nutzen sollen, mich dazwischenzuquetschen und ihnen so lange auf die Nerven zu gehen, bis sie sich an mich erinnerten. Doch in mir sträubte sich etwas. Vielleicht war es die Vorstellung, Jackson erneut gegenübersitzen zu müssen. Das Bedürfnis, ihn mit einem Löffel abzustechen, war viel zu groß.

»Schön, gehen wir. Aber hast du keine Angst um deinen Ruf, wenn du mit der neuen Verrückten von Foxcroft rumhängst?«

Charlie schnaubte und legte seinen Arm um meine Schultern, während er mich nach draußen in Richtung des Footballfelds bugsierte. »Soll das ein Witz sein? Ein bisschen Wahnsinn macht jemanden doch erst spannend. Erzähl mir all deine Geheimnisse. Und fang bitte mit den schmutzigen an.«

Ich prustete, als wir in die heiße Sonne hinaustraten und uns auf einen schattigen Platz auf der Tribüne setzten. Jackson und sein Hofstaat schienen es ebenfalls nicht eilig zu haben, nach drinnen zu kommen, und waren gerade dabei, sich einen Football zuzuwerfen. Belustigt zog ich eine Augenbraue hoch, während ich zusah, wie Jackson mit beiden Händen perfekt den Ball abpasste. Okay, also entweder hatte sein Arm eine spontane Wunderheilung genossen, oder der leichte Gips war eine Ausrede, um sich vor den Mitschriften zu drücken.

Die Hälfte der Jungs trug bereits kein Shirt mehr. Darunter auch Jackson, dessen braune Muskeln sich bei jeder Bewegung wie Drahtseile anspannten. Schweißtropfen glänzten im Sonnenlicht und verfingen sich im Bund seiner Jeans. Als er einen Ball auffing, pflückte er ihn mitten aus der Luft und rollte sich geschickt auf dem Rasen ab. Sein Lachen hallte über den ganzen Platz, und mein Magen ballte sich zusammen.

Charlie biss genüsslich in sein Thunfischsandwich und grunzte dabei amüsiert, während er meinem finsteren Blick folgte. »Wenn der Burrington sich noch mehr Anabolika zum Frühstück reinzieht, bleibt er mit seinen Protzmuskeln noch irgendwann in der Schulbank stecken.«

»Eifersüchtig?«, neckte ich Charlie, während ich selbst in mein Sandwich biss und anerkennend eine Augenbraue hochzog.

»Geil, oder?«, schmatzte er genüsslich.

»Jackson?«

»Urgh, nein, das Brot!«

Ich schmunzelte und leckte mir einen Klecks Mayonnaise aus dem Mundwinkel. »Sag mal, wie kommt es, dass ich dich hier noch nie gesehen habe, Charlie?«

»Öhm, weil es dein erster Schultag ist, Mäuschen?«

»Ja, stimmt«, stammelte ich und kam mir absolut dämlich vor.

Charlie grinste mich an. »Ich bin letztes Semester hergezogen und habe mich seitdem schrecklich gelangweilt. Zumindest bis jetzt ...«

Er neigte den Kopf, sodass die Sonne sein Gesicht in zwei Hälften schnitt und die Ringe in seinen Ohren silbern aufblitzten. Um seinen Hals trug er einen silbernen Joker, der beinahe wie ein Halsband aussah.

Je länger ich ihn anstarrte, desto mehr hatte ich das Gefühl, ihn zu kennen. Nicht nur das: Es mochte verrückt klingen, aber es kam mir fast so vor, als würde ich einer menschlichen Version von Curse gegenübersitzen. Die Art, wie er sich bewegte, seine Art zu sprechen, das alles fühlte sich so surreal vertraut an. Ich hatte Curse bereits vermisst. Die letzten Wochen ohne ihn hatten sich angefühlt, als wäre mein bester Freund gestorben. Bei jeder hellen Katze war ich stehen geblieben. Hatte in der Nacht das Fenster offen gelassen und einmal sogar ein Schälchen Thunfisch rausgestellt, in der Hoffnung, der Kater würde sich zu mir reinschleichen. Doch nichts davon war passiert. Aber natürlich hatte ich nicht damit gerechnet, eventuell eine menschliche Version von Curse zu treffen. Hier stellte sich wieder einmal die alles entscheidende Frage: War ich verrückt? Oder wollte nur jemand, dass ich mich verrückt fühlte?

Ich öffnete den Mund, aus dem es herausplatzte: »Hey, klingt dämlich, aber warst du zufällig mal 'ne Katze?« Ich schlug mir die Hand vor den Mund, doch da war der Satz bereits draußen.

»Was?« Charlie starrte mich an, blinzelte und begann, so heftig zu lachen, dass er beinahe von der Bank kullerte.

Die Jungs am Footballfeld blieben stehen und blickten zu uns. Jackson wischte sich den Schweiß von der Stirn und starrte uns an. Sein Blick zuckte zwischen mir und Charlie hin und her, seine Muskeln spannten sich dabei an. Es wirkte, als wollte er einen Schritt auf uns zugehen, ehe er stehen blieb, den Kopf schüttelte und sich ruckartig wieder umdrehte. Ähm … okay?

»Sorry, vergiss es einfach«, nuschelte ich schnell, während sich Charlie langsam wieder einkriegte.

»Mann, du hast echt 'n Rad ab, was?«, giggelte er und wischte sich die Lachtränen aus dem Gesicht. Als er sah, wie ich mich ruckartig versteifte, wurde sein Blick jedoch weich. »Das ist superniedlich, hör ja nicht auf damit. Und falls ich Lust auf einen Kratzbaum bekomme oder mich in Katzenminze rollen will, sag ich dir Bescheid, ja?«

»Mach das«, sagte ich und musterte ihn genau, während mir vor Sehnsucht nach Curse das Herz wehtat.

Ich seufzte.

»Ist was?«, fragte Charlie keck und zog wieder eine Augenbraue hoch.

»Ich … nein, nur … danke. Ich hatte einen echt miesen Tag. Eigentlich ein paar echt miese Wochen. Aber du hast mein Leben gerade etwas besser gemacht. Danke.«

Charlie schmunzelte und stand auf. Im selben Augenblick klingelte die Schulglocke zum Ende der Pause. »Hast du für heute aus, oder musst du noch die Schulbank drücken?«, erkundigte er sich, wobei er mir auf die Beine half. Die Geste war erstaunlich freundlich. Beinahe schon galant.

»Ich hab noch Sport und danach Nachsitzen. Mit dem da …« Ich deutete mit dem Daumen auf Jackson, der sich gerade das Shirt wieder anzog.

Charlie verzog mitleidig das Gesicht und zog mich sanft am herabbaumelnden Zopf. »Mein Beileid, aber sieh es von der positiven Seite.«

»Die da wäre?«, erkundigte ich mich zweifelnd.

»So ziemlich jedes Mädchen hier würde sich wahrscheinlich einen Arm abhacken, um zwei Stunden lang mit dem König der Foxcroft High eingesperrt zu sein. Tu mir einen Gefallen und geh ihm dabei gehörig auf den Sack. Unser Jackyboy braucht dringend mal jemanden, an dem er sich die Zähne ausbeißen kann.« Und damit zwinkerte Charlie mir zu und verschwand geschmeidig zurück ins Schulgebäude.

Ich sah ihm nach und merkte erst, nachdem es bereits wieder

zum Beginn der nächsten Stunde klingelte, dass ich erstens dabei war, zu spät zum Sport zu kommen, und mir zweitens hektisch das Handgelenk gekratzt hatte.

An der Stelle, an der sonst das Zeichen eines Spielers prangte.

Kapitel 8

Nachsitzen. Die Schulbibliothek, die dafür von den Lehrern in Gebrauch genommen wurde, war so veraltet, dass die neuesten Bücher aus den Sechzigern stammten. Bücherregale aus dunklem Holz zogen sich links und rechts durch einen schmalen Gang. Ich linste um das Regal herum, in dem Literatur des Amerikanischen Bürgerkriegs vor sich hin staubte, und da war er. Der schwarze König saß ganz hinten an den Arbeitstischen vor den hohen Fensterfronten und kippelte dabei mit seinem Stuhl, während er gelangweilt aufs Handy blickte.

Für einen kurzen Augenblick musterte ich ihn einfach nur, und mein Herz zog sich zusammen. Er sah so … normal aus. War das der echte Jackson? War das die Version von ihm, die keine Verpflichtungen hatte und einfach Teenager sein durfte? Ich war mir nicht sicher, ob ich diesen Jackson mochte, aber wenn ich ehrlich war, ging mir Jackson auch als schwarzer König auf den Keks. Trotzdem hatte dieser Kerl etwas an sich, dass ich stundenlang dastehen und ihn einfach nur betrachten konnte. Das warme Braun seiner Haut, der volle Schwung seiner Unterlippe, auf der er gerade herumknabberte und leise über etwas auf dem Handydisplay lachte. Ich wollte, dass er aufsah und mich wieder Chérie nannte, mich an seine Brust zog und … Ich wollte … Ich wollte Jackson. Egal was ich dafür tun musste, damit er sich wieder an mich erinnerte, ich würde es tun. Tief atmete ich durch und zwang mich, hinter meinem Versteck hervorzukommen.

»Pass auf, am Ende kippst du noch um und schlägst dir deinen hübschen Schädel ein. Und das wollen wir doch nicht, oder?«, machte ich mich bemerkbar.

Jackson zuckte zusammen, verlor das Gleichgewicht und knallte mit dem Hinterkopf auf die Bank hinter sich. »Au … verdammte Dreckskacke!«, kam es vom Boden.

Ich beugte mich über ihn und grinste auf ihn herab. »Ich will ja nicht sagen, dass ich's dir gesagt habe, aber …«

Er schnaufte. »Du bist wirklich …«

Was ich wirklich war, sollte ich nicht mehr herausfinden, denn im selben Augenblick kam Mr Hensen in den Raum geschlurft. »Ah, ihr seid beide pünktlich da. Immerhin etwas«, murmelte er und knallte uns ein circa dreißig Zentimeter dickes Buch auf den Tisch.

Jackson und ich blinzelten beide leicht entsetzt darauf.

»Was ist das denn?«, fragte Jackson entgeistert.

»Man nennt es gemeinhin Buch. Ich bin mir sicher, du wirst das ein oder andere Exemplar bereits einmal gesichtet haben, Jackson«, erwiderte Mr Hensen trocken, ohne dabei eine Miene zu verziehen. »Die Gründungsgeschichte von Foxcroft, um genau zu sein. Und da ich ja sonst nichts Besseres zu tun habe, als euch beim Nachsitzen zu beobachten, dürft ihr ein wenig mit mir leiden und einen Aufsatz darüber schreiben. Das nette Büchlein hier deckt die letzten zwanzig Jahre der Geschichte unseres Städtchens ab. Sucht euch aus, über welchen Aspekt von Foxcroft ihr schreiben wollt. Mehr dazu findet ihr in den Regalen. Ihr schreibt so lange, bis die zwei Stunden abgelaufen sind. Und wer weniger als zehn Seiten geschafft hat, darf morgen gleich wieder für zwei Stunden kommen. Fangt an, ich hole mir einen Kaffee.«

Ich hatte irgendwie das Gefühl, als hätte er einen diabolischen Spaß dabei.

Jackson ließ sich zähneknirschend wieder in den Sitz fallen. Ich ebenfalls. Wir starrten auf das Buch und stürzten uns gleichzeitig darauf.

Jackson rupfte es mir unter den Fingern weg und grinste. »Meins! Such dir selbst einen Schinken aus dem Regal.«

»Wie alt bist du? Vier?«, fragte ich und zog ruckartig an dem Buch. Dabei kam ich Jackson so nahe, dass mir sein Geruch in die Nase stieg. Shampoo und Minze.

Seine schwarzen Augen zuckten zu mir und blitzten auf.

Ich sah mich selbst in seinen Pupillen, blass und schmal mit einem störrischen Gesichtsausdruck. Mein Spiegelbild verschwamm wieder, als sein Blick nach unten wanderte und auf meinen Lippen zum Liegen kam. Unweigerlich biss ich hinein, und Jackson stand so schnell auf, dass der Stuhl über den Boden schabte.

»Weißt du was? Nimm du es. Ich such mir was anderes«, sagte er knapp und flüchtete praktisch den Gang hinab.

Skeptisch folgte ich ihm mit dem Blick, stand auf und ging ihm nach. Nervös zuckte er zusammen, als ich ihm über die Schulter linste. »Brauchst du Hilfe?«

»Nein.«

»Sicher? Du stehst nämlich vor den Kochbüchern.«

Jackson seufzte, fuhr sich durch die Haare, drehte sich ruckartig um und zuckte erneut zusammen, als er sah, wie nahe ich bei ihm stand.

»Jackson. Wir müssen miteinander reden«, sagte ich ernst und trat noch einen Schritt auf ihn zu.

Jackson wich zurück und stieß mit dem Rücken gegen das Bücherregal. »Kannst du bitte aufhören, mir so auf die Pelle zu rücken?«, knurrte er.

Spöttisch verschränkte ich die Arme vor der Brust und hob eine Augenbraue. Eine Geste, die ich mir ganz zufällig von ihm abgeguckt hatte. »Warum? Hast du Angst vor mir, Jackson St. Burrington?«, konnte ich mir nicht verkneifen, ihn aufzuziehen.

Jackson verzog das Gesicht und lehnte sich ruckartig nach vorn, sodass sein Atem meine Lippen streifte. Die Härchen an meinen Unterarmen stellten sich auf. Eines nach dem anderen.

»Nein, ich mag es nicht, wie du mit mir sprichst.«

»Wie sprech ich denn mit dir?«, murmelte ich.

»Als ob wir uns kennen würden. Aber ich kenne dich nicht und finde dich dezent aufdringlich. Ich weiß nicht, ob du auf mich stehst oder so, aber damit das ein für alle Mal klar ist: Ich habe kein Interesse an dir. Also lass es gut sein, ja?«

»So, so«, murmelte ich nur und hob das Kinn, sodass mein Mund knapp unter seinem schwebte. Wir waren uns so nahe, dass ich sehen konnte, wie sich seine Pupillen ruckartig weiteten und sein Puls hektisch am Hals flatterte, als hätte Jackson Angst vor mir oder auch mehr als das. Seine Augen waren auf mein Gesicht fixiert, während ich mich vorlehnte. Seine Lippen streiften meine und …
Das laute Knallen einer Tür ließ uns ruckartig zusammenfahren.

»Scheiße!« Jackson schubste mich von sich.

Vor Überraschung knickte ich um und knallte mit der Schulter gegen das gegenüberliegende Regal. Geschichtsbücher polterten auf mich herab, Zettel flatterten in alle Richtungen, während mir die Kante eines Buchs in die Schulter krachte.

»Aua! Verdammt, was soll das?«, fuhr ich ihn an.

Wütend starrte Jackson mich an. »Lass uns diese Stunden hinter uns bringen. Wir teilen uns einfach das dämliche Buch«, presste er hervor, stampfte zu seinem Platz und ließ sich auf den Stuhl fallen.

»Jackson …«, setzte ich wieder an, doch er schlug nur betont das Buch auf und begann, darin zu lesen.

Ich starrte seinen Rücken an und suchte nach den richtigen Worten, doch im Augenblick fühlte sich alles, was mir einfiel, lächerlich an. Ich meine, was sollte ich auch sagen?

Hey, Jack, du bist kein normaler Highschoolschüler, sondern der schwarze König eines verfluchten Schachspiels, und ich bin dein Slave. Du kannst dich nicht an mich erinnern, weil uns der Fluch wahrscheinlich noch mal verflucht hat. Jedenfalls wäre es großartig, wenn du dich wieder an mich erinnern könntest, damit wir weiter Schach spielen können. Na, was sagst du?

Frustriert stieß ich den Kopf gegen das Regal. Verfluchte Scheiße … In mich hineinschimpfend ging ich in die Hocke und begann, die Bücher aufzusammeln. Dabei sah ich aus dem Augenwinkel etwas, was mich mitten in der Bewegung erstarren ließ. Ich hörte praktisch auf zu atmen, und meine Muskeln spannten sich an.

Vor mir huschte ein kleiner Schatten um das Regal. Weißes Fell blitzte auf, und für einen kurzen Augenblick hatte ich wieder dieses surreale Gefühl im Kopf, als würde meine Welt ein wenig zur Seite kippen.

»Curse?«, flüsterte ich. Meine eigene Stimme klang wie ein verzerrtes Echo.

Der Schatten bewegte sich. Weg von mir.

»Curse!« Ich sprang auf und lief los. Meine Schritte quietschten auf dem Boden. Mein Atem rasselte durch meine Lunge, während es mir so vorkam, als zöge sich der Gang ins Endlose, ehe mich die Welt wieder einholte. Schlagartig rückte sich alles an Ort und Stelle zurecht. Keuchend und mit wild pochendem Herzen trat ich um die Ecke.

Doch da war nichts. Nur ein Sonnenstrahl, der durch das Fenster fiel und den tanzenden Staub in goldene Fünkchen verwandelte.

Ich merkte, wie sich die Enttäuschung tief in meinen Bauch grub. Meine Schultern sanken herab, und ich ging weiter. Doch der Kater war nicht zu sehen. Natürlich war er das nicht.

Traurig drehte ich mich um und trat dabei auf ein Buch. Stirnrunzelnd bückte ich mich. Es war ein Atlas. Viel zu schwer, als dass er einfach so aus dem Regal hätte gefallen sein können. Suchend blickte ich auf, doch ich spürte nur die warmen Sonnenstrahlen auf meiner Haut. Der Flur vor mir war leer. Ich wuchtete das schwere Buch hoch und sah es mir genauer an. Das Teil war in Leder gebunden und sah ziemlich alt aus. Es roch auch ganz schön muffig. Neugierig ging ich zu meinem Platz zurück. Jackson sah mich schief an, sagte jedoch nichts, sondern kritzelte einfach weiter auf seinem Zettel herum.

Ich schlug das Buch auf und zog erstaunt eine Augenbraue hoch. Das ganze Ding war in einer etwas altmodischen Schrift gedruckt, und wenn ich es richtig entzifferte, handelte es von der Kolonialzeit in Foxcroft. Interessant. Ich wischte mir schnell die staubigen Hände an der Hose ab, während ich mich an den Tisch setzte. Ich blätterte um und stutzte, als sich ein Blatt Papier herauslöste.

»Was ist denn das?«

Ich blickte auf und sah, wie Jackson so tat, als würde er mir nicht neugierig über die Schulter linsen.

Ich runzelte die Stirn. »So wie es aussieht, ein alter Stadtplan aus den Gründungsjahren von Foxcroft im späten 18. Jahrhundert.«

»Oh …«, sagte er nur desinteressiert.

Ich murmelte etwas Belangloses und studierte die Karte weiter. Eigentlich hatte ich keine Ahnung, was ich hier so interessant fand. Aber allein der Fakt, dass ich kurz glaubte, Curse gesehen zu haben, ließ mich alles ganz genau betrachten. Vielleicht war er es ja doch gewesen. Vielleicht versuchte er, mir zu helfen. Auch wenn mir klar war, dass ich mich an einen Strohhalm klammerte – es war der erste Strohhalm, der mir seit Wochen untergekommen war. Leise Hoffnung prickelte in mir wie Champagner.

Die Karte war alt, jedoch lesbar. Foxcroft war damals entschieden kleiner gewesen. Das Zentrum schien damals aus nur zwei Anwesen bestanden zu haben, die … Ich erstarrte und spürte, wie das Prickeln stärker wurde. Denn auf dieser Karte waren sie abgebildet: zwei Herrenhäuser und einige wenige andere Gebäude, umgeben von einer Mauer, die ein großes Waldstück mit einfasste. Was ich da sah, war nicht nur das alte Foxcroft, sondern auch das Spielfeld. Das meiste, was heute als Foxcroft galt, schien erst sehr viel später dazugebaut worden zu sein. Zumindest bis auf etwas, was ungefähr auf der Höhe des heutigen Schulgeländes liegen musste.

»Was zum Geier?«, entfuhr es mir, und ich hielt dem verdutzten Jackson das pergamentartige Papier unter die Nase. »Sag mal, spinn ich oder war hier vor der Schule ein Friedhof?«, fragte ich ihn und tippte auf die entsprechende Stelle.

Jackson guckte nur desinteressiert darauf und zuckte mit den Schultern. »Ich seh da gar nichts.«

Eine Gänsehaut rieselte mir über den Rücken. »Wie meinst du das? Was siehst du da auf der Karte?«, bohrte ich nach.

Ich tippte noch mal mit dem Finger auf die Stelle, und Jackson runzelte die Stirn. Sah erst mich, dann die Karte an, ehe er wieder mich anstarrte. Diesmal mit einem Blick, als wäre ich wirklich verrückt.

»Ich meine, dass da nichts ist. Du starrst nur einen leeren alten Zettel an.«

Ich glotzte ihn an. In meinen Ohren pfiff es. »Verarschst du mich?«, krächzte ich.

»Verarschst du mich?«, echote Jack und klang dabei immer wütender. Seine Augen waren praktisch pechschwarz, während er seinen Bleistift umklammerte.

»Du siehst da wirklich nichts?«, fragte ich, wackelte mit dem Zettel vor seiner Nase herum und deutete auf die markierten Stellen. »Hier die beiden Herrenhäuser und da der Friedhof, wo jetzt die Foxcroft High ist. Und da …«, setzte ich an, ehe ich irritiert innehielt. »Was machst du?«

Jackson, der bereits aufstand, sah mich spöttisch an. »Ich hab noch was zu tun, ich hau ab.«

»Aber die zwei Stunden sind noch nicht um, und wir haben den Aufsatz noch nicht fertig«, setzte ich an, doch Jackson warf sich nur seinen Rucksack über den Rücken und verdrehte die Augen.

»Wenn ich jedes Mal meine Strafe absitzen und den Arbeitsauftrag erledigen würde, würde ich mit fünfundzwanzig noch auf die Highschool gehen. Der alte Hensen vergisst ohnehin jedes Mal zurückzukommen. Aber wenn du hier einen auf Streber machen willst, lass dich nicht aufhalten, weiter auf deinen leeren Zettel zu starren.« Und damit war er weg.

»Du bist so ein Trottel«, murmelte ich, ehe ich mit zitternden Fingern weiterblätterte und eine Liste fand. Es musste ein Sterberegister sein, denn ich entzifferte etwas über Opfer einer Influenza, die damals in Foxcroft umging.

Mein Finger wanderte über die vielen Namen der Beigesetzten und hielt inne.

St. Burrington:
Madelyn Chesterfield, geb. St. Burrington

Ich hielt den Atem an. Auf diesem Friedhof war angeblich Madelyn St. Burrington begraben worden. Bei der Familie stand nur ihr Name darin. Mein Blick wanderte weiter und blieb erneut hängen.

Familie Chesterfield:

Es war ein Familiengrab. Ein halbes Dutzend Namen, allesamt ehemalige Chesterfields, war aufgeführt, und die beiden letzten Namen lauteten:

Charles Chesterfield
Augustus Chesterfield

Sie waren hier begraben. Sie alle. Nur: Warum gab es die Anwesen nicht, wenn doch die Personen, die sie bewohnt haben sollten, eindeutig existiert hatten? Wobei ich gerade eine Karte gefunden hatte, auf der die Anwesen sehr wohl eingezeichnet waren. Ich musste überprüfen, ob wirklich nur ich diese Karte sehen konnte. Vielleicht verarschte mich Jack bloß. Aber wenn er es nicht tat, hielt ich vielleicht soeben etwas in der Hand, was nicht in diese Welt gehörte. Etwas, was ich nicht sehen sollte, aber konnte.

Meine Finger zitterten, als ich die Seite mit dem Register fein säuberlich heraustrennte. Das Reißen des Papiers klang unangenehm laut in der leeren Bibliothek. Ich faltete das Papier sowie das Blatt mit der Karte und steckte mir beides in die Jeanstasche.

»Alice, wo ist Jackson?« Die Stimme von Mr Hensen ließ mich erschrocken herumfahren.

»Er ist … ähm … nur schnell eine rauchen?«, stammelte ich lahm.

Mr Hensen seufzte ergeben. »Du kannst gehen, Alice.«

»Wirklich?«, fragte ich überrascht.

Er lächelte. »Ja. Und morgen sehe ich euch dann wieder, um die Stunde nachzuholen.«

Gequält lächelnd warf ich mir ebenfalls den Rucksack über die Schulter und verschwand, so schnell es ging, aus der Bibliothek, während ich überlegte, was ich mit der Information anfangen konnte, die ich gerade gefunden hatte. Letztendlich war es nicht viel, aber besser als das große Nichts, vor dem ich bisher gestanden hatte. Was hatte es mit der Karte auf sich, die offenbar nur ich sehen konnte? Warum gab es ein Grab, aber offiziell kein Herrenhaus der Burringtons und Chesterfields? Vielleicht sollte ich der Schule einmal einen nächtlichen Besuch abstatten und nach Hinweisen suchen? Auch wenn mir der Fund eines alten Friedhofs wahrscheinlich nicht mehr bringen würde als ein paar Albträume.

In Gedanken versunken verließ ich das Schulgebäude. Die Sonne schien heiß auf mich herab, und ich flüchtete mich in den Schatten eines Baums, der am Rande des Schulhofs stand. Das Sonnenlicht fiel in hellen Flecken auf meine Haut, als ich über mir einen kauernden Schatten bemerkte.

»Cur...«, setzte ich hoffnungsvoll an und blickte hoch, doch zwischen den Ästen saß nicht der weiße Kater, sondern Hawk. Der schwarze Springer döste auf einem stabilen Ast. Ein Bein herabbaumelnd, das Gesicht in der Sonne und die Beanie so weit nach hinten geschoben, dass ihm ein paar Strähnen seines dunklen Haars in die Stirn fielen.

Er sah friedlich aus. So ganz anders als der Hawk in meiner Erinnerung. Dieser Hawk hatte immer einen traurigen Blick, einen Schatten in seiner Seele, einen Schmerz in sich getragen, den der Tod seiner Freundin Page ausgelöst hatte. Der Augenblick hatte in seiner Schlichtheit beinahe schon etwas Intimes an sich, und ich wollte mich gerade unauffällig zurückziehen, als mich Hawks träge Stimme zurückhielt.

»Lass dich von Jackson nicht ärgern.«

»W...was?«

Hawk hob ein Augenlid und einen seiner Mundwinkel.

Skeptisch sah ich zu ihm hoch. »Ich dachte, du schläfst«, sagte ich und konnte nicht verhindern, dass es wie ein Vorwurf klang.

»Hab ich auch. Bis jemand angestampft kam und mir Löcher in

den Bauch gestarrt hat.« Er lächelte, nicht gemein, nicht zweideutig. Einfach nur nett.

Unweigerlich lächelte ich zurück und entspannte mich. »Was machst du da oben? Kletterst du gern auf Bäumen rum?«, konnte ich mir die Frage nicht verkneifen, und Hawk tätschelte liebevoll die Baumrinde unter sich.

»Ja, ich mag Bäume. Sie sind so still und unkompliziert. Ganz anders als die Welt da draußen, die ist laut und sehr kompliziert.«

Da konnte ich ihm nur zustimmen.

»Wie auch immer …«, ächzte Hawk, der sich von seinem Ast schwang und geschmeidig zu mir herabsprang. »Lass dich von Jackson nicht ärgern. Du machst ihn nervös. Normalerweise durchschaut er jeden sofort, aber dich kann er nicht einordnen. Lass dich von ihm einfach nicht aus dem Konzept bringen.«

»Hatte ich nicht vor«, gab ich spöttisch zurück, und Hawks Grinsen wurde breiter.

»Du hast wirklich keine Angst vor ihm, oder? Normalerweise muss Jackson nur einmal finster gucken, und alle machen sich ins Höschen.«

Ich biss mir auf die Unterlippe. Ich machte mir ja auch ins Höschen, aber nicht vor Angst. »Kann ich dich was fragen?«, sagte ich stattdessen, und Hawk neigte neugierig den Kopf, als ich ihm den alten Stadtplan unter die Nase hielt. »Was siehst du hier?«, fragte ich neugierig.

Hawk blinzelte, und da sah ich es. Ganz deutlich. Ein grauer, verschleierter Blick lag in seinen Augen. Sonst nichts. Kein Leben, keine Emotion. Das hier war weder Zufall noch Einbildung. Mit wem auch immer ich sprach, ich glaubte nicht, dass der Junge vor mir der echte Hawkins war, auch wenn er so aussah, so klang und vielleicht sogar so riechen mochte.

Eine unangenehme Gänsehaut breitete sich auf meinen Unterarmen aus, und ich kannte seine Antwort bereits, bevor Hawk mit einem Stirnrunzeln antwortete: »Sollte ich da was sehen? Steht da was mit unsichtbarer Tinte oder so?«

Mein Puls beschleunigte sich. Ich sah es an dem Pochen an meinem Handgelenk und dem leichten Zittern des Zettels. Sorgfältig faltete ich ihn zusammen, ehe ich ihn zurück in meine Tasche steckte. »Nein, ich … Du hast mir sehr weitergeholfen, danke.«

Ich drehte mich um und ging in Richtung meines Fahrrads, als mich Hawks Stimme aufhielt. »Du solltest zur Party kommen.«

»Wie?«

Erstaunt drehte ich mich um, und Hawk lächelte mich an. Die Hände in den Hosentaschen vergraben, während die Sonne seine dunklen Augen wie Onyxe glitzern ließ. »Heute steigt eine Fete am Sportplatz. Du solltest kommen, die gesamte Oberstufe ist da.«

»Ach, meinst du, Jackson würde das gefallen?«, fragte ich, und Hawks Lächeln wurde eine Spur breiter.

»Ganz und gar nicht.«

»Dann komm ich gern.«

Mit einem seltsamen Gefühl im Bauch drehte ich mich um und ließ den Sportplatz hinter mir. Als ich wenig später mit meinem Rad an dem Baum vorbeikam, saß niemand mehr in den Ästen.

Allerdings flatterte ein Vogel auf, und für einen Augenblick bildete ich mir ein, weißes Gefieder zu sehen.

Kapitel 9

Ich war mir ziemlich sicher, dass ich träumte. Ich war mir deswegen sicher, weil meine Mom vor mir saß und mich ihre Tochter nannte. Die Küche roch nach Kaffee, die Holzbalken der Küche knarzten, und die dicken Lavendelbüschel schwankten in einer leichten Sommerbrise hin und her. Das sanfte Ticken der Pendeluhr im Flur war genauso vertraut wie die Kerbe im Tisch. Ich wusste, es wär ein Traum, weil ich glücklich war, zufrieden. Da war keine Angst, nichts tat mir weh. Wir lachten, ich glaube, Mom hatte mir eine alte Geschichte über Dad erzählt. Wie er als kleiner Junge auf den höchsten Baum geklettert war, um eine Katze zu retten. Doch am Ende hatte die Feuerwehr die Katze retten müssen – und meinen Dad.

»Du erinnerst mich so an ihn«, flüsterte mir Mom zu, und ich sah, wie sich ihr lachendes Gesicht in der Tasse Kaffee spiegelte. »Ihr beide habt so viel gemeinsam, aber eine seiner besten und gleichzeitig dümmsten Eigenschaften erkenne ich immer und immer in dir wieder.«

»Was denn?«, fragte ich, und meine Stimme hallte leicht.

Sie sah mir tief in die Augen und strich mir eine Haarsträhne hinters Ohr. »Mut. Ihr seid beide unendlich mutig.«

Ein Klingeln unterbrach uns. Meine Mom stand auf, und ihr Stuhl kratzte über den Boden. »Warte hier, Süße«, meinte sie dabei.

Ich bemerkte, wie ich Panik bekam. Wenn sie jetzt ging, kam sie nicht wieder, da war ich mir sicher. Ich streckte meine Hand aus, doch ihre Hand entglitt mir wie Rauch.

Mom lächelte, ihre blauen Augen sahen auf mich herab. »Ich bin gleich wieder da«, beschwichtigte sie mich und verließ die Küche.

Die Tür schwang auf und hinter ihr wieder zu. Ich wartete. Das Ticken der Standuhr wurde lauter. Sie klang drängend laut. Eine Gänsehaut rieselte mir über den Rücken. Ich stand auf. Mein Stuhl erzeugte jedoch keinerlei Geräusch, genauso wenig wie meine Schritte, als ich ihr hinterher in den Flur eilte.

»Mom?«, rief ich, doch es kam keine Antwort. »Mom, wo bist du?«, rief ich panischer, drehte mich um und lief die alten, knarrenden Stufen der Villa Salt nach oben. Meine Stimme hallte wie ein verzerrtes Echo an den Wänden entlang.

»Mom, wo bist du?«, wiederholte ich und sah mich um. Der Flur zog sich schier ins Endlose, nur eine Tür stand einen Spaltbreit offen. Die Tür zu meinem Zimmer. Tief gähnende Schatten quollen aus dem Türschlitz hervor. Mein Herz pochte so stark, dass ich den Takt auf der Zunge fühlen konnte. Mein Handgelenk juckte. Ich kratzte daran, doch der Juckreiz wurde nur umso schlimmer.

»Mom?«, flüsterte ich, als ich langsam die Tür zu meinem Zimmer aufdrückte. Sie knarrte und schwang nach innen. Ich trat ein und stand in meinem Zimmer in Chesterfield.

Der hauchzarte Vorhang des antiken Himmelbetts bauschte sich in einer leichten Brise, die durch das geöffnete Fenster hereinwehte. Auf dem Bett saß ein weißer Kater. Der Schwanz zuckte vor und zurück, während er mit seiner Tatze auf etwas einschlug, was wie ein Playstation-Controller aussah.

»Friss meine Motorsäge!«, rief der Kater und drückte hektisch mit seiner Tatze auf X.

»Curse?«, fragte ich verdutzt, und der Kater sah mit zuckenden Ohren auf.

»Alice! Wo warst du?«, fragte er vorwurfsvoll, während er weiter auf dem Controller herumhämmerte. »Weißt du, wie schwer es ist, mit diesen Stummeldaumen anständig zu zocken? Komm her und hilf mir, wir müssen diesem Kerl den Kopf absägen, bevor meine Leben aufgebraucht sind. Stiiirrrb!«

Ich nahm an, das Letzte galt nicht mir. Zumindest hoffte ich es. Im Grunde war es auch egal, denn im nächsten Augenblick war ich bei dem Kater, riss ihn in meine Arme, ignorierte sein protestierendes Fauchen und vergrub mein Gesicht in seinem weichen Pelz.

»Wo bist du gewesen? Ich hab dich so vermisst«, nuschelte ich. Er roch gut, nach Gras und Wind und Fell.

Curse hörte auf, in meinen Armen zu zappeln, und sah stattdessen mit intelligenten goldenen Augen zu mir hoch. »Was redest du da, du dummer Mensch? Ich war die ganze Zeit hier. Du bist diejenige, die sich verdrückt hat«, erinnerte er mich.

»Ich weiß«, flüsterte ich und spürte, wie meine Beine nachgaben. Ich sank auf das Bett und kraulte den Kater dabei unterm Kinn. Der entspannte sich und begann, leise zu schnurren. »Ich weiß, es war meine Idee zu verschwinden.«

»Ich hab versucht, dich davon abzuhalten«, erinnerte er mich ebenfalls und hörte ruckartig auf zu schnurren.

»Das hast du«, stimmte ich zu. »Aber was hätte ich denn tun sollen? Ich musste den zweiten Slave finden.«

»Und? Hast du ihn gefunden, Mädchen?«

»Nein«, flüsterte ich und schloss die Augen. Müde. Ich war so unendlich müde. »Ich habe gar nichts gefunden außer Chaos. Du musst mir helfen, Curse. Ich weiß nicht, wo ich bin oder was hier vor sich geht. In einem Augenblick war alles noch normal und dann … dann war auf einmal alles anders. Ich glaube, ich träume, aber ich weiß nicht, wie ich aufwachen soll.«

»Oder zuvor war alles anders, und jetzt ist es normal«, warf Curse ein.

»Wie meinst du das?«, fragte ich und spürte, wie er unter mir seine Krallen ausfuhr, um sie mir genüsslich in den Oberschenkel zu graben. Ich ließ ihn. Ich war einfach nur froh, dass er bei mir war und ich wieder mit ihm reden konnte.

»Nun, vielleicht war *alles,* was du bisher erlebt hast, nicht mehr als ein Traum. Überleg mal. Flüche, junge Menschen, die dich in einem Schachspiel töten müssen, sprechende Katzen … All das ist nicht wirklich sehr real, oder? Vielleicht hast du dir an dem Abend der Party den Kopf angeschlagen und fantasierst seitdem. Und das könnte bedeuten, im Augenblick bist du klarer im Kopf als zuvor.« Er starrte mich erwartungsvoll an.

Ich starrte zurück. »Nein, nein, das glaube ich nicht«, murmelte ich, und der Kater zuckte mit dem Schwanz. »Ich will zurück, Curse. Zurück zu euch. Ich will aufwachen.«

»Bist du dir sicher? Überleg's dir gut, Alice. Vielleicht wachst du nicht auf, sondern entscheidest dich damit, wieder zurück in den Wahnsinn zu sinken.«

Ich schwieg. Die Stille zog sich schier endlos hin, und es kam mir vor, als würde ich im Dunkeln das Aufblitzen von Spinnenbeinen sehen. Die zuckenden Leiber der Fluchweber, die sich im Schatten drückten und mich aus Dutzenden Augen beobachteten. Etwas musterte mich aus dem Schatten meines Bewusstseins heraus. Ich schauderte, und als ich das nächste Mal Luft ausstieß, schwebte mein Atem wie kalter Rauch vor meinem Gesicht.

»Er ist hier, oder?«, flüsterte ich. »In meinem Kopf. Ich kann den Fluch fühlen. Er spielt mit mir. Was will er von mir?«

Curse sah mich an und seine Ohren zuckten. »Er wartet auf deine Entscheidung. Wartet, was du als Nächstes tust.«

»Was soll ich denn tun?«

»Das kann ich dir nicht sagen, Mensch. Entscheide dich für einen Zug. Tu gar nichts. Im Notfall kannst du auch bluffen und auf das Beste hoffen.« Curse zuckte amüsiert mit den Ohren.

Tief atmete ich durch, ignorierte die Fluchweber und kuschelte mich enger an den Kater. »Ich will aufwachen. Hilf mir dabei«, bat ich. »Ich möchte zu euch zurück.«

»Das habe ich doch bereits.«

»Dann hilf mir noch mal. Bitte.«

Curse seufzte. »Ich werde mein Bestes tun, aber das hier ist dein Traum, nicht meiner. Am Ende musst du dich selbst dafür entscheiden aufzu...wa...chen ...« Seine Stimme verzerrte sich, wurde hallend. Das Fell in meiner Hand löste sich auf, und ich griff durch weißen Rauch, der durch meine Finger kroch.

»Curse?«, rief ich.

Im selben Augenblick brannte mein Handgelenk so heiß auf, dass ich aufschrie. Entsetzt umklammerte ich mit einer Hand die andere und starrte auf ein blutrotes Zeichen, das sich wie ein Brandmal auf meinem Handgelenk abzeichnete. Doch bevor ich es genauer betrachten konnte, hörte ich das Klicken und Schaben von Spinnenbeinen.

Die Fluchweber krochen aus ihren Ecken und kamen mit langen zitternden Beinen auf mich zu. Ich öffnete den Mund, um zu schreien – und wachte schlagartig auf.

Keuchend saß ich kerzengerade im Bett. Die Decke lag in einer zerknüllten Wurst zu meinen Füßen. Kalter Schweiß rann mir den Rücken herunter, und mein Handgelenk brannte. Als ich daraufblickte, erkannte ich jedoch nur Kratzer, die ich mir selbst zugefügt haben musste. Schaudernd drehte ich mich um und stellte den Handywecker ab, der mich aus dem Schlaf gerissen hatte.

Erst zweiundzwanzig Uhr. Ich hatte gerade mal eine halbe Stunde geschlafen, nachdem ich mich erschöpft von dem verwirrenden ersten Schultag für einen Augenblick aufs Ohr gehauen hatte, um mich auf der Party wieder fit zu fühlen. Was allerdings nach hinten losgegangen war, weil mein Traum mich nur noch mehr durcheinandergebracht hatte.

Ich strich mir das Haar aus dem Gesicht und stolperte ins Badezimmer, um ein paar Schlucke direkt aus dem Wasserhahn zu trinken. Meine Kehle fühlte sich trocken an, als hätte ich wirklich geschrien. Mit müden Augen sah ich mich selbst im Spiegel und blinzelte.

Nur ein Traum. Das alles war doch nur ein Traum gewesen, oder?

Ich sah mich um. Die Fliesen waren eiskalt. Meine Zehen krümmten sich leicht. Der Wasserhahn tropfte. Irgendwo konnte ich einen Hund bellen hören. Real, alles hier wirkte so real.

»Oh Gott!«, stöhnte ich und schloss die brennenden Augen.

Was war real? Was Fiktion? Ich konnte es nicht mehr voneinander unterscheiden. Doch eines wusste ich: Ich musste es herausfinden. Egal wie. Und egal was am Ende herauskam.

Innerlich kratzte ich jeden Mut und jeden Funken Entschlossenheit zusammen, der mir noch geblieben war, und verließ das Bad, um mich anzuziehen.

Ich wartete noch bis kurz vor elf. Während ich meine schwarzen Doc Martens schnürte, ging ich meinen Plan im Kopf durch. Ich würde auf diese Party gehen und mich ein wenig umsehen. Vielleicht fand ich etwas Nützliches heraus, vielleicht nicht.

Mom und Kay waren noch im Dienst, sodass ihnen mein Verschwinden nicht sofort auffiel, und wenn sie nach Hause kamen, würde ich hoffentlich schon wieder zurück sein, bevor sie mir mit Blaulicht durch die ganze Stadt nachjagten.

Ich überprüfte ein letztes Mal die Taschenlampe, die ich gefunden hatte, stopfte sie in den Rucksack, den ich mir über die Schulter warf, und öffnete das Fenster. Der alte verzogene Holzrahmen knarrte leise, als ich es aufdrückte und auf das Vordach kletterte. Es war schon eine ganze Weile her, seit ich mich das letzte Mal auf diese Art aus einem Haus gestohlen hatte, und ich merkte, dass meine Ein- beziehungsweise Ausbrecherfähigkeiten ziemlich eingerostet waren.

Die Schindeln waren uralt und von Moos überwachsen. Bereits der erste Schritt brachte mich zum Straucheln. Ich ruderte hektisch mit den Armen, hielt mich an dem Ast einer alten Eiche fest, die genau neben dem kleinen Haus wuchs, und stieß pfeifend die Luft aus, als ein paar der Schimmelschindeln auf den Boden platzten.

Ich atmete tief durch, packte den Ast und zog mich darauf. Die Rinde riss mir die Handfläche auf. Das Brennen ließ mich die Zähne zusammenbeißen, während ich mich mit reiner Muskelkraft nach oben zog. Meine Kondition hatte in den letzten Wochen wirklich gelitten.

Keuchend robbte ich nach vorn und tastete mit dem linken Fuß nach dem Ast unter mir. Er war stabil. Alles klar. Ich spannte die Muskeln an und wollte mich schon nach unten fallen lassen, erstarrte aber, als plötzlich die hellen Lichter von Autoscheinwerfern die Auffahrt beleuchteten. Mein Kopf schnellte nach vorn. Nein! Mom und Kay sollten doch erst am frühen Morgen zurückkommen!

Autotüren knallten und ich hörte das Lachen meiner Mom, begleitet von Kays tiefem Timbre. Scheiße! Scheiße! Scheiße! Ich klammerte mich mit zitternden Händen am Ast fest und versuchte, Baumrinde zu spielen, während die beiden unendlich langsam zur Veranda gingen.

»Das war eine gute Idee, heute ein wenig früher nach Hause zu gehen«, hörte ich Kay murmeln. »Wir sollten Steve öfter übernehmen lassen.«

»Ja, wir arbeiten zu viel für eine Kleinstadt, in der praktisch nichts passiert«, stimmte meine Mom amüsiert zu, dann hörte ich das schmatzende Geräusch von ein paar sehr nassen Küssen.

Urgh!

Ein leises Knacken ließ mich noch steifer werden. Nein, nicht brechen, nicht brechen, bitte nicht … Das Knacken wurde lauter. Argh!

»Wurde inzwischen eine Vermisstenanzeige für sie aufgegeben? Hat sie noch mal mit dir gesprochen, wovor sie davongelaufen ist?

Ewig können wir sie nicht bei uns behalten, das weißt du«, sagte Kay mit besorgter Stimme.

Schweiß rann mir den Rücken herunter, und ich hörte erleichtert, wie die beiden über die knarrende Veranda ins Haus gingen. Die Tür schlug dumpf zu. Gott sei Dank!

Ich verlagerte mein Gewicht, versuchte, mich näher an den Stamm zu ziehen und … der Ast brach. Ich kreischte, verlor den Halt und knallte die restlichen Meter zu Boden. Zweige peitschten mir dabei ins Gesicht und rissen an meinen Haaren. Gefühlt mein halber Skalp blieb dort oben hängen. Es knallte laut, als ich genau in die Rhododendronbüsche fiel.

»Ufff!«

Wie eine Schildkröte lag ich auf dem Rücken in den Büschen und riss ein paar Blätter aus. Mein ganzer Körper pochte und fühlte sich zerschlagen an, während ich mich ächzend aus dem Buschwerk kämpfte. Dämlicher Busch! Dämlicher Baum! Und noch mal aua!

Ich zuckte zusammen, als ich ein Krabbeln an der Wange spürte. Blitzschnell klatschte ich die Hand dagegen und sah im schwachen Verandalicht die zuckenden Beine einer Spinne, die ich gerade geplättet hatte. Doch selbst in diesem schwachen Licht erkannte ich, dass es wirklich nur eine Spinne war. Kein Fluchweber. Seltsamerweise fühlte ich mich beinahe … enttäuscht.

Schnell wischte ich mir die Hand an der Hose ab und warf einen letzten prüfenden Blick zum Haus, doch alles blieb ruhig. Ich schwang meine schmerzenden Knochen aufs Fahrrad und fuhr los.

In Foxcroft hatte ein ganz schlauer Mensch an den Straßenlaternen gespart, und da das Licht an meinem Rad kaputt war, wäre ich einmal halb blind beinahe in den Fluss gestürzt und bog danach auch noch falsch ab. Fluchend blieb ich mit quietschenden Reifen stehen, machte nach dem Diner, dessen blinkendes Neonschild mir zumindest ein wenig Helligkeit spendete, eine scharfe Kurve und fuhr eine etwas andere Strecke zur Schule. Ich holperte zwischen zwei Häusern hindurch auf einen schmalen Schleichweg. Von hier aus würde ich am hinteren Ende des Sportplatzes herauskommen. Ungestutztes Gestrüpp schlug mir dabei gegen die Beine. Irgendwo schrie ein Käuzchen, und obwohl ich mir sicher war, dass es eigentlich eine geheime Party war, hörte ich den Lärm bereits, bevor ich den silbernen Maschendrahtzaun erreichte.

Ich bremste ab, Kies spritzte nach allen Seiten. Ich stieg ab und sah mich prüfend um. Ich krallte meine Finger in den Maschendraht und hatte das Gefühl, die Wiederholung eines Films zu sehen. Ein paar teure Sportwagen standen mitten auf dem Sportplatz. Deren Scheinwerfer spendeten das Licht, das in hellen Streifen über den Platz fiel. Ein Kofferraum war geöffnet, darin war ein ganzes Lautsprecherequipment aufgebaut worden. Dumpfe eindringliche Beats drangen daraus hervor.

Überall liefen Highschoolschüler mit roten Bechern in der Hand herum, einige tanzten, die meisten standen jedoch in den typischen Grüppchen herum, während sich ein paar Jungs einen Football zuwarfen.

Es roch nach Bier, Marihuana und frischem Gras. Die Musik war nicht so laut, dass man sie quer durch die Stadt gehört hätte, trotzdem war ich mir nicht sicher, wie lange diese kleine Party unentdeckt bleiben würde.

Ich ging ein paar Meter weiter, drückte mich durch einen Spalt im Zaun und ließ meinen Blick schweifen. Auf einem großen schwarzen Truck erspähte ich Hawkins und Bastion, die aus einem Fass Bier zapften. Das Déjà-vu traf mich so hart, dass ich pochende Kopfschmerzen hinter meinen Schläfen aufkommen fühlte.

Ich blieb mit den Beinen an etwas Großem hängen und stolperte so ruckartig, dass ich armrudernd auf dem Rasen aufschlug und mir dabei ein paar blaue Flecken holte.

»Was zum …?« Ächzend drehte ich mich um und stieß ein Quieken aus. Am Boden direkt vor der Tribüne lag ein Körper seltsam auf dem Rücken und starrte in den Himmel hinauf. »Hal…«, setzte ich an, als ein Stöhnen zu hören war und das Bein zu zucken begann.

Ein Paar hellblauer Augen blinzelte mich an. »Achtung, ich liege hier«, sagte der Kerl mit einiger Verspätung.

»Charlie?«, fragte ich.

»Alice?«, krächzte er.

Wir starrten uns an, während aus Charlies Hand eine Zigarette mit noch rot glühendem Ende fiel. Funken tanzten wie Glühwürmchen um seine Beine, ehe Charlie sie schnell ausklopfte. Ein schwerer Geruch hing in der Luft. Seine langen weißen Haare standen wirr ab.

»Sag mal, bist du bekifft?«, fragte ich skeptisch.

Er kicherte. »Du nicht?«

»Nein.«

»Wie schade«, murmelte er und starrte mich leicht verwirrt an.

»Und warum liegst du hier?«, schob ich nach.

»Weil ich Sterne zählen wollte. Hat dir schon mal jemand gesagt, dass du hübsche Nasenlöcher hast? Die sind so … nasenlöchrig.« Er stupste mir gegen die Nase und lachte sich einen ab.

Amüsiert rappelte ich mich auf und klopfte etwas Gras von meiner schwarzen Jeans. »Und? Wie weit bist du mit dem Zählen gekommen?«

Er kniff die Augen zusammen. »Ich glaube, bis drei.«

»Das ist zumindest schon mal mehr als zwei«, lobte ich.

»Ja, bin selbst beeindruckt von mir«, gab er zu, und wir lachten beide los, ehe wir ein paar ziemlich befremdliche Blicke ernteten.

Ich bemühte mich, wieder ernst zu werden, und sah mich um. »Sooo, das ist also diese Party?«, fragte ich, ohne genau zu wissen, worauf ich hinauswollte.

Charlie nickte und kratzte sich am Kopf. »Ach, echt? Und ich dachte schon, das hier wäre 'ne dezent entartete Bar-Mitzwa.« Er grinste, und ich sah ihm tief in die Augen. Er erinnerte mich so stark an Curse, dass es kein Zufall sein konnte. Doch nichts an seinem Blick verriet, dass er mich besser kannte als von den flüchtigen Augenblicken heute Morgen. Er sah im Allgemeinen nur beknifft aus.

Ich seufzte, und mein Blick fiel dabei auf den Truck. »Hast du Lust, was zu trinken?«, fragte ich aus einem Impuls heraus, und Charlie nickte.

»Trinken!« Er warf begeistert die Arme in die Luft, ehe er gefährlich zur Seite kippte.

»Alles klar, also ein großes Wasser für unseren Cheerleader hier«, sagte ich süffisant, und zusammen bahnten wir uns einen Weg durch die Partymenge.

Anders als am Schultag zuvor stieß mich die Masse diesmal jedoch nicht ab, sondern ließ mich geschmeidig in ihr versinken. Die

Nacht dimmte die scharfen Kanten herunter, die das Leben in die Mimik und Persönlichkeit der Menschen schnitt und die tagsüber deutlich erkennbar waren. Sie bekamen im Schutz der Dunkelheit einen beinahe schon sinnlichen Unterton.

Als ich beim Truck stehen blieb, war es Bastion, der mich bemerkte. Erstaunt hielt er inne und zog ruckartig eine Augenbraue nach oben.

»Na, sieh mal einer an, wer hat dich denn eingeladen?«, fragte er, klang jedoch nicht unfreundlich, sondern eher belustigt.

Hawk sah nun ebenfalls auf und lächelte. Grübchen blitzten in seiner Wange auf. »Hey, du bist ja wirklich gekommen.«

»Natürlich bin ich das. Ich kann mir doch keine Gelegenheit entgehen lassen, Jackson aus der Fassung zu bringen«, witzelte ich.

Jetzt schoss auch Bastions zweite Augenbraue hoch, während er durch die Zähne pfiff. »Du machst dir gern Ärger, was, Kleine?«

Er reichte mir beinahe anerkennend ein Bier, das sich jedoch Charlie schnappte und in einem Schluck austrank, eh er laut rülpste.

»Noch eins.« Seine spitzen Eckzähne blitzten auf.

»Eine Cola, bitte«, sagte ich betont.

Hawk grinste und reichte mir eine Flasche herunter. »Schön, dass du da bist. Viel Spaß«, raunte er mir zu und zwinkerte in eine bestimmte Richtung.

Ich folgte seinem Blick und sah, wie am anderen Ende des Sportplatzes die Tür zum Heizungskeller aufschwang. Ich konnte ihn vielleicht nicht sehen, doch das brauchte ich auch gar nicht, um zu wissen, dass es Jackson war, der die Tür hinter sich zuwarf. Ich verengte die Augen und nahm einen großen Schluck von der Cola. Was hatte Jackson St. Burrington ausgerechnet im Heizungskeller zu suchen? Ich wollte mich gerade in Bewegung setzen, als mich eine Hand an der Schulter antippte. Perplex blickte ich mich um und sah Charlie, der eine seltsame Bewegung machte, die beinahe wie eine Verbeugung aussah.

»Würden es Mylady belieben, mit mir zu tanzen?«, sagte er so geschwollen, dass ich mir erneut auf die Lippen beißen musste, um nicht wieder loszulachen.

Nach einem kurzen Zögern stellte ich meine Cola einfach am Rasen ab und reichte Charlie die Hand. »Klar, warum nicht?«

»Mylady erfreuen mein kaltes Herz«, frohlockte Charlie, und lachend zog er mich in die inzwischen dichte Masse der Tanzenden.

Das Licht eines Scheinwerfers fiel direkt auf uns. Ich sah unsere Schatten wie gezackte Riesen hinter uns aufragen. Das Lied, das soeben aus den Boxen dröhnte, war hart und schnell, doch Charlie zog mich dennoch eng an sich, sodass sich seine Hüften an meine schmiegten, ehe er zu tanzen begann. Und heiliger Kuhfladen, konnte der Kerl tanzen. Als hätte er in seinem Leben niemals etwas anderes getan, als eine Frau über einen mit Zigarettenstummeln übersäten und von Bier und Kotze aufgeweichten Boden zu führen.

Ich lachte überrascht auf, als Charlie mich in eine Drehung wirbelte, auffing und über seinen Arm bog, und quiekte, als er mich wieder hochzog. Seine Arme hielten mich warm und fest. Jeder seiner Schritte war sicher. Das Lied zog mich mit sich, und schon bald hörte ich auf, ihm hinterherzustolpern, sondern passte mich stattdessen seinen Bewegungen an. Auch wenn uns ein paar Leute komisch ansahen, tanzten wir, bis uns der Schweiß über die Stirn lief und die Sterne auf uns herabblinzelten.

Irgendwann, ich glaube, es war nach dem vierten Lied, beugte sich Charlie zu mir runter und raunte mir ins Ohr: »Wir werden beobachtet.«

»Was?« Ich wollte mich umdrehen, doch Charlie legte mich einfach wieder über seinen Arm.

Die Welt baumelte kopfüber, doch ich sah, wen er meinte. Mein Herz setzte einen kurzen Schlag aus. Jackson St. Burrington lehnte an einem Motorrad und starrte mich an. In seinen Fingern glomm eine Zigarette, und als er sie an die Lippen legte und ansog, entwich kräuselnder Rauch, der sich in seinem schwarzen Haar verfing.

Badum.

Badum.

Badum.

Mein Herz flatterte bis in die Kehle. Ich merkte kaum, wie Charlie mich wieder hochzog. Mein Blick blieb an Jackson haften und seiner an mir. Und in seinem Blick lag diesmal kein kalter oder gar verwaschener Ausdruck. In seinen dunklen Augen brannte es, als würden Sternschnuppen vom Himmel fallen.

Badum.

Badum.

Badum.

Das Déjà-vu schob sich in meinen Kopf wie ein Filter, und ich sah uns zweimal. Zweimal Alice, zweimal Jackson. Das eine Mal schien eine Ewigkeit her zu sein. Das eine Mal, als er einen Schritt auf mich zugekommen war, ehe er danach umgedreht und wie ein Schatten seiner selbst wieder verschwunden war. Ich fragte mich, was passiert wäre, wenn Jackson an diesem Abend auf mich zugekommen wäre, meine Hand genommen und mit mir getanzt hätte. Vielleicht wäre danach alles anders gekommen.

Mein Blick stellte sich wieder scharf, und ich sah Jackson näher kommen. Einen Schritt. Er zögerte. Blieb stehen. Charlie zog mich an sich. Seine Hand berührte meine Hüfte, und ich sah einen seltsam entschlossenen Ausdruck durch Jacksons Gesicht huschen. Er schnippte den Stummel zu Boden, trat ihn aus und setzte sich abermals in Bewegung. Er kam direkt auf uns zu. Mein Herzschlag stolperte.

Ich merkte erst, dass ich mitten unter dem Tanzen stocksteif stehen geblieben war, als mich jemand hart anrempelte. In der nächsten Sekunde stand Jackson vor mir. Sein Blick war auf Charlies Hand an meiner Hüfte geheftet.

»Na, sieh mal einer an, der Gastgeber persönlich. Können wir etwas für dich tun, Jack?«, fragte Charlie lauernd.

An Jacksons Kiefer zuckte ein Muskel, ehe er eine Hand ausstreckte. »Ich würde gern mit Alice tanzen«, sagte er schlicht, und meine Welt hörte kurz auf, sich zu drehen.

Mein Blick fiel auf seine Hand, die er mir entgegenstreckte. Lange, starke, bronzefarbene Finger, die mich gestreichelt hatten, die mir jedoch auch wehgetan und im selben Augenblick eine Gänsehaut beschert hatten.

Unweigerlich schauderte ich, während ich Charlie schnurren hörte: »So, willst du das? Und was ist, wenn sie nicht will?«

Ich hob den Blick. Jackson sah mich an. Immer noch tanzten die Sternschnuppen durch seinen Blick, und ich bemerkte, wie ich meine Hand ausstreckte. Unsere Finger berührten sich. Flochten sich ineinander. Fest und warm.

»Sie will«, hörte ich mich selbst sagen, und Jackson lächelte. Sein gesamtes Gesicht wurde weicher.

Charlie zog eine Augenbraue hoch, sah jedoch nicht beleidigt aus, eher amüsiert. »Na, dann viel Spaß euch zwei«, schnurrte er und drückte mir einen frechen Kuss auf die Wange, ehe er im Partygewühl verschwand.

Bevor ich darüber nachdenken konnte, ob ich nicht doch lieber kneifen und Charlie folgen sollte, zog mich Jackson an sich. Sein Atem traf mein Gesicht. Er roch leicht nach Rauch und nach Minze. Ob Zufall oder nicht, es setzte ein langsames Lied ein, und Jackson zog mich noch enger an sich, sodass ich seine festen, geschmeidigen Muskeln fühlen konnte. Er tanzte anders als Charlie, nicht so weich und elegant, sondern forsch und selbstbewusst. Er tat einen Schritt vor, ich einen zurück. Er war hart, ich weich. Er atmete ein, ich aus. Wir waren absolut gegensätzlich, und dennoch harmonierten wir bei ... was auch immer wir hier geraden taten. Ich glaube, tanzen war dafür nicht der richtige Ausdruck.

»Nervös?«, fragte Jackson, als er meine angespannten Schultern bemerkte.

Ich zwang mich, sie sinken zu lassen, während ich ihm forsch ins Gesicht sah. »Eher überrascht. Warum willst du mit mir tanzen?«

Er zuckte mit den Schultern, und wir drehten uns. Seine Hand lag auf meinem Rücken. »Vielleicht, um mich zu entschuldigen«, gab er zu.

Vor Überraschung rückte ich prompt ein Stückchen ab. »Ach? Woher der Sinneswandel? Wo ist der Haken?«, fragte ich skeptisch, was Jackson eine Augenbraue heben ließ.

»Wieso glaubst du, dass es einen Haken gibt?«

»Gibt es den nicht immer?«

»Das klingt ziemlich zynisch aus so einem hübschen Mund.«

»Du findet mich hübsch?«

»Hübsch, zynisch und seltsam.«

»Reden wir hier von dir oder mir?«, konterte ich, und in seinen Augen funkelte es belustigt.

»Ich meine es ernst. Es tut mir leid. Ich habe … ich fühle mich seltsam in deiner Gegenwart«, gestand er ein und beugte mich wie Charlie langsam über seinen Arm. Nur dass er mitging. Sein markantes Gesicht schwebte über meinem. Unser Atem mischte sich, und unsere Lippen waren so nah aneinander, dass ich seine fühlen konnte. Kein Kuss, nur beinahe. Zittrig atmete ich aus, und im nächsten Augenblick zog er mich wieder hoch.

»Wie genau fühlst du dich denn?«, wisperte ich und sah zu ihm hoch.

Jackson spannte seine Wangenknochen an und seufzte leise, kaum merklich. »Du machst mir Angst. Es ist dein Blick, du siehst mich an, als könntest du direkt in mich schauen. Aber glaub mir, in mir findest du nur einen hässlichen schwarzen Klumpen. Ich will nicht, dass du damit in Berührung kommst. Es ist besser, wenn du dich von mir fernhältst. Ich mache dich nur schmutzig. Du bist viel zu hell und viel zu schön für mich. Wenn ich dir zu nahe komme, verbrenne ich mich.« Sein Daumen strich mir träge über die Unterlippe, und ich bemerkte, wie mein Herz losraste, wie ich nach Atem rang, obwohl genug davon in meiner Lunge war.

»Jackson …«, setzte ich an, ohne genau zu wissen, was ich sagen wollte, als uns ein seltsam durchdringender Ton unterbrach. Wir zuckten auseinander, und ich hörte ein paar Jungs fluchen.

»Scheiße, die Bullen. Abbruch, Leute. Haut ab!«

Ich war mir nicht sicher, wer das sagte, doch in dieser Sache waren wir uns zumindest einig. Wir stoben alle hektisch auseinander. Ein paar Jungs warfen sich in ihre Autos und rasten davon. Schüler rannten weg, und schlagartig wurde es dunkel, während ich bereits die Türen des Polizeiautos knallen hörte. Das Licht einer Taschenlampe zuckte in Richtung meiner Füße, sodass ich hektisch hinter eine Sitzbank der Tribüne sprang. Sekunden später war das Poltern von Schritten zu hören. Es knallte leise, als etwas Schweres über die Tribüne rollte, und im nächsten Augenblick knallte ein großer, muskelbepackter Körper auf mich drauf.

»Au ...«, setzte ich an.

»Pssst! Ich bin's«, zischte eine kehlige Stimme und hielt mir den Mund zu.

Jackson. Sein heißer Körper presste sich am Boden flach an mich. Ich konnte seinen hektischen Herzschlag an meinem fühlen. Ich traute mich kaum zu atmen, während ich die Stimme des Polizisten hörte. Es war ausgerechnet Kay.

»Alles klar, Kids, es gab eine Beschwerde wegen Lärmbelästigung. Es ist spät, und ich musste dafür aus dem Bett fallen, hab also eine miese Laune. Ich geb euch jetzt zwei Optionen: Haut schnell ab, bevor ich eure Ärsche erwische und euch zu euren Eltern kutschieren muss. Oder zweitens ... Okay, nein, es gibt nur eine Option.«

Ich hörte Kay gähnen und musste schmunzeln. Jackson, der immer noch meinen Mund zuhielt, starrte irritiert auf mich herab. »Was ist daran so lustig?«, fragte er leise.

Sein heißer Atem streifte meine Haut. Ich zuckte nur mit den Schultern, wurde mir dabei aber sehr genau bewusst, wie nahe der schwarze Kön... Jackson ... wie nahe Jackson und ich uns waren.

Jackson starrte mich seinerseits an. Seine Pupillen waren so groß, dass sie wirkten wie endlose Tiefen, in denen nur vereinzelte Funken wie Sterne aufblitzten. Ich wand mich unruhig unter ihm.

»Lass das!«, knurrte er mich an.

»Was denn?«, nuschelte ich zurück.

Er nahm die Hand von meinem Mund und packte mich stattdessen an der Hüfte.

Ich machte mich darauf gefasst, weggeschubst zu werden, doch er packte mich nur fester und setzte sich so ruckartig auf, dass sich unsere Nasenspitzen berührten.

Mir stockte der Atem. Mein Herz raste los. Seine Finger wurden auf meiner Hüfte weich. Eine Hand löste sich, nahm eine meiner Haarsträhnen und rieb sie sanft, beinahe andächtig zwischen den Fingern.

Unser Atem vermischte sich. Hektisch, beinahe fieberhaft. Wir waren einander so nahe, dass sich unsere Lippen bei jedem Atemzug berührten. Erneut nur flüchtig, aber ich merkte, wie ich unweigerlich tiefer einatmete, um ihm näher zu kommen. Meine Haut prickelte, als flösse heißer Champagner darüber. Ich hasste diesen Kerl und hatte doch das Gefühl, sterben zu müssen, wenn er aufhörte, mich zu berühren.

Jackson flüsterte etwas, was ich durch das Rauschen in meinen Ohren nicht verstand.

Ich blinzelte, und seine Lippen senkten sich auf meine herab. Ich schauderte, als Jackson mich küsste. Auch jetzt konnte ich nicht sagen, ob dieser Kuss liebevoll oder wütend war. Sein Geschmack war beinahe scharf auf der Zunge und seine Berührung heiß. So unendlich heiß. Ich schloss die Augen und hatte plötzlich das Gefühl, aus meinem Körper herauskatapultiert zu werden. Anders konnte ich dieses seltsame Gefühl nicht beschreiben. Als würde mich jemand genau am Solarplexus packen und mich gewaltvoll aus meinem Körper herausreißen.

Keuchend riss ich die Augen auf und …

… sah um mich herum Stein.

Grauer Stein.

Ein Summen.

Jemand summte ein Lied.

»Verflucht bist du … la-la-la-la-la.«

Meine Augenlider waren so unendlich schwer und fielen immer wieder zu. Wenn ich sie kurz aufbekam, sah ich meine Füße, die über Stein schleiften. Dabei zogen Schmerzen meine Arme entlang bis zur Schulter. Es dauerte eine gefühlte Ewigkeit, bis die Bruchstücke Sinn ergaben. Jemand schleifte mich wie eine Puppe hinter sich her. Grober Stein schabte gegen meine Handflächen.

Ein modriger, stickiger Geruch hing in der Luft. Er klebte förmlich an mir und legte einen fauligen Geschmack auf meine Zunge, die sich so trocken anfühlte, als hätte ich seit Wochen nichts getrunken.

Wo zum Teufel war ich?

Wie kam ich hierher?

Mein Blick irrte herum. Überall Stein. Eine Höhle? War ich in einer Höhle? Wie kam ich hierher?

Ein Knirschen war zu hören, und im nächsten Augenblick warf mich jemand wie einen Gegenstand in etwas Enges, Kaltes. Noch mehr Stein. Eine Kiste aus Stein.

»Was?«, stieß ich völlig verwirrt hervor.

Ich wandte den schweren Kopf und starrte in pechschwarze Augen. Ich atmete aus und sah, wie die warme Luft augenblicklich in der Kälte kondensierte und herabschwebte. Die schillernden Augen starrten mich an.

Dann ein Flüstern: »Alice? Bist du wach?«

Die Dunkelheit schlug wie eine Welle über mir zusammen und drückte mich herunter, bis ich keine Luft mehr bekam. Ich keuchte, wand mich, warf mich nach links und rechts und hörte plötzlich jemanden fluchen.

»Verdammt, hör auf, Alice! Was ist denn auf einmal mit dir los?«

Jackson? War das Jackson?

Ich blinzelte und starrte mit wirrem Blick hoch, doch anstatt des grauen Steins, der mich umschloss, sah ich wieder Jackson, der über mir kniete und mich anstarrte, als hätte ich nicht mehr alle Tassen im Schrank.

Zu eng! Viel zu eng! Ich brauchte Luft zum Atmen.

Hektisch stieß ich ihn von mir runter, würgte und sog gleich darauf ungehindert frische Luft in meine Lunge.

»Was zum Teufel war das?«, brachte ich hervor und sah zu Jackson auf.

»Was? Küsse ich so schlecht, dass du davon kotzen musst?«

»Was? Nein, ich … Hast du das nicht gesehen?«, fragte ich ihn entsetzt.

Seine Oberlippe verzog sich, während er sich ruckartig aufrappelte. »Ich habe wirklich genug gesehen. Der Bulle ist übrigens weg. Wir können verschwinden.«

Betont wischte er sich die Lippen ab und stieg von der Tribüne. Fassungslos starrte ich ihm nach, ehe ich mich ebenfalls aufrappelte.

»Warte!«, schrie ich ihm hinterher. Meine Stimme zitterte.

Jacksons Schultern spannten sich an, ehe er mir unter gesenkten Augenlidern einen genervten Blick zuwarf. »Was ist?«

Meine Lippen bebten, während ich immer noch diesen ekelhaften, verfaulten Geschmack im Mund hatte. Jackson stand im Mondlicht vor mir. Sein schwarzes Haar leuchtete wie das Gefieder eines Raben. Seine Augen waren genauso dunkel wie der Nachthimmel über ihm. Mein Herz zog sich zusammen.

»Du musst mir helfen, Jackson«, flüsterte ich gerade so laut, dass er mich hören konnte. Der zittrige Klang hing dennoch wie ein lautes Echo zwischen uns. »Du bist kein Highschoolschüler! Du bist Jackson St. Burrington, der schwarze König!« Nun schrie ich fast. »Du musst dich daran erinnern, wer du bist. Wer du für mich bist und für die anderen Spieler. Wir brauchen dich. Ich brauche dich. Ich weiß, es klingt verrückt, aber hör mir zu, was ich zu sagen habe. Ich bitte dich …«

Jackson starrte mich an. Seine Schultern entspannten sich langsam, genauso langsam, wie sich seine Fäuste öffneten, als hätte er einen inneren Kampf gegen sich selbst gewonnen. Oder verloren.

Er kam auf mich zu, seine Schritte geschmeidig wie die einer Raubkatze. Er blieb vor mir stehen, hob eine Hand und wischte mir zart, beinahe liebevoll eine Haarsträhne hinter das rechte Ohr. Ich sah zu ihm auf und hatte das Gefühl, als würde endlich ein Teil von mir zurückspringen.

Jackson ließ mein Haar los und strich mit den Fingern über den Schwung meines Wangenknochens, ehe er mein Kinn umfasste und mir ins Ohr flüsterte: »Ich habe keine Ahnung, wovon du redest, und ich will es auch nicht wissen. Halt dich in Zukunft von mir fern. Und falls du vorgehabt hast, im Heizungskeller rumzuschnüffeln, lass mich dir einen gut gemeinten Rat geben: Lass es bleiben. Ich habe vorhin genau gesehen, wie du mich beobachtet hast. Und ich mag es nicht, wenn sich jemand in meine Angelegenheiten einmischt und mir nachspioniert. Das ist meine letzte Warnung.«

Ruckartig riss ich mein Kinn aus seinem Griff los. Mit wild pochendem Herzen starrte ich ihn an. Jackson schenkte mir ein kühles Lächeln. Er drehte sich um und ging.

Diesmal hielt ich ihn nicht auf.

Kapitel 10

Ich hatte verschlafen. Es klingelte gerade zur Mittagspause, als ich in der Schule ankam. Ich fühlte mich wie ein Zombie, während ich mit koffeinzittrigen Fingern das Schloss an meinem Fahrrad zufriemeln wollte und es schließlich einfach aufgab.

Die Sonne stach viel zu grell in meine Augen. Nach Jacksons Abgang hätte ich vielleicht noch in den Heizungskeller sehen können. Doch die Gefahr, dass Kay noch einmal auftauchte, war einfach zu groß gewesen.

Ich fühlte mich gleichzeitig wie elektrisiert und todmüde, und so ging das schon, seit ich vergangene Nacht zurück nach Hause geschlichen war. Ich war über den Fenstersims geklettert, auf die nackten Bodendielen geknallt und einfach dort liegen geblieben. Ich hatte nachgedacht und die gesamte Nacht an die Decke gestarrt, bis die ersten Sonnenstrahlen über den Dielenboden auf mich zugekrochen waren. Hatte meine Gedanken hin- und hergerollt, sie auseinandergepflückt und anders wieder zusammengesetzt, um der gesamten Situation auch nur einen winzigen Funken Logik zu entlocken. Jedes Mal wenn ich die Augen schloss, sah ich den kalten Stein vor mir. Der faulige Geschmack klebte noch in meinem Mund, als ich zu folgenden Ergebnissen kam.

Variante Nummer eins: Entweder ich war wirklich verrückt geworden und konnte Fiktion und Wirklichkeit nicht mehr unterscheiden. Dann war ohnehin Hopfen und Malz verloren.

Oder Variante Nummer zwei: Der Fluch hielt mich in einer Art Paralleluniversum fest.

Variante Nummer drei: Der Fluch hatte alle manipuliert, sodass sich niemand an mich erinnern konnte. Warum auch immer er das tun sollte.

Variante vier: Ich träumte das alles hier nur und schaffte es nicht, wach zu werden.

Fest stand für mich jedenfalls, dass ich nicht in diese Welt gehörte. Es war an der Zeit, dieses Katz-und-Maus-Spiel zu beenden und die richtig harten Bandagen auszupacken. Selbst wenn das hieß, alles loszulassen, was mir bisher Halt gegeben hatte.

Doch wenn ich ehrlich zu mir selbst war, hatte ich längst aufgehört, ein normales Leben zu führen und Alice Salt zu sein, als ich einen Schritt in Chesterfield hineingesetzt hatte. Und das hatte ich. Ich *wusste,* dass Chesterfield und St. Burrington existierten.

Jetzt musste ich sie nur noch finden.

Entschlossen wuchtete ich mir den Rucksack über die Schulter und ging in das Schulgebäude. Der Flur füllte sich mit Schülern, als ich meine Faust gegen den Spind knallte, anstatt die Zahlenkombination einzugeben.

Ein Kribbeln im Nacken ließ mich aufsehen. Jackson ging an mir vorbei. Seine breiten Schultern spannten sich in der Jacke. Im Vorbeigehen rempelte er mich so hart an, dass ich mit dem Hinterkopf gegen die Ecke des Spinds krachte. Ich krümmte mich zusammen und sah Bilder aufblitzen.

Stein, stickige Luft. Meine Finger kratzten über den Stein. Die Nägel, schmutzig und blutig, waren bis auf das entzündete Nagelbett abgebrochen, während ich gegen den Stein drückte. Ich holte tief Luft und wollte schreien, als ich im nächsten Augenblick hörte, wie jemand meinen Namen rief.

»Alice? Hey, geht's dir gut?«

Blinzelnd sah ich auf und blickte in ein Paar hellblaue Augen. Wuscheliges Haar fiel um ein attraktives Gesicht. Charlie.

»Es geht … gleich wieder«, keuchte ich und verzog das Gesicht.

Charlie verzog ebenfalls das Gesicht und starrte verächtlich hinter mich. »Sag ein Wort, und ich pisse Jackson in seinen Kaffee. Obwohl … nein, ich pisse in sein dämliches Auto.« Er sagte es mit solch einer Ernsthaftigkeit, dass ich unweigerlich lachen musste.

»Danke, aber mit Jackson werde ich schon allein fertig«, versicherte ich ihm.

»Sicher?«

»Ja, aber du kannst gern Regina haben.«

Er verzog abermals das Gesicht, als hätte er in eine Zitrone gebissen. »Können wir sie auch fertigmachen, indem wir am Footballfeld sitzen, über sie lästern und dabei Sandwiches essen?«

»Das wäre zumindest ein netter Anfang. Wo warst du gestern noch? Ich hab dich gesucht«, wechselte ich das Thema.

Charlie wurde rot und trippelte von einem Bein auf das andere, während er sich verlegen den Nacken kratzte. »Chief Kay hat mich erwischt, als ich einen Abgang durch die Büsche machen wollte. Ich habe ein paar nette Minuten in seinem Polizeiauto verbracht und mir einen Vortrag über Ausgangssperren und Vandalismus anhören dürfen, ehe er mich zu Hause abgesetzt hat.«

Mitleidig verzog ich das Gesicht. »Hast du Ärger bekommen?«

Nichtssagend zuckte er mit den Schultern und grinste. »Wann habe ich mal keinen Ärger? Also, was haben wir jetzt vor?«

Ich legte den Kopf schief und musterte ihn. »Wie kommst du auf die Idee, dass ich was vorhabe?«

»Ahh …« Er lehnte sich vor und schnupperte übertrieben. »Ich meine, du schnüffelst jemandem nach, oder? Warum?«

»Nein, ich …«, druckste ich herum und sah seinen betont ungläubigen Blick. »Okay, ich schnüffle Jackson nach.«

»Weil du auf ihn stehst und ihn stalken willst? Hast du vor, in seinen Sachen rumzuschnüffeln?«

»Wa… nein! Weil er gestern aus dem Heizungskeller kam und ich das sehr seltsam fand. Es würde mich interessieren, was er da unten getrieben hat.«

Charlie wackelte mit den Augenbrauen. »Und warum interessiert dich das so brennend?«

»Weil …« Ich biss mir auf die Unterlippe. »Weil er meinte, ich solle mich vom Keller fernhalten«, sagte ich lahm und zuckte mit den Schultern.

Charlie musterte mich, ehe er grinste. »Und weil er gesagt hat, dass du dich fernhalten sollst, willst du da jetzt erst recht rein?«

»Wenn du es so sagst, klingt es dämlich«, schnaubte ich.

»Es *ist* dämlich! Machen wir uns auf den Weg.«

»Wir?«

»Jupp, ich melde mich freiwillig. Ich liebe Spionage, fast so sehr wie Sandwiches und Pannenshows. Und ich liebe es, wenn Leute auf die Fresse fallen.«

Ich merkte, wie sich ein Lächeln auf meinem Gesicht ausbreitete. »Dann komm«, sagte ich nur, drehte mich um und ging an den Klassenzimmern vorbei nach draußen auf den leeren Sportplatz.

Ich hielt genau auf den Heizungskeller zu. Das kleine Gebäude sah wirklich abbruchreif aus. Man schien es wohl nicht für notwendig gehalten zu haben, es zusammen mit dem Rest des Schulgebäudes zu renovieren. Die roten Ziegel waren mit Moos überwuchert. Das schiefe kleine Dach war mit gesprungenen Ziegeln gedeckt, und das einzige Fenster hatte jemand notdürftig mit Zeitungspapier abgedichtet. Ich drehte den rostigen Türknauf. Er ruckelte, doch die Tür blieb zu.

»Abgeschlossen«, stieß ich frustriert hervor. »Was meinst du, wer einen Schlüssel hat? Der Hausmeister?«, fragte ich Charlie.

Der schnaubte nur, drängte sich an mir vorbei und nahm einen Ohrring heraus. »Sieh zu und lerne«, murmelte er.

Konzentriert kniff er die Augen zusammen und begann, mit dem Ohrring, der wie ein angespitztes Kreuz aussah, im Schloss herumzustochern. Beeindruckt linste ich ihm über die Schulter, als mich ein lautes Krächzen aufblicken ließ. Auf dem Maschendrahtzaun genau neben uns saß ein Rabe und starrte uns an. Doch es war nicht irgendein Rabe. Sein Gefieder war schneeweiß. Ich starrte ihn an, als es leise klickte und Charlie triumphierend in die Höhe schoss.

»Jackpot!«

Der Rabe erschrak und flog hektisch davon. Eine einzelne Feder segelte zu Boden und blieb genau vor meinen Füßen liegen. War das etwa Dagger gewesen?

»Hey, alles okay?« Charlie tippte mich an.

Ich zuckte zusammen, riss meinen Blick von der Feder los und nickte entschlossen. »Ja. Komm, wir suchen Jacksons Geheimnis.«

Ich ging voraus. Direkt vor uns tat sich eine hölzerne Treppe auf, die ins dunkle Erdinnere hineinführte. Eine Schnur baumelte von der Decke, und als ich daran zog, gingen klimpernd einzelne Neonröhren an.

»Wow, das nenne ich mal gruslig«, pfiff Charlie anerkennend.

»Willst du umdrehen und lieber Mathe machen?«, bot ich ihm großzügig an.

»Und dir den ganzen Spaß überlassen? Wenn dort unten Zombies sind, will ich mindestens einem den Schädel einschlagen«, protestierte Charlie.

»Und womit willst du ihn erschlagen?«, erkundigte ich mich skeptisch.

»Ich improvisiere.«

»Na, dann.«

Wir gingen runter, und sobald die Tür hinter uns zuschlug, wurde es noch dunkler. Von der Decke hingen nur vereinzelte Lampen. Die Holztreppe war eindeutig morsch und knarrte besorgniserregend unter unserem Gewicht, während wir uns nach unten wagten.

»129, 130, 131, 132 …«, murmelte Charlie hinter mir.

»Was machst du da?«

»Stufen zählen, was sonst? Findest du nicht, dass es ziemlich weit nach unten geht?«, murrte er gerade, als wir das Ende der Treppe erreichten.

Wir befanden uns in einem Gang, der gerade so breit war, dass zwei Personen nebeneinanderstehen konnten. Über unseren Köpfen bohrten sich alte Kupferrohre wie Schlangen aus der steinernen Decke hervor und wanden sich an Decke und Wänden entlang. Eines der Rohre hatte offenbar ein Leck, denn es dampfte zischend daraus hervor.

»Zoombieee, wo bist du?«, flötete Charlie, während wir unter dem Dampf hinwegtauchten und tiefer ins Innere des Kellers vordrangen.

Ein paar leere Kisten standen herum, und ich sah eine Ratte erschrocken davonhuschen. Ansonsten war hier unten nichts, zumindest bis der Gang in einen großen Raum mündete. Große, rostige Boiler und weitere Rohre säumten den Raum.

Unsere Schritte kratzten über den morschen Holzboden. Das Licht drang hier noch spärlicher herein. Nur noch eine einzelne Glühbirne hing herab und flackerte dabei träge. Das Ein und Aus warf lange zackige Schatten über den Boden. Es kam mir vor, als würde das überall herumstehende Gerümpel immer näher rücken. Man stolperte wirklich überall darüber. Alte, zerkratzte Schreibtische, zerbrochene Stühle, die zu krummen und schiefen Türmen aufgestapelt worden waren. In einer Ecke ragte eine Schaufensterpuppe hervor. Ihr Glatzkopf war mit Spinnweben überwuchert.

»Und jetzt?«, zischte Charlie leise an meinem Ohr. »Ist zwar gruslig, aber hier ist nichts. Außer Jackson züchtet illegal Spinnen und Kellerasseln«, gab er zu bedenken.

»Ich weiß es nicht«, räumte ich ein und begann, mich umzusehen.

Die Wände waren aus Stein und sahen so alt aus, als wäre dieser Raum schon vor vielen Jahrhunderten erbaut worden. Ich fuhr mit den Händen daran entlang, in der Hoffnung, einen losen Stein zu finden, eine geheime Tür, egal was. Doch meine Finger stießen nur auf kalten grauen Stein.

Ich zuckte zusammen, als einer meiner Fingernägel splitterte. Wie in meiner Illusion. Meine Hände waren nach wenigen Sekunden schmutzig. Schauernd wich ich zurück, stolperte dabei über ein Holzbein, scherte hektisch aus und brach prompt mit dem rechten Fuß in den morschen Boden ein. Harte Splitter bohrten sich in meinen Knöchel, und ich sog zischend die Luft ein.

»Alles okay?« Charlie tauchte sofort neben mir auf und hielt sein Handy vor sich. Der grelle, bläuliche Strahl beschien mein Bein, das über dem Knöchel leicht aufgeschürft war.

»Geht schon, es brennt nur«, stieß ich hervor, zog ruckartig meinen Fuß heraus und stutzte. Die Diele musste nicht nur morsch, sondern auch lose gewesen sein, denn ich sah darunter eine ziemlich große Ausbuchtung. Ich kniete mich davor und fasste hinein.

»Nicht! Was ist, wenn dir etwas den Arm abbeißt?«

Ich schnaubte, zog eine Augenbraue hoch und schrie plötzlich gellend auf, als ich etwas ertastete. »Aaah, mein Arm! Mein Arm ist ab!«

Charlie schrie ebenfalls und fuchtelte wie ein Pseudo-Ninja wild mit den Armen herum. Keine Ahnung, wen oder was er so töten wollte. Luft? Aber er sah dabei so entsetzt aus, dass ich in Lachen ausbrach, ehe ich meine Hand wieder aus dem Loch zog.

»Scherz!«

Charlie zischte und verpasste mir einen Boxhieb. »Du bist doof.«

»Und du ein Schisser«, entgegnete ich lachend, ehe ich mir ansah, was ich da aus dem Loch gezogen hatte. Wir legten beide verdutzt den Kopf schief. »Geld?«, fragte ich.

»Und was für eine Menge«, stieß Charlie beeindruckt hervor, ehe ein alarmierter Ausdruck durch sein Gesicht huschte. »Alice, leg's wieder rein. Ich glaube, das gehört …«

»… mir«, fiel ihm eine dunkle Stimme ins Wort.

Ich zuckte zusammen. Charlie stieß ein kleines Quieken aus.

Wir fuhren herum und sahen Jackson, der uns wutentbrannt anstarrte, während er fortfuhr: »Ich hab dir doch gesagt, dass du dich vom Heizungskeller fernhalten sollst. Ich kann es nicht leiden, wenn jemand seine Nase in meine Geschäfte steckt.«

Geschäfte. Ich linste wieder in das Loch und sah kleine Päckchen, deren Inhalt ich gar nicht genauer wissen wollte.

»Wir wollten nichts stehlen«, beeilte ich mich zu sagen, doch ich musste nur Jacksons Gesichtsausdruck sehen, um zu wissen, dass er mir nicht glaubte.

Seine Fäuste ballten sich so fest, dass ich es beinahe knirschen hörte, während ein Ausdruck über sein Gesicht huschte, den ich nicht benennen konnte. »Ich habe dich gewarnt«, sagte er dumpf.

Er kam auf uns zu, doch was auch immer er vorhatte, ich würde nicht sitzen bleiben und es einfach geschehen lassen.

»Geh in Deckung!«, rief Charlie im selben Augenblick, und ein klappriger Stuhl knallte gegen Jacksons Hinterkopf.

Doch der blieb stehen und schüttelte sich die Holzsplitter einfach vom Rücken, während er sich langsam umdrehte.

Charlie, der nur noch ein klägliches Holzbein in der Hand hielt, blinzelte leicht panisch. »Oh … ähm, das ist eigentlich der Moment, in dem du ohnmächtig zusammenklappen solltest«, plapperte er wenig hilfreich los.

Ich verdrehte die Augen und rannte nach vorn, während Jackson dasselbe tat. Wir knallten alle drei zusammen, verloren den Halt und polterten zu Boden.

Keiner von uns hatte damit gerechnet, dass der Boden knarrte und einfach unter uns nachgab. Ich spürte nur noch einen Ruck im Magen, dann sackten die Dielen plötzlich weg, und wir stürzten in tiefe Schwärze.

KAPITEL 11

Ich glaube, ich kreischte. Charlie tat es jedenfalls. Um uns herum war es pechschwarz, und es fühlte sich an, als würden wir eine halbe Ewigkeit fallen, bis wir plötzlich hart aufschlugen.

»Pffft!« Die Luft entwich aus meiner Lunge. Mein Kopf dröhnte, und ich hörte neben mir zwei weitere Körper aufschlagen.

Jemand fluchte. Ich blinzelte und sah weit über mir einen schwachen Lichtschein. Das Loch, durch das wir gefallen waren. Es musste etwa fünf Meter über uns sein. Hektisch überprüfte ich mich selbst nach etwaigen Knochenbrüchen, aber es schien noch alles an Ort und Stelle zu sein. Nur durchgeschüttelter.

»Wo sind wir?«, ächzte neben mir eine Stimme. Ich sah nichts, aber es klang nach Charlie.

»Unter der Erde?«, riet ich und hörte ihn entsetzt stöhnen.

»So hab ich mir das nicht vorstellt«, jammerte er.

»Zu wenig Zombies für deinen Geschmack?«

»Jupp. Und zu viele Prellungen«, ächzte er.

Im nächsten Augenblick blinzelte er, als ein schwacher Lichtschein aufblitzte. Jackson kniete neben uns, ein Feuerzeug in der Hand, dessen flammende Zunge nach oben leckte. Er legte ebenfalls den Kopf in den Nacken und starrte hoch zum Loch.

»Sollen wir um Hilfe rufen?«, murmelte Charlie.

Jackson sah ihn wütend an. »Und wer soll uns hören? Weißt du, wie tief wir hier unter der Erde sind?«

»Bin leider kein Geologe«, gab Charlie patzig zurück.

»Hat jemand ein Handy?«, fragte ich.

»Ist mir aus der Hand gefallen, als ein gewisser Jemand uns töten wollte«, murrte Charlie finster.

»Ich wollte euch nicht töten«, gab Jackson zurück.

»Sondern? Wieso bunkerst du da oben illegales Zeug? Und sag mir jetzt nicht, dass das nur Vitamine sind«, sagte ich wütend. Wobei ich mir nicht sicher war, ob ich wütend war, weil er dort oben Geld und Drogen lagerte, oder weil ich die ganze Zeit gehofft hatte, etwas zu finden, was mit dem Fluch zu tun hatte.

Unter die Wut mischte sich Enttäuschung. Ja, ich hatte eindeutig gehofft, etwas anderes zu finden.

Jackson antwortete nicht. Er zückte nur sein Handy und schnaufte, als es einfach schwarz blieb. »Geht nicht an«, sagte er nur.

Okay. Keine Panik. Wir würden hier drinnen nicht sterben. »Gut, dann müssen wir uns eben einen anderen Weg suchen.«

Entschlossener, als ich mich fühlte, rappelte ich mich auf und schnappte mir Jacksons Feuerzeug, ehe er protestieren konnte. Forsch leuchtete ich in die Dunkelheit vor uns. Der Boden bestand aus festem Lehm. Er sah festgetrampelt aus, beinahe wie ein Weg, und als ich links und rechts leuchtete, sah ich … Gänge? Ich zählte insgesamt vier, die alle in eine andere Richtung abzweigten wie in einem unterirdischen Labyrinth.

»Okay, zumindest sitzen wir hier unten nicht fest«, konstatierte ich und bewegte das Feuerzeug, um zu sehen, ob aus einem bestimmten Gang ein Luftzug an der Flamme riss. Das Flämmchen tanzte jedoch ungerührt weiter.

»Na toll, und was machen wir jetzt? Ene, mene, muh auszählen und auf gut Glück loswatscheln?«, fragte Charlie skeptisch.

»Oder wir teilen uns auf«, schlug Jackson vor.

Ich sah ihn skeptisch an. »Genau, als ob du Hilfe holen würdest, wenn du rauskommst. Du würdest uns doch hier drinnen versauern lassen.«

Nonchalant zuckte Jackson mit den Schultern. »Möglich.«

»Wir bleiben zusammen«, entschied ich.

»Und warum bestimmst du?«, höhnte er.

»Weil ich das Scheißfeuerzeug habe. Darum.«

»Es ist *mein* Feuerzeug.«

»Argh! Himmel, Herrgott!«

Ich drehte mich ruckartig um und entschied mich spontan für den linken Gang. Jetzt konnte er bleiben oder mitkommen, es war mir egal. Oder auch nicht, aber ich konnte zumindest so tun, als wäre es mir egal.

»Halt, warte auf uns!«, rief Charlie erschrocken, als ich losstapfte.

Die beiden holten rasch auf, während der Gang uns verschluckte. Im Gegensatz zu dem lehmigen Boden bestanden die Wände aus grauem Stein, ähnlich dem im Heizungskeller. Im schwachen Funzellicht wirkte es, als würde sich der Gang endlos ins Schwarze ziehen. Mit jedem Schritt bemerkte ich auch, wie kalt es plötzlich wurde. Die Luft roch erdig, muffig alt und vergessen. Es war eindeutig Luft, die lange keiner mehr geatmet hatte. Nur eine Ratte kreuzte unsere Wege.

»Ich frage mich, wer diese Gänge gemacht hat«, flüsterte Charlie, wahrscheinlich, um sich selbst von einer Panikattacke abzulenken.

»Auf dem Stadtplan waren sie eindeutig nicht eingezeichnet«, murmelte ich.

Dann öffnete sich der Gang plötzlich in einen neuen Raum. Es war jedoch eine Sackgasse, in der wir allerdings nicht allein waren. Der Flammenschein beleuchtete ein Paar Füße.

»Wuaaahhh!«

Ich zuckte zurück und kollidierte dabei mit Jackson, der blitzschnell seine Arme um mich schlang.

Charlie hob wieder die Arme, doch da lachte Jackson bereits. »Beruhigt euch. Das ist nur ein Stein.«

Er ließ mich ruckartig los, als bemerkte er erst jetzt, was er da eigentlich tat. Grob nahm er mir das Feuerzeug aus der Hand und beleuchtete den Menschen vor uns. Oder eher die Statue. Sie war aus weißem Stein, durch den sich bereits Sprünge zogen. Die Statue zeigte einen jungen Mann. Er stand mit trotzig hervorgehobenem Kinn da, und durch sein Herz bohrte sich ein Dolch. Ich schauderte, kam jedoch näher.

»Wie abartig gruslig«, hörte ich Charlie jammern und konnte ihm da nur zustimmen.

Trotzdem ging ich näher heran und musterte die Statue genauer. »Sieht aus wie eine gefallene Spielfigur«, flüsterte ich. Mein Blick wanderte zu dem Dolch in seinem Herzen. Ich kannte nur einen Spieler, der so aus dem Spiel genommen wurde: ein König.

»Was?«, fragte Jackson irritiert.

»Nichts.« Ich drehte mich um. »Lasst uns zurückgehen.«

Ausnahmsweise waren wir uns da alle einig.

Ich entriss Jackson das Feuerzeug wieder. Die Flamme zitterte in meiner Hand, als wir wieder in den Gang traten, aus dem wir gekommen waren. Das Licht warf unsere Schatten an die Wände wie riesige verzerrte Monster, die uns folgten. Ich wandte den Kopf und hatte das Gefühl, als würde mich mein Schatten direkt anstarren. Ich zuckte zurück und stolperte dabei in Jackson hinein, der seinerseits überrascht umkippte. Zusammen knallten wir gegen die Wand, die plötzlich nachgab.

»Wuah…«, setzte Charlie schockiert an, als sich die Mauer drehte, Jackson und mich mitriss und wie eine Drehtür danach wieder zuschlug. Das Feuerzeug fiel mir dabei aus der Hand, sodass es stockdunkel wurde.

»Alter, nein! Alice? Jackson?«, schrie Charlie dumpf. »Hallo? Wo seid ihr?«

»Charlie?«

Hektisch sah ich mich um. Meine Finger schabten gegen den Stein, und ich spürte, wie mir der Puls nach oben schnellte.

»Wo seid ihr?«, fragte Charlie abermals dumpf.

»Ähm, hier?«, versuchte ich es, während Jackson neben mir wüst schimpfte.

»Wo hier?«, fragte Charlie verzweifelt. »Das sah so aus, als hätte euch die dumme Wand verschluckt. Das ist ja wie eine abgedrehte Folge *Dungeons & Dragons*. Würfelt ja keine Eins!«

»Was faselt der Kerl da?«, murrte Jackson.

»Keine Ahnung«, gab ich zu, während ich angestrengt versuchte, etwas zu sehen.

»Was machen wir jetzt?«, kam es dumpf hinter dem Stein hervor.

Ich drückte so fest ich konnte dagegen, doch er rührte sich nicht.

Im selben Augenblick hörte ich Jackson aufatmen. »Da ist es.«

Der Lichtschein ging an und wir blinzelten beide hinein. Wir befanden uns in einem Tunnel, der exakt genauso wie der andere aussah. Vielleicht noch älter. Dichte Spinnweben hingen von der Decke, die Luft war noch stickiger, und am Boden lagen zerbrochene Teile einer Steinfigur. Sie war pechschwarz. Das Bein war zerschmettert, genauso wie das Gesicht, als hätte es jemand voller Wut gegen die Wand gedonnert. Ich bekam eine zentimeterdicke Gänsehaut.

»Hallo? Lebt ihr noch?«, kam es zögerlich hinter der Wand hervor.

»Ja. Bleib, wo du bist, Charlie. Wir versuchen, zu dir zu kommen«, rief ich.

»Was? Nein, dummer Plan«, kam es von der anderen Seite.

»Einziger Plan«, warf Jackson ein.

»Wir können uns noch hören. Halte dich an der Wand, und wir gehen nebeneinander weiter, okay?«, versuchte ich Charlie zu überzeugen.

Der seufzte. »Okay. Gehen wir links oder rechts?«

»Rechts«, entschied ich, während Jackson »links« sagte.

Charlie seufzte abermals. »Ihr wisst schon, dass ich eine Links-rechts-Schwäche habe, oder?«

Jackson verzog genervt das Gesicht. »Wir gehen weiter in die Richtung, aus der wir gekommen sind«, entschied er und stapfte los.

Jetzt war ich diejenige, die seufzte. »Toll, und ich muss ausgerechnet mit Mr Mörderblick hier festsitzen.« Charlie hatte mich offenbar gehört, denn ich glaubte, ihn leise lachen zu hören. »Halt die Klappe«, murrte ich und ging ebenfalls weiter.

Jacksons Silhouette zeichnete sich pechschwarz einige Meter vor mir ab wie ein aufrecht gehender Schatten. Er duckte sich unter einem knarzenden Stützbalken hindurch, an dem so viele Spinnweben hingen, dass es praktisch ein Vorhang war. Wir gingen und gingen, bis der Weg sich verzweigte. Jackson blieb stehen und sah mich an.

»Was sollen wir tun?

»Hey Leute, seid ihr noch da?«, rief Charlie.

»Ja, bei uns ist …«, setzte ich an, als Charlie plötzlich aufschrie. Ziemlich gellend. »Charlie?«, rief ich alarmiert.

»Da ist …«, brüllte Charlie, und ich hörte etwas laut knallen.

»Charlie!«

Entsetzt rannten Jackson und ich zur Mauer. Ich drückte mit den Händen dagegen. Sie war eiskalt. Charlie brüllte dahinter wie wild. Nackte Panik und Schmerz verzerrten seine Stimme, bis sie beinahe animalisch klang. Ein schabendes Geräusch wie von Nägeln, die an Stein kratzten, war zu hören. Charlie würgte, dann war ein sattes, nasses Spritzen zu hören.

»Charlie? Was ist los?«, rief ich panisch, als sein Schrei jäh abriss.

Ein verzerrtes Wimmern drang durch die Mauer. »Lauft weg!«

Danach war es still. Jene Art von Stille, die viel zu laut war und in den Ohren summte.

»Was zum Teufel ist hier los?«, rief ich und rammte meine Schulter gegen die Wand. Ein spitzer Schmerz schoss hindurch. »Char…«, setzte ich an, als sich plötzlich eine Hand auf meinen Mund legte und mich zurückzog. »Wf…«, protestierte ich dumpf, als mir Jackson: »Psst, hör mal«, ins Ohr zischte.

Ich erstarrte jäh. Wagte nicht einmal zu blinzeln. Auf der anderen Seite war ein Schleifen zu hören. Als würde jemand einen Körper über den Boden ziehen.

»Hier unten ist jemand«, flüsterte Jackson. Er klang dumpf, angespannt.

Meine Nackenhaare stellten sich auf. »Was machen wir?«, flüsterte ich in seine Hand hinein.

»Langsam weitergehen. Uns bleibt nichts anderes übrig«, raunte er.

»Das Licht wird uns verraten«, flüsterte ich zurück.

Jackson antwortete, indem er das Feuerzeug leise zuschnappen ließ. Dunkle Schwärze hüllte uns ein. Der einzige Fixpunkt, den ich noch besaß, war Jacksons Hand, die sich um meine schloss. Erstaunt wollte ich sie zurückziehen, doch seine Finger verstärkten den Druck um meine. Nicht unangenehm. Nur fest. Er hielt mich. Ich konnte seinen schnellen Puls fühlen.

»Komm«, murmelte er und zog mich weiter. Langsamer diesmal.

Schritt für Schritt tasteten wir uns weiter, und während ich in die Dunkelheit starrte, wurde alles lauter und intensiver. Selbst der Geschmack des Staubs. Jedes noch so feine Geräusch ließ mich den Kopf herumreißen. Mein Herz pochte so heftig, dass ich das Pulsieren auf der Zunge fühlen konnte. Von Charlie war nichts mehr zu hören. Kein Mucks. Ich begann, mir immer grauenvollere Dinge auszumalen. Von Monstern, die ihn in Stücke rissen. Von verrückten Menschen, die hier unten hausten und alles fraßen, was ihnen in den Weg kam. Charlie hatte eindeutig zu viel von Zombies gesprochen. Doch noch schlimmer war die naheliegende Option: Der Fluch hatte uns gefunden.

Mein Magen drehte sich vor nackter Furcht um, während mir ein kalter Schweißtropfen über den Rücken rann. Ich taumelte und blinzelte. Wie lange waren wir jetzt schon unterwegs? Es fühlte sich zu lange an. Ich war kurz davor, aus der Haut zu fahren, Panik zu bekommen. Ich musste mich ablenken, egal wie.

»Jackson?«, fragte ich leise.

»Was ist?«, gab er angespannt zurück. Seine Finger schlossen sich fester um meine.

»Nur weil wir eventuell sterben könnten und ich es als Leiche ohnehin nicht weitererzählen könnte: Warum machst du diese Drogensache? Hast du das wirklich nötig?«

Jackson schwieg. Seine Finger schlossen sich jedoch so fest um meine, dass es wehtat. Ich biss die Zähne zusammen und war kurz davor, sie zurückzureißen, als er leise zischend die Luft ausließ. Seine Hand entspannte sich.

»Es sind nicht meine«, sagte er leise. So leise, dass ich es beinahe nicht verstand.

»Was?«

»Dieses Geschäft habe nicht ich aufgezogen. Das ist Vincents Ding. Ich passe nur darauf auf, solange er im Krankenhaus liegt. Ich mache das nicht gern, aber er ist nun mal mein bester Freund, und ich … schulde ihm was. Glaub mir, in diese Sache willst du nicht mit reingezogen werden. Lieber hast du Angst vor mir und hältst mich für einen Arsch, als dass du am Ende ebenfalls im Koma liegst, weil dich andere für zu neugierig gehalten haben.«

Ich war froh, dass es dunkel war, sodass er meinen Blick nicht sehen konnte. Er schien aber durchaus zu fühlen, dass ich ihn anstarrte, denn er ging gereizt schneller. Unser beider Atem hallte im Gang wie ein leises Echo nach.

»Was schuldest du Vincent?«, fragte ich schließlich.

Jackson schwieg.

»Hm …«, sagte ich skeptisch. »Ist dieses *Geschäft* der Grund, warum Vincent im Koma liegt? Ging das *Geschäft* schief?«

»Du lässt aber auch nicht locker, oder?«

»Nein, ist nicht so meine Art.«

Er stieß einen Ton aus, der beinahe wie ein unterdrücktes Lachen klang, ehe er genauso leise seufzte. »Vincent hat es nicht leicht. Seine Familie ist speziell. Ich habe ihm schon oft gesagt, er soll mit dem Scheiß aufhören. Er kann es besser, das weiß ich. Leider hat er zu spät die Notbremse gezogen. Er war unvorsichtig. Ich hätte besser auf ihn aufpassen sollen. Hab ich aber nicht, und jetzt liegt er im Koma. Das werde ich mir niemals verzeihen.«

Stille legte sich zwischen uns, während mir seine Worte durch den Kopf gingen. Diese Sache war irgendwie so typisch Jackson. Wie schaffte er es nur immer, nur ein halb so mieser Kerl zu sein wie der, für den ich ihn hielt und als der er sich auch ausgab?

»Du bist so ein …«, setzte ich an, als Jackson plötzlich stolperte. »Was ist?«, flüsterte ich panisch.

»Da ist was«, zischte er zurück.

Ich erstarrte. Jackson zögerte, ehe wieder das Klicken des Feuerzeugs zu hören war. Der Schein schnitt sich durch die Dunkelheit und beleuchtete einen großen Raum. Kein Wunder, dass sich die Luft plötzlich noch kälter anfühlte. Und im Raum war … Mir stockte der Atem. Es handelte sich hier um eine Art Gewölbe. Die

Decke war beinahe wie eine Kuppel abgerundet, und überall standen Statuen herum. Es mussten Dutzende, Hunderte sein. Schwarze und weiße Figuren. Alle in verschiedenen Stadien des Verfalls. Manche standen stramm und stierten in die Dunkelheit, als wären sie soeben erst zu Stein erstarrt. Andere lagen mit gebrochenen Gliedmaßen am Boden und setzten langsam Staub an. Der Flammenschein zuckte durch ihre versteinerten Augen, als würde ein verzweifelter Lebensfunke hindurchhuschen. Ich sah verzerrte Münder. Ängstlich verzogene Gesichter. Vor Schmerz verrenkte Hände. Gekrümmte Rücken und vor Horror gebeugte Leiber. Wir standen mitten unter ihnen wie zwei lebende Zeugen eines Massakers. Das es ja auch war.

Wir hatten wohl wirklich einen Friedhof gefunden. Den Friedhof der Spielfiguren.

»Was ist das hier?«, hörte ich Jackson dumpf fragen.

Ich selbst ging langsam rückwärts. Jedes einzelne Härchen stellte sich mir auf, während mein Blick gehetzt in alle Richtungen huschte. Dabei stolperte ich und knallte hart zu Boden. Ich starrte in das zersplitterte Gesicht einer schwarzen Spielfigur. Es war ein Mädchen. Auf ihren Lippen lag beinahe so etwas wie ein Lächeln. Durch ihre Kehle jedoch ragte ein steinerner Dolch.

»Jackson, wir müssen sofort abhau…«, setzte ich an, als plötzlich ein Scharren zu hören war.

Mir stellten sich erneut alle Nackenhaare auf. Ich blickte auf und sah, wie sich eine Person aus dem Schatten löste. Die Gestalt wirkte schmal, beinahe hager. Dreck klebte ihr an Gesicht und Händen. Die Augen glänzten matt wie zwei Knöpfe. Doch das Lächeln war vertraut, kühl und ein wenig arrogant.

Jackson und ich starrten ihn an, als wäre ein Geist zum Leben erwacht. Und vielleicht war er das auch. Schließlich war es Jackson, der als Erster seine Stimme wiederfand. Doch es war nur ein Wort, das fragend seinen Lippen entkam.

»Vincent?«

KAPITEL 12

»Wie kann das ... n...nein ... Das ist unmöglich. Du liegst im Koma, du kannst nicht hier sein«, stammelte Jackson. Jede Farbe wich aus seinem Gesicht, während er kopfschüttelnd zurückwich. Dabei stieß er gegen eine der Figuren, der Stein kippte und zerbrach krachend auf der Erde. Ein Kopf kullerte über den Boden.

Vincent seufzte und rückte sich seine ausgefranst aussehende Schuluniform zurecht. Sie war genauso staubig und dreckig wie er selbst. Er sah aus, als wäre er schon seit Wochen hier unten. Seine Augen lagen tief in den Höhlen. Die Lippen waren blass und gesprungen.

»Jackson St. Burrington und Alice Salt. Warum wundert es mich nicht, dass ich ausgerechnet euch beiden über den Weg laufe? Das nennt man dann wohl Ironie des Schicksals, dass wir alle drei hier festsitzen, nachdem ihr mich abgestochen habt.« Er grinste, doch er sah dabei erschöpft aus.

Das Feuerzeug in Jacksons Hand zitterte so sehr, dass ich mich aufrappelte und es ihm wegnahm. »Abgestochen? Heißt das, du kannst dich erinnern?«, fragte ich scharf und kam näher.

Vincent wich nicht zurück, doch seine Pupillen verengten sich, und er blinzelte, als wäre ihm selbst das wenige Licht zu viel. »Alice«, murmelte er. Seine Lider senkten sich. »Natürlich erinnere ich mich. Man wird schließlich nicht jeden Tag von der Liebe seines Lebens erdolcht.«

Ungläubig verzog ich das Gesicht. »Liebe deines Lebens? Mach mal halblang, weißer König, du könntest nicht mal dann lieben, wenn dein kleines Herz mehr wäre als ein Eisklotz.«

Gespielt verletzt hielt er sich die Brust. »Aua, Alice! Ist es schon so weit mit uns gekommen, Schatz? Erst stichst du mich ab, dann beleidigst du mich – und was kommt als Nächstes? Betrügst du mich jetzt mit unserem Black Jack? Miese Entscheidung. Der Typ sieht Banane aus, wenn du mich fragst.«

Ich biss mir auf die Zunge. Jackson sah wirklich aus, als würde er sich gleich übergeben. Ich selbst stieß ruckartig die angehaltene Luft aus. »Du kannst dich also erinnern? An alles, was hier los ist? Und Jackson mag Banane in der Birne sein, aber er hat recht. Du solltest eigentlich im Krankenhaus liegen. Warum bist du also hier unten?«, hakte ich nach.

Vincent schwieg, runzelte die Stirn und verschränkte die Arme. »Das Letzte, woran ich mich erinnern kann, ist, dass du mich abgestochen hast. Danach bin ich in diesem komischen Krankenaus außerhalb des Spielfelds aufgewacht, und eine ziemlich gruslige Krankenschwester hat mich hier heruntergebracht und meinte, ich solle warten, und falls sich jemand nach hier unter verirrt, solle ich ihn davon abhalten, weiter herumzuschnüffeln.« Wieder lag dieser müde Blick in seinen Augen, er flackerte jedoch verdächtig.

Ich musterte ihn scharf. »Eine Krankenschwester? Sah sie aus wie Barbie?«

»Wa… ja, kann sein, keine Ahnung, alles ist irgendwie verschwommen.«

Ich presste die Lippen zusammen und beobachtete ihn weiterhin, ehe ich mit steifen Fingern den Plan aus meiner Tasche zog. »Was siehst du hier?«, fragte ich ihn.

Vincent blinzelte irritiert, sein Blick zuckte zu dem Papier in meiner Hand. »Sieht aus wie ein alter Plan. Ist … sind das die Tunnel?« Er griff nach dem Papier, doch ich zog es schnell aus seiner Reichweite.

»Du kannst es also sehen?«, fragte ich leicht atemlos.

»Sollte ich nicht?«

»Bisher konnte es keiner außer mir sehen«, erklärte ich ihm leise, und wir starrten einander an. Die Spannung in der Luft war zum Greifen dick, und ich wusste nicht, ob ich erleichtert war, dass Vincent dasselbe sah wie ich, oder beunruhigt. »Alles hier stinkt so zum Himmel nach Lug, Betrug und Verrat, dass mir beinahe schlecht wird. Und das Ganze fängt mit dir, Vincent Chesterfield, entweder an oder hört mit dir auf. So oder so bist du in diese Sache verwickelt, und ich will wissen, wie.«

Vincent presste die Lippen zusammen. »Natürlich stimmt hier etwas nicht. Aber ich weiß nicht mehr als du. Ich laufe seit einer gefühlten Ewigkeit herum, habe aber keinen Weg heraus gefunden. Beim Im-Kreis-Herumirren und dem Versuch, nicht wahnsinnig zu werden, hatte ich aber genug Zeit, mir ein paar Theorien zu überlegen.« Er fuhr sich durch die lockigen weißen Haare und sah dabei genauso zerstört aus, wie ich mich fühlte.

»Ach? Und was?«, fragte ich misstrauisch.

Vincent musterte mich kühl. »Warum sollte ich dir das erzählen? Wer weiß, vielleicht bist du nur eine Halluzination … Oder du bist gekommen, um mich noch mal abzustechen.«

»Bin ich nicht! Ich wusste nicht einmal, dass du hier unten bist.«

»Und was macht ihr dann hier?«

»Wir sind …«, setzte ich an, als uns ein Geräusch unterbrach, das durch Mark und Bein ging. Es klang wie das Kratzen von Krallen im Stein. Eine unangenehme Gänsehaut kroch mir den Rücken herab und ließ mich zittern.

Vincents Augen wurden noch eine Spur gehetzter.

»Da ist es wieder«, flüsterte ich.

Vincent spannte sich an und wandte sich ruckartig um. »Wir müssen von hier verschwinden. Schnell«, zischte er.

»Warte mal, Vincent!« Meine Hand schnellte nach vorn, packte seinen Ärmel und hielt ihn zurück. »Was ist das für ein Ding? Es hat einen Freund von mir. Irgendetwas hat ihn verschleppt«, flüsterte ich angespannt zurück. Mein Atem schwebte vor meinem Gesicht, tanzte und legte sich wie Nebel zu unseren Füßen.

Vincent fragte nicht genauer nach, sondern drehte sich nur um und winkte uns zu. »Dann sollten wir uns schleunigst verstecken, bevor wir die Nächsten sind.«

»Ich lasse Charlie nicht im Stich. Wir müssen ihn suchen«, hielt ich dagegen.

Vincent blieb stehen und sah über seine Schulter zu mir hinüber. In seinen blauen Augen glomm es unheimlich auf. »Wir müssen gar nichts, Alice Salt. Wir sind quasi schon so gut wie tot. Meinen restlichen Funken Leben werfe ich sicher nicht wegen einer sinnlosen Rettungsaktion weg. Kommt mit mir oder lasst es bleiben, es ist mir einerlei.« Damit drehte er sich um, und sein schmaler Rücken verwuchs mit der Dunkelheit.

»Scheiße, wo will er hin? Ist das gerade wirklich passiert?«, fragte Jackson fassungslos.

Ich seufzte und rieb mir die Stirn. Pochende Kopfschmerzen begannen, sich darin einzunisten. Jetzt stellte sich die Frage, was gefährlicher war: das ominöse Monster hinter uns oder Vincent Chesterfield? Und was war schlauer? Ihm aus dem Weg zu gehen oder ihn nicht aus den Augen zu lassen?

Hinter uns war wieder ein Geräusch zu hören. Es klang, als würde etwas langsam über den Boden geschleift werden. Angespannt sah ich mich um, als ich eine Berührung an meinem Arm fühlte. Ich zuckte zusammen, doch es war nur Jackson, der sich neben mich geschoben hatte.

»Komm, wir verschwinden!« Er schnappte sich meine Hand und zog mich mit sich.

Ausnahmsweise protestierte ich nicht. Hand in Hand stiegen wir über die zerstörten steinernen Körper der ehemaligen Spieler hinweg. Vincent ging vor uns wie die Silhouette eines Geists. Er ließ sich nicht anmerken, ob er bemerkte, dass wir ihm folgten, doch sein schlanker Körper schlüpfte plötzlich in eine Nische und verschwand spurlos.

»Wo ist er hin?«, fragte Jackson und blickte sich hektisch um.

Hinter uns wurde das schleifende Geräusch schneller. Ich fuhr herum und hob das Feuerzeug, doch der Lichtschein beleuchtete nur das verzerrte Gesicht einer Steinfigur. Wir wichen beide zurück, als plötzlich eine blasse Hand direkt aus der Wand hervorschnellte und mich am Arm packte. Ich schrie erschrocken auf.

»Alice!«, stieß Jackson hervor, als die Hand mich ruckartig in die Dunkelheit zog. Er stolperte hinterher.

»Psst! Mir nach«, zischte uns Vincent zu.

Mit klopfendem Herzen sah ich mich um. Er hatte uns in einen Riss in der Wand gezogen. Gerade so breit, dass ich ohne Probleme durchkam. Jetzt wurde mir auch klar, warum Vincent so schmutzig war. Wir schoben uns weiter, bis der Spalt abrupt endete. Mir stockte der Atem.

Vor uns befand sich mitten in den Stein geschlagen ein altes Mausoleum. Es sah aus wie eine kleine Kirche und war vollkommen aus dem grauen Stein gehauen. Es gab keine Fenster, nur ein wuchtiges verziertes Gitter aus rostigem Eisen. Darüber waren zwei vertraute Wappen graviert.

»Das sind …«, setzte ich an.

»… die alten Familiengräber der Familien Chesterfield und St. Burrington. Ich hab sie per Zufall gefunden«, vollendete Vincent. »Kommt!« Er schlüpfte durch das rostige Tor.

Jackson und ich wechselten einen angsterfüllten Blick. Doch das schleifende Geräusch, das uns zu folgen schien, war Motivation genug, in das alte Familiengrab hineinzugehen. Obwohl wir bereits unter Tonnen von Erde und Stein umherirrten, hatte ich spätestens jetzt das Gefühl, lebendig begraben zu werden.

Erstaunlicherweise war es in der Gruft jedoch nicht stockdunkel. An den Wänden hingen in Abständen Kerzen, die brannten und einen nach Talg stinkenden Geruch absonderten. Es war gerade genug Licht, dass man einen Fuß vor den anderen setzen konnte, ohne zu stolpern. Unser Atem hallte laut an den Wänden entlang, und der Gang öffnete sich in einen runden Raum, in dem eine Handvoll uralter Steinsärge stand. An den steinernen Wänden hingen ebenso alte Porträts. Sie mussten schon so lange hier unten sein, dass die

Witterung sie beinahe zur Unkenntlichkeit verunstaltet hatte. Die Gesichter waren nur noch blanke Flächen, die Farben verzogen und knittrig.

An den Wänden hingen mottenzerfressene Vorhänge. Ein paar davon lagen am Boden und schienen als provisorisches Bett zu dienen. Ich hörte ein leises Plätschern und sah ein steinernes Becken, aus dem Wasser sprudelte.

Vincent ließ sich auf die zerschlissenen Vorhänge fallen und breitete die Arme aus. »Bitte schön, meine Gruft ist eure Gruft. Aber Hände weg von den Ratten, die sind mein Abendessen.«

Jackson und ich verzogen gleichzeitig das Gesicht, während Jack zudem fassungslos den Kopf schüttelte. »Ich verstehe immer noch nicht, wie du hier sein kannst. Ich hab dich im Krankenhaus gesehen. Ich hab dich beinahe jeden Tag besucht. Du lagst im Scheißkoma!«

Vincent beobachtete ihn aus schmalen Augen.

Ich stellte mich vor Jackson und verschränkte die Arme vor der Brust. »Wie ist das möglich?«, fuhr ich Vincent an.

»Wie ist *was* möglich, kleiner Slave?«

»Seit Wochen weiß niemand, wer ich bin. Ich dachte schon, ich wäre wahnsinnig, und dann treffen wir dich. Ausgerechnet hier unten. Und rein zufällig bist du der Einzige, der noch weiß, wer ich bin. Aber vor allem weißt du noch sehr genau, wer *du* bist, *weißer König!«*

Vincents Augenbraue wanderte nach oben. »Willst du damit sagen, unser Jackyboy weiß nicht, wer er ist?« Seine Zähne blitzten auf. »Was denkt er denn, wer er ist?«

»Lenk nicht ab, Vincent«, fauchte ich. »Du weißt, was los ist. Spuck's aus!«

Vincent musterte mich kühl und legte den Kopf schief. »Ich kann auch nur spekulieren, Alice.«

»Dann spekulier mal.«

Unter schweren Lidern sah Vincent zu mir auf und zuckte mit den Schultern. »Ist das nicht offensichtlich? Ich, du, er … wir alle sind nicht wirklich hier. Nichts von dem hier ist real. Diese Welt ist nichts weiter als Lug und Trug. Ein Traum. Ein Hirngespinst. Aber ein wirklich sehr realistisches.«

Ich nickte. »Ja, so weit bin ich auch schon gekommen. Aber warum träumen wir denselben Traum?«

»Tun wird das?« Vincent zuckte wieder mit den Schultern und zog einen losen Faden aus seiner Jacke heraus. »Tja, dann wird es wohl spannend, oder nicht? Was ist Realität und was Fiktion? Der Fluch spielt mit uns, kleiner Slave. Ich selbst liege im Koma, mein Körper liegt wohl irgendwo in Chesterfield, und das hier ist mein Komatraum. Aber die Frage ist doch: Was machst du in meinem Traum?« Seine Augen funkelten, und die Art, wie er einen Mundwinkel hob, weckte in mir den Drang, ihm auf die Nase zu boxen.

»Das ist lächerlich. Wenn dann bist du in meinem Traum.«

»Und trotzdem stehen wir jetzt hier und wissen beide, dass wir nicht hierher gehören. Komm schon, Alice, verkauf mich nicht für dumm. Warum bist du hier?«

Wir starrten uns an, und die Spannung zwischen uns wurde beinahe unangenehm. »Ich bin aus dem Spielfeld ausgebrochen«, presste ich schließlich leise hervor.

»Du bist … *was*?« Mit einem Mal verschwand jeder Spott aus seinem Gesicht, und er setzte sich ruckartig gerade auf.

»Ich bin abgehauen«, ließ ich ihn wissen und verschränkte die Arme vor der Brust.

»Warum?«

Ich schenkte ihm einen frostigen Blick. »Ich wollte den zweiten Slave suchen.«

»Du …«

Ich unterbrach ihn und genoss es dabei innerlich, Vincent Chesterfield aus der Fassung gebracht zu haben. »Das Letzte, woran ich mich erinnern kann, ist, wie ich einen Autounfall hatte und wie ich mit dem Fluch gesprochen habe. Danach bin ich in einer völlig anderen Realität aufgewacht. Meinst du, ich liege ebenfalls im Koma?«

Vincent leckte sich über die Lippen. »Nun, Fakt ist, wir sitzen hier beide fest. Wo auch immer *hier* ist«, sinnierte er und stand schwungvoll auf, wobei er den völlig verwirrten Jackson anstarrte. »Und du kannst dich an gar nichts erinnern, Black Jack?«

Der runzelte die Stirn. »Woran sollte ich mich erinnern?«

»Hmm …«, murmelte Vincent und umkreiste Jack wie ein Raubtier seine Beute.

Der wich unruhig zurück, doch Vincent war schneller, als ich reagieren konnte. Mir stockte der Atem, als er eine abgebrochene rostige Kerzenhalterung aus der Wand riss und sie Jackson genau in den Hals rammte.

»Was machst du?« Der Schrei entwich meiner Kehle. Ich stürzte auf Vincent zu.

Der packte mich am Kragen und hielt mich zurück. »Hör auf zu schreien und sieh hin«, fuhr er mich an.

»Was hast du …«, setzte ich an und stockte schockiert.

In Jacksons Hals steckte der metallische gebogene Widerhaken.

Doch anstatt zu röcheln oder Blut zu spucken, stand der schwarze König einfach nur da. »Was habt ihr getan?«, fragte er irritiert. Sein Körper flackerte wie ein defektes Bild im Fernseher.

»Was zum Teufel …«, stieß ich hervor.

»Er ist nicht echt, Alice. Das ist der Beweis. Das alles hier ist nicht mehr als ein Traum«, flüsterte mir Vincent zu.

Er stand mir so nahe, dass es mir unangenehm hätte sein sollen. Eigentlich war es das auch, doch ich konnte meinen Blick nicht von Jack abwenden, der immer schneller flackerte, bis er sich komplett auflöste. Es war so still, man hätte eine Stecknadel fallen hören können.

»Das war …«, setzte ich an, bis ich Vincents Blick auf mir fühlte. Ruckartig drehte ich mich um und funkelte ihn an. »Wenn du jetzt darüber nachdenkst, mir auch so ein Ding in den Hals zu rammen, dann sei dir sicher, dass ich schneller bin als du!«

Vincent tat nicht einmal so, als hätte er an etwas anderes gedacht. Er hob nur eine Augenbraue. »Tja, damit ist wohl bewiesen, dass wir zusammen hier festsitzen, kleine Salt.«

»Was müssen wir dann tun, um wieder aufzuwachen?«

»Glaubst du, ich wäre noch hier, wenn ich das wüsste?«

»Ich vertrau dir nicht, Vincent«, sagte ich hart.

Er strafte mich mit einem verächtlichen Blick. »Glaub mir, das beruht auf Gegenseitigkeit.«

Ich schnaubte wütend, als durch das steinerne Gewölbe ein Geräusch hallte. Das Schaben von Stein und ein Schleifen, danach ein dumpfer Knall. Wir erstarrten.

»Das kam von unten«, flüsterte ich, und mein Blick fiel auf eine Treppe, die tiefer in die Gruft hinabführte. »Was ist dort unten?«

»Ein Grab.«

»Sonst nichts?«

»Bisher nicht«, murmelte Vincent angespannt. Wir lauschten, doch es war auch weiterhin nichts zu hören.

Mein Nacken spannte sich an. »Ich gehe runter und sehe nach«, sagte ich weit mutiger, als ich mich fühlte, drehte mich um und steuerte auf ein paar steinerne Stufen zu, die tiefer hinab in die Gruft reichten.

»Du hörst ein grusliges Geräusch und gehst allen Ernstes dorthin? Hast du nie einen Horrorfilm gesehen?« Vincent schloss zu mir auf.

Ich guckte ihn genervt an, packte eine der Kerzen an der Wand und begann den Abstieg tiefer in die Gruft hinein.

Wir erreichten einen weiteren Raum und linsten um die Ecke.

»Ich sehe nichts. Gehen wir weg von hier«, flüsterte Vincent.

»Psst!«, zischte ich, doch auch ich konnte nichts erkennen.

Der Lichtschein fiel nur auf einen einzigen Sarg. Die Luft hier unten war so dick vor Staub, dass ich Probleme hatte zu atmen. Beunruhigt sah ich mich um. Es hing kein Gemälde über dem Sarg, doch es war das Wappen der St. Burringtons eingraviert. Langsam trat ich näher. Eine Ratte flüchtete quiekend aus dem Lichtschein. Unsere Schritte hallten an den Wänden entlang. Der Sarg war aus grauem Stein und kam mir seltsam bekannt vor. Der Kerzenschein beleuchtete das verstaubte Wappen. Langsam hob ich die Hand und wischte die Staubschicht zur Seite. Dabei kam ein Name zum Vorschein.

MADELYN ST. BURRINGTON
LIEBEN HEISST OPFERN.

Eine beinahe schon schmerzhafte Gänsehaut breitete sich auf meinen Armen aus. Das hier war das Grab von Madelyn. Mein Blick huschte zu einer Ecke des Sargs.

»Vincent?«, flüsterte ich.

»Ja?«

»Kommt es nur mir so vor, oder steht der Sargdeckel offen?«

Kapitel 13

Der schwere, wuchtige Deckel stand definitiv einen Zentimeter weit auf. Als hätte jemand ein Atemloch offen gelassen. Oder als hätte jemand … den Deckel verschoben. Von außen? Oder … von innen?

Die Flamme in meiner Hand zitterte und warf unsere Schatten verzerrt an die Wand. Langsam ging ich näher, bückte mich, spähte in den Spalt hinein und …

»An deiner Stelle würde ich da nicht hineinsehen, Alice Salt. Wir wollen doch nicht, dass du Albträume bekommst … noch mehr als ohnehin schon.«

Ich zuckte zusammen und wirbelte herum. Im Eingang stand eine Frau. Ihr langes dunkles Haar wehte ihr um den Körper. Ihr Gesicht war von einer klassischen Schönheit, mit vollen Lippen und hohen Wangenknochen. Und sie sah exakt so aus wie die Frau auf dem Gemälde, das ich kannte. Nur lebendiger. Schöner.

Vor uns stand Madelyn St. Burrington.

Nur dass ihre Augen pechschwarz waren. Ein bodenloses, gnadenloses Schwarz.

»Hallo, ihr beiden«, flötete der Fluch und starrte uns an.

»Wer zum Teufel ist das?«, fragte Vincent ungläubig.

Die Frau vor uns lächelte und begann, sich mit einem Fächer

Luft zuzufächeln. »Alice, willst du uns nicht offiziell vorstellen?«, fragte sie. Es klang freundlich, und doch wirkte sie dabei wie eine Albtraumgestalt.

Ich schluckte trocken. »Vincent, darf ich dir den Fluch vorstellen?«

Vincent wurde hinter mir vollkommen still. »Das ist der Fluch?«, fragte er schließlich ungläubig. Hätte ich ihn nicht so gut gekannt, hätte ich die Panik in seiner Stimme glatt mit Herablassung verwechseln können.

»Nicht das, was du erwartet hast?«, fragte Madelyn und klimperte kokett mit den Wimpern.

Vincent legte den Kopf schief. »Ich weiß nicht, ich habe mir den Fluch irgendwie … größer vorgestellt.«

»Größer? Dabei habe ich dich doch hier heruntergebracht. Hast du schon unseren netten kleinen Deal vergessen?«, sagte der Fluch empört und fächelte sich schneller Luft zu. Für einen Augenblick verwandelte sich ihr Gesicht in das puppenhafte Lächeln der Krankenschwester.

Vincent sog scharf die Luft ein, doch man musste ihm wirklich zugutehalten, dass er nicht ausflippte.

»Deal? Welcher Deal?«, fragte ich scharf, und Vincent warf mir einen müden Blick zu.

»Sagte ich doch. Ich soll jeden aufhalten, der hier unten rumschnüffelt, und dafür …«

»… dafür lasse ich dich wieder hier raus. Lasse dich wieder aufwachen, als kleines Extra-gut-gemacht-Sternchen sozusagen«, erwiderte der Fluch aalglatt, und Vincent biss sichtlich die Zähne zusammen.

»Ich wusste nicht, dass sie der Fluch ist, ich schwöre es, Alice«, presste er hervor.

Ich warf ihm einen ungläubigen Blick zu.

Der Fluch grinste nur breiter. Die Geste sah aus, als würde Madelyn die Zähne fletschen. »Die Chesterfields und ihr Charme ... Wie habe ich ihn vermisst«, säuselte sie. »Du darfst mich Madelyn nennen, mein Hübscher. Obwohl mich schon lange niemand mehr so genannt hat. Der Letzte hat mich genau hier an dieser Stelle lebendig begraben«, erwiderte sie lächelnd und warf uns einen Blick unter schweren Augenlidern zu.

Lebendig begraben? Sah der Fluch sich wirklich als Madelyn St. Burrington an? Als die echte? Ich stockte. Dann hatte sie damals den Fluch nicht nur ausgesprochen, sondern war sprichwörtlich selbst zum Fluch geworden?

»Ich glaube nicht, dass du Madelyn St. Burrington bist. Jeder weiß, dass sie damals im Kindbett starb, nachdem sie den Fluch ausgesprochen hatte. Der Fluch kann keine Person sein«, hörte ich Vincent sagen.

Der Fluch lächelte geziert und fuhr mit den Fingerspitzen beinahe ehrfürchtig über den Sarg. »Kann er nicht?«, fragte sie und kam auf uns zugeschlendert.

Vincent und ich wichen zurück, während Madelyn mich aus kohlrabenschwarzen Augen anstarrte.

»Du solltest nicht hier unten sein, Alice. Wer genau hat dich hier runtergelotst?«, fragte sie.

Ich wollte gerade den Mund öffnen, als uns eine Stimme unterbrach.

»*Ich* habe ihr geholfen.«

Überrascht drehte sich Madelyn um, und mir entfuhr ein Aufschrei der Erleichterung. »Charlie!«

Der junge Mann stolperte die Treppen herunter und sah uns schwer keuchend an. Ich wollte auf ihn zustürmen, doch Vincent packte mich am Arm.

»Nicht«, hielt er mich zurück.

»Lass mich los«, fauchte ich ihn an, doch da brach Charlie bereits am Boden zusammen.

Der Fluch schnalzte mit der Zunge. »Charles. Seit wann kannst du dich aus deiner Katzengestalt befreien? Das hat man davon, wenn man zu nachlässig wird.«

Sie ... Er ... *Was?*

Charlie ächzte nur. »War auch verdammt schwer.«

»Mein Fehler«, sagte sie und schnippte.

Charlie stöhnte lauter, sein Rücken bog sich durch. Sein Mund öffnete sich zu einem Schrei, und voller Entsetzen sah ich, wie er zu einer pelzigen, weißen Katze wurde. Aus Charlie wurde Curse.

Ein erstickter Laut entrang sich meiner Kehle, als ich sah, wie der Kater keuchend zusammenbrach. Kopfschüttelnd sah der Fluch auf ihn herab.

»Charles, Charles, Charles. Das sieht dir gar nicht ähnlich, so aufmüpfig zu sein und dich in meine Angelegenheiten einzumischen. Normalerweise bist du doch so ein Feigling und versteckst dich vor mir. Und auf einmal zeigst du so viel Einsatz? Ich weiß nicht, ob ich verärgert oder beeindruckt sein soll.«

»Was geht hier vor sich? Warum liegt mein Haustier da?«, hörte ich Vincent leise zischen.

Ich konnte nicht antworten, nur in einer Mischung aus Angst und Sorge auf Curse starren.

Curse sah auf und wackelte traurig mit den Ohren. »Ich hab versprochen, dir zu helfen, hier bin ich«, krächzte er.

Der Fluch lächelte, doch es besaß einen beinahe schon grausamen, zynischen Zug. »Haustier? Charles Chesterfield mag vieles sein. Dreihundert Jahre alt. Unsterblich. Ein Verräter, ein Lügner, ein Betrüger. Aber mit Sicherheit ist er kein Haustier. Er ist nur feige. Er versteckt sich hinter seiner Tiergestalt. Vor mir und der Welt«, sagte sie amüsiert und stieß den Kater mit den Füßen an.

»Nicht! Halt den Mund, Madelyn!«, fauchte er, und ich hatte das Gefühl, als würde sich die Welt ein wenig langsamer drehen. Unsere Blicke trafen sich, und ich sah den Schmerz und das schlechte Gewissen in seinen Augen aufglimmen.

»Charles Chesterfield? *Der* Charles Chesterfield?«, hörte ich mich ungläubig wiederholen.

Curse bebte, als würde er sich schämen, und sah weg. »Ja ... nein ... Dieser Mensch bin ich schon lange nicht mehr«, murmelte er.

Der Fluch kicherte. »Das stimmt. Sollen wir der lieben kleinen Alice sagen, wer oder besser gesagt was du bist? Nachdem sie alles riskiert hat, nur um dich zu finden? Jetzt, wo wir schon mal alle hier sind. Ist fast wie bei einem Familientreffen, findest du nicht?«

Curse fauchte sie an. »Halt. Den. Mund.«

»W...wovon spricht sie da? Wer bist du wirklich?«, hörte ich mich selbst fragen. Meine Lippen fühlten sich taub an, und ich bemerkte, dass ich mich an Vincent festklammerte.

»Ja, Charles, wovon spreche ich?«, wiederholte der Fluch kokett. »Wenn du schon die Dreistigkeit hast, den beiden bei der Flucht aus diesem kleinen perfekten Traum zu helfen, sollten sie wohl auch wissen, wem sie ihre heldenhafte Rettung zu verdanken haben.«

Curse knurrte. Sein Fell sträubte sich, ehe er mich scharf ansah. »Glaub ihr nichts, Alice. Ihr träumt das alles hier nur. Das hier ist immer noch *dein* Traum, sie will dich nur ablenken. Sie pfuscht in deinem Kopf rum und versucht, dich zu verwirren, damit du Realität von Fiktion nicht mehr unterscheiden kannst. Ihr müsst aufwachen. Jetzt!«

»Oder auch nicht«, wandte Fluch-Madelyn ein, und ihr Blick wurde beinahe weich, als sie uns anlächelte. »Alice, willst du nicht hierbleiben? Wenn du mich lässt, kann ich alles so für dich gestalten, wie du es wünschst. Hier gibt es keinen Fluch. Hier musst du keine Angst um dein Leben haben oder fortlaufen. Hier kannst du ein ganz normales Leben führen. Wäre das nicht wundervoll?«

Vincent und ich wechselten einen Blick. Vincent schüttelte den Kopf. »Das ist ein Trick. Sie will dich nur weiter hier festhalten, damit du ihr nicht mehr in die Quere kommst.«

»Halt dich da raus, Vincent Chesterfield«, fuhr der Fluch ihn scharf an. »Du hast deine Strafe noch nicht abgesessen. Lässt dich einfach so abstechen. Ich bin enttäuscht von dir. Du warst mein heimlicher Favorit. Das Spiel war perfekt. Zumindest, bis unser Slave hier beschlossen hat, einfach abzuhauen, und das Spiel damit durcheinandergebracht hat. Ich schätze keine Unordnung, schon gar nicht auf meinem Spielfeld. Charles weiß das sehr genau, darum hat er versucht, dich zurückzuhalten. Nicht wahr, mein Lieber?«

»Wovon redet sie, Curse?«, fragte ich lauter, und der Kater sah mich niedergeschlagen an.

»Alice, ich muss …«, begann er.

»Du musst was?«

Der Kater sah auf, und in seinen Augen tanzten Schatten. Instinktiv wich ich weiter zurück. Was zum Teufel ging hier vor sich?

»Ich bin der zweite Slave«, flüsterte er.

Ich blieb ruckartig stehen. Starrte ihn an. »Du bist … Aber warum? Nein, das kann nicht stimmen«, brachte ich fassungslos hervor.

Curse schwieg.

Der Fluch hingegen begann zu applaudieren. »Bravo. Da wir nun endlich geklärt haben, dass man nicht einmal der sprechenden weißen Katze vertrauen kann, ist es an der Zeit, meinen Vorschlag anzunehmen, Alice. Bleib hier, und ich verspreche, der Albtraum wird für dich ein Ende haben. Du musst mir nur die volle Kontrolle überlassen.«

»Nein«, presste ich hervor.

Sie lächelte. Das Lächeln war zu breit für ihr Gesicht. Zu spitz. Die Augen zu starr. »Lass mich eines klarstellen: Es ist *mein* Spiel. Du wirst hierbleiben und mir nicht länger dazwischenfunken. Du hast aber die Wahl, ob das hier ein schöner Traum für dich wird … oder ein Albtraum.«

Ihr Schatten kroch mit jedem Wort weiter über den Boden. Begann sich auszubreiten. Reckte sich und wurde kantig, eckig, bis ich es hörte: das Reiben von Insektenbeinen. Madelyn zitterte, und aus ihrem Schatten schoben sich lange, dürre Beine. Fluchweber.

Immer mehr und mehr krochen hervor und breiteten sich am Boden aus wie eine Lache aus Blut.

»Glaub ihr nichts! Sie kann hier nur rumpfuschen, aber euch zu nichts zwingen. Ihr müsst so schnell es geht aufwachen«, rief Curse und wich mit angelegten Ohren zurück.

»Eins, zwei, drei, ich komme …«, trällerte der Fluch und zerplatzte im nächsten Augenblick in Dutzende, Hunderte Fluchweber.

»Wie, verdammt noch mal, sollen wir aufwachen?«, rief Vincent.

Curse selbst rannte auf uns zu. Die Fluchweber rissen ihn beinahe zurück. Sie fluteten praktisch den gesamten Raum.

»Macht den Sarg auf! In der echten Welt liegt dein Körper da drinnen. Konzentrier dich auf dich selbst, fühl dich selbst wieder. Du musst zurückgehen!«, befahl mir Curse.

»Wa… wieso liege ich in einem Sarg?«, bellte ich ihn an.

»Das kannst du ihn auch noch fragen, wenn du aufwachst«, keuchte Vincent, der eindeutig schneller reagierte als ich. Er drehte sich um und sprang wieder auf den Steinsockel.

»Was tust du?«, fragte ich völlig neben der Spur, während Vincent die Schulter gegen den Steinsarg stemmte und zu drücken begann, obwohl ihm bereits die Fluchweber das Hosenbein hochkrabbelten. Der ganze Raum füllte sich mit den zitternden schwarzen Leibern der Spinnen.

»Ich hol uns beide hier raus. Egal was zwischen uns steht. So wird das hier nicht enden … nicht so. Nicht hier«, presste er hervor.

Ich starrte ihn an. Eine Sekunde, zwei, bis ich mich neben ihn warf und ebenfalls drückte. Der Sargdeckel war verdammt schwer. Ich renkte mir dabei beinahe die Schulter aus und schrie vor Schmerz, der sich heiß und hässlich in meinem Arm ausbreitete. Dabei spürte ich, wie die Fluchweber auf uns krabbelten. Ihre langen dürren Beine schnitten und zwickten in mein Fleisch. Sie krabbelten mir über den Kopf, über das Gesicht, sodass ich beinahe blind wurde.

Vincent war bereits unter der Flut an schwarzen Leibern begraben. Ich hörte ihn unterdrückt schreien, während die Fluchweber ihn vom Sockel weg- und mit sich rissen.

»Vinc…«, setzte ich an und würgte, als mir die Fluchweber in den Mund zu kriechen versuchten.

»Mach weiter! Ich kümmere mich um ihn«, rief mir Curse zu, dann verschwand er in den schwarzen Fluten aus wimmelnden Leibern.

Im selben Augenblick gab der Deckel knirschend nach. Bebend und keuchend starrte ich hinein und hatte ein absolut surreales Gefühl. Im Sarg lagen keine Knochen, das da unten war tatsächlich … ich selbst. Schlafend.

Ich wischte mir übers Gesicht. Doch es nützte nichts. Die Fluchweber begruben mich immer weiter unter sich. Ich spürte bereits, wie mir die Sinne schwanden. Wie die Flut an mir zerrte.

»Spring, Alice, oder es ist zu spät!«, glaubte ich weit entfernt Curse rufen zu hören.

Ich sah nichts mehr, reagierte nur noch, umklammerte zitternd den Rand des Sargs und stürzte mich hinein.

KAPITEL 14

Es fühlte sich an, als würde ich tief unter Wasser schweben. Schwerelos trieb ich in absoluter Schwärze. Alles war leicht. Alles war einfach. Alles war warm. Weder verspürte ich Schmerzen noch Angst. Um ehrlich zu sein, fühlte ich mich so wohl und geborgen wie schon lange nicht mehr. Ich lauschte nur meinem Herzschlag, der langsam, aber gleichmäßig ging. Jedes Pochen fühlte sich an, als würde mich jemand beruhigend wiegen, während mich die Dunkelheit wie eine Decke umhüllte.

Zumindest bis mich eine Hand packte. Grob und fest. Sie griff nach mir und zog mich ruckartig aus der Schwerelosigkeit.

»Wach auf!«, hörte ich Curse aus weiter Ferne rufen. »Wach verdammt noch mal auf, Alice!«

Es fühlte sich an wie ein Schock. Als würde mich jemand aus angenehm lauwarmem Wasser ziehen und in eiskaltes werfen. Schlagartig wurde mein Körper schwer. Er fühlte sich wie ein Zeltsack an. Ein Fleischsack, gefüllt mit viel zu schweren Organen und Knochen. Augenblicklich wich jede Wärme aus mir, und ich merkte, wie kalt mir war. Eiskalt. Stechend kalt. Der Schock war so groß, dass ich die Augen aufriss.

»Wach …«

Für einen kurzen, surrealen Moment kam es mir so vor, als

würde ich mich selbst sehen. Ich blinzelte, und im nächsten Augenblick sog ich so gierig Luft in meine Lunge, als hätte ich sie minutenlang angehalten. Da war so viel Sauerstoff auf einmal, dass es schmerzte. Mein Brustkorb stach, und die Lunge zog sich ruckartig zusammen. In meinem Kopf hämmerten Schmerzen. Abrupt drehte ich mich zur Seite und würgte. Dabei stieß ich mit der Stirn gegen etwas Hartes.

»Aua!«

Fluchend hielt ich mir den Kopf und krümmte mich zusammen, während es in meiner Stirn pochte und pulsierte. Wo zum Teufel war ich? Was war passiert? Mein Hirn bestand gefühlt nur aus Matsch und spuckte wirre Bilder ohne Sinn aus.

»Wa… wa… Hallo?«, krächzte ich. Die Worte schabten so schwer meinen Rachen hoch, dass ich beinahe daran erstickte. Ich hustete rasselnd.

Niemand antwortete mir.

»Hallo?«, versuchte ich es lauter und lauschte.

Nichts.

Mühsam tastete ich, doch überall um mich herum war nur eiskalter Stein. Und meine Haut war genauso klamm wie dieser. Mein Nacken fühlte sich steif an, meine Muskeln waren so verspannt, als hätte ich eine schlimme Grippe hinter mir. Ich schluckte und verzog angewidert das Gesicht. Der Geschmack in meinem Mund war faulig, die Luft stickig und staubig.

Neben mir lag etwas. Ich hob es an, tastete es ab und spürte kalte Glätte unter meinen Fingern. Eine Ausbuchtung. Ein Loch und etwas Knubbeliges. Ich erstarrte. Es war ein blanker Totenschädel.

Schreiend ließ ich den Knochen los und fuhr auf. Zumindest war das der Plan. Doch auf halbem Weg knallte ich mit der Stirn mit voller Wucht gegen ein Hindernis.

»Mist, verfluchter!«

Fluchend hielt ich mir den Kopf, in dem es gewaltig pochte, ehe ich mich wieder halb aufrichtete und gegen den Stein über mir drückte. Wo zum Teufel war ich? Es fühlte sich an, als wäre ich bei lebendigem Leib begraben worden. Mein Herz jagte los, und als ich drückte, sah ich meine eigenen Finger. Sie waren blass, die Nägel abgebrochen und schmutzverkrustet.

Die Panik ließ mich fester drücken, bis ich das Knirschen von Stein auf Stein hörte. Es knallte, und endlich war über mir frei. Japsend und zitternd setzte ich mich auf und kletterte über den Rand des Sargs, in dem ich gelegen hatte. Ich knallte auf steinigen Boden. Mit hektischem Blick sah ich mich um. Auch hier war überall Stein. Nur größer. Ein Raum, eine Kammer.

Wie war ich hierhergekommen? Wie … Erinnerungen krochen aus meinem Hirn. Langsam, beinahe schmerzhaft. Ich stöhnte auf, presste meine Wange gegen den Boden und versteifte mich, als langsam Erinnerungsfetzen nach oben kamen und sich wieder zusammensetzten. Die Begegnung mit dem Fluch. Jackson. Vincent. Charlie … Die Gruft! Ich war in der Gruft der Familien St. Burrington und Chesterfield. Ich hatte in Madelyn St. Burringtons Grab gelegen.

Stöhnend hob ich langsam den Kopf und erstarrte. Etwas kam auf mich zu. Es war leise, nicht mehr als ein Hauch, der am Boden entlangstreifte, und trotzdem konnte ich es fühlen. *Ihn* fühlen. Tief in meinem Inneren, wie eine Kette, die mich mit ihm verband. Das hatte es von Anfang an, auch wenn dieses Gefühl der Zugehörigkeit erst jetzt einen echten Sinn ergab. Mit steifen Muskeln richtete ich mich auf, bis ich auf allen vieren auf dem kalten Stein hockte.

»Komm raus, Curse. Ich weiß, dass du da bist«, flüsterte ich. Das Echo meiner Worte vervielfältigte sich und hallte durch das Grab.

Nichts rührte sich, dennoch fühlte ich, wie mich der Kater anstarrte.

»Endlich bist du wach. Ich hab mir schon Sorgen gemacht«, hallte Curse' Stimme zu mir herüber.

Langsam hob ich den Kopf, und da war er. Direkt vor mir. Das weiße Fell sah schmutzig und verdreckt aus. Er wirkte genauso mitgenommen, wie ich mich fühlte. Die Erleichterung, tatsächlich aufgewacht zu sein, ließ mich zischend Luft ausstoßen.

»Curse«, krächzte ich, richtete mich auf und spürte im nächsten Moment einen stechenden Schmerz am Hinterkopf. Stöhnend presste ich die Hand an die entsprechende Stelle und fühlte eine gigantische Beule. Daher also die monströsen Kopfschmerzen. »Was zum Teufel …?«, stieß ich hervor und sah mich mit dreckigem, wirrem Haar um.

Doch außer Curse stand niemand im Raum. Zumindest nicht, so weit ich es sehen oder fühlen konnte. Doch allein der Gedanke, dass der Fluch jederzeit zurückkommen konnte, trieb mir das Adrenalin in solch schwindelerregende Höhen, dass ich mich zu bewegen versuchte.

»Nein, warte, du bist noch …«, rief Curse.

Da klatschte ich bereits wieder auf den Boden.

»… zu schwach, um aufzustehen«, beendete Curse trocken.

Ich stöhnte nur, und als ich die Augen aufschlug, sah mich ein Paar goldene Augen vorwurfsvoll an.

»Was zum Teufel ist passiert?«, brachte ich hervor.

»Kommt drauf an, was du meinst. Prinzipiell hast du die letzten Tage nur rumgelegen und gesabbert«, schnurrte Curse, der sich auf meinen Brustkorb setzte, seinen Schwanz um seine Beine schlang und mich anstarrte. Seine Ohren zuckten nervös.

»Ich meine …«

Ich stockte und wusste gar nicht, wo ich anfangen sollte nachzufragen. Meine Kehle war so trocken und staubig wie die Sahara, und in etwa so klang ich auch. »Diese ganze Situation. Warum liege ich in einem Sarg?«, krächzte ich, und Curse zuckte erneut mit den Ohren.

»Weil ich dich hierher gebracht habe. Darum.«

»Warum hast du das getan?« Ich stierte ihn an und blinzelte ihn mit verklebten Lidern an.

Curse knurrte: »Warum? Du meinst, warum ich dich erneut gerettet habe, nachdem du verschwunden und bei der Flucht gestürzt bist und dir so fest den Schädel angeschlagen hast, dass du ohnmächtig im Straßengraben gelegen hast? Ich musste dich praktisch unter einer Horde völlig aufgebrachter Fluchweber hervorzerren. Du hättest sterben können, ist dir das eigentlich klar? Du hättest nicht abhauen sollen«, sagte Curse. Seine Stimme wurde lauter und lauter, bis er mich am Ende praktisch anschrie.

Ich starrte ihn an und versuchte, die hämmernden Kopfschmerzen wegzuatmen. »Willst du mich verarschen?«, brachte ich gereizt hervor und setzte mich ruckartig auf.

Der Kater sprang von meiner Brust, und wir funkelten uns gegenseitig an.

»Ich kann mich an alles erinnern! Ganz klar. Knapp hinter der Mauer bin ich hingefallen und hatte danach den Unfall mit dem Auto. Ich bin im Krankenhaus aufgewacht, und da war der Fluch, da war Madelyn. Und danach … danach begann dieser Albtraum.«

Gereizt starrte Curse mich an. »Gar nichts warst du. Du bist hinter der Mauer gestürzt. Ich habe dich dort gefunden, und die Fluchweber waren kurz davor, Schaschlik aus dir zu machen. Zumindest wenn ich dich nicht zurückgebracht hätte.«

»Du hast mich aber …« Ich keuchte und raufte mir das Haar. »Warum hast du das getan, Curse? Wieso hast du mich zurück aufs Spielfeld gebracht verdammt noch mal?«

Ich starrte zwischen meinen Fingern zu ihm hindurch und hatte das Gefühl, bis in die Knochen zu zittern. Meine Füße waren genauso kalt wie der Stein unter mir.

Der Kater legte die Ohren an. Er schwieg. Doch ich würde nicht länger schweigen.

»Wenn es stimmt, was du sagst, dann habe ich das alles wirklich nur geträumt?«, raunte ich.

Er schwieg.

»Curse, sag mir die Wahrheit. Wer bist du wirklich? Du willst mir doch jetzt nicht einreden, dass du eine normale sprechende Katze bist. Für gewöhnlich schleppen Katzen nämlich keine sechzig Kilo schweren Menschen in ein altes Grab.«

Der Kater schlug unruhig mit dem Schwanz aus. Dabei flog eine Menge Staub in die Höhe, der in meiner Nase kitzelte. »Ich habe immer versucht, dir zu helfen, Alice. Ich wollte dich immer beschützen vor …«

»Sag mir die Wahrheit«, fuhr ich ihm brüllend dazwischen, und meine Stimme hallte an den steinernen Wänden entlang. »Ich mag vielleicht fantasiert haben, aber es stimmt trotzdem, oder? Du bist Charles Chesterfield, der zweite Slave.« Meine Stimme brach am Ende. »Warum hast du nichts gesagt?«, brachte ich krächzend hervor. »Ich habe dich gesucht, ich bin los, um dich zu finden.«

»Du solltest mich aber nicht finden«, fauchte Curse, und sein gesamtes Fell stellte sich so ruckartig auf, dass es schon beinahe niedlich ausgehen hätte, wenn die Situation nicht so verdammt ernst gewesen wäre.

»Wieso sollte ich dich nicht finden?«, krächzte ich, und Curse warf mir einen solch verzweifelten Blick zu, dass es mir ins Herz schnitt.

»Weil ich dir nicht helfen kann«, murmelte er niedergeschlagen. »Ich bin nicht ... Ich kann nicht ...«

»Du arbeitest mit Madelyn zusammen. Du arbeitest für den Fluch. Wie kannst du das nur tun?«, brachte ich atemlos hervor.

Curse schauderte. »Du musst das verstehen, Alice«, sagte er und klang dabei genauso flehentlich wie eindringlich.

»Was muss ich verstehen?«

»Ich habe keine Wahl. Ich bin ein Slave. Ich kann mich ihr nicht widersetzen, genauso wenig wie du dich widersetzen kannst, wenn Jackson dich verflucht. Ich gehöre Madelyn mit Haut und Haaren, Körper und Seele. Ich habe so viele Jahrhunderte versucht, die Regeln zu umgehen und die Spieler zu schützen, aber ich liege in Ketten. Ich bin ihre Kreation. Die Verlängerung ihrer Hand. Ich gehe dorthin, wo sie nicht hinkann. Ich sehe, was sie nicht sehen kann, und lausche, wo sie nicht lauschen kann.«

Wir starrten uns an. Irgendwo tropfte Wasser. Nur ganz leise, aber ich hörte jeden Tropfen fallen.

»Sie hatte Angst vor mir«, verriet ich ihm. »Der Fluch hatte Angst davor, dass ich etwas herausfinden könnte. Sie kann das Spielfeld nicht verlassen, oder? Darum hat sie in meinen Kopf herumgepfuscht. Sie wollte mir weismachen, dass ich nicht entkommen kann. Egal wohin ich gehe.«

Seine leuchtenden Augen starrten mich an. »Wir sind Slaves. Wir sind anders. Das macht ihr Angst. Und dennoch wird sie alles tun, um das Gleichgewicht des Spiels aufrechtzuerhalten.«

»Darum hast du mich zurückgebracht? Weil sie es dir befohlen hat?« Meine Stimme war nur ein Flüstern.

Curse' Schwanzspitze zuckte. »Ja. Madelyn besitzt im Spielfeld zwar absolute Kontrolle, aber außerhalb ist es schwer für sie, eine körperliche Form anzunehmen. Dorthin kann sie höchstens einen Schatten ihrer Essenz losschicken.«

»Die Fluchweber«, folgerte ich.

Er nickte und fuhr leise fort: »Ihre Macht ist wie die von Vincent und Jackson zusammengenommen. Sie spielt mit dem Verstand. Ich bin letztendlich für ihre Drecksarbeit zuständig. Sorge für Ordnung im Chaos.«

»Hast du denn niemals versucht, es nicht zu tun?«, fragte ich. Ich fühlte mich verloren. Der zweite Slave war meine Hoffnung gewesen. Mein Ansatz, dieser Hölle zu entkommen und die anderen Spieler zu retten. Doch die Hoffnung zerrann mir wie Sand zwischen den Fingern.

»Natürlich habe ich das, viele Male sogar«, sagte Curse ruhig.

»Und?«

»Wenn ich es nicht mache, schickt sie etwas Schlimmeres als mich, um es zu erledigen.«

»Was genau ist etwas Schlimmeres?«, fragte ich leise.

Der Kater schwieg. Er starrte mich an, so ruhig, dass ich mir nicht einmal sicher war, ob er atmete.

»Okay.« Ich schluckte und atmete tief durch. Ich durfte nicht die Nerven verlieren. Oder zu weinen anfangen, sonst hätte ich damit wahrscheinlich nicht mehr aufhören können. »Das erklärt aber immer noch nicht, warum du mich hierher gebracht hast. Was soll das alles?«, flüsterte ich schließlich gepresst.

Curse neigte den Kopf. »Es ist mein Geschenk. Die letzte Hilfe, die ich dir geben kann«, murmelte er.

»Geschenk?«, fragte ich ungläubig und sah mich in der Gruft um.

Er lächelte. Es sah bitter aus, mehr wie ein Fletschen der spitzen Zähne. »Ja, ich zeige dir diese Tunnel, weil sie als eine Art Hintertür fungieren. Die Gänge ziehen sich quer durch Foxcroft, und einige davon führen auch aus dem Spielfeld heraus. Ich kann mich nicht offen gegen Madelyn stellen, aber ich kann ein Schlupfloch offen lassen. Ein kleines. Sollte der Fluch beschließen, sich aktiv ins Spielgeschehen einzumischen, oder sollte einer der Könige dir gefährlich werden und das Spiel außer Kontrolle geraten, will ich, dass du mich ausschaltest. Ich will, dass du mir das Genick brichst und durch diese Tunnel verschwindest.«

»Was redest du denn da?«, stieß ich entsetzt hervor, doch Curse sah mich einfach nur ruhig an.

»Hör mir zu, Mädchen. Das ist die einzige Möglichkeit. Vor drei Tagen bist du praktisch der Katze unter der Schnauze weggelaufen.

Madelyn hat mich sofort geschickt, um dich wieder einzufangen. Doch wenn sie abgelenkt ist, könnten wir mithilfe der Tunnel vielleicht einen neuen Versuch wagen. Dafür musst du mich jedoch ausschalten.«

»Ich kann dich doch nicht töten!«

»Ich bin dreihundert Jahre alt, der Fluch hält mich künstlich am Leben. Ich kann also nicht sterben, und entsprechend würdest du mich auch nicht richtig töten. Allerdings dauert es eine Weile, bis ich zurückkomme und Madelyn mir einen neuen Befehl geben kann. Falls Chaos auf dem Spielfeld ausbrechen sollte, musst du dich in Sicherheit bringen, ehe sie bemerkt, dass du wieder verschwunden bist. Sie wird dir wahrscheinlich jemanden nachschicken, aber etwas Zeit kannst du dir damit vielleicht erkaufen.«

»Aber ich …«

»Geh zurück und tu so, als hättest du aufgegeben. Als würdest du nach ihren Regeln spielen. Warte auf den richtigen Zeitpunkt, und wenn es so weit ist, sei nicht wieder so dumm, dir den Schädel anzuschlagen.«

»Curse! Du kannst doch nicht …«, rief ich, doch der Kater unterbrach mich barsch. Seine Stimme hallte an den Wänden entlang.

»Hör mir zu: Du musst alles, was du hier gerade erfahren hast, für dich behalten.«

»Aber … wieso? Wir könnten alle fliehen! Alle Spieler. Wenn stimmt, was du sagst, dann bedeutet das einen entscheidenden Vorteil für uns. Es könnte das Spiel von Grund auf ändern.«

»Es würde eben nichts ändern. Es würde alles nur noch schlimmer machen, Alice«, unterbrach er mich und starrte mich an. Seine sonst hellgoldenen Augen verdunkelten sich, oder vielleicht wurden auch nur seine Pupillen so weit, dass sie jegliche Farbe verschluckten. »Wir Slaves sind anders als die Spieler. Sie sind ein fixer Bestandteil dieses Spiels. Wir nicht. Sie halten es nicht lange draußen aus. Wenn sie nicht zurückkommen, werden sie wahnsinnig. Stell dir vor, was geschieht, falls Vincent und Jackson den Wald verlassen. Stell dir vor, sie alle brechen aus ihrem Käfig aus. Regina, die Zwillinge, Bastion. Sie würden innerhalb kürzester Zeit in der Stadt Amok laufen.«

Ich starrte ihn an. Mein Herz pochte. Gleichzeitig zu schnell und doch seltsam gedämpft.

»Das heißt, es ist nicht unmöglich? Wie lange können sie wegbleiben, bevor sie wahnsinnig werden?«

»Alice …«

»Wie lange?«

»Das kommt darauf an. Wenn ich sie nicht finde und zurückbringe, drei Wochen, maximal einen Monat, danach sterben sie alle.«

Tief atmete ich durch. »Dann müssen wir uns eben etwas einfallen lassen, um gegen den Fluch vorzugehen. Der Fluch kann körperliche Form annehmen. Alles, was einen Körper hat, ist verwundbar. Vielleicht können wir ihn schwächen. Ich werde mit den Spielern reden. Vielleicht kann ich sie überzeugen, nicht gegeneinander, sondern zusammen gegen den Fluch vorzugehen. Ich werde zurückgehen und sie überzeugen, dass wir gegen den Fluch kämpfen müssen, nicht gegeneinander. Ich verstehe, was du sagst, Curse, aber wir müssen versuchen, die anderen Spieler zu retten. Der Fluch muss aufgehalten werden. Egal wie.«

»Man kann den Fluch nicht aufhalten.«

»Doch! Es gibt einen Weg, wir müssen ihn nur finden.«

»Du hast gesehen, wozu der Fluch imstande ist, wenn er verärgert ist. Es gibt nur einen Ausweg: Geh zurück zu Jackson und tötet zusammen Vincent. Oder töte zusammen mit Vincent Jackson. Mir egal, aber nur so lässt sich das Spiel beenden. Der Fluch ist bereits beunruhigt, wir müssen hier mit Fingerspitzengefühl vorgehen und nicht mit einem Rammbock. Denn glaub mir, Madelyns ist größer.«

»Ich fasse nicht, was du da sagst, Curse. Hörst du dir selbst zu? Ich weigere mich, dieses Spiel so weiterzuspielen wie bisher. Der Fluch muss aufgehalten werden!«

»Du wirst alles in Schutt und Asche legen, wenn du das tust«, hielt er dagegen.

»Das Risiko gehe ich ein«, stieß ich hervor. »Der Fluch wird vielleicht versuchen, uns aufzuhalten, aber wenn alle zusammenarbeiten, wenn Schwarz und Weiß an einem Strang ziehen, dann …«

»Zusammenarbeiten?« Curse starrte mich an, als hätte ich einen Knall. »Nenn mich Pessimist, aber ich kenne Vincent und Jackson seit ihrer Geburt. Jackson kannst du vielleicht noch an die kurze Leine nehmen, der ist so verknallt in dich, dass er sich auch im Schlamm wälzen würde, wenn du ihm versprichst, danach mit ihm in den Sonnenuntergang zu reiten. Aber Vincent? Du verstehst immer noch nicht, wie kaputt dieser Junge ist. Ich war dabei, als man ihn zerbrochen hat. Wieder und wieder, wann immer sein Vater ihn für zu schwach hielt. Dieser Junge zerbrach schon vor langer Zeit. Lässt du ihn hinaus, wird er die Welt in Brand setzen und lachend darauf Walzer tanzen.«

Ich spürte, wie sich mein Kiefer verkrampfte. »Ich werde mit Vincent reden.«

Curse sah mich frustriert an und schüttelte sich. »Und dann? Du weißt ja noch nicht einmal, wie du den Fluch besiegen kannst.«

Darauf hatte ich keine Antwort. Ich schluckte. »Ich werde einen Weg finden«, murmelte ich schließlich.

Curse schnaubte und sah mich beinahe angewidert an. »Nein, Alice. Du wirst damit alle töten.«

Ich konnte nicht glauben, dass Curse plötzlich *mich* als Gefahr ansah. »Curse, so kann es doch nicht weitergehen! Du bist ebenfalls ein Slave. Wir können zusammen diesen Fluch aufhalten, das weiß ich.«

»Dann weißt du mehr als ich, Alice Salt. Geh zurück aufs Spielfeld, aber wenn ihr alle zusammen die Mauer überquert oder die Tunnel benutzt, werde ich euch aufhalten müssen. Ich kann nicht gegen den Fluch ankämpfen, er ist stärker als ich. Denk darüber nach, was du tun willst. Aber sei dir auch der Opfer bewusst, die dein Handeln nach sich ziehen könnte.«

Damit drehte er sich um und verschmolz mit der Dunkelheit. Fassungslos starrte ich ihm nach. Es fühlte sich an, als würde mit Curse zusammen etwas sehr Essenzielles verschwinden.

Der Kater war mein Rettungsnetz. Mein Anker. Er hatte mich im Laufe dieses Spiels stabil gehalten. Selbst im Koma ohne Erinnerungen hatte er mich gefunden und mir zur Seite gestanden. Wir waren ein Team. Oder sollten es zumindest sein. Curse als Gegenspieler zu haben, fühlte sich sogar noch schlimmer an, als einen angepissten Fluch im Nacken zu haben.

Ein, zwei Sekunden lang hatte ich das Gefühl, vor Panik keine Luft zu bekommen, ehe ich mich aufrappelte und ihm nachrannte.

»Warte, Curse! Curse!«, brüllte ich, doch nur mein Echo antwortete mir. Ich stolperte halb blind in der Dunkelheit die Treppen des Mausoleums nach oben. »Ich weiß, du verheimlichst mir etwas. Du kannst mir doch nicht drohen, nur weil du meinen Plan für scheiße hältst! Da steckt doch mehr dahinter!«, brüllte ich in die Dunkelheit und stolperte aus der Gruft hinaus.

Der Kater blieb verschwunden. Alles war stockdunkel. Ich stolperte trotzdem weiter, tastete mich mit den Fingern voran.

»Curse! Rede mit mir!«, brüllte ich lauter.

Nichts ... Aber ich fand den Spalt in der Mauer, quetschte mich hindurch und stolperte weiter.

»Ganz toll. Wie soll ich jetzt von hier wieder aufs Spielfeld zurückfinden?«, fragte ich in die Dunkelheit hinein.

Es antwortete mir nur Stille.

Argh! Dieser Kater! Wenn ich ihn in die Finger bekam, würde ich ihm den Hals umdrehen. Aber tief durchatmen. Cool bleiben. Zuerst musste ich einen Weg hier heraus finden. Was in dieser Finsternis ewig dauern würde. Immer vorausgesetzt, ich brach mir dabei nicht den Hals. Ein Plan musste her. Ein guter. Nach fünf Minuten stand ich immer noch im Dunkeln und merkte, wie ich pinkeln musste. Toller Plan!

Zitternd ging ich ein paar Schritte weiter und stolperte über etwas am Boden. Schreiend hielt ich mich an einer Statue fest. Ich erstarrte. Scheiße! Ich hatte eine Statue berührt.

Die Panik wallte in mir auf, gleichzeitig mit der Frage, ob ich mich auch in Spielfiguren verwandeln konnte, die schon vor langer, langer Zeit vom Spielfeld genommen worden waren.

Die Berührung fühlte sich wie ein Stromschlag an, der durch meinen Körper rieselte. Der Stein unter meiner Hand schien warm zu sein. Als könnte die Statue jederzeit einfach zupacken. Es war immer noch still, und dennoch kam es mir so vor, als würde ich den Stein … atmen hören? Meine Haut begann zu prickeln, und auf meiner Zunge lag ein metallischer Geschmack. Etwas zwischen Blut und Ozon. Eine Gänsehaut zog sich langsam meinen Rücken hinauf. Schnell wollte ich die Hand zurückreißen, doch sie bewegte sich nicht.

»Was zum …?«

Fluchend riss ich stärker an meiner Hand, knickte dabei förmlich ein, doch sie wurde nur heißer und heißer, als würde ich eine voll aufgedrehte Herdplatte anfassen.

Ein Summen erfüllte meine Ohren. Ein Wummern wie ein Herzschlag, nur noch kräftiger. Heißblütiger. Der Schmerz breitete sich in meinem gesamten Körper aus, bis selbst meine Zähne schmerzten. Ich öffnete den Mund und brüllte. Heraus kam ein animalischer Laut, der beinahe wie das Brüllen einer Raubkatze klang. Mein gesamter Köper wurde von Krämpfen geschüttelt. Meine Venen zogen sich ruckartig zusammen, ehe sie ebenso ruckartig größer wurden. Die Hitze pulsierte bis hinab in meine Zehen, zerrte daran, zerfetzte sie förmlich, bis selbst meine Knochen daran zerbrachen. Ich kollabierte, und endlich konnte ich auch meine Hand von dem Stein lösen.

Ich krümmte mich am Boden und fauchte. Es war ein echtes Fauchen, wie das einer sehr, sehr großen Katze. Mein Körper krümmte sich, meine Wirbel streckten sich, verformten sich grotesk und wurden gleichzeitig auseinandergezogen. Ein heißer Schmerz schoss mir durchs Rückgrat. Ich winselte und hätte dabei beinahe die Stimme überhört, die mir ins Ohr flüsterte:

Verdammt sind wir, wie Figuren zu leben,
sechzehn von uns wird es ewiglich geben.
Weder Schwarz noch Weiß bleiben verschont,
im endlosen Kampf um Leben und Tod.

Blut für Blut, so muss es sein,
der Turm steht am Ende allein.
Doch niemals gibt mein Herz mir Ruh,
denn verflucht bin ich und verflucht bist du.

Die Stimme verklang. Keuchend presste ich die Luft zurück in meine Lunge. Meine Augen brannten, und meine Hand krampfte. Als ich es endlich schaffte, die Augen zu öffnen, war es nicht mehr dunkel. Ich konnte sehen, jedoch war meine gesamte Umgebung in eine Art Sepialicht gehüllt.

Verwirrt schüttelte ich den Kopf und seufzte. Das hatte sich seltsam angefühlt. Seit wann schlackerten meine Ohren? Ich schielte hoch, was absoluter Quatsch war, doch ich sah tatsächlich etwas. Lange dünne Haare, die … von meiner Nase ausgingen? Ich schielte und fiel vor Schreck prompt zurück in den Dreck. Dabei zuckte etwas an meinen Beinen entlang. Heilige … waaahhh, eine Schlange!

Entsetzt sprang ich auf, und die Schlange peitschte mir direkt ins Gesicht. Panisch drehte ich mich um mich selbst, verhedderte mich dabei in den eigenen Beinen und knallte auf die Nase. Autsch!

Angespannt lugte ich nach unten und sah … Pfoten? Ich wackelte mit den Fingern, und die großen, schwarzen Pfoten bewegten sich träge. Waren das etwa meine? Ich wackelte wieder, und diesmal fuhren auch noch lange, unglaublich scharfe Krallen aus.

Ein erschrockener Laut entfuhr mir, der jedoch wie ein groteskes Fauchen meiner Kehle entwich. *What the fuck?* Ich hob eine Tatze und sah darauf ein schwarzes Fluchmal. Das Zeichen eines Turmspielers.

Ich war ein Turm. Die Spielfigur, in die ich hineingerannt war, musste einer gewesen sein. Eine Raubkatze. Ein Schauder überkam mich, als ich die Augen zusammenkniff und versuchte, mich zurückzuverwandeln.

Mein Schwanz zuckte.

Oh Gott! *Mein Schwanz!*

Meine Krallen fuhren aus, doch ansonsten passierte nichts.

Wie zum Henker konnte ich jetzt wieder zum Menschen werden? Wie machte Bastion das? Panisch drehte ich mich im Kreis, fauchte, knurrte und rieb meinen Rücken an der Wand, doch das Katzenfell blieb, wo es war.

Hechelnd hielt ich inne. So wie es aussah, konnte ich also nicht nur die gefallenen Figuren meines Spielfelds ersetzen, sondern auch die von längst vergangenen Spielen. Das machte meine Kräfte noch überwältigender, als sie ohnehin schon waren … und ungemein gefährlicher. Was wohl die Spieler der vergangenen Spiele alles gekonnt hatten? Der Friedhof hier unten war praktisch eine Schatzkiste. Aberdutzende Spieler, deren Fähigkeiten ich austesten konnte. Bisher hatte ich angenommen, dass alle Spieler dieselben Fähigkeiten an die nächsten Spielergeneration weitervererbten, doch die Turmspieler im aktuellen Spiel waren Wölfe, ein Rabe und eine kleine Hauskatze. *Gewesen,* korrigierte ich mich in Gedanken selbst. Amber, die schwarze Siamkatze, und Nixon, der weiße Wolf, waren beide schon gefallen.

Mein Herz krampfte sich zusammen, während ich meine Tatze anstarrte und dabei langsam die Krallen ausfuhr. Viel zu große für eine Hauskatze. Der Turmspieler, in dessen Haut ich unabsichtlich geschlüpft war, musste ein Panther gewesen sein. Leider war hier kein Spiegel, in dem ich das überprüfen konnte.

Ich zögerte und linste nach hinten. Da war es wieder. Da war … mein Schwanz. Um Gottes willen, ich hatte einen Schwanz! Das Ding peitschte aufgeregt hin und her. Das Gefühl war unglaublich seltsam, so als würde ich mit meinem Arsch wackeln und dann auch wieder nicht.

Tief atmete ich durch, was wie ein Schnurren durch den Tunnel hallte. Okay. Ich rappelte mich auf und grub die Krallen dabei nervös in den Boden. Wie ging man jetzt mit diesen vier Pfoten? Unbeholfen machte ich einen Schritt, dann noch einen und knallte mit dem Schädel gegen die Wand. Irritiert schüttelte ich den Kopf. Ich sollte vielleicht gucken, wohin ich ging. Grummelnd drehte ich um, stolperte dabei ein paarmal über den dämlichen Schwanz und sah mich um.

Seltsames Gefühl, ein Tier zu sein. Es kam mir vor, als würde ich alles viel genauer sehen. Die Konturen der Statuen um mich herum stachen scharf hervor und ich roch … eine Ratte? Ich hatte zwar noch nie zuvor eine Ratte angeschnuppert, aber ich war mir ziemlich sicher, dass es so ein Nager war, der zwei Gänge weiter vorbeihuschte. Das Quieken ließ mich ruckartig die Ohren drehen. Meine Ohren drehten sich! Wie krass war das denn?

Fasziniert tastete ich durch den Raum und schnupperte weiter. Ich roch nicht nur die Ratte, sondern auch modrige Erde, feuchte holzige Wurzeln und … frische Luft? Es war nur ein Hauch, doch er ließ meine Schnurrbarthaare zittern. Curse roch ich jedoch nicht.

Immer noch etwas unbeholfen tapste ich weiter, schlüpfte einen Gang herunter und hob immer wieder den Kopf, um das zarte Streifen des Luftzugs zu fühlen. Ich lief schneller und schlüpfte durch eine Vielzahl an Gängen, während sich meine kräftigen Muskeln unter dem Fell anspannten und zusammenzogen. Langsam hatte ich es heraus, auf vier Pfoten unterwegs zu sein. Und ich musste zugeben, es war ziemlich cool. Die schiere Kraft fühlte sich wie ein Adrenalinkick an, der das Herz schneller schlagen ließ und jeden Sinn bis an seine Grenzen ausreizte. Ich hörte, roch und sah praktisch alles bis ins kleinste Detail. Das Gefühl war überwältigend.

Ich schnurrte erfreut, rannte schneller, sprang über Geröllhaufen und schlüpfte unter zusammengestürzten Holzbalken hindurch, die eine Tunnelabzweigung blockierten. Als Mensch hätte ich es hier niemals durchgeschafft.

Schließlich stieß ich auf eine uralt aussehende Tür. Sie war rostig und aus Eisen. Der Rost hatte ein gerade so großes Loch hindurchfressen, dass ich mich mit einiger Mühe hindurchquetschen konnte. Ich wurschtelte mich hindurch, büßte dabei ein paar ziemlich fies ziepende Fellbüschel ein und ploppte knurrend auf der anderen Seite heraus.

Erstaunt sah ich mich um. Ich kannte diesen Ort. Es war der alte Bunker, in den ich mich damals mit Jackson geflüchtet hatte. Ein altes Regal verstellte den Zugang so gut, dass ich ihn beim ersten Mal nicht gesehen hatte. Daher hatte Curse diesen Bunker also gekannt. Er hatte ihn selbst genutzt, um in die Tunnel hineinzukommen.

Es sah noch alles genauso aus wie damals. Das Sofa stand in der Mitte des Raums. Ziemlich staubig, doch hier lag ein Duft, der mich ruckartig innehalten ließ. Ich schauderte am ganzen Körper. Der Geruch war würzig wie Zimt und dunkel wie schwarze Magie. Er war nur noch schwach, doch der Geruch stellte etwas Seltsames mit mir an. Mein Blut wurde im ganzen Körper heiß, meine Krallen fuhren aus und rissen den alten Beton auf, während meiner Kehle ein gurrender, schnurrender Laut entschlüpfte. Es roch hier überall nach Jackson. Er musste noch mal hier gewesen sein und auf diesem Sofa gesessen haben. Fasziniert starrte ich das alte Möbelstück an und unterdrückte den Drang, mich in dem zurückgebliebenen Duft zu wälzen.

Oh Gott! Schnell riss ich mich zusammen. Aus, Schluss! Böse Alice-Mieze! Böse Instinkte! Ich musste mir merken, dass ich Jackson niemals in Tiergestalt über den Weg laufen durfte. Nicht, dass ich am Ende noch sein Bein rammelte.

Die Tür zum Bunker stand einen Spaltbreit offen, sodass ich hindurchschlüpfen konnte. Ich rannte zum Ausgang. Vor der steilen Sprossenleiter hatte ich jedoch ein klitzekleines Problem. Wie wurde ich wieder zum Menschen, um dort hochklettern zu können?

Okay, Konzentration war angesagt. Bastion verwandelte sich schließlich auch innerhalb weniger Sekunden. Wenn er das hinbekam, dann schaffte ich das doch auch!

Grollend starrte ich auf das Fluchmal an meiner Hand … äh, Tatze und konzentrierte mich. Ich stellte mir vor, ein Mensch zu sein. Hände zu bekommen, auf zwei Beinen zu gehen, den Wind in den offenen Haaren zu fühlen. Vor lauter Konzentration fletschte ich die Zähne. Ich fühlte den Menschen in mir, griff danach und …

nichts. Erneut fühlte ich die kalte Panik in mir aufsteigen. Was, wenn ich mich gar nicht zurückverwandeln konnte?

Was, wenn …

Ja, was, wenn … Aber ich würde es schaffen. Bastion konnte sich zurückverwandeln. Es gab also einen Trick, den ich bisher nur noch nicht herausgefunden hatte. Bis dahin mussten Tatzen und Schwanz reichen, mich hier herauszubringen, egal wie.

Ich schluckte die bittere Panik herunter, atmete tief durch und fixierte den Punkt über mir. Die Luke stand offen, ich musste nur hier hochkommen. Ich war ein großer Panther, und Panther konnten gut klettern, soweit ich wusste. Grollend nahm ich Anlauf, spannte die Muskeln an und rannte los. Mit peitschendem Schwanz wuchtete ich meine Muskelmassen in die Höhe – und knallte gegen die Leiterstreben. Blitzschnell hieb ich meine Krallen in die torfige Erde, stemmte die Hinterläufe gegen die Sprossen und zog mich nach oben. Leider war die Leiter alt und ich wohl ziemlich schwer, denn ich hörte das Quietschen von Eisen. Meine Ohren zuckten alarmiert. Im nächsten Augenblick brach sie unter mir weg. In letzter Sekunde spannte ich die Muskeln nochmals an und sprang weiter nach oben. So kräftig ich konnte, bohrte ich die Vorderkrallen in die Erde. Dabei riss ich große Erdbrocken heraus, während ich wild strampelnd meinen Körper durch die Luke wand.

Heftig keuchend kollabierte ich am Boden. Leicht belämmert sah ich mich um. Es dämmerte bereits. Das Blau des Himmels war durchzogen von Lila und Orange. Die dicht stehenden Bäume rauschten in einem sanften Windzug. Ihre saftigen, grünen Spätsommerblätter bewegten sich wie ein Schwarm Fische, der sich in der Strömung treiben ließ. Ihre knorrigen Stämme warfen lange

Schatten über den Erdboden, und überall waren Geräusche zu hören. Das Knacken von Zweigen unter den Hufen von Wildtieren, der schnelle Herzschlag eines Hasen, das Geschrei der Vögel, die bei meinem Anblick ängstlich aus den Baumkronen flatterten. Ihre Körper zeichneten sich wie schwarze Pfeilspitzen am Himmel ab.

Ich hatte es geschafft. Ich war zurück!

Und ich war nicht verrückt.

Alice Salt war nicht verrückt.

Die schiere Erleichterung, die dieser Gedanke mit sich brachte, ließ mich tief Luft holen. Ich legte den Kopf in den Nacken und brüllte all die Erleichterung, den Schmerz und die Angst der letzten Wochen heraus.

Der Klang hallte über das Spielfeld und scheuchte einen Schwarm Vögel auf, bis das Brüllen zu einem Fauchen wurde, das beinahe wie ein Schluchzen klang. Bebend rammte ich meine Krallen in die Erde und hielt mich daran fest.

Ich war zurück.

Mein Verstand war noch heil, und ich hatte den Slave gefunden, auch wenn …

Ich würgte den Gedanken ab.

Die Sache mit Curse würde ich später noch überdenken.

Die Hauptsache war im Augenblick, dass ich es zurück aufs Spielfeld geschafft hatte. Niemals hätte ich gedacht, dass ich mich je so darüber freuen würde, aber alles hier ließ meine Zellen förmlich vor Energie sirren. Als würde ich hierher gehören. Oder vielleicht war ich auch nur aufgeregt, weil eine Person mit schwarzem Haar, karamellfarbener Haut und neckischem Cajun-Akzent ganz in der Nähe war.

Wie sollte ich reagieren, wenn ich Jackson gleich wiedersah? Wie würde er reagieren? Insofern er mich nicht zu seinem neuen Bettvorleger umfunktionierte?

Wieso musste ich ausgerechnet jetzt eine Katze sein? Das machte die ganze Sache gerade noch mal komplizierter. Ich musste wirklich dringend versuchen, mich zurückzuverwandeln. Und dann? Tja, dann …

Ich hatte Jackson zwar im Traum gesehen, aber da … nun, da war er nicht wirklich Jackson gewesen. Zumindest hoffte ich das. Wo sollte ich also anfangen? Als Erstes sollte ich mich wohl entschuldigen, dass ich verschwunden war.

Ich starrte den Vögeln nach und merkte, dass ich bei ihrem Anblick Hunger bekam. Mein Magen knurrte, ich hatte quälenden Durst und … zudem meldete sich meine Blase. Seufzend setzte ich mich wieder auf und schüttelte mir Laub aus dem Fell.

Jupp, ich würde erst mal einen Baum beglücken, bevor ich nach St. Burrington zurückging.

KAPITEL 15

Ich hatte mir auf den Schwanz gepisst! Wer hätte auch ahnen können, dass ich den heben musste, wenn ich losstrullerte? Wie umständlich.

Verlegen versuchte ich, das Corpus Delicti an einem Grasbüschel trocken zu wedeln, dann schlich ich los durch den Wald, wobei ich nach mehr als nur Tieren Ausschau hielt. Doch außer ein paar keckernden Eichhörnchen, die vor mir flohen, war alles wie ausgestorben. Die Finsternis wurde immer tiefer, und schon bald verschmolz mein Fell mit den Schatten der Bäume.

Tief sog ich Luft in meine Lunge und roch … Wasser. Süßes Wasser. Ich hatte den See vor St. Burrington erreicht! Im nächsten Augenblick warf ich mich hinein. Scheiß auf wasserscheu! Ich brauchte ein Bad und war halb am Verdursten. Das Wasser war eiskalt. Mein Fell sog sich sofort voll und zog mich prompt nach unten. Ich strampelte mich wieder hoch und soff gefühlt den halben See leer. Oh Gott, tat das gut! Aber dieses Zungeschlecken war dezent nervig. Nach einer gefühlten Ewigkeit sah ich auf, und hinter dem See ragte wie in einem Jane-Austen-Film das Internat empor. Einen kurzen Augenblick genoss ich es einfach nur, wieder hier zu sein. Alles war so vertraut. Es fühlte sich so unendlich lange an, seit ich das letzte Mal hier gewesen war.

Auch hier lag alles wie ausgestorben da. Ich hievte mich aus dem Wasser, schüttelte das Fell aus, sodass das kalte Wasser in alle Richtungen spritzte, und streckte mich ausgiebig, ehe ich auf leisen Tatzen über den Rasen huschte. Es bewegte sich immer noch nichts, doch ich roch jemanden, der oben in einem Baum saß. Ich kam näher und sah Hawk. Der Springer lehnte zusammengesunken in einer Astgabel und schlief tief und fest. Die schwarze Beanie saß schief auf seinem verwuschelten Kopf. Seine Weitschusswaffe baumelte lose neben ihm. Besorgt musterte ich ihn, doch ich konnte seinen Herzschlag hören. Er lebte.

Da es ihm so weit gut zu gehen schien, drehte ich mich um und ging weiter. Kies knirschte unter meinen empfindlichen Ballen und wurde vom klackernden Geräusch meiner halb ausgefahrenen Krallen auf Marmor abgelöst, als ich die Eingangshalle betrat und Witterung aufnahm. Da war sie wieder, die Duftspur aus Zimt und Dunkelheit. Mein Nackenfell stellte sich auf, als ich ihr folgte. Seltsamerweise jedoch nicht in das Zimmer des schwarzen Königs, sondern die Treppen hinauf. Ich folgte dem Geruch weiter den Gang entlang bis zu einer Tür, die nur angelehnt war. Sie führte in mein Zimmer. Ich drückte sie mit dem Schädel auf und schlüpfte hindurch. Und da lag er. Mitten im Bett.

Der schwarze König.

Ich wollte seinen Namen sagen, doch aus meinem Mund kam nur ein Maunzen. Er rührte sich nicht. In meine Erleichterung mischte sich eine Spur Angst. Schlief er wirklich nur, oder hatte der Fluch ihn ebenfalls erwischt? Bestrafte Madelyn ihn, weil ich davongelaufen war? Irrte er im Traum herum und suchte einen Ausweg?

Nervös sah ich mich um. Meine Ohren zuckten und fingen dabei jedes noch so kleine Geräusch auf, doch ich hörte nichts Verdächtiges. Besorgt blieb ich vor dem Bett stehen und starrte ihn an. Mein Herz fühlte sich an, als würde es sich verknoten.

Jackson schlief.

Er sah blass aus. Auf dem Gesicht lag ein beinahe schon schmerzverzerrter Ausdruck. Seine Atemzüge hallten im Zimmer nach. Sanft stieß ich ihn mit meiner Schnauze an, und er seufzte. Wandte mir sein Gesicht zu, sodass ihm eine Haarsträhne darüber fiel. Über ihm hing das große Gemälde. Eine zerbrochene Krone im dunklen Wald. Neben ihm stand eine Staffelei mit einem neuen Gemälde. Es war nur halb fertig. Der Geruch von Terpentin und Farbe hing in der Luft. Jacksons Finger waren rot. Es sah beinahe wie Blut aus, doch als ich schnupperte, war es nur Farbe. Angespannt blieb ich vor dem Gemälde stehen und musterte es.

Es zeigte eine Person. Ihr Gesicht und Teile ihres Körpers waren in Schatten gehüllt, doch die Silhouette war eindeutig weiblich. Sie saß auf einem Thron aus schwarzen und weißen Schachfiguren, die sich bizarr ineinanderwanden. Ein rotes Kleid umschloss ihren Körper und floss wie eine frisch vergossene Blutlache zu Boden. Auf ihrem Kopf saß eine Krone.

Ich war mir nicht sicher, ob ich als Katze eine Gänsehaut bekommen konnte, doch ich schauderte eindeutig beim Anblick des Gemäldes. Es sah düster aus, traurig, beinahe ein wenig grausam, was vielleicht an dem Lächeln lag, das sich auf den roten Lippen der Frau abzeichnete. Ein Pinsel lag am Boden und hatte Flecken auf dem Teppich hinterlassen. Daneben eine getrocknete Farbpalette. Jackson musste mitten im Malen eingeschlafen sein.

Ich sprang aufs Bett und stupste ihn erneut mit der Nase an der Wange an. Jackson rührte sich nicht, daher stupste ich stärker. Er stöhnte leise. Ich wollte seinen Namen sagen, doch es kam nur ein seltsames Grollen aus meiner Kehle. Jackson seufzte, seine Lippen bewegten sich, und er murmelte etwas Unverständliches.

Wach auf, Jackson!

Ich fauchte ihn leise an. Er drehte sich auf den Bauch und murmelte etwas, was beinahe wie *Football* klang. Träumte er etwa wirklich davon, ein Highschoolschüler zu sein? Ich verengte die Augen zu Schlitzen. *Rache ist süß, Baby!* Ich hob eine Tatze, fuhr die Krallen aus und jagte sie ihm mit voller Wucht in den Hintern.

»Heilige Scheiße!«

Jackson brüllte und fuhr im nächsten Augenblick mit wirrem Blick auf. Dabei stieß er hart mit seinem Schädel gegen meinen. Er fluchte und ich knurrte.

»Was soll …?«, setzte er an, als er mich sah.

Jackson erstarrte. Für einen Wimpernschlag starrten wir uns an. Keiner von uns wagte auch nur zu atmen. Zumindest bis Jackson wach genug wurde, um zu begreifen, wer da gerade auf ihm lag … oder eher, was. Ruckartig riss er die Augen auf, und das Nächste, was ich bemerkte, war, wie er mich so fest von sich stieß, dass ich in hohem Bogen aus dem Bett krachte. Von wegen Katzen landeten immer auf ihren Pfoten! Ich machte einen perfekten Bauchklatscher und schlitterte grummelnd durchs Zimmer.

»Wer bist du? *Was* bist du?« Sein Blick tastete mich ab, während sich sein Gesichtsausdruck immer weiter verfinsterte. »Du bist ein Spieler. Ich kann das fühlen, aber Chesterfield hat keinen Pantherwandler bei sich. Also, wo kommst du verdammt noch mal her, und was hast du auf meiner Seite des Spielfelds zu suchen? Noch dazu in meinem Bett?«, knurrte Jackson, während er aus dem Bett sprang.

Klar, als ob ich ihm hätte antworten können. Frustriert fauchte ich ihn an, was Jackson sämtliche Muskeln anspannen ließ. Obwohl er vom Schlaf noch ziemlich wacklig auf den Beinen sein musste, schnellte er mit unglaublicher Geschwindigkeit nach vorn. Mit seinem Fuß presste er mich zu Boden, während er mich gleichzeitig grob am Nackenfell packte, bis ich vor Schmerz knurrte.

Er fuhr mich an: »Verwandle dich zurück, oder ich mach aus dir einen Bettvorleger, Turmspieler!«

Schwer atmend starrte er mich an, während sich Schatten um seine Füße und Finger sammelten. Ich fauchte erneut. Supi. Wie machte ich ihm jetzt pantomimisch klar, wer ich war?

Jackson fletschte die Zähne. »Schön, wie du willst.«

Er griff in seine hintere Hosentasche und zückte einen Dolch. Wer schlief denn bitte mit einer Waffe in der Hose? Paranoide Könige wahrscheinlich …

Panisch starrte ich auf die scharfe Waffe in seiner Hand. Blitzschnell reckte ich den Hals und leckte ihm einmal sehr nass quer über das gesamte Gesicht. Zugegeben, nicht meine genialste Idee, aber es wirkte. Jackson hielt inne und guckte mich in einer Mischung aus Schock und Ekel an, während ihm der Schlabber von der Backe tropfte. Unweigerlich musste ich lachen, was wie ein grollendes Knurr-Schnurren klang.

»Okay, das war … unerwartet«, murmelte Jackson, lehnte sich zurück und musterte mich scharf. »Wer bis…«, setzte er erneut an, als ich seufzend meine Tatze auf seine Hand legte.

Als würden sich unsere Fluchmale instinktiv erkennen, begann meines zu prickeln. Schauder erfasste uns beide. Ich sah, wie sich eine Gänsehaut auf Jacksons Unterarmen ausbreitete. Da war es wieder, dieses Gefühl, als wäre der eine Teil des anderen.

Erschrocken ließ Jackson die Waffe fallen. Die Klinge klirrte laut am Boden, während er den Blick hob und mir erneut direkt in die Augen starrte. Nur dass er diesmal wirklich hinsah. *Mich* sah. Ich fühlte den Augenblick genau, als er suchte und fand.

»Alice«, flüsterte er.

Es war keine Frage. Es war eine Feststellung. Mein Name hing wie ein schweres Gewicht zwischen uns.

Mein Schwanz zuckte zustimmend.

Als hätte Jackson sich verbrannt, ließ er mein Fell los und wich zurück. Einen Schritt. Zwei. Die Dunkelheit zog sich um ihn zusammen wie ein schützender Umhang. Als versuchte er, mehr als nur physischen Abstand zwischen uns zu gewinnen. Ich sah innerhalb des Bruchteils einer Sekunde eine wirre Mischung aus Regungen durch seine Mimik huschen. Erleichterung, Angst, Erschöpfung, Ehrfurcht und schließlich heiße, brennende Wut.

Ich erstarrte, während sich mein Herz wieder so seltsam verknotete.

Er war wütend auf mich. Natürlich war er das.

Langsam wich ich zurück.

Die Schatten in seinen Augen tanzen wie Flammen, während das Fluchmal an seiner Hand pulsierte. Seine Faust ballte sich zusammen, und sein Unterkiefer spannte sich an.

»Du bist zurück«, stellte er fest.

Verunsichert hielt ich inne und nickte.

»Warum?«, fragte er hart. Seine Mundwinkel verzogen sich nach unten.

Da ich nicht antworten konnte, legte ich nur die Ohren an.

»Ich dachte, ich würde dich nie wiedersehen«, flüsterte er. Seine Stimme klang erstickt. »Ich bin dir nachgelaufen. Ich habe mich heiser geschrien in der Hoffnung, dass du mich hören und zurückkommen würdest.«

Jetzt brüllte er. Sehr laut. Eine Ader am Hals trat dabei pulsierend hervor. Seine Wut fühlte sich an wie eine Gewitterwolke, die über uns zusammenbrach. Das Licht über uns begann zu flackern. Die Schatten sammelten sich inzwischen wie dichter Nebel zu seinen Füßen. Sie krümmten und drehten sich, als versuchten sie, wie Hunde von der Leine gelassen zu werden. Beunruhigt wich ich zurück, während Jackson mich weiter anbrüllte.

»Ich war so ein Idiot zu glauben, dass du uns helfen würdest, aber noch dümmer war ich zu glauben, dass du dasselbe für mich fühlen würdest wie ich für dich. Ich konnte die letzten Tage nicht mehr essen, nicht mehr trinken, nicht mehr schlafen. Immer wenn ich die Augen schloss, sah ich dich hilflos am Boden ausbluten, zu Stein erstarren oder habe mir sonst ein Horrorszenario ausgemalt, in dem du meine Hilfe brauchtest, aber ich nicht zu dir kommen konnte, weil du über diese Scheißmauer gestiegen bist. Und dann … Und dann …«

Mitten im Brüllen hielt er plötzlich inne. Stirnrunzelnd rieb er sich die Schläfen, während sich eine steile Falte zwischen seinen Augenbrauen bildete.

»Kannst du dich bitte zurückverwandeln, damit ich dich als Mensch anschreien kann?«, fauchte er mich an.

Ich fauchte zurück.

Er hob eine Augenbraue und verschränkte die Arme vor der Brust. »Du *kannst* dich doch zurückverwandeln, oder?«, bohrte er nach.

Ich knurrte ihn gereizt an, aber zumindest schien er das Problem zu verstehen.

Sein Kiefer zuckte. »Du solltest nicht mit Kräften rumspielen, mit denen du nicht umgehen kannst, Chérie.«

Chérie.

Er hatte mich Chérie genannt.

Mein Herz bebte.

Ich unterdrückte den Drang, ihm erneut über das Gesicht zu lecken, stattdessen hob ich als Konter den Schwanz. Mein Katzenäquivalent eines Mittelfingers.

Der wütende Ausdruck in seinen Augen ließ mich innerlich dahinschmelzen. In mir löste sich eine Anspannung, die ich bisher nicht wirklich wahrgenommen hatte. In mir hatte immer noch die Angst gesessen, dass er nicht Jackson sein würde, sondern … nun, ein anderer. Doch Jack war wieder ganz der Alte. Herrisch, arrogant, ein Idiot und einfach wundervoll. Angefangen bei den zerstörten Haaren bis hin zu den nackten Füßen. Mein Katzenschwanz zuckte. Gott, wenn er nicht aufhörte, mich so sexy angepisst anzusehen, würde ich ihn am Ende wirklich von oben bis unten ablecken.

Vielleicht sah man es mir an, denn Jack ging einen Schritt zurück und musterte mich misstrauisch. »Komm, wir suchen Bastion. Er weiß, was zu tun ist«, sagte er kurz angebunden, drehte sich ruckartig um und steuerte die Zimmertür an.

Dabei stolperte er über den Teppich. Blitzartig schnellte ich zu ihm vor und stützte ihn mit meinem Körper. Jackson versteifte sich, seine Hand streifte mein Fell und vergrub sich darin. Seine Finger zitterten kaum merklich, während er mir einen langen Blick zuwarf. Ich fühlte seinen Puls. Er ging genauso schnell wie meiner. Raste praktisch. Diesmal wusste ich nicht, was in ihm vorging, seine Pupillen verengten sich jedoch, ehe er sich ruckartig zu mir herabbeugte und seine Stirn an meine presste. Bebend atmete ich seinen Duft ein. Er war würzig und wild und … Jackson.

»Ich weiß nicht, ob ich dich lieben oder hassen soll, weil du zurückgekommen bist, Alice Salt«, raunte er. Seine Hände vergruben sich in meinem Fell, ehe er mich genauso schnell wieder losließ, wie er mich gepackt hatte, und wortlos weiterging.

Etwas desolat starrte ich ihm nach und schüttelte den Kopf. Mit dem Gefühl, seine Hand immer noch in meinem Fell zu spüren, schlich ich den Flur entlang und starrte dabei seinen breiten Rücken an. Jacksons Bewegungen waren trotz der leichten Unbeholfenheit geschmeidig wie eh und je und seine Schritte praktisch lautlos.

Das Fluchmal an meiner Tatze prickelte immer noch, als sehnte es sich danach, nochmals mit seinem verbunden zu werden. Ein Schauder erfasste mich. Ich wollte ihn praktisch von hinten anspringen, genüsslich meine Zähne in seinen Nacken vergraben und … oh Gott! Ich musste dringend wieder ein Mensch werden. Meine Tierinstinkte waren viel zu ausgeprägt.

Jackson war inzwischen auf eines der Zimmer zugesteuert und mitten im Raum stehen geblieben. Wir hatten wohl Bastion gefunden. So schwer war es aber auch nicht gewesen, wir hatten nur dem penetranten Schnarchen folgen müssen.

»Was zum Teufel …? Warum schläfst du hier mitten auf dem Boden, Alter?«, hörte ich ihn verwirrt fragen.

Ich lugte über seine Schulter. Bastion hatte sich wirklich mitten auf dem Boden ausgestreckt. Kissen lagen wild verstreut, genauso wie schmutzige Teller und ziemlich viele leere Bierflaschen. Es roch hier wie in einer versoffenen Raubtierhöhle. Bastion selbst trug nur einen mintgrünen, schlabbrigen Bademantel und pinke plüschige Häschenpantoffeln an den Füßen.

»Großer Gott, seit Amber tot ist, geht es ihm wirklich nicht gut«, murmelte Jackson, und ich sah die Sorge in seinem Blick, als er in die Knie ging und dem schnarchenden Bastion einen Klaps auf die Wange gab. »Hey, großer, böser Wolf, Zeit zum Aufwachen!«

Bastion gab ein protestierendes Grunzen von sich.

»Hey, Bas …«, sagte Jackson lauter und der nächste Klaps klang schmerzhaft.

»Noch 'ne Sekunde, Mom …«, murmelte Bastion.

Jackson schnaubte und schob ein Augenlid des Turmspielers hoch. »Sehe ich so nett aus wie deine Mom? Raus aus den Federn, oder es gibt keinen Nachtisch bis zum Ende des Spiels«, bellte er.

Bastion verschluckte sich praktisch an seinem Schnarchen, versuchte aufzustehen, verhedderte sich dabei in seinen Häschenpantoffeln und krachte wieder zu Boden.

»Argh, mein Rücken! Alter, was ist los? Habe ich die Schicht verschlafen?«, stöhnte Bastion.

Ich schnupperte besorgt. Bastion erstarrte, seine Augen schnellten zu mir nach oben, und er knurrte mich an. Seine Reißzähne schossen sogar hervor. Empört fauchte ich zurück und stellte das Fell auf.

»Katze!«, bellte er.

»Fauch!«, fauchte ich.

»Genug!«, sagte Jackson

Bastion sah ihn mit verquollenen Augen an. »Ich habe von dir geträumt. Du warst Footballstar an der Foxcroft High und bist in Französisch durchgefallen …« Er grinste schief.

Jackson seufzte. »Alkohol ist während des Spiels verboten, Bastion, das weißt du genau. Darüber sprechen wir noch mal, zuerst aber musst du Alice zeigen, wie sie sich zurückverwandeln kann.«

Bastion blinzelte. »Alice? Du meinst die Alice, deren Namen nicht genannt werden darf, weil du sonst losflennst?«, fragte er und starrte mich an. In seinen Augen sah ich genau, wie er eins und eins zusammenzählte. Ruckartig schnellten beide Augenbrauen nach oben, sein Piercing hüpfte dabei. »Ist die Mieze da Alice?«

Ich hob die Nase.

Jackson seufzte. »Ja. Zeig ihr, wie sie sich zurückverwandeln kann.«

Bastion schnupperte indessen an mir herum, was ich doch etwas befremdlich fand. »Krasse Sache, wie bist du an diese Spielfigur gekommen, Alli-Kätzchen? Der einzige Spieler, der sich in einen Panther verwandeln konnte, lebte im 19. Jahrhundert.«

Gereizt schlug ich mit dem Schwanz aus.

»Sie kann dir nicht antworten. Zeig ihr die Rückverwandlung«, sagte Jackson ungeduldig.

»Tja …« Bastion grunzte und rieb sich den Hinterkopf. »Diese Verwandlungssache ist nicht so einfach. Ich musste als Welpe jahrelang üben, um den Move draufzuhaben. Wenn sie es nicht richtig macht, bleibt sie mitten in der Verwandlung stecken. Weißt du noch, als ich zwölf war und monatelang mit Hundeschwanz rumgelaufen bin?«

Jackson schürzte die Lippen. »Kann die Verwandlung nicht auch durch einen Schock ausgelöst werden?«

»Ja, aber … na ja … es …«

»Dann mach es!«, sagte Jackson abgebrüht.

Alarmiert sah ich ihn an. Durch einen Schock? Wollte er mich schocken? Wie?

Bastion verzog das Gesicht, während er sich auf die Füße hievte. Er stank nach Bier, und die Häschen an seinen Füßen wippten.

»Wenn du es sagst, Boss. Sorry, Alice, ist wirklich nichts Persönliches«, murmelte er, und noch bevor ich mich darauf vorbereiten konnte, trat er mir mit voller Wucht auf den Schwanz.

Ich brüllte auf. In meinem Leben – insbesondere in den letzten Monaten – hatte ich bereits einige Arten von Schmerz kennengelernt, doch keiner war mit diesem hier vergleichbar. Es fühlte sich an, als würde mir Bastion mit seinem Fuß die feinen Knochen im Schwanz zertrampeln. Der Schmerzimpuls fraß sich durch meinen gesamten Körper. Ich wand mich, fauchte und kratzte so heftig, dass meine Krallen Schneisen im Boden hinterließen. Jackson sprang zurück und auch Bastion wich hektisch aus.

»Es funktioniert nicht, Jack. Lass ihr ein wenig Zeit zu üb…«, hörte ich Bastion sagen, der jedoch von Jackson unterbrochen wurde.

»Noch mal!«

»Ich weiß, du bist sauer auf sie, aber …«

»Noch mal!«

Bastion seufzte. Ich versuchte auszuweichen, doch der Turmspieler war trotz seiner Promille ziemlich schnell. Er hob den Fuß erneut und trat zu.

Mir wurde schwarz vor Augen. Ich hatte das Bedürfnis, aus meiner eigenen Haut zu kriechen, nur um diesem überwältigenden Schmerz zu entkommen. Ich würgte, und das Nächste, was ich bemerkte, war, wie sich meine Krallen in Finger zurückbildeten. Das Fell wich nackter Haut, und der Schmerz ließ ruckartig nach, als sich auch der Schwanz zurückzog. Keuchend und würgend saß ich auf allen vieren auf dem Boden. Splitterfasernackt! Ich konnte es nicht fassen, während ich aufsah. Wirres Haar fiel mir dabei um den Körper.

»Na, holla!«, sagte Bastion und grinste breit.

Jackson entgleisten die Gesichtszüge. Ich fühlte seinen Blick förmlich auf meiner Haut brennen. Seine Pupillen weiteten sich, eher er ruckartig wegsah.

»Das. War. Ein. Beknackter. Plan. Durch. Und. Durch!« Mit jedem Wort musste ich nach Luft schnappen.

Bastion grinste immer noch und stemmte dabei seine Fäuste in die Hüften. »Erste Lektion als Turm: Scham ist nur eine Illusion«, sagte er dramatisch. Sein ohnehin lose gebundener Bademantel klaffte dabei sperrangelweit auf, und die Ohren seiner Häschenpantoffeln wackelten.

Jackson hielt mir demonstrativ die Augen zu.

»Deine Weisheiten in allen Ehren, Bastion, aber in diesem Fall ist sie sehr real«, gab ich zurück und linste über Jacksons Hand hinweg.

»Nicht hinsehen!«, knurrte der mich an. Sein Atem traf meinen Nacken, und ich konnte eine Gänsehaut nicht unterdrücken.

»Wieso? Fällt mir dann was ab?«, stichelte ich und genoss Jacksons spürbare Eifersucht.

»Nein, aber ihm«, blaffte Jackson zurück.

Bastion zuckte mit den breiten Schultern. »Komm schon, Jack, als Turm darf ihr so ein bisschen Nacktheit nichts ausmachen.«

Etwas ernster sah er mich an und hob den Zeigefinger. »Lektion eins in Sachen Turm: Deine Klamotten überleben die Wandlung nur selten. Achte immer darauf, draußen Ersatzklamotten zu deponieren. Vor allem, wenn es kälter wird. 1930 gab es einmal einen schwarzen Turmspieler, der im Winter in einen Hinterhalt der weißen Spielerseite geriet. Er war die ganze Nacht draußen. Er konnte irgendwann abhauen, aber ihm fror dabei sein …«

»Bastion!«, unterbrach ihn Jackson scharf.

»… Finger ab«, schloss Bastion und grinste wieder breit.

»Ernsthaft?«, fragte ich leicht schockiert und ballte unwillkürlich die Finger zur Faust.

Bastion nickte altklug. »Klar. Würde ich lügen?«,

»Ja«, gaben Jackson und ich gleichzeitig zurück.

Jackson seufzte schließlich und ließ mich los. Ich schauderte, diesmal, weil mir sofort kalt wurde, doch Jackson zog nur sein Shirt aus und streifte es mir über den Kopf. Seine Bauchmuskeln schimmerten in einem warmen Bronzeton und spannten sich an, als er mich etwas ruppig anzog.

»Ähm, danke?«, sagte ich perplex, als mein Kopf wieder aus dem Shirt ploppte.

Jackson seufzte und murmelte etwas auf Französisch, während ich auch mit den Armen hindurchschlüpfte. Der Stoff war warm und so lang, dass er mir über die Knie reichte. Ich hob den Kopf, und Jack und ich waren uns so nahe, dass ich die Stoppeln an seinen Wangenknochen sehen konnte.

»Ich weiß, du bist wütend auf mich, aber wir müssen reden. Du … ich habe da ein paar Dinge erfahren«, flüsterte ich ihm zu.

Er hielt inne, ehe er steif nickte. Ich bildete mir ein, eine sanfte Berührung auf meinem Bein zu fühlen, doch im nächsten Augenblick nahm er wieder Abstand.

»Wir müssen die anderen aufwecken.«

»Schlafen denn etwa alle?«, fragte ich verwirrt.

»Es waren ein paar anstrengende Tage. Ich habe allen ein paar Stunden Pause gegönnt«, erklärte mir Jackson und fuhr sich übers Gesicht. »Wir müssen jetzt …«, setzte er an, doch bevor wir erfuhren, was wir denn mussten, war plötzlich ein lautes Klirren zu hören, gefolgt von einem unterdrückten Schrei.

Jacksons Kopf schoss herum. »Isolde?«, rief er alarmiert und stürmte zur Tür hinaus.

Bastion und ich wechselten einen besorgten Blick, dann stürzten wir dem schwarzen König nach, der bereits über den Flur hetzte und die Treppen nach unten in Richtung der Gemeinschaftsküche nahm. Die ganze Zeit lauschten wir besorgt, doch Issy schrie nicht wieder. Was meine Angst jedoch nicht wirklich minderte, denn es konnte genauso gut bedeuten, dass Issy nicht mehr dazu in der Lage war zu schreien. Der Gedanke, die schwarze Königin als Steinstatue wiederzusehen, ließ mich fast über meine eigenen Beine stolpern. Ich schlitterte durch den Gemeinschaftsraum und bekam beinahe die Küchentür auf die Nase geknallt.

»Issy, was ist los?«

Ich stieß die Tür wieder auf und sah eine völlig entsetzte Isolde am Küchenboden sitzen. In der Luft hing ein unglaublicher Gestank. Beinahe wie verbrannte …

»Meine Haare!«, jammerte Isolde und griff sich entsetzt in die schwarze Mähne. In ihren hüftlangen Locken klaffte ein großes Loch. »Dieser dämliche Bunsenbrenner! Ich mache nie wieder Crème Brûlée«, knurrte sie und starrte den Küchenbrenner vor sich finster an. Daneben stand eine Schüssel voll verbrannter Creme.

Ich hörte, wie Jackson die Luft ausließ, ehe er beruhigend auf seine Cousine zuging. »Geht es dir gut?«, fragte er immer noch schwer atmend von seinem Sprint.

Issy seufzte und griff sich verkniffen in die löchrigen Haare. »Wie man's nimmt. Ich hatte die ganze Nacht so einen seltsamen Traum. Alice kam darin vor, und ich glaube, sie …«

Ihr Blick irrte durch den Raum und blieb an mir haften. Der Rest des Satzes blieb ihr in der Kehle stecken. Sie starrte mich ungläubig an, blinzelte und stieß im nächsten Augenblick einen spitzen Schrei aus. Ich zuckte so heftig zusammen, dass ich gegen die Küchentheke knallte, als die schwarze Königin mir auch schon um den Hals fiel.

»Oh, Alice, du bist zurück! Gott sei Dank, wir haben uns solche Sorgen um dich gemacht!«, schluchzte sie mir in die Halsbeuge, während sie mich so fest drückte, dass ich beinahe keine Luft mehr bekam. Sie erstickte mich förmlich mit ihrer Liebe und ein wenig auch mit dem Geruch nach verbrannten Haaren.

»Es ist auch schön, dich wiederzusehen, Issy«, brachte ich hervor und merkte, wie mir vor Erleichterung Tränen in die Augen schossen. »Ich habe euch alle auch sehr vermisst«, flüsterte ich und erwiderte Isoldes Umarmung.

Mein Blick kreuzte sich mit Jacksons, aber der schwarze König schaute hastig weg.

»Lass dich ansehen.« Isolde hielt mich von sich, musterte mich skeptisch und schürzte die Lippen. »Du bist zu dünn.«

Ich grinste sie unter feuchten Augen an. »Ich war nur drei Tage weg.«

»Und ich weiß auch nicht, warum du nackt bist, nur Jacksons T-Shirt trägst und nach Katzenpipi riechst, aber danke, dass du uns nicht verlassen hast«, flüsterte sie mir ins Ohr.

Ich hatte mich wahrscheinlich noch nie im Leben gleichzeitig ebenso glücklich wie schuldig gefühlt. Sie schien es mir nachzusehen, denn sie lächelte nur und rückte ein wenig von mir ab.

»Schon gut, Süße. Ich mache erst mal Tee, backe etwas und dabei erzählst du mir, was du hinter der Mauer alles erlebt hast. Ich habe Jackson keine Sekunde geglaubt, dass du einfach so verschwunden bist. Ich weiß genau, dass du so was nie machen würdest. Aber meinst du, der Sturkopf hat mir geglaubt? Er hat nur in seinem Herzschmerz gebadet und das Rauchen zu einer neuen olympischen Disziplin erhoben. Ohne dich war es grauenvoll düster, und …«

Sie plapperte so schnell, dass ich Probleme hatte, ihr zu folgen. Dabei schaffte sie es, gleichzeitig Tee zu kochen und mir ein Sandwich in die Hand zu drücken. Ich war so ausgehungert, dass ich es praktisch in einem Bissen herunterschlang. Issy machte kommentarlos ein Zweites, und während ich hektisch kaute und Issy weiterplapperte, begann auf Jacksons Stirn, langsam wieder eine Vene zu pulsieren.

»Issy!«, setzte er gerade scharf an, als es hinter uns polterte.

Geschlossen fuhren wir herum und sahen einen ziemlich verwirrten Hawk in die Küche stolpern. Seine Beanie war verschwunden, sodass man die lange Narbe an der Stirn sehen konnte.

»Leute! Ihr glaubt nicht, was mir passiert ist. Ich bin …«, setzte er an, als er mich sah. Er hielt inne. Sein Mund klappte auf. »Alice?«, krächzte er.

»Hey, Hawk.« Ich lächelte und winkte verunsichert.

Der Springer blinzelte, ehe er breit grinste. »Gott sei Dank bist du wieder da. Jacksons Laune war unerträglich«, stieß er hervor, ehe er Bastion einen triumphierenden Blick zuwarf. »Du schuldest mir fünfzig Mäuse.«

Bastion knurrte.

»Nein, ich bin näher dran …«, setzte Issy an, wurde jedoch schnell still, als sie Jacksons fassungslosen Blick sah.

»Ihr habt gewettet?«

Isolde und Hawkins wirkten zumindest leicht verlegen, während Bastions sich auf die Küchenbank warf und Klar! grölte.

Issy lächelte mich an und drückte mir sanft die Schulter. »Wir wussten alle, dass du zurückkommen würdest. Zumindest fast alle …« Sie warf Jack einen missbilligenden Blick zu.

Der presste die Lippen zusammen, ehe er sich ebenfalls auf einen Stuhl fallen ließ. »Hast du noch Kaffee da, Issy? Wir haben ein Problem.«

»Haben wir das nicht immer?«, fragte Isolde trocken und machte sich in der Küche zu schaffen.

Ich hatte inzwischen Sandwich Nummer zwei intus und fühlte mich so unendlich erleichtert, wie man es nur mit vollem Magen kann.

Hawkins und ich lehnten uns beide gegen den Küchentresen.

Die harte Kante war kalt, doch Hawkins' Lächeln umso wärmer. »Geht es dir gut?«, flüsterte er, und die echte Sorge in seiner Stimme ließ mich erneut gegen einen Kloß im Hals ankämpfen.

»Ich bin mir nicht so sicher«, gab ich ehrlich zu, und Hawkins drückte meine Hand.

»So geht es uns allen«, versicherte er mir.

Ein scharfes Räuspern unterbrach uns. Jackson musterte uns und nahm einen großen Schluck Kaffee, den Issy ihm hingestellt hatte. »Alice kam nicht nur zurück, sie kam als *Turm* zurück. Mit den Fähigkeiten eines Spielers, der Anfang des 19. Jahrhunderts gelebt hat. Wie kommt es, dass du gefallene Figuren außerhalb des Spielfelds gefunden hast? Was hast du getan?« Nichts an seinem Gesichtsausdruck verriet, was er dachte, doch ich spürte die teils neugierigen, teils beunruhigten Blicke der anderen Spieler.

Zittrig sammelte ich meine Gedanken und holte tief Luft. »Ich habe den zweiten Slave gefunden«, sagte ich leise. Meine Stimme klang rau, während sich die harte Kante des Tresens in meine Handfläche grub, so fest umklammerte ich sie.

Jackson erstarrte. Alle erstarrten. Isolde mitten im Eieraufschlagen, sodass die glibberige Masse auf den Boden platschte.

Angespannt stieß ich die Luft aus, während Jackson langsam seinen Kaffee abstellte und sich zu mir nach vorn lehnte.

»Wie meinst du das, Slave?«

Ich erwiderte seinen Blick. »Ich meine: Trommle die Spieler zusammen, und ich erzähle euch alles.«

KAPITEL 16

Es dauerte eine ganze Weile, bis wir alle Spieler im Anwesen aufgespürt hatten. Der Saal mit den verspiegelten Wänden reflektierte mein Spiegelbild dutzendfach, während ich den Spielern von St. Burrington erzählte, was ich wusste. Angefangen mit meinem Sturz über die Begegnung mit dem Fluch, der in meinem Kopf herumgepfuscht hatte, bis hin zu meiner Entdeckung der Tunnel. Waren am Anfang noch alle sichtlich verwirrt von meinem plötzlichen Auftauchen, schlug die Stimmung schließlich in Bestürzung und dann in kaum verhohlenen Unglauben um.

Jackson stand die ganze Zeit mit verschränkten Armen in der hintersten Ecke des Saals und verschmolz praktisch mit den Schatten. Ich spürte nur seinen Blick wie den eines hungrigen Wolfs auf mir ruhen.

»Moment, nur damit ich auch mitkomme. Du bist also verschwunden, um den zweiten Slave zu finden. Dieser Slave ist eine sprechende weiße Katze, die früher mal Charles Chesterfield war. *Der* Charles Chesterfield?«, fiel mir Bastion ungläubig ins Wort.

»Ja.«

»Und der Fluch kann eine körperliche Form annehmen? Er ist also quasi eine Person?«, warf eine andere Spielfigur ein. Sie hatte stechend grüne Augen, und ihre Haut war von einem dunklen Braun.

Um ihren Hals lag etwas, was beinahe wie ein brauner Fellkragen aussah. Zumindest bis sich der Kragen bewegte. Es war ein Frettchen, das sich vertrauensvoll an ihren Hals schmiegte. Es schnupperte mit feuchten schwarzen Knopfaugen in meine Richtung, während ich mich zu erinnern versuchte, wer die Spielerin war. Bisher hatte ich sie nur flüchtig gesehen. Ich wusste nicht einmal ihren Namen, nur dass sie einer der Bauernspieler war, die sich bislang eher im Hintergrund gehalten hatten.

»Ja«, antwortete ich ihr mit etwas Verzögerung.

»Und wir können das Spielfeld verlassen?«, warf Hawk skeptisch ein.

»Wenn es stimmt, was Curse sagt, könnte es theoretisch funktionieren, wenn der Fluch abgelenkt ist. Allerdings würdet ihr es mental nicht gut überstehen. Doch wir könnten es versuchen, vielleicht verschafft uns das mehr Zeit.«

»Keith hat mal versucht, über die Mauer zu klettern. Die Fluchweber haben ihn praktisch zu Tode gebissen«, warf Feather schaudernd ein.

Issy knabberte an ihrer Unterlippe herum. »Das klingt für mich eher nach einem absoluten Notfallplan. Zudem sind hier zu viele Wenn und Aber. Niemand konnte das bisher überprüfen.«

Ich sah sie an. »Mag sein, die Frage ist nur, ob wir neben dem Notfallplan noch einen anderen Plan haben. Denn so weitermachen wie bisher, ist keine Option, oder?«

Nervös zupfte ich an der schwarzen Schuluniform herum, die mir Isolde geben hatte. Ich drückte den Rücken durch und sah sie alle eindringlich an, bis mein Blick auf Jackson zu liegen kam. Er schwieg.

»Und was sollen wir stattdessen tun?«, warf Issy ein.

»Wie besiegt man einen Fluch? Wir als Spieler sind doch quasi ein Teil davon. Wie sollen wir etwas bekämpfen, was in uns steckt? Sollen wir uns weigern zu spielen? Das haben bereits andere versucht und sind daran grausam gescheitert«, meinte Hawk leise. Er sah müde und abgekämpft aus. Wie alle hier.

Ich straffte die Schultern. »Issy war diejenige, die zu mir gesagt hat: *Nur weil es bisher niemand geschafft hat, muss das nicht bedeuten, dass es auch wir nicht schaffen.* Erinnerst du dich, Issy?« Ich sah die schwarze Königin an.

Sie nicke langsam. »Ja, das habe ich gesagt«, wisperte sie.

»Hast du mich damals angelogen?«

Sie wurde noch blasser, wenn das überhaupt möglich war. »Nein, ich hatte einfach … Hoffnung.«

»Dann sollten wir die Hoffnung nicht aufgeben«, verkündete ich und hoffte inständig, dass ich dabei klang wie jemand, der wusste, was er tat, nicht wie jemand, der nur hoffte, es zu wissen. »Wir wissen jetzt auch, dass der Fluch eine Form hat. Eine Art Körper. Und alles, was einen Körper hat, kann sterben.« Behauptete ich jetzt mal einfach so.

Ich holte tief Luft und wusste, dass ich gerade etwas aussprach, was niemand hören wollte.

Weil es verrückt war und wahrscheinlich zum Scheitern verurteilt.

Ich sagte es dennoch.

»Zu diesem Zweck könnten wir überlegen, einen Waffenstillstand mit Chesterfield einzugehen. Schwarz und Weiß können vielleicht zusammenarbeiten.«

Es war mucksmäuschenstill, zumindest bis Bastion die Stimme erhob. »Willst du uns verarschen?«

»Nein«, sagte ich leise.

Lautes Stimmengewirr kam auf.

»Das haben andere Spieler schon versucht. Sie wurden allesamt wahnsinnig«, warf Bastion ein.

»Ich werde niemals mit einem weißen Spieler zusammenarbeiten«, spuckte ein weiterer Bauernspieler aus.

»Es war nur ein Vorschlag«, stieß ich hervor.

»Ein schlechter Vorschlag«, unterbrach eine harsche Stimme das Gewirr. Alle hielten inne. Jackson trat aus dem Schatten hervor, die Arme vor der Brust verschränkt. »Es ist schlichtweg nicht möglich, mit Chesterfield zu kooperieren.«

»Kannst du nicht, oder willst du nicht?«, fragte ich ihn leise.

Jackson starrte mich an. »Ich will nicht. Ich kann nicht. Beides. Zudem basiert alles nur auf Spekulation. Was ist zum Beispiel mit Curse? Du sagst, er sei der zweite Slave. Wenn er wirklich Charles Chesterfield ist, dann ist er bereits seit dreihundert Jahren auf dem Spielfeld. Dreihundert Jahre sind eine verdammt lange Zeit, um einzugreifen oder zu helfen, was er jedoch nicht getan hat. Ich nehme also an, er wollte nicht. Warum sollte er es dann jetzt auf einmal tun? Was sind seine Fähigkeiten? Wir wissen gar nichts über ihn. Er ist eine unbekannte Variable, genauso wie du es gewesen bist, und ich mache keine Pläne, die auf einer unbekannten Variablen beruhen. Grundsätzlich nicht.«

Sein Blick brannte sich in meinen, und diesmal brach er ihn. Ich sah weg und schluckte hart. »Um Curse werde ich mich persönlich kümmern. Er wird uns nicht im Weg stehen. Das verspreche ich.«

Jackson verschränkte die Arme vor der Brust. »Das kannst du mir nicht versprechen, Chérie«, sagte er beinahe sanft.

»Traust du mir etwa nicht?«, fragte ich und war selbst überrascht, wie verletzt und wütend ich mich fühlte. Wir funkelten uns an. Die Spannung war genauso unangenehm wie das Gefühl zwischen uns. Hart, kantig und spitz.

»Ich vertraue diesem Spiel nicht. Ich lasse mich auf keinen Deal mit Chesterfield ein. Nicht solange alles auf reiner Spekulation beruht«, erwiderte Jack ruhig.

Ich zwang mich zur Ruhe. Es war klar, dass diese Diskussion länger dauern würde. Jahrhundertelanges Misstrauen konnte nicht von einer Sekunde auf die andere überwunden werden.

»Du musst Vincent nicht trauen, aber wir sollten trotzdem einen Weg suchen, den Fluch unschädlich zu machen. Der Fluch war in meinem Kopf, Jack. Ich habe ihn gefühlt, tief in meinem Verstand, es hat sich angefühlt …« Ich konnte ein Schaudern nicht unterdrücken. »Es war grauenvoll. Ich weiß, dass ich nichts herausgefunden habe, was uns konkret helfen kann, aber zumindest weiß ich jetzt, dass es dort draußen weit Schlimmeres gibt als Vincent Chesterfield.«

»Kaum zu glauben«, erwidert Jackson trocken.

»Bitte, Jack. Ich habe Angst um euch«, flüsterte ich, und etwas in meinem Blick ließ ihn tief aufseufzen und sich frustriert durch die Haare fahren.

»Selbst wenn wir bereit sind, das Spiel zu umgehen, haben wir immer noch das Problem, dass die letzten Könige, die das versucht haben, wahnsinnig wurden. Der Zeitraum, in dem wir agieren könnten, ist begrenzt. Wenn ich wahnsinnig werde, wärt ihr alle in extremer Gefahr und von außen verletzlich. Vincent müsste nur zuschlagen, und damit wäre das Spiel beendet.« Er schwieg, und der Ausdruck in seinen Augen machte mir Angst. Denn er wirkte plötzlich nachdenklich. »Aber vielleicht ...«, murmelte er und fuhr sich durch das nachtschwarze Haar, »... vielleicht ist das auch die einzige Lösung. Wenn ich mich von Vincent töten lasse, wärt ihr alle frei.«

»Jackson«, fuhr ihn Isolde an und sah ihn mit funkelnden Augen an. »Denk nicht mal dran. Diesen Punkt haben wir bereits besprochen, und dich zu opfern ist keine Lösung.«

»Als wir all das besprochen haben, dachten wir auch noch, dies hier sei ein normales Spiel wie alle anderen zuvor. Doch das ist es eindeutig nicht mehr. Wenn es stimmt, was Alice sagt, und der Fluch beginnt, sich aktiv ins Spiel einzumischen, dann weiß niemand, zu welchen Mitteln er greifen wird oder welche Konsequenzen das nach sich zieht. Mein Tod würde all das beenden. Ich könnte euch alle retten«, wandte Jackson scharf ein.

Mein Herz presste sich so fest zusammen, dass ich Probleme hatte, Luft zu schnappen. Ich merkte erst, dass ich vorgetreten war, als ich direkt vor ihm stand und in seine dunklen Augen starrte. Sein Schatten umschloss mich beinahe wie eine Umarmung.

»Du würdest vielleicht uns retten. Wie viele sind wir inzwischen noch? Ein gutes Dutzend Spieler? Wenn du dich jetzt töten lässt, sind wir vielleicht frei, aber du verdammst damit weitere Generationen dazu, elendig zu sterben. Immer und immer wieder. Wenn wir die Möglichkeit haben, den Fluch aufzuhalten, und wenn sie noch so klein ist, dann sollten wir es versuchen. Vielleicht geht es hier nicht länger um gewinnen oder verlieren, sondern darum, das

Blatt zu wenden«, wandte ich ein, und Jackson starrte auf mich herab.

Ich sah, wie sein Unterkiefer arbeitete, ehe er leise mit hartem Cajun-Akzent hervorstieß: »Selbst wenn ich mich darauf einlasse, Chérie, Vincent wird es nicht tun. Die Spieler von Chesterfield schießen zuerst und stellen danach die Fragen. Sie werden jeden ausschalten, der auch nur in die Nähe ihres Spielfelds kommt, bevor wir auch nur eine Chance haben, den Mund aufzumachen. Ich werde keinen meiner Spieler solch einer Gefahr aussetzen.«

»Das musst du auch nicht.« Entschlossen sah ich ihn an. »Du musst keinen deiner Spieler dafür in Gefahr bringen. Aber ich kann das machen. Ich werde mit Vincent reden, vielleicht ...«

»Nein, Alice!« Jacksons Stimme hallte wie ein Knurren durch den Saal.

»Was, *nein, Alice?* Wir müssen gegen den wahren Feind kämpfen, und das ist nicht Chesterfield, sondern der Fluch selbst!« Ich brüllte mindestens genauso laut zurück.

Jackson schnellte nach vorn. Erschrocken zuckte ich zurück, doch da hatte der schwarze König bereits seine Finger in meine Haare vergraben und zog mich so nah an sich heran, dass sich unsere Stirnen berührten. Sein heißer Atem strich über meine Lippen, als er mich angrollte: »Du bist ebenfalls eine meiner Spielfiguren. Du stehst unter meinem Schutz. Und ich werde dich beschützen. Komme, was wolle. Aber ich werde es auf meine Weise tun.«

Wir funkelten uns an.

Ich fühlte, wie es in mir rumorte, und bemerkte erst im nächsten Augenblick, dass ich knurrte wie ein Panther. »Ich bin der Slave, du betonst selbst immer wieder, dass ich zu keiner Seite gehöre. Ich kann eine weiße Spielfigur werden, dann können sie mir nichts tun«, stieß ich hervor.

Jacksons Gesichtsausdruck wurde hart, und er ließ mich so ruckartig los, dass ich einen Schritt zurückstolperte. »Doch Vincent kann dich als König opfern. Du hältst dich so weit wie möglich von Chesterfield fern! Und das ist mein letztes Wort dazu!«, sagte er hart, drehte sich ruckartig um und stürmte aus dem Saal.

Ungläubig starrte ich ihm nach. »Jackson! Warte!« Ich wollte ihm nachlaufen, als mich ein fester Griff an der Schulter zurückhielt.

»Lass ihm ein wenig Zeit.« Es war Hawk. Ruhig wie immer sah er mich an. Er lächelte nicht, doch seine Berührung war sanft. »Lass uns allen etwas Zeit, das hier zu verdauen. Ich kann immer noch nicht glauben, dass der Fluch lebendig sein soll.« Sein dunkler Blick richtete sich auf mich, während ein schuldbewusster Ausdruck durch seine Züge huschte. »Hasst du uns, Alice?«, fragte er ernst.

Ich stutzte angesichts des krassen Themenwechsels. »Nein. Warum sollte ich?«

Er seufzte tief. »Wegen der letzten Wochen. Als du zu uns gekommen bist. Wir waren zu Anfang nicht gerade freundlich zu dir. Du hättest jedes Recht, uns für das zu hassen, was wir getan haben.«

»Hawk«, sagte ich sanft, nahm seine Hand und drückte sie behutsam. »Niemand von euch wusste, wer ich war. Ich verstehe, warum ihr damals so gehandelt habt. Ich hasse euch nicht, ganz im Gegenteil, ich will euch helfen.«

Er lächelte schief, und ich sah die Müdigkeit in seinen Augen, jedoch mischte sich diesmal ein Funken Aufregung dazu. »Es ist gut, dass du wieder da bist, Alice. Ohne dich ist die Familie nicht komplett.« Er drückte meine Hand und verließ den Raum. Lautlos wie immer.

Isolde stellte sich neben mich. Sie roch nach süßem Kuchen und Waschmittel. Sie lächelte mich an. »Es tut mir sehr leid, wie Jackson reagiert hat. Du kennst ihn. Er ist … schwierig. Vor allem, wenn es um Chesterfield geht. Und um dich.«

»Ja, ich weiß. Ich verstehe ihn auch, und es bricht mir das Herz, ihn so zerrissen zu sehen«, antwortete ich leise und fuhr mir durchs Haar.

Ich musste dringend duschen. Die Strähnen fühlten sich fettig an, und an den Spitzen klebten noch Blut und Staub und Dinge, die ich gar nicht genauer wissen wollte. »Ich werde Jackson suchen und mich mit ihm aussprechen.«

Besorgt kniff Isolde die Augenbrauen zusammen. »Ihr tötet euch dabei aber nicht, oder?«

Ich zog eine unschuldige Miene und hob Zeigefinger und Daumen. »Höchstens so ein kleines bisschen.«

Sie seufzte und verdrehte die Augen. »Dann ist es ja gut. Falls was ist, mein Zimmer liegt genau neben dem von Jackson, ich höre euch also sehr genau.« Ihr Grinsen war irgendwie dreckig, als sie mir den Rücken tätschelte und davonging.

Das leise Murmeln der anderen Spieler zerstreute sich ebenfalls, bis ich allein im Saal zurückblieb. Seufzend machte ich mich auf den Weg in mein Zimmer und stolperte dabei über zwei Spieler: das Mädchen mit dem zahmen Frettchen und ein Jungen mit wilden, dunkelroten Haaren, die er sich mit einem schmalen schwarzen Haarreif aus dem Gesicht hielt. Die beiden tuschelten, hielten jedoch inne und starrten mich mit bohrenden Blicken an.

Verunsichert blieb ich stehen. »Ähm, hey«, sagte ich und wackelte mit den Fingern.

Das Frettchen keckerte in meine Richtung. Die zwei wechselten einen Blick. Das Mädchen packte das Frettchen, wahrscheinlich, um es daran zu hindern, von der Schulter zu hüpfen, und schüttelte unmerklich den Kopf. Der Junge schnaubte jedoch nur und kam auf mich zu.

»Hey«, gab er zurück und hielt mir höflich die Hand hin. Er lächelte. »Ich bin Fox, und das da …«, er deutete lässig auf das Mädchen hinter sich, »… ist Glory. Ich glaube, wir haben uns noch nie wirklich unterhalten.«

Als ich seine Hand schüttelte, kribbelte das Fluchmal an meinem Handgelenk. Seines musste wohl ebenfalls reagieren, denn er sah neugierig nach unten und hob dabei eine feuerrote Augenbraue.

»Du bist aktuell ein Turm? Wie cool! Seit Amber nicht mehr da ist, fehlt uns ein Späher an der westlichen Spielfeldgrenze.«

»Ja, klar«, sagte ich und musterte ihn intensiver. Auch wenn ich mich gerade zum ersten Mal mit Fox unterhielt, kam er mir doch bekannt vor. Es waren der Schwung seiner Augenbrauen, die gerade Nase und das Funkeln in den grauen Augen. »Sorry, wenn das komisch klingt, aber irgendetwas an dir kommt mir so bekannt vor«, sagte ich irritiert.

Fox grinste und zeigte dabei eine Reihe weißer Zähne. »Ich glaube, du kennst meinen Cousin.«

»Tue ich das?«

»Ja. Grave. Er ist ein Bauernspieler in Chesterfield.«

Verblüfft starrte ich ihn an. »Grave ist dein Cousin? Wie ist das möglich?«

Fox verzog das Gesicht. »Tja, die ewige Familientragödie. Unsere Vorfahren waren zwei Brüder, die als Stallburschen im jeweils anderen Anwesen gearbeitet haben. Seitdem geht in unserer Familie immer ein Spieler nach Chesterfield und einer nach St. Burrington.«

»Das … das ist ja grauenvoll«, sagte ich bestürzt.

Er zuckte mit den Schultern. »Wir versuchen uns möglichst aus dem Weg zu gehen, um den anderen nicht töten zu müssen. Am Ende dieses Spiels brauche ich ja wieder jemanden, der mit mir in die Karaokebar geht und BTS-Songs schmettert.« Er grinste breit, und in mir kam unweigerlich das Bild hoch, wie Grave mit seinem Cousin in einer Bar stand und koreanische Songs in ein Mikro brüllte.

Ich grinste und konnte die Neugierde, die in mir aufstieg, nicht verbergen. »Kannst du dann ebenfalls so schnell heilen wie dein Cousin?«, erkundigte ich mich.

Sein Gesichtsausdruck wirkte selbstgefällig, und plötzlich kam es mir so vor, als würde es wärmer werden. »Nein. Sagen wir mal so: Ich bin der kleine Pyromane der Familie.« Er hob die Hand, schnipste, und aus seiner Fingerspitze flackerte eine kleine hell zuckende Flamme. Als wäre sein Finger ein Feuerzeug. Ich glaube, mein Mund stand kurz offen.

»Fox, du quatschst wie immer zu viel«, warf das Mädchen ein.

Dass sie mich nicht leiden konnte, war zehn Kilometer gegen den Wind zu riechen.

Fox schnalzte mit der Zunge und verdrehte die Augen. »Und unsere Glory hier ist neben einer professionellen Meckertante eigentlich eine ziemlich coole Socke. Du solltest sie mal sehen, wie sie mit ein paar Häschen spricht oder mit unserem kleinen Pringles hier. Wenn die zwei sich anmeckern, ist das zu putzig.«

»Pringles wie die Chips?«, fragte ich nach und klappte dabei meinen Mund wieder zu.

Fox wackelte mit den Augenbrauen und machte kleine Bussi-Geräusche in Richtung des Nagers. »Ja. Wir haben ihn als Baby in einer weggeworfenen Pringlesdose im Wald gefunden. Nicht wahr? Haben wir das? Ja, das haben wir. Wer ist ein süßer, verfressener Kerl? Du bist das«, gurrte er und kraulte das Frettchen unter dem kleinen Kinn. Es gurrte zurück, ehe es sich in seinem Finger verbiss und ihn eifrig bearbeitete.

»Du kannst wirklich mit Tieren sprechen?«, fragte ich Glory fasziniert und hielt im nächsten Augenblick inne. »Hast du zufällig schon mal mit der weißen Katze aus Chesterfield gesprochen?«

Glory sah mich abschätzig an. »Ich rede nicht mit allem, was vier Beine hat.«

Ich runzelte die Stirn. Entweder log sie, obwohl sie nicht so wirkte, oder Curse hatte in ihrer Gegenwart einfach immer die Klappe gehalten.

»Okay, sorry …«, wandte ich ein und musste plötzlich lächeln, als Pringles in meine Richtung schnupperte und mich dabei aus großen, schwarzen Kulleraugen anblinzelte.

Am liebsten hätte ich Pringles gestreichelt. Er sah mit seinen zuckenden Öhrchen unglaublich flauschig aus, doch Glory sah nicht so aus, als würde sie zulassen, dass ich ihr Haustier streichelte. Prompt legte sie eine Hand über das Tier und drehte es von mir weg.

»Tu uns bitte einen Gefallen und geh wieder. Wir wollen nichts mit dir zu tun haben«, sagte sie eisig.

»Glory, sei nicht so giftig, das zerstört das Chi«, wandte Fox ein.

Glory schnaubte. »Als ob du wüsstest, was Chi ist.«

»Tee?«, riet er grübelnd.

Sie schnalzte mit der Zunge. »Das ist Chai. Sei nicht so nett zu Verrätern.« Sie warf mir einen finsteren Blick zu.

»Ich bin keine …«, setzte ich an.

»Komm!«, knurrte Glory, schnappte sich Fox' Hand und zog ihn weg.

»Sorry!«, rief Fox mir nach und winkte fröhlich. »Falls du mal was anzünden willst, also Geburtstagskerzen oder Exfreunde, dann melde dich bei mir. Ach, und falls du meinen Cousin sehen solltest, sag ihm liebe Grüße von mir, ja? Er soll auf sich aufpassen und das neue Musikvideo von TxT ansehen, den Move müssen wir unbedingt …« Der Rest des Satzes verklang, während Glory ihn hinter sich her nach oben schleifte.

Die Begegnung mit den beiden geisterte mir auch noch durch den Kopf, als ich in mein Zimmer ging und dort zuallererst eine heiße Dusche nahm. Ich drehte das Wasser so heiß auf, bis meine Haut krebsrot anlief, und schrubbte die letzten Tage von mir ab, gemeinsam mit all dem Dreck, den ich im See nicht ganz losgeworden war.

Fox und Grave waren also miteinander verwandt. Gab es vielleicht noch andere Verbindungen zwischen den Anwesen? Bisher hatte ich nur wenig Kontakt zu den Bauernspielern gehabt. Die meisten hielten sich eher im Hintergrund und waren nicht so aktiv am Spiel beteiligt wie die stärkeren Spieler wie die Türme oder die Läufer. Vielleicht war es an der Zeit, dass ich auf die Randspieler zuging und mehr über sie herausfand. Wie liebevoll Fox über Grave gesprochen hatte … Möglicherweise gab es doch noch Hoffnung, die beiden Spielfarben zur Zusammenarbeit zu bewegen.

In mir machte sich bei dem Gedanken dennoch ein ungutes Gefühl breit. Was würde ich alles dafür tun, wenn ich einfach den zweiten Slave gefunden hätte, einen netten John Doe aus Foxcroft, der vielleicht netterweise noch ein paar Superkräfte besessen hätte, mit denen wir den Fluch hätten ausschalten können. Doch der Slave war nicht John Doe, sondern ein sprechender Kater, ein alter Kerl aus dem 18. Jahrhundert, dessen Exfrau der Fluch selbst war und die ihn unter ihren verrückten Fittichen hatte. Der fiel also weg. Es blieb mir nichts anderes übrig, als verzweifelt auf Plan B zurückzugreifen. Oder C ... oder Z.

Ich seufzte. Vor allem musste ich die beiden Könige überzeugen zusammenzuarbeiten. Wenn sie den Befehl gaben, einen Waffenstillstand auszuhandeln, würden die anderen Spieler sich fügen, da war ich mir ziemlich sicher. Nur wie schaffte ich es, die beiden Sturköpfe zum Reden zu bringen, anstatt sich gegenseitig das Herz herauszureißen?

Grübelnd stieg ich aus der Dusche, schlüpfte in ein paar frische Klamotten und flocht mir die nassen Haare, während ich wieder in den verlassenen Flur hinaustrat. Die Lichter waren zwar an, doch die Nacht verschluckte gefühlt jedes Geräusch. Oder vielleicht ging ich auch nur leiser, weil ich ein Turmspieler war. Ich bog um die Ecke zu Jacksons Zimmer und knallte dabei in jemanden hinein.

»Oh, sor...«, setzte ich an, ehe ich von einem wütenden Blick erdolcht wurde.

Es war Glory. Klasse. Aber zumindest schien sich Pringles zu freuen, mich zu sehen. Er flitzte von ihrem Hals und rannte über den Teppich, ehe er flink über mein Bein auf meine Schulter kletterte.

»Hallo, kleiner Chipskrümel.«

Lächelnd kraulte ich sein winziges Köpfchen. Er schnupperte mich dabei wild ab und keckerte. Glory hatte ihr Handy in der Hand und senkte es, als sie Pringles strafend anfunkelte.

»Geh weg von ihr, Pring!«, sagte sie.

Das Frettchen keckerte.

»Es ist mir egal, ob sie gut riecht, komm her«, murrte sie, als eine verzerrte Stimme aus dem Lautsprecher sie unterbrach.

»Hallo?«

Etwas an der Stimme irritierte mich. Sie kam mir bekannt vor.

»Ich rufe zurück. Du kannst ihm aber sagen, dass ich die … ähm, *Schicht* um Mitternacht übernehme.«

Sie legte auf und hob eine Augenbraue. »Hat dir niemand beigebracht, dass Lauschen unhöflich ist?«, fragte sie und pflückte mir den vor Protest quietschenden Pringles von der Schulter.

Am liebsten hätte ich ihn ihr gleich wieder abgenommen. Stattdessen legte ich den Kopf schief. »Du magst mich nicht. Warum?«, fragte ich ruhig.

Glory blinzelte mich an, als hätte sie mit so viel Direktheit nicht gerechnet. Pringles gurrte und wedelte mit seinem Schwanz. Ich hätte zu gern gewusst, was er sagte. Glory warf ihm jedenfalls einen genervten Blick zu, ehe ein berechnender Ausdruck in ihre Augen trat.

»Pringles meint, ich soll ehrlich zu dir sein. Also bitte, du willst wissen, warum ich dich nicht mag? Page … du erinnerst dich sicher an sie, oder? Immerhin hast du sie umgebracht. Sie war meine beste Freundin. Wir sind zusammen hier in St. Burrington aufgewachsen«, sagte sie schließlich.

»Oh … das … tut mir leid«, murmelte ich betreten.

Sie presste ihre Lippen zusammen. »Wir hatten an dem Abend, als sie starb, zusammen Wachdienst. Wir hörten jemand nahe an unserer Spielfeldgrenze entlanglaufen. Pringles erschreckte sich und lief davon. Ich rannte ihm nach, darum zog Page auf eigene Faust los und folgte der Spur. *Deiner* Spur. Sie kam nicht mehr zurück. Ich fand sie am Morgen danach nur noch in Stücken am Boden liegen. Ich sammelte sie zusammen und brachte sie hierher zurück. Wie ein abstruses Geschenk habe ich ihre Überreste Hawk gebracht und musste zusehen, wie er heulend über ihren Bruchstücken zusammenbrach.«

Ihre Worte stockten. Zittrig holte sie Luft und schluckte. Pringles gurrte erneut leise und schleckte ihr über die Nase. Sie lächelte zittrig. »Schon gut, Kleiner. Du hattest recht, es tut gut, mir das von der Seele zu reden.«

Tief atmete sie durch und fixierte mich mit hartem Blick. Innerlich zuckte ich zusammen. Jedes ihrer Worte trieb einen Pfeil tiefer Schuldgefühle in mich hinein.

»Ich dachte die ganze Zeit, es wäre Vincent gewesen«, setzte sie fort. »Zumindest bis Jackson uns erzählt hat, dass du es warst. Hawk mag dir das vielleicht verzeihen. Er ist nun mal ein unverbesserlicher Gutmensch. Aber ich bin das nicht. Ich muss dir nicht verzeihen. Ich muss dich nicht mögen, und ich muss auch nicht zu den Waffen greifen, nur weil du uns alle in einen Kampf der Gerechtigkeit führen willst. Nein, danke. Meine beste Überlebenschance besteht darin, *dir* aus dem Weg zu gehen.«

Ihre Stimme blieb beinahe sachlich, während sich ihr Blick hingegen voller Verachtung in mich hineinbrannte. Ihre Worte bohrten in meinem Herzen herum und holten die tief vergrabenen Schuldgefühle wieder hoch.

»Ich kann nicht ungeschehen machen, was ich getan habe. Es tut mir unendlich leid, aber ich habe damals in Notwehr gehandelt, es blieb mir keine Wahl«, sagte ich leise.

»Du hattest die Wahl zu sterben, anstatt zu töten«, fauchte sie.

»Die haben hier alle, und ihr habt euch trotzdem gerade dafür entschieden, weiter gegen Chesterfield zu kämpfen.«

Sie starrte mich an. »Du gehörst nicht in diese Welt, Slave, und du wirst sie auch niemals verstehen. Wenn du an diesem Tag gestorben wärst, hättest du uns allen damit eine Menge Ärger erspart.«

Ich versuchte, unbeeindruckt auszusehen. So tough wie möglich zu wirken, doch ich sah die Abneigung in ihrem Blick, als sie sich ohne weitere Worte das Frettchen auf die Schulter setzte und an mir vorbeirauschte. Unsere Handgelenke streiften sich dabei kaum merklich, und mir wurde kalt. Schaudernd rieb ich mir den Arm.

Pringles hob indessen ein Pfötchen. Es sah aus, als wollte er mir zum Abschied winken. Ich winkte zurück und seufzte, während ich mir einen Ruck gab weiterzugehen. Ich musste mich konzentrieren. Die Aussprache mit Jackson würde mit ziemlicher Sicherheit so angenehm werden wie Zähne ziehen.

Ich wappnete mich innerlich dagegen, angebrüllt zu werden, und klopfte an die Tür.

KAPITEL 17

Nichts passierte. Als ich die Tür öffnete, fand ich nur ein leeres Zimmer vor.

»Ähm, hallo?«, sagte ich und steckte den Kopf tiefer in das Zimmer hinein.

Der gesamte Raum war schwarz gestrichen und danach mit Dutzenden Bandpostern und dazu Zeichnungen, Skizzen und Postkarten vollgeklebt worden. Bücher stapelten sich in allen Ecken, bildeten windschiefe Türme, auf denen die ein oder andere Müslischüssel stand oder die als Kleiderständer herhalten mussten. Am Boden lagen überall Klamotten verteilt, und in einer Ecke spielte ein alter Plattenspieler die Beatles. Die Schallplatte drehte sich, eine Lampe in der Form eines Totenschädels warf einen warmen gelben Lichtpegel auf den Boden, doch ansonsten war niemand da. Zumindest hatte es diesen Anschein, bis ich das offen stehende Fenster sah.

Vorsichtig stieg ich über das Durcheinander am Boden und lugte hinaus. Unter dem Fenster gab es einen Dachvorsprung. Der schwarze König lümmelte darauf. Ein Knie angezogen, das andere baumelte über den Vorsprung. Der Gestank nach Zigarettenqualm kam mir entgegen, und ich sah das rote Leuchten der Spitze, als er anzog. Es klang wie ein Windzug, als er den Qualm wieder ausstieß.

»Was machst du da unten?«, fragte ich leise.

Jackson wirkte nicht überrascht, mich zu sehen. Träge legte er den Kopf in den Nacken und starrte zu mir herauf. Seine Augen glänzten matt, während ihm das Haar wie Rabengefieder auf die Schultern fiel.

»Mich verstecken«, murmelte er.

»Wovor?«

»Vor dir.«

»Oh.«

Wir starrten uns an. Jackson hob erneut die Zigarette, zog daran und stieß seufzend die Luft aus.

»Isolde meinte, wenn ich dich mit so einem Ding erwische, soll ich es dir in den Hintern rammen«, ließ ich ihn wissen.

Er schnaubte. »Ich habe nie verstanden, warum sie deswegen so einen Aufstand macht. Die Wahrscheinlichkeit, dass ich nicht einmal zwanzig werde, ist ziemlich groß. Umbringen werden mich aber sicher nicht die Zigaretten.«

»Nein, sondern Isolde, wenn sie dich beim Rauchen erwischt.«

Seine Mundwinkel kräuselten sich.

»Wenn du willst, schweige ich«, bot ich an.

Laszív hob sich eine seiner geschwungenen Augenbrauen. »Und was verlangst du für dein großzügiges Schweigen, Chérie?«, fragte er spöttisch.

»Ein Plätzchen neben dir.«

»Willst du dich auch verstecken?«

»Hmm … Ja, ich denke, schon.«

»Wovor?«

»Vor mir selbst«, sagte ich.

Jacksons Mundwinkel zuckte nun deutlicher. Er rückte zur Seite.

Ich schwang mich über das Fensterbrett, holte tief Luft und sprang. Ein kurzer Luftzug riss an meinen Klamotten, ehe ich auf dem Dachvorsprung aufkam. Hier kamen mir eindeutig die Katzeninstinkte zugute, denn ohne sie wäre ich wahrscheinlich mit großem Schwung vom Dach gekracht. So ruderte ich nur kurz mit den Armen, fand das Gleichgewicht wieder und balancierte auf den Schindeln zu Jackson hinüber. Lautlos setzte ich mich neben ihn und ließ die Beine baumeln.

Es musste knapp vor Mitternacht sein. Der Mond stand am Himmel und schien auf uns herab. Keine einzige Wolke war zu sehen. Jackson schwieg. Er drückte nur den Stummel am Dach aus und holte sich die nächste aus der Tasche. Er zündete sie jedoch nicht an, sondern spielte nur damit herum, während der Wind in seinen Haaren spielte, als würden Finger hindurchfahren. Ich wollte, dass es meine Finger waren.

»Weißt du, was ich mich die ganze Zeit frage?«, murmelte er schließlich.

Ich wandte ihm den Kopf zu.

»Warum hast du mir nicht gesagt, dass du vorhast, den zweiten Slave zu suchen? Warum hast du mir stattdessen das mit Page erzählt? Warum hast du mich glauben lassen, dass du uns im Stich lässt?«

»Weil du mich nicht hättest gehen lassen«, flüsterte ich und fuhr mit den Fingern an der Dachkante entlang.

»Hast du so wenig Vertrauen in mich, dass du dachtest, lügen sei besser, als die Wahrheit zu sagen?«, kam die nächste Frage. Seine Stimme klang gepresst, als ringe ihm jedes Wort eine ungeheure Kraft ab.

Ich schluckte. »Gute Lügen sind manchmal leichter zu glauben als die Wahrheit«, murmelte ich.

»Ich ziehe die Wahrheit immer einer Lüge vor, so belanglos und grausam sie auch sein mag«, korrigierte mich Jackson. Er klang wütend, spuckte die Worte förmlich aus.

»Glaubst du mir denn jetzt? Vorhin klang es irgendwie nicht danach«, fragte ich.

Sein Kinn verkrampfte sich. Tief atmete er durch. »Darum geht es nicht, Chérie. Im Augenblick weiß ich gar nichts, außer dass ich scheißglücklich bin, dass du wieder hier bist. Bei mir. Und ich hasse mich selbst dafür, wie unfähig ich in den letzten Tagen war«, sagte er schlicht.

Mein Herz machte einen Satz, ehe ich bei seinen nächsten Worten die Finger in meinen Rock vergrub.

»Aber das macht nicht ungeschehen, was du getan hast«, fuhr er fort.

Mein Herz pochte. »Du meinst, dass ich das Spielfeld verlassen habe?«

Wir starrten uns an. Ein Windzug trug eine halb getrocknete Haarsträhne an meinem Gesicht vorbei. Jackson griff danach und streichelte sanft darüber.

»Nein, dass du mich zerbrochen hast, Alice Salt. War es das wert, wegzulaufen?«, antwortete er.

Er ließ mich los. Die einzelnen Härchen tanzten wieder im Luftzug. Mein Herzschlag stolperte über sich selbst. Jackson seufzte und rieb sich den Nacken.

Ich musterte ihn und schob meine Finger vorsichtig auf seine zu. Langsam, ganz langsam. Ich erwartete, dass er seine Hand zurückzog. Doch er ließ sie liegen, und als sich unsere Fingerspitzen berührten, rieselte eine Gänsehaut über meinen Rücken. Auf Jacksons Unterarm breitete sich ebenfalls eine aus.

Langsam sah ich auf. Wieder fielen mir die Haare ins Gesicht und ich spürte Jacksons Hand sanft an meiner Wange, als er sie hinter mein Ohr strich.

»Ich habe jeden Tag von dir geträumt, Chérie. Ich dachte, ich werde wahnsinnig. Ich war so wütend und hatte gleichzeitig solche Angst um dich.« Sein Daumen strich über mein Gesicht und blieb an meinem Mundwinkel liegen.

»Und du hast mich selbst bis in meine verfluchten Träume verfolgt, Jackson St. Burrington. Seit ich dich kennengelernt habe, bist du wie ein Schatten, der auf mir liegt«, erwiderte ich und wusste selbst nicht, ob ich es positiv oder negativ meinte. Vielleicht beides.

»War ich gut zu dir? Im Traum?«, fragte er mit rauer Stimme. »Du meintest, ich wäre wie ein normaler Highschoolschüler gewesen. Wie … wie war ich?«

Ich schnaubte. »Du warst ein Idiot. Engstirnig, jähzornig und hast mich zur Weißglut getrieben, also alles, was du jetzt auch bist.«

Er versteifte sich unmerklich, doch ich lächelte zu ihm auf. »Aber gleichzeitig bist du auch stark, mutig und loyal, und du besitzt mehr Courage und Hingabe im kleinen Finger, als manche im ganzen Leib haben. Ich bewundere das sehr an dir, Jackson. Du bist anders, und das meine ich nur im positiven Sinne. Du holst gleichzeitig das Schlechteste und das Beste aus mir heraus.«

Das Letzte flüsterte ich nur noch, und ich merkte erst jetzt, wie schnell mein Herz pochte. Ich traute mich kaum, ihm in die Augen zu sehen.

Jackson schwieg. Sein Blick blieb auf meinen Lippen liegen, ehe er flüsterte: »Sag mir, hast du jemals wieder darüber nachgedacht?«

»Worüber?«

»Über unseren Kuss. Oder hast du ihn wirklich vergessen?« In seinen Augen schimmerte die Dunkelheit, während er mit dem Daumen meine Unterlippe entlangstrich, ehe er die Hand verunsichert wieder senkte.

»Möchtest du das denn?«, fragte ich leise und fing seine Hand ab, bevor er sie zurückziehen konnte. »Oder möchtest du, dass ich mich an den Kuss erinnere? Manchmal bin ich mir nicht sicher, ob du mich nicht hasst.«

»Oh, ich hasse dich, Chérie, aus so vielen Gründen, aber gleichzeitig ...« Er unterbrach sich und schluckte. »Ich bin nicht so ein Gefühlsidiot, weiterhin so zu tun, als würde ich nichts für dich empfinden, Alice. Allerdings hätte ich mir die Sache mit der Liebe nie so schmerzhaft vorgestellt.«

»Lieb...« Ich verschluckte mich an dem Wort so sehr, dass ich mich keuchend vornüberbeugte.

Erschrocken sah mich Jackson an. »Alles in Ordnung?«

Ich öffnete den Mund, hustete, nickte und schüttelte gleichzeitig den Kopf.

Jacksons Mundwinkel zuckten, während er mir auf den Rücken klopfte. Der Stoß kam so unerwartet, dass ich beinahe vom Dach fiel. Erschrocken griff ich nach Jacksons Arm und klammerte mich an ihm fest. Wir waren uns so nahe, dass ich seinen warmen Atem fühlen konnte. Mein Herz klopfte gegen seines. Aber zumindest war ich nicht mehr kurz vor dem Ersticken.

»Du liebst mich?«

»Ja … Nein … Vielleicht … Alles dazwischen«, antwortete er stockend.

Behutsam hob er mich vom Abgrund fort, doch anstatt mich wieder neben sich zu setzen, ließ er mich auf seinen Schoß gleiten, und unsere Körper flossen ineinander.

»Jackson …«, setzte ich mit rasendem Puls an.

Er unterbrach mich, indem er den Kopf senkte und mich küsste. Er legte einfach seine Lippen auf meine und tat es. Seine große Hand flocht sich in die Haare an meinem Hinterkopf und hielt mich fest, während sich seine Muskeln anspannten … und meine weich wurden. Meine Wimpern senkten sich flatternd, als er den Kuss beendete.

»Jackson …«, setzte ich an, doch er unterbrach mich, indem er mich an sich drückte, sein Gesicht in mein Haar vergrub und tief einatmete.

»Du musst mir keine Antwort darauf geben, Chérie. Ich bitte dich sogar, es nicht zu tun. Einen König zu lieben, hat noch niemandem Glück gebracht. Ich kann dir nicht einmal eine glückliche Zukunft schenken, denn ich habe keine.« Seine Finger fuhren unendlich sanft den Schwung meiner Unterlippe nach. Ein sehnsüchtiger Ausdruck lag in seinem Blick.

»Du willst wirklich keine Antwort von mir?«, fragte ich und lehnte meine Stirn gegen seine.

Er schluckte. »Egal wie deine Antwort jetzt eventuell ausfallen würde, weiß ich, dass du mich am Ende dieses Spiels ohnehin hassen wirst. Somit erspare ich dir ein gebrochenes Herz. Es genügt, dass meines schon in Scherben zu deinen Füßen liegt.« Er lächelte schal. Selbsthass schwang in seiner Stimme mit.

Ich rückte ein Stück von ihm ab und musterte ihn. »Wie meinst du das?«

Er seufzte und fuhr sich übers Kinn. Ich konnte Stoppeln kratzen hören. »Ich bin der König des schwarzen Spielfelds, Alice. Das Überleben meiner Spieler steht in meinem Leben an erster Stelle, das Töten des weißen Königs an zweiter. Ich werde alles tun, was nötig ist, um diese zwei Dinge auch in die Tat umzusetzen. Meine Gefühle spielen dabei keinerlei Rolle. Das dürfen sie gar nicht. Wenn sie mir in die Quere kämen, würde ich meine Entscheidungen niemals so fällen, wie sie notwendig sind. Erinnere dich, wie du mich verabscheut hast, als du herausgefunden hast, dass ich die Unterlagen manipuliert habe, sodass du am Ende in Chesterfield gelandet bist. Mein ganzes Leben, jede meiner Entscheidungen, ist ein einziger Schachzug, und das kann und werde ich nicht ändern.« Seine Hände krampften sich um meine Hüfte.

»Ist dieses Liebesgeständnis gerade auch nur ein Schachzug?«, wandte ich sanft ein und wagte es, ihm eine Haarsträhne hinters Ohr zu streichen.

Er bebte unter meiner Berührung. »Vielleicht? Wer weiß. Fakt ist, du hast mich zu Anfang des Spiels gehasst, und das völlig zu recht.« Hilflos sah er zu mir auf. »Wenn es darauf ankommt, werde ich noch viel Schlimmeres tun müssen, als ich bereits getan habe, völlig gleichgültig meinen oder auch deinen Gefühlen gegenüber. Du wirst mich am Ende dieses Spiels hassen.«

In seinem Blick lag so viel, was er sonst vor mir verbarg. Ich sah blanke Scham, schmerzende Verzweiflung, heiße Sehnsucht und harte Entschlossenheit. Er glaubte wirklich, was er da sagte. Jedes einzelne Wort. Und er hasste sich dafür.

Meine Schultern sanken langsam herab. »Du wirst mit Vincent keinen Waffenstillstand schließen und mit ihm gegen den Fluch kämpfen?«, fragte ich.

Er schüttelte den Kopf. »Die einzige Möglichkeit ist, dass ich …«

Meine Hand schnellte so blitzartig vor, dass ich selbst überrascht war, als ich Jackson am Kragen packte und zu mir herabzog. »Du wirst dich nicht opfern!«, knurrte ich ihn an und hatte wieder das Gefühl, als würde das Tier in mir knurren. Für einen kurzen Augenblick wurden meine Nägel so scharf, dass ich kleine Löcher in den Stoff seines Shirts riss.

Jackson sah mich mit einem traurigen Blick an. »Ich bin der König, am Ende muss ich das tun, was für meine Spieler am besten ist.«

»Du wirst dich nicht opfern«, wiederholte ich gepresst. »Niemand will das. Und ich bin mir sicher, dass ihr diese Option bereits vor dem Spiel besprochen und euch aus guten Gründen dagegen entschieden habt. Wenn du dich also töten lässt, dann springe ich dir ins Grab nach und werde dir den Hals umdrehen! Das schwöre ich.«

Jacks Mundwinkel zuckte. Vorsichtig löste er meine Hand. Beruhigend strich er mit dem Daumen über meinen Handrücken. Die Berührung von so wenig Haut reichte aus, um auf meinem ganzen Körper eine Gänsehaut auszulösen. Jackson legte meine Hand zurück, und eine Haarsträhne fiel ihm in die Stirn. Er sah müde aus.

»Wie du meinst, Chérie. Aber dann muss ich Vincent töten. Das ist die einzige Möglichkeit, dieses Spiel so schnell wie möglich zu beenden. Es tut mir leid, Alice.«

Ich öffnete den Mund, als plötzlich ein schriller Schrei die Nachtstille zerriss. Unsere Köpfe fuhren herum, während aus dem Wald vor uns ein aufgebrachter Vogelschwarm aufstob und laut krächzend fortflog.

»Was ist los?«, fragte ich erschrocken und rappelte mich mit steifen Beinen auf.

Jackson schwang sich ebenfalls auf und starrte über die dichte Baumfläche hinweg. Seine Hände ballten sich langsam zu Fäusten. »Drei weiße Spieler haben soeben die Grenze zum schwarzen Spielfeld übertreten.«

»Wer hat da geschrien?«, fragte ich.

»Feather«, sagte er alarmiert. »Warum hält sie allein Wache? Warum fühle ich keinen zweiten schwarzen Spieler mit ihr dort draußen?«

»Wer sollte denn Feather begleiten?«

Er verengte besorgt die Augen. Ein Muskel an seinem Kinn zuckte. »Glory. Etwas stimmt da nicht. Warte hier auf mich. Wenn ich in zehn Minuten nicht wieder zurück bin, hol Bastion und schick ihn zu mir in den Wald«, befahl er mir.

»Moment, was …?«, fragte ich, doch Jackson spannte nur die Muskeln an und rannte los.

Entsetzt schrie ich auf, als er im nächsten Augenblick vom Dach sprang. Ich stürzte an den Rand. Die Ziegel knirschten unter meinen Füßen, und als ich mich abstützte, schnitten ein paar Bruchziegel in meine Handfläche.

»Jackson?« Gut fünf Meter weiter unten rollte der sich soeben geschmeidig im Gras ab und kam wieder auf die Füße. »Was machst du?«, rief ich ihm bestürzt zu.

»Meine Familie beschützen«, rief er zurück und rannte in Richtung des dunklen Walds.

Ich fluchte und sah mich nach links und rechts um. Der Weg zurück durch Jacksons Zimmer würde viel zu lang dauern, aber ihm einfach hinterherspringen konnte ich aus dieser Höhe auch nicht.

»Ganz großartig, renn einfach drauf los! Da kann ja gar nichts dabei schiefgehen«, knurrte ich und konzentrierte mich.

Ruckartig stellte die Raubkatze in mir die Ohren auf. Tief atmete ich durch. Das Zeichen an meiner Hand kribbelte, als ich das Biest sprichwörtlich von der Leine ließ. Es war nicht so heftig wie beim ersten Mal, und dennoch raubte mir der Schmerz der Verwandlung den Atem. Ich krümmte mich, fühlte, wie meine Knochen gleichzeitig brachen und sich wieder zusammensetzten. Der schiere Schmerz ließ mich den Kopf in den Nacken werfen, während sich ein Brüllen aus meiner Kehle löste. Meine Stimme hallte im dunklen Wald wider. Fell spross aus meiner Haut, und im nächsten Augenblick zerfetzten Krallen die Ziegel unter mir. Es knackte ein letztes Mal, und ich stand wieder auf vier Pfoten.

Mein Blick schoss durch den Wald, und meine Schnurrbarthaare zuckten, als ich Jacksons Witterung aufnahm. Genauso wie die von anderen Spielern. Sie rochen seltsam. Irgendwie kalt und frisch wie Schnee. Grollend spannte ich die Muskeln an und sprang vom Dach. Mitten in der Luft drehte ich mich einmal um mich selbst, ehe ich geschmeidig auf den Pfoten landete. Na also, ging doch!

Ein weiterer Schrei zerriss die Nacht. Meine Ohren zuckten und versuchten, die genaue Richtung auszumachen. Gerade als ich losrennen wollte, hörte ich Schritte näher kommen. Bastion kam aus dem Anwesen gelaufen, neben ihm Hawk, der sich noch sichtlich verschlafen die Augen rieb. Hinter ihnen folgten Isolde und Fox.

»Was ist los, Alice?«, fragte mich Bastion, der angespannt zum Stehen kam.

Ich fauchte und starrte in den Wald hinein.

Bastion schien mich jedoch zu verstehen. »Weiße Spieler?«, fragte er bellend.

Ich nickte.

»Ist Jack bereits im Wald?«

Wieder nickte ich.

»Alles klar. Wir helfen ihm und stöbern sie im Wald auf. Hawk, du überwachst die Grenze und behältst im Auge, wie viele noch durchzukommen versuchen. Schieß jeden ab, der sich der Grenze auf zehn Fuß nähert.«

Hawk nickte und schulterte seine Langschusswaffe.

Bastion instruierte indessen weiter. »Issy und Fox, ihr haltet am Waldrand Stellung, falls es brenzlig wird. Achtet auf mein Heulen, dann brauchen wir euch.«

Auch sie nickten, ohne Einwände zu erheben.

Verblüfft starrte ich zu dem Turmspieler, der mich kurz angrinste.

»Was ist? Nicht nur Jackson kann Befehle geben.«

Damit platzte Fell aus seiner Haut, und ich sah einen kurzen Augenblick den Nachhall desselben Schmerzes, der auch in mir gewütet hatte. Allerdings passierte die gesamte Verwandlung bei Bastion wesentlich schneller. Ein Blinzeln nur, und ein großer schwarzer Wolf stand neben mir und hob knurrend die Lefzen.

Pffft. Angeber. Ich schlug mit dem Schwanz aus und rannte los. Bastion knapp neben mir.

Aus dem Augenwinkel sah ich, wie Hawk sich ins Geäst einer

großen Eiche schwang und federleicht wie ein Windzug im Wald verschwand. Wir folgten ihm. Die dichte Krone des Blätterwerks schloss sich über uns. Es verschluckte uns wie ein hungriges Maul, während hüfthoher Farn gegen unsere Körper schlug. Meine Pfoten trommelten auf der nackten Erde. Meine Sinne liefen auf Hochtouren. Kaum merklich hörte ich dabei Hawks Schritte über uns im Geäst. Ein Herzschlag. Mit Bastion neben mir waren es zwei, und einen dritten hörte ich knapp vor uns im Unterholz.

Ich drosselte meine Schritte, schmiegte mich an einen Baum und verschmolz mit dessen Schatten und stellte die Ohren auf. Eine Gestalt bewegte sich flink durch den Wald. Ein warmer, wilder, würziger Geruch. Jackson. Obwohl ich leise war, blieb der schwarze König ruckartig stehen.

»Was machst du hier, Alice?«, zischte er, ohne auch nur hinzusehen.

Ich stellte mich neben ihn und grummelte.

Jackson seufzte. »An dem Tag, an dem du einmal tust, was ich sage, kann ich friedlich sterben.«

Ich wollte ihn gerade weiter angrummeln, als wir ein Rascheln im Unterholz hörten. Ruckartig stellte ich die Ohren auf. Jackson verengte die Augen, bückte sich und legte eine Handfläche auf die Erde.

Schatten umtanzten ihn. Ein Windzug riss an sein Haaren, und es schien beinahe, als würde ihm die Dunkelheit etwas einflüstern. Jacksons Augen waren schwarz wie Kohlen, als er mich ansah.

»Ein weißer Spieler, ganz in der Nähe. Die anderen zwei kann ich jedoch nicht mehr fühlen. Sie müssen auf ihre Spielfeldseite zurückgekehrt sein«, berichtete er, während er sich ruckartig aufrichtete und weiterging.

Ich folgte ihm auf dem Fuße. Mein Blick schoss durchs Unterholz. Mir wurde vor Aufregung ganz heiß. Meine Muskeln schwollen an, spannten sich, und meine Ohren zuckten erneut, als ich ihn hörte: einen fremden Herzschlag. Schnell wie ein Vogel. Die Person hatte Angst. Ihr Geruch hingegen war kalt wie Eis.

»Bleib …«, setzte Jackson an, doch da sprang ich bereits mit einem gewaltigen Satz hinter einer Böschung hervor.

Eine schmale Person tauchte vor mir auf. Ich sprang ihr direkt an die Brust. Die Wucht ließ sie stürzen, während ich sie fauchend und zähnefletschend zu Boden drückte.

»Halt, ich ergebe mich! Ich ergebe mich!«, rief die Person.

Ich erstarrte irritiert. War das …?

»Jetzt bin ich doch überrascht. Was hat ausgerechnet die weiße Königin hier draußen bei uns bösen schwarzen Buben zu suchen?«, fragte Jackson, der sich aus der Nacht schälte, spöttisch.

Heftig atmend lag Regina am Boden. Ihre weiße Schuluniform war völlig verdreckt, und ein wenig Laub hing in ihrem langen Haar. Sie hatte die Hände unschuldig erhoben. Ihr Blick schnellte zwischen mir und Jackson hin und her, bis er schließlich auf mir zu liegen kam. Ihre dichten Wimpern senkten sich, während sich ihre Mundwinkel abfällig verzogen.

»Vincent ist aufgewacht, und wie es aussieht, hat er wohl doch keine Wahnvorstellungen, wie wir gedacht haben. Du bist also wirklich zurück, Alice. Netter Pelz, hast du den vom Wühltisch?«, fragte sie geringschätzig.

Misstrauisch starrte ich die weiße Königin an. Wieso erkannte

Regina mich sofort? Selbst Jackson hatte ein paar Minuten gebraucht, um eins und eins zusammenzuzählen. Hier stimmte etwas nicht, und was auch immer es war, es ließ mein Fell nervös jucken.

Ich fauchte, und auch wenn sie ganz offensichtlich versuchte, unbeeindruckt zu wirken, zuckte sie dennoch zusammen. Im selben Augenblick knackte es erneut laut im Unterholz.

Ich hob angriffsbereit den Kopf, doch es war nur Bastion, der zusammen mit Glory und Feather aus dem Wald hervorbrach. Bastion hechelte, als hätte er eine Hetzjagd hinter sich.

»Geht es euch gut?«, fragte Jackson sofort.

Die Mädchen nickten. »Ja, es waren die Zwillinge. Sie haben auf uns geschossen, aber es waren nur Paintballkugeln«, sagte Feather. Sie klang verwirrt und rieb sich einen neongrünen Farbklecks an der Schulter.

Jackson runzelte die Stirn, ehe er scharf auf Regina herabsah. »Was soll das? Was willst du hier, Regina?«, fragte er und schaffte es, gleichzeitig drohend und gelangweilt zu klingen.

Regina verzog das Gesicht. »Ich bin nicht hier, um …« Sie zögerte und schien etwas im Kopf zu korrigieren, ehe sie erneut ansetzte. »Ich bin hier, um im Namen von Vincent, dem König des weißen Spielfelds, einen Waffenstillstand mit St. Burrington zu erbitten.«

Alle Anwesenden erstarrten. Selbst im Wald war es totenstill.

»Wie bitte?«, fragte Jackson träge, der sich neben mich stellte. Er schnalzte mit der Zunge.

Ich verstand und rückte von der weißen Königin ab. Die richtete sich langsam auf und klopfte sich sichtlich gereizt etwas Schmutz vom weißen Rock. Ihr Blick richtete sich auf uns, während sie sich räusperte und fortfuhr: »Du hast mich schon verstanden, Black Jack. Wir wollen einen Waffenstillstand aushandeln.«

»Zu welchem Zweck?«, fragte Jackson so misstrauisch, wie ich mich fühlte. Doch ich spürte seine Anspannung. Ein Muskel an seinem Hals trat kaum merklich hervor.

Regina zögerte. Es wirkte, als könnte sie selbst nicht fassen, was sie da gesagt hatte. »Vincent ist vor ein paar Stunden aufgewacht. Doch er ist … Er benimmt sich seltsam«, meinte Regina und sah mit glänzenden Augen zu uns auf.

»Inwiefern seltsam?«, bohrte Jack nach, und ich glaubte Isolde ein Geht-noch-seltsamer-überhaupt? murmeln zu hören.

Regina straffte die Schultern. Das helle Haar wogte in einer Windbö sanft um ihre Gestalt. »Nun, obwohl er die ganze Zeit im Koma gelegen hat, besteht er darauf, dem Fluch persönlich begegnet zu sein … und ihr.« Reginas Blick fiel auf mich, und als sich eine Wolke über den Mond schob, tanzten auch die Schatten in Reginas Augen. »Er behauptet, dass der Fluch menschlich sei und wir die Lage neu besprechen sollten. Er möchte ein Treffen mit euch, und aus diesem Grund bietet er euch einen Waffenstillstand an.«

Ihr war anzusehen, wie wenig sie von dem Vorschlag hielt. Und in meiner Verwirrung und dem natürlichen Misstrauen begann sich, eine kribbelnde Unruhe in mir auszubreiten. Vincent und ich hatten also wirklich denselben Traum erlebt. Und wenn er gesehen hatte, was ich gesehen hatte, dann musste ihm klar geworden sein, dass wir etwas tun mussten. Gegen den Fluch. Derselbe Traum, dieselbe Idee. War das noch Zufall? Was auch immer mich mit Vincent Chesterfield verband, bereitete mir eine Gänsehaut. Ich schauderte und bemerkte Jacksons Blick, der mich streifte. Sah ich da … Eifersucht in seinen Augen aufblitzen?

Ich wandte den Kopf, doch der schwarze König hatte sich bereits wieder der weißen Königin zugewandt. Sein Schatten umhüllte ihn wie ein Mantel und streckte sich quer über den Waldboden.

Regina neigte den Kopf. »Es handelt sich erst einmal nur um ein Treffen. Niemand wird zu etwas verpflichtet, aber der Fluch fühlt sich hoffentlich nicht getriggert einzugreifen.« Ihr Blick verdunkelte sich.

Jackson bemühte sich sichtlich, ruhig zu bleiben, dennoch fuhr er sich einmal heftig durch die Haare. Seine Stimme war hart, als er schließlich antwortete: »Das ist eine Falle. Vincent plant etwas.«

Regina schnaubte. »Vincent plant immer etwas. Aber wenn du willst, treffen wir uns zu eurer Spielzeit. Dann können wir ohnehin nichts tun.«

»Hm …«, brummte Jackson und klang beinahe belustigt.

Sein Blick schnellte zu mir. Ich war wohl noch überraschter als er. Neben tiefem Misstrauen schwang jedoch auch ein Fünkchen Hoffnung mit. Zumindest bis ich mich selbst erinnerte, was Jacksons Antwort sein würde. Resigniert legte ich die Ohren an.

»In Ordnung«, sagte Jackson jedoch zu meiner Überraschung. Meine Ohren schnellten ungläubig wieder nach oben. »Sag Vincent, wir treffen uns morgen um Mitternacht an der Spielfeldgrenze. Aber wenn er glaubt, uns verarschen zu können, ramme ich ihm meine blanke Faust in die Brust und zerquetsche sein mickriges kleines Herz«, sagte er mit einer solchen Ruhe, dass es beinahe schon freundlich wirkte.

Regina zuckte nicht einmal mit der Wimper. »Wir werden da

sein. Unbewaffnet«, versprach sie, drehte sich um und verschwand zurück im Wald.

»Wuff?«, bellte Bastion neben mir verwirrt.

»Er sagt: Ja, tritt mich ein Pferd, was war das gerade?«, übersetzte Glory. Stimmt, sie konnte uns ja verstehen.

»Ich weiß es nicht«, sagte Jackson skeptisch. »Aber die Sache stinkt zum Himmel. Jedenfalls wissen wir jetzt, dass auch Vincent zurück im Spiel ist. Was auch immer er sich gerade in seinem kranken Hirn zusammenspinnt.«

Aufgrund seiner harten Worte zuckte ich zusammen. Irgendwie fühlte ich mich ebenfalls angesprochen. Denn ich wusste ganz genau, was sich in dem *kranken Hirn* des weißen Königs abgespielt hatte. Ich war dabei gewesen. Live und in Farbe. Aber vielleicht war das der springende Punkt. Vincent war dabei gewesen und hatte den nackten, reinen Wahnsinn des Fluchs genau zu spüren bekommen. Jackson nicht. Vielleicht verstand er deswegen nicht, wie der weiße König ernsthaft mit so einem Angebot auf ihn zukommen konnte.

Bastion bellte zustimmend, und Jackson gab ihm die Anweisung, die restliche Nacht zusammen mit Hawk Wache zu halten. Ich hatte Hawk beinahe vergessen, doch er musste alles von oben belauscht haben, denn ich hörte ihn im Geäst über uns rascheln.

»Kommt, es war eine lange Nacht«, seufzte Jackson.

Ich trottete ihm nach.

Die meisten im Anwesen schienen zu schlafen. Isolde hielt jedoch Wache und stürzte auf uns zu. Während Jackson sie auf den neuesten Stand brachte, huschte ich in das Anwesen. Ich fühlte mich plötzlich hunde… äh, katzenmüde. Als wäre jede Energie aus meinem Körper gewichen. Eigentlich sollte ich mich noch zurückverwandeln, doch der Gedanke an die damit verbundenen Schmerzen ließ mich das Ganze lieber auf morgen verschieben.

Mit dem Kopf drückte ich die Tür zu meinem Zimmer auf und sprang auf mein Bett, das unter dem schweren Panthergewicht nachgab. Ich drehte mich ein paarmal um mich selbst und rollte mich schließlich gähnend zusammen. Noch ehe ich den Schwanz um mich legen konnte, ging die Tür wieder auf. Ich blickte auf und sah Jackson ins Zimmer schlüpfen. Unsere Blicke verhakten sich ineinander, während er ohne ein Wort seine Schuhe abstreifte und zu mir ins Bett kletterte. Irritiert legte ich die Ohren an.

»Nur heute Nacht. Ich muss wissen, dass du in Sicherheit und bei mir bist, sonst bekomme ich kein Auge zu«, flüsterte Jackson und vergrub seine Hände in meinem Fell.

Starr lag ich im Bett und traute mich kaum zu bewegen. Oh. Mein. Gott! Jackson St. Burrington lag mit mir im Bett. Und ich war eine Scheißkatze!

Vorsichtig neigte ich den Kopf und betrachtete ihn. Er hatte bereits die Augen geschlossen. Dunkle Ringe, die beinahe wie Hämatome aussahen, lagen darunter. Jacksons Atem ging bereits tief und ruhig. Der schwarze König schlief.

Behutsam rollte ich meinen Schwanz um ihn herum, kuschelte mich fester an seinen warmen Körper und schloss ebenfalls die Augen.

Kapitel 18

Der heiße Atem kondensierte in der kalten Luft. Das angestrengte Schnaufen wurde begleitet vom Heben und Senken der Flanken. Ein Zweig schlug gegen das Bündel in meinen Armen, das ein Winseln von sich gab.

»Schhht, alles wird gut, alles wird gut«, murmelte ich und drückte das Bündel fester an meine Brust, während ich dem Pferd meine Fersen tiefer in die Flanken grub und es quer durchs Unterholz jagte.

Jede Meile, die mich weiter weg von Madelyn trug, fühlte sich an, als würde mein Herz zersplittern und in Scherben zu Boden fallen. Dennoch ritt ich nicht zurück. Noch nicht. Zuerst musste ich das Wichtigste, was uns noch geblieben war, in Sicherheit bringen. Vor meinem Bruder, vor diesem Wald, vor uns selbst. Ich wusste, Madelyn wollte uns beide in Sicherheit wissen, doch nichts würde mich dazu bringen, die Liebe meines Lebens allein in dieser Hölle zurückzulassen. Selbst wenn sie mich dafür hassen sollte. Ich würde sie retten. Und wenn es mich das Leben kostete.

Das Baby in meinen Armen schrie leise auf. Seine Stimme klang genauso verzweifelt und schmerzerfüllt, wie ich mich fühlte. Ein winziges Fäustchen reckte sich aus der Decke. Es war stockdunkel, die Bäume nur wie verzogene Schemen zu erahnen. Falls das Pferd jetzt stolperte und fiel, würde uns mein Bruder oder einer der Hausangestellten mit gebrochenem Genick und verrenkten Gliedern wiederfinden.

Für eine schwache Sekunde überlegte ich, ob dieses Schicksal nicht gnädiger war als das, dem wir gegenüberstanden. Noch immer glaubte ich, die Schreie der Menschen zu hören. Sah ihre schmerzverzerrten Gesichter, das Blut, die Zeichen auf den Händen.

Verflucht.

Wir waren alle verflucht.

Das Baby schrie bitterlich. Es war viel zu kalt. Noch ein bisschen länger, und die Schreie würden versiegen. Am Ende starb das Kind noch in meinen Armen. Ich biss die Zähne zusammen und trieb das Pferd schneller an. Es wieherte aufgebracht. Der Wind peitsche eisig um mein Gesicht. Erde spritzte nach allen Seiten auf, als der Rappe über einen umgestürzten Baumstamm sprang.

Rehwild stob erschrocken auf. Flüchtete vor uns in die Tiefe des Walds. Ich war mir sicher, es konnte das Blut riechen, das an mir klebte. Die Wunde an meinem Bauch war nur notdürftig geflickt. Ich spürte heiße Flüssigkeit, die mir langsam das Hemd durchnässte.

Das Pferd schnaubte und schnaufte, als wir mit lautem Krachen aus dem Unterholz hervorbrachen. Wir hatten den Wald verlassen, und vor uns lag die Mauer. Der Treffpunkt. Mein Herz pochte so stark, dass ich es an der Wunde fühlen konnte. Ich riss stark an den Zügeln. Das Pferd stieg mit einem Wiehern. Das Baby schrie lauter. Beinahe war ich erleichtert. Wenn es schrie, war es am Leben.

Die Schmerzen waren die reinste Qual, als ich die Schenkel fester zusammenpresste, um mich im Sattel zu halten, bevor das Pferd wieder zu Boden sank. Seine Ohren zuckten nervös, und es scheute, als im Wald das durchdringende Heulen eines Wolfs zu hören war. Ungläubig sah ich auf. Wölfe? Es gab keine Wölfe in Maine. Eine Gänsehaut zog sich über meinen Körper, jedoch nicht wegen der Kälte. Der Fluch nahm überhand, und mein Verschwinden blieb sicherlich nicht unentdeckt. Ich musste mich beeilen! Mit letzter Kraft schwang ich mich vom knarrenden Sattel und strebte auf das schmiedeeiserne Tor an der Mauer zu. Ich spürte, wie mir dabei der Schweiß vom Nacken den Rücken herablief. Er fühlte sich genauso klebrig an wie das Blut.

»Mrs Salt? Mrs Salt, sind Sie hier?«, rief ich leise. Ich traute mich nicht, lauter zu sein.

Ein Knacken im Unterholz. Reflexartig spannte ich mich an und drückte das Baby fester an mich. Ein dunkler Schemen trat vor das Tor.

»Lord Chesterfield?«, flüsterte eine verängstigte Stimme zurück.

Sie war da. Gott sei Dank. Ich stolperte näher. Jeder Schritt fühlte sich wie ein Gewaltakt an, der meinen Körper vor Schmerzen aufschreien ließ. Die Gestalt vor dem Tor nahm Konturen an. Graues Haar und ein knittriges Gesicht. Ich hatte mein altes Kindermädchen noch jünger in Erinnerung, doch waren ihre Schultern von der Last des Alters gebeugt. Ihre Augen flackerten beunruhigt, als das Heulen des Wolfs erneut durch die Dunkelheit hallte.

»Ich bin es, Mrs Salt. Gott sei Dank haben Sie meine Nachricht erhalten. Ich war mir nicht sicher, ob Sie sie überhaupt bekommen würden«, murmelte ich erschöpft.

Das ehemalige Kindermädchen, das sowohl mich als auch Augustus großgezogen hatte, sah mich gleichzeitig echauffiert und tadelnd an. Mit diesem Blick hatte sie mich immer bedacht, wenn sie mich in der Küche beim Küchleinstibitzen erwischt hatte.

»Natürlich bin ich gekommen. Haben Sie das Kind?«

»Ja, hier«, flüsterte ich und hob das Baby von meiner Brust.

Ein kümmerlicher Flecken Mondlicht erhellte das winzige Gesicht. Ein Mädchen. Das Haar war genauso dunkel wie das ihrer Mutter. Ihre blauen Augen hingegen waren meine. Mein Herz zog sich vor Kummer so fest zusammen, dass es selbst den Schmerz in meinem Körper übertünchte.

»Auf Wiedersehen, mein kleines Wunder. Ich hoffe und bete, dass du ein wundervolles Leben haben wirst. Eines voller Freude, Liebe und Lachen«, sagte ich.

Das Mädchen starrte mich mit großen, feuchten Augen an und wimmerte. Ich küsste es auf die Stirn, ehe ich es durch die Gitterstäbe reichte. In die Arme des Kindermädchens.

»Bringen Sie sie so weit fort wie möglich, Mrs Salt. Und denken Sie daran, dass niemand von ihrer Herkunft wissen darf, auch das Kind nicht. Wenn es nach seinen Eltern fragt, sagen Sie ihm, wir seien tot. Wir haben Ihnen zudem die Stadtvilla überschrieben, die Dokumente befinden sich im Bündel des Babys. Kommen Sie jedoch nur zurück, wenn es unumgänglich ist«, instruierte ich sie und stützte mich schwer atmend gegen die Stäbe. Schweiß rann mir von der Stirn und tropfte zu Boden.

»Entschuldigen Sie mir die Bemerkung, Mylord, aber so miserabel, wie Sie aussehen, sind Sie vermutlich auch bald tot«, sagte Mrs Salt trocken wie eh und je.

Ohne es zu wollen, merkte ich, wie sich ein Lächeln auf meine Lippen stahl. »Gehen Sie, Mrs Salt. Ich danke Ihnen.« Und damit drehte ich mich um und ritt zurück in den Schlund der Hölle. Zurück zur Liebe meines Lebens, um mit ihr zu sterben. Doch zumindest hatten wir unser Wunder in Sicherheit gebracht.

Schweißgebadet schreckte ich aus dem Schlaf. Keuchend starrte ich an die Decke. Das alte Holz des Anwesens knackte dabei leise. Schwer atmend strich ich mir das feuchte Haar aus der Stirn und merkte dabei, dass ich wieder eine menschliche Hand hatte. Das Fluchmal an meinem Handgelenk pochte sanft wie ein zweiter Herzschlag. Ich musste mich im Schlaf zurückverwandelt haben. Kein Wunder, denn dieser Traum war … Er war …

Ein Schnaufen ließ mich vor Schreck beinahe aus dem Bett springen. Ich versteifte mich am gesamten Körper, wandte den Kopf und starrte auf einen dunklen Haarschopf. Jackson. Er lag immer noch schlafend neben mir. Draußen schien die Sonne, und Vögel zwitscherten, doch die Schatten waren bereits tief. Es musste später Nachmittag sein. Wir hatten den gesamten Tag verschlafen.

Ich blinzelte träge und fühlte Jacksons schweren, muskulösen Arm, den er mir zärtlich um die Taille geschlungen hatte. Vorsichtig hob ich die Decke an und atmete tief durch. Okay. Ich sollte mir vielleicht etwas anziehen und duschen … und eventuell die Zähne putzen. Mein Magen grummelte. Okay, und etwas essen. Seufzend rieb ich mir das Gesicht. Der Traum hatte einen schalen Geschmack in meinem Mund hinterlassen. Er hing wie eine dichte Wolke in meinen Gedanken fest.

Bisher hatte ich immer nur Träume über Madelyn St. Burrington gehabt, doch diesmal war ich mir ziemlich sicher, dass ich von Charles Chesterfield geträumt hatte. Von Curse. Und dem Baby.

Woher kamen diese Träume nur? Zu Anfang hatte ich sie noch als Zufall abtun können oder als Begleiterscheinung meiner Anwesenheit auf dem Spielfeld. Nur hatte ich es diesmal gefühlt, wie ein Eingreifen in meinen Geist, das Flüstern einer Präsenz, die mir diese Träume gezielt in den Kopf setzte. Jemand versuchte, mit mir zu kommunizieren, mir etwas begreiflich zu machen. Nur wer? Und noch viel wichtiger: Was wollte mir dieser Jemand damit sagen?

Ich schauderte, während Jackson leise schmatzte und etwas auf Cajun murmelte. Es riss mich aus meinen Gedanken, und unwillkürlich musste ich lächeln. Behutsam schob ich seinen Arm von mir herunter und hob ein Bein, um über ihn drüberzuklettern. Im selben Augenblick schnellte seine Hand wieder nach vorn und packte mich fest. Japsend sah ich nach unten und fand mich Nasenspitze an Nasenspitze mit Jackson wieder. Meine Haare fielen dabei langsam wie ein Vorhang über uns. Schlossen die Umwelt aus. Eine Gänsehaut überzog mich.

»Wo willst du hin, Chérie?«, murmelte Jackson mit vom Schlaf rauer Stimme. Sein Daumen zog sanfte Kreise auf meinem Bauch. Mir stockte der Atem.

»Ähm … hab ich vergessen«, hauchte ich.

Seine Mundwinkel verzogen sich träge. »Darf ich dich küssen?«, fragte er beinahe schon zögerlich.

»Hast du mich das denn bisher jemals gefragt, großer schwarzer König?«, gab ich zurück.

Sein Lächeln wurde breiter und ließ seine vom Schlaf matten Augen ein wenig heller funkeln. »Auch wieder wahr, ich bin der König«, raunte er, hob den Kopf, und da waren sie. Seine Lippen auf meinen.

Mein ganzer Körper schauderte. Ein Keuchen entschlüpfte meinen Lippen und vertrieb die Reste des Traums wie eine frische Brise, die meinen erhitzten Körper kühlte, obwohl mir gleichzeitig heiß wurde. Meine Muskeln spannten sich an. Ich saß quasi nackt auf dem schwarzen König und war mir nicht sicher, wie ich das finden sollte.

Jackson seufzte und vertiefte den Kuss. Seine Hände gruben sich in mein Haar. Zogen sanft daran, während ich seine Zunge spürte, die meine Lippen spaltete. Bebend schloss ich die Augen und gab mich den Gefühlen, die mich überrollten, vollkommen hin. Mein Finger suchten und fanden straffe heiße Haut, die sich über zuckende Muskeln spannte. Seine Atmung beschleunigte sich, seine Arme schlangen sich wie Drahtseile um mich und pressten mich beinahe schon verzweifelt an sich. Der Kuss wurde tiefer und drängender. Er ließ mein Haar los, jedoch nur, um meine Finger mit seinen zu verflechten. Unsere Fluchmale pressten sich ebenso wie unsere Körper aneinander und wurden so heiß, dass es beinahe schmerzte.

Bebend öffnete ich die Augen und sah Schatten über unsere Hände tanzen. Es fühlte sich an, als würde uns jemand zusammennähen. Stich für Stich, bis ich mir nicht mehr sicher war, wo ich anfing und er aufhörte. Unsere Herzschläge pochten aufeinander. Genüsslich wollte ich wieder die Augen schließen, als ich etwas Weiches spürte am Kopf. Zuerst glaubte ich, es wäre Jackson, doch dessen Hände waren immer noch mit meinen verschränkt. Ich löste keuchend meine nassen Lippen von seinen, tastete nach und erschreckte mich halb zu Tode.

»Wuahhh!«

»Wu… wa…?« Jacksons glasiger Blick wich ruckartig seiner Alarmbereitschaft. Blitzschnell warf er mich unter sich, packte ein Messer aus seiner Hosentasche – hatte er damit wirklich geschlafen? – und sah sich irritiert um. »Was ist?«, keuchte er. Eine lose Haarsträhne pendelte dabei in seine Stirn.

Ich starrte ihn an, ehe ich wieder an meinen Kopf griff und erneut zusammenzuckte. »Ich habe Katzenohren!«, stieß ich hervor. Besagte Ohren zuckten hin und her.

Verdutzt guckte Jackson an mir hoch, während der beunruhigte Ausdruck aus seinen Augen wich und einem amüsierten Platz machte. »Hast du«, stimmte er mir zu, ehe er mich angrinste. »Sieht putzig aus.« Er schnippte mit den Fingern leicht gegen die Ohren.

»Oh mein Gott, ich bin Catwoman«, stöhnte ich und versuchte, meine Ohren unter Kontrolle zu bringen.

Jacks Lippen zuckten erst, ehe ein prustendes Lachen aus ihm herausbrach.

»Das ist nicht lustig!«, zischte ich.

»Du solltest mal deinen Gesichtsausdruck sehen«, wieherte Jackson.

Wütend verpasste ich ihm einen Schubs, sodass er von mir herunterrollte. Er beömmelte sich dabei immer noch.

»Du bist so ein … ein … ein …« Stotternd suchte ich nach einem Wort, um Jackson St. Burrington zu beschreiben, doch es brauchte wohl weit mehr als das, um diesem komplizierten Menschen gerecht zu werden. »… Kamel«, schloss ich lahm, was ihn nur verdutzt dreinsehen ließ, bevor er wieder loswieherte.

Gereizt wollte ich aus dem Bett klettern, doch Jackson hielt mich blitzschnell fest und zog mich an einem der flauschigen Katzenohren zurück.

»Auuu! Sag mal, spinnst …?«, setzte ich an, doch da zog er mich immer noch lachend in seine Arme und küsste mich so stürmisch, dass mir die Luft wegblieb.

Dann löste er sich von mir und sah mit verwuschelten Haaren und einem umwerfend schiefen Grinsen zu mir auf. »Danke, dass du zurückgekommen bist«, flüsterte er und fuhr mit dem Daumen an meiner Unterlippe entlang.

Ich starrte ihn an. Dieser böse Junge hatte mich vielleicht bereits verflucht, wie Freiwild durch den Wald gejagt, mich öfter angebrüllt, als ich zählen konnte und mich in den Wahnsinn getrieben. Und dennoch hatte ich mich noch nie so geliebt gefühlt wie in diesem Augenblick.

Ich nahm an, das war die wahre Magie, die Jackson St. Burrington umgab. Er hasste und liebte im selben Atemzug mit derselben Leidenschaft.

Mein Puls pochte so heftig, dass ich ihn auf der Zunge fühlen konnte. Jackson stöhnte. Er löste die Lippen von meinen und küsste sich einen Weg herunter zu der Stelle, an der mein Herz pochte.

»Du gehörst mir, Alice Salt«, flüsterte er und küsste die Stelle über meinem Herzen.

Ein Kribbeln rann über meine Haut. Keuchend grub ich meine Nägel in sein Haar und riss daran. Seine Finger zeichneten an genau derselben Stelle Verschnörkelungen. Seine dunkle Magie zuckte liebkosend über meine Haut, während er mit lustverhangenen Augen unter dichten Wimpern zu mir aufsah.

»Und ich gehöre dir. Jeder Atemzug wird dir gehören, so lange, bis ich meinen letzten getan habe. Mein Herz gehört dir. Ich schenke es dir, damit es weiterschlagen kann, falls deines jemals verstummen sollte.«

Er presste seine Hand auf meine Brust, und auf meinem gesamten Körper breitete sich eine Gänsehaut aus. Ob beabsichtigt oder nicht, er tat etwas mit mir. Mein ganzer Körper kribbelte, es fühlte sich beinahe so an, als würde ich ohnmächtig werden. Mein Herz krampfte sich zusammen. Mein Atem kam nur noch gepresst hervor.

»Jackson ...«, setzte ich an, als plötzlich die Tür aufgerissen wurde.

»Alice!? Bist du wach? Hast du zufällig Jackson gesehen? Ich suche ihn sch... oh.« Isolde stand im Türrahmen, eine Spitzenschürze umgebunden, in der Hand eine Rührschüssel mit Schneebesen, und starrte uns mit großen Augen an.

»Issy!«, stieß ich erschrocken hervor, drehte mich hektisch um und knallte vom Bett.

»Ohhh ...«, wiederholte Issy und hielt sich blitzschnell den Schneebesen vor die Nase. »Ich sehe nichts«, quiekte sie, starrte uns dabei aber eindeutig durch den Schneebesen an.

Hektisch zerrte ich vom Boden aus an der Bettdecke, auf der jedoch Jackson lag, der nur keck eine Augenbraue hochzog.

»Issy, ich sage das nicht oft, aber du störst.«

»Ja, das sehe ich ... Ich sehe ganz viel ... vor allem Dinge, die ich nie sehen wollte, aber ... nette Ohren, Alice«, druckste sie herum, während Kuchenteig vom Schneebesen tropfte.

»Geh runter von der Decke, Jackson!«, blaffte ich.

Der grinste nur, setzte sich auf und warf mir sein Shirt zu. Blitzschnell schlüpfte ich hinein, während Issy uns immer noch unverhohlen anstarrte. Auf ihrem Mund lag ebenfalls ein breites Grinsen.

»Gibt es einen Grund, warum du mich gesucht hast, Cousine?«, erkundigte sich Jackson, der sich geschmeidig aufsetzte und sich dabei durchs zerwuschelte Haar fuhr.

»Ja … nein … ich meine …« Issy riss sich zusammen und steckte endlich den Schneebesen zurück in die Schüssel. »Das Essen ist fertig, und ich wollte mit dir noch das genaue Vorgehen für heute Mitternacht besprechen. Wir sollten einen Plan B haben, falls uns Chesterfield doch übers Ohr hauen will. Aber das hat Zeit. Lasst euch nicht stören.« Sie grinste und schlug die Tür wieder zu.

Ich rappelte mich gerade auf, als die Tür ruckartig wieder aufging. »Ach ja, und in der Küche steht Kuchen.« Wieder knallte die Tür zu.

Ich starrte Jackson an. »Sie steht jetzt dort und lauscht, oder?«

Er schnaufte. »Worauf du einen lassen kannst.«

»Nein, tu ich nicht!«, kam es hinter der Tür hervor.

Jackson und ich verdrehten gleichzeitig die Augen.

»Ich komm schon, Issy«, rief Jackson jedoch nur und streifte mich auf dem Weg zur Tür sanft. Er beugte sich vor und wisperte: »Falls wir diese Nacht überstehen, würde ich gern dort weitermachen, wo wir aufgehört haben, Chérie. Ich wünschte, es könnte immer so sein. Ich weiß, das kann es nicht, und ich sollte mich von dir fernhalten, aber ich war schon lange nicht mehr so glücklich. Einfach nur damit, die Hand eines anderen Menschen halten zu dürfen«, flüsterte er mir ins Ohr und strich mir eine Haarsträhne dahinter.

Mit schmalen Augen starrte ich ihn an. »Mal sehen …«, sagte ich knapp und rannte mit wackligen Beinen ins Badezimmer.

Ich konnte ihn leise lachen hören. Seine raue Stimme jagte mir einen Schauer über den Rücken, während ich mir gleichzeitig die Hand auf die Brust presste. Es kribbelte dort, brannte beinahe. Keuchend riss ich mir das Hemd von der Haut und starrte mich selbst im Badezimmerspiegel an. Genau an der Stelle über meinem Herzen traten schwarze Linien hervor. Sie wirkten beinahe wie ein zweites Fluchmal. Bebend lehnte ich mich an den Waschtisch und starrte auf die Verästelungen, die sich ausbreiteten und langsam zu einem Bild verdichteten. Das Zeichen sah aus wie der Umriss einer schwarzen Krone.

Scharf sog ich die Luft ein. Ob beabsichtigt oder nicht, der schwarze König hatte erneut ein Zeichen auf mir hinterlassen. Vorsichtig presste ich eine Hand gegen die gereizte Haut, und es fühlte sich beinahe an, als würde ich tatsächlich einen zweiten Herzschlag fühlen. Hatte er uns unbedacht aneinandergebunden? Erneut?

»Oh, Jackson, was hast du gemacht?«, fragte ich mein eigenes Spiegelbild.

Seufzend wandte ich mich ab und duschte mich so lange, bis das heiße Wasser den Spiegel beschlug. Als ich fertig war und den Dunst wegstrich, war das Zeichen jedoch verschwunden. Ich stutzte. Nun ja, vielleicht war der Fleck auch nur so etwas wie ein magischer Knutschfleck gewesen. Ich sollte vielleicht dringend mal mit jemandem über meine Paranoia reden. Mein innerer Psychologe senkte raschelnd eine Zeitschrift, zog seine Nerdbrille ab und nickte ernst. Jupp, ich war definitiv geistig nicht auf der Höhe.

Ächzend wandte ich mich ab und zog mir eine schwarze Schuluniform an. Gerade als ich in die schwarzen Lackschuhe schlüpfte, fiel mein Blick auf ein schmales Büchlein, das auf der Fensterbank lag, als hätte es dort jemand extra für mich liegen gelassen. Ich ging näher, schlug die erste Seite auf und erkannte darin eine Ausgabe des Spielerhandbuchs. Ich hatte bisher immer nur Zeit gehabt, knapp hindurchzublättern. Ein paar Stunden blieben mir noch vor Mitternacht, vielleicht war es ja an der Zeit, mich noch etwas tiefer in die Materie des Spiels hineinzulesen und mir nebenbei ein paar Notizen zu machen. Selbst wenn es mir nicht mehr half, als die eigenen Gedanken zu sortieren, oder falls ich sterben sollte, fand vielleicht in dreißig Jahren ein Spieler dieses Buch und profitierte von meinem Wissen.

Dieser Gedanke hatte beinahe etwas Tröstliches an sich. Selbst wenn es mir nicht gelingen sollte, jene Spieler zu retten, die mir am Herzen lagen, gab es dann vielleicht noch Hoffnung für zukünftige Schüler.

KAPITEL 19

»Bereit?« fragte mich Jackson.

Es war kurz vor Mitternacht. Die Nacht lag wie eine schützende Decke über dem Wald, die jeden unserer Schritte fast vollständig verschluckte. Ein laues Lüftchen zog an meinen Haaren, die ich mir straff zurückgebunden hatte. Nickend zupfte ich noch meine Uniform zurecht, während meine Pantherohren unruhig zuckten.

Bastion grinste mich an und ließ äußerst solidarisch einen Hundeschwanz erscheinen. Ich schmunzelte in mich hinein, während wir tiefer in den Wald gingen. Die Schritte der schwarzen Spieler knackten leise im Unterholz. Ich sah Hawk über uns in den Baumkronen hinweghuschen. Er zwinkerte mir zu, als er bemerkte, wie ich ihn anstarrte.

Jackson hatte entschieden, so wenige Spieler wie möglich zu diesem Treffen mitzunehmen. Neben Bastion, Hawk und mir waren Fox, Glory und Flora mitgekommen. Letztere sollte uns sagen, ob Vincent log oder nicht. Die meisten Spieler waren mit genauen Instruktionen, was sie tun sollten, wenn wir nicht zurückkamen, auf dem Gelände von St. Burrington zurückgeblieben. Die Stimmung war seltsam. Angespannt wie vor einem Gewitter, obwohl der Himmel wolkenlos war. Ein paar Grillen zirpten leise, verstummten jedoch nach und nach, bis nur noch das Rauschen des Winds zu hören war.

Mit den Fingern strich ich über einen Farn, fühlte dessen geriffelte Oberfläche und atmete tief durch. Was auch immer heute passierte, es würde wahrscheinlich in die Geschichtsbücher der Spieler eingehen. Ich fühlte eine zarte Berührung an meiner anderen Hand. Fragend sah ich auf. Jackson ging neben mir. Er sah mich nicht an, doch seine Hand schob sich behutsam in meine. Ich war mir nicht sicher, ob er mich festhielt oder sich an mir. Die Hände schwingend gingen wir weiter, bis sich der Weg vor uns ein wenig lichtete. Der umgestürzte Baumstamm, der die Spielfeldgrenze markierte, kam ins Blickfeld.

Und da standen sie bereits und warteten auf uns. Die Spieler von Chesterfield. Weiß und makellos stachen ihre Uniformen hervor. Sie waren alle da. Die Springer-Zwillinge, die Läufer Paisley und Dagger, die Königin Regina und an der Spitze, einen Arm lässig in der Hosentasche vergraben und mit einem sanften Lächeln auf den vollen schönen Lippen: der weiße König.

Vincent.

Ein Windzug fuhr durch seine weißblonden Locken, brachten sie in Unordnung und weckten in mir den Wunsch, sie wieder gerade zu streichen. Irritiert unterdrückte ich diesen Drang und stellte mich stattdessen demonstrativ neben Jackson. Ein, zwei Minuten lang starrten sich die schwarzen und die weißen Spieler nur schweigend an. Schließlich war es Vincent, der das Wort zuerst ergriff. Seine Stimme war vollkommen ruhig.

»Danke, dass ihr gekommen seid. Ich war mir zugegebenermaßen nicht sicher, ob ihr wirklich auf den Deal eingeht oder ob ihr

Regina einfach absticht und mir ihre Einzelteile in einem Präsentkorb zurückschickt.«

Bei seinen Worten stellten sich mir die Nackenhaare auf. Regina kniff die Lippen zusammen.

Jackson verschränkte die Arme vor der Brust. »Noch haben wir gar keinen Deal, Vincent, und das mit dem Präsentkorb kann jederzeit noch kommen.«

Vincents Mundwinkel zuckten, ehe sein Blick auf mich fiel. Er starrte mir direkt in die Augen, und für einen kurzen Augenblick kam es mir so vor, als würde ich noch sein heißes Blut auf meinen Fingern spüren.

»Alice«, sagte Vincent. Mehr nicht, doch in seiner Stimme schwangen so viele Nuancen an Emotionen mit, dass es mir kalt den Rücken herablief.

»Vincent«, erwiderte ich genauso einsilbig.

Die Luft zwischen uns lud sich auf, und ich kratzte mir unauffällig das Fluchmal. Ob ich es nun wollte oder nicht, etwas in mir reagierte auf den weißen König mindestens genauso stark wie auf den schwarzen. Etwas, was über rein körperliche Anziehungskraft hinausging. Etwas Elementares, das tief in mir wie ein Echo nachhallte. Ob es daran lag, dass meine Vorfahrin sowohl das Blut von Chesterfield als auch das von St. Burrington in sich gehabt hatte?

»... woher du deine Informationen hast«, beendete Jackson gerade einen Satz, den ich kaum mitbekommen hatte, so sehr war ich in Vincents Anblick versunken gewesen.

Ich blinzelte und zwang mich wegzusehen. Trotzdem bemerkte ich, wie der weiße König lächelte. Er wirkte beinahe zufrieden, wie eine Katze, die den dummen Vogel endlich gefangen hatte.

»Mein Informant? Ich habe keinen Informanten. Aber Alice und ich haben ein kleines Abenteuer hinter uns, von dem sie dir mit Sicherheit schon berichtet hat«, sagte Vincent lapidar, der zum ersten Mal den schwarzen König direkt ansah.

»Der Traum«, sagte Jackson schlicht.

Vincent neigte den Kopf. »Es mag ein Traum gewesen sein. Allerdings enthielt er erschreckend reale Elemente.«

»Du meinst den Fluch und die absolut nutzlosen Tunnel und all das?«, sagte Jackson, und irgendwie klang er spöttisch. Ich warf ihm einen besorgten Blick zu.

Vincent sah es und neigte den Kopf, sodass seine hellen Locken den Kragen seines Hemds streiften. Er wandte sich mir zu, und sein Blick hielt meinen fest. »Ich bin froh, dass du es geschafft hast, aufzuwachen, Alice.«

»Ach ja?«, fragte ich nur knapp und verschränkte die Arme vor der Brust.

»Und wie bist du aufgewacht? Das Letzte, woran ich mich erinnern kann, ist, dass dich eine Flut von Fluchwebern unter sich begraben hat.«

»Ja, das war eine Erfahrung, die ich nicht so schnell wiederholen möchte.«

Vincent lächelte, doch ich sah den Widerhall des Grauens in seinem Blick. Er wirkte irgendwie seltsam, allerdings konnte ich nicht genau benennen, was es war.

»Worauf willst du hinaus, Vince? Wir haben nicht den ganzen Tag Zeit«, gab Jack barsch zurück, und der weiße König nickte.

Er schüttelte den steifen Ausdruck in seinen Augen ab und lächelte andächtig. »Nun, nachdem Alice aufgewacht war, hatte ich noch ein paar nette Stunden mit dem Fluch und ein wenig Zeit, ihn besser kennenzulernen. Oder besser gesagt seine Abgründe.«

»Und was hat er getan?«, fragte Jackson, der skeptisch die Arme vor der Brust verschränkte.

Vincent zuckte nonchalant die Schultern. »Es geht nicht darum, was er getan hat. Es geht darum, was ich gefunden habe.«

»Und das wäre?«

»Eine Möglichkeit, wie wir den Fluch vielleicht einsperren könnten.«

»Wie das?«, fragte Jack scharf, und ich lehnte mich gespannt nach vorn.

Vincent neigte den Kopf. »Erinnerst du dich an das Spielerverzeichnis aus dem Jahr 1890?« Vincent machte eine Pause, um Jackson Zeit zum Nachdenken zu lassen.

Der runzelte die Stirn. »Ja, was ist damit?«

»Die Frage ist nicht, was damit ist, sondern wer damals gespielt hat. Ich bin mir sicher, Hollister Cross ist dir ein Begriff?«

Jackson erstarrte, und ich sah verwirrt zwischen den Königen hin und her. »Wer ist Hollister Cross?«, bohrte ich nach.

Jackson wandte mir den Kopf zu, eine steile Falte zwischen den Augenbrauen. »Hollister Cross war ein weißer Spieler mit einzigartigen Fähigkeiten. Im Verlauf aller Spiele gab es diese Fähigkeit genau einmal.«

»Und was konnte er?«

»Mit den Toten kommunizieren«, murmelte Jack.

»Nicht nur das«, warf Vincent ein. »Seine Fähigkeiten waren noch viel weitreichender. Sie ähnelten denen eines Exorzisten. Er konnte verstorbene Spieler, ihren Geist, ihre Substanz in ihre verstorbenen Körper zurückholen.«

Meine Augenbrauen schnellten hoch, und eine Gänsehaut kroch mir nach oben. »Das klingt wie Nekromantie«, setzte ich an.

»Exakt«, bestätige Vincent.

»Es war grausam«, sagte Jackson und sah uns scharf an. »Hollister zwang damals verstorbene Spieler in ihre Körper zurück. Doch dadurch holte er sie nicht ins Spiel zurück. Laut den Berichten waren die, die er zurückbrachte, nur wandelnde Leichen, die unglaubliche Schmerzen litten, weil ihr Körper weiterfaulte. Der damalige schwarze König erschlug Hollister. Es war ein grausames Massaker, und wir sollten alle dankbar sein, dass diese Fähigkeit nie wieder aufgetaucht ist.«

»Ob grausam oder nicht, es könnte eine Lösung für unser Problem sein«, wandte Vincent ein.

Regina mischte sich ein, indem sie sich von dem Baum abstieß, an dem sie gelehnt hatte, und sich schützend neben ihren König stellte. »Wenn stimmt, was Vincent und Alice beobachtet haben, dann besitzt der Fluch eine Essenz. Alice könnte Hollisters Kräfte annehmen und seine Kraft dazu nutzen, den Fluch in einem fleischlichen Körper gefangen zu halten. Etwas aus Fleisch und Blut lässt sich sehr viel leichter einsperren als bloßer Rauch.«

»Das ist …«, setzte ich an.

»Nein«, warf Jackson ein. Er sah aus, als würde er gleich explodieren. »Das ist absolut nicht akzeptabel. Zudem ist es gar nicht möglich. Hollisters Steinfigur gilt seit damals als verschollen.«

»Das habe ich auch geglaubt«, bemerkte Vincent, und durch sein Gesicht huschte ein triumphierender Ausdruck. »Aber ich habe ihn gefunden. In den Tunneln. Der Slave weiß, welchen Ort ich meine, denn dort hat er sich seine hübschen neuen Katzenohren zugelegt.«

»Der Friedhof der gefallenen Spielfiguren«, murmelte ich, und Vincent nickte.

»Exakt. Ich habe Hollister dort unten gefunden. Wenn der Slave seinen Platz einnimmt, kann er den Fluch in einen fleischlichen Käfig sperren. Denk darüber nach, Black Jack. Noch nie gab es eine Koalition zwischen Chesterfield und St. Burrington. Ich biete dir jedoch eine an.«

»Wir würden wahnsinnig werden«, knurrte Jack, doch Vincent sah ihn nur spöttisch an.

»Nur wenn wir keinen Erfolg haben. Wenn wir den Fluch einsperren, kann er uns nicht mehr viel anhaben. Ich meine es ernst, Jack. Was ich erlebt habe, der Fluch …« Er schauderte erneut. »Ich biete dir nur diese eine Chance an. Versuchen wir es. Gemeinsam. Ich biete einen Waffenstillstand an. Wir gehen als Team in die Tunnel hinab. Der Fluch wird sicher versuchen, uns aufzuhalten, aber wenn wir es tatsächlich in die Tunnel schaffen, können wir Alice Hollisters Platz einnehmen lassen und hätten damit eine einzigartige Fähigkeit.« In seinen Augen blitzte es auf, während Jacks immer düsterer wurden. »Letztendlich haben wir mehr davon, den Fluch auszuschalten, als uns gegenseitig. Bisher hatten wir keine Wahl, wen wir töten. Jetzt schon«, setzte Vincent sanft fort.

Jackson schwieg und blickte zu der Bauernspielerin Flora hinüber. Wir hatten sie genau für diesen Augenblick mitgenommen. Ihre Fähigkeit herauszufinden, ob jemand log oder nicht, mochte im Kampf nicht allzu hilfreich sein, doch in dieser Situation war sie Gold wert. Falls Vincent log, konnte sie es fühlen. Gespannt hielt ich die Luft an und starrte das Mädchen an, das seinerseits nervös auf der Lippe kaute. Einmal mehr fühlte ich Bewunderung für Jackson in mir aufsteigen, der die schwächeren Spielfiguren beinahe vollkommen aus dem Spiel heraushielt, anstatt sie als Kanonenfutter zu verheizen, wie es andere Könige mit Sicherheit getan hätten.

»Er sagt die Wahrheit. Aber er verheimlicht etwas«, sagte Flora.

»Natürlich tut er das«, brummte Jack ironisch.

Vincent zuckte nur mit den Schultern.

»Also. Nehmen wir an, ich überlege, tatsächlich diesen riskanten, sehr dummen Plan in Erwägung zu ziehen«, warf Jackson ein und starrte sein Gegenüber beherrscht an. »Ich nehme an, du verlangst etwas dafür, dass du deinen grandiosen Plan mit uns teilst und wir in dieser Sache zusammenarbeiten.«

Mein Herzschlag beschleunigte sich. Hoffnung keimte in mir auf. Dachte er wirklich darüber nach, einen Deal einzugehen?

Vincents Augen schimmerten wie Eis. Frostklar und undurchdringlich blau. Er lächelte. »Natürlich will ich etwas dafür«, stimmte er zu.

Jacksons Kinn spannte sich an. »Genau das ist mein Problem mit dir, Vince. Du willst immer etwas. Und ich bin mir sicher, wenn du bekommst, was du willst, dann wirst du deinen schönen Plan genauso schnell fallen lassen, wie wir in diese Tunnel herabmarschieren.«

Vincent wirkte nicht beleidigt. Er nickte nur. »Ich sehe schon, ich muss alle Register ziehen«, murmelte er und zückte ohne jede Vorwarnung einen feinen schimmernden Dolch.

Alle schwarzen Spieler zuckten gleichzeitig zusammen. Jackson schob sich blitzschnell vor mich, während ich über seine Schulter lugte. Vincent jedoch zog nur in aller Seelenruhe die Klinge über seine Handfläche. Bereits im nächsten Augenblick quoll dunkles, zähes Blut aus dem Schnitt hervor. Fasziniert beobachtete ich, wie ein Tropfen seinen Handballen runterrann, doch bevor er zu Boden tropfen konnte, ballte Vincent die Hand zur Faust.

»Wenn du willst, leiste ich hier und jetzt einen Blutschwur«, bot Vincent an, und ich sah, wie Jackson ruckartig beide Augenbrauen hochzog. Seine Schultern waren so angespannt, dass es schmerzhaft sein musste. Dabei sah ich das schnelle Pochen seines Pulses an der Hauptschlagader.

»Blutschwur? Ist das so dramatisch und unhygienisch, wie es klingt?«, fragte ich leise.

Jackson wandte mir kaum merklich den Kopf zu. »Ein Blutschwur kann nur von einem König geleistet werden.«

»Warum?«

»Weil nur die Könige bluten können, ohne dabei zu Stein zu erstarren. Doch falls er den Schwur bricht ...«

»... erstarre ich zu Stein, und Jackson gewinnt dieses Spiel«, schloss Vincent für ihn. »Ich bin bereit, ihn zu leisten. Ich verspreche einen Waffenstillstand und mit euch in die Tunnel zu gehen, um Hollister zu suchen. Ich schwöre, alles dafür zu tun, um den Fluch aufzuhalten. In der Zeit des Waffenstillstands wird keiner meiner Leute euch angreifen.«

»Und im Gegenzug?«, fragte Jackson scharf.

Vincent hob das Kinn. Ich spürte meinen Herzschlag viel zu schnell in der Brust pochen, als Vincents Blick über den Waldboden huschte, ehe er träge auf mir zu liegen kam. »Im Gegenzug will ich den Slave«, sagte er leise.

Ich erstarrte. Jackson spannte sich so fest an, dass die Adern an seinen Armen hervortraten. Dunkle Schatten peitschten aus dem Boden wie wütende Schlangen und zogen sich wie ein schützender Kreis um mich herum.

»Nein«, sagte er im selben Augenblick, als ich »In Ordnung« sagte.

Jackson fuhr zu mir herum. »Ich sage Nein, Alice«, presste er hervor. »Ich werde dich nicht an Chesterfield ausliefern. Für. Keinen. Deal. Der. Welt!« Jackson spuckte praktisch jedes Wort hervor.

Behutsam hob ich die Hand und legte sie auf seine Brust, an die Stelle, an der sein Herz schlug. Es raste viel zu schnell. Genauso wie meines.

»Weißt du noch, wie du sagtest, als König müsstest du Entscheidungen treffen, die zum Wohl deiner Spieler sind? Das hier ist so eine Entscheidung. Ich gehe, wenn das sein Preis ist.«

»Sei nicht so naiv, Chérie«, fauchte Jackson, der meine Hand packte und mich zu sich zog, sodass ich sein Zischen direkt im Ohr hörte. »Selbst wenn er einen Blutschwur abgibt, ist dieser Plan gefährlich. Du könntest dabei sterben.« Seine Finger gruben sich so fest in meine Haut, dass es schmerzte.

Ich biss die Zähne zusammen. »Denkst du, das weiß ich nicht? Aber was ist wichtiger: mein Leben oder das deiner Spieler?«

Wir starrten uns an. Ich wusste, das war nicht fair. Ich wusste, ich schlug ihm seine eigenen Worte um die Ohren und verdrehte sie. Ich riss dabei etwas in ihm entzwei, ich sah es in seinen Augen. Denn ich hatte recht. Er konnte mich nicht über all seine Spieler stellen. Er schluckte und schüttelte trotzdem den Kopf.

»Nein … nein … ich … Etwas anderes«, blaffte er Vincent an. »Verlang etwas anderes. Egal was. Ich zahle es, aber nicht sie.«

»Sie«, sagte Vincent schlicht. »Ich will nur sie.«

»Warum?«

»Darum.«

»Und dann? Wer sagt mir, dass du sie nicht tötest, sobald sie auf eurer Seite ist?«, brüllte Jackson.

Ich sah, wie ein Schweißtropfen seine Stirn herabrann und im Kragen verschwand.

Vincent zögerte keine Sekunde. Er hob die Hand und sagte mit fester Stimme: »Mit meinem verfluchten Blut als weißer König schwöre ich, Vincent Chesterfield, meinem Gegner Jackson St. Burrington, dass weder ich noch einer meiner Spieler den Waffenstillstand brechen werden. Zudem schwöre ich, den Slave Alice weder zu verletzen noch sie von jemand anders verletzen zu lassen. Ich schwöre, euch zu helfen, den Fluch aufzuhalten mit allen Mitteln, die mir dafür zur Verfügung stehen. Im Gegenzug verlange ich dasselbe von euch. Ihr dürft meine Spieler weder angreifen noch sie willentlich verletzen oder den Slave mit Gewalt zurückholen. Ich halte mich an die Vereinbarung, solange ihr es auch tut. Blut für Blut, Jackson. Nimmst du meinen Schwur an?«

Ein Blutstropfen löste sich von seiner Hand und fiel schimmernd zu Boden. Jackson starrte auf die blutige Hand.

Es war Issy, die ihm etwas ins Ohr zischte. Allein ich stand nahe genug, um zu verstehen, was sie sagte. »Der Schwur gilt nur, solange wir uns ebenfalls daran halten. Brechen wir ihn, haben wir ein Problem. Dann wäre alles nichtig.«

Jackson nickte düster.

Über Vincents Handfläche quoll das Blut auf die verfluchte Erde hinab.

»Schwöre, dass du uns in keine Falle lockst. Schwöre, dass es nicht dein Plan ist, uns zu hintergehen.«

»Ich schwöre, dass ich nicht plane, euch zu hintergehen«, sagte Vincent ruhig.

»Schwöre, dass Alice zurückkommen kann, sobald wir den Fluch gefangen haben.«

»Ich schwöre, dass Alice, der Slave, zu euch zurückkommen kann, sobald wir den Fluch gefangen haben.«

»Schwöre, dass du nicht mit dem Fluch zusammenarbeitest.«

»Ich schwöre, dass ich weder mit dem Fluch zusammenarbeite noch in seinem Interesse agiere.«

Jack biss die Zähne zusammen. In der Luft hing ein salziger und zugleich süßlicher kupfrig blutiger Geruch, von dem mir leicht schlecht wurde.

»Jack …«, flüsterte Issy.

Die beiden sahen sich an. Ich wusste nicht, ob Issy ihn aufhalten oder ermutigen wollte, den Deal einzugehen. Was auch immer die beiden stumm miteinander ausfochten, Jack wandte sich irgendwann ab und sah mich an. Seine dunklen Augen bohrten sich in meine.

»Bist du sicher, dass du das machen willst, Alice? Wenn du erst einmal in Chesterfield bist, werde ich dich nicht mehr beschützen können.«

Ich nickte. Einmal. Zweimal.

Jacks Augen verdunkelten sich, die Schatten um ihn waren so dunkel, dass er praktisch mit der Nacht verschmolz. Ein Schatten unter Schatten. Langsam trat er nach vorn. Vincent hielt ihm locker das Messer mit dem Schaft entgegen. Seine Finger lagen vollkommen ruhig auf der glänzenden Klinge. Jackson hätte hier und jetzt das Messer nehmen und es Vincent in die ungeschützte Brust rammen können. Und ich sah, dass Vincent es wusste, genauso wie Jack. Die beiden starrten sich an. Ein verfluchter Herzschlag nahe dem anderen. Ich fragte mich, ob ihre Herzen im Takt schlugen oder in Disharmonie.

Alles hing von Jacksons Entscheidung ab. Davon, ob er sich jetzt in die Hand schnitt oder Vincents Herz in Stein verwandelte. Die Entscheidung stand sprichwörtlich auf Messers Schneide. Vermutlich war im Laufe des Spiels niemals ein König dem anderen so nahe gewesen, ohne ihn sofort zu töten.

Der weiße König bewegte sich nicht. Ich war mir nicht einmal sicher, ob er atmete. Ich versuchte, Angst in seinen blauen Augen zu finden, doch ich sah nur Eis und Schnee.

Jackson atmete tief durch. Seine Schultern strafften sich. Er nahm Vincent den Schaft des Messers aus der Hand und stieß zu. Ich zuckte zusammen, ein Schrei steckte in meiner Kehle fest, ehe ich sah, dass nun auch Jacks Hand blutete. Jack packte Vincents Hand und drückte zu.

»Blut für Blut, ich nehme den Schwur an. In der Hoffnung, dass dieser Plan gelingen möge. Zum Wohl aller zukünftigen Spieler, die unser Schicksal ansonsten teilen müssten«, brachte er mit schwerem Cajun-Akzent hervor.

Vincent schien sich kaum merklich zu entspannen. Ein sanftes Lächeln huschte über seine vollen Lippen. Das vermischte Blut der Könige hörte plötzlich auf zu fallen, und statt nach unten begann es, sich nach oben zu bewegen. Die Tropfen sammelten sich zu einem flüssigen Band, das sich wie eine Schlange um die verschränkten Hände wand. Der kupfrige Blutgeruch wurde so schwer, dass ich ein Würgen unterdrücken musste. Es zischte leise, als würde das Blut sich heiß in die Hand der Könige einbrennen. Als sie einander losließen, sah ich an ihren Handgelenken identische Zeichen prangen.

Ein blutrotes Auge.

Ich schauderte und hatte aus unbestimmten Gründen das Gefühl, als würde sich das Auge erst dann wieder schließen, wenn der Schwur entweder gebrochen wurde oder aufgehoben war.

Vincent trat einen Schritt zurück, streckte die Hand aus und ließ sich von Regina ein Stofftaschentuch reichen. In aller Ruhe wischte er sich die Finger daran ab.

»Der Schwur wurde mit Blut besiegelt. Gebt uns Alice, und wir werden diesen Fluch beenden … zusammen«, sagte Vincent und ließ das Taschentuch achtlos zu Boden fallen. Der helle Stoff mit den roten Flecken wirkte verstörend deplatziert.

Vincent sah mich abwartend an. Ich nickte und ging los, doch Jackson hielt mich auf. Er riss mich an sich und barg mich in seinen Armen. Dunkle Schwärze peitschte um ihn herum. Ein scharfer Windzug kam auf und pfiff durch die Bäume, bis selbst die Wurzeln zu knarren begannen. Die Spieler wichen einheitlich zurück.

»Jack, nicht. Lass mich gehen«, flüsterte ich.

Seine Augen waren pechschwarz vor Zorn und Verzweiflung, während die Dunkelheit aus seinen Poren sickerte und den Boden tränkte. »Du musst mir versprechen, dass du auf dich aufpasst, Chérie. Warum auch immer er dich will, was auch immer er mit dir vorhat, ich kann dich nicht beschützen. Ich kann dich nicht …« Er würgte die Worte hervor. Er zitterte. Man sah es nicht, aber ich konnte es spüren.

Ich tat das Einzige, was mir möglich war. Ich stellte mich auf die Zehenspitzen, vergrub meine Hände in seinen wunderschönen nachtschwarzen Haaren und küsste ihn. Vor allen Spielern. Ich konnte ihre Blicke auf uns fühlen.

Der weiße König zuckte zurück, als hätte man ihn geschlagen. Es war mir egal. Ich schloss die Augen und küsste Jackson mit allem, was ich hatte. Mit allem, was ich fühlte. All die Worte, die ich ihm sagen wollte und die er mir verboten hatte auszusprechen. Darum legte ich diese Worte auf meine Zunge und hoffte, dass er sie dort schmecken konnte, während ich meine Lippen über seine wandern ließ. Unser hektischer, verzweifelter Atem schlug aneinander. Wir klangen wie zwei Ertrinkende. Und so fühlte wir uns auch. Wir fielen gemeinsam in bodenlose Schwärze, ohne zu wissen, wo und wann wir aufkommen würden.

Ich gab alles.

Er nahm es.

Er gab alles.

Ich nahm alles.

Wir liebten uns und verloren einander im selben Atemzug. Es schmerzte wie die Hölle.

Schließlich lösten wir uns voneinander. Meine Lippen berührten seine ein letztes quälendes Mal. Zitternd lehnte ich meine Stirn an seine, atmete seinen Duft ein und flüsterte: »Ich komme zurück. Ich verspreche es.«

Jackson schwieg. Seine Hände lösten sich aus meinem Haar und fielen kraftlos herab.

Ich löste mich ebenfalls von ihm und drehte mich um. Es fühlte sich wie körperliche Schmerzen an, mich diese drei Schritte vom schwarzen König weg- und auf den weißen König zuzubewegen. Der Wind rauschte durch die Nacht und wehte mir das Haar über die Schultern.

Vincent hielt mich jedoch auf, als ich gerade den letzten Schritt über die Grenze machen wollte. »Hinsichtlich unserer etwas mörderischen Vergangenheit muss ich leider auf ein paar Sicherheitsvorkehrungen bestehen«, sagte er und holte etwas aus seiner Tasche hervor.

Einen kurzen Augenblick starrte ich irritiert darauf, ehe ich begriff, was da zwischen seinen schlanken Fingern baumelte. Es war ein Hundehalsband samt Leine. Und in der anderen Hand hielt er einen Steinklumpen, der beinahe wie ein Tierohr aussah.

»Was …? Ist das ein Ohr?«, fragte ich.

Vincent machte eine übertriebene Verbeugung. »Es macht dir doch sicher nichts aus, unseren Turm zu ersetzen, oder?«

Ich hörte Jackson hinter mir wüst auf Französisch fluchen und schloss für eine quälende Sekunde die Augen. »Du gehst zu weit, weißer König«, zischte ich.

Langsam zog er eine Augenbraue hoch. »Wenn Black Jack ein Schmusekätzchen hat, ist es doch nur fair, wenn ich ein Schoßhündchen bekomme, findest du nicht?«

Jeder Funken Sympathie, den ich eventuell wieder für Vincent empfunden hatte, erstarb genau in diesem Augenblick. Abfällig starrte ich ihn an. »Ich hoffe, du landest eines Tages in der Hölle, Vincent Chesterfield.«

Seine Mundwinkel zuckten. »Da bin ich doch schon längst«, murmelte er zurück und hielt mir Nixons Ohr entgegen.

Schaudernd starrte ich es an und verbot mir jedes Gefühl von Angst, als ich die Hand ausstreckte. Schmerz schoss mir augenblicklich den Arm entlang. Eine solch überwältigende Kälte, dass es beinahe brannte. So heiß der schwarze Turmspieler gewesen war, dessen Platz ich aktuell einnahm, so kalt war Nixon gewesen.

Ich hörte mich selbst schreien, hörte Jackson nach mir rufen, während mein Körper unter der neuen Verwandlung zurechtgebrochen wurde. Meine Knochen gaben nach und setzten sich binnen weniger Wimpernschläge neu zusammen.

Blut für Blut, so muss es sein,
der Turm steht am Ende allein.
Doch niemals gibt mein Herz mir Ruh,
denn verflucht bin ich und verflucht bist du.

Ich war mir nicht sicher, wie lange ich innerlich von Eiswasser verbrannt wurde, doch irgendwann holte ich keuchend Luft und fühlte, wie mir jemand etwas fest um die Gurgel zurrte. Das Halsband. Vincent legte mir tatsächlich ein Halsband um.

»So ist es gut. Braves Mädchen«, lobte mich Vincent, kraulte meinen Kopf, und im nächsten Augenblick klickte es. Die Leine.

Ich hatte mich in meinem gesamten Leben noch nie so gedemütigt gefühlt. Ich wollte knurren, jaulen, beißen, doch ich unterdrückte den Drang mit Gewalt. Ich war damit einverstanden gewesen. Ich tat das alles aus einem guten Grund. Vincent spielte nur wieder eines seiner Spielchen, um mir zu zeigen, wo mein Platz war. Und Jackson zu ärgern. Ich würde ihm nicht die Genugtuung bieten, darauf zu reagieren.

Winselnd sah ich auf und bemerkte, wie Jackson und die anderen mich anstarrten. Während der Verwandlung musste ich auf der weißen Seite gelandet sein.

Vincent lächelte und zog an meiner Leine. Ich legte die Ohren an und knurrte ihn nun doch an.

Er sah strafend auf mich herab. »Denk nicht mal daran, zu verschwinden oder mich zu beißen«, sagte er leise.

Dann blickte er zu Jackson hinüber und verbeugte sich spöttisch. »Herzlichsten Dank. Es war mir eine Freude, mit dir Geschäfte zu machen, Black Jack. Ich schlage vor, dass wir uns erst einmal alle beruhigen, bevor wir uns morgen wieder hier treffen. Ich werde Regina, meine Läufer und Springer und natürlich Alice mitnehmen. Danach können wir in die Tunnel gehen. Ist das in eurem Sinne oder habt ihr bestimmte Wünsche?«

Jackson nickte einmal hart. Bastion stand neben ihm, als wollte er ihn zurückhalten, und Hawk raschelte sichtlich beunruhigt in den Bäumen.

»Um Mitternacht«, stieß Jackson hervor. »Wir treffen uns wieder hier um Mitternacht. Und wenn Alice nicht gesund und munter neben dir steht, töte ich dich! Egal was wir hier geschworen haben.« Damit drehte er sich um und rannte praktisch fort.

Vincent sah ihm amüsiert nach. »Bis morgen«, hörte ich ihn murmeln.

Regina schnaubte. »Ich hoffe, sie ist diesen Ärger wert, den wir uns da gerade eingebrockt haben, Vince.«

»Oh, das ist sie so was von«, murmelte er zurück, und ich spürte seine langen Finger über mein Fell streichen.

Schnaufend sah ich weg, doch seine Hand packte fester zu und zwang mich, zu ihm aufzusehen. In seinen Augen lag ein Ausdruck, den ich nicht genau deuten konnte.

»Ich weiß, du hasst mich gerade. Aber ich halte mich an meinen Schwur. Dir wird nichts passieren. Das verspreche ich.«

Damit zog er an der Leine und dirigierte mich durch den Wald. Doch schon nach wenigen Schritten begann er zu taumeln, als würde ruckartig jede Energie aus seinen Gliedern weichen. Schwer atmend stützte er sich gegen einen Baumstamm und sog dabei tief die Luft ein. Er zitterte. Ich spürte es an der Leine.

»Wie geht es dir?« Regina war sofort an seiner Seite und fühlte seine Stirn. »Hast du noch Fieber? Du hast übertrieben. Deine Wunden sind kaum verheilt.«

»Das wird schon wieder«, stieß Vincent nach ein paar weiteren Atemzügen aus und schlug genervt Reginas Hand von seiner Stirn. »Wie läuft der Rest des Plans?«, erkundigte er sich, während die anderen Spieler zu uns aufholten.

Regina presste die Lippen zusammen. Ein verzweifelter Ausdruck lag in ihren Augen. »Blue sollte gleich zu uns stoßen. Soweit ich weiß, hat Jackson nichts bemerkt.«

»Sehr gut«, sagte Vincent leise, während ich verwirrt die Ohren anlegte.

Blue? Wer war Blue?

Wir durchquerten gerade die Linie zum Anwesen von Chesterfield, als es im Unterholz raschelte und eine Gestalt hervortrat. Vincent zwang mich, stehen zu bleiben, während ich selbst völlig entgeistert eine Person anstarrte, die sich aus der Dunkelheit schälte und sich ein Blatt aus dem Haar pflückte.

Es war Glory.

»Status?«, erkundigte sich Vincent.

»Er war viel zu aufgewühlt, um zu merken, dass ich die Grenze übertreten habe. Nur Isolde hat kurz Verdacht geschöpft, aber ich habe sie mit einem kleinen Brand in der Küche abgelenkt. Die letzten zwei Monate waren die reinste Hölle und viel zu lange, Vincent. Ich kopiere zwar die Person im Aussehen perfekt, aber auch meine schauspielerischen Fähigkeiten haben ihre Grenzen.«

Sie seufzte dramatisch, und als sie näher kam, begann ich zu knurren. Es drang tief aus meiner Kehle hervor.

Glory blieb amüsiert stehen. »Hallo, Alice. Ich glaube, wir wurden uns noch nicht offiziell vorgestellt. Ich bin Blue.« Sie schnippte, und im nächsten Augenblick schmolz ihr Gesicht wie Wachs in sich zusammen. Die braunen Haare wurden kurz und blond, das Gesicht wurde schmal, beinahe elfenhaft. Nur die Augen blieben genauso stechend grün wie zuvor.

Entgeistert starrte ich sie an.

Sie kicherte. »Ich habe noch nie einen Wolf so verdutzt dreinschauen gesehen. Wusstest du nicht, dass Vincent einen Formwandler unter den Bauernspielern hat? Er hat mich schon zu Beginn des Spiels bei Jackson eingeschleust.«

Mein Nackenfell stellte sich ruckartig auf.

Vincent hatte einen Formwandler eingeschleust. Er hatte also doch einen Informanten gehabt. Die ganze Zeit über. Das war so ... so ... Es war so unglaublich Vincent. Und obwohl ich dachte, das wäre gar nicht mehr möglich, spürte ich noch größere Enttäuschung in mir aufwallen. Trotz allem hatte ein Teil von mir Vincent vertrauen wollen.

Nur, wenn das hier Blue war, wo war dann die echte Glory? Vor Entsetzen blieb ich stehen und fiepte.

Vincent musste meine Gedanken richtig gedeutet haben, denn er streichelte mir den Kopf. »Keine Sorge, die echte Glory atmet noch. Jackson hätte es gespürt, wenn wir sie getötet hätten. Sie war die ganze Zeit über in Chesterfield. Du kannst ihr später Gesellschaft leisten, während wir alles für morgen vorbereiten. Komm jetzt.«

Ich knurrte und stemmte die Füße in die Erde, schrammte mit meinen Krallen tiefe Furchen hinein, doch Vincent riss an der Leine, bis mir die Luft ausging. Bellend sprang ich nach vorn, versuchte, ihn zu beißen und spürte im nächsten Augenblick den harten Lauf einer Knarre an meinem Kopf.

»Hör auf oder wir legen dir einen Maulkorb um«, sagte einer der Zwillinge scharf.

Ich starrte ihn an. Es war Ebony. Ich knurrte ihn an und zuckte zurück.

Ebony trat nach vorn und griff nach mir, doch ich schnappte nach ihm, und obwohl ich es versprochen hatte, versuchte ich mich zurückzuverwandeln. Meine Muskeln zuckten und streckten sich, doch die Verwandlung blieb aus.

Ich knurrte und spürte im nächsten Augenblick, wie sie mir den Maulkorb anlegten. Nicht grob, aber fest.

»Na also, geht doch«, sagte Vincent lächelnd. Ich hasste es, wie freundlich er klang. Wie nett er dabei aussah, während er die Gurte um meinen Kopf festzog. »Was für ein schöner Tag«, sagte er in die

Runde, erntete jedoch nur skeptisches Brummen. Ich überlegte, ihm auf die Füße zu pissen. »Ihr Spaßbremsen«, gab er zurück, während das Anwesen in Sichtweite kam.

Es ähnelte mit seinem hohen Turm, dem grauen Stein und den Buntglasfenstern immer noch einer Kirche. Gefallene Spieler säumten als stumme Figuren unseren Weg. Der Kies knirschte unter unseren Füßen, während Vincent das Anwesen betrat. Die automatischen Glastüren glitten lautlos auf, und in der Halle berieselte uns klassische Musik.

»Wie ich sehe, habt ihr sie«, begrüßte uns eine Stimme.

Ich sah auf und begegnete dem besorgten Blick von Dr. de la Roi. Miss Cross stand neben ihm und telefonierte. Sie sah auf.

»Vincent. Direktor Chesterfield möchte mit dir sprechen.«

Vincent erstarrte. Neugierig linste ich zu ihm hoch. Direktor Chesterfield. Vincents Vater wollte mit ihm telefonieren? Kam es mir nur so vor oder wurde Vincent tatsächlich blass?

Er nickte jedoch nur und sagte: »Gleich.« Er versuchte, unbekümmert zu klingen, doch wieder spürte ich das leichte Zittern an der Leine.

»Er sagte, sofort«, korrigierte Miss Cross ihn sanft, aber bestimmt.

Vincents Faust schloss sich knackend um die Leine. »Natürlich.«

»Er will sie ebenfalls sprechen«, schloss Miss Cross und nickte zu Blue und Regina hinüber.

Auch sie wurden blass, nickten jedoch ebenfalls.

Was zum Teufel war hier los? Warum hatten die beiden solche Angst vor einem Telefonat?

Vincent setzte sich in Bewegung. Doch anstatt bei Miss Cross stehen zu bleiben, ging er weiter. Ich hörte, wie sie: »Er ist unterwegs«, murmelte und anschließend auflegte.

Verwirrt stolperte ich Vincent nach. Seine Schritte hallten in dem weitläufigen Gebäude wider. Die Gemälde der ehemaligen weißen Spieler starrten uns an, als er die Treppen nach oben stieg. Stockwerk um Stockwerk. Immer höher folgten wir der Treppe, ich selbst wurde immer verwirrter. Warum gingen wir aufs Dach?

Wir erreichten die Tür, die hinaus zum Gewächshaus führte, doch Vincent steuerte sie nicht an, sondern blieb vor dem menschengroßen Ölgemälde stehen, das Madelyn St. Burrington und die Brüder Chesterfield zeigte. Er atmete tief durch.

»Geht's?«, flüsterte Regina ihm zu. Ihre Hand berührte federleicht seine Schulter.

»Nein«, sagte Vincent beinahe ängstlich, ehe er meine Leine fester packte. Sein Blick wanderte zu mir, und seine Stimme war rau. »Was auch immer du jetzt siehst, habe kein Mitleid mit mir. Ich habe keines verdient«, sagte er leise.

Mir stellten sich sämtliche Nackenhaare auf. Als er kurz zuvor von Jackson hätte getötet werden können, hatte keine Angst in seinem Blick gelegen. Jetzt schon. Was ging hier vor sich?

Vincent fasste an den Rahmen des großen Gemäldes. Er suchte etwas, seine Finger fuhren unter die Kante und … ein Klicken war zu hören. Im nächsten Augenblick schwang das Gemälde auf. Es war in Wirklichkeit eine Tür. Sie gähnte wie ein klaffender Schlund vor uns auf. Dahinter lag ein langer dunkler Gang, der mit altem Holz verkleidet war. Es roch nach Staub und abgestandener Luft. Diese Tür hatte sich schon eine ganze Weile nicht mehr geöffnet.

Vincent ging zuerst und zog mich mit sich. Meine Krallen klackerten auf dem Holz, bevor wir auf eine weitere Tür stießen. Vincent blieb stehen und klopfte.

Nichts.

Wir warteten und warteten, doch Vincent klopfte nicht erneut oder rührte sich sonst irgendwie. Nach einer gefühlten Ewigkeit schwang die Tür plötzlich wie von Zauberhand auf. Irgendwie hatte ich das Gefühl, als müsste sie quietschen, doch sie glitt vollkommen lautlos nach innen auf.

»Ihr seid spät!«, schallte eine träge tiefe Stimme zu uns durch.

Vincent setzte sich in Bewegung. Der Hall unserer Schritte wurde nun von einem burgunderroten Teppich verschluckt. Wir standen mitten in einem großen Zimmer, das einem Büro ähnelte. Die Wände waren mit deckenhohen Bücherregalen bedeckt. Ein wuchtiger Schreibtisch dominierte den Raum. In einer Ecke war ein Kamin, in dem ein Feuer prasselte, davor stand eine Sofaecke mit einem Tisch, auf dem jemand ein Schachspiel aufgebaut hatte. Die schwarzen und weißen Figuren standen sich noch gegenüber. Unberührt. Ungespielt.

Doch es war die Person, die in einem der Sessel saß, die meine Aufmerksamkeit auf sich zog. Eine große männliche Gestalt mit breiten Schultern. Das flackernde Feuer beschien nur eine Hälfte seines Gesichts, während die andere von Schatten hart entzweigeschnitten wurde. In einer Hand mit Siegelring am kleinen Finger schwenkte er träge ein Glas Wein, das er anhob und aus dem er langsam trank, ehe er uns endlich anblickte.

Zuerst registrierte ich das weiße Haar, das straff nach hinten gekämmt war, gefolgt von den blauen Augen, die genauso hervorstachen wie die von Vincent.

»Direktor Chesterfield«, murmelte Regina und senkte den Kopf.

Ich erstarrte. Direktor Chesterfield? Mein Blick wanderte zu Vincent, während ich zu verarbeiten versuchte, was ich da genau sah. Vincent hatte mir erzählt, sein Vater sei Direktor Chesterfield. Er hatte mir jedoch auch erzählt, dass dieser das Spielfeld verlassen hatte.

Ich starrte Direktor Chesterfield an und hatte das Gefühl, als würde mir jemand den Boden unter den Füßen wegziehen. Grenzenloses Entsetzen erfüllte mich, denn ich kannte diesen Mann. Ich kannte Direktor Chesterfield, auch wenn ich ihm niemals persönlich begegnet war. Dennoch würde ich niemals sein Gesicht vergessen, denn es hatte mich in den letzten Monaten in meinen schlimmsten Albträumen verfolgt.

Vor uns saß niemand anders als Augustus Chesterfield.

Kapitel 20

»Vater«, sagte Vincent förmlich und verbeugte sich knapp. Er verbeugte sich!

Regina und Blue knicksten. Sie waren mucksmäuschenstill. Im Kamin knackte ein Holzscheit. Funken flogen durch den Raum.

»Hm…«, brummte Augustus nur. Sein kleiner Finger klopfte gegen das Glas in seiner Hand. Es klirrte jedes Mal wenn der Siegelring auf das Glas traf. »Ist sie das?«, fragte er schließlich, ohne mich anzusehen. Aber ich wusste, dass er mich meinte, denn Vincent zog mich beinahe schützend enger an sich.

»Ja, das ist der Slave. Ihr Name ist Alic…«

»Mich interessiert ihr Name nicht«, winkte Augustus ab, eher er das Glas erneut ansetzte und den Inhalt in einem einzigen Schluck herunterstürzte. »Was mich jedoch interessiert …«, fuhr er fort, während er sich einen verlorenen Tropfen Rotwein aus dem Mundwinkel wischte, »… ist, was du heute an der Spielfeldgrenze mit dem schwarzen König zu besprechen hattest.«

Vincent schluckte. »Ich habe … ich habe den Slave zurückgeholt, Vater«, sagte er. Nicht mehr. Kein Wort über den Blutschwur. Kein Wort über alles andere.

»Das ist alles?« Augustus zog eine Augenbraue hoch.

»Bisher ja, aber …«, setzte Vincent an, stockte jedoch, als Augustus seine Hand um das Glas anspannte, bis sich ein knackender Riss hindurchzog. »Aber was …?«, brüllte er ohne jede Vorwarnung los und stand so ruckartig auf, dass die Mädchen hinter uns zusammenzuckten. Nur Vincent blieb absolut still. Die Schultern gerade. Das Kinn erhoben. »Warum schleppst du diesen Köter, dieses Gör an, aber der schwarze König ist immer noch am Leben?«, brüllte Augustus und warf das Glas.

Vincent reagierte blitzschnell und duckte sich. Der Glaskörper zerschmetterte an der Wand hinter ihm und rieselte in tausend scharfkantigen Teilen herab.

Winselnd zog ich den Schwanz ein und starrte völlig entgeistert erst den einen, dann den anderen Chesterfield an. Vincent reagierte nicht. Nur Regina holte scharf und sichtlich besorgt Luft.

»Der Slave ist hier, weil ich unseren Plan etwas optimiert habe«, ließ Vincent seinen Vater ruhig wissen.

»Optimiert?« Augustus schnaufte und kam auf seinen Sohn zu.

Der hob beinahe schon störrisch das Kinn. »Ja. Blue einzuschleusen, war zwar eine gute Idee, aber sie kam in über zwei Monaten Jackson niemals nahe genug, um ihm wirklich schaden zu können. Er ist vorsichtig. Selbst unter seinen eigenen Leuten. Wir brauchen jemanden, dem er vertraut, so sehr, dass er all seine Schutzschilde fallen lässt. Und das hat er bisher nicht. Nur bei ihr. Sie ist unser Joker.« Erneut sagte er kein Wort über den Blutschwur.

»Sie …«, zischte Augustus und packte seinen Sohn so grob am Kinn, dass ich dessen Nackenwirbel knacken kören konnte. »Sie ist nicht mehr als eine abartige Wucherung, eine Anomalität und Entwürdigung dieses Spiels. Ich habe dich gewarnt, dich auf sie einzulassen. Du hattest die Anweisung, sie an ihrem ersten Tag hier in Chesterfield zu töten, und was hast du getan?«

Abfällig ließ er das Gesicht seines Sohnes los und spuckte aus. Oder eher Vincent an. Der zuckte mit keiner Wimper.

»Du bist schwach und nichtsnutzig«, murmelte Augustus, und ich sah den nackten Wahnsinn in seinen Augen leuchten.

»Vater …«, setzte Vincent an, als der bereits ausholte und seinem Sohn mit der flachen Hand so fest ins Gesicht schlug, das es zur Seite geschleudert wurde.

Vincent leckte sich einmal kurz über die Unterlippe. Sie war eingerissen. Ich sah den Schmerz in seinen Augen, sah, wie er ihn herunterschluckte. »Es wird mir noch gelingen, Vater. Gib mir nur etwas Zeit«, sagte er tonlos.

Augustus schnaubte und ließ sich zurück in den Sessel fallen. Er nahm sich eine Spielfigur vom Brett. Den schwarzen König. »So? Dann erzähl mir mal von deinem Plan. Was sind deine nächsten Schritte, mein Sohn?«, murmelte er träge. Von einem Augenblick zum anderen wirkte er schon beinahe schläfrig.

Vincent atmete tief durch, ehe er Blue hinter sich zunickte. Ich hatte beinahe vergessen, dass sie mitgekommen war. Sie trat vor und lächelte zittrig, ehe sich ihr Gesicht wieder in eine wachsähnliche Masse verwandelte. Im nächsten Augenblick stand eine exakte Kopie von mir selbst im Raum. Das blonde Haar hing ihr offen über die Schultern, die Augen waren scheu niedergeschlagen. Selbst die schwarze Schuluniform hatte sie kopiert.

»Und jetzt?«, fragte Augustus gelangweilt.

»Sie sieht exakt aus wie Al… wie der Slave. Jackson wird den

Unterschied nicht bemerken. Ich werde zum Zeichen meines guten Willens Blue mit ihm gehen lassen, und dann …«

»… werde ich ihn töten«, ergänzte Blue ein wenig zittrig, aber sichtlich gewillt, den Plan ihres Königs zu unterstützen.

Meine Wolfsohren zuckten unruhig. Das konnten sie nicht tun, zumindest nicht ohne den Blutschwur zu brechen, womit Vincent sofort fallen würde. Doch erneut kam es mir so vor, als würden sie diese Sache vor Augustus geheim halten. Versuchten sie etwa, den Waffenstillstand zu verheimlichen?

»Ich hatte genug Zeit, die beiden zu beobachten. Er wird nichts ahnen, ehe es zu spät ist. Jackson ist zu verliebt in sie, um misstrauisch zu sein.« Vincents Stimme kippte am Ende leicht.

Augustus schwieg. Das Feuer knackte, und obwohl es heiß sein sollte, fröstelte es mich unter dem Fell. »Das bedeutet, du gehst von der naiven Annahme aus, dass Liebe blind macht?«, fragte er schließlich.

Vincent schluckte. »Ja … nein, ich meine, nein … nicht direkt, aber …«

Augustus' Lippen kräuselten sich. Es war kein Lächeln, obwohl es amüsiert aussah. »Eine Lektion, die du eindeutig noch lernen musst, ist, dass es nichts Gefährlicheres gibt als echte Liebe. Sie macht nicht blind, mein Junge, sondern unberechenbar. Und wenn wir eines nicht gebrauchen können, dann ist es ein unberechenbarer schwarzer König.«

Augustus stand schwungvoll auf und trat auf seinen Sohn zu. Der wich nun doch zurück. So weit, bis seine Schulterblätter an der hinteren Wand anstießen.

»Genau das ist dein Fehler, Junge: Du verwechselst Liebe mit körperlicher Anziehungskraft, und genau deshalb ist dir die Göre überhaupt erst entwischt. Du kannst vielleicht ihren Kopf manipulieren, aber niemals das Herz«, raunte Augustus, hob die Schachfigur und bohrte sie Vincent an die Stelle, an der sein Herz schlagen musste.

Vincents Kinn zuckte. »Mein Plan wird gelingen, das verspreche ich«, presste er hervor. Ich roch seine Angst. Sie war kalt und beißend.

»Wir werden ihn dabei alle unterstützen«, warf Regina ein. Man sah ihr an, dass sie sich schützend vor Vincent stellen wollte und sich dennoch nicht rührte.

Augustus warf ihr einen abschätzigen Blick zu. »Nur ein schwacher König gebraucht seine Spieler als Krücken. Bist du schwach, mein Sohn?« Er starrte den Jungen mit kalter Berechnung an.

Vincent versteifte sich. Sein Blick war vollkommen ausdruckslos. »Nein, Vater, das bin ich nicht.«

Augustus zog eine Augenbraue hoch und trat zurück. Die Schachfigur fiel zu Boden. »Nun ist es ohnehin zu spät. Zieh deinen Plan durch, aber wenn du versagst, werde ich persönlich eingreifen. Zu viel ist bereits passiert, was nicht hätte passieren sollen.«

Vincent stieß leise die Luft aus. »Ich werde dich nicht enttäuschen, Vater.

Vincent drehte sich um und strebte mit schnellen Schritten auf den Ausgang zu, während Regina und Blue ihm sichtlich erleichtert folgten. Vincent streckte gerade die Hand nach dem Türgriff aus, als ihn die Stimme seines Vaters innehalten ließ.

»Lass den Slave hier, Junge.«

Vincent erstarrte, während ich selbst gelähmt vor Angst die Ohren anlegte. »Warum?«, fragte er. Zum ersten Mal zitterte seine Stimme.

Augustus stand vor dem Kamin, wo der Widerschein des Feuers sein Gesicht in harte Schatten schnitt. »*Warum?* Weil ich es verlange. Darum.« Seine Stimme klang gereizt.

Vincent packte meine Leine so fest, dass sie mir die Luft abschnürte. »Das geht nicht«, stieß er hervor.

»Vince, lass sie da«, flüsterte Regina panisch.

»Das geht nicht? Inwiefern? Da dein Plan ja angeblich gelingen wird, haben wir keine Verwendung mehr für den Slave.«

Keine Verwendung mehr. Die Worte hallten wie ein grauenvolles Echo in meinen Ohren nach. Ich knurrte leise.

»Er könnte uns noch nützlich sein«, stieß Vincent hervor. Seine Stimme klang angespannt, während sein Blick hin- und herhuschte, als suchte er nach einem Fluchtweg, den es nicht gab. Kein Wort über den Plan, den Fluch mit Hollisters Kräften einzufangen, kam ihm über die Lippen.

Augustus starrte seinen Sohn an. Das Feuer im Kamin knackte. Das Blaue im Inneren der Flamme breitete sich aus und verästelte sich, bis der Raum in eiskaltes Blau gehüllt wurde. Augustus' Schatten selbst schien unnatürlich zu wachsen, aufzuquellen wie eine Lache, die sich am Boden ausbreitete.

»Schwach …«, murmelte Augustus und Vincent zuckte zusammen. »Deine Schwäche ekelt mich an. Kurz dachte ich wirklich, du hättest endlich das Zeug zum König. Ich war beinahe beeindruckt. Beinahe. Willst du wirklich den Slave vor mir schützen? Eine andere Erklärung fällt mir nicht ein, warum du mir in dieser Sache

Widerworte geben solltest. Deine letzte Chance, Junge: Lass ihn hier und geh.«

Vincent rührte sich nicht. Er presste nur die Lippen zusammen und schwieg. Ungläubig starrte ich ihn an. Versuchte er mich gerade wirklich zu beschützen? Warum?

Augustus verzog das Gesicht, ich konnte jedoch nicht deuten, ob er enttäuscht oder gar erfreut aussah. Das Feuer spiegelte sich in seinen schwarzen Pupillen. »Nun denn, wie du meinst: Komm zurück«, befahl er.

Unweigerlich rückte ich näher an Vincent heran. Ich konnte nicht fassen, dass in mir der Wunsch aufkam, ausgerechnet ihn zu schützen, aber alles in mir schrie danach, ihn zu packen und fortzulaufen. Egal wohin. Hauptsache, raus aus diesem Bunker.

»Vincent …«, setzte auch Regina an, doch Vincent gab ihr ruckartig meine Leine.

»Halt sie fest. Sie darf nicht dazwischengehen«, zischte er ihr leise zu.

»Nein!«, stieß Regina hervor, doch da ging Vincent bereits auf seinen Vater zu.

Es klickte, als Augustus die Schnalle seines Gürtels öffnete und ihn aus den Schlaufen zog. »Dazu werde ich mir eine Meinung machen, wenn du danach noch aus diesem Büro gehen kannst, wie es ein König tun sollte. Du weißt, was zu tun ist. Und ihr: raus!«, bellte er in unsere Richtung.

»Sir, bitte …«, sagte Regina mit Panik in der Stimme.

»Raus!«, brüllte Augustus erneut, und die Mädchen zogen sich hektisch zurück.

Ich stolperte unfreiwillig Regina hinterher und sah dabei aus dem Augenwinkel, wie Vincent sich in aller Seelenruhe das weiße Hemd aufknöpfte und es zu Boden segeln ließ. Der Stoff flatterte leise raschelnd herab und blieb blütenweiß auf dem burgunderroten Teppich liegen. Die Muskeln an Vincents Unterarmen spannten sich an, als er seinem Vater den bereits völlig vernarbten Rücken zuwandte und sich an einem Stuhl festhielt.

»Zähl mit«, hörte ich Augustus sagen, und als Regina die Tür zuschlug, hörte ich den ersten Schlag auf nackter Haut auftreffen.

»Eins«, klang es dumpf hinter der Tür hervor.

»Hol schnell Dr. de la Roi«, zischte Regina Blue zu.

Die nickte und rannte.

Der nächste Schlag erklang. Ich zuckte zusammen. In Gedanken begann ich, ebenfalls zu zählen.

»Zwei.«

»Das ist nur deine schuld!«, fauchte Regina, und ich sah die Tränen in ihren Augen, die nackte Verzweiflung. »Er steht jetzt nur dort drinnen, weil er dich beschützen will. Ich hätte dich töten sollen, als ich die Chance dazu hatte.«

»Drei.«

Ich knurrte Regina an, doch bei jedem Schlag wand sich in mir innerlich alles vor Mitleid. Ein seltsames Gefühl. Ich hatte tatsächlich Mitleid mit Vincent Chesterfield. Regina hatte zu Beginn des Spiels einmal behauptet, ich hätte keine Ahnung von Vincent oder seinem Spiel. Damals hatte ich diese Bemerkung als Mobbingversuch einer miesen Bitch abgestempelt. Eine Bitch war Regina immer noch, aber sie hatte auch recht gehabt. Ich hatte keine Ahnung. Vincent zählte weiter.

»Fünfzehn.«

Seine Stimme klang gepresst, und mit meiner feinen Nase konnte ich Blut riechen. Regina schniefte. Sie weinte leise.

»Zwanzig!« Vincent brüllte das Wort beinahe.

Das Leder knallte immer schneller auf das nackte Fleisch hinab. Es klang unkontrolliert. Als würde Augustus all seinem Wahnsinn freien Lauf lassen. Bei dreißig hörte Vincent auf zu zählen und schrie nur noch. Bei jedem Schlag klang es, als würde er jeden Augenblick zusammenbrechen. Unweigerlich bemerkte ich, wie ich hektisch wurde. Wir mussten etwas tun! Er wurde dort drinnen halb zu Tode geprügelt.

Ich wollte mich von der Leine losreißen, doch Regina packte mich nur fester. »Wenn du jetzt reingehst, machst du es nur schlimmer!«, fauchte sie.

Vincent brüllte sich heiser.

Im selben Augenblick erschien Dr. de la Roi im Gang. Er keuchte, als wäre er gerannt. »Ist er …«, setzte er an.

In dem Moment erstarben die grässlichen Geräusche im Büro.

»Was sagt man?«, hörte ich Augustus fragen.

»Danke, Vater«, keuchte Vincent.

Die Tür ging auf, und Vincent kam heraus. Er hatte sich das Hemd übergeworfen, jedoch nicht zugeknöpft, sodass seine Brust zu sehen war.

Dr. de la Roi starrte für eine kurze Sekunde in das Büro hinein, und in seinem Blick lag so viel Abscheu, wie ich sie noch nie im Blick eines Menschen gesehen hatte. »Vater«, sagte Dr. de la Roi schließlich und verbeugte sich knapp.

Moment … was?

Augustus schnaubte, und ich sah, wie er Blut von seinem Gürtel wischte. »Noch so ein Sohn, der mich enttäuscht hat. Ich scheine in den letzten Spielen nur noch versagende Könige auf die Welt zu bringen.« Und damit schlug er die Tür zu.

»Vince …«, setzte Dr. de la Roi an, den ich fassungslos anstarrte.

Dr. de la Roi hatte Augustus ebenfalls Vater genannt. Wenn ich mir das nicht gerade eingebildet hatte, war Dr. de la Roi demnach gar nicht Vincents Onkel, sondern … sein Bruder?

»Nicht, ich kann … ich kann das allein«, schnaufte Vincent und taumelte den Gang entlang.

Sobald wir den jedoch verließen und hinter dem Gemälde verschwanden, brach er keuchend auf dem Boden zusammen. Ich winselte, als ich das Blut sah, das durch sein weißes Hemd suppte.

»Du hast ihn wütend gemacht«, stellte Dr. de la Roi fest, der sofort auf die Knie ging und seinen Bruder untersuchte. »Womit?«, bohrte er nach.

Vincent sah keuchend auf. »Womit nicht? Ich kann es kaum erwarten, dass dieses Scheißspiel vorbei ist und ich endlich unwichtig für ihn werde. Er kann zusammen mit dem Fluch verrecken.«

Dr. de la Roi presste die Lippen zusammen. »Du pokerst meiner Meinung nach zu hoch, Vincent.«

Der ächzte. »Es wird funktionieren. Jackson ist auf den Deal eingegangen. Solange Vater nichts davon ahnt, haben wir tatsächlich eine Chance, in die Tunnel nach unten zu kommen.«

Trotz allem, was ich heute erlebt hatte, warfen mich seine Worte beinahe am meisten aus der Bahn. Das bedeutete also, dass Vincent tatsächlich vorhatte, sich an den Schwur zu halten. Er betrog nicht uns … sondern seinen Vater. Ich blinzelte und hatte einen leichten

Flashback. Von Curse, wie er mit mir unten in den Tunneln gesessen und über den Fluch gesprochen hatte.

»Hast du denn niemals versucht, es nicht zu tun?«

»Natürlich habe ich das, viele Male sogar.«

»Und?«

»Wenn ich es nicht mache, schickt sie etwas Schlimmeres als mich, um es zu erledigen.«

»Was genau ist etwas Schlimmeres?«

Ich glaube, ich wusste nun, was schlimmer war.

Augustus Chesterfield.

Madelyn musste ihn genauso verflucht haben wie Charles. Dem Ganzen wohnte eine beinahe schon grausame Ironie inne.

Dr. de la Roi seufzte. Man sah ihm den Kummer und die Zweifel an, als er sanft seine Hände auf den zerschundenen Rücken seines Bruders legte.

Der spannte sich ruckartig an. Ein heiserer Schrei entfuhr ihm, und mit wachsender Faszination sah ich, wie Dr. de la Rois Hände leicht zu leuchten begannen. Er murmelte dabei etwas vor sich hin, und Vincent begann, sich langsam zu entspannen, bis er sich aufsetzte.

»Nicht! Ich habe die Wunden nur oberflächlich zusammengeflickt«, warf der Doc scharf ein.

Vincent schenkte ihm nur einen müden Blick. »Das muss reichen. Ich muss etwas schlafen, und danach habe ich ein Date mit dem schwarzen König. Kannst du mir einen Gefallen tun und Alice nach unten bringen?«

Dr. de la Roi nickte seufzend. »Natürlich.«

Vincent ächzte und stand langsam auf. Regina war sofort an

seiner Seite, und zusammen verschwanden sie die Treppe herunter.

Das war meine Chance zu fliehen! Ich musste Jackson erzählen, was ich hier gesehen hatte. Ich hatte nicht geschworen, auf Chesterfield zu bleiben, ich hatte es nur versprochen, und Versprechen ließen sich brechen. Ich spannte bereits die Beine an und wollte rennen, doch da packte mich Dr. de la Roi auch schon am Halsband und zog mich ruckartig zurück.

»Oh nein, Alice. Wir können nicht zulassen, dass du abhaust und allen erzählst, was du hier gerade gesehen hast. Und wenn Vater bemerkt, dass du verschwunden bist, werden die Konsequenzen für Vincent nur noch schlimmer. Es tut mir leid«, sagte er sanft.

Ich knurrte und sah zu ihm auf. Der Doc dirigierte mich die Treppe nach unten. »Sieh mich nicht so an«, sagte er schließlich und schien sich sichtlich unwohl zu fühlen. »Es macht mir keinen Spaß, das zu tun. Ich bedaure es sogar sehr. Glaub mir.«

Ich starrte ihn weiter an, während ich noch zu verstehen versuchte, was ich soeben alles gesehen hatte. Augustus Chesterfield war also genauso wie sein Bruder Charles – oder sollte ich ihn eher Curse nennen? – noch am Leben. Vincent war Augustus' Sohn und der bisher so freundliche Dr. de la Roi sein großer Bruder. Ich kramte in meinem Kopf nach Informationen über das Spiel und die Könige. Bisher hatte ich geglaubt, nur die erstgeborenen Söhne konnten Könige werden. Handelte es sich dabei um eine Lüge? Stammten alle weißen Könige von Augustus ab? Wenn ja, war es kein Wunder, dass in der Geschichte des Spiels die weiße Seite so oft gewonnen hatte. Augustus Chesterfield züchtete sich seine eigenen Champions heran. Mir wurde übel.

Und … das Leuchten an Dr. de la Rois Händen war eindeutig nicht menschlich gewesen. Ich ertappte mich dabei, wie ich auf besagte Hände starrte.

Der Doc bemerkte es und lächelte mich beinahe schon verschämt an. »Hast du dich noch nie gewundert, warum manche Erwachsenen auf dem Spielfeld geduldet werden?«

Doch, hatte ich, aber damals hatte ich nur die Erklärung aufgetischt bekommen, dass der Fluch Ausnahmen zuließ. Mehr nicht.

»Miss Cross und ich sind ehemalige Spieler. Ich war der König und Miss Cross die Königin des weißen Spielfelds. Wir haben das letzte Spiel zusammen gewonnen. Wie alle Spieler, die diese Tortur überstehen, verloren auch wir danach unsere Kräfte. Allerdings erlaubte uns der Fluch – oder in diesem Fall mein Vater –, auf das Spielfeld zurückzukehren und von Nutzen zu sein. Auch wenn wir dabei gezwungen sind, uns im Hintergrund zu halten, und jedes Eingreifen schwer bestraft wird. Ich selbst habe mir jedoch noch ein paar nützliche Tricks aus meiner Zeit als König behalten und helfe ein wenig bei der Heilung. Auch mir und Miss Cross, deswegen sehen wir noch recht jung aus. Den Fluch scheint es nicht zu stören. Und Vater bemerkt es zum Glück nicht.« Er blickte trotz seines Lächelns grimmig.

Ich zuckte mit den Ohren und schnaufte. Unauffällig linste ich den Gang entlang. Dr. de la Roi mochte ein ehemaliger Spieler sein, doch ich war ein Turm. Wenn ich eine Chance hatte auszubrechen, dann jetzt. Ich musste nur den richtigen Moment abpassen.

Er lächelte spöttisch auf mich herab. »Ich weiß, dass du keine großen Stücke auf uns hältst, Alice, aber ich erzähle dir das, weil ich glaube, dass wir dir von Anfang an mehr hätten erzählen sollen.

Dann wäre vielleicht alles anders gekommen, wer weiß. Und das hier tut mir auch sehr leid.«

Noch ehe ich reagieren konnte, hatte er eine Spritze aus seiner Jacke gezogen und jagte mir die Nadel in die Flanke. Ich brüllte und zuckte zurück, doch schon im nächsten Augenblick verschwamm mein Blick. Ich taumelte.

»Keine Sorge, das ist nur ein leichtes Sedativum, damit du nicht auf dumme Gedanken kommst.«

Verdammt, verdammt, verdammt! Nein! Warum? Ich knurrte, doch das Mittel verwandelte meine Gliedmaßen in Pudding, und ich schaffte es gerade einmal, von einem Bein auf das andere zu taumeln.

Er lächelte immer noch, als wir in der großen Halle ankamen. Seine Stimme war sanft, doch sein Griff war unerbittlich, als er eine unscheinbare Tür öffnete, die ich im Vorbeigehen als Besenkammer abgestempelt hätte. Sofort schlug uns jedoch ein feuchter, alter Geruch entgegen. Steinstufen führten in die Tiefe. Dr. de la Roi zerrte mich hinter sich her. Tiefer und tiefer, bis wir tatsächlich einen alten Kerker erreichten, der aus dem Mittelalter hätte stammen können. Der unterirdische Raum zog sich im Zickzack durch die Dunkelheit. Das runde, steinerne Gewölbe ließ unsere Schritte hallen, während der Doc auf eine Zellentür zuging. Er nahm mir den Maulkorb ab, und ich war zu benommen, um zuzubeißen.

Alles in mir sträubte sich, und ich war gerade dabei, einen Fluchtversuch zu planen, als Dr. de la Roi nach unten griff und mir zuflüsterte: »Ich weiß, dass du kein Vertrauen in uns hast, und das zu Recht. Aber Vincent hofft wirklich, den Fluch brechen zu können. Er glaubt, wenn er den Fluch besiegt, wird er frei von unserem Vater sein. Wir alle haben unter ihm gelitten, aber Vincent am meisten, und er steht unter ständigem Druck. Er tut unter diesen Umständen sein Bestes. Das entschuldigt nicht seine Taten, aber wir alle haben in verzweifelten Situationen verzweifelte Dinge getan. Ich hoffe, du kannst ihm eines Tages verzeihen. Falls es dir ein Trost ist: Ich glaube, du hast diesem Spiel dennoch etwas geschenkt, was all die anderen nicht hatten, und das war ein Funken Hoffnung. Auch wenn es sich nicht so anfühlt, versucht Vincent, dich aus der Schusslinie zu halten.«

Damit schob er mich in eine kleine, enge Zelle und schlug die Tür zu. Knurrend fuhr ich herum und warf mich mit meiner letzten verbleibenden Energie gegen die Tür, doch die wurde nur verriegelt. Gleich darauf hörte ich, wie sich Dr. de la Rois Schritte entfernten. Ich heulte und sprang gegen die Tür, doch das Mittel wirkte noch. Mir war kotzübel, und die Tür quietschte nicht einmal. In Gedanken jedoch keifte ich, schrie und tobte, während aus meiner Kehle nur wüstes Bellen kam.

»Das sieht zwar sehr motiviert aus, hat aber keinen Zweck«, unterbrach mich plötzlich eine zittrige Stimme und ließ mich etwas taumelnd herumfahren.

Eine dürre Gestalt hockte auf einem kahlen Feldbett und starrte mich aus müden grünen Augen an. Lange braune Haare fielen ihr fettig ins Gesicht. Sie sah völlig fertig aus, und dennoch erkannte ich sie auf Anhieb. Vor mir kauerte Glory. Nur dass es diesmal die echte sein musste.

Glory sah mich schwach lächelnd an. »Dieser Kerker mag alt sein, aber die Türen sind es nicht. Ich habe mir den großen Zeh verstaucht, weil ich einmal zu oft dagegengetreten habe.«

»Kacke!«

Sie lachte. »Ja, das dachte ich mir auch.«

Ruckartig stellten sich meine Ohren auf. »Du kannst mich hören?«, fragte ich Glory bellend und kam mir im selben Augenblick bescheuert vor.

Ihre Mundwinkel hoben sich weiter an. »Ja, das kann ich. Ich bin übrigens Glory, St. Burringtons Haus-und-Hof-Tierflüsterin. Und du bist der Slave, oder? Ich habe von dir leider nur gehört, bevor sie mich gekidnappt und hier unten zum Versauern geparkt haben. Ich dachte schon, ich sterbe, ohne mich mit mehr als Ratten unterhalten zu haben. Und glaub mir, Ratten sind lausige Gesprächspartner.« Sie plapperte viel zu schnell, als wollte alles gleichzeitig aus ihr herausbrechen.

Amüsiert wackelte ich mit dem Schwanz. »Sie hätten dir wenigstens einen Fernseher geben können«, warf ich ein.

Sie kicherte. »Finde ich auch. Aber sie scheinen diese Brot-und-Wasser-Strategie wohl unterhaltsamer zu finden. War sie auch, aber nur für fünf Minuten oder so.« Ihr Gesicht verdunkelte sich. »Vor allem hatte ich dabei verdammt viel Zeit, mich zu fragen, ob jemandem auffallen würde, dass ich nicht mehr da bin. Aber offensichtlich bin ich als kleiner Bauer nicht wichtig genug, als dass sie nach mir suchen würden.« Ihre Stimme verstummte, und ich sah die Einsamkeit und den Schmerz in ihrem Blick.

»Sie haben dich nicht vergessen, Vincent hat eine Doppelgängerin von dir eingeschleust. Sie wussten gar nicht, dass du überhaupt verschwunden bist«, ließ ich sie wissen und sah dabei einen Funken Hoffnung in ihrem Blick aufglimmen.

»Wirklich? Das ist ja großartig.« Ihr Strahlen kam ins Stocken.

Ihr Blick flackerte. »Oder auch nicht. Wie man's nimmt«, räumte sie ein und biss sich auf die Unterlippe. »Sag mal, hast du zufällig irgendwann ein Frettchen gesehen? In etwa so groß, braun-rot und ziemlich niedlich?« Sie öffnete die Hände etwa einen halben Meter weit.

»Meinst du Pringles?«

»Ja! Hast du ihn gesehen? Geht es ihm gut? Und Fox? Lebt Fox noch? Leben sie alle noch?« Vor Begeisterung fiel Glory beinahe von ihrer Liege.

Traurig starrte ich sie an. »Pringles ging es das letzte Mal, als ich ihn sah, sehr gut«, beruhigte ich sie dennoch, ehe ich zögerte. »Aber weißt du noch, wann genau du gekidnappt wurdest?«

»Ganz zu Anfang. Ich war gerade mit Page auf Streife, als sie ein Geräusch hörte. Pringles rannte davon. Ich lief ihm nach und bin dem weißen König direkt in die Arme geknallt. Ich dachte schon, mein letztes Stündlein hätte geschlagen, aber als ich wieder zu mir kam, lag ich hier unten und durfte Bekanntschaft mit Louis, der Ratte machen.« Sie verzog das Gesicht.

Vincent, dieser Mistkerl. Er hatte an jenem Abend tatsächlich ein Mädchen entführt. Das hieß jedoch auch, dass die Story, die Glory – also Blue – mir aufgetischt hatte, mehr oder weniger der Wahrheit entsprach und Glory bislang keine Ahnung hatte, dass Page tot war.

Tief atmete ich durch und begann zu erzählen. Alles, was sie verpasst hatte. Hauptsächlich sprach ich, um die Stille in der Zelle zu füllen, eventuell aber auch, um so etwas wie Abbitte zu leisten. Als ich an der Stelle ankam, an der Page, Keith und noch weitere Bauernspieler, die ich selbst kaum gekannt hatte, bereits gefallen waren, rannen Tränen über ihre Wangen. Sie blieb jedoch stumm und nickte nur. Als ich endete, schniefte sie und wischte sich unsexy die Nase an ihrer dreckigen Uniform ab.

»Ich bin auf dem Spielfeld aufgewachsen wie alle anderen auch«, murmelte sie mit zitternder Unterlippe. »Ich wusste, dass es viele meiner Freunde nicht schaffen würden, aber Page …« Sie würgte das Wort herunter und schluchzte erneut.

Vorsichtig legte ich ihr eine Pfote auf ihr Bein. »Es tut mir leid«, sagte ich.

Sie lächelte unter Tränen. »So ist das Spiel, auch wenn die Praxis noch mal heftiger ist, als es nur in der Theorie zu wissen. Page war unvorsichtig. Sie hätte es besser wissen müssen. Sie ist … ich glaube nicht, dass es einen Sinn hat, hier auf irgendjemanden wütend zu sein. Wir alle sind Opfer und Täter zugleich.« Sie schniefte leise. »Danke, dass du mir all das erzählt hast. Aber was machen wir mit Jackson? Wir müssen ihn warnen. Er darf nicht sterben.« Der blanke Horror schlich sich in ihre Augen.

Ich sah mich um. Doch es gab kein Fenster. Nichts, was auch nur die Andeutung eines Wegs in die Freiheit gewesen wäre. Hier unten gab es nur Stein, ein Bett, einen Kübel, der wohl als Toilette herhalten musste, und wohl auch Louis, die Ratte. Ende. Unruhig zuckte ein Muskel an meiner Schulter.

»Wir überlegen uns etwas. Vielleicht sollten wir uns bis dahin ein wenig ausruhen«, schlug ich vor.

»Viel mehr kann man hier unten sowieso nicht tun«, sagte Glory trocken, die sich aufs Feldbett zurücklegte und einladend neben sich klopfte. »Hier. Wenn du willst …« Schüchtern sah sie mich an.

Aber egal, was Vincent gesagt hatte – ich war nun mal kein

Schoßhündchen, sondern ein Wolf, der auch allein kaum auf das kleine Feldbett gepasst hätte. Also ließ ich mich daneben nieder und rollte mich zusammen. Ich fühlte Glorys Hände in meinem Fell, und obwohl meine Gedanken mit irrem Lachen Karussell fuhren und es hier unten kalt, feucht und ungemütlich war, fielen mir bereits nach kürzester Zeit die Augen zu.

Kapitel 21

Es roch nach Blut. Kupfrig, salzig und süß zugleich. Schmerzensschreie hallten durch den Wald. Ein Stück entfernt stiegen dichte Rauchwolken auf. Ich spürte das knisternde Feuer auf meiner Netzhaut brennen. Ascheflocken regneten vom Himmel. Ein scharfer Wind riss an meinem Mantel, während ich meine Muskeln anspannte und völlig geräuschlos auf einen Fenstersims kletterte, der unter meinen Füßen bröckelte.

Das Knallen von Gewehrschüssen mischte sich unter den Klang der elendig Sterbenden. Die gesamte Dienerschaft war verrückt geworden und zerfleischte sich gegenseitig.

Schaudernd atmete ich tief durch, ehe ich mein Taschentuch aus dem Revers nahm, es um die Faust wickelte und ausholte. Mit einem unangenehm lauten Klirren brach die Scheibe, für die mein Vater ein halbes Vermögen ausgegeben hatte. Ich griff hinein, öffnete den Verschluss und stieß das Fenster nach innen auf, sodass ich so leise wie möglich ins Innere des Anwesens schlüpfen konnte. Meine Füße versanken im Teppich. Geduckt stand ich da und lauschte. Der Gang vor mir lag in absoluter Finsternis. Die Geräusche von draußen drangen nur noch gedämpft an meine Ohren.

Niemand war zu sehen. Langsam schlich ich weiter. Auch wenn die Öllampen an den Wänden nicht brannten, brauchte ich kein

Licht, um mich zurechtzufinden. Die Spuren der Verwüstung waren jedoch auch hier nicht zu übersehen. Ich kam an einer zerschlagenen Tür vorbei. Die Intarsien der venezianischen Schnitzerei waren brachial mit einer Axt zerstört worden, um ins Innere zu kommen. Dahinter sah ich ein Zimmermädchen. Es war zu Stein erstarrt. Mit dünnen Händen umklammerte es immer noch ein Bettlaken.

Ich unterdrückte den Drang, bei ihr nach einem Puls zu fühlen, den es längst nicht mehr gab. Alles, was ich tun konnte, war, diesen Wahnsinn zu beenden. Egal mit welchen Mitteln … Selbst wenn ich dafür meinen eigenen Bruder töten musste.

Ich fasste in meine Tasche und holte lautlos Vaters Handgewehr hervor. Das Schießpulver war bereits geladen, der Abzug bereit. Eine Kugel – ein Schuss. Mehr hatte ich nicht, aber mehr benötigte ich auch nicht. Zumindest nicht, wenn ich traf.

Ich blieb vor der Tür am anderen Ende des Gangs stehen und atmete tief durch. Ich hatte nie gern in den Gesellschaften gejagt, die mein Vater veranstaltet hatte, aber im Prinzip wusste ich, was zu tun war. Es war nichts anderes, als Wild zu erschießen. Trotz allem zitterten meine Finger, als ich die Tür aufstieß und die Privaträume meines Bruders betrat.

Der gesamte Westflügel im obersten Stockwerk hatte schon immer ihm gehört. Hierher hatte er sich bereits sein ganzes Leben lang zurückgezogen und es bevorzugt zu lesen, während ich selbst draußen herumgetobt und im Teich gefischt hatte oder ausgeritten war.

Unterschiedlich wie Schwarz und Weiß. So hatte uns unsere Mutter stets mit einem Lächeln in den Mundwinkeln beschrieben. Ihre Worte hallten wie ein Echo in meinen Ohren nach, als ich leise die Tür hinter mir schloss. Das Feuer im Kamin brannte. Überall waren Bücher. Sie stapelten sich zu solchen Bergen, dass sie umzukippen drohten.

Ihn selbst sah ich sofort. Augustus saß in einem großen Ohrensessel, die Hemdsärmel hochgekrempelt. Ein Glas Wein in der Hand und Vaters antikes Schachspiel vor sich. Ich hatte dieses Spiel schon immer gehasst. Ich zwang mich, absolut ruhig zu bleiben, während ich die Waffe hob. Mein Zeigefinger spannte den hölzernen Abzug, und obwohl ich mir sicher war, kein einziges Geräusch gemacht zu haben, hob mein Bruder den Blick.

Er starrte direkt in die offene Mündung. Er wirkte nicht überrascht, und anstatt Angst sah ich nur müßigen Spott in seinen Augen. So hatte er mich schon als Kind angesehen. Meistens bevor er mir wehgetan hatte. Ein versteckter Tritt unter dem Tisch. Ein Schlag mit dem Siegelring auf meinen Oberarm. Beim Baden im See, wenn er mich so lange untergetaucht hatte, bis ich glaubte, ertrinken zu müssen. Jede seiner Schikanen hatte ich klaglos über mich ergehen lassen. Augustus war der Ältere, der Erbe von Chesterfield. Und was der Lord von Chesterfield wollte, bekam er auch. Zumindest war es so gewesen, bis Madelyn in unser Leben gekommen war …

»Was willst du mit diesem Ding, kleiner Bruder? Steck es lieber weg, bevor du dir noch selbst den kümmerlichen Rest Verstand aus dem Hirn ballerst«, sagte er. Der Gestank nach Alkohol hing in der Luft. Augustus' Augen waren blutunterlaufen, und dennoch fixierte er mich, ohne auch nur einmal zu blinzeln.

»Wo ist Madelyn?«, stieß ich hervor und hob die Waffe noch ein Stück höher.

Augustus schmunzelte, als würde ich ihn amüsieren. »Ich vermute, sie schläft noch.«

»Wo?«

Er streckte die Hand aus. Ich schreckte zusammen und hätte dabei beinahe die Waffe fallen gelassen, doch Augustus nahm nur eine Weinkaraffe vom Tisch und füllte sein Glas neu auf. Der helle Kristallkörper füllte sich mit der dunkelroten Flüssigkeit, in der sich das Feuer widerspiegelte.

»Ja, wo nur? Da, wo sie sehr lange Zeit hat, darüber nachzudenken, was sie alles getan hat, und wo sie es gebührend bereuen kann, während ihr langsam die Luft zum Atmen ausgeht. Diese Hexe hat uns doch tatsächlich verflucht, kannst du das glauben? Vielleicht sollte ich sie doch noch verbrennen, dann hört der ganze Spuk wahrscheinlich wieder auf«, murmelte er und lachte leise.

Gänsehaut zog sich über meinen ganzen Körper. »Wo ist Madelyn?«, brüllte ich, hob den Arm und stürmte auf meinen Bruder zu. Bebend presste ich ihm den Kolben an die Stirn und starrte ihn dabei schwer atmend an. Ich war mir nicht sicher, in welchen Augen der Wahnsinn heller loderte, in seinen oder in meinen. »Wo ist sie?«, brüllte ich ihn an. Spucke flog dabei von meinen Lippen.

Augustus hob nur eine Augenbraue und trank seelenruhig von seinem Wein. »Machen wir es so, Bruder: Du sagst mir, wo du den Bastard versteckt hast, und ich verrate dir, wo die Schlampe ist.«

»Ich glaube, du hast dieses Spiel nicht verstanden«, fauchte ich. »Ich bin derjenige mit der Knarre. Sag es mir, oder ich drücke ab!«

Augustus leckte sich über die Lippen und stand langsam auf. »Schön, dann lass uns spielen, kleiner Bruder.«

Ich riss die Augen auf, starrte in die Dunkelheit und hatte den Geschmack von Blut und Asche im Mund. Ich schluckte trocken. Etwas hatte mich geweckt. Ein Geräusch? Die Kälte, die mir bis in die Knochen drang? Die Kopfschmerzen, die hinter meiner Stirn pulsierten? Alles zusammen?

Orientierungslos blickte ich mich um und sah nichts als Stein. Kalter modriger Geruch … der Kerker! Ich war im Kerker von Chesterfield. Ich musste eine ganze Weile geschlafen haben und noch dazu tief, denn irgendjemand hatte in der Zwischenzeit ein Tablett mit Essen und zwei Flaschen Wasser in unsere Zelle gestellt. Gott sei Dank!

Glory über mir auf dem Bett schlief noch tief und fest. Sie seufzte leise. Ich musste mich im Schlaf zurückverwandelt haben, denn als ich mich aufsetzte, berührte ich den Boden mit nackten Menschenfüßen. Ich fühlte mich kalt, schmutzig und hungrig.

Ich tapste zu dem Essen. Es waren ein Muffin sowie ein dick belegtes Sandwich. Neben dem Wasser stand noch eine Dose Energydrink, auf der ein Post-it klebte.

Tut mir leid, dass du das
sehen musstest. Ich hole dich später
wieder aus der Zelle raus.
Vincent

Mein Herz wurde schwer, als ich die geschwungene Handschrift las. Dennoch versuchte ich, mein Mitgefühl im Keim zu ersticken, und begann, hungrig zu essen. Dann trank ich die Flasche Wasser bis auf den letzten Tropfen aus. Den Energydrink ließ ich stehen.

Ich war gerade dabei, mir den letzten Bissen Muffin in den Mund zu stecken, und überlegte, wie ich mich hier waschen konnte, als mein Blick an etwas hinter den Gitterstäben hängen blieb. Vor Schreck verschluckte ich mich an dem Bissen und hustete. Zwei Augen starrten mich an.

»War das Thunfisch? Du hättest mir ruhig was übrig lassen können«, hallte es zu mir in die Zelle.

Ich erstarrte. »Curse?«

Der Kater schnurrte und löste sich aus der Dunkelheit. Er wirkte selbst ziemlich angeschlagen. Sein weißes Fell war schmutzig, und er humpelte. Er schien auch ziemlich abgemagert zu sein, denn er schlüpfte ohne jedes Problem durch die Gitterstäbe und blieb vor mir sitzen.

»Curse?«, wiederholte ich ungläubig, und der Kater rollte mit den Augen.

»Alice?«, äffte er mich nach.

»Curse!«, knurrte ich etwas wütender.

»Alice!«, blaffte er mich an.

»Curse!«

»Alice!«

»Scheiß-Kater!«

»Miese Verräterin!«

»Du kannst mich mal!«

»Kreuzweise oder parallel?«

»Fick dich, Kater!«

»Hättest du wohl gern!«

Wütend starrten wir uns gegenseitig an, und ich kam mir dabei nur ein klein wenig dämlich vor. Ich schnaufte frustriert.

Curse stellte indessen triumphierend die Ohren auf. »Haaa, gewonnen!«

Ich knurrte und stand auf. »Was machst du hier?«, fragte ich wütend, aber leise.

Glory hatte bereits begonnen, wach zu werden, und brummte unruhig.

Curse' Schwanzspitze zuckte genervt. »So wie es aussieht, erneut deinen klapprigen Arsch retten, obwohl ich mir geschworen habe, das nie wieder zu tun.«

»Warum tust du es dann?«

»Weil ich dämlich sentimental bin?«

»Und der wahre Grund?«, fragte ich ernst, ohne auf seinen Kommentar einzugehen.

Curse seufzte und starrte mich an, ohne zu blinzeln. »Mein Bruder«, sagte er leise. »Du hast ihn getroffen.« Eine Feststellung, keine Frage.

Dennoch nickte ich.

Curse legte die Ohren an. »Egal wie wütend ich auf dich bin, ich werde dich nicht meinem Bruder überlassen.«

»Dein Bruder und du … Wie könnt ihr beide noch am Leben sein?«

»Das ist eine lange Geschichte«, wich er meiner Frage prompt aus.

Ich musterte ihn scharf. »Eine Geschichte, die du mir nicht zufällig bereits seit Monaten zeigst?«

»Hä?« Irritiert starrte er mich an.

»Diese Träume. Erst handelten sie von Madelyn und dem Fluch, jetzt handeln sie plötzlich von dir und Augustus. Schau nicht so unschuldig, das ist doch kein Zufall! Du schickst sie mir, oder nicht?« Ich war mir da ziemlich sicher. Sie konnten von niemand anders sein als von ihm.

Curse starrte mich jedoch nur noch irritierter an. »Wovon sprichst du, Mensch? Ich schicke dir gar nichts, ich bin ein Kater, keine Brieftaube.«

»Aber du …«, setzte ich an, doch Curse unterbrach mich.

»Wir können das später ausdiskutieren, erst mal müssen wir verschwinden, bevor Augustus dich holt.«

Scharf sog ich die Luft ein und verschränkte die Arme vor der Brust.

Curse stutzte und starrte mir irritiert auf den nackten Oberkörper. »Weißt du übrigens, dass du nackt bist?«

»Ist mir nicht entgangen«, erwiderte ich knapp.

»Unter die Nudisten gegangen?«

»Eher unter die Türme.«

»Aha … ja, das ergibt mehr Sinn«, sagte Curse lahm und kam sich wohl selbst auch so vor, denn er blinzelte etwas beschämt und schlang den Schwanz um die Beine. »Dann kneif am besten die Arschbacken zusammen, wir müssen uns durch …«

Im selben Augenblick wurde Glory hinter uns wach und gähnte blinzelnd. »Alice, mit wem sprichst du?«

»Mit niemandem«, wehrte ich ab.

»Mit mir«, sagte Curse prompt.

Glory starrte auf Curse, und ihr Mund bildete ein erstauntes O. »Wo kommt die Katze her?«

»Ah ja … die Tante, die mit Tieren sprechen kann. Dich hatte ich fast vergessen. Ich hab da wen für dich«, sagte er und blickte sich suchend um. »Ey, Kleiner, du kannst aufhören, Schmiere zu stehen. Ich hab sie gefunden«, brüllte er über die Schulter.

Glory starrte Curse mit großen Augen an, und während ich noch ein wenig überfordert überlegte, wie ich ihr das jetzt alles erklären sollte, gurrte es leise. Im nächsten Augenblick flitzte ein schlankes Frettchen durch die Gitterstäbe.

»Pringles!«, stieß Glory hervor und war so schnell auf den Beinen, dass sie dabei polternd das Klappbett umwarf. Das Frettchen warf sich in ihre Arme und rollte sich gluckernd um ihren Hals.

»Ich hab dich auch vermisst«, stieß sie hervor. »Ich wusste, du würdest jemanden finden, der hilft. Danke!« Sie schniefte und lauschte dem Keckern des Frettchens.

Curse war zumindest so nett, mich ebenfalls aufzuklären. »Du hast deinen baldigen Kerkerausbruch dem kleinen Kerl hier zu verdanken. Er hat mich völlig fertig im Wald aufgestöbert und irgendwas von wegen Kidnapping gefaselt. Weißt du, wie schwer es ist, ein hysterisches Frettchen zu verstehen? Irgendwann war mir dann klar, dass du in Schwierigkeiten stecken musst, aber meine Fresse, ich bin immer wieder erstaunt, wie tief du dich selbst in die Scheiße hineinmanövrierst.« Er schimpfte vor sich hin, während er an der Zellenwand entlanglief.

»Du willst mir wirklich helfen? Einfach so? Warum?«

Er warf mir einen wütenden Blick zu. »Ich helfe immer, wenn ich kann. Und im Augenblick kann ich dich zumindest hier rausholen«, sagte er knapp.

»Warum sollte ich dir vertrauen?«

»Hast du denn eine andere Wahl?«

»Ja, hier warten, dass Vincent mich rausholt wie versprochen. Wir haben einen Plan. Wir arbeiten zusammen.«

Curse starrte mich an und schlug mit dem Schwanz aus. »Ja, das habe ich mitbekommen. Und der Plan wird nicht gelingen.«

»Warum nicht?«

»Nekromantie funktioniert nur, wenn die betreffende Person auch wirklich tot ist. Madelyn ist nicht tot. Zumindest nicht so, wie sie es sein sollte. Ihr würdet sie nur wütend und damit alles noch schlimmer machen. Zudem ist Augustus auf dem Weg hierher, um dich zu holen. So schnell wie möglich, sodass Vincent nicht rechtzeitig mitbekommt, wie sein durchgeknallter Daddy sein Spielzeug klaut.«

»Woher … woher weiß du das?«

»Ich weiß es einfach.«

Tief atmete ich durch und unterdrückte meinen vor Angst flatternden Puls. »Wir müssen Jackson und Vincent warnen, dass der Plan nicht funktioniert.«

»Das hab ich auch vor.«

»Okay. Und wie willst du uns hier rausbringen?«, fragte ich ihn skeptisch.

»Sesam öffne dich!«, brüllte Curse die Wand an.

Ich starrte ihn an.

Er grinste zurück. »Kleiner Scherz für angespannte Nerven.«

Mit der Tatze drückte er gegen einen Stein, der sich ruckartig nach innen bewegte. Es klickte leise, während sich ein wuchtiger Steinquader zur Seite bewegte. Staub rieselte von der Wand, und uns schlug eiskalte, abgestandene Luft entgegen.

Glory keuchte auf. »Was … wie … was ist das?«, stammelte sie.

»Die Tunnel …«, entgegnete ich fasziniert. »Wieso bin ich nicht selbst draufgekommen, hier unten nach welchen zu suchen?«

Curse warf mir einen Blick über die Schulter zu. »Wenn ich es nicht besser wüsste, würde ich sagen, dass der liebe Dr. de la Roi das ebenfalls wusste und dir einen netten kleinen Fluchtweg offen gelassen hat. Er hat aber sicher nicht damit gerechnet, dass du ohne mich zu dämlich bist, ihn zu finden.« Mit aufgestelltem Schwanz trottete er in den dunklen Tunnel hinein.

»Kannst du bitte aufhören, mich andauernd zu beleidigen?«, fuhr ich ihn an.

»Erst wenn es aufhört, mir so ungemein Spaß zu machen«, kam die Retourkutsche.

Fluchend wollte ich ihm folgen, als mich Glory aufhielt. »Hier.« Sie hielt mir ein T-Shirt und eine Jeans hin.

»Oh … danke. Woher hast du das?« Tatsächlich hatte ich vor lauter Streiten beinahe vergessen, dass ich ja nackt war.

Glory grinste. »Sie bringen mir alle zwei Tage neue Klamotten zum Wechseln. Nur Schuhe hab ich leider keine.«

Sie lächelte mir zu, während ich verlegen in das Shirt und die Hose schlüpfte. Beides war mir etwas zu groß, aber es bedeckte mich immerhin ausreichend. Ich schlug die Hosenbeine nach oben.

»Alice! Falsche Zeit zum Hübschmachen, komm endlich«, fauchte es aus dem Tunnel heraus.

»Ich kann doch nicht nackt rumlaufen«, beschwerte ich mich und schlüpfte zusammen mit Glory und Pringles in den Tunnel hinein.

Curse war kaum mehr als ein weißer Fleck direkt vor uns. Ein weißer, frecher Fleck, der verächtlich schnaubte. »Ich renne seit dreihundert Jahren nackt herum, und es hat sich bisher noch niemand darüber beschwert.«

»Du hast ja auch Fell.«

Curse und ich schienen eines gemeinsam zu haben: Wenn wir nervös waren, meckerten wir gern. Und so meckerten wir uns fleißig an, während wir uns gleichzeitig voller Anspannung durch den Tunnel zwängten. Er war verdammt eng. Ich musste mich praktisch durchquetschen und hatte dabei das Gefühl, nur gerade so viel Sauerstoff zu haben, dass ich nicht umkippte.

Glory hinter mir schnaufte ebenfalls angestrengt. Irgendwann ging mir die Luft aus, mich weiter mit Curse zu zanken, und so drückte ich mich nur noch vorwärts. Gerade als der Gang so schmal wurde, dass ich glaubte stecken zu bleiben, purzelte ich in einen offenen Gang.

»Wo sind wir?«, fragte Glory hinter mir keuchend.

Pustend wischte ich mir das Haar aus dem Gesicht und sah mich um.

»Unter dem Wald. Kommt«, wies Curse uns an und trippelte voraus.

Ich folgte ihm, doch etwas irritierte mich. Der Weg, den wir einschlugen, führte nicht tiefer ins Spielfeld rein, sondern … raus. Meine Orientierung war hier unten nicht so gut, aber dennoch war ich mir ziemlich sicher, dass uns Curse gerade aus dem Spielfeld herauslotste.

»Moment! Wo willst du hin?«

Curse blieb stehen und starrte mich mit glühenden Augen an. »Ich bringe dich nach Hause«, sagte er ruhig.

»Nach St. Burrington?«

»St. Burrington ist nicht dein Zuhause, Alice. Ich meine Foxcroft. Ich bringe dich in Sicherheit und schmuggle dich danach ganz aus der Stadt, damit dich mein Bruder nicht finden kann.«

Er sprach beruhigend, aber eindringlich, als wollte er mich von etwas sehr Wichtigem überzeugen. Ruckartig blieb ich stehen und schüttelte den Kopf.

»Nein … ich … nein, Curse. Ich kann nicht zulassen, dass Jackson …« Ich verschluckte mich praktisch an dem Wort *stirbt.*

Heraus kam stattdessen nur ein Würgen, während ich weiter hektisch den Kopf schüttelte. »Bring mich zurück!«, verlangte ich keuchend.

»Nein. Wir gehen, Alice.«

»Bring mich zurück!«, brüllte ich. »Ich muss zurück!« Ich fühlte Tränen in mir aufsteigen.

»Alice …«, setzte Curse an, als der Tunnel vor uns in Bewegung geriet. Ein paar Brocken fielen herab, und ich hörte ein Knarren und etwas brechen. Ein Balken, der unter der Erde nachgab.

»Achtung!«, rief ich und taumelte zurück.

Im selben Augenblick gab ein Teil des alten Tunnels komplett nach. Erde und riesige Gesteinsbrocken polterten herab. Ein Bruchstück davon traf mich hart an der Schulter. Zischend sog ich die Luft ein. Dann war es auch schon vorbei.

»Was war das?«, fragte Glory, die sich hustend den Staub vom Gesicht wedelte, während ich mich hektisch umsah.

»Wahrscheinlich ist ein Stützbalken zusammengebrochen«, gab ich ebenfalls hustend zurück und blickte mich um. »Curse?«, rief ich und sah schließlich das weiße Fell unter einem Haufen herabgestürzter Steine hervorlugen. »Nein! Nein! Nein!« Ich rannte nach vorn und wuchtete einen Stein zur Seite. »Curse?! Charles? Geht es dir gut? Sag was!« Panisch holte ich den Kater heraus. Er war völlig verdreckt, und eine Pfote stand in einem seltsamen Winkel ab.

»Aua!«, stöhnte er nur, ehe er in sich zusammensackte. Er war ohnmächtig, aber er lebte noch.

»Gott sei Dank«, seufzte ich, ehe ich mich umsah.

»Wie kommen wir jetzt hier raus?«, fragte Glory nervös.

Ich scannte die Umgebung nach einem Fluchtweg und bemerkte schließlich ein Stück über uns ein Loch, aus dem soeben Erdbrocken herabprasselt waren. Hustend bewegte ich mich im Krebsgang vorwärts, starrte nach oben und sah Sternenhimmel über uns.

»Glory, hilf mir mal hoch«, bat ich.

Glory nickte und bildete mit ihren Händen ein Trittbrett. Ich stellte mich auf die Räuberleiter.

»Was siehst du?«, fragte Glory, die unter mir ein wenig schwankte.

Ich krallte mich fester, um sie ein wenig zu entlasten.

»Nur ein Stück vom Wald«, gab ich zurück.

Die Sonne musste erst kürzlich untergangen sein, denn die Mondsichel wanderte eben an der Waldgrenze hinaus. Grillen zirpten leise, und irgendwo raschelte es im Unterholz. Ich wollte Glory gerade sagen, dass sie mich wieder runterlassen konnte und wir uns einen anderen Weg suchen mussten, als ich ein Stück vor mir ein Rascheln hörte, gefolgt von einem Flüstern.

»Was ist los?«, fragte Glory, die bemerkte, dass ich mich versteift hatte und den Kopf reckte.

»Ich glaube, ich sehe Vincent«, sagte ich.

Und tatsächlich, obwohl es dunkel war, konnte ich seine Silhouette erkennen. Er lehnte gegen einen Baum, neben ihm eine Person, deren Stimme zu uns herüberhallte.

»Was ist los, Vincent?«

Ich lugte, so hoch ich konnte, und überlegte, ob ich ihn auf uns aufmerksam machen sollte. Doch ich konnte mir nicht vorstellen, dass er sehr begeistert sein würde, dass wir aus seinem Kerker ausgebrochen waren.

Vincent hatte die Hände in den Taschen vergraben. Seine weiße Uniform stach grell hervor. Blue stand neben ihm. Sie kaute auf einem Kaugummi und ließ eine kleine rosa Blase platzen. Vincent warf ihr einen gereizten Blick zu.

»Ich sagte nur, dass mich deine penetranten Kaugeräusche nerven«, gab er zurück.

Das Mondlicht schimmerte an ein paar Stellen zwischen dem dichten Blätterdach hindurch und verwandelte sein Haar in gesponnenes Silber.

Blue seufzte und kam langsam auf Vincent zu. Die Art, wie sie sich bewegte, war mir irgendwie unangenehm. Sie bewegte sich um Vincent herum wie eine Katze, die um einen Sahnetopf strich.

»Du hättest etwas schlafen sollen. Du hättest nicht …« Sie wurde so leise, dass ich das Ende des Satzes nicht verstand.

»Ich konnte nicht schlafen, mein Rücken hat wehgetan«, murmelte er nur, und Blue seufzte.

»Du hättest Schmerzmittel nehmen können.«

»Nicht nötig. Ich mag den Schmerz irgendwie. Dann fühle ich mich zumindest lebendig.«

»Hm-m …«, brummte Blue skeptisch, die Vincents Kinn zwischen die Finger nahm und seinen Kopf zu sich herabzog. »Und weißt du, was ich glaube? Ich glaube, der weiße König schiebt persönlich Wache, weil er die ganze Zeit an unseren hübschen kleinen Slave denken musste. Dieser Kuss zwischen ihr und dem schwarzen König, der war sehr eindeutig. Du wusstest es bereits, und dennoch habe ich praktisch dein Herz brechen hören.«

»Mach dich nicht lächerlich«, stieß Vincent hervor und entzog sich ihrem Griff.

Unruhig tauschte ich einen Blick mit Glory aus.

»Was passiert da oben?«, flüsterte sie mir zu.

Eigentlich hätte ich mich bemerkbar machen sollen, doch ich fühlte mich nicht wohl dabei, die beiden zu stören.

Ich wollte eben Glory ein Zeichen geben, dass sie mich runterlassen konnte, als ich sah, wie Blue ihre Gestalt änderte. Ihr Gesicht schmolz, ihr Haar wurde länger und dichter, die Taille schmaler, die Hüften breiter. Im nächsten Augenblick stand eine exakte Kopie von mir vor Vincent.

»Ist es besser so?«, fragte sie.

Vincent biss die Zähne zusammen. »Lass die Spielchen, Blue.«

»Warum denn? Früher hat es dich auch nie gestört. Ich bin für dich liebend gern jeder, den du willst.«

Schnurrend kam sie näher, und ich riss die Augen auf, als sie Vincent erneut zu sich herabzog. Diesmal leistete er jedoch keinen Widerstand, und obwohl ich ein ganzes Stück entfernt stand, konnte ich die Sehnsucht in seinen Augen flackern sehen.

Er seufzte leise auf, als Blue ihn küsste. Im selben Augenblick zog eine Wolke vor den Mond und hüllte alles in Schatten.

»Was tun die beiden denn da?«, schimpfte ich.

»Was denn?«

»Er knutsch…«, setzte ich an, als ich ein Knacken im Unterholz hörte und sich eine Gestalt aus der Dunkelheit löste. Eine Gestalt, die ruckartig innehielt und das Pärchen bei seinem Kuss beobachtete.

Die Wolke, die sich vor den Mond geschoben hatte, zog vorbei, sodass der helle Schein schwarzes Haar und kantige Gesichtszüge beleuchtete. Vor Schreck wäre ich beinahe umgefallen. Glory fluchte unter mir, ich krallte meine Finger in die Erde.

Jackson stand wie eine Statue mitten im Wald. Hinter ihm traten Bastion und Fox aus der Dunkelheit, die ebenfalls irritiert stehen blieben, als sie das küssende Pärchen sahen. Der Blick des schwarzen Königs war starr und so durchdringend, dass sich selbst mir alle Nackenhaare aufstellten. Sein Gesicht war vor Wut und Schmerz verzerrt.

»Oh Gott, Jack …«, stieß ich hervor, bewegte mich und spürte im selben Augenblick, wie Glorys Griff nachließ.

Mit einem erschrockenen Aufschrei fiel ich in den Tunnel zurück und stieß dabei mit der Schulter hart gegen die ohnehin schon bröckelnde Wand. Glory quiekte auf und schlug sich schützend die Hände vor den Kopf, während Erde auf uns herabrieselte. Ein Brocken traf mich am Kopf, doch ich spürte es kaum.

»Was ist da oben, Alice? Was passiert da?«, fragte Glory hustend.

»Es ist Jackson«, stieß ich hervor und spürte, wie kalte Angst meine Adern flutete. »Er glaubt, ich bin das. Er glaubt, ich küsse Vincent.«

»Was?«

»Bitte hilf mir wieder hoch«, bat ich Glory.

Sie nickte, hustete erneut und half mir wieder nach oben. Ich krallte meine Finger in die feuchte Erde und sah voller Entsetzen, wie Jackson mit pechschwarzen Augen auf Vincent und Blue zuging. Mit jedem Schritt, den er ging, schien er kleine Erdbeben auszulösen. Die Dunkelheit ging wie zischende Schlangen von Jackson aus, bohrte sich in die Erde und riss sie ruckartig auf. Dunkle, feuchte Erde spritzte nach allen Seiten, die umstehenden Bäume ächzten, stöhnten und bogen sich durch, bis das Holz knirschte, während Jackson mit jedem Schritt noch wütender zu werden schien.

»Jack! Nein! Hör auf! Ich bin hier!«, rief ich, so laut ich konnte. Meine Stimme hallte wie ein leises Echo durch den Wald, doch es ging in dem Krach von splitterndem Holz unter, das wie unter gigantischen Krallen zerfetzt wurde.

Der weiße König und Blue waren auseinandergefahren und blickten sichtlich verwirrt um sich. Blue sprang zurück, als ein schwerer Ast knirschend abriss und knapp neben ihnen zu Boden knallte. Vincents Blick irrte herum, bis er die Gestalt sah, die auf ihn zukam. Ich konnte das Weiße in Vincents Augen sehen, als er sie aufriss.

»J…Jack?«, fragte er, erstarrte und hob beschwichtigend die Arme. »Jack, es ist nicht, wie es …«, setzte er an, doch da war der schwarze König bereits bei ihm.

Blue zuckte zurück, und ich sah, wie Bastion versuchte, Jack zurückzuhalten. Doch der packte den weißen König an der Gurgel und pinnte ihn an dem Baum fest.

»Jack, nein!«, rief ich panisch, doch mein Ruf ging in dem Tumult unter.

»Ich wusste, es war ein Fehler, dir zu vertrauen. Ich wusste, ich hätte sie dir nicht überlassen sollen. Ich wusste es und hab doch nicht auf meine Instinkte gehört. Aber diesen Fehler werde ich ganz sicher nicht noch mal machen. Das hier war mein letzter – und deiner auch!«, brüllte Jackson.

Vincent japste und versuchte, Jacksons Finger von seinem Hals zu lösen. »Nicht … du brichst den Waffenstillstand«, stieß er hervor.

»Jack!«, rief ich und beobachtete voller Entsetzen, wie die Handgelenke der beiden Könige rot aufleuchteten.

Der Schwur löste sich. Jack verletzte den Waffenstillstand. Er würde … Jack holte aus und schlug Vincent mitten ins Gesicht. Im selben Augenblick riss Blue ihn nach hinten. Vincent fiel keuchend zu Boden und rang nach Luft, während Jackson am Boden lag und ausspuckte. Seine Nase blutete. Voller Schmerz und Wut starrte er zu Blue auf.

»Warum?«, brüllte er sie an. »Warum hast du das getan?«

Blue sagte etwas, doch ihre Worte gingen in einer lauten Gewehrsalve unter. Einer der Zwillinge sprang, die Waffe im Anschlag, vom Baum und zielte auf Jack.

»Noch einen Schritt, und ich siebe dich durch«, warnte er.

Bastion knurrte und verwandelte sich in der nächsten Sekunde in einen zähnefletschenden Wolf. Mit verzerrtem Gesicht rappelte sich Jackson auf und wischte sich mit dem Handrücken das Blut aus dem Gesicht.

»Chesterfield schießt auf uns. Der Waffenstillstand ist gebrochen. Wir greifen an!«, hörte ich Jackson sagen.

Fox trat sofort neben ihn, atmete tief aus, und im nächsten Augenblick standen seine Haare und Hände lichterloh in Flammen. Funken sprangen auf das alte Holz am Boden, das sofort zu brennen begann. Irgendjemand brüllte: »Nein, nein, nein!«

Ich sah, wie Fox tief Luft holte, gegen seine Hand blies und einen heftigen Feuerstoß gegen den Baum schickte, auf dem einer der Hitachi-Zwillinge hockte. Der Baum ging sofort lichterloh in Flammen auf. Die Schreie wurden lauter, die Erde bebte, und im selben Augenblick verlor ich den Halt. Hart knallte ich zu Boden. Glory fiel mit mir, und wir konnten gerade noch dem nächsten Erdrutsch ausweichen.

»Was ist los?«, brüllte Glory mich an.

Ich selbst rappelte mich bereits wieder auf, obwohl immer noch Erde auf uns herabprasselte. »Sie haben den Waffenstillstand gebrochen. Ich muss sie aufhalten!«, rief ich panisch, packte den immer noch ohnmächtigen Curse und lief den Weg zurück, den wir gekommen waren.

»Warte auf mich, Alice! Pringles kann vielleicht helfen. Er findet immer einen Ausgang.«

Glory hustete und stolperte mir nach. Pringles keckerte zustimmend, sprang von ihrer Schulter und übernahm die Führung. Über uns war immer wieder lautes Krachen wie von einer Explosion zu hören, gefolgt von kleinen bis größeren Beben, die die Erde erschütterten. Die Schreie wurden lauter. Mein Herzschlag beschleunigte sich exponentiell, während wir uns unter der Führung des Frettchens durch die Tunnel quetschten. Einmal erschütterte eine solch heftige Explosion den Durchgang, dass ein Teil davon hinter uns einbrach. Geröll, Schlamm und Steine rutschten herab. Wir schrien erschrocken auf. Ich presste Curse fester an mich, und im nächsten

Augenblick sah ich einen schmalen Durchgang an der Decke. Er war halb verschüttet, doch es musste eigentlich möglich sein, dass sich eine Person hindurchzwängte.

»Ich versuche es hier raus!«, rief ich.

Glory nickte mit blassem Gesicht. Sie nahm mir behutsam den Kater ab, und ich krallte mich in der Erde fest. Ich musste Halt finden, doch die Erde bröselte mir sprichwörtlich unter den Händen weg. Ächzend krabbelte ich nach oben und hievte mich nach draußen. Luft! Keuchend sog ich Sauerstoff in meine Lunge.

»Jetzt gib mir Curse«, rief ich, lege mich auf den Bauch und machte mich so lang, wie ich konnte.

Glory reichte mir den stöhnenden Kater. Ich wuchtete ihn nach oben und legte ihn behutsam ab, während ich auch Glory die Hand reichte. »Komm hoch.«

Sie nickte, spannte die Beine an und sprang nach oben. Unsere Hände griffen einander. Ich hatte zwar damit gerechnet, ziehen zu müssen, doch ihr Gewicht war beinahe zu viel. Ich schrie schmerzerfüllt auf. Die Sehnen und Muskeln an meinen Armen brannten schrecklich, während sich Glory nach oben zog. Gerade als ich glaubte, sie nicht länger halten zu können, krallte sie sich in die Erde, und im nächsten Augenblick landete sie keuchend neben mir.

Sie grinste mich an. »Danke.« Pringles keckerte und lugte unter ihrem Shirt hervor.

»Keine Ursache«, keuchte ich und sah mich um. Wir standen mitten auf dem Spielfeld. Wenn mich nicht alles täuschte, nicht weit von der Spielfeldmitte entfernt.

»Alles okay?«, fragte ich Glory.

Sie hustete. »Ja. Was soll ich machen?«

»Erst mal nicht in Panik geraten. Und falls das Ganze hier noch mehr eskaliert, nimm so viele Spieler, wie du finden kannst, und haut ab.«

»Bist du sicher?«, fragte sie zaghaft.

Nein. »Ja«, sagte ich dennoch. »Ansonsten warte hier, ich hole Hilfe.«

»Okay«, seufzte Glory.

»Und pass auf Curse auf«, sagte ich noch, dann drehte ich mich um und lief los, tief in den Schlund des Spielfelds hinein.

Bäume zogen an mir vorbei. Der Erdboden war gleichzeitig hart und weich. Ein verbrannter Geruch hing bereits in der Luft, schwer und beißend, während ich mir beim Laufen die Wange an herabhängenden Zweigen aufriss.

Im selben Augenblick, als ich die Spielfeldgrenze erreichte, knallte es so laut, dass es mir wehtat. Schützend presste ich die Hände auf die Ohren und duckte mich. Aus dem Augenwinkel sah ich dabei eine Feuersäule über einer ganzen Reihe Baumkronen zusammenschlagen.

Gebrüll ertönte aus dem Wald, und das Geballer von Munition war zu hören. Im nächsten Augenblick schlugen Kugeln genau neben mir in der Erde ein.

Ich sprang zurück und sah einen der Zwillinge in einem brennenden Baum. Er schrie. Sein Arm hatte Feuer gefangen. Der Zwilling brüllte vor Schmerz und fiel zu Boden. Blitzschnell warf ich mich auf ihn und erstickte die Flamme an seinem Arm. Oder zumindest versuchte ich es. Er schrie immer noch vor blankem Schmerz.

»Alles wird gut! Alles wird gut …«, versicherte ich ihm, obwohl gar nichts mehr gut werden würde. Wahrscheinlich für niemanden von uns.

Keuchend sah der Junge zu mir auf, und ich erkannte, dass es Ebony war. Die nackte Panik stand in seinem Blick. Die Pupillen waren so groß wie Münzen, sie schimmerten feucht, und ich roch auch sofort, wieso. Er blutete. Wo? Hektisch begann ich, ihn abzusuchen, doch da packte er mich so hart, dass ich gezwungen war, ihn wieder anzusehen.

»Sag Ivory, dass es mir *nicht* leidtut!«, stieß er hervor, und im nächsten Augenblick hielt ich Stein im Arm.

Ich zuckte zurück, doch es war schon zu spät. Der Kontakt ließ mich schaudern. Ich wand mich, während sich in mir das Gefühl ausbreitete, als würde mein Innerstes nach außen gekehrt werden. Über mir hörte ich die Feuerflut, die über den Bäumen zusammenschlug und das Holz gierig verschlang. Ich musste weg von hier, doch meine Beine gaben nach. Die Knie knickten ein, und ich hörte eine Stimme, die mir beinahe sanft ins Ohr flüsterte:

Blut für Blut, so muss es sein,
der Springer steht am Ende allein.
Doch niemals gibt mein Herz mir Ruh,
denn verflucht bin ich und verflucht bist du.

Kapitel 22

»Alice? Alice!« Jemand biss mich.

Mit brummendem Schädel blickte ich blinzelnd auf und hatte Curse vor mir. Der Kater sah wie ein zerrupftes Hühnchen aus. Zischend holte ich Luft und hustete, weil der Rauch bestialisch in meiner Lunge kratzte. Er war so stark, dass ich kaum atmen konnte.

»Wir müssen weg hier! Das Spielfeld brennt!«, brüllte Curse, und ich zuckte zusammen.

St. Burrington!

Jackson!

Vincent!

Taumelnd kam ich auf die Beine.

»Wo willst du hin? Das ist die falsche Richtung«, brüllte Curse.

»Die Liebe meines Lebens retten«, brüllte ich zurück und rannte los.

Die Kräfte des Springers pulsierten langsam in mir auf. Meine Lunge keuchten dennoch vor Sauerstoffmangel, während ich mitten in das Flammenmeer hineinstürzte. Die Hitze war beinahe unerträglich, und ich verbrannte mir mit jedem Schritt an den fliegenden Funken die nackten Beine und Teile des Gesichts. Ich versuchte auszuweichen, sprang über brennende Büsche und Baumstämme hinweg. Irgendwo knallten wieder Gewehrschüsse. Ivory? Oder Hawk?

Ich schwenkte um und sah aus dem Augenwinkel, wie sich ein Baum bedenklich neigte. Ich rannte schneller und spürte, wie mir ein brennender Ast auf die Schulter fiel. Hustend schüttelte ich ihn ab und schlug die Flamme aus. Meine Finger begannen sofort, schmerzhafte Blasen zu werfen. Ich blinzelte die Tränen aus den Augen und sah mich verschwommen um. Wo war ich?

Ich taumelte weiter zu einer Stelle, an der es noch nicht brannte. Die Luft war nicht besser, aber zumindest hatte ich freie Sicht auf eine Lichtung. Es war jene Lichtung, auf der Jackson und ich uns einmal getroffen hatten. An jenem Abend hatte er versucht, mir Blumen zu schenken. Was auch immer hier jetzt passiert war, es hatte nichts mit Blumen zu tun.

Ich stolperte an einer versteinerten Figur vorbei. Eine weiße Steinfigur. Ein Bauernspieler aus Chesterfield, den ich nicht genauer gekannt hatte. Daneben lag jedoch eine Spielfigur, die ich sehr wohl kannte. Es war Paisley. Jemand hatte ihr die Hand abgeschlagen, die versteinert vor ihr auf dem Boden lag. Paisleys Mund war vor Schrecken weit aufgerissen. Schockiert starrte ich sie an und zuckte zusammen, als mich jemand fest von hinten packte.

»Alice? Oh Gott, Alice! Wir haben uns solche Sorgen um dich gemacht.«

Isolde. Issy. Ich blinzelte sie unter Tränen an. Die schwarze Königin sah völlig fertig aus. Ihr Gesicht war schwarz vor Ruß. Sie hustete.

»Issy, wo ist Jackson?«, fragte ich sie erschüttert.

Hustend sah sie zu mir auf. Sie bekam eindeutig zu wenig Luft. »Jack … Er hat den Waffenstillstand gebrochen.«

»Ich weiß. Aber wie kann ein ganzer Wald so schnell abbrennen? Das ist doch gar nicht möglich«, rief ich zurück und unterdrückte ein rasselndes Husten.

Issy sah aus, als würde sie sich gleich übergeben. »Das ist Fox' Feuer. Es kann alles verbrennen, und Jackson hat ihm den Befehl gegeben, die gesamte weiße Spielfeldseite niederzubrennen. Er wollte uns verteidigen. Vincent hat uns eine Falle gestellt. Er hat dich … Es sah so aus, als hättet ihr … Und Jackson ist komplett ausgerastet. Ich bin zu spät gekommen, um ihn zur Vernunft zu bringen«, stammelte sie hilflos.

»Hat er nicht!«, fiel ich ihr ins Wort und packte sie. »Das war nicht ich, sondern Blue. Ich … Es ist kompliziert, aber es war nicht so, wie ihr denkt.«

»Aber wie …«

»Vertraust du mir?«, fiel ich ihr erneut ins Wort.

Issy starrte mich mit großen, vor Angst verzerrten Augen an. Sie sah so schön und zerbrechlich wie eine Puppe aus. Sie nickte. Erleichtert sackte ich in mich zusammen.

»Dann hör mir gut zu. Weiter hinten findest du Glory. Sucht gemeinsam alle Spieler zusammen und bringt sie durch die Tunnel raus aus dem Spielfeld.«

Der Widerschein des Feuers spiegelte sich in Issys Augen, als sie den Kopf schüttelte. »Können wir dieses Risiko eingehen? Was, wenn wir draußen verrückt werden?«, rief sie panisch.

»Besser, als hier drinnen zu verbrennen. Zur Not kommen wir wieder zurück, aber erst mal müssen wir alle in Sicherheit bringen. Ich finde Jackson und Vincent und versuche, sie zur Vernunft zu bekommen. Wir kommen dann nach«, redete ich ihr eindringlich zu und schubste sie sanft, aber bestimmt von mir.

»Nein, Alice, das ist zu gefährlich. Es brennt überall, und die beiden Schwachköpfe scheinen schwer entschlossen zu sein, sich hier und jetzt zu töten. Ich muss bei Jackson sein, wenn … wenn …« Sie sprach den Satz nicht zu Ende.

Wenn er Vincent tötete? Wenn er selbst getötet wurde? Wenn …?

Spuren zeichneten sich auf ihren schmutzigen Wangen ab. Isolde weinte. Die Hitze wurde unterdessen immer unerträglicher. Es fühlte sich an, als würden meine Füße Blasen werfen.

»Ich finde ihn. Ich verspreche es. Ich lasse nicht zu, dass er heute stirbt«, versprach ich ihr, und im nächsten Augenblick ertönte ein lauter Knall ganz in der Nähe von Chesterfield.

Issys und mein Kopf schossen herum, sodass wir eine rot leuchtende Feuersäule in den Himmel schießen sahen. Um Gottes willen, dort war das Internat. Sie fackelten Chesterfield ab! Ich überlegte nicht länger, sondern rannte los. Issy folgte mir dicht auf den Fersen. Keuchend presste ich mir ein Stück der Jacke an die Nase, dabei duckte ich mich unter einen brennenden Ast, bis Chesterfield in Sicht kam.

Das sakral anmutende Buntglasfenster war zersprungen, und Flammen züngelten aus dem Loch im Gemäuer hervor. Ich sah mein eigenes blasses Gesicht in einer großen Scherbe, die am Boden lag. Meine Augen waren viel zu groß. Ich sah müde und abgekämpft aus, und vor allem wütend. Ich wusste nicht genau, warum oder auf wen im Speziellen ich wütend war. Vielleicht auf Jackson, vielleicht auf diesen Fluch, vielleicht auf mich selbst, weil ich nicht besser in diesem Spiel war. Schneller. Skrupelloser.

Die Personifizierung dieser Adjektive schoss hingegen aus dem Nichts hervor. Ich war so fixiert auf die beiden Könige, dass ich nur einen unterdrückten Schrei und einen dumpfen Knall hörte. Stolpernd kam ich zum Stehen, blickte mich um und sah auf einmal Regina hinter Isolde stehen. Die weiße Königin wirkte völlig ramponiert. Ihr weißes Haar war wild und zerzaust, Asche klebte auf ihrer Wange und sie fixierte mich mit geschlitzten Schlangenaugen, während sie Isolde an den Haaren gepackt hielt, ihr den Hals nach hinten bog und einen Dolch an die entblößte Kehle drückte.

»Keinen Schritt weiter, Slave, oder ich schlitze sie auf wie einen Fisch.«

Isolde erstarrte, und ich sah, wie ihr ebenfalls die Giftzähne aus dem Kiefer schossen, während sie vor Schmerz aufschrie. Nur war sie im Gegensatz zu Regina giftig, was diese durchaus nicht vergessen zu haben schien, da sie nervös zurückzuckte. In mir brodelte es. Heiße Feuerfunken verbrannten mir wie glühende Nadelstiche den Nacken, während ich auf Regina zuging.

Die wich zurück und kreischte: »Bleib stehen oder ich steche zu!«

»Du wirst gar nichts tun«, brüllte ich sie an. »Es reicht, Regina! Leg die Waffe weg! Nimm die Beine in die Hände und bring dich und deine Spieler in Sicherheit. Sieh dich doch nur mal um. Das hier ist kein normales Spiel mehr, sondern nur noch reiner Wahnsinn!«

Regina blinzelte mich an, als verstünde sie nicht ganz, warum ich sie vollquatschte, anstatt anzugreifen.

»Leg das Messer weg, schalte deinen gesunden Menschenverstand ein und verschwinde, bevor ihr alle draufgeht. Wer gewinnt denn, wenn ihr vor lauter Sturheit, dämlichen Traditionen und verbohrtem Hass alles und jeden hier verbrennt?«

»Was laberst du denn da, Slave?«, setzte sie an.

»Alice!«, brüllte ich sie an. »Mein Name ist verdammt noch mal Alice, nicht Slave! Sieh dich doch um, schau dir an, was hier gerade passiert. Ist das normal? Sollte das so sein?«

Regina starrte mich an. Ihre Augen waren so weit aufgerissen, dass ich die Flammen darin spiegeln sah. Sie blinzelte nicht.

»Sie hat recht«, würgte Isolde hervor, die sichtlich Schwierigkeiten hatte, unter dem Druck des Messers zu atmen. Sie krallte ihre Finger in den Unterarm der weißen Königin und zwang sie, sie anzusehen. »Ich weiß, dass du diejenige bist, die sich immer um die weißen Spieler gekümmert hat. Ich weiß, du sorgst dich um sie, und ich weiß, du bist nicht so kaltherzig, wie du dich gibst. Unsere Könige versagen gerade auf ganzer Linie, also ist es an uns, die Spieler zu retten. Sind noch welche von Chesterfield auf dem Spielfeld?«

Regina atmete abgehackt. Ihre Augen huschten hin und her, ehe sie scharf die Luft einsog und uns beinahe schon verzweifelt anstarrte. »Ja, aber ich lasse Vincent nicht im Stich. Ich kann nicht! Er hat niemanden außer mir …« Sie schluchzte auf, und vor meinen Augen sah ich Reginas eiskalte, harte Schale genauso in sich zusammenfallen wie das alte Gemäuer von Chesterfield.

Isolde packte Regina und sah ihr tief in die Augen. Da war etwas zwischen den beiden. Es war kaum zu sagen, was, doch es fühlte sich schwer und gleichzeitig leicht wie eine Feder an.

»Das musst du nicht. Wir bringen deine Leute in Sicherheit und kommen dann zurück. Alice verhindert inzwischen, dass die beiden Idioten sich die Hälse umdrehen«, versprach Isolde, und ich erkannte dabei, wie die Stärke in ihren Blick zurückkehrte. Ich sah die schwarze Königin in ihr. Rotgoldene Funken tanzten um ihren Körper.

Regina zögerte, doch sie nickte und sah mich tatsächlich an. »Beeil dich, Alice. Sie sind auf dem Dach von Chesterfield«, teilte sie mir mit.

Ich folgte ihrem Blick und spürte meinen Puls losrasen, während ich ohne jede weitere Verzögerung losrannte. Aus dem Augenwinkel sah ich die beiden Königinnen zusammen zurück in den Wald laufen. Dieser kurze Augenblick hatte beinahe etwas Märchenhaftes an sich. Eine Königin mit Haaren weiß wie Schnee, die andere schwarz wie Ebenholz.

Ich zwang mich, den Blick abzuwenden, und stürmte in die Halle von Chesterfield. Die Tür war zersplittert. Als ich hineinrannte, schlugen mir sofort brüllende Flammen und dichter Rauch entgegen. Hustend stolperte ich zurück und blinzelte mir die Tränen aus den Augen. Dort durchzugehen, war unmöglich. Was sollte ich tun? Was *konnte* ich tun?

Ich wischte mir frustriert über die Augen, um mehr als nur einen Schleier sehen zu können, und spürte dabei, wie mein Fluchmal zu jucken begann. Das Zeichen des Springers. Mein Blick wanderte die Fassade des Anwesens hoch. Nun, wenn ich nicht hineinkam, blieb mir nur die Möglichkeit, von außen hochzuklettern. Die Wahrscheinlichkeit, dabei abzustürzen und mir den Hals zu brechen, war ziemlich hoch. Ich zögerte, doch das Fluchmal kribbelte weiter, als würde es mich in die Richtung drängen. Tief atmete ich durch und starrte die Mauer vor mir an. Ich konnte das. Immerhin war ich dank Ebony ein Springer.

Meine Muskeln spannten sich an, als ich wieder ein paar Schritte zurückwich. Keuchend fixierte ich die Wand und rannte los. Mit so viel Schwung, wie es mir möglich war, stieß ich mich ab und spürte den Stein unter meinen Füßen. Ich rannte beinahe senkrecht die Wand nach oben, und als ich spürte, wie die Schwerkraft mich wieder zu packen versuchte, fasste ich blitzschnell nach dem ersten Fenstersims. Meine Finger krallten sich in den Stein. Zähneknirschend baumelte ich mit den Beinen über dem Abgrund und zog mich mit bloßer Armmuskelkraft nach oben. Keuchend schwang mich auf den Sims.

Neben mir rankte sich Feuer über ein altes Spalier weiter nach oben. Ich packte es und spürte ein Knacken, als das uralte Holz ruckartig nachgab. Kreischend hangelte ich mich so schnell wie möglich weiter nach oben. Der Schweiß rann mir in Strömen den Rücken herab, während ich mich auf den nächsten Sims hochzog. Keine Sekunde zu spät, denn das Holzgestell krachte zu Boden und wurde sofort vom hungrigen Maul des Feuers verschluckt, das inzwischen das gesamte Anwesen eingekreist hatte. Von hier oben sah es aus, als stünde ich direkt im Schlund der Hölle.

Vor Anstrengung schwankend verbot ich mir auch nur den geringsten Anflug von Panik, denn wenn ich einmal damit anfing, würde ich wohl nicht mehr weiterklettern können. Aber das musste ich. Hier oben war der Stein des Gemäuers alt und leicht porös, sodass ich besser vorankam, auch wenn mir der Stein dabei die Nägel zersplitterte und die Haut aufriss. Fluchend biss ich die Zähne zusammen und kletterte weiter über eine Balkonbrüstung in den vierten und dann in den fünften Stock. Hoch in den sechsten, bis ich endlich die Dachzinnen vor mir hatte. Ächzend und schnaufend zog ich mich hoch und ließ mich darüberfallen. Keuchend strich ich mir das völlig verschwitzte Haar aus dem Gesicht und sah mich mit wirrem Blick um.

Der schwarze König stand inmitten von Millionen Splittern. Das gläserne Gewächshaus war in die Luft gesprengt worden. Das ehemalige Dach glitzerte in Tausenden Bruchstücken am Boden. Der König atmete schwer. Ich sah eine handgroße Scherbe direkt aus seiner Schulter herausragen. Er stand jedoch. Unter ihm kauerte Vincent. Der weiße König lag mit einem beinahe schon trotzigen Ausdruck inmitten der Scherben, während Jackson sich mit einer ruckartigen Bewegung die Scherbe aus der Schulter zog. Blut spritzte zu Boden. Der süß-salzige Geruch nach Kupfer mischte sich mit dem von Asche, während er Vincent die Scherbe an die Brust hielt. Genau dorthin, wo dessen Herz schlug.

Vincent bleckte die Zähne. »Tu's!«, stieß er hervor und lachte. Er klang beinahe erleichtert. »Stich endlich zu! Worauf wartest du?«, brüllte er.

Alles in mir zog sich krampfartig zusammen, und obwohl es in mir drin einen dunklen, hässlichen Teil gab, der nichts lieber wollte, als Vincent hier und jetzt sterben zu sehen, war es ein anderer Teil, der mich handeln ließ.

»Nein! Jackson, tu's nicht! Ich habe ihn nicht geküsst. Ich war es nicht. Ich schwöre es!«

Gellend rappelte ich mich auf und rannte los. Jacksons Kopf fuhr hoch. Seine Augen waren pechschwarz. Seine Haare wellten sich in dem scharfen Windzug. Ein paar Haarspitzen sahen verkohlt und verbrannt aus. Er erstarrte mitten im Ausholen, und ich sah, wie sich seine Lippen stumm bewegten und meinen Namen formten.

Alice.

Vincent sah ebenfalls auf, während durch sein schönes, zerschlagenes Gesicht ein Ausdruck huschte, den ich nicht näher deuten konnte. Eine wirre Mischung aus Überraschung, Wut, Angst, Dankbarkeit und Verzweiflung. Kurz fragte ich mich, ob Vincent zurück nach Chesterfield gekommen war, um mich zu suchen, nur um ein leeres Verlies vorzufinden. War Jackson ihm gefolgt?

Letztendlich war es jedoch einerlei. Wichtig war jetzt nur einer.

»Jackson …«, wisperte ich sanft und zog ihn von Vincent fort. Er leistete Widerstand, doch ich stemmte mich gegen seine Brust. »Hör auf! Bitte! Sieh mich an. Sieh mich an, Jack. Ich habe Vincent nicht geküsst. Ich war die ganze Zeit im Keller von Chesterfield eingesperrt. Das, was du gesehen hast, war Blue. Ich konnte sie nicht aufhalten. Vincent hatte die ganze Zeit eine Gestaltwandlerin bei dir eingeschleust. Ich war das nicht. Bitte glaub mir«, rief ich.

Jackson starrte mich an. »Alice …«, wisperte er nur und schauderte.

Entsetzt sah ich Tränen in seinen wunderschönen schwarzen Augen hochsteigen. Seine blutverschmierten Fingerspitzen bebten, als er mir zitternd eine Haarsträhne aus dem Gesicht strich.

»Alice …«, flüsterte er und schluckte.

»Jackson. Es tut mir so leid. Ich war es nicht. Ich schwöre es«, brachte ich hervor, stellte mich auf die Zehnspitzen und küsste ihn voller Verzweiflung.

Jackson versteifte sich ruckartig. Es wirkte beinahe, als würde er mich von sich stoßen, doch auf einmal seufzte er unter meinen Lippen und gab nach. Seine Finger vergruben sich in mein Haar, und er erwiderte meinen Kuss nicht weniger verzweifelt. Ich schmeckte

Blut, Tränen und Asche, wusste jedoch nicht, was von wem kam. Jackson bebte. Mit einem Atemzug löste er sich von mir und sah mich mit einem beinahe schon fieberhaften Glanz in den Augen an.

»Du warst es nicht?«, brachte er krächzend hervor.

Ich schüttelte den Kopf. »Nein, Jackson. Ich würde dich nicht hintergehen. Niemals«, wisperte ich zitternd zurück, und Jackson schloss die Augen.

Er sah aus, als würde er etwas in sich bekämpfen, als litte er Schmerzen. Immer wieder sah ich Venen an der Stirn anschwellen, die sich wie schwarze Wurzeln durch sein Gesicht rankten. Ruckartig ließ Jack mich los, schüttelte den Kopf und raufte sich das Haar.

»Ich dachte, du hättest mich verraten. Ich dachte, du hättest die ganze Zeit mit ihm zusammengearbeitet. Ich dachte … ich dachte … Ich kam mir so dumm vor, so betrogen. Die Dunkelheit in mir hat einfach überhandgenommen. Ich konnte nicht denken. Ich wollte sterben. Ich wollte töten. Alle zusammen«, stammelte er.

Hinter mir hörte ich ein leises Knirschen, als Vincent sich aufrappelte.

»Das wird auch passieren, wenn wir nicht schleunigst von hier verschwinden«, sagte ich und packte seine Hand.

Jackson zögerte, sein Blick flackerte. Ich war ihm so nahe, dass ich sehen konnte, wie sich seine Pupillen zusammenzogen. »Wir gehen, wenn ich dieses Spiel zu Ende gebracht habe.«

Er starrte an mir vorbei zu Vincent, der sich zitternd eine Glasscherbe aus den Rippen zog. Vincent schwankte, doch sein Griff verhärtete sich um die Scherbe, in der sich das Feuer widerspiegelte.

»Du kannst mich töten, schwarzer König«, keuchte er und grinste dabei. Blut hing an seinen Lippen und tropfte herab, während er sprach. »Doch das wird euch nicht retten. Sie hat das echte Monster hier gesehen, und das wird sie nicht am Leben lassen. Schon gar nicht, wenn ich sterbe …«, krächzte Vincent.

Jackson runzelte die Stirn. »Wovon redet er, Alice?«, fragte er mich scharf.

Ich schluckte. »Er spricht von …«

»… mir. Mein Sohn spricht wohl von mir«, unterbrach mich eine dunkle Stimme.

Alle Anwesenden erstarrten, als in der gesprengten Tür zum Dach eine Gestalt auftauchte. Rauch hüllte sie schwelend ein, sodass sich nur nach und nach Augustus Chesterfield herauskristallisierte. Er trug einen dunkelblauen Anzug, der nicht einen einzigen Rußfleck aufwies. Seine schwarzen Lacklederschuhe glänzten im Feuerschein, als er vor uns stehen blieb und die Szene auf sich wirken ließ. Sein Blick zuckte erst über das Dach und erfasste das Ausmaß der Zerstörung, dann zu seinem Sohn und Jackson, ehe er auf mir zu liegen kam.

»Ich wusste, du würdest uns noch Ärger machen«, sagte er ruhig. Zu ruhig. Gefährlich ruhig.

Sofort stellte sich Jackson vor mich und fixierte Augustus. »Was zum Teufel machen Sie hier, Direktor Chesterfield?«, fauchte er.

Der lächelte und breitete beinahe schon einladend die Arme aus. »Was ich hier mache? Das hier ist mein Spielfeld, Junge, hier tue ich alles, was ich will.«

Jackson starrte Augustus verwirrt an. »Was?«, fragte er irritiert.

»Seit über dreihundert Jahren bin ich Teil dieses Spiels. Der Fluch mag mich damals mit Unsterblichkeit bestraft haben und mir damit die Fähigkeit genommen haben, dieser Hölle jemals wieder zu entkommen, doch diese Strafe … Sie ist keine. Sie ist ein Geschenk Gottes! Ich bin für Höheres bestimmt! Für die Ewigkeit! Doch wenn ihr den Fluch zerstört, werde ich ebenfalls sterben, und das kann ich nicht zulassen.« Augustus lachte.

»Er ist absolut wahnsinnig«, hörte ich Vincent murmeln.

»In all den Jahren«, setzte sein Vater fort, »ist mir niemals ein König wie du untergekommen. Du hast praktisch das Spielfeld zerstört.« Er lächelte schal. »Auch wenn ich zugegeben ein wenig beeindruckt bin, kann ich euch dennoch nicht fortfahren lassen. Es ist längst überfällig, dass ich eingreife und dieses Spiel zu einem würdigen Ende führe.«

»Du darfst nicht eingreifen, Vater. Dass du meine Spielzüge überwacht und angeleitet hast, war bereits grenzwertig. Der Fluch wird uns alle wegen dir bestrafen. Was du tust, ist reiner Wahnsinn.«

Augustus fletschte die Zähne. »Der Fluch wird das verstehen. Dieses Spiel braucht ein würdiges Ende, zu dem mein eigener Sohn entweder zu unfähig oder zu feige ist.« Augustus starrte Vincent an. »Du bist eine einzige Demütigung. Eigentlich sollte ich dich hier und jetzt töten lassen«, sagte Augustus verächtlich.

Vincent presste die Lippen zusammen, und seine Finger ballten sich so fest um die Scherbe, dass er sich den Handballen aufschnitt. Ich sah träge Blutstropfen herabperlen. »Warum lässt du es dann nicht zu?«, erkundigte er sich bitter.

Augustus stieß ein schnarrendes Geräusch aus. »Weil ich den

Teufel tun und gegen meinen Bruder verlieren werde.« Sein Blick irrte umher, und er erhob die Stimme. »Komm raus, Charles! Ich weiß, dass du hier herumschleichst.«

»Wovon spricht er?«, hörte ich Jackson murmeln, während das Knirschen von Glas zu hören war.

Die nächsten Sekunden fühlten sich an, als würde sich die Zeit verlangsamen. Das Feuer schlug langsamer aus. Der Windzug strich an meinem Gesicht vorbei und brachte den Gestank von Asche mit sich. Langsam wandte ich den Kopf und sah ihn.

Curse.

Der zweite Slave kam humpelnd über den mit Scherben übersäten Boden angeschlichen. Das Feuer spiegelte sich in seinen Augen und ließ sie leuchten wie geschmolzenes Gold. Es roch nach verbranntem Fell, als er sich trotz des Humpelns erstaunlich geschmeidig hinsetzte und seinen Bruder anstarrte.

»Augustus. Ist lange her«, sagte der Kater.

Augustus schien ihn ohne Probleme verstehen zu können, jedenfalls hob er spöttisch einen Mundwinkel und erwiderte: »Du sahst auch schon mal besser aus, kleiner Bruder.«

Curse schnaubte. »Wovon redest du? Ich sah niemals bess… Wahhh!« Entsetzt starrte der Kater auf seine Schwanzspitze, von der der penetrante Geruch nach kokelndem Fell ausging. »Wahhh! Ich brenne! Ich brenne!«

Hektisch begann er, im Kreis zu laufen, wobei er seinen brennenden Schwanz hinter sich herzog. Wie eine Flipperkugel schoss er über das Dach und brüllte sich die Seele aus dem Leib. Als er an mir vorbeiflitzte, sprang ich nach vorn, packte ihn am Schlafittchen und schlug hektisch die brennende Schwanzspitze aus.

»Ahhh …«, stöhnte Curse erleichtert, während er zu mir hochlinste. »Tja, das war's wohl mit meinem dramatischen Auftritt, was?«

»Oh nein, das war alles mehr als dramatisch«, versicherte ich ihm trocken, als ich ihn wieder absetzte.

»Krass … ich bin nackt«, sagte Curse, der mit der Faszination eines Unfallzeugen seinen Schwanz hob, dessen Spitze haarlos wie die eines Nacktmulls war.

»Wie ich sehe, hast du dich in all den Jahren nicht verändert, kleiner Bruder. Du schaffst es immer noch, mir innerhalb einer Minute eine Migräne zu bescheren«, unterbrach uns Augustus.

Curse sah auf und schnarrte zurück: »Und du bist noch genauso ein Egomane, ein narzisstischer und cholerischer Arsch wie seit deiner Geburt. Außerdem sind Nadelstreifen so was von out!« Er deutete mit der nackten Schwanzspitze abfällig auf den Anzug von Augustus.

»Es reicht, Charles. Glaubst du etwa wirklich, dass du dreihundert Jahre lang auf meinem Spielfeld herumschleichen kannst, ohne dass ich es bemerke?« Augustus hob die Hand und schnippte. Mehr nicht.

Curse riss jedoch die Augen auf und krümmte sich, sodass sein Fell am Rücken senkrecht zu Berge stand.

»Curse!«

Erschrocken stolperte ich auf ihn zu, doch es war Jackson, der mich packte und an seine Brust zog. Ich konnte seinen viel zu hektischen Herzschlag an meinem Ohr fühlen.

»Was passiert hier?«, hörte ich ihn flüstern, während Curse begonnen hatte, sich am Boden zu winden, und sein Schrei die Nacht durchschnitt. Er klang, als würde jemand seine Eingeweide langsam nach außen ziehen.

»Nein! Hör auf! Hör auf!«, kreischte ich und versuchte, mich von Jackson loszumachen, doch der packte mich nur fester.

»Nicht, Chérie«, flüsterte er und barg mich in seinen Armen. Ich zitterte.

Augustus starrte auf das sich windende Tier am Boden. Der Hauch eines Lächelns lag auf seinen Lippen, während Curse sich wie ein Wurm am Boden wand. Augustus schnalzte mit der Zunge. »Hör auf, so ein Theater zu machen, Charles. Verhalte dich einmal im Leben wie ein Mann und verwandle dich zurück.«

Curse ächzte, durch sein Fell ging ein Beben, und im nächsten Augenblick wuchs der Körper auf doppelte, dreifache, vierfache Größe an. Curse brüllte, und ich hörte Knochen brechen, als sich seine Wirbelsäule ruckartig aufrichtete. Die ausgefahrenen Krallen zogen sich zurück, wurden zu runden menschlichen Nägeln, weißes Fell wich heller, menschlicher Haut, und gleich darauf kauerte ein bebender, keuchender Mensch in den Scherben.

»Viel besser«, knurrte Augustus, und Curse ... nein, Charles Chesterfield hob ruckartig seinen Kopf.

Weißes Haar, das ihm bis zu den Schultern reichte, fiel ihm dabei über das markant geschnittene Gesicht. Er sah genauso aus wie in meinem Traum, als er sich mir als Charlie vorgestellt hatte.

Ich bemerkte erst, dass ich die Luft angehalten hatte, als es in der Lunge brannte. Jacksons Schultern waren so angespannt, dass es schmerzen musste.

»Du hattest recht«, hörte ich ihn murmeln.

»Womit?«

»Mit allem. Wir müssen verschwinden. Jetzt.«

Jackson machte einen Schritt zurück. Eine Scherbe knirschte dabei unter seinem Fuß, und im nächsten Augenblick war eine Waffe genau auf seine Brust gerichtet.

»Nicht so schnell, Junge«, sagte Augustus und spannte den Hahn.

Jackson erstarrte und ließ mich los. Er schubste mich praktisch von sich. Überrascht stolperte ich und fiel dabei hart zu Boden. Scherben schnitten mir in die offenen Handflächen. Der brennende Schmerz trieb mir die Tränen in die Augen, während ich panisch aufsah.

»Was tust du, Vater?!«, stieß Vincent hervor. Beinahe verloren stand er vor uns und starrte auf die Waffe, die sein Vater auf Jackson gerichtet hielt.

»Was soll das werden, wenn es fertig ist?«, fragte auch Charles, der sich mühsam schwankend aufstellte. Man sah ihm an, dass er schon lange nicht mehr auf zwei Beinen gegangen war.

»Die Abmachung war, dass wir über das Spielfeld wachen, nicht, dass wir uns einmischen. Glaubst du etwa wirklich, ich toleriere noch länger deine dilettantischen Versuche, dieses Spiel zu torpedieren?«, murmelte Augustus abfällig und spannte den Abzug.

Charles starrte seinen Bruder an. Noch nie hatte ich so viel Hass in einem Blick gesehen. »Wenn du jetzt den schwarzen König erschießt, ist das nicht nur gegen die Regeln, Augustus. Der Fluch wird dich bestrafen, noch mehr, als er es ohnehin schon tut«, fauchte Charles.

An Augustus' Kinn zuckte ein Muskel. »Oh, ich werde ihn nicht erschießen. Mein Sohn wird es tun«, sagte er ruhig. Und hielt ruckartig seinem Sohn die Waffe entgegen, während er Jackson mit der anderen Hand am Nacken packte. Der schrie vor Schmerz auf. »Nimm und schieß, Vincent!«, befahl Augustus.

Vincent starrte auf die schwarz glänzende Waffe, während ich mich mühsam aufrappelte.

»Vincent, tu das nicht! Bitte tu …«, setzte ich an, als ein ohrenbetäubender Knall ertönte.

Erschrocken zuckte ich zusammen, als eine Kugel so knapp neben mir in den Boden einschlug, dass ich es an der Wange brennen fühlen konnte. Ich tastete mein Gesicht ab und entdeckte eine hauchfeine Verletzung.

»Noch ein Wort, und die nächste Kugel trifft dich genau zwischen den Augen«, brüllte mich Augustus an.

Ich erstarrte.

Alle erstarrten.

Vincent schluckte.

»Nimm!«, forderte Augustus Vincent erneut auf, und der tat es mit zitternden Fingern.

»Vater, ich …«

»Schieß!«, brüllte Augustus seinen Sohn so laut an, dass es in den Ohren schmerzte. »Dieses Spiel ist schon lange genug eine Schande in der Historie. Du erschießt den schwarzen König hier und jetzt, alle Aufzeichnungen werden danach gelöscht, und du verlierst kein Wort darüber. In mir kommt der Brechreiz hoch, wenn ich daran denke, dass sich weitere Generationen an dein Versagen erinnern könnten.«

Die Waffe hing zwischen den beiden wie eine Drohung. Vincent hob die Hand und nahm sie langsam entgegen. Ich sah seine Finger zittern. Er starrte auf das matte Schwarz, und es wirkte beinahe, als würde er lächeln.

»Weißt du was, Vater?«, fragte er. Langsam hob er die Waffe und setzte sie gegen seinen eigenen Schädel. »Ich habe es so satt, dein Sohn zu sein …«

Ich hörte das Klicken, als er den Abzug drückte. Ich stand genau neben ihm und sah, wie sich sein Finger krümmte. In diesem Augenblick schossen mir etliche Gedanken durch den Kopf.

Das war es.

Vincent würde das Spiel beenden.

Indem er sich selbst tötete, nur um seinem Vater zu entkommen.

Welche Ironie.

Welches Ende.

War es richtig so?

Ein seltsamer Geschmack machte sich in meinem Mund breit, und als ich aufsah, starrte ich direkt in Vincents Augen. Er blickte mich an und ich sah … so viel.

Grauen.

Angst.

Wut.

Erleichterung.

Und Einsamkeit … so viel Einsamkeit.

Ich sah seine Hand zittern. Die Mündung drückte stärker in seine Schläfe, und sein Finger krümmte sich. Ich handelte, ohne darüber nachzudenken. Es war beinahe instinktiv. Vincent drückte ab, und ich sprang nach vorn.

»Nicht!«

Ich packte seinen Arm. Vincent verzog die Waffe, und es knallte ohrenbetäubend, als der Schuss ins Leere hallte.

Vincent fuhr herum. »Warum hast du das getan?«, brüllte er mich an.

»Wonach sieht es denn aus? Um dein dämliches Leben zu retten«, brüllte ich zurück.

Vincent setzte erneut an, als ich ein seltsames Geräusch hörte. Es war ein nasses Gurgeln. Ein Röcheln, das mich ruckartig den Kopf wenden ließ.

Da war ein Geruch. Ich war nicht sicher, warum ich ihn als Erste wahrnahm. Aber er war salzig, süß und kupfrig. Meine Nackenhaare stellten sich auf.

Jackson stand vor uns. Viel zu knapp. Wann war er auf uns zugegangen? Der schwarze König starrte uns beinahe verwirrt an, eine Hand auf die Brust gedrückt. Als er sie langsam hob, sah ich dunkles, fast schwarzes Blut darauf kleben.

Der Schuss war nicht ins Leere gegangen.

»Scheiße«, hörte ich Vincent murmeln, und in meinen Ohren summte es.

Nein!

Nein!

Nein!

»Jackson!« Ich war mir nicht sicher, ob ich es schrie oder vor Schock kein Wort hervorbrachte, aber sein Name hallte in mir wie ein grauenvolles Echo nach.

»Alice!« Jackson öffnete den Mund und hustete Blut, während er auf die Knie fiel.

»Neeeeeein! Jackson, neeein!«

Schluchzend rannte ich nach vorn und versuchte, ihn zu halten, doch es war Jackson, der meine Hand packte. Ein brennender Schmerz schoss durch mein Fluchmal und wurde heißer und heißer.

Verdammt sind wir …

Jemand flüsterte mir etwas ins Ohr. Ich wusste, ich sollte hinhören, doch alles, worauf ich mich konzentrieren konnte, war Jackson.

»Du musst mutig sein, Alice«, sagte er eindringlich, während sein Blut zu Boden sickerte. »Du musst kämpfen …« Seine Hand versteifte sich in meiner und wurde schwarz.

»Nein! Jackson, verlass mich nicht! Verlass mich nicht!«, brüllte ich ihn an. Ich heulte. Schluchzte. Bebte, während mir die Tränen heiß über die Wangen tropften und der Schmerz mich innerlich in die Knie gehen ließ.

»Ich weiß, du kannst sie retten«, flüsterte Jackson, als schwarzer Stein sein Gesicht überzog.

Denn verflucht bin ich und verflucht bist du.

»Ich liebe d…« Sein Satz riss ab.

Und ich? Ich hielt nur noch kalten toten Stein in der Hand, während eine ungekannte Schwärze über mir zusammenschlug. Ich wusste nicht, ob ich schrie, aber für einen Augenblick hörte meine Welt einfach auf zu existieren.

KAPITEL 23

Tropf.

Sie schimmerte. Eine Träne. Träge rollte sie über die schwarze Hand, die mich immer noch gepackt hielt, die Finger um mein Handgelenk geschlungen.

Tropf.

Tropf.

Die Tränen fielen immer schneller, bis es wirkte, als würde es regnen. Vielleicht tat es das ja? Ich hätte aufblicken müssen, um das feststellen zu können, doch ich war zu nichts mehr in der Lage, als in Jacksons tote schwarze Augen zu starren.

Kein Schmerz.

Keine Angst.

Keine Liebe.

Es lag nichts mehr darin.

Ein Schluchzen barst aus mir heraus. So heftig, dass es mich selbst aus der Lethargie riss. Im selben Augenblick fühlte ich einen unangenehmen Druck am Schädel.

»Schachmatt. Der schwarze König ist gefallen, jetzt folgt ihm noch der Slave.«

Ich blickte auf und sah in die Mündung derselben Waffe, die Jacksons Leben beendet hatte. Dahinter stand Augustus Chesterfield und schmunzelte. Ich starrte ihn an. Mein Handgelenk brannte. Niemand sah es, doch ich fühlte es. Tief in mir.

Schwärze.

Bodenlose, alles Licht verschlingende Schwärze.

Tropf.

Tropf.

Tropf.

Kalte Nässe kitzelte meine Wange und rann mir die bebenden Lippen herab. Es regnete wirklich. Ein Gewitter zog herauf. Ich hörte das leise Zischen der ersten Tropfen, die auf das brennende Spielfeld auftrafen.

Schritte kamen näher. »Leg die Waffe weg, Augustus. Das Spiel ist vorbei«, sagte Charles leise.

Augustus zog eine geschwungene Augenbraue hoch. »Ich weiß. Das mache ich rein für meinen Seelenfrieden.«

Ich schluckte. Das war es also. Ich sah dem Tod in die Augen, und sie waren blau wie Eis. Eigentlich hätte ich Angst haben müssen, aber alles, was ich fühlte, war Jacksons versteinerte Hand in meiner.

»Auf Wiedersehen, Alice«, raunte Augustus. Ich glaube, es war das erste Mal, dass er mich beim Namen nannte.

Ich sah nicht weg, als er abdrückte.

»Nein!« Statt eines Pistolenknalls erklang ein wütender Schrei, und Augustus Chesterfield wurde unvermittelt zu Boden gerissen. »Du fasst sie nicht an! Nicht du! Niemals! Nie wieder!«

Vincent? Ich blinzelte beinahe träge und hörte ein Knirschen, als Vincent zuschlug. Seine Faust landete im Gesicht seines Vaters. Blut spritzte zu Boden und wurde vom niederprasselnden Regen davongespült.

»Vince…«, setzte Augustus an, doch der brüllte nur und schlug erneut zu. Und erneut.

Vincent brüllte. Regen rann ihm in dichten Strömen das Gesicht herunter, während Jahre an Angst und Schmerz aus ihm herauszubrechen schienen. Er zitterte, und sein Vater spuckte keuchend aus.

»Komm, Alice, wir müssen verschwinden!« Hände packten mich und zogen mich hoch.

Wieder sah ich in blaue Augen. Charles. Der ehemalige Kater packte mich, doch meine Hand steckte in Jacksons fest. Es war unmöglich, loszukommen. Ich schrie vor Schmerz auf.

Charles fluchte, packte die Waffe, die zu Boden gefallen war, und schoss. Ich zuckte zusammen, als die steinerne Hand in Dutzende Einzelteile zersprang. Es klickte erneut, doch das Magazin war leer.

Fassungslos blinzelte ich auf die Bruchstücke.

»Was … hast du getan?«, stammelte ich, doch Charles starrte nur mindestens genauso fassungslos auf mein Handgelenk, das brannte und pochte wie eine frische Wunde.

»Die Frage ist wohl eher: Was hat Jackson getan?«, fragte er mich dumpf.

Ich erwiderte nichts. Doch mein Handgelenk brannte wie zur Erwiderung auf. Ich schauderte und hatte das Gefühl, als würde mir zähflüssige Dunkelheit aus jeder Pore kriechen.

Ein Brüllen ließ uns beide erschrocken aufsehen. Keuchend kam Vincent auf die Füße. Er schwankte, als wäre er betrunken, während ihm das Regenwasser übers Gesicht und das Blut von den zerschlagenen Fäusten tropfte.

Augustus am Boden stöhnte. »Das wird ein Nachspiel haben, Junge.«

Vincent spuckte abfällig aus. »Wir sehen uns in der Hölle wieder, Vater.«

Ruckartig drehte er sich um und packte meine Hand. Sie war eiskalt und trotzdem warm. Warm von Blut. »Lauf!«, befahl er mir. Seine Finger verschränkten sich mit meinen, und ich spürte, wie er mich fortzerrte.

»Nein … ich … Jackson!«

Panisch stemmte ich mich gegen seinen Griff, als der Himmel über uns grollte und donnerte. Grelle Blitze durchzuckten die Atmosphäre, die immer noch nach Asche stank.

»Er ist tot, Alice«, blaffte mich Vincent an. Er packte und schüttelte mich. »Wir können nichts mehr für ihn tun.«

»Ich kann ihn doch nicht … ich kann nicht …« Das Schluchzen in meiner Kehle erstickte meine Worte.

»Hör zu, Alice: Egal was zwischen uns steht, ich werde nicht zulassen, dass dich mein Vater in die Finger bekommt. Du hast mich gerettet, jetzt lass mich dich retten. Und wenn nicht für mich, dann für ihn.« Er deutete mit dem Kinn auf die Steinfigur neben uns.

Ich starrte ihn an und blickte dann zu Jackson hinüber, der am Boden kniete. Das Wasser tropfte wie Tränen von seinem schönen Gesicht. Mein ganzer Körper bebte. Mir war schlecht. Schock. Ich musste unter Schock stehen.

»Reiß dich zusammen!« Vincent schüttelte mich wieder.

Im selben Augenblick hörten wir ein Stöhnen. Augustus setzte sich auf. In seinem Blick lag blanke Mordlust. Er rappelte sich auf, doch im selben Moment prallte Charles gegen ihn und drückte ihn wieder zu Boden. Augustus brüllte und buckelte auf wie ein Pferd.

»Komm, wir hauen ab, solange sie abgelenkt sind!«, stieß Vincent hervor und riss mich mit sich.

Meine Hand lag wie ein gefühlloser Klumpen in seiner. Ich wusste, ich sollte mich losreißen und möglichst in eine andere Richtung laufen als er, doch alles fühlte sich schwammig an. Als wäre ich durch eine Wand aus Watte von der Welt getrennt. In diesem Augenblick hätte Vincent mich auch zur Streckbank führen können, und ich hätte mich nicht wehren können. Ich war taub. Innen wie außen.

»W…wohin gehen wir?«, stammelte ich und stolperte.

»Weg aus dem Spielfeld. Wir verschwinden. Von Vaters Büro aus gibt es einen geheimen Fluchtweg.«

»Weißt … weißt du, wo er hinführt?«, keuchte ich.

»Nein, aber ich hoffe, weit weg von hier.«

Ich starrte ihn an. Warum nahm er mich mit? Warum … tja, warum tat Vincent, was er tat? Die Frage lag auf meinen Lippen, doch sie erstarb. Dichter Qualm kam uns entgegen, und sofort kratzte der Husten in meiner Lunge. Das Feuer war vielleicht dabei zu erlöschen, doch bis dahin würde es das Anwesen vollkommen aufgefressen haben.

Vincent presste mir seine Hand schützend über den Mund, während wir durch den Gang und hinter das Gemälde stolperten. Hier war deutlich weniger Rauch. Wir rannten in das alte Büro.

Im Kamin brannten ein paar Holzscheite, die Vincent sofort mit einer vollen Karaffe Wein löschte. Es stank. Es stank nach Alkohol, Asche und Tod. Mir drehte sich der Magen um.

»Dritter Stein von rechts … dritter Stein von rechts …«, hörte ich Vincent murmeln.

Seine Finger huschten über den alten Stein, fanden ihn und drückten. Ein Schaben und Quietschen erklang. Der Kamin zitterte und stöhnte, ein wenig Steinstaub rieselte auf die schwelende Asche herab, und im nächsten Augenblick schwang die Hinterwand des Kamins nach innen.

Ein Tunnel erstreckte sich vor uns. Vincent atmete tief durch, packte meine Hand fester und zerrte mich hinein. Wir stolperten eine enge Steintreppe nach unten. Sie wand sich unter meinen Füßen in einer schwindelerregenden Spirale in die Tiefe. Es war so eng, dass wir nur hintereinandergehen konnten. Unser Atem hallte laut und viel zu hektisch von den Wänden wider. In meinem Kopf drehte sich alles. Ich konnte nicht denken, eigentlich konnte ich noch nicht einmal gehen. Alles, was ich wollte, war schreien. Innerlich tat ich es. Laut und schrill wie ein verwundetes Tier.

Ich stolperte, und Vincents Finger spannten sich fester um meine. Ohne zu blinzeln, starrte ich auf die langen hellen Finger, elegant wie die eines Klavierspielers. Jacksons Finger waren hingegen groß und kräftig und braun. Gewesen. Vergangenheitsform.

Ich strauchelte erneut und knallte hart auf einer Stufe auf. Ich wimmerte und fühlte, wie Vincent mich an der Schulter packte und wieder hochzog.

»Atmen, Slave! Du brichst erst zusammen, wenn ich es dir erlaube.«

Er packte mein Kinn und zwang mich, ihn anzusehen. Seine Gestalt lag im Dunkeln, sodass ich nur die Konturen seines Gesichts ausmachen konnte. Der gerade, aristokratisch anmutende Schwung seiner Nase und Wangenknochen, seine vollen Lippen, das weiche Haar, das ihm in nassen Locken in die Stirn fiel. Nur seine Augen waren klar und deutlich zu erkennen, als würde seine Seele daraus hervorleuchten.

»Atmen! Ein und aus ... ein und aus ...«, wies mich Vincent an und amtete mir vor.

Ich konnte seine Brust fühlen, wie sie sich hob und senkte. Ein und aus. Reflexartig atmete ich mit und spürte langsam, wie der Schwindel in meinem Kopf zurückwich.

»So ist es gut. Das machst du sehr gut«, flüsterte Vincent, und seine Stimme klang viel zu ... freundlich. Beinahe liebevoll. Ich wollte das nicht. Ich wollte diese Situation nicht. Vincent nicht und schon gar nicht sein Mitgefühl.

Ich starrte Vincent an, und was auch immer er sah, es ließ ihn lächeln. »So ist's gut. Sei ruhig wütend auf mich. Wenn du willst, kannst du später gern versuchen, mich umzubringen, aber erst, wenn wir aus diesem Scheißtunnel raus sind.«

Ich starrte ihn an und fühlte die neue Dunkelheit in mir, die wie Gift durch meine Adern pumpte. »Wenn du mich nicht aus Eifersucht Jack weggenommen und in deinen dummen Keller eingesperrt hättest, hätte all das vermieden werden können. All das hier ist nur aus reiner Dummheit passiert«, presste ich hervor.

In Vincents Blick flackerte es. »Ich weiß.«

»Ich hasse dich!«

»Ich weiß.« Geschmeidig drehte er sich um und ging weiter.

»Lass mich los!«, fauchte ich und riss an meiner Hand, die immer noch in seiner lag.

»Nein«, sagte er knapp und presste so fest zu, dass die kleinen Knochen knirschten.

Ich biss die Zähne zusammen und spürte, wie mir mit jedem Schritt der Zorn in die Adern schoss. Heiß, brodelnd, drängend, als hätte ich zu scharf gegessen. Ein Teil von mir war sich durchaus darüber bewusst, dass diese Wut reiner Selbstschutz war. Eine lebensrettende Notwendigkeit, um meinen Kopf klar und meine Beine am Laufen zu halten. Wenn diese Wut aus mir wich, würde nicht mehr viel von mir übrig bleiben. Ich würde einfach wie ein Aschehäufchen in mich zusammenfallen. Darum klammerte ich mich an diese Wut mindestens genauso fest wie Vincent sich an meine Hand. Wir nutzten uns wohl gerade gegenseitig aus, um auf den Beinen zu bleiben. Anstatt mich also weiter loszureißen, krallte ich meine Finger in seine Haut, bis ich sah, wie sich ein angespannter Zug um seine Mundwinkel bildete. Dennoch muckte er nicht auf.

»Du hättest dort oben sterben sollen«, sagte ich leise.

Vincent spannte die Schultern an. »Ich weiß.« Das war alles, was er dazu sagte.

Die Treppe endete nach einer gefühlten Ewigkeit. Ein schmaler Steingang zog sich schnurgerade vor uns. Es war ziemlich dunkel, und dennoch konnte ich genug sehen, um das Gefühl eines Déjà-vus in mir aufkommen zu lassen. Diese Gänge … etwas daran kam mir vertraut vor.

Vincent schien es ähnlich zu gehen, denn er blieb ruckartig stehen und neigte den Kopf, während wir vor einer Sackgasse zum Stehen kamen. Der Gang hörte einfach auf. Eine steinerne Wand blockierte jedes Weiterkommen.

»Na großartig. Und was jetzt?«, fuhr ich Vincent an.

»Woher soll ich das wissen? Ich bin zum ersten Mal hier unten« blaffte er zurück und fuhr sich frustriert durch die Haare. »Vielleicht können wir …«, setzte er an.

»Psst!«, zischte ich und starrte die Wand an.

»… wieder nach …«

»Psst!«

»… oder zurück …«

»Psst!«

»Kannst du mal aufhören, mich anzuzischen?«, blaffte Vincent.

»Sei mal still. Fühlst du das auch?«

»Was? Fühlst du mit den Ohren?«, fragte er genervt.

Nicht weniger gereizt ging ich an ihm vorbei und sah mir die Mauer genauer an. Da war es wieder. Ein Windzug, der mit meinen Haarspitzen spielte. Nur leicht, doch es bescherte mir eine Gänsehaut.

»Hilf mir mal«, befahl ich, stemmte die Hände gegen die Wand und drückte.

»Warum? Hast du was *gefühlt-gehört*?«

»Ganz genau.«

Immerhin musste man ihm zugutehalten, dass er sich jeden weiteren Kommentar verkniff, sich an meine Seite stellte und ebenfalls drückte. Ich ächzte und glaubte schon, wie ein Volldepp einfach gegen eine Mauer zu laufen … bis sie sich knirschend in Bewegung setzte. Ächzend drückten wir fester, und der Stein rutschte nach innen.

Ein muffiger, feuchter Geruch kam uns entgegen. Keuchend hielten wir inne und tauschten einen kurzen Blick.

»Ladys first«, japste Vincent.

Ich schnitt ihm eine Grimasse und quetschte mich durch den Spalt. Wenn ich ein Problem mit Klaustrophobie gehabt hätte, hätte ich spätestens hier eine Panikattacke bekommen, denn ich blieb in dem Zwischengang kurz stecken.

»Soll ich drücken?«

»Fick dich, Vincent!«

Ächzend quetschte ich mich auf die andere Seite. Mit wirrem Blick sah ich mich um. Mein Atem hallte an den Wänden entlang, während Vincent sich zu mir in den Raum quälte.

»Was? Wo zum Teufel sind wir?«, setzte er an und sah sich angespannt um.

Spinnweben und Staub klebten in seinen Haaren. Er sah so beschissen aus, wie ich mich fühlte. Und meine Magenschmerzen wurden deutlich schlimmer, als ich registrierte, wo wir uns befanden.

»Vincent«, sagte ich dumpf. Der stille Horror in meiner Stimme hallte durch den Raum, während ich auf das Grab vor uns starrte.

»Was …?«, setzte Vincent erneut an, ehe sein Blick ebenfalls auf das Grab fiel – oder eher auf die Person, die darauf saß. Denn die Frau auf dem alten steinernen Sarg war niemand anderes als Madelyn St. Burrington.

Sie sah aus, als wäre sie ihrem eigenen Porträt entstiegen, das über dem Sarg hing. Ihr seidiges dunkles Haar war kunstvoll nach oben gesteckt. Ein dunkelblaues Kleid fiel in dichten Stoffbahnen zu Boden. Die Streben des Korsetts drückten ihre Brust nach oben, wo ein funkelndes Collier aus münzgroßen Edelsteinen ruhte. Nur ihre Augen waren nicht von dem warmen Braun, wie ich es in meinen Träumen gesehen hatte, sondern rabenschwarz. Die Augenhöhlen waren nicht mehr als zwei schwarze Löcher.

Sie blinzelte nicht. Starrte uns nur an, und dabei kroch ihr ein zitternder Fluchweber über die Schulter und fiel lautlos herab auf einen Haufen aus Dutzenden weiteren Fluchwebern.

Vincent und ich wichen gleichzeitig zurück, während Madelyn uns anlächelte und in die Hände zu klatschen begann. Der Klang war scharf und hallte unangenehm laut in der alten Gruft wider.

»So sieht man sich wieder. Und was für eine Vorstellung ihr geliefert habt. Ich muss gestehen, als ich dir erlaubt habe weiterzuspielen, Alice, habe ich mit vielem gerechnet … aber nicht mit diesem herzzerreißenden Schauspiel. Ich habe jetzt noch Gänsehaut.« Sie schüttelte sich gespielt, und ein Fluchweber krabbelte ihr dabei übers Gesicht. »Wer hätte gedacht, dass du tatsächlich versuchen würdest, dich zu erschießen, Vincent? Weißt du denn nicht, dass Selbstmord gegen die Regeln ist? Das hätte ich dir nicht einfach so durchgehen lassen«, schalt sie ihn sanft, als wäre er ein kleines Kind, das sie mit der Hand in der Keksdose erwischt hatte.

Vincent spannte die Kiefer an. »Ich hab es nicht so mit Regeln«, erwiderte er jedoch nur, und ich bemerkte, wie er sich vorsichtig vor mich schob. Versuchte er, mich gerade … zu beschützen? Meine Finger krallten sich in seinen Ärmel, nicht sicher, ob ich ihn enger an mich ziehen oder ihn wegstoßen wollte.

Der Fluch kicherte. »Jackson hatte es auch nicht so mit den Regeln, und man sieht ja, was aus ihm geworden ist, oder? *Setzt du ihn matt, durchstoß sein Herz glatt. Doch sollst du dich wehren, den König zu begehren*«, trällerte sie und sah mich an. »Einen König zu lieben oder von einem geliebt zu werden, ist immer mit Herzschmerz verbunden, kleiner Slave.«

Meine Kehle zog sich so fest zusammen, dass ich nach Luft röchelte.

Der Fluch zog eine Augenbraue hoch. »Und du, mein lieber Vincent, du bist viel zu feige und viel zu schlau, um das Risiko einzugehen, gegen die Regeln zu verstoßen. Weshalb ich mich frage, ob dieses Schauspiel gerade nur ein Anflug von Wahnsinn oder reines Kalkül war?« Sie blickte ihn neugierig an, während sie über den Sarg unter sich strich.

Vincent musterte sie wachsam, blieb ihr jedoch eine Antwort schuldig. Misstrauisch starrte ich zu ihm hoch. Konnte das sein? Hatte Vincent auf all das … spekuliert? Damit wäre er nicht nur ein enormes Risiko eingegangen, sondern …

Ich schaffte es nicht, den Gedanken zu Ende zu denken. Mir wurde wieder schlecht.

»Ein Vögelchen hat mir gezwitschert, dass ihr nach einer Möglichkeit sucht, mich zu töten, um den Fluch zu beenden«, unterbrach Madelyn mein Gedankenkarussell. Ihr Blick wanderte zu mir, ehe sie eine Augenbraue hochzog. »Um all das hier zu beenden, musst du den Tod selbst besiegen. Denn er ist es, der die Fäden dieses Spiels in den Händen hält.« Sie lächelte wissend, während mir schlecht wurde.

»In diesem Spiel geht es nicht um Gut und Böse, sondern um den Tod«, erinnerte ich mich. Es waren ihre Worte gewesen. Madelyn hatte sie zu Beginn des Spiels zu mir gesagt.

»Und er ist es auch, der am Ende gewinnen wird«, endete sie und neigte den Kopf. »So ist es, kleine Alice. Ich bewundere deinen Mut und deine Sturheit, aber alles im Leben hat seinen Preis. Alles außer dem Tod, und der kostet das Leben. Ein ewiger Kreislauf. Schwarz und Weiß. Leben und Tod. Gut und Böse. Es ist alles dieselbe Medaille, nur eben verschiedene Seiten.«

Meine Knie zitterten. Ich wurde von Vincent gestützt. Er legte seine Arme schützend um mich, und ich ließ es zu, sonst wäre ich am Boden zusammengesunken und nicht mehr aufgestanden.

»Warum erzählst du uns das alles? Was willst du?«, fragte Vincent ausdrucklos. Seine Finger jedoch pressten sich so fest in meine Arme, dass ich blaue Flecken bekommen würde.

Der Fluch kicherte. »So viel Verzweiflung. So viel Herzschmerz. Ich erinnere mich nicht mehr daran, wie es sich anfühlt, einen Puls zu besitzen, aber ich erinnere mich noch genau an den Schmerz, als mir selbst das Herz brach.«

Ein entrückter Blick schlich sich in ihre Augen, und ihr Gesicht begann, sich zu verändern. Es quoll auf und wurde breiter und kantiger, während die Fluchweber unter ihr hektisch in Bewegung kamen. Im nächsten Augenblick stand Jackson vor uns. Sein schwarzes Haar, seine dunklen Augen … sein Lächeln.

Ein heiserer Schrei entrang sich meiner Kehle. Fühlte es sich so an, den Verstand zu verlieren?

»Was willst du von uns? Jackson ist geschlagen, das Spiel ist vorbei«, presste Vincent erneut hervor.

Der Fluch zog eine Augenbraue hoch. »Vorbei? Nichts ist vorbei. Ein Feuer verschlingt gerade mein Spielfeld, und dadurch konnten zahlreiche Spielfiguren entkommen. Das schätze ich ganz und gar nicht«, stieß sie hervor, und innerlich sackte ich kurz vor Erleichterung zusammen.

Das bedeutete, die Spieler hatten es tatsächlich geschafft zu entkommen. Der Brand hatte zumindest auch etwas Gutes gehabt. Er hatte den Fluch geschwächt. Ihn unvorsichtig werden lassen. Ich spürte ein hässliches Lächeln auf meinen Lippen.

Der Fluch fixierte mich und verengte die Augen. »Es gibt keinerlei Grund zur Schadenfreude, kleiner Slave. Ich mag geschwächt sein, und Jackson mag gefallen sein, aber der schwarze König ist es nicht. Und damit habt ihr euer Leiden nur verlängert. Ich werde wieder stärker, aber je länger ihr euch von dem Spielfeld fernhaltet, desto schwächer und schwächer werdet ihr werden. Ich muss gar nichts tun. Am Ende kommt ihr wieder angekrochen wie Ungeziefer, das vor der Sonne flüchtet.« Der Fluch lachte schrill.

Ich starrte sie hasserfüllt an. »Ich bin der Slave. Ich kann das Spielfeld verlassen, ohne dadurch schwächer zu werden. Solange ich stehe, gibt es Hoffnung.«

Der Fluch kicherte. »Oh Alice, ich werde mich an deiner Verzweiflung laben. Es spielt keine Rolle, ob du gesund bleibst. Wenn alle anderen um dich herum fallen, wirst du ihr Gewicht nicht ewig tragen können. Die ersten Wochen wirst du dir vielleicht noch einreden, es schaffen zu können. Zumindest bis die Schreie deiner Mitspieler dich aus deinen Träumen reißen, das kratzende Geräusch von splitternden Nägeln an den Wänden lauter wird und der Gestank von Blut und Verzweiflung die Luft tränkt. Ihr kommt zurück, glaub mir. Genauso wie du.«

Sie starrte mich aus mattschwarzen Augen an. Ihr Gesicht war zu blass. Ihr Grinsen zu breit.

Die Dunkelheit in meinen Adern fühlte sich schwer und heiß

zugleich an. Aus dem Augenwinkel sah ich meinen Schatten unnatürlich dunkel über den Stein kratzen.

Vincent runzelte die Stirn. »Wovon redest du? Jackson ist gefallen, das Spiel ist vorbei. Du musst uns gehen lassen«, presste er hervor.

Der Fluch hörte auf zu lachen und hob stattdessen adrett eine Augenbraue. »Gar nichts ist vorbei, lieber Vincent, und der schwarze König ist mitnichten geschlagen. Du hältst ihn gerade in deinen Armen.«

Der Fluch summte vergnügt vor sich hin, während sich Vincent ruckartig anspannte und auf meine Hand starrte, die sich an ihn krallte. Er suchte und fand. Schwarz wie ein Schandfleck. Das Zeichen des schwarzen Königs auf meinem Handgelenk. Jacksons Zeichen.

Vincent zuckte vor mir zurück. Ich selbst presste die Hand an meine Brust, an das neue Zeichen des Königs, das mir Jackson hinterlassen hatte. Die ganze Zeit pulsierte seine Schwärze schon in meinen Adern. Ein Teil des Fluchs, der soeben vor mir stand, war in mir, und ich fühlte mich schmutzig. Jede Sekunde, die ich atmete, verpestete die Schwärze meine Seele mehr und mehr. Ich konnte es wie eine Krankheit fühlen, die sich in meine Gedärme fraß. Jetzt, wo das Adrenalin langsam der Erschöpfung wich, konnte ich es nicht mehr verdrängen wie zuvor.

Innerhalb von Sekunden war die Temperatur auf Minusgrade gefallen. Ich fröstelte, während Vincent mich mit eiskalten Augen anstarrte. Sein gesamter Körper bebte.

»Wie ist das möglich? Sie ist ein Mädchen! Sie kann gar kein König sein«, hörte ich ihn fassungslos hervorstoßen.

Der Fluch in Jacksons Gestalt legte den Kopf schief. »Natürlich kann sie das. Sie ist der Slave. Sie ersetzt jede gefallene Figur, und das schließt auch einen König nicht aus. Ich frage mich, ob Jackson ebenfalls einem leichten Anflug von Wahnsinn anheimgefallen ist oder ob er all das kalkuliert hat. Und wenn ja, wer hat dann wen an der Nase herumgeführt? Du ihn oder er dich? So oder so bin ich von euch beiden beeindruckt. Dieses Spiel ist wirklich einzigartig.«

Meine Hände ballten sich zusammen, und da spürte ich es, spürte ich *sie.* Die Schatten. Sie waren überall. In den Ecken, am Boden an der Decke … in mir. Das Fluchmal an meinem Gelenk pochte wie ein zweiter Herzschlag, und ich sog die Dunkelheit ein wie eine Verdurstende. Sie ballte sich in mir zusammen, zog und zerrte an meiner Seele, die sich schreiend krümmte. Als würde ich auseinandergerissen werden, bis etwas völlig Neues, Hässliches aus der Hülle hervorkroch. Ob Jackson sich genauso gefühlt hatte? Wie hatte er auch nur eine Sekunde überlebt, ohne sich dabei das eigene Gesicht zu zerkratzen? Ich begann, gleichzeitig zu lachen und zu weinen.

»Alice?«, fragte Vincent. Er klang, als hätte er Angst vor mir.

Ich lachte und weinte lauter. Die Dunkelheit im Raum wurde beinahe zu dick zum Atmen. Selbst der Fluch erblasste kurz.

»Alice, hör auf, du hast Jacksons Kräfte nicht im Griff.« Vincent packte mich und sah mich eindringlich an.

Unter einem Tränenschleier starrte ich Vincent an. »Wir sollten es vielleicht doch beenden«, flüsterte ich. Das Lachen steckte mir in der Kehle fest. Vielleicht war es auch ein Schrei. »Wenn ich jetzt eine gefallene Figur anfasse, verliere ich das Zeichen des Königs. Das Spiel wäre vorbei. Vielleicht ist es doch besser so.«

Vincent starrte mich an. Eine schmutzig weiße Haarsträhne fiel ihm ins Gesicht. Ich sah ihm an, dass er mir zustimmen wollte. Sah die Müdigkeit, den Horror in seinen Augen. Bis sein Blick auf den Fluch fiel.

Madelyn lächelte wissend, und etwas verhärtete sich in seinen Gesichtszügen. Seine Pupillen zogen sich zusammen, dann schüttelte er langsam den Kopf.

»Nein. Das werden wir nicht tun. Wenn wir jetzt aufhören, haben wir nichts gewonnen, wir opfern nur das Leben anderer für unseres.«

Sein Blick wanderte zu mir zurück, und er sah mir tief und entschlossen in die Augen. »Atme ganz langsam durch. Du kontrollierst diese Kraft in dir, nicht sie dich. Und wir werden nicht aufgeben.«

»Aber vielleicht *will* ich aufgeben!«, brüllte ich ihn an, und Dunkelheit schnellte wie eine Schlange aus mir hervor, packte den weißen König und legte sich um dessen Hals wie eine Schlinge.

Ruckartig hob er vom Boden ab, während er nach Luft rang. »Alice … du … musst … dich … beruhigen«, presste er hervor, während sein Gesicht erst rot, dann lila anlief.

In mir wütete die Dunkelheit wie ein Berserker. Ich fühlte nur noch Schwärze, als wäre mein Innerstes zu Asche und Staub zerfallen. Madelyn beobachtete uns wie ein interessantes Schachspiel. Als wartete sie gespannt darauf, was wir als Nächstes tun würden, wie unser nächster Zug ausfiel.

Weiterspielen oder aufgeben?

Es schien ihr einerlei zu sein.

So oder so hatte sie gewonnen.

Es gab keinen Weg, sie zu besiegen.

Oder?

Vincent röchelte. Seine Muskeln zuckten, während sich sein Mund öffnete wie der eines Fischs auf dem Trockenen. Seine blauen Augen bohrten sich in meine, die kleinen Äderchen darin platzten, und ich wusste, dass er wusste, dass ich gerade dabei war, ihm das Genick zu brechen. Eine Bewegung, und der Knochen würden brechen und das Licht aus seinen Augen weichen.

Obwohl bereits Speichel von seinen Lippen spritzte, holte er rasselnd nach Luft und presste hervor: »Wir schaffen es, sie zu besiegen. Gibt nicht auf, Alice! Sonst ist alles umsonst gewesen. Sonst ist Jackson umsonst gestorben. Wenn du es nicht für uns tust, dann zumindest für ihn. Er würde nicht aufgeben.«

Meine Finger zuckten, und ich hörte den Fluch in mein Ohr zischeln: »Töte ihn. Pack sein Herz und drück zu, dann ist er nicht mehr als ein hübscher Stein, und du hast gewonnen. Du allein. Tu es, Alice. Du weißt, dass er es verdient hat. Und das Allerwichtigste: Er weiß es auch.«

Vincent starrte mich an, seine Augen verdrehten sich in den Höhlen, doch seine Lippen bewegten sich. »Bitte …«, hauchte er.

In mir wirbelte die Dunkelheit wie in einem Sturm und riss mich und meine Gedanken auseinander. Ich legte den Kopf in den Nacken und schrie. Die Dunkelheit presste sich ruckartig zusammen. Ein Knirschen ertönte. Vincent sackte in sich zusammen. Im selben Augenblick schleuderte ich ihn schreiend von mir. Sein Körper prallte an den blanken Felsen. Wie eine schnurlose Marionette fiel er zu Boden. Seine Muskeln zuckten, während er pfeifend Luft in seine Lunge sog. Er hustete, keuchte.

Ruckartig fuhr ich herum und starrte Madelyn mit blanker Abscheu an. »Ich gebe nicht auf. Egal was ich tun muss, um dich zu besiegen, selbst wenn ich meine Seele dafür verkaufen muss, werde ich einen Weg finden, dich zu töten.«

Der Fluch sah mich nur aus dumpfen Augen an und neigte lächelnd den Kopf.

Ich stolperte zurück, während Vincent sich keuchend und hustend aufrichtete. »Alice, warte ...«, krächzte er, doch ich rannte einfach an ihm vorbei. »Alice!«

Ich antwortete nicht, sondern lief immer weiter, die Treppen nach oben, hinaus aus dem Grab. Ich rannte durch die Tunnel. Jeder einzelne meiner Gedanken fühlte sich falsch an. Verdreht. *Ich* war verdreht und falsch. Nichts passte mehr zusammen. Etwas in mir war kaputt, zerrissen, gestorben, elendig zugrunde gegangen. Vielleicht gerade eben, vielleicht aber auch schon in dem Augenblick, als ich den Fuß auf das Spielfeld gesetzt hatte.

Ich hörte nichts. Fühlte nichts. Ich wusste nur, dass ich laufen musste. Weg. Nur weg! Wenn ich gekonnt hätte, hätte ich mich selbst dabei zurückgelassen.

Ich hasste mich selbst.

Ich hasste dieses Spiel.

Ich hasste alles.

Obwohl es stockdunkel war, konnte ich ohne Probleme sehen. Jacksons Kräfte pulsierten in mir wie ein zweiter Herzschlag, wobei ich mir nicht sicher war, ob mein eigenes Herz überhaupt noch schlug. Im Augenblick fühlte es sich wie ein kalter, toter Klumpen an.

Ich rannte weiter, bis ich einen Luftzug spürte. Ich hatte keine

Ahnung, wo ich war, doch ich sah, dass der Tunnel eingestürzt war. Große Erd- und Steinbrocken blockierten den Weg. Darüber allerdings blitzte der Himmel auf.

Ein Loch. Freiheit. Ich legte Hand an und grub mir einen Weg frei. Heißes, schmieriges Blut verklebte mir die Hände. Ich spürte nichts davon. Ich grub einfach weiter, zwängte mich durch den entstandenen Spalt nach draußen und spürte frisches Gras unter mir. Keuchend und bebend krabbelte ich weiter.

Mein Atem presste sich nur noch mit bloßer Gewalt hervor, als ich mich wie ein gehetztes Tier umsah.

Ich war auf einer Anhöhe aus den Tunneln gekrochen. Die Sonne wanderte gerade über den Horizont. Das Rot war beinahe grell und beschien das Spielfeld, das unter mir lag. Tot und abgebrannt. Kilometerweit nichts weiter als Asche.

Ich starrte auf das Brachland, und in mir kapitulierte etwas. Die Dunkelheit zog sich zurück. Kroch tief, tief in mich hinein, und ruckartig verließ mich jede Kraft und jeder Antriebswille. Als hätte jemand die einzige Schnur durchtrennt, die mich die ganze Zeit noch aufrecht gehalten hatte.

Ich brach zusammen. Ich schluchzte. Ich würgte.

Ich wurde ohnmächtig.

KAPITEL 24

Lebendig begraben. Er hatte sie lebendig begraben. Ich hatte sie gefunden. Allerdings zu spät. Ich wusste es, noch während ich auf sie zustürmte.

»Liebste! Madelyn!«

Meine Kehle schmerzte von dem Schrei, der sich in mir löste. Der Steindeckel auf dem Sarg bewegte sich nicht. Ich schob und drückte.

»Madelyn!«

Ich keuchte und schluchzte, dann endlich tat sich etwas. Langsam schob sich die Steinplatte zur Seite. Knirschend. Staub rieselte herab auf meine Schuhe, und da lag sie. Gekrümmt. Ihre Haut war bleich, ihr Haar büschelweise ausgerissen. Ihre Nägel hatten Spuren im Stein hinterlassen. Der Lichtschein meiner Laterne fiel auf ihren Körper, und ich sah ein paar dicke schwarze Spinnen davonhuschen, die auf ihr gekauert hatten. Gott bewahre!

»Wach auf! Liebling, wach auf, verlass mich nicht! Bitte verlass mich nicht!«

Schluchzend stieg ich in den Sarg, packte ihren viel zu leichten Körper und presste sie an mich. Ihr Kopf sank herab, und da hörte ich es. Ein Rasseln. Einen Atemzug. Sie schlug die Augen auf und starrte mich an.

»Charles?«

Dieses Wort. Ein Wort nur, doch es bedeutete mir die Welt.

»Gott sei Dank, ich dachte schon, ich wäre zu spät. Ich dachte, alles ist vorbei. Bleib bei mir, bitte bleib bei mir …«

Tränen strömten mir über die Wangen, während ich sie an mich drückte. Dabei spürte ich ihre Hand an meiner Wange.

»Warum bist du hier, Charles? Ich hatte bereits meinen Seelenfrieden geschlossen, weil ich zumindest dich und das Kind in Sicherheit wusste.«

Bebend presste ich ihre Hand an meine Lippen. Ich küsste sie. Ihre Fingerknöchel stachen aus der Haut hervor. Sie war mehr tot als lebendig, ich hörte es mit jedem rasselnden Atemzug.

»Ich kann dich nicht verlassen, Madelyn. Niemals! Niemals …« Schluchzend presste ich mein Gesicht an ihre Schulter. »Bitte verzeih mir, dass ich dich so spät gefunden habe.«

Ihr Blick fiel auf meine Hände. Sie waren rot, als würde ich Handschuhe aus Blut tragen. Sie bebte. »Charles, was hast du getan?«

Ich antwortete nicht, sondern schluchzte nur weiter. Die Bilder der letzten Stunde hatten sich in meinen Kopf geätzt. »Ich habe gewonnen …«, war alles, was ich herausbrachte.

Sie zitterte. »Sieh mich an … bitte.« Ihr Atem traf viel zu kraftlos auf meine Wange. Ich spürte es kaum. »Was hast du getan?«

»Ich habe … ich habe meinen Bruder erschossen«, flüsterte ich und schauderte bei der Erinnerung.

Madelyn starrte mich an. Ihre Lippen bewegten sich tonlos.

»Schht, schone deine Kräfte«, unterbrach ich sie und stand auf. »Komm. Ich bringe dich fort von hier. So weit wie möglich. Es wird alles gut, das verspreche ich dir.«

Madelyn zitterte. Sie sah aus, als würde sie gleich entzweibrechen, als ich sie davontrug. Durch den geheimen Gang, hinauf in den Westflügel, in das Zimmer meines Bruders. Der erste Schritt war nass. Nass vom Blut, das überall am Boden verteilt war.

»Sieh nicht hin«, ermahnte ich sie, doch Madelyn sah hin. Natürlich tat sie das. Diese Frau hatte noch nie das getan, was ich ihr sagte … oder was gut für sie war.

In ihrem Blick flackerte etwas. »Charles, bist du sicher, dass du Augustus erschossen hast?«

»Natürlich. Warum …?«

Die Leiche am Boden bewegte sich zuckend.

»Darum …«, sagte sie, und fassungslos beobachteten wir, wie sich das Loch, das die Kugel in seinen Schädel gerissen hatte, langsam schloss.

Keuchend schlug Augustus die Augen auf und griff sich an den Kopf. Mit wirrem Blick sah er um sich, bis sein Blick auf uns fiel. Fassungslosigkeit lag darin. »Was habt ihr getan?« Sein Blick fixierte Madelyn. Abscheu und Grauen lag in seinen Augen. »Was hast du getan?«

In mir brannte der Zorn hoch. »Was sie getan hat? Du hast sie bei lebendigem Leib begraben«, brüllte ich meinen Bruder an.

Der starrte mich voller Zorn an. »Lebendig? Lebendig? Sie ist weggelaufen, ich habe sie mit aufgeschnittener Brust mitten im Wald gefunden. Sie hat den Verstand verloren. Sie sollte längst tot sein. Sie ist eine Hexe!« Er spuckte aus.

Instinktiv zog ich Madelyn enger an mich, doch sie sah weder ängstlich noch verwirrt aus. Im Gegenteil. Sie … lächelte? Und ihre Augen … ihre Augen waren pechschwarz.

»Du dachtest doch nicht wirklich, dass du dem Fluch mit so etwas Trivialem wie dem Tod entgehen könntest, Augustus Chesterfield. Mein Blut klebt an deinen Händen, deins an meinen … und jetzt auch an seinen«, sagte sie und machte sich aus meinem Griff frei.

Ich war so überrumpelt, dass ich sie gehen ließ. War sie zuvor noch so kraftlos wie ein neugeborenes Reh gewesen, so kehrte langsam die Farbe in ihre Wangen zurück. Ihr Haar wurde voller, dichter, als würde der Tod aus ihren Knochen weichen und etwas Neuem Platz machen. Etwas, was in ihren Augen lauerte und mir das pure Grauen über den Rücken jagte. Was ging hier vor sich?

Madelyn seufzte und sah mich unter dichten Wimpern über ihre Schulter hinweg an. »Du hättest nicht zurückkommen dürfen, Charles. Jetzt klebt auch an deinen Fingern die Schuld, und der Tod singt unser Lied. Hörst du es?« Sie summte leise. »Verflucht sind wir, wie Figuren zu leben …«

Überrumpelt ließ ich sie los und sah dabei, wie ihr eine Spinne aus dem Haar krabbelte. Ich hätte meinen Bruder niemals als gläubig bezeichnet, doch in diesem Augenblick sah es aus, als würde er beten.

»Keine Hexe … der Teufel … du bist der Teufel!«, stieß er hervor, riss ein Kreuz von der Wand und hielt es ihr entgegen.

Sie grinste breiter, während ihr immer mehr Spinnen aus dem Haar fielen. »Blut für Blut, so soll es sein …«

Die Spinnen krabbelten zu Boden und stürzten sich auf Augustus, der schreiend zurückwich. Sie grinste. Das Grinsen war zu breit für ihr Gesicht und riss ihre Mundwinkel ein.

»Denn verflucht bin ich und verflucht bist du«, beendete sie ihren Singsang.

Langsam wich ich zurück, und während Augustus brüllend und schreiend unter einem Schwarm wimmelnder Spinnenleiber begraben wurde, schloss ich bebend meine Augen und spürte einen tiefen Schmerz meine Seele zerreißen. Ich war wirklich zu spät gewesen. Denn was auch immer ich soeben aus dem Grab gezogen hatte, es war nicht länger Madelyn St. Burrington.

Mit klopfendem Herzen riss ich die Augen auf und hatte das Gefühl, als würde meine Welt kopfstehen. In mir hallte der Schmerz von Charles so stark nach, dass ich würgen musste. Ich krümmte mich zusammen und krachte mit einem lauten Knall zu Boden. Stöhnend rollte ich mich herum, als eine Tür aufgerissen wurde und mich halb zu Tode erschreckte.

»Alice? Atmest du noch?« Langes silbernes Haar kam in mein Gesichtsfeld.

»Regina?«, krächzte ich verwirrt.

Im nächsten Moment schob sich ein zweiter, jedoch pechschwarzer Haarschopf über mich und sah mich erschrocken an. »Bist du okay? Was machst du auf dem Boden?«

»Issy? Regina?«, krächzte ich noch verwirrter, blinzelte … und jupp, die beiden standen immer noch über mir. »Wo bin ich?«, fragte ich, während Isolde mir beim Aufstehen half.

Zittrig ließ ich mich auf die Bettkante fallen und sah mich in dem fremden Zimmer um. Es war schlicht eingerichtet. Teppich, Schrank, Bett und Nachtkästchen. Doch alles verströmte den Hauch von Dekadenz.

»Geht es dir gut?«, fragte Issy besorgt. Sie sah furchtbar aus. Ihr Haar war eindeutig ungewaschen, die Augen waren rot gerändert.

Ich starrte sie an und bemerkte, wie mir schwindlig wurde. »Nein, ich bin … ich fühle mich ganz seltsam«, würgte ich hervor und sah von meinen Fingerspitzen schwarzen, rauchigen Nebel aufsteigen.

Im nächsten Augenblick knirschte es, und der Kristalllüster über uns zersplitterte mit einem lauten Klirren. Erschrocken duckte ich mich, während die Königinnen aufkreischten.

»Was zum Teufel ist hier los?«, stieß ich hervor, und Issy sah mich erschrocken an. Regina pflückte sich eher genervt ein wenig Glas aus den Haaren.

»Es sind deine Kräfte. Du kannst sie nicht kontrollieren«, warf eine melodische Stimme ein.

Diese Stimme. Ich erstarrte, drehte mich langsam um und sah unter meinen Wimpern zu Vincent auf, der im Türrahmen lehnte. Anders als Isolde sah er blendend aus. Sein helles Haar lockte sich um sein Gesicht, und wohl zum ersten Mal, seit ich ihn kannte, trug er Alltagskleidung. Eine hellgraue Jogginghose samt weißem T-Shirt, das sich wie eine zweite Haut an seine schlanken, drahtigen Muskeln legte. Geschmeidig stieß er sich vom Türrahmen ab und kam ins Zimmer.

»Du kannst die Kräfte nicht kontrollieren, darum wird dir noch so einiger Shit passieren, wenn du nicht lernst, damit umzugehen. Was du da gerade in die Luft gesprengt hast, war übrigens ein antiker Kronleuchter aus dem späten 19. Jahrhundert.«

Blinzelnd starrte ich zu Vincent auf. »Wo … wo bin ich?«

»Im Nebenwohnsitz meiner Familie. Willkommen in Foxcroft Mansion.«

Foxcroft Mansion. Ich kannte nur eine Villa im Ort, die so hieß.

Es war die größte Villa der Stadt, allerdings hatte ich nie jemanden getroffen, der dort wohnte. Gerüchte rankten sich darum, vor allem, dass hier Geister spukten und eine alte verfluchte Familie kleine Kinder fraß. Es waren Geschichten, die sich die Kinder in der Grundschule erzählten, und zu Halloween musste man als Mutprobe dreimal an der alten Villa klopfen, nur um danach kreischend und kichernd wegzurennen. Tja, das mit dem Fluch stimmte dann wohl sogar. Wenn die Mädchen aus meiner Schule jedoch gewusst hätten, dass Vincent hier lebte, wären sie bestimmt nicht so schnell weggelaufen.

»Oh«, war alles, was ich herausbrachte, während mein Blick zu Issy huschte.

Die rieb sich soeben über die verquollenen Augen, lächelte jedoch beruhigend, als sie meinen Blick bemerkte.

»Wie geht es euch, Issy?«, fragte ich dumpf.

Die schwarze Königin wechselte einen besorgen Blick mit Regina. Die beiden so nahe beisammenstehen zu sehen, war seltsam.

»Noch geht es uns allen gut. Ein wenig Kopfschmerzen, aber nichts, was ein paar Aspirin nicht in den Griff kriegen würden«, beruhigte Issy mich leise.

»Wir müssen aber davon ausgehen, dass es uns nicht mehr lange gut geht«, warf Regina ein.

Issy warf ihr einen warnenden Blick zu. »Das ist im Augenblick nicht wichtig. Zumindest sind wir alle hier. Alle Spieler von Chesterfield und St. Burrington«, präzisierte sie.

»Zumindest die, die noch übrig sind«, ergänzte Regina leise und wechselte einen Blick mit Isolde.

Die wischte sich abermals schnell über die Augen, ehe sie mit erstickter Stimme fortfuhr: »Vincent hat uns eingeladen, so lange hier zu wohnen, bis …« Sie schien nicht zu wissen, wie sie den Satz beenden sollte, denn sie hörte einfach auf zu reden und sah verloren aus.

Überraschenderweise war es Regina, die ihre Hand nahm und sie sanft drückte. »Bis wir einen neuen Plan haben«, vollendete sie den Satz ernst. »So lange, bis uns der Fluch zwingt zurückzugehen.«

So lange, bis wir alle verrückt werden und uns entweder gegenseitig umbringen oder freiwillig aufs Spielfeld zurückkehren. Der Fluch muss nichts tun. Nur warten.

Ich sprach es nicht aus. Doch jeder dachte dasselbe.

»Und das tut ihr ausgerechnet in Augustus Chesterfields Stadthaus?«, fragte ich stattdessen.

Vincent lächelte mich schal an. »Die besten Verstecke sind immer noch die offensichtlichen. Zudem habe ich noch nie gesehen, wie mein Vater dieses Haus betreten hat. Es gehört seit Generationen der Familie meiner Großmutter.«

Ich starrte Vincent an. Der erwiderte meinen Blick, ohne zu blinzeln. Ohne wegzusehen. Alles um uns herum schien die Luft anzuhalten.

»Okay, und wie komme ich hierher?«, hörte ich mich schließlich selbst fragen.

Vincent starrte mich ruhig an. »Ich habe dich ohnmächtig vor der Stadtgrenze gefunden und hergebracht«, erklärte er mir ruhig.

»Du hättest mich dort liegen lassen sollen«, murmelte ich dumpf. Die Dunkelheit in mir rollte über mich hinweg, und die noch intakte Stehlampe neben dem Bett begann, hektisch zu blinzeln.

»Ich entscheide selbst, was ich tun sollte und was nicht.«

»Hat dir schon mal jemand gesagt, dass deine Entscheidungen häufig ziemlich scheiße sind?«

»Erst seit ich dich kenne«, konterte er, und ich presste die Lippen zusammen, ehe ich wacklig aufstand.

»Alice, was hast du vor?«, fragte Issy alarmiert.

»Gehen«, murmelte ich und schlüpfte in meine Schuhe.

Jemand musste sie mir ausgezogen und mir auch notdürftig die Haare und das Gesicht gewaschen haben. Meine Hände waren ebenfalls sorgfältig mit Pflastern versorgt worden. Ich hoffte, es war nicht Vincent gewesen. Allein der Gedanke, von ihm angefasst worden zu sein, machte mich krank.

»Du kannst nicht …«, setzte Regina an, als mich auch schon Vincent hart am Arm packte.

»Du gehst nirgendwohin«, sagte er ruhig.

Ich starrte ihn an und spürte, wie es in mir hochbrodelte. Der Zorn. Die Wut. Diese ungeschlachte Kraft aus Dunkelheit, die mich praktisch mit jedem Atemzug auseinanderriss. Als hätte sie nur darauf gelauert, wieder Aufmerksamkeit zu bekommen, zerrte sie an mir. Meine Adern schwollen an und wurden schwarz, und im nächsten Augenblick barst der Nachtkasten in tausend winzige Splitter. Isolde zuckte erschrocken zusammen.

»Das war Mahagoni«, rief Regina schockiert.

»Lass mich los, Vincent«, warnte ich.

»Oder was?«, fragte er genauso düster zurück und zog mich an sich, bis unsere Nasenspitzen zusammenstießen. »Ich kann nicht zulassen, dass ein untrainierter schwarzer König in der Stadt Amok läuft. Am Ende sprengst du dich noch selbst in die Luft.«

»Du klingst schon wie Curse«, platzte es aus mir heraus, und im nächsten Moment spürte ich, wie sich mein Herz heftig zusammenzog. »Ich meine … ich …«

Meine Stimme brach. Ich schlug mir die Hände vors Gesicht und spürte, wie mir die Tränen in die Augen schossen. Schwarze Rinnsale liefen über meine Wangen, und jeder Tropfen ließ den Boden knarren. Risse zogen sich hindurch.

»Hör auf, vor Selbstmitleid zu zerfließen, das bringt dich nicht weiter.«

Hände ergriffen meine und zogen sie von meinem Gesicht. Schniefend sah ich zu Vincent auf, während in mir die verschiedensten Emotionen tobten. Schuldgefühle, Sehnsucht, Wut und Schmerz. Es fühlte sich an, als würde ich innerlich nur noch aus blutenden Wunden bestehen, die mit jedem Atemzug weiter aufrissen.

»Das ist kein Selbstmitleid, ich hasse mich schlichtweg«, sagte ich mit rauer Stimme und riss mich von Vincent los. »Lasst mich bitte allein.«

»Du musst etwas essen, Alice. Du hast fast zwei Tage lang geschlafen«, wandte Isolde sanft ein.

Ich konnte ihr nicht mehr ins Gesicht sehen. Jackson. Ich war mir ziemlich sicher, dass sie wusste, was passiert war. Ich spürte ihren Blick auf meinem Handgelenk.

»Allem voran müssen wir Alice trainieren, damit sie uns nicht alle in Gefahr bringt«, wandte Regina ein.

»Geht!«, brüllte ich die drei an, und hinter mir klirrte es laut.

»Vincent?«, sagte Regina alarmiert, während es in mir brodelte. Die letzte Lampe, die den Schatten noch nicht zum Opfer gefallen war, flackerte hektisch.

Vincent seufzte. Er kam auf mich zu. Ich ging einen Schritt zurück. Wir starrten uns an. Die Spannung im Raum ließ alles beben.

»Lass mich in Ruhe«, flüsterte ich und rang nach Luft.

Die Risse im Boden wurden tiefer. Ich hatte mich nicht unter Kontrolle.

Durch Vincents Augen huschten dieselben Schatten, die in meiner Seele wüteten. Nur dass er schon viel länger damit lebte.

Er nickte und zog sich langsam zurück. »Lassen wir ihr noch etwas Zeit. Sie trauert.«

Ich spürte Isoldes Blick auf mir. Fühlte fast schon körperlich ihre Sorgen, ihre Müdigkeit, ihre Angst. Ich wusste, sie wollte mit mir reden, sich um mich kümmern und gleichzeitig von mir getröstet werden. Ich wusste, dass sie um Jackson trauerte, aber ich wusste auch, dass ich im Augenblick nichts von alldem tun konnte. Noch nicht.

Sie schien es ebenfalls zu bemerken, denn ich fühlte ihre Hand wie eine hauchfeine Berührung an meiner Schulter. »Er hat dich sehr geliebt«, war alles, was sie sagte. Sie musste nicht sagen, wer mit *er* gemeint war.

Sie ging. Regina folgte ihr mit einem letzten warnenden Blick in meine Richtung. Vincent und ich reagierten nicht darauf. Das Türschloss fiel mit einem leisen Klicken hinter ihnen zu.

Er hat dich sehr geliebt.

Meine Knie gaben nach, und ich sank auf den Boden. Ich starrte auf das Holz, in dessen Rillen sich der Staub der Jahrhunderte gesammelt hatte. Eine schwarze Träne fiel darauf nieder. Dann noch eine. Sie malten dunkle Flecken in den Staub.

Die Dunkelheit in mir legte sich wie eine Zwangsjacke um mich herum. Erstickte mich und hielt mich gleichzeitig zusammen. Ein Schluchzen barst aus meinem Mund, während ich mit den Fingern die Tränen verwischte und mit dem Zeigfinger das hineinschrieb, was ich nie laut ausgesprochen hatte: *Ich liebe dich auch.*

Die Schrift verschwamm durch noch mehr Tränen, die mir in die Augen stiegen, und ich brach schluchzend zusammen. »Es tut mir leid … so leid …«

Ich krümmte mich zusammen und fragte mich, ob das Gefühl auseinanderzubrechen irgendwann wieder verschwinden würde. Ob es besser werden würde. Morgen? Übermorgen? Nächste Woche? Jemals?

»Es tut mir leid … so leid …«

KAPITEL 25

Es wurde nicht besser.

Ebony.

Paisley.

Faith.

Sol.

Sie alle waren am Tag des Brands umgekommen. Insgesamt waren beinahe hundert Hektar Wald abgebrannt, mitsamt Chesterfield und St. Burrington. Issy hatte mir davon erzählt. Tränen hatten dabei in ihren Augen geschwommen. Ihre Namen kreisten in meinem Kopf wie Aasgeier. Insgesamt hatten wir fünf Spieler verloren. Chesterfield einen Springer und einen Läufer, St. Burrington einen Bauern, einen Läufer und … einen König.

Ebony.

Paisley.

Faith.

Sol.

Und …

Jack.

Ich ließ den Kopf gegen die Fensterscheibe sinken und schloss zitternd die Augen. Ich wusste nicht, ob es Tag oder Nacht war. Ich zählte die Tage nicht, auch wenn ich schätzte, dass es inzwischen mindestens fünf oder sechs gewesen sein mussten, den Mahlzeiten nach, die mir Isolde behutsam hinstellte.

Ich hörte, wie sie mit mir sprach, hörte, wie sie mir zuflüsterte, dass es nicht meine Schuld gewesen sei, und dennoch wussten wir beide, dass es doch so war. Ich spürte, wie sie mir das Haar aus dem Gesicht strich, mich nötigte zu trinken und das Zimmer anschließend genauso leise wieder verließ, wie sie es betreten hatte.

Ich rollte mich zusammen und schluchzte ins Kissen aus Trauer und Wut. Ich hatte nichts von alldem verdient. Weder ihre Freundlichkeit noch ihr Verständnis. Jeder Atemzug fühlte sich wie ein Kampf an. Jeder Traum verwandelte sich in einen Albtraum. Mein Inneres war wund und entzündet, die Wunde klaffte weit auf, und heraus floss pure Schuld.

Irgendwann musste es doch besser werden, oder?

KAPITEL 26

Meine Füße waren eiskalt, doch ich spürte es kaum, während ich auf die Fensterscheibe starrte. Der Regen prasselte darauf und lief stromlinienförmig herab. Ich hauchte gegen die Scheibe. Weiße Schlieren beschlugen das klare Glas. Ich malte Kringel hinein, ehe ich beobachtete, wie sie wieder verschwanden. Immer und immer wieder, bis ich die Stirn dagegensinken ließ, die Augen schloss und glaubte, ein Flüstern hinter meiner Zimmertür zu hören.

»Nein, es geht ihr nicht besser. Ich glaube, sie … Vincent? Vincent, was machst du?«

Jemand stieß so heftig die Tür auf, dass sie krachend gegen die Wand knallte. Vor Schreck wirbelte ich herum, rutschte vom Fensterbrett und prallte schmerzhaft auf den Boden.

»Au!« Keuchend starrte ich auf und blickte in Vincents blaue Augen, die auf mich herabfunkelten.

»Du stinkst«, fuhr er mich an und rümpfte die Nase.

»Was?«

»Wann warst du das letzte Mal duschen?«

»Ähm …«

»Und was soll das?« Er deutete auf das kalte Essen neben meinem Bett.

»Ich …«

»Du stinkst und siehst scheiße aus. Es reicht! Du hast lange genug im Selbstmitleid gebadet. Noch ein paar Stunden, und du tropfst uns durch die Decke.«

Seine Augen fixierten mich dabei wie die eines Raubtiers. Plötzlich nickte er, als hätte er eine Entscheidung getroffen, und blickte hinter sich. Regina und Isolde standen im Türrahmen und starrten Vincent mit entsetzt offen stehenden Mündern an.

»Regina, sag allen Spielern, sie sollen sich für heute in den Südflügel zurückziehen«, befahl Vincent nonchalant.

»Was? Warum? Wir müssen …«

Vincent schnitt ihr mit einer Handbewegung das Wort ab, was sie mit einem giftigen Blick kommentierte. Vincent hingegen starrte mich an. Keine einzige Regung ging durch sein Gesicht, und genau so sachlich und kühl wie seine Miene war seine Stimme.

»Du hast noch vierundzwanzig Stunden Zeit, dich in den Griff zu bekommen, Alice. In dieser Zeit darfst du tun, was du willst. Schrei, so laut du kannst, brich zusammen, weine, schlag alles kurz und klein, aber danach wirst du dich duschen, etwas essen, dich anziehen und als schwarzer König nach unten kommen. Dort warten Spieler auf dich. *Deine* Spieler. Die auf dich angewiesen sind, denn während du hier einen Depri schiebst, geht es allen anderen immer schlechter. Wir haben maximal noch eine Woche, vielleicht zwei, bevor die Ersten anfangen, Stimmen zu hören, die nicht da sind. Die ersten Symptome machen sich bereits bemerkbar. Es ist wie ein Scheißentzug. Wir alle sind zittrig und schlafen schlecht, und wenn wir nicht langsam anfangen, einen Plan zu entwickeln, wie das alles hier weitergeht, wirst du am Ende die Einzige sein, die geistig noch stabil ist. Du musst stark sein, nicht schwach. Du rappelst dich jetzt also auf und wirst sie anführen, bis wir zusammen den Fluch besiegt haben oder wir alle tot sind.«

Ich starrte den weißen König an. Ein Beben ging durch meinen gesamten Körper. »Aber wie? Was können wir tun?«

»Wir könnten immer noch die Figur von Hollister suchen und versuchen, den Fluch einzusperren.«

Ich schüttelte den Kopf, noch ehe Vincent ausgesprochen hatte. »Das wird nicht funktionieren.«

»Warum nicht?«

»Man kann die Toten nur zurückholen, wenn sie wirklich tot sind. Der Fluch ist das nicht. Nicht wirklich zumindest.«

»Wer sagt das?«

»Curse. Als ich im Kerker saß. Er hat mich rausgeholt, und ich wollte euch warnen, aber da war es schon zu spät. Einer der Tunnel ist eingestürzt. Ich kam nicht mehr rechtzeitig raus.«

Vincents Lächeln war so kalt wie die Antarktis, seine Augen so hell wie gebrochene Eisschollen. »Du solltest aufhören zu glauben, was Lügner dir erzählen.«

»Du bist doch der größte Lügner von allen.«

»Ganz genau, darum weiß ich auch, wovon ich rede. Man kann alles besiegen, vielleicht nicht mit Nekromantie, aber mit etwas anderem. Wir müssen nur herausfinden, wie. Zur Not verkaufen wir deine Seele, wie du es dem Fluch angedroht hast.«

Ich wusste, er machte einen Scherz. Aber ich lachte nicht. Das Traurige war, ich hätte meine Seele sofort verkauft. Ich hatte nur keine Ahnung, wie.

»Wir finden eine Lösung. Wie gesagt: Du kannst deine Seele noch vierundzwanzig Stunden auskotzen lassen, aber danach bist du der König, den wir brauchen. Haben wir einen Deal?« Vincent streckte mir seine Hand entgegen.

Ich starrte darauf. Lange. Er senkte sie nicht. »Vierundzwanzig Stunden?«, hakte ich nach.

»Du kannst tun und lassen, was du willst. Ich werde dich nicht aufhalten, aber auch nicht allein lassen, das ist die einzige Bedingung. Ich bin bei dir, zum Schutz der Spieler, falls du die Kontrolle verlierst.«

»Und was ist, wenn ich dich töten will?« Unter feuchten Wimpern starrte ich zu ihm auf.

Seine Hand blieb erhoben. »Du kannst es gern versuchen. Aber ich versichere dir, du wirst scheitern.«

Er lächelte, und ich hörte Regina Vincent! zischen.

»Deal.« Ich nahm Vincents Hand und drückte zu. So fest ich konnte. Die Dunkelheit in mir packte ebenfalls zu und schlang sich zwischen unsere Finger, sodass seine Knochen leise knackten.

Vincent zuckte mit keiner Wimper. Er war Schmerz gewöhnt. »Geht«, wies er nur knapp an.

Die Königinnen zögerten.

Vincent und ich standen uns immer noch gegenüber. Unsere Hände umschlangen sich. Seine kalt, meine heiß.

»Was willst du jetzt tun, Alice Salt?«, erkundigte er sich. Eine weiße Locke fiel ihm dabei in die Stirn.

Der Raum füllte sich mit einem Summen, von dem ich inzwischen wusste, dass es von seinen Kräften ausging. Zwischen uns begann, die Schwärze wie Teer hervorzuquellen und tropfte zu Boden. Die Schatten wurden lang und zerrten sich dabei unnatürlich in die Länge. Die Möbel, der ganze Raum ächzte, als würde er zusammengezogen werden, während auch das letzte Licht im Zimmer mit einem Klirren durchbrannte und zersprang. Die Splitter prasselten wie ein bizarrer Regen auf uns herab.

Ich legte den Kopf schief. »Verrate mir eins, Vincent Chesterfield: Wolltest du dich wirklich selbst erschießen, oder habe ich Jackson für einen Lügner getötet?«

Ein Muskel an seinem Kinn zuckte, während er ruhig antwortete: »Du hast Jackson für einen Lügner getötet.«

Ich zog die Hand zurück, doch er packte mich nur noch fester und zog mich an seine Brust. Sein Atem strich über mein Gesicht. »Aber hättest du mich nicht aufgehalten, würde diese Kugel jetzt in meinem Herzen stecken, und ich hätte endlich meinen Frieden. Ich weiß also nicht, ob ich dich dafür hassen oder lieben soll, dass ich ihn immer noch nicht habe.«

»Ich liebe Jackson«, gab ich flüsternd zurück.

»Ich weiß«, erwiderte er genauso leise, beugte sich vor und küsste mich.

Ich erstarrte, und für einen kurzen Moment fühlte ich ein köstliches Garnichts. Nicht einmal meinen Herzschlag. Es war einfach still, als hätte Vincent die Zeit angehalten. Seine Lippen waren weich, beinahe vertraut, doch keiner von uns beiden schloss die Augen. Wir sahen uns dabei an, und ich sah mich selbst in Vincent. Gebrochen, kaputt, unmenschlich.

Im nächsten Augenblick stieß ich ihn so fest von mir, dass er in hohem Bogen durch den Raum segelte und mit voller Wucht in eine Kommode krachte. Sein Körper schlug gegen die Wand, Staub und Mörtel stoben auf.

»Was zum Teufel sollte das?« Die Dunkelheit quoll mir quasi aus jeder Pore und hinterließ einen bitteren Geschmack auf meiner Zunge. Der ganze Raum ächzte, und durch die Fensterscheibe zogen sich Risse.

Vincent grinste nur und stieß sich ruckartig von der Wand ab. Dabei hinterließ er einen Abdruck seines Körpers in der Wand.

»Wo liegt das Problem? Jackson ist tot, oder nicht?«, fragte er nonchalant und putzte sich etwas Mörtel von der Schulter.

»Fass mich nicht noch mal so an, oder ich …«

Er zog eine Augenbraue hoch und fasste sich an die Brust. »Oder was? Schlägst du mich dann? Versuchst du, mir wehzutun? Das ist aber gar nicht nett von dir.«

»Scheiß auf nett, ich hab's so satt, nett zu sein!«

Der Boden barst, und Vincent konnte sich gerade noch mit einem Hechtsprung in Sicherheit bringen.

»Nimm's mir nicht übel, aber du zielst wie eine Frau. Ein Wunder, dass du es geschafft hast, Jackson zu treffen«, höhnte er.

Das Bett neben ihm explodierte. Die Füllung der Matratze platzte auf wie eine überreife Frucht. Die Kissen spuckten Federn, während ich mich fluchend auf Vincent stürzte. Ich schlug zu und traf sein Kinn.

Vincent wich nicht zurück. Er spuckte nur aus und grinste. »Aua! Wusste Jackson, dass du so grob im Schlafzimmer bist? Oder hast du nur mich rangelassen und ihn die ganze Zeit an der kurzen Leine gehalten?«

»Halt die Klappe!«, stieß ich gepresst hervor, und sein Lächeln wurde breiter.

»Du hast ihn also wirklich zappeln lassen?«

»Halt die Klappe, halt die Klappe!«

Ich stürzte mich auf Vincent. Wir gingen zu Boden, Beine und Arme ineinander verkeilt. Vincents Kopf schlug hart am Boden auf, doch er lachte nur und boxte mir in den Magen. Nach Luft ringend krümmte ich mich zusammen, was Vincent schonungslos ausnutzte, um mir ins Ohr zu flüstern: »Hat er dir seine Liebe gestanden und danach selbstlosen Mist gefaselt, damit du dich nicht gezwungen fühlst, seine Gefühle zu erwidern? Bestimmt hat er das. Im Gegensatz zu uns beiden ist Black Jack ein Scheißheiliger. Er hat es noch nie geschafft, sich einfach das zu nehmen, was er wollte. Und jetzt kann er sich gar nichts mehr nehmen.«

Seine Worte trafen mich härter als jeder Schlag. Ich biss die Zähne zusammen, packte eine lange, scharfe Scherbe der ehemaligen Mingvase und rammte sie Vincent in die Schulter. »Fuck!« Er krümmte sich, packte die Scherbe und zog sie mit einer fließenden Bewegung wieder heraus. »Verfluchte Scheiße!«

Er warf die Scherbe weg, während er mich hart von sich schubste. Ich knallte mit dem Kopf gegen die Wand, doch der Schmerz war nichts im Vergleich zu dem, der in meinem Inneren wütete. Ich hörte mich selbst schreien. Die Fensterscheibe zersprang endgültig, und ein eiskalter Wind peitschte herein. Regentropfen platschten auf die Dielen. Vincent packte mich und zog mich hoch. Keuchend sah ich zu ihm auf.

»Fühlst du es, kleiner Slave? Tief in dir? Diese geballte Quelle aus Macht, in der du zu ertrinken drohst? Je stärker du dagegen ankämpfst, je mehr du dich wehrst, desto schneller versinkst du darin. Glaub mir, Jackson ist sein Leben lang darin ertrunken, und genau das war sein Fehler. Er hat dagegen angekämpft. Gegen sich selbst.

Du hast die Chance, es besser zu machen. Verschling die Macht, anstatt dich von ihr verschlingen zu lassen.«

Ruckartig ließ er mich los, und ich geriet ins Taumeln. Mein Kopf schwirrte. Ich sah alles nur noch in einem Tunnelblick. Der Raum lag in Trümmern, und ich wusste nur noch, dass ich Vincent töten wollte. Ihn töten musste! Der Drang war so stark wie ein Jucken im Gehirn, das ich nicht kratzen konnte. Es machte mich wahnsinnig.

Vincent bleckte die Zähne. »Du willst mich töten? Das ist der König in dir. Und je länger du dem Drang widerstehst, desto mehr schmerzt es. Du willst mich töten? Dann kontrollier deine Kräfte und fang mich.« Er drehte sich um und sprang geschmeidig aus dem Fenster.

Ich stürmte ihm nach und packte den Fenstersims. Dabei fühlte ich eiskalte Regentropfen auf meiner Haut, während mir der Wind das Haar ins Gesicht peitschte.

»Hier oben, kleiner Slave«, höhnte es.

Ich riss den Kopf hoch und erblickte Vincent, der geschickt auf dem Dach balancierte. Er hatte die Hände in den Hosentaschen vergraben, obwohl der Wind an seinen Haaren riss. Ohne zu zögern, schwang ich mich aus dem Fenster. Mit einer unmenschlichen Kraft, die mich selbst überrumpelte, sprang ich nach oben, packte den Dachfirst, schwang mich hoch und kam geschmeidig wieder auf die Beine. Die Dunkelheit zog sich wie ein mutierter, verzerrter Schatten hinter mir her. Ich warf mich nach vorn und rammte meine Hand in Vincents Brustkorb. Doch anstatt auf Widerstand zu treffen, fuhr meine Hand einfach durch den weißen König hindurch.

Vincent prustete. »Ups. Daneben.« Und damit löste er sich in Luft auf.

Was zum …? Hektisch blickte ich mich um und zuckte im nächsten Augenblick zusammen, als Vincent wie aus dem Nichts wieder hinter mir erschien.

»Suchst du mich?«

»Das ist doch wieder nur eine Illusion! Wo bist du wirklich?«, knurrte ich.

Er zuckte mit den Schultern. »Fühlt sich das wie eine Illusion an?« Und damit verpasste er mir einen Kinnhaken.

Ich stolperte zurück, während mir der Schädel dröhnte. Keuchend spuckte ich aus, fasste mir ans Kinn und sah mit glühenden Augen zu Vincent auf. »Du bist tot!«, ließ ich ihn wissen und stürzte mich auf ihn.

Vincent wich tänzelnd zurück. Den weißen König erwischen zu wollen, war wie Rauch mit bloßen Händen zu fangen. Sobald ich ihn berührte, löste er sich einfach in Luft auf. Sein Lachen hallte in der Luft nach. Ich spürte ein Kitzeln am Ohr, fuhr herum und schlug ins Leere.

»Komm schon, Alice, das kannst du besser«, raunte er, und ein Stoß in den Rücken ließ mich auf die Ziegel fallen.

Keuchend pustete ich mir eine nasse Haarsträhne aus dem Gesicht, während über uns ein Blitz den Himmel zerschnitt. Für einen kurzen Augenblick war meine Welt nur noch in Schwarz und Weiß getaucht, und während mir der Regen träge den Körper herabfloss, spürte ich es. Meinen Herzschlag, der mir reine, essenzielle Dunkelheit durch die Adern pumpte und mich mit etwas verband, was *mehr* war. Ich *fühlte* die schwarzen Spieler. Jacksons Spieler. Sie waren wie ein Leuchten in meiner schwarzen Seele. Wie Funken, die mich umgaben. Wenn ich die Augen schloss, glaubte ich Isoldes

Geruch nach Kuchen in der Nase zu haben. Ich hörte das Lachen von Bastion und spürte das Gefühl von prickelndem Feuer auf der Haut, das von Fox ausging.

Ein Zerren an meinen Haaren zerstörte den Augenblick, als hätte jemand eine Seifenblase zerplatzen lassen. Mein Kopf wurde hart in den Nacken gezogen. Im nächsten Moment starrte ich in Vincents Gesicht, das meinem so nahe war, dass sich unser Atem miteinander vermischte.

»Fühlst du sie? Jeden Einzelnen von ihnen? Ihr Herzschlag ist deiner, und deiner ist ihrer. Mit jedem Herzen, das stehen bleibt, wird es in dir stiller und stiller werden, bis nur noch ein Echo ihrer Stimmen in dir nachhallt. Wir Könige existieren nur für unsere Spieler. All die Jahre habe ich nur für sie durchgehalten. Für sie habe ich geatmet, gegessen und geschlafen. Weil ich meine Spieler nicht im Stich lassen konnte. Sie zählen auf mich, und deine zählen jetzt auf dich. Wenn du also daran denkst aufzugeben, erinnere dich daran, dass du damit auch ihre Leben verdammst.«

Ich fletschte die Zähne. »Du bist der Letzte, der mir hier eine Moralpredigt halten darf, Vincent Chesterfield. Als deine Spieler starben, hast du nur mit den Schultern gezuckt und sie als Kollateralschaden abgetan.«

In Vincents Augen tobte ein Sturm aus Schmerz und Selbsthass. »Ich habe wenige für alle anderen geopfert. Das mag verwerflich sein, aber ich hatte keine andere Wahl. Innerlich bin ich mit ihnen gestorben, das kannst du mir glauben.« Seine Finger zitterten und ließen nur eine Millisekunde locker.

Das genügte mir. Ich ließ mich in seinen Griff fallen und trat ihm die Beine weg.

Vincent taumelte überrumpelt, während ich erneut ausholte und ihn mit aller Kraft vom Dach stieß. Er knurrte, packte mich am Revers, und ich spürte einen festen Ruck, als die Schwerkraft an uns beiden zog. Ein Kreischen entfuhr mir, als wir zusammen abstürzten. Wind und Regen peitschte um uns herum.

»Tu es!«, brüllte mir Vincent ins Ohr. »Entscheide dich, ob du leben oder sterben willst!«

Seine blauen Augen starrten mich wütend an. Ein Blitz zuckte über uns. Aus dem fünften Stock aufzuschlagen, würde wohl auch für zwei Könige nicht ohne Konsequenzen bleiben. Ein Teil von mir wollte es jedoch. Fallen, aufschlagen, vergessen.

Der Gedanke brach etwas in mir.

Es ging nicht.

Ich konnte nicht noch jemanden verlieren.

Nicht einmal Vincent.

Die Dunkelheit in mir reagierte wie ein Schrei, der tief aus meinem Inneren kam. Es zuckte und ruckte, wühlte sich mit scharfen Zähnen und Klauen aus mir heraus und barst aus meinem Rücken wie Flügel. Es raschelte, dann war da schlagartig ein Luftwiderstand, und der Erdboden schrammte nur um Haaresbreite an uns vorbei. Vincent klammerte sich an mir fest – oder ich mich an ihm? Ich spürte sein Gewicht, das meine Muskeln ächzen ließ. Ich stöhnte auf, während Vincent mit einem beinahe schon irren Grinsen zu mir aufsah. Ein Blitz riss sein Gesicht entzwei.

»Das nenne ich mal einen König«, glaubte ich ihn murmeln zu hören, ehe ich aufsah und panisch die Augen aufriss. Wir rasten ungebremst auf eine Baumreihe zu. Die Äste ächzten und schwankten im Sturm.

»Fuck!«

Hektisch versuchte ich, einen Schlenker zu fliegen, doch es war schon zu spät. Ein Ast prallte in meine Magengrube und stoppte unseren Gleitflug ruckartig. Die Dunkelheit, die uns getragen hatte, fiel wie Rauch in sich zusammen. Vincent fluchte. Seine Hand rutschte aus meiner, und zusammen polterten wir zu Boden. Auf dem Weg abwärts verpasste mir gefühlt jeder Ast eine saftige Ohrfeige. Ich hustete, spuckte Blätter, etwas riss an meinen Haaren und Klamotten. Im nächsten Augenblick erklang ein *Patsch!* Vincent war am Boden aufgeschlagen. Stöhnend drehte er sich auf dem Rücken und riss im nächsten Augenblick panisch die Augen auf, als ich ungebremst auf ihn knallte.

»Fu… pfffft!« Vincents Lunge verließ zischend jede Luft, während ich keuchend versuchte, den Sturz zu verarbeiten. Der halbe Baum musste an uns kleben.

»Das war …«, keuchte Vincent, der immer noch völlig außer Atem zu mir aufsah. Seine Nase blutete, seine weißen Zähne waren rot verschmiert.

»Warum hast du …?«, setzte ich wütend an, doch er unterbrach mich, indem er meinen Kopf packte und mir lachend einen blutigen Kuss auf die Stirn drückte.

»Das war absolut fantastisch, Alice!«

»Spinnst du? Was sollte das?«, brüllte ich, am ganzen Körper bebend.

Vincent lachte nur, packte und drückte mich fest an sich. »Was das sollte? Ich habe dir gezeigt, was es heißt, ein König zu sein. Und es hat funktioniert! Sieh nur, wie du es geschafft hast, die Dunkelheit zu lenken. Einfach fantastisch … Auch wenn es gerade nur zur

Selbsterhaltung war. Jackson hat es gerade mal zustande gebracht, ein paar Bäume wackeln zu lassen, wenn er wütend war. Stell dir vor, was er alles hätte tun können, wenn er nicht so eine Scheißangst vor sich selbst gehabt hätte.« Ein fieberhafter Glanz schlich sich in seine Augen.

Über uns grollte immer noch das Gewitter. Ein Blitz erhellte den Himmel. Wütend holte ich aus, doch Vincent reagierte blitzschnell und packte meine Faust. Seine Hand war so groß, dass meine darin verschwand.

»Wir trainieren das. Zusammen können wir ihn besiegen. Wenn wir es schaffen, auf den Kern seiner Macht zu stoßen, könnten wir …«

»Hör auf!« flüsterte ich.

»Aber wir könnten …«

»Hör auf, Vincent!«, schrie ich diesmal und merkte, wie ich zitterte. Jedoch nicht vor Kälte. »Hör auf, mich zu manipulieren, Vincent.«

»Das tue ich doch gar nicht, ich habe nur …«

»Ich weiß, was du hast. Denkst du, ich bin blöd? Du hast mich absichtlich provoziert, damit du siehst, was ich alles kann. Das ist Manipulation! Und ich will es nicht mehr, Vincent! Ich kann nicht mehr. In mir ist nichts mehr übrig, das kämpfen könnte. Ich bin leer … so leer.«

Vincent hielt inne. Der Regen rann ihm in trägen Bahnen über das Gesicht. »Ich weiß«, antwortete er. »Ich weiß, wie du dich fühlst. Diese Leere ist seit vielen Jahren ein Teil von mir. Erst als du gekommen bist, habe ich wieder etwas gefühlt.«

»Oh Vincent, ich habe dir bereits gesagt, dass das zwischen dir und mir …«

»Nicht Liebe«, schnitt er mir das Wort ab. »Hoffnung.«

Ernsthaftigkeit lag in seinem Gesicht, als er meine Faust losließ und mir stattdessen eine Haarsträhne aus dem Gesicht strich. Sie war blutig. War es sein Blut oder meines? Gab es da überhaupt noch einen Unterschied?

»Ich habe Hoffnung gefühlt. Nicht nur ich. Jeder auf dem Spielfeld hat das, und genau das ist deine wahre Macht, Alice. Du weckst Hoffnung in der Hoffnungslosigkeit. Darum hat mein Vater solche Angst. Darum klebt Curse wie eine Klette an dir, und genau deswegen liebt dich Jackson.«

Meine Unterlippe bebte. »Ich werde mir niemals verzeihen können, was wir getan haben.«

Vincent starrte mich an. »Vergebung ist etwas für die Unschuldigen. Der Preis, den wir für unsere Macht zahlen, ist die Unschuld.« Er packte meine Hand und drehte das Zeichen des schwarzen Königs nach außen. »Doch du warst bereits mächtig ohne dieses Zeichen. Du warst mächtig, ohne Schuld auf dich geladen zu haben. Jackson wusste das, und er wusste, wenn jemand dazu in der Lage ist, diesen Fluch zu beenden, dann du.«

Er packte meine Hand fester. Sein Zeichen lag auf meinem, und während der Regen auf uns herabprasselte und grollte, als würde der Himmel herabstürzen wollen, begann ich zu weinen. Der letzte Damm in mir brach zusammen.

Ich schluchzte: »Ich hasse mich!«

»Ich weiß.«

Ich schrie: »Ich hasse dich!«

»Ich weiß.«

Ich wimmerte: »Ich liebe ihn!«

»Ich weiß.«

Wir verstummten. Es war nicht mehr zu hören als das Unwetter, als würde die Welt selbst trauern, sich den Schmerz aus der Seele brüllen, während Vincent mich in seine Arme zog und mich hielt, als ich in kleine Einzelteile zerbrach.

In diesem Augenblick starb auch der letzte Rest von Alice Salt, dem Menschen, in mir. Was übrig blieb, war ein schwarzer König in den Armen des weißen. Verbunden durch Blut, einen Fluch und bittere Tränen.

KAPITEL 27

»Noch mal!«

Ein Schweißtropfen rann mir kitzelnd die Haut herab. Keuchend wischte ich ihn mir mit einer bandagierten Faust ab und spannte sämtliche Muskeln an, während ich Bastion hinter mir spürte. Der Turm schlich sich beinahe lautlos an mich heran, links neben mir sah ich, wie Ivory sein Gewehr anlegte und zielte. Und auch wenn ich sie nicht sehen konnte, spürte ich Isolde. Sie war die härteste Gegnerin der Truppe. Sie tat nur so unschuldig.

Der weiße König von Chesterfield lungerte in einer reinweißen Uniform auf dem Sofa und beobachtete uns träge amüsiert. Die eine Seite seines Gesichts lag im Schatten, während aus dem Fenster hinter ihm helles Tageslicht drang, das den Staub in der Luft wie Goldpartikel flimmern ließ. Regina saß desinteressiert hinter ihm auf der Sofalehne und blätterte in einem Buch.

»Noch mal!« Vincent hob einen Finger. Mehr nicht.

Im nächsten Augenblick stürzten alle auf mich zu. Es knallte, als Ivory seine Waffe abfeuerte. Ich spürte die Zähne des Wolfs knapp an meiner Halsschlagader vorbeischrammen und hörte das Zischen eines Messers, das Isolde zielsicher nach mir warf. Tief atmete ich durch, spürte meinen Herzschlag und flutete meine Adern mit Dunkelheit.

Rauch. Ich war nicht mehr als Rauch und Schatten. Mein Körper bebte und löste sich auf. Nur für einen kurzen Augenblick löste sich jedes Molekül in mir auf, sodass die Kugel durch mich hindurchfuhr. Das Geschoss knallte an die gegenüberliegende Wand, das Messer blieb zitternd in der Wandvertäfelung stecken, und die Zähne des Wolfs bissen ins Nichts. Es kribbelte, als ich mich zurückmaterialisierte.

Noch in der Verwandlung schwang ich mich breitbeinig auf den Rücken von Bastion, packte seinen riesigen Kopf und riss ihn von den Pfoten. Der Wolf ging fiepend zu Boden. Keuchend starrte ich auf ihn herab und hörte das Klicken eines abgedrückten Abzugs. Die Waffe mit dem Schalldämpfer hatte mir bereits mehrmals einen brennenden Streifschuss verpasst, doch inzwischen war ich schneller. Besser. Blitzschnell warf ich mich herum, während eine Kugel an mir vorbeiknallte. Schnaufend biss ich die Zähne zusammen und zwang meinen Körper, sich erneut aufzulösen. Rauch und Schatten flossen aus mir heraus. Körperlos rauschte ich quer durch den Raum und positionierte mich hinter Isolde. Sie stach nach mir, doch das Messer glitt nur prickelnd durch mich hindurch, ehe ich mich wieder verfestigte und ihr die Beine wegkickte. Issy ging kreischend zu Boden. Mit schweißnassen Händen schnappte ich mir ihr Messer und visierte den Springer an, der gerade erneut auf mich anlegte.

Vincent sagte nichts, doch ich hatte seine gemurmelten Anweisungen im Ohr. Ich fühlte regelrecht seine Hand, die meine eigene eine Spur weiter nach oben drückte. Wenn ich treffen wollte, dann musste ich den inneren Ruhepunkt zwischen den Herzschlägen finden. Ich fühlte meinen Puls, spürte das Beben, kurz bevor es abflachte, und warf das Messer. Es sirrte, als die Klinge direkt durch Ivorys Kragen fuhr und den Springer an der Wand festpinnte.

»Spinnst du? Das ist von Gucci!«, stieß er hervor.

Keuchend stützte ich meine Hände auf den Knien ab und sah zu Vincent hinüber. »Und?«

Vincent zog nur elegant eine Augenbraue hoch. »Und was? Willst du jetzt ein Sternchen in dein Mitarbeitsheft?«

»Ich will ein neues Hemd«, murrte Ivory.

Ich rollte nur die Augen und schnaubte in Vincents Richtung. »Wie wäre es mit einem Abdruck von deinem Gesicht in meiner Arschaufreißerkarte?«

»1 : 0 für Blondie! Ich brauch 'ne Pause. Mein Hintern fühlt sich versohlt an, aber nicht auf die gute Art«, stöhnte es vom Boden, als Bastion sich wieder in Menschengestalt aufrappelte.

Isolde warf ihm seinen Bademantel zu, in den er gemächlich hineinschlüpfte. »Das war doch schon ziemlich gut«, befand sie lächelnd.

»Fünfzig Prozent ihrer Würfe sind immer noch Glückstreffer«, warf Ivory ein, der sich ruckartig das Messer aus dem weißen Kragen zog.

Er sah müde aus. Genauso wie alle anderen. Und es wurde täglich schlimmer. Inzwischen beinahe stündlich. Doch der weiße Springer war seit dem Tod seines Zwillings nicht mehr wirklich er selbst. Etwas war in seinen Augen erloschen. Ich sah denselben Ausdruck jeden Tag im eigenen Spiegel.

Inzwischen fielen immer mehr Spieler aus. Zuerst waren es nur zwei. Sie hatten Aussetzer, sodass sie nur verloren im Gang standen, als fragten sie sich, wer sie waren und wohin sie hatten gehen wollen. Am Tag darauf waren es schon drei, danach vier. Manchmal fand ich sie und musste danach stundenlang auf sie einreden, um ihnen in Erinnerung zu rufen, wer sie waren. Bei manchen half es. Bei anderen nicht.

Gestern hatte ich Ivory stumm und verlassen in einem Gang gefunden. Er hatte nach seinem Bruder gesucht. Ich hatte ihm geholfen. Am Morgen war es ihm sichtlich besser gegangen, und dennoch war ich mir sicher, dass ich ihn bald wieder verloren herumirren sehen würde.

In den letzten Tagen schafften es ein paar Spieler nicht mehr aus dem Bett. Ohne ersichtlichen Grund. Sie wachten einfach nicht auf. Ich fragte mich, ob sie im selben Traum umherirrten wie ich damals und nach einem Ausweg suchten. Vincent und ich versuchten, sie aufzuwecken. Ein paar wachten auf, zwei nicht. Um die, die einfach liegen blieben, kümmerte sich Issy, wenn sie konnte.

Andere wiederum hatten innerhalb der letzten Tage einen seltsamen Ausdruck in den Augen bekommen. Sie sprachen von einer Stimme, die ihnen Dinge zuflüstere, vor denen sie Angst bekamen. Ich versuchte, ihnen die Angst zu nehmen, doch die Paranoia wuchs.

Gestern hatten wir Flora, die schwarze Bauernspielerin, in ihr Zimmer sperren müssen, um sie vor sich selbst zu schützen. Nachts konnten wir sie schreien hören.

Inzwischen gab es nur noch ein paar wenige Stunden am Tag, an denen alle Spieler noch ansprechbar und gedanklich vollständig da waren. Diese nutzten wir, so gut es möglich war.

Doch die Zeit wurde knapp. Jeden Tag brachen mehr Spieler weg, und ich versuchte alles, um die Übriggebliebenen zu stützen.

Curse hatte zu mir gesagt, seine Aufgabe sei es, Ordnung ins Chaos zu bringen. Damals hatte ich es nicht verstanden. Jetzt tat ich es.

Ich versuchte, ein stabiler Fels zu sein, zwischen Wellen, die um mich herum brachen und sich verzweifelt an mich klammerten. Und ich zitterte bei dem Gedanken, was passieren würde, wenn auch Vincent nachzulassen begann. Wenn tatsächlich das schlimmste Szenario eintrat, in dem ich die Einzige war, die noch klar denken konnte. Bis jetzt hatte er sich noch gut gehalten, doch ich spürte, dass es auch ihm nicht gut ging. In vielen kleinen Augenblicken, die jedoch bald ein beunruhigendes Ganzes ergeben würden.

»Natürlich ist sie noch nicht perfekt«, riss mich Regina aus den Gedanken. »Auch der Slave kann kein lebenslanges Training in einem Monat aufholen.«

»Der schwarze König. Sie ist der schwarze König«, korrigierte Vincent sie lapidar.

Regina biss die Zähne zusammen und blätterte um. Sie sah beinahe normal aus, allerdings waren ihre Haare wirr, als hätte sie vergessen, sie zu kämmen. Zudem aß sie wenig. In ihren Augen lag ein seltsamer Glanz. Vincent sagte, sie höre Stimmen. Wir machten uns auf das Schlimmste gefasst. Aber noch hielt sie sich.

Die weiße Königin seufzte genervt, ehe sie den dicken Wälzer ruckartig und sichtlich genervt schloss. »Wie auch immer, hier steht nichts.« Achtlos warf sie das Buch hinter sich, wo es auf einem Haufen bereits ähnlich misshandelter Bücher landete. Sie zog ein neues vom Stapel neben sich und knurrte: »Es gibt keine Information über die Machtquelle des Fluchs, Vincent. Wenn du mich fragst, ist der Fluch nur durch einen noch stärkeren Fluch bezwingbar, und dann haben wir erst recht Ärger an der Backe. Wir verschwenden hiermit nur unsere Zeit.«

»Etwas muss es geben, und wir werden es finden. Egal wie lange es dauert.«

»So viel Zeit haben wir aber nicht mehr«, fauchte Regina gereizt.

Diese Diskussion führten die beiden praktisch jeden Tag. Ohne Ergebnis. Sie fingen einfach wieder von vorn an. Insgeheim glaubte ich, dass die beiden sich einfach gern zofften. Seufzend wandte ich mich ab und nahm dankbar eine Wasserflasche von Issy entgegen.

»Hör nicht auf, Gina, du machst das großartig«, versicherte sie ihr.

Noch mit einem Schluck Wasser im Mund grinste ich. »Gina? So nennen wir die böse Prom-Queen neuerdings?«

Issy wurde rot und sah auf ihre Zehenspitzen, die in schwarzen Ballerinas steckten. Sie ließ sich nicht anmerken, dass es ihr schlecht ging. Ihre Stärke war wirklich beeindruckend. Doch ich wusste, dass sie schlimme Albträume hatte. Vor ein paar Tagen hatte ich sie schlafwandeln gesehen und behutsam ins Bett gebracht. Wir hatten nicht darüber gesprochen, aber ich wusste, dass sie im Traum versucht hatte davonzulaufen. Nur wovor oder besser gesagt vor wem, das wusste ich nicht.

»Ich weiß, sie kommt schroff und kalt und garstig rüber, aber eigentlich macht sie sich nur Sorgen. Und das ständig. Unter ihrer ziemlich dicken Schale ist sie richtig nett.«

Wir schielten beide zur weißen Königin hinüber, die soeben ihr Buch nach Vincent warf und ihn anpflaumte: »Ich lese keine einzige Zeile mehr, du Arschkrampe! Wer bin ich denn? Deine Sekretärin?«

»Na ja, sehr tief drinnen …«, nuschelte Isolde, und ich lachte leise in mich hinein, obwohl es sich linkisch und hölzern anfühlte.

Alles fühlte sich in letzter Zeit so an. Außer wenn ich trainierte. Wenn Vincent mich trainierte. Stundenlang, bis ich so erschöpft war, dass ich praktisch in Ohnmacht fiel, was öfter vorkam, als gesund war. Aber alles war besser, als nachdenken zu müssen, als fühlen zu müssen, selbst wenn ich mir dafür die Seele aus dem Leib prügeln lassen musste.

Die Kräfte eines Königs waren erstaunlich. Als normaler Mensch wäre ich mit Sicherheit schon etliche Male mit Knochenbrüchen, Schuss- und Bisswunden, Gehirnerschütterung und mehr Zerrungen, als ich zählen konnte, im Krankenhaus gelandet. Doch obwohl mein Körper von blauen Flecken übersät war und ich auch in diesem Augenblick beim Atmen den Schmerz einer angeknacksten Rippe spürte, wusste ich, dass in wenigen Stunden nichts mehr davon zu finden sein würde.

Ich war noch nie so lange ein und dieselbe Spielfigur gewesen, und ich merkte immer mehr, wie Alice, der Slave, Alice, dem König wich. Und ich glaubte, Alice, den König, zu mögen. Wenn mir sonst schon nichts von Jackson geblieben war, dann zumindest seine Kräfte. Sein Vermächtnis. Es war bei Weitem nicht genug und dennoch besser als nichts. Ich weinte noch, aber zumindest tat ich es leise und ließ mich danach verprügeln. War ganz nett so.

Tief durchatmend löste ich die Bandagen von meinen Knöcheln und warf mir ein Handtuch über die Schulter.

»Was machst du? Wir sind noch nicht fertig für heute«, rief mir Vincent vom Sofa aus zu. Regina schnaufte ihn immer noch wütend an.

»Doch, sind wir«, rief ich schlicht über meine Schulter hinweg und verließ den Salon.

Dieses Haus war beinahe so alt wie das alte Anwesen von Chesterfield und hatte so viele Zimmer, dass sowohl die Schüler von Chesterfield als auch die von St. Burrington problemlos untergekommen waren. Dennoch sah man ihm an, dass es die meiste Zeit im Jahr unbewohnt war. Die Möbel bestanden hauptsächlich aus nachgedunkeltem Mahagoni. Die Teppiche waren ausgeblichen und die Vorhänge aus verstaubtem altem Samt.

Mein Zimmer lag im dritten Stock. Neben Vincents. Ansonsten schliefen nur noch die Königinnen und Bastion hier oben, und bei ihnen schämte ich mich zumindest nicht, wenn sie hörten, wie ich mich in den Schlaf weinte. Sie taten dasselbe. Oder inzwischen auch Schlimmeres.

Es gab eine Verbindungstür zwischen Vincents und meinem Zimmer. Als ich das herausgefunden hatte, blockierte ich sie gleich mit dem Schrank. Doch Vincent hatte nie versucht, die Tür zu öffnen. Kein einziges Mal.

Er nicht.

Dafür ich. Als ich in der ersten Woche, nachdem wir uns zusammengerauft hatten, seine Schreie hörte. Sie begannen um Mitternacht. Ich lag im Bett und lauschte, wie er erst laut zu atmen begann und dann losbrüllte. So gequält, als würde ihm jemand bei lebendigem Leibe die Haut abziehen. Jede Nacht. Seine Schreie vermischten sich mit meinen Albträumen, bis ich schließlich aus dem Bett stieg, den dämlichen Schrank zur Seite schob und sein Zimmer betrat. Den Anblick des weißen Königs, der von solchen Albträumen geplagt wurde, dass er jede Nacht halb daran zugrunde ging, würde ich wohl niemals vergessen. Das Laken war um seinen Leib geschlungen, das Haar nass vor Schweiß, sein vernarbter Rücken gekrümmt.

An diesem Abend, als das Mondlicht auf seine gebrochene Gestalt gefallen war, hatte ich wohl zum ersten Mal wirklich begriffen, wie kaputt dieser schöne Junge war. Und wie wenig er sich davon am Tag ansehen ließ.

Zwei kaputte Menschen konnten sich vielleicht nicht gegenseitig heilen, aber sie konnten einander halten. Also war ich zu Vincent ins Bett gekrochen und hatte ihn in den Arm genommen. So lange, bis seine Schreie zu einem Schluchzen abgeklungen waren.

Am nächsten Tag verloren wir kein Wort darüber. Auch nicht am Tag danach, als ich erneut die Verbindungstür geöffnet hatte und wieder zu ihm gekrochen war, um ihn zu halten und mich halten zu lassen. Nacht für Nacht. Wir klammerten uns aneinander und starrten in die Dunkelheit, während ich mit meinen Dämonen kämpfte und er mit dem Wahnsinn.

»Alice?«

Vor meiner Tür hielt ich inne. »Was gibt es, Issy?«

Ich musste nicht einmal zurückblicken. Ich wusste inzwischen immer, wenn sie in meiner Nähe war. Ich spürte jeden meiner Spieler wie einen zusätzlichen Herzschlag, aber die Verbindung zu Issy war tiefer. Sie war die Königin, ich der König. Sie glich mich aus, und wenn es jemand schaffte, mich zum Lächeln zu bringen, dann sie. Wenn ich in ihre Augen blickte, spürte ich gleichermaßen Schuld und Erleichterung. Sie war wirklich atemberaubend. Ich mochte der König sein, die Stärke, die es im Augenblick brauchte, doch Isolde hielt alles zusammen, und das mit nicht mehr als einem Lächeln und viel Tee.

Ich schluckte den Kloß in meinem Hals herunter.

»Wie geht es dir?«, erkundigte sie sich sanft.

»Inwiefern?«

»Du weichst mir aus, Alice. Du meidest uns alle, und das verstehe ich. Aber es ist jetzt beinahe einen Monat her, seit Jackson gefallen ist. Du nimmst seinen Platz großartig ein, aber ich glaube nicht, dass du seitdem mehr als drei Stunden geschlafen oder mehr als zwei, drei Bissen Essen pro Tag zu dir genommen hast. Uns mag es schlecht gehen, aber dir geht es auch nicht gut.«

Leise klickend öffnete ich meine Tür. »Es muss mir nicht gut gehen«, brachte ich leise heraus, ohne sie anzusehen. »Ich muss nur funktionieren, und das tue ich so lange, bis wir einen Weg gefunden haben, den Fluch zu besiegen.«

»Und danach?«, flüsterte sie.

Ich spürte ein zittriges Lächeln in meinen Mundwinkeln. »Hoffen wir, dass es noch ein Danach gibt, Issy«, flüsterte ich und schloss die Tür hinter mir.

Meine Knie fühlten sich zu schwach an, um mich noch zu tragen. Ich lehnte mich zurück, spürte das alte Holz in meinem Rücken und fühlte dahinter die schwarze Königin. Sie stand noch lange dort und starrte auf die Tür. Als wartete sie darauf, dass ich die Tür wieder öffnete, sie anlächelte und ihr versprach, dass alles gut werden würde. Doch das konnte ich nicht. Irgendwann hörte ich, wie sich ihre Schritte entfernten. Bebend presste ich die Lippen zusammen und unterdrückte die Tränen, ehe ich mich von der Tür abstieß und unter die Dusche stieg.

Dichter Dampf hüllte mich ein, während ich einfach nur unter der Brause stand und dem Wasser dabei zusah, wie es gluckernd im Abfluss verschwand. Ich wünschte mir, ich könnte ebenfalls verschwinden, aber das durfte ich nicht. Ich musste stark sein. Funktionieren. Atmen. Jeden Tag. Jede Sekunde, egal wie sehr es schmerzte. So lange, bis alle in Sicherheit waren.

Vincent tat das Gleiche. Er hatte dabei aber zusätzlich dieses verdammt arrogante Lächeln im Gesicht. Das fehlte mir noch, aber ich arbeitete daran. Nur noch so lange durchhalten, bis alle in Sicherheit waren.

Sicherheit.

Ich wiederholte das Wort in meinem Kopf wie ein Mantra. Und es half. Etwas. Zumindest genug, dass ich mich aufraffen konnte, mir die verschwitzten Haare zu waschen.

Die schwarze Uniform von St. Burrington lag auf einem Hocker neben der Dusche. Auch wenn die Internate bis auf ihre Grundmauern niedergebrannt waren, so trug dennoch jeder Spieler seine Uniform weiter wie eine Rüstung.

Schwarz und Weiß hatten sich zwar so weit zusammengerauft, dass sie es länger als fünf Minuten zusammen in einem Raum aushielten, ohne sich gegenseitig den Hals umzudrehen, doch die Grenzen waren immer noch klar definiert. Die Farben hielten sich streng getrennt. Wie Wasser und Öl, die sich nicht vermischen konnten.

Ich trocknete mich ab und schmierte meine Verletzungen ein, ehe ich die Schuluniform anlegte. Die grauen Kniestrümpfe hatte ich jedoch durch schwarze ausgetauscht, genauso wie die bisher weiße Bluse und die rote Krawatte. Alles schwarz. Es passte zu mir.

Knopf für Knopf schloss ich das Jackett und starrte mich im Spiegel an. Ich sah besser aus, als ich mich fühlte. Nur meine Augen waren nicht länger blau, sondern pechschwarz. Es existiert praktisch kein Unterschied mehr zwischen Pupille und Iris.

Meine Haare kringelten sich, als ich sie kämmte. Sie waren eigentlich viel zu lang und unpraktisch für das Training. Außerdem wirkten sie viel zu golden und fröhlich. Grübelnd senkte ich den Kamm und kramte stattdessen eine Nagelschere aus dem Kästchen unterhalb des Waschtischs. Schnell fasste ich mein Haar zu einem hohen Zopf zusammen, setzte an und schnitt. Dichte goldene Strähnen fielen ins Waschbecken. Ich murrte leise, als sich die Schere verkeilte, und riss ein wenig wütend daran herum. Ich war dauernd wütend. Vincent meinte, dass sei die Dunkelheit in mir. Sie brodele wie ein Vulkan, immer knapp unter der Oberfläche. Immer kurz vor dem Ausbrechen. Immer wieder ertappte ich mich bei der Frage, ob Jackson sich ebenfalls so gefühlt hatte. Sein ganzes Leben lang …

Ich schnitt stärker, und der Rest des Zopfs löste sich mit einem reißenden Geräusch. Schnaufend hielt ich meine Haare in der Hand, während mir die restlichen Strähnen in einem Bob bis zum Kinn ums Gesicht fielen. Mein Kopf fühlte sich viel leichter an, als wäre eine zentnerschwere Last von mir abgefallen. Ich sah älter aus. Härter. Wie jemand, der wusste, was er tat.

Perfekt. *Fake it till you make it* war seit Neuestem mein Leitspruch. Gleich nach *Get shit done* und *Versteck deinen Kuchen vor Bastion*. Ich schnitt mir selbst eine Grimasse, warf den Zopf in den kleinen Mülleimer, strich mir die kurzen Haare hinter die Ohren und verließ das Badezimmer.

Es dämmerte bereits. Ich konnte das Grillenzirpen durch das geöffnete Fenster hören ... nur dass ich das Fenster gar nicht geöffnet hatte. Ruckartig blieb ich stehen. Hob den Kopf und lauschte. Streckte die Dunkelheit wie verlängerte Finger aus, bis ich den Eindringling fühlte. Oder besser gesagt seinen Schatten. Meine Nackenhaare stellten sich auf. Eine Angst packte mich, deren Heftigkeit mich selbst überraschte. Ich stand mucksmäuschenstill da und konnte nicht weglaufen. Aus dem Augenwinkel sah ich den Schatten. Auch er rührte sich nicht.

Ich wusste nicht, wie viele Atemzüge lang ich einfach nur so dastand, bis ich flüsterte: »Ich weiß, dass du da bist. Was tust du hier?«

Hinter dem Vorhang zuckte eine weiße Schwanzspitze heraus, dann lugte Curse hervor. »Verdammt, was hat mich verraten?«

»Curse«, murmelte ich und wich zurück, einen Schritt, zwei Schritte, während die nackte Angst mich packte. Curse war hier, also musste uns auch der Fluch gefunden haben.

Ich wirbelte herum, doch Curse schnitt mir blitzschnell den Weg ab. »Lauf nicht weg, Alice. Bitte!«, setzte er an.

»Stehst du noch unter der Kontrolle des Fluchs?«

»Ja, aber ...«

»Dann raus aus meinem Zimmer«, bellte ich und wollte wieder an ihm vorbei, während mir der kalte Angstschweiß im Nacken ausbrach. Wenn Curse, also Charles, hier war, konnte das kein gutes Zeichen sein. Er kam, wenn es Ärger gab. Der Fluch schnürte uns die Luft ab.

Curse fauchte mich an. »Hör zu! Dein gesundes Misstrauen in allen Ehren, aber du musst mir zuhören.«

»Was, Curse? Was willst du uns sagen? Dass die Zeit abläuft? Das wissen wir selbst.« Wütend spürte ich, wie mir die Tränen in die Augen schossen.

Curse schlug gereizt mit dem Schwanz aus und sah mich aus leuchtend goldenen Augen an. »Alice, egal was passiert ist, ich bin immer noch dein Freund! Das war ich immer.«

»Du bist nicht mein Freund«, stieß ich hervor. »Du bist Teil des Fluchs!«

Alice …«, setzte er an, doch da fasste ich einen Entschluss.

Ich war ein König. Ich musste auf meine Spieler aufpassen, und auch wenn Curse sich vielleicht tatsächlich für meinen Freund hielt, war er in Wahrheit Teil des Fluchs und damit potenziell gefährlich. Ich war nicht mehr Alice, der Slave. Ich musste Entscheidungen treffen, die über Freundschaft hinausgingen. Als Alice, der König.

Curse fuhr hektisch die Krallen aus, als ich ihn am Kragen packte und ihn ohne viel Federlesens aus dem Fenster warf.

»Das war fiiiiieees!«, hörte ich ihn den ganzen Weg nach unten jaulen.

»Hau ab!«, brüllte ich ihm nach und schlug das Fenster zu.

Mit vor Panik klopfendem Herzen drehte ich mich um und rannte aus dem Zimmer, während ich um Fassung rang. Eigentlich war es nur eine Frage der Zeit gewesen, bis Curse uns aufstöberte. Ich war mir auch ziemlich sicher, dass der Fluch wusste, wo wir waren, auch wenn er nicht eingegriffen hatte. Doch das musste er gar nicht. Er war bereits in den Köpfen der Spieler. Das war uns allen klar. Und dennoch: Charles zu sehen, hatte die Panik erneut angefacht.

»Du kannst mich doch nicht einfach so aus dem Fenster schmeißen! Wenn ich das dem Tierschutz sage, hast du gewaltigen Ärger an der Backe.« Curse poppte mitten im Flur vor mir auf. Wie aus dem Nichts.

»Wuah!« Erschrocken sprang ich zurück.

»Alice …«, setzte er an, als ich die Finger hob und die Dunkelheit nach vorn schnellen ließ.

»Warte, warte, warte!«, rief der Kater, als die Dunkelheit ihn am Schwanz griff und nach oben zog. »Oh Gott, tu das nicht! Jeder kann so meinen Hintern seh… Wuhhh!«

Ich schleuderte ihn aus dem nächsten Fenster.

Kochend rannte ich die geschwungenen Treppen runter und stolperte dabei in Vincent hinein, der sich gerade ein Red Bull hinter die Binde kippte.

»Oh, Alice, da bist du ja. Ich wollte gerade … Ist das eine neue Frisur?« Irritiert starrte er mich an.

»Wir haben ein Problem«, keuchte ich ihn an.

»Kannst du bitte damit aufhören? Jeder Psychologe würde hier eine schwerwiegende Kommunikationsstörung feststellen«, fauchte Curse, der erneut einfach wie aus dem Nichts erschien. Das Fell stand ihm dabei steil zu Berge, und er sah aus, als wäre er in eine Schlammpfütze gefallen.

Vincent erschrak sich so sehr, dass er sein Red Bull fallen ließ. Der Doseninhalt spritze nach allen Seiten. »Scheiße!«, rief er.

»Iiih, du hast da gekleckert«, sagte Curse.

»Raus mit dir!«, fluchte ich.

»Bitte hört mir doch einfach mal zuuuuu!« Der Kater johlte, als ihn eine große Hand packte und nach oben hob.

»Na, wen haben wir denn da?«, knurrte Bastion und verzog knurrend seine Lippen.

Curse legte die Ohren an. »Braves Hundi«, flötete er, was Bastion zwar nicht verstehen konnte, aber zu ahnen schien, denn er knurrte nur lauter.

»Was soll ich mit dem Flohfänger machen, Lady Boss?«, fragte mich Bastion. Seit ich König war, nannte er mich so, und egal wie oft ich ihn bat, es zu lassen … Na ja, er ließ es nicht.

»Friss ihn«, schlug ich vor.

»Aye, Lady Boss!«

Curse riss die Augen auf. »Was? Nein! Das ist nicht lustig. Hört auf!«

Curse fluchte, als Bastion tatsächlich den Mund öffnete. Obwohl der Turmspieler noch in Menschengestalt war, spitzten sich seine Zähne wie Rasierklingen zusammen.

»Hilfe!« Curse zog panisch den Schwanz ein, sein Fell kräuselte sich und zog sich zusammen, die Muskeln streckten sich, und im nächsten Moment wurde Bastion krachend unter einem gut aussehenden Kerl begraben. Keuchend sah Charles Chesterfield zu uns auf, und während er sich aufrappelte, rammte er Bastion sein Knie in die Weichteile. Der stöhnte fluchend.

»Was sollte das? Bist du übergeschnappt?«, fragte mich Charles. Sein weißes Haar fiel ihm bis auf die Schultern, ansonsten war er splitterfasernackt.

Vincent räusperte sich, zog sich sein Jackett aus und warf es dem anderen Slave zu. Der fing es ungeschickt auf, ehe er grummelnd hineinschlüpfte.

Ich verschränkte die Arme vor der Brust, als Bastion sich aufrappelte und sich knurrend hinter mir positionierte. »Was willst du hier, Charles? Ist Augustus auch hier? Hat euch der Fluch geschickt, uns zu holen?«

Augenblicklich sahen sich alle nervös um, und Bastion rückte schützend noch näher an mich heran. Mein Herz zog sich vor Dankbarkeit für diese Geste und gleichzeitig vor schlechtem Gewissen zusammen. Er schützte mich, wie er Jackson geschützt hatte. Er tat es instinktiv. Bedingungslos und absolut treu. Nur dass ich es nicht verdient hatte.

Charles presste die Lippen zusammen. »Natürlich sind sie nicht hier. Wenn die beiden hier auftauchen würden, wärt ihr bald nur noch Kieselsteine.«

»Warum sollte ich dir glauben? Vielleicht zwingt dich der Fluch, uns anzulügen«, fuhr ich ihn an.

Charles' Blick verschloss sich, seine Nasenflügel bebten. »So was sagst *du?* Nach allem, was ich getan habe? Obwohl ich dein Leben nicht nur einmal gerettet habe, sondern immer und immer wieder? Ich habe dreihundert Jahre auf dem Spielfeld verbracht und die Spieler so gut wie möglich unterstützt. Ich wollte euch immer nur beschützen, vor allem dich! Ich weiß, ich habe Fehler gemacht. Ja, ich habe gelogen und das nicht nur einmal. Aber ich hatte Angst. Du hast keine Ahnung von dem Grauen, zu dem der Fluch fähig ist. Ich aber habe es mit eigenen Augen gesehen und hatte dreihundert Jahre lang Angst. Darum habe ich so lange gezögert, mich direkt einzumischen. Aber du musst mir auch die Chance geben, meine Fehler wiedergutzumachen.«

Schnaufend starrten wir uns an. Die Spannung zwischen uns war so drückend, dass die Luft knapp wurde.

»Ich glaube dir nicht. Warum kreuzt du hier nach all den Wochen auf einmal auf?«

In seinen Augen flackerte es. »Ich kann nicht lange bleiben. Es ist das erste Mal seit dem Brand, dass ich Madelyn genug ablenken konnte, um abzuhauen. Doch sie wird mein Fehlen bemerken, und dann muss ich zurück sein. Darum musst du mir jetzt zuhören. Und es wäre schön, wenn du mich nicht mehr aus dem Fenster werfen würdest.«

»Wie genau hast du uns gefunden?«, fragte ich angespannt.

Charles grinste. Seine Zähne waren spitz. »Du bist der Slave. Meine zweite Hälfte. Ich fühlte deine Anwesenheit, und ich weiß, dass du meine fühlst.«

Ich spürte, wie die Dunkelheit in mir hochkochte. Tief atmete ich durch und zwang mich, die Finger nicht zu Fäusten zu ballen. Ruhig! Ich konnte nicht noch eine von den teuren Mingvasen sprengen.

»Ich bin genauso wie jeder hier Opfer und Täter zugleich«, murmelte Charles. »Ich habe immer versucht, den Weg des geringsten Widerstands zu nehmen. Vielleicht wäre es anders gekommen, wenn ich mich mehr eingemischt hätte. Aber ich hatte Angst, Alice. Ich bin … Sie hat mich gebrochen, Alice. Schon vor sehr langer Zeit, ich wusste nicht, wie ich ihr entkommen soll. Bis ich dir begegnet bin. Dem zweiten Slave. Ich brauchte dich, um zu begreifen, dass es Zeit wird, zu handeln. Jetzt bin ich hier und bitte dich inständig, mir zu verzeihen«, schloss er leise.

Wir starrten uns an. Niemand schien auch nur zu atmen. Das Licht über uns blinzelte, während die Schatten zu wachsen begannen. In meinem Kopf pochte es. In meinem Herzen herrschte hungrige Leere, die danach gierte, gefüllt zu werden. Egal womit.

»Ähm, Alice, ich glaube, du solltest dich beruhigen«, setzte Bastion nervös an.

Finster starrte ich Charles an, der vollkommen ruhig zurückstarrte. »Tu es!«, forderte er mich auf und hob das Kinn. »Lass deinen Zorn an mir aus, aber ich bin wirklich hier, um euch zu helfen.«

»Willst du das wirklich?«, brachte Vincent skeptisch mit ein. »Mein Vater und du seid nur unsterblich wegen des Fluchs. Wenn wir ihn töten, wirst auch du sterben. Ich kann mir kaum vorstellen, dass du zu solch einem Opfer bereit bist.«

Charles fuhr sich durchs Haar. Er sah so müde aus, wie ich mich fühlte. »Das ist mir klar, und ich war lange Zeit zu feige, um diesen Schritt zu gehen.« Er lachte traurig und sah uns mit gequältem Blick an. »Ich spiele dieses Spiel schon so lange, dass ich nicht mehr dachte, dass mich etwas … überraschen könnte. Oder dass ich mich irren könnte. Ich hätte von Anfang an ehrlicher zu dir sein sollen. Vielleicht wäre es dann anders gekommen. Es tut mir ehrlich leid, und ich werde es wiedergutmachen.«

»Du kannst nicht …«, setzte ich an, doch es war Vincent, der die Hand hob und mir damit das Wort abschnitt.

»Hör auf, mir den Mund zu verbieten!« Ich schlug seine Hand weg.

»Dann hör du auf, wie eine Gestörte durch die Gegend zu brüllen«, wies mich Vincent zurecht, ehe er scharf zu Charles hinübersah. »Und *wie* willst du uns helfen?«, fragte er. Seine Anspannung bemerkte ich nur an dem leichten Zucken an seinem Kinn.

Charles strich sich das Haar zurück. »Ich weiß, dass ihr immer noch einen Weg sucht, den Fluch zu töten, und ich weiß auch, dass ihr noch keinen gefunden habt.«

»Weil es keinen gibt?«, fragte Vincent.

Charles' Blick flackerte. »Ja und nein«, sagte er langsam. »Es gibt etwas, was ihr tun könnt, und ich verrate es euch. Unter einer Bedingung.«

»Ich glaube nicht, dass du in der Position bist, Bedingungen zu stellen, Charles«, sagte Vincent beinahe schon amüsiert.

»Und ihr nicht, eine solche Chance abzulehnen. Wenn wir nicht bald etwas tun, wird es euch nicht mehr gut genug gehen, um auch nur irgendwas gegen den Fluch unternehmen zu können. Während ihr immer schwächer werdet, erholt sich Madelyn von dem Brand, den ihr verursacht habt. Und Madelyn und Augustus haben nicht vor, auch nur einen Krümel von diesem Spiel – und damit von euch – übrig zu lassen.« Er starrte uns stoisch an. Jedes seiner Worte wirkte, als hätte er es Dutzende Male in seinem Kopf hin- und hergewälzt.

Seine Stimme verstummte, und für einen kurzen Augenblick entstand eine so unangenehme Spannung im Flur, dass man eine Stecknadel hätte fallen hören können.

»Was ist deine Bedingung?«, fragte Vincent tonlos. Da war er wieder. Der Blick aus Eis. Inzwischen wusste ich, dass es Angst war, die da aus ihm herausbrach.

»Ich habe einen Wunsch frei. Einen. Egal wann, egal was. Wenn ich ihn einfordere, müsst ihr es tun, ohne zu zögern.«

Vincent spannte sich an und tauschte einen Blick mit mir. Ich sah, was er dachte, ich sah, was er wollte.

»Nein«, hielt ich dagegen und schüttelte den Kopf.

»Aber Alice …«

»Ich glaube keinem Lügner mehr«, sagte ich kalt. Und wieder einmal hasste ich mich in diesem Moment selbst.

»Ich bleibe, solange es nötig ist«, flüsterte Charles.

Ruckartig sah ich auf und stieß hart die Luft aus. »Du bleibst? Schön, dann gehe ich.« Ich rauschte an ihm vorbei zum Fuß der Treppe.

»Warte, Alice! Wo willst du hin?«, rief mir Vincent nach.

»Patrouille«, rief ich nur zurück.

Meine Schritte hallten in der Eingangshalle nach. Sie sah aus wie die kleine Version von Chesterfield.

»Al…«

Krachend schlug ich die Tür hinter mir zu, und ich atmete tief die Nachtluft ein. Ich schaffte es noch, die Marmorstufen der Veranda nach unten zu gehen, ehe meine Knie nachgaben und ich mich setzen musste, bevor ich mich auf die Nase legte.

Zu meinem Entsetzen bemerkte ich, wie mir Tränen in die Augen schossen. Denn wenn ich ehrlich zu mir selbst war, wollte ich in diesem Augenblick nichts lieber als zurückzugehen, Curse in meine Arme zu ziehen und das Gesicht in seinem Fell zu vergaben. Denn es war wirklich flauschig. Ich wollte Curse zum Freund haben. Doch dort drinnen stand nicht Curse, der Kater, sondern Charles, der Slave. Charles, der Fluch. Oder waren beide dieselbe Person? Ich hatte nämlich andauernd das Gefühl, als hätte ich es mit zwei Persönlichkeiten gleichzeitig zu tun, ohne zu ahnen, mit wem ich gerade sprach. Mit meinem Freund oder mit meinem Feind.

»Schicke Frisur.«

Ich zuckte zusammen. In den Ästen eines Baums knackte es, und Hawk sprang geschmeidig herunter. Seine Beanie saß etwas schief auf dem Kopf. Die Waffe hatte er lässig über eine Schulter gelegt.

»Danke. Wie geht es dir?« Schniefend wischte ich mir über die Augen.

»Besser als Bastion, der hat gestern miaut.«

»Oje«, sagte ich trocken, und der Springer lachte.

»Harter Tag?« Hawk setzte sich neben mich. Seine dunklen Augen glänzten im Mondlicht.

»Eher harter Kater«, murmelte ich.

»Hast du gesoffen?«, fragte er irritiert.

Ohne es zu wollen, lächelte ich in mich hinein. »Nein. Curse ist da.« Mit dem Kinn nickte ich in Richtung der Villa.

»Der Fluchkater? Wie kam der an mir vorbei?« Alarmiert sah Hawk auf, doch ich legte ihm nur eine Hand auf die Schulter.

»Schon gut. Ich glaube nicht, dass er uns etwas antun will, zumindest nicht im Augenblick.«

Hawk wirkte nicht wirklich überzeugt, setzte sich jedoch wieder zu mir auf die Stufen. Ein Luftzug zerrte an einer Haarsträhne, die unter seiner Beanie hervorlugte. Unsere Schultern berührten sich. Nur sanft, aber ich hörte sofort auf zu zittern.

»Was will er?«, fragte Hawk leise.

Hilflos zuckte ich mit den Schultern und schlang die Arme um die Knie. »Uns helfen. Zumindest behauptet er das.«

Hawk starrte mich an. »*Kann* er uns denn helfen?«

Ich überlegte kurz und starrte dabei ein Glühwürmchen an, das an uns vorbeitorkelte. »Wenn uns irgendjemand helfen kann, dann er«, stimmte ich schließlich zu.

»Und was spricht dann dagegen?«, fragte er lapidar.

Ich blinzelte. »Alles.«

»Sicher?«

»Ja … nein … ich weiß es nicht. Ich weiß ja nicht mal wirklich, wer oder was ich in diesem Spiel bin.« Stöhnend ließ ich den Kopf auf die Knie sinken und spürte, wie mich Hawk sanft drückte.

»Du bist Alice Salt.«

Müde sah ich auf. »Ich fühle mich aber nicht wie Alice Salt.«

»Sondern?«

»Wie etwas Ekelhaftes, Trauriges, Wütendes. Der Schatten des Menschen, der ich einmal war. Alice Salt wusste, woran sie glaubte. Sie wusste, was sie mochte und was nicht. Sie wusste, was sie fühlte und wofür es sich zu kämpfen lohnte. Aber jetzt …« Ich zuckte mit den Schultern. »Was bin ich? Wer bin ich? Woran glaube ich? Alice, der Mensch, würde eine vollkommen andere Entscheidung treffen als Alice, der König.«

Hawk starrte mich an, ehe er plötzlich aufstand und sich den Staub vom Hosenboden klopfte. »Komm mit«, forderte er mich auf.

»Wohin?«

»Nicht so viele Fragen stellen. Vertrau Onkel Hawk einfach.«

»Onkel Hawk?«

Er grinste, packte meine Hand und zog mich weiter. Das Grundstück der Villa war nicht absurd groß, dennoch brauchte es ein paar Minuten, bis wir es gänzlich überquert hatten. Ein gepflegter weißer Kiesweg schlängelte sich durch eine Allee von Bäumen, und ich glaubte schon, Hawk strebte das kleine Waldstückchen an, das sich an die Villa anschloss, doch stattdessen gingen wir auf das Einfahrtstor zu. Auf die Straße, die nach Foxcroft führte.

»Was soll …«

»Psst. Kannst du die Dunkelheit über uns werfen, damit wir nicht zu sehen sind? Jackson konnte das.«

Ich verkniff mir eine weitere Frage, nickte nur und lockte die Dunkelheit aus mir hervor. Als sie kribbelnd meine Adern durchflutete, warf ich sie wie einen Mantel um uns herum. Es fühlte sich an, als würde ich hauchzarte Seide spannen, die bei jeder falschen Berührung reißen konnte.

Zu Anfang war mir die Dunkelheit andauernd zwischen den Fingern zerrissen. Inzwischen war es leichter, die feinen Nuancen dazwischen abzuschätzen, doch die Dunkelheit war ein launisches Biest, sodass wir auch jetzt nicht wirklich unsichtbar waren, sondern eher wie zwei Schatten.

Hawk öffnete das quietschende Tor. Eine Straßenlaterne beleuchtete die Straße vor uns. Die Lichter von Foxcroft glommen ein Stück unter uns auf. Die Villa befand sich auf einem Hügel, den wir langsam hinabtrotteten.

Die Stadt war durch die späte Abendstunde ungewöhnlich verlassen. Keine Autos kamen uns entgegen, während Hawk mich ruhig weiterzog, seine Hand in meiner. Doch erst als wir in die Autumn Street einbogen, hatte ich so eine Ahnung, was er vorhatte.

»Hawk, bitte nicht …«, setzte ich an, doch da kam bereits die Villa Salt in Sicht.

In meinem Bauch bildete sich ein fester Knoten. Es brannte Licht. Meine Mom war zu Hause. Bisher hatte ich es vermieden, zu viel in Foxcroft herumzustromern. Zum einen, um zu verhindern, dass uns der Fluch sofort fand, zum anderen hatte ich den Gedanken nicht verkraftet, eventuell meiner Mom über dem Weg zu laufen. Ihre vertrauten Gesichtszüge zu sehen und … Nun, ich wusste eben nicht, was ich dann getan oder gesagt hätte. Oder sie.

Hawk zog mich auf den Baum, der genau neben der Villa wuchs.

Die Rinde war rau unter meinen Fingern, als wir uns auf einem stabilen Ast niederließen und ich ins Wohnzimmer sehen konnte. Kay war bei Mom. Sie saßen auf dem Sofa und sahen *Duck Dynasty* an. Ich hatte diese Show immer absolut dämlich gefunden. Aber jetzt hätte ich alles dafür getan, um sie noch einmal mit ihr sehen zu können. Obwohl Mom bereits ihren Schlafanzug trug, trank sie noch eine Tasse Kaffee. Kay sagte etwas zu ihr, was sie zum Lachen brachte, sodass sich die Lachfältchen wie kleine Fächer um ihre Augen ausbreiteten.

Ich krallte meine Finger in den Ast unter mir. »Wenn ich da jetzt reingehe, würden sie dann wissen, wer ich bin?«, hörte ich mich selbst fragen.

»Wahrscheinlich nicht«, gab Hawk zu. »Es ist eine Begleiterscheinung des Fluchs. Unsere Familien vergessen uns, solange wie auf dem Spielfeld aktiv sind. Erst danach – falls wir überhaupt überleben und zurückkehren – wissen sie wieder, wer wir sind. Die meisten schaffen es aber sowieso nie wieder zurück.« Er verstummte kurz, während er ein Bein anwinkelte und das andere baumeln ließ. »Viele oder besser gesagt die meisten der Spieler kommen bereits im Kindesalter auf das Spielfeld und werden dort aufgezogen. Sie haben quasi keine Beziehung zu ihren Familien, sodass ein Gedächtnisverlust wenig dramatisch ist. Aber du hast Glück.«

»Glück?«, echote ich.

Er nickte. »Jemanden zu haben, der dich liebt, wenn du zurückkommst. Viele der Spieler haben so etwas nicht. Sie haben nur sich selbst. So wie ich. Falls ich überlebe, wird niemand auf mich warten. Meine Familie ist tot. Es gibt niemanden, der mich vermisst.«

Ich schluckte.

Meine Mom küsste Kay, traf dabei jedoch sein Auge. Sie lachten. Meine Mom sah glücklich aus. Glücklicher, als ich sie seit dem Unfall meines Vaters in Erinnerung hatte.

»Warum erzählst du mir das? Warum sind wir hier?«, fragte ich leise.

Hawk wandte den Kopf und seufzte. »Ich weiß, du trauerst um Jackson. Ich weiß, du bist wütend, weil wir alle es nicht im selben Ausmaß tun, wie es vielleicht angemessen wäre. Immerhin war Jackson nicht nur unser König, er war auch unser Freund. Aber verurteile uns nicht, Alice. Nur weil wir auf eine andere Art trauern, ist unser Kummer nicht weniger wert. Seit unserer Kindheit wachsen die Spieler in dem Wissen auf, jung und früh zu sterben. Sie haben früh gelernt, Verluste zu akzeptieren. Du selbst durchlebst diesbezüglich gerade einen heftigen Crashkurs, und ich weiß, dass du das Gefühl hast, als gäbe es nach diesem Spiel nichts mehr, wofür es sich weiterzuleben lohnt. Aber das stimmt nicht. Selbst wenn du nicht als dieselbe Person zurückkehrst, hast du jemanden, der dich in die Arme schließt. Deine Mom liebt dich, da bin ich mir sicher. Du bist ihre Tochter. Das wird sich niemals ändern.«

Ein Kloß verstopfte mir den Hals, und ich räusperte mich. Ich spürte heiße Tränen in meine Augen aufsteigen und die Dunkelheit an meinen Fingern zupfen. »Issy hat mit dir gesprochen, oder?«, krächzte ich.

Hawk grinste schief. »Sie macht sich Sorgen um dich. Ich auch. Wir alle tun das. Willst du einen Tipp haben? Von jemandem, der es selbst nicht ausstehen kann, Tipps zu bekommen?« Ich neigte den Kopf und er atmete tief durch. »Du musst aufhören, dieses Spiel persönlich zu nehmen.«

»W…was?« Verdutzt blinzelte ich ihn an, und Hawk kratzte sich verlegen am Nacken.

»Okay, das klang furchtbar. Aber ich meine, wenn ich das hier tue …« Er holte aus und schlug mir gegen den Oberarm.

»Aua! Was soll das?«, fuhr ich ihn an.

»Dieser Schmerz … Ich habe nicht fest zugeschlagen, aber du fühlst dich gekränkt. Du nimmst es persönlich, dass ich dich geschlagen habe, und genau das macht einen Schmerz auch so intensiv. Indem man ihn persönlich nimmt, verletzt er uns viel tiefer als nur körperlich. Dieses Spiel ist grausam und furchtbar, aber das hat nichts mit dir als Alice, der Person, zu tun, sondern nur mit deiner Rolle als Slave. Das Spiel ist nicht grausam zu *dir,* weil es etwas gegen dich hat, sondern weil es schlichtweg grausam ist. Wenn du aufhörst, dich selbst als Opfer zu sehen, wird es einfacher. Du bist kein Opfer, du bist ein Spieler. Der Schmerz ist nur so groß, wie du es ihm erlaubst, Alice Salt.«

Stumm starrte ich Hawkins an und versuchte, seine Worte zu verdauen. Sie rumorten in mir wie Issys Hackbraten von letzter Woche. »Versuchst du mir gerade zu verklickern, dass ich aufhören soll, mich selbst zu bemitleiden, weil ich Jackson erschossen habe?«

Hawks Mundwinkel zuckten. »Nur ein bisschen. Gelingt es mir?«

»Fehlt eigentlich nur noch, dass du mich vom Baum schubst.«

»Kannst du haben.« Spielerisch holte er aus.

Hektisch hielt ich mich an ihm fest und stieß dabei ein Quieken aus. Hawk begann, mich zu kitzeln, und obwohl mir so gar nicht danach zumute war, musste ich lachen. Es barst einfach so aus mir heraus, während ich gleichzeitig versuchte, seinen Fingern auszuweichen und dabei nicht vom Baum zu fallen.

»Nicht! Hör auf«, japste ich.

»Ahh, und was bekomme ich dafür?«, zog er mich auf.

»Meinen Nachtisch«, presste ich lachend hervor.

»Mehr!«

»Zwei Nachtische.«

Aus dem Augenwinkel nahm ich eine Bewegung wahr, und als ich den Kopf wandte, sah ich, wie meine Mom stirnrunzelnd nach draußen starrte. Mir blieb das Lachen im Hals stecken.

Sie konnte uns unmöglich sehen, und dennoch durchbohrte ihr Blick die Nacht, als würde sie meine Anwesenheit fühlen.

Hawkins' Griff wurde sanft, als er mich zurück auf den Ast zog. »Egal was passiert, du wirst immer ihre Tochter sein … und meine Freundin. Das mag nicht viel sein …«, murmelte er.

»Es ist genug«, flüsterte ich und drückte seine Hand. »Danke.«

»Jederzeit.«

Und so saßen wir nebeneinander, beobachteten meine Mom und Kay, bis das Licht erlosch, und blieben auch danach noch einträchtig sitzen. Wir genossen die laue Brise, während die Grillen zirpten.

Und zum ersten Mal seit langer Zeit atmete ich wieder durch. Mehr nicht, aber es war ein Anfang. Es war eben so viel einfacher zu zerbrechen, als zu heilen.

Kapitel 28

Der Morgen brach bereits an, als ich die Tür leise hinter mir schloss. Lautlos schlüpfte ich aus meinen Schuhen, streifte die Klamotten ab und kroch unter die Bettdecke. Gerade als ich die Augen zumachte, hörte ich es.

Das Stöhnen.

Das Flehen.

Zuerst leise, dann immer lauter.

Ich kniff die Augen zusammen, und für einen kurzen Moment wünschte ich mir, alles würde still sein. Der Wahnsinn würde nur für dieses eine Mal aufhören. Ich presste mir das Kissen auf die Ohren.

Vincents Schreie wurden jedoch immer lauter. Es schien, als würde ihm jemand die Seele aus dem Leib reißen. Mein Herz pochte zittrig. Ich presste die Augen so fest zusammen, dass ich kleine Sternchen sah. Doch es half nichts. Ich konnte die Welt nicht aussperren.

Ich brauchte Vincent. Und er brauchte mich. Irgendwann – ich wusste nicht, ob der Zeitpunkt genau bestimmbar war – waren aus uns zwei Menschen geworden, die miteinander verbunden waren. Wenn vielleicht auch nur durch den Wahnsinn. Ich musste ihm helfen.

Als die Schreie rauer wurden, stand ich mit nackten Füßen auf. Der Boden war wie immer eiskalt. Er wurde niemals warm. Leise öffnete ich die Tür zum angrenzenden Raum.

Vincent lag schwitzend im Bett. Er krümmte sich. Sein nackter Rücken mit den hellen Narben wölbte sich, und als ich ihn fest an der Schulter packte, war er eiskalt.

»Vincent! Vincent, wach auf! Es ist nur ein Traum«, sagte ich und schüttelte ihn.

Vincent warf den Kopf wild hin und her. Schweiß glänzte auf seiner Stirn.

»Vincent!«, schrie ich lauter und verpasste ihm eine leichte Ohrfeige.

Es wirkte. Vincent keuchte und riss die Augen auf. Für einen kurzen Augenblick waren seine Augäpfel so verdreht, dass ich nur das Weiße sehen konnte, ehe er tief nach Luft schnappte. Seine Augen rollten zurück. Eisiges Blau starrte mich an.

»Danke«, keuchte er.

Ich nickte nur. Unser Atem vermischte sich miteinander. Im Raum roch es nach Schweiß und Albträumen. Ich drehte mich um, um zurückzugehen, doch Vincents Hand schnellte nach vorn und hielt mich zurück.

»Nicht. Bitte bleib bei mir.« Er sah mich flehend unter wirren weißen Haaren an.

Ich seufzte, nickte jedoch sanft lächelnd. Behutsam setzte ich mich zu ihm ins Bett und zog die kalten Beine unter seine Decke.

Vincent keuchte immer noch. Ich reichte ihm eine Flasche Wasser, die mittlerweile aus Routine bereits auf dem Nachtkästchen stand. Er stürzte den Inhalt herunter, ehe er mich unter schweren Augenlidern ansah.

»Wo bist du gewesen?«, nuschelte er. Sein Gesicht war vom Schlaf und dem Schreien zerknittert.

»Draußen. Nachdenken«, murmelte ich.

Es raschelte, als Vincent sich ein wenig aufrichtete. Ich fühlte förmlich seinen Blick auf mir liegen. »Du siehst … besser aus«, stellte er fest.

»Ich fühle mich auch besser.«

»Das ist gut.«

»Ja.«

Wir starrten uns an, während das Sonnenlicht langsam über den Boden kroch und seine Haare in glänzendes Weißgold verwandelte.

»Wo ist Curse?«, hörte ich mich selbst fragen.

Vincent erstarrte. Es war nur eine Millisekunde, doch ein äußerst seltsamer Ausdruck huschte durch seine Augen, ehe er sich wieder entspannte und mit den Schultern zuckte. »Weiß nicht. Der Flohfänger meinte, er würde etwas holen, was dich vielleicht dazu bringt, ihm zu verzeihen. So einen Mist halt. Alle sind in Alarmbereitschaft.«

»Was hältst du von der ganzen Sache? Habe ich überreagiert?«

Seine Mundwinkel zuckten. »Du meinst das dramatische Davonstürzen und Zuknallen der Eingangstür? Nein, das war reif und erwachsen. Ich bin stolz auf dich.«

»Du Idiot!« Ich trat ihn unter der Decke, und er lachte.

Er sah schön aus, wenn er lachte. Jacks Gesicht hatte sich beim Lachen ebenfalls verändert. Er war jünger geworden, seine Augen weicher. Noch jetzt glaubte ich, seine Stimme meinen Namen flüstern zu hören. Manchmal wachte ich sogar nachts auf und hatte seinen Geruch in der Nase. Mein Herz krampfte sich zusammen, und erneut kamen mir die Tränen. Es tat so weh, an ihn zu denken. Ich kniff die Augen zusammen und atmete tief durch. Einmal, zweimal. Ich spürte eine Berührung an meiner Hand. Ohne hinzusehen, öffnete ich die Finger, und Vincents verflochten sich mit meinen, bis unsere Zeichen aufeinanderlagen.

»Alice?«, fragte er, und wieder glaubte ich, diesen komischen Ausdruck in seinen Augen zu sehen.

»Ja?«, presste ich hervor.

»Ich weiß, ich bin nicht er, aber ich bin für dich da. Du bist nicht allein.«

Vincent drückte zögerlich meine Hand. Ich drückte dankbar zurück. Jacks Schatten hing über uns allen, als wäre er immer noch am Leben. Vincents Gesichtsausdruck war beherrscht und kühl wie eh und je, und dennoch war ich inzwischen besser darin, in seinem Gesicht zu lesen. Das Eis in seinem Blick schmolz ein wenig.

»Okay. Zurück zum Thema. Ich weiß selbst nicht genau, was ich davon halten soll. Um ehrlich zu sein, habe ich es immer noch nicht ganz verkraftet, dass mein Haustier in Wirklichkeit ein dreihundert Jahre alter Kerl ist. Ich meine, als ich klein war, habe ich ihm eine Puppenhaube aufgesetzt und mit ihm Teeparty gespielt«, flüsterte er mit rauer Stimme, ehe er sich mit zerstörten Haaren aufsetzte.

Verdutzt starrte ich ihn an, ehe ein heftiges Lachen aus mir herausplatzte. Es fühlte sich echt an. Befreiend. »Im Ernst? Du hast Teeparty gespielt? Mit Curse?«

Vincent wurde rot und linste zu mir hoch. »Ich traue niemandem, dem ich einmal einen Fake-Schnuller in die Schnauze geschoben habe, aber ich glaube auch, dass uns nicht viele Alternativen bleiben. Bisher haben wir nichts gefunden.«

Seufzend drehte ich mich auf den Rücken und kuschelte mich tiefer in die Decke. »Gut, dann hören wir uns zumindest an, was Curse zu sagen hat. Und immerhin bist du der Meister des Lügens. Du findest heraus, wenn er uns verarscht, oder?«

»Hoffentlich.«

Vincent gähnte und zog mich näher an sich, dabei stützte er sein Kinn an meiner Schulter ab. »Es ist schön, dich lachen zu hören.«

»Es ist schön, wieder lachen zu können.«

»Hm-m … Sag mal, Alice, was ich mich die ganze Zeit schon frage: Was zum Teufel ist mit deinen Haaren passiert?«

Ich biss mir schmunzelnd auf die Unterlippe. »Das würdest du wohl gern wissen, was?«

Vincent setzte zu einer Antwort an, als die Tür aufkrachte. Sofort fuhren wir beide auf, und Vincent hatte einen Dolch in der Hand. Wo zum Teufel hatte er den versteckt gehabt? Im Türrahmen stand Isolde. Ihr Haar stand wirr in alle Richtungen ab, und sie trug immer noch ihren Pyjama.

»Was ist passiert?« Sofort sprang ich aus dem Bett, Vincent knapp hinter mir, während wir uns in Windeseile anzogen.

»Ich … da … draußen … Er ist … er …« Isolde verstummte, und zu meinem grenzenlosen Entsetzen brach sie in Tränen aus.

»Issy, was …?«

»Unten! Schnell!«, schluchzte sie nur, und weder Vincent noch ich zögerten lange.

Wir rannten in den Flur hinaus. Issy schloss sich uns an, während mir das Herz vor Angst in der Brust pochte. Alle Muskeln spannten sich gleichzeitig an, und ich zog die Dunkelheit aus meinen Adern, die sich wie windende Blitze um meine Fingerspitzen sammelte. Knapp vor der Treppe, die nach unten in die Halle führte, spürte ich einen Ruck an meinem Hemdkragen.

»Ich geh vor«, knurrte mir Vincent ins Ohr und ging die Stufen herab.

»Du bist nicht meine Glucke, also …«, brauste ich auf, brach aber mitten im Satz ab, als ich sah, wie Vincent in der Halle ruckartig stehen blieb. Er rührte keinen einzigen Muskel. »Vincent? Was ist los?«

Auf der letzten Treppenstufe blieb ich ebenfalls stehen und erstarrte wie zuvor der weiße König. Hinter mir hörte ich Isolde schluchzen. Und ich? In diesem Augenblick setzten sowohl meine Atmung als auch mein Herzschlag für eine Sekunde aus oder auch mehrere, während ich starrte und starrte …

Die Eingangstür stand offen. Die Sonne war gerade so weit aufgegangen, dass sie golden über den marmornen Boden kroch. Draußen zwitscherte jedoch kein einziger Vogel. Es herrschte Totenstille. Zwei Personen standen in der Eingangshalle. Charles hatte sich das Haar mit einem Gummi zurückgebunden und sich in eine weiße Uniform von Chesterfield geworfen. Lässig lehnte er gegen ein Ziertischchen. Ein müder Ausdruck lag in seinen Augen, doch er lächelte, als er mich sah.

Mein eigener Blick klebte jedoch auf der Person neben ihm. Denn da stand er. Beinahe zwei Meter groß. Das Haar schwarz wie Rabengefieder. Die Augen dunkel wie die Nacht.

Und sein Mund … Dieser wunderschöne geschwungene Mund verzog sich zu einem Lächeln. »Chérie.«

Mehr sagte er nicht. Das Wort echote in der Halle nach. Man hätte eine Stecknadel fallen hören können.

Jack.

Jackson.

Jackson St. Burrington stand vor mir.

Lebend.

Atmend.

In einem Stück.

Sogar seine Hand war wieder dort, wo sie sein sollte.

»Überraschung«, sagte Charles leise.

Vincent rührte sich als Erster wieder, indem er einen Schritt zurückwich. »Wie zum Teufel ist das möglich? Du solltest ein Steinklumpen sein«, hörte ich ihn sagen.

Ich selbst war mir nicht sicher, ob ich es bereits geschafft hatte, überhaupt zu atmen. In meinen Ohren summte es verräterisch, und ein metallischer Geschmack breitete sich in meinem Mund aus.

Jackson ignorierte Vincent. Er starrte nur mich an und kam einen Schritt näher. Dann noch einen, am weißen König vorbei, bis er vor mir stehen blieb. So nah, dass ich das Rascheln seiner Kleider hören, seinen Geruch einatmen und seine Wärme fühlen konnte.

»Hey du …«, murmelte er und sah auf mich herab, obwohl ich diejenige war, die auf einer Stufe stand. Der Kerl war einfach zu groß.

Langsam legte ich den Kopf in den Nacken und sog die bisher angehaltene Luft in meine Lunge. »Jack«, krächzte ich nur, taumelte, drehte mich ruckartig um und kotzte ihm direkt vor die Füße.

Kapitel 29

Ich würgte und hatte das Gefühl, den Boden unter den Füßen zu verlieren. Ich taumelte. Wie konnte das sein? Wie konnte Jackson hier sein?

Mein Magen ballte sich erneut zusammen. Mein Blick hob sich, und ich sah Vincent knapp hinter Jackson stehen. Sein Gesicht war aschfahl, und es war offensichtlich, dass ihn nicht nur derselbe Gedanke beschäftigte wie mich, sondern dass er auch zum selben Ergebnis kam.

»Chérie«, setzte Jackson mit weicher Stimme an. Sein Blick jagte mir eine Gänsehaut über den Rücken. »Alice …«

Ich spürte, wie mir heiße Tränen in die Augen schossen und mir gleich darauf übers Gesicht tropften.

Jacksons Pupillen weiteten sich. Ich sah mich selbst darin. Blass. Ich japste nur nach Luft.

»Was sollen wir tun, Alice? Siehst du das auch? Oder ist das nur eine Illusion?«, fragte Issy. Ihre Stimme bebte. Doch ihre Hand war ruhig.

»Wie …«, setzte ich an. »Ist das ein Trick? Was ist das?«, stammelte ich und sah zu Curse hinüber.

Der warf mir einen ruhigen Blick zu. »Das ist kein Trick. Das hier ist wirklich Jackson.« Seine Stimme echote in der Halle wider.

Mein Magen ballte sich zusammen. Ein Lachen entschlüpfte mir. Es klang gebrochen und abgehackt. »Du tust es schon wieder. Du lügst, sobald du den Mund aufmachst.«

»Ich …«, setzte Curse an, doch es war der Fluch in Jacksongestalt, der ihn unterbrach.

»Er lügt nicht. Ich bin Jackson.«

Das Lachen blieb mir im Hals stecken. Bebend starrte ich ihn an. »Du lügst.«

»Nein.«

Sein Blick traf meinen, und was ich sah, war warmes Braun. Jacksons Augen waren schwarz gewesen. So wie meine es nun waren. Ich hatte mich noch nie gefragt, wie sie wohl aussehen würden, wenn er ein normaler Mensch gewesen wäre, doch diese Farbe hätte es wohl sehr genau getroffen. Wie goldbrauner Waldhonig.

»Chérie, sieh mich an. Er lügt nicht.«

»Hör auf!«, fuhr ich ihn an. »Es reicht!« Ich stapfte auf ihn zu.

Isolde zog ein Messer hervor und warf es mir zu. Ich fing es auf. Ein Blutstropfen quoll aus dem hauchfeinen Schnitt, den ich mir dabei in der Handfläche zuzog. Wir starrten uns an. Unser beider heißer Atem mischte sich stoßweise. Ich drückte ihm die Schneide an die Kehle und sah ihm in die Augen.

»Du bist Jackson?«, fragte ich ruhig. »Dann sag mir, wann unsere erste Begegnung war.«

Er sah mich an. Ohne Angst. Ohne zu zögern, antwortete er: »Es war auf der Party, die Bastion heimlich veranstaltet hat. Ich wollte sie gerade beenden, und da hab ich dich gesehen. Du hast mit diesem Jungen getanzt. Diesem blonden. Und obwohl ich wollte, konnte ich mich nicht mehr bewegen, ich konnte dich nur anstarren, denn ich hatte noch nie jemanden so wunderschön und gleichzeitig so traurig lächeln sehen.«

»Hör nicht auf ihn, Alice. Und du halt deinen Mund«, fuhr ihn Vincent an, doch Jack sprach weiter.

»Weißt du noch das zweite Mal, als wir uns getroffen haben, unter der Tribüne?«

»Hör auf«, flüsterte ich und spürte, wie mir die Tränen immer schneller und schneller heruntertropften. Seine Stimme verschwamm in meinem Kopf zu einem hallenden Echo, während ich den Kopf schüttelte.

»Es war mein Geburtstag, der letzte Tag, an dem ich das Spielfeld verlassen konnte. Und als ich dir beim Training zugesehen habe, habe ich mich so glücklich wie schon seit Jahren nicht mehr gefühlt. Als du gefallen bist und dir wehgetan hast, musste ich mich beherrschen, um den Mistkerlen, die dir nicht sofort geholfen haben, nicht den Hals umzudrehen.«

Ich erinnerte mich an den Tag. Es war ein schrecklicher Nachmittag gewesen. An ihm hatte mein normales Leben aufgehört. Denn Jackson war in mein Leben getreten und seitdem nicht mehr daraus verschwunden.

»Was glaubst du, was du da tust?«, fragte ich ihn. Meine Hand bebte.

Er hob die Hand. Unendlich langsam legte er sie auf meine, ohne den Druck zu vermindern. Mein Blick fiel auf sein Handgelenk, und dort, wo das Zeichen eines schwarzen Königs zu sehen sein sollte, befand sich nur ein Umriss. Wie ein Schatten. Leer und ohne Farbe. Ein König ohne Thron.

»Ich erzähle dir all das, was ich dir in dem Augenblick sagen wollte, als die Kugel mein Herz zerfetzt hat. Ich bin ein Idiot, Chérie. Ich habe es verdient, dass du mir jetzt die Kehle durchschneidest, aber wenn du es tust, sollst du es im Wissen tun, *wen* du hier umbringst.«

Meine Hand zitterte immer noch. Ich schüttelte den Kopf. »Du kannst nicht … Du kannst nicht er sein. Wie hättest du zurückkommen sollen?«

»Er hat mich zurückgeholt.« Er nickte zu Charles.

Alle Köpfe ruckten in dessen Richtung.

»Das war es also, was du holen wolltest, damit Alice aufhört, sauer zu sein?«, kommentierte Vincent ungläubig.

»Wie? Hast du Nekromantie angewandt? Hast du Hollisters Kräfte verwendet?«, stieß ich hervor.

Charles seufzte den Boden an. »Nein. Ich bin zwar ein Slave, aber meine Kräfte sind anders als deine. Du kannst jede gefallene Figur ersetzen. Ich kann jede gefallene Figur zurückholen. Das ist meine Fähigkeit.«

»Seit wann?«, echote ich.

Er zuckte mit den Schultern. »Schon immer.«

»Das heißt …« Mein Kopf schoss zu Isolde. »Hol Flora, sie soll überprüfen, ob die beiden die Wahrheit sagen«, wies ich sie an.

Sie zögerte.

»Geht es ihr schlechter?«, fragte ich sanfter, und Issy seufzte.

»Ich sehe nach ihr«, sagte sie nur und lief davon. Ihre Füße hallten auf dem Boden.

Jackson presste seine Kiefer zusammen. »Wie geht es allen?«

Ich biss ebenfalls die Zähne zusammen. »Nicht gut«, sagte ich knapp.

Unsere Gruppe verfiel in angespanntes Schweigen, während in mir so viele Emotionen tobten, dass ich mich für einen kurzen Augenblick zwang, gar nichts zu fühlen – außer den pochenden Puls unter meiner Klinge.

Schnelle Schritte näherten sich. Es konnte nur einige Augenblicke später sein, doch es fühlte sich wie ein ganzes Leben an. Issy kam mit der Bauernspielerin im Schlepptau um die Ecke. Flora sah aus, als wäre sie gerade aus dem Bett gefallen, doch ihr Blick war klar.

»Dios mío!«, stieß sie hervor und bekreuzigte sich, als sie Jackson erblickte.

»Sag es noch mal«, forderte ich Charles auf. »Sag ihr, was du mir gesagt hast.«

Charles wiederholte es.

Flora starrte ihn an. Lange. Durch ihre Augen huschten Misstrauen, danach Unglaube, ehe sie sich wieder bekreuzigte. In ihren Augen schwammen Tränen. »Er sagt die Wahrheit«, sagte sie schließlich leise.

»Bist du dir hundertprozentig sicher?«

Sie nickte. Kurz und ruckartig.

Meine Hand zitterte, und Jackson stieß langsam die Luft aus. »Al…«, setzte er an, doch das Klirren des Messers, das mir aus der Hand fiel, unterbrach ihn.

Ich starrte voller Grauen auf meine Hand, die einmal rot verschmiert gewesen war. Rot von Jacksons Blut. Ich spürte, wie Selbsthass in mir hochquoll und in meine Seele sickerte.

»Es tut mir so leid, Jackson«, flüsterte ich und sah, wie sich seine Pupillen zusammenzogen.

»Das muss es nicht, Chérie.«

»Stimmt, denn was ich getan habe, ist nicht wiedergutzumachen«, brachte ich hervor.

Jackson antwortete nicht. Er starrte mich nur unglücklich an, während ihm eine Haarsträhne in die Stirn fiel.

»Ähm, könntest du mich jetzt bitte loslassen, Vincent? Ich spüre hier wichtige Extremitäten nicht mehr«, hörte ich Charles fragen.

Meine Muskeln versteiften sich. Ich wirbelte herum und starrte Charles fassungslos an. »Das heißt, du hättest Jackson jederzeit zurückholen können? Von Anfang an? Und hast es nicht getan?«, brüllte ich ihn an. Der Raum bebte. Der Lüster über unseren Köpfen klirrte, als einige der Glaskörper zersprangen. Ich schauderte, während sich die Dunkelheit um meine Finger kräuselte wie Schlangen, kurz bevor sie zubissen.

»Also … ich … ähm … ja«, murmelte Charles, und hätte er noch Katzenohren gehabt, hätte er sie mit ziemlicher Sicherheit angelegt. So jedoch wich er nur vor mir zurück, während ich auf ihn zustapfte.

»Und warum hast du es nicht getan? Warum hast du nichts gesagt? Ich bin innerlich zugrunde gegangen. Jede Nacht, jeder Tag war die reinste Hölle für mich, und jetzt marschierst du hier einfach rein und stellst mir den Inhalt meiner Albträume wie ein makabres Geschenk vor die Füße?!«

»Ähm, ja … Hätte ich das nicht tun sollen?«

»Du hättest es schon viel früher tun sollen!«, brüllte ich, holte aus und knallte ihm eine.

Charles zuckte zusammen. Vincent rückte von ihm ab, während ich Charles am Kragen packte und zu mir hochzog. Nase an Nase.

»Aua«, hörte ich ihn murmeln.

»Wir sollten was tun. Sie bringt ihn noch um«, warf Isolde ein, klang dabei jedoch, als würde sie dem Kater höchstpersönlich den Hals umdrehen wollen.

Der sah mich aus großen Augen an und schluckte.

»Ich habe wirklich darüber nachgedacht, dir zu vertrauen. Dir alles zu verzeihen. Aber das war zu viel, Charles«, fauchte ich und holte erneut mit der geballten Faust aus.

Er kniff die Augen zusammen, doch meine Faust wurde ruckartig von einer viel größeren festgehalten. »Nicht, Chérie«, hielt mich Jackson auf.

Schwer atmend fuhr ich zu ihm herum. »Warum?«, herrschte ich ihn an.

»Weil er nur das getan hat, worum ich ihn gebeten habe.«

»W...was?«

Vollkommen ruhig erwiderte Jack meinen Blick und drückte sanft, aber bestimmt meine Faust herab. Charles atmete hörbar auf.

»Um was hast du ihn gebeten, Jackson?«, fragte ich. Meine Stimme klang weit entfernt.

Jackson seufzte, ehe er die Lider senkte. »Ich wusste, was Charles kann, und habe ihn gebeten, mich nicht zurückzuholen. Mit mir an deiner Seite hättest du niemals die Rolle des Königs einnehmen können.«

»Wie ... was? Ich versteh das nicht. Wie kannst du so etwas mit ihm vorab absprechen? Ich meine, außer du hast ... das geplant.« Ich hielt inne und starrte ihn an. Lange. »Nein. Nein, bitte sag mir nicht, dass du ... nein.«

Jacksons Augen verdunkelten sich, ehe er Charles ruckartig zunickte. »Zeig es ihr. Sie wird es am ehesten verstehen, wenn sie es sieht.«

»Bist du dir sicher?«, fragte Charles ernst.

Jackson nickte, und ich ließ Charles los. Kopfschüttelnd wich ich vor Jackson zurück. »Was hast du getan?«, fragte ich gepresst. Ein schaler Geschmack lag in meinem Mund.

Jackson schwieg und ließ nur den Kopf hängen.

Es war Charles, der auf mich zuging. »Ich zeige es dir«, bot er an, und obwohl ein Teil von mir weiter zurückweichen wollte, ihn anbrüllen oder ihm gar die Hand abreißen, die er gerade in meine Richtung ausstreckte, tat ich gar nichts davon. Ich hielt einfach still, während mir Charles an die Schläfe griff.

Meine weißen Tatzen versanken lautlos im Gras. Tau klebte noch an den Gräsern. Die Vögel zwitscherten. Eine sanfte Brise rauschte durch die Bäume, es wirkte beinahe friedlich. Als wäre nie ein Schmerzensschrei durch den Wald gehallt, als wäre der Boden nicht getränkt vom Blut Unschuldiger.

Langsam schlich ich näher, bis ich ihn am Ufer des Sees erblickte. Ruhig starrte ich den schwarzen König an, der am Wasser saß und in den Wald blickte. Sein Haar wellte sich in einem leichten Windzug. Er sah wie ein fucking Märchenprinz aus. Kein Wunder, dass sich Alice Hals über Kopf in ihn verknallt hatte. Und er sich in sie. Wenn das Ganze nicht bereits von Beginn an zum Scheitern verurteilt gewesen wäre, hätte ich es wirklich niedlich gefunden.

Erneut fragte ich mich, warum ich den unvermeidlichen Schmerz der beiden in die Länge zog, indem ich ihnen half. In den letzten Jahrhunderten hatte ich mich immer an das Motto gehalten: Lieber ein Ende mit Schrecken als ein Schrecken ohne Ende. Doch hier in diesem Fall konnte ich das einfach nicht. Da war immer noch ein Funken Hoffnung in mir.

Lautlos glitt ich neben den schwarzen König, und obwohl er nicht zu mir hersah, wusste ich, dass er mich bemerkt hatte. Es fühlte sich wie eine kleine Ewigkeit an, in der wir einfach nur ins Wasser starrten, das sanft an der Böschung leckte. Im Lauf der Jahrhunderte hatte ich viele Spieler darin ertrinken sehen.

Schließlich begann der schwarze König zu sprechen. Immer noch, ohne mich dabei anzusehen. »Charles Chesterfield. Was verschafft mir die Ehre?«

Ich zuckte nur mit den Ohren, und endlich blickte er mich an.

»Ich weiß, dass du nicht mit mir reden kannst, aber ich weiß, dass du mich verstehst.«

Interessiert neigte ich den Kopf.

Jackson seufzte und fuhr sich durchs Haar. »Alice hatte also wirklich recht. Du bist der zweite Slave. All die Jahrhunderte, und du warst hier vor unserer Nase …« Er lächelte, doch er sah nicht amüsiert aus. Sondern wütend. Die schwarzen Könige waren immer wütend. »Hör zu, Charles. Ich weiß nicht, welches Spielchen du wirklich spielst, ob du mit dem Fluch zusammenarbeitest oder nicht. Alice war viel zu verschwiegen, was dich angeht. Ich glaube, trotz allem, was du getan hast, und wie undurchsichtig du dich auch gibst, hat sie versucht, dich zu schützen. Sie mag dich, du bist ihr Freund. Aber du bist nicht mein Freund.« Sein Blick bohrte sich in meinen, und ich fühlte seine Macht wie einen zweiten Herzschlag in der Erde unter uns pulsieren. »Ich habe jede Information über den Slave nachgelesen, die ich finden konnte. Es war nicht viel, aber zwischen den Zeilen, da gab es allerhand Gerüchte. Es wurde spekuliert, was die Kräfte eines Slaves sein könnten. Die Theorien gehen auch dort weit auseinander, doch zwei halten sich hartnäckig.«

Jack schwieg, als müsste er seine Gedanken ordnen, während ich selbst überlegte, in welche Richtung sich dieses Gespräch noch entwickeln würde … und was ich am Ende des Gesprächs tun würde.

»Angeblich«, fuhr Jackson fort, »hat der Slave entweder die Kraft, gefallene Spielfiguren zu ersetzen oder gefallene Spielfiguren zurückzubringen. Niemand dachte, dass es zwei Slaves geben würde, und da Alice die Spielfiguren ersetzt, nehme ich an, deine Kräfte sind dieselben oder …«

Er stockte und sah so verstört aus, wie ich mich vor circa dreihundert Jahren gefühlt hatte. Inzwischen verstörte mich jedoch nur noch der Fakt, wie gern ich mir selbst den Hintern leckte.

»Liege ich damit korrekt?«, erkundigte er sich leise.

Ich zuckte mit den Ohren. Es war keine Antwort, doch Jackson schien das zu genügen. In seinen Augen tanzten die Schatten, als er langsam in die Knie ging, um mit mir auf Augenhöhe zu sein.

»Wenn das so ist, dann habe ich eine Bitte an dich, Charles Chesterfield, mit der du dein mieses Karma ein wenig aufwerten kannst. In wenigen Stunden treffen wir uns wieder mit den weißen Spielern. Ich weiß, dass Vincent etwas plant, die Frage ist nur, was. Wenn heute etwas schiefläuft und ich dabei sterben sollte, dann brauchen wir einen Plan B. Und der ist Alice. Ich werde dafür sor-

gen, dass sie meinen Platz einnimmt, und damit das Spiel weiter am Laufen halten.«

Ein Muskel an seinem Kinn zuckte, während langsam die Sonne unterging. Die rostroten Strahlen ließen sein Haar wie schwarzes Kupfer aussehen. Die Wellen des Sees leckten am Ufer.

Überrascht sah ich zu dem schwarzen König auf. Wollte er das wirklich? Wenn er starb, konnte das Spiel genauso gut enden. Alice zum neuen schwarzen König zu machen, war gewagt, und es gab keine Garantie, dass es funktionierte.

Jack lächelte schal, als könnte er meine Gedanken lesen. »Glaub mir, ich hasse mich selbst dafür, aber Alice hatte von Anfang an recht damit, dass wir den Fluch beenden müssen. Und etwas sagt mir, dass es weder Vincent noch mich braucht, um das zu bewerkstelligen. Sondern sie und dich. Zwei Slaves. Alice kann immer nur eine Figur ersetzen, also nehme ich an, du wirst auch nur eine Figur zurückholen können. Ist das korrekt?«

Diesmal zögerte ich nicht. Ich nickte. Dezent beeindruckt. Möglicherweise hatte ich die Intelligenz von Jackson immer etwas unterschätzt. Stille Wasser waren dann doch tief.

Als er weitersprach, tat er es mit der Macht eines Königs. Ich spürte diese Macht tief in mir vibrieren. Als Mensch hätte ich wahrscheinlich eine Gänsehaut bekommen, aber so stellte sich mir nur langsam das Nackenfell auf. »In Ordnung. Dann musst du mir jetzt eines versprechen: Wenn ich sterbe, hol mich nicht zurück. Beschütze Alice. Sollte sie fallen, hol sie *zurück, nicht mich. Diese Welt braucht sie mehr als mich. Alice ist stark, sie wird lernen, ein König zu sein, und sie wird ihre Sache großartig machen. Sie wird gewinnen, da bin ich mir sicher.«*

Ich war mir da nicht so sicher. Aber ich schwieg, während die Sonne blutrot am Horizont verging, als würde auch sie ihren letzten Atemzug aushauchen.

Ich blinzelte. Charles hatte seine Finger von meiner Schläfe gelöst, sodass die Bilder so abrupt abrissen, dass ich für eine kurze Sekunde nicht sicher war, ob ich Alice oder Charles war.

»Was hast du ihr gezeigt?« Vincents scharfe Frage zerriss meine Desorientiertheit. Der weiße König hatte sich neben mich gestellt. Zwischen Jackson und Charles, als würde er versuchen, mich abzuschirmen.

»Die Wahrheit. Ausnahmsweise«, murmelte Charles ironisch.

Vincent starrte ihn skeptisch an. »Die da wäre?«

Charles öffnete den Mund, doch ich ging dazwischen. »Du hast ihm verboten, dich zurückzuholen.« Meine Stimme hallte anklagend durch den Raum. Gebrochen. Verzweifelt. Ungläubig.

Es wurde still. Die Spannung im Raum war so unangenehm, dass ich am liebsten selbst davongelaufen wäre, doch in den letzten Wochen war ich eindeutig zu oft weggelaufen. Es war an der Zeit, stehen zu bleiben und dem Abgrund all dessen, was vor sich ging, in den Schlund zu blicken. Selbst auf die Gefahr hin, dass ich hineinstürzte und nicht mehr in der Lage war, daraus hervorzukriechen.

Jackson blickte mich an, und ich konnte Isolde scharf nach Luft schnappen hören. »Stimmt das, Jackson? Weißt du, wie überfordert wir alle und vor allem Alice mit der Situation waren? Du bist unser König …«

»Alice war der Plan B, und zwar ein verdammt guter. Im Notfall sollte Charles sie zurückbringen. Die beiden sind damit quasi unschlagbar. Er sollte mich nicht zurückholen. Nicht mich, sondern sie«, unterbrach Jackson sie und blickte die Königin ernst an.

Isolde schloss die Augen und atmete tief durch. »Du verliebter Trottel«, flüsterte sie.

Jack presste die Lippen zusammen und sah Charles strafend an. »Du hättest mich nicht zurückholen sollen.«

Finster starrte Charles zurück. »Ich konnte nicht mehr zusehen.« Wobei genau er nicht mehr zusehen konnte, präzisierte er nicht, stattdessen fuhr er sich nur müde über das Gesicht und sah zu mir hinüber. »Ich habe ihn für dich zurückgeholt, ich kann jedoch immer nur einen Spieler zurückbringen. Ich habe jetzt also jeden Joker verspielt.«

Eine angespannte Stille setzte ein, in der niemand von uns so recht zu wissen schien, was er tun sollte. Schließlich war es Issy, die das Wort ergriff. »Ich brauche Tee«, murmelte sie und massierte sich dabei die Schläfen. »Wir sind alle noch im Schlafanzug. Wechseln wir in andere Klamotten und gehen in die Küche etwas essen.«

Charles lächelte zerknirscht. »Gute Idee. Mehr Energie für noch mehr dumme Ideen.«

Zustimmend murmelnd drehte sich Isolde um und ging in Richtung Küche. Im Pyjama. Die Ärmste wirkte genauso durch den Wind, wie ich mich fühlte.

Charles warf uns einen Blick zu. »Ich bin wirklich hier, um zu helfen. Ich lasse euch jetzt ein wenig Raum. Wenn ihr meine Hilfe wollt, dann findet ihr mich in der Küche.«

Damit ließ er mich zwischen Jackson und Vincent in der Eingangshalle zurück.

»Sollen wir Charles töten?«, fragte Vincent kühl.

Ich presste die Lippen zusammen und schüttelte schließlich den Kopf. »Noch nicht. Ich glaube, er ist wirklich unsere einzige reelle Chance, gegen den Fluch anzukommen. Ich will mir anhören, was für einen Vorschlag er für uns hat. Danach können wir uns immer noch überlegen, was wir mit ihm anstellen.«

»In Ordnung«, sagten Vincent und Jackson gleichzeitig. Beide starrten sich über meinen Kopf hinweg finster an.

Ich blickte zu Jackson auf. Ein Kloß steckte mir in der Kehle fest. »Willst du wieder der König sein?«

Er blinzelte verwirrt. »Was?«

»Du bist der schwarze König. Doch ich habe deine Kräfte. Nimmst du sie zurück?«, presste ich hervor.

Aus der immer noch geöffneten Tür drang ein leichter Windzug zu uns und wehte ihm eine Haarsträhne ins Gesicht. Voller Schmerz sah er auf mich herab. »Natürlich nehme ich sie zurück. Alice, bitte versteh mich nicht falsch, ich wollte nie …«

»Gut«, schnitt ich ihm das Wort ab. »Aber erst mal müssen wir dich untersuchen lassen. Immerhin hat eine Kugel in deiner Brust gesteckt, und auch wenn du wie ein medizinisches Wunder durch die Gegend laufen kannst, müssen wir sie da wieder rausholen.« Mein Blick wanderte etwas unstet zu seiner Brust. In seinem Hemd klaffte unterhalb des Schlüsselbeins ein münzgroßes, blutig verkrustetes Loch.

Unweigerlich wanderte Jacksons Hand an die Stelle. Er verzog das Gesicht, als könnte er den Einschlag immer noch fühlen. »In Ordnung«, murmelte er.

»Sehr schön, vielleicht hat Dr. de la Roi auch ein Mundwasser für mich«, murrte ich und stapfte los.

Halb erwartete ich, dass Jackson protestierte, doch er folgte uns nur kommentarlos. Dabei musterte ich ihn aus dem Augenwinkel. Jacksons Bewegungen waren bisher immer viel zu geschmeidig für einen Menschen gewesen. Still und leise wie ein Schatten selbst, doch jetzt ging er … wie ein gewöhnlicher Mensch. Ich konnte tatsächlich seine Schritte auf dem Marmor hören.

»Was?«, fragte er mich fast trotzig, als hätte er meine Gedankengänge erraten.

»Du stampfst wie ein Nilpferd«, erwiderte ich unweigerlich, und Jackson verzog empört das Gesicht.

Vincent lachte, da er selbst genauso lautlos ging wie … nun ja, wie ich.

Kapitel 30

Wir erwischten Dr. de la Roi tatsächlich in seinem Büro, wo er gerade dem jaulenden Bastion etwas aus dem Nacken zupfte. »Du musst aufhören, im Gestrüpp herumzulaufen, Bastion. Bei den ganzen Zecken, die ich dir allein diese Woche ziehen musste, hättest du schon dreimal wegen Borreliose draufgehen müssen. Warum trägst du nicht das Zeckenhalsband, das ich dir …«

Beide hielten verdutzt inne, als wir die Tür aufstießen. Und beiden fiel synchron die Kinnlade nach unten.

»Was zum … Boss?«, brachte Bastion schließlich als Erster hervor.

Jackson grinste schief. »Hey, Kumpel«, sagte er so lässig, als wäre er eben von einem Waldspaziergang zurückgekommen.

»Der Fluch!«, brüllte Bastion und war so schnell auf den Beinen, dass er den armen Dr. de la Roi dabei halb über den Haufen rannte. Mit roher Gewalt packte er Jackson und knallte ihn mit dem Rücken gegen die Wand. Jack stöhnte. Knurrend fletschte Bastion die Zähne.

Hektisch ging ich dazwischen und zog ihn am Kragen zurück. »Nein, Bastion! Das ist nicht der Fluch. Er ist es wirklich«, hielt ich den knurrenden Turmspieler auf.

Der warf mir einen ungläubigen Blick zu. »Wa… bist du sicher?«

»Ja. Er ist es«, sagte ich, und Bastion erstarrte.

Sein ganzer Körper wurde still, und ich erwartete, mit Fragen bombardiert zu werden, doch stattdessen begrub der große türkishaarige, tätowierte und gepiercte Kerl Jack unter sich und brach in Tränen aus. »Alter … Ich dachte, du wärst tot.«

»War ich auch.«

»Du warst so voll der Stein.«

»Bas…«

»Du hast uns damit einen Mordsschrecken eingejagt. Tu das nie wieder, du Arsch.«

Gutmütig, aber etwas gequält tätschelte Jack Bastion den Kopf, der ihn so fest an sich drückte, dass das Knacken seiner Rippen zu hören war. »Bastion, du brichst mir gleich was.«

»Ja, und du hast mir das Herz gebrochen, Alter«, heulte der große Turm.

Wir verdrehten alle synchron die Augen, und als Jackson so blau anlief, dass er Gefahr lief, gleich umzukippen, stieß ich einen kleinen Pfiff aus. »Lass ihn los, Bastion!« Ich legte eine Portion königliche Befehl-Vibes in meine Stimme, und Bastion ließ Jackson so schnell los, dass der keuchend zurückstolperte.

Bastion starrte ihn verwirrt an. »No offense, Boss, aber du riechst seltsam«, stellte er fest und schnüffelte erneut. »So … menschlich und dann doch wieder ganz anders. Aber nicht so wie vorher. Was ist mit dir passiert?«

»Ja, das …«, Jackson hustete, »… das ist eine lange Geschichte.«

»Trommle die anderen zusammen, Bastion. Sag ihnen, wir treffen uns alle in zwei Stunden im Salon«, wies ich ihn an.

Der Turm nickte, ohne zu zögern. »Soll ich ihnen von der gruslgen Auferstehungsnummer erzählen?«

Ich schüttelte den Kopf. »Noch nicht, zuerst haben wir selbst noch etwas zu besprechen. Aber schick uns Regina in die Küche.«

»Aye, Lady Boss.« Bastion salutierte und trottete zur Tür.

Jackson starrte uns beide mit einem beinahe schon wehmütigen Blick an.

An der Tür pfiff ich noch einmal. »Vergiss dein Zeckenhalsband nicht, Bastion.«

Bastion grummelte, schnappte sich ein unscheinbares Band von einem Tischchen und knallte die Tür hinter sich zu.

»Okay, kann mir bitte jemand erzählen, was hier los ist?«, unterbrach uns Dr. de la Roi scharf. Der Ärmste war weiß wie ein Bettlaken und sah aus, als würde er gleich umkippen.

»Charles Chesterfield hat ihn zurückgebracht«, half Vincent nach, der sich in einen alten Ohrensessel vor dem Kamin warf und die Beine lässig übereinanderschlug. »Allerdings hat er vielleicht noch 'ne Kugel im Herzen stecken, sieh es dir mal an.«

Dr. de la Rois Blick zuckte zu Jacksons Hemd, und der Schock in seinen Augen wich dem Blick eines Arztes. »Hm-m. Bitte setz dich, Jackson.«

Seine Stimme kippte am Ende nur leicht, während Jack sich wie befohlen auf den wuchtigen Schreibtisch setzte und sein Hemd aufknöpfte. Knopf für Knopf enthüllte er neben warmer brauner Haut und harten Bauchmuskeln eine wulstige Wunde. Genau an der Stelle seines Herzens. Es sah beinahe aus, als wäre sie immer noch versteinert.

Dr. de la Roi kramte in seiner Arzttasche herum und holte Zangen, Desinfektionsmittel und anderen medizinischen Krimskrams hervor, bevor er sich daranmachte, die Wunde anzusehen. Prompt wurde mir wieder schlecht, und ich setzte mich vorsichtshalber auf die Kante von Vincents Stuhl. Der hakte seinen kleinen Finger unter meinen und drückte sanft. Ein Minihändedruck. Ich lächelte ihn dankbar an, schreckte jedoch auf, als Jackson sich scharf räusperte. Ich löste meinen Finger von Vincents.

Dr. de la Roi schnalzte mit der Zunge. »Hast du Schmerzen?«

»Nein, Doc.«

»Hmm …«, brummte der und runzelte die Stirn. »Kann mich jemand bitte kurz aufklären, was genau Charles gemacht hat?«

Vincent und ich wechselten einen kurzen Blick. Fragend zog er eine Augenbraue hoch, und als ich nickte, begann er, die Geschichte zu wiederholen.

Erleichtert lehnte ich mich zurück. Im Augenblick war ich schon allein damit überfordert, einfach nur in Jacksons Nähe zu sein. Ich fühlte ein Kribbeln auf der Haut. Meine feinen Härchen stellten sich auf, als ich den Blick hob und Jacksons traf. Für einen kurzen Moment hielten wir einander so fixiert. Ohne zu blinzeln. Ohne wegzusehen. Auf seinen Lippen breitete sich jedoch ein sanftes Lächeln aus.

»Ich verstehe«, murmelte Dr. de la Roi schließlich und pfriemelte an seiner Brille herum. »Für mich klingt das, als wäre der zweite Slave zu ähnlichen Kräften fähig, wie ich sie hatte. Er kann heilen, aber auf einer weitaus höheren Ebene. Die Wunde mag schlimm aussehen, doch sie ist verheilt. Um eine Kugel zu finden, müsste ich die Wunde erneut öffnen, und das will ich in diesem Fall nicht riskieren. Wir müssen Charles fragen, was genau er getan hat. Bis dahin solltest du es ruhig angehen lasse. Und falls du dich seltsam fühlst, komm zu mir. Sofort. Erst einmal werde ich die Wunde nur abkleben.«

»Tun Sie, was Sie für richtig halten, Doc«, erwiderte Jackson ruhig.

Dr. de la Roi nickte und machte sich ans Werk.

»Hey Doc?«, fragte ich, um die Stille nicht zu still werden zu lassen.

»Hm-m?«, brummte er abgelenkt.

»Was ich mich schon eine ganze Weile lang frage: Warum heißen Sie de la Roi und nicht Chesterfield?

»De la Roi war der Name meiner Mutter. Nachdem ich das Spielfeld überlebt habe … Nun, sagen wir so, ich wollte einen Neuanfang. Darum habe ich den Namen abgelegt. Ich war ohnehin nie ein guter Chesterfield. Immer zu weich.« Er seufzte in sich hinein, lächelte jedoch, als wäre er insgeheim stolz auf sich.

»Hat Vater nicht gefallen«, brummte Vincent.

De la Roi seufzte. »Nun, nein. Aber mein Seelenheil war in diesem Fall wichtiger als seine Launen.«

Daraufhin wurde es doch still. Ich blickte aus dem Fenster, hinter dem ich die kleine Grünfläche des Parks sah. Draußen flog ein weißer Rabe vorbei. Dagger, Chesterfields letzter Turmspieler. In all der Zeit hatte ich ihn nie in seiner Menschengestalt gesehen, aber ich wusste, dass Vincent sich mit ihm regelmäßig absprach. Dagger überblickte alles. Was er dabei alles sah und mitbekam, erfuhr ich jedoch nie, doch ich vertraute Vincent inzwischen genug, um zu wissen, dass er es mir sagen würde, falls es wichtig war. Zumindest wenn es um das Spiel ging. Privat war er immer noch wie eine Muschel, die sich nicht öffnen ließ.

In den letzten Monaten hatte ich ihn immer wieder dabei erwischt, wie er in seinem Zimmer saß und eine große tropische

Pflanze liebevoll mit Wasser besprühte, die Blätter andächtig streichelte und dabei so zerbrochen aussah, wie ich mich fühlte. Heimlich hatte ich ebenfalls begonnen, die Pflanze zu streicheln. Es half nicht wirklich, war aber immer noch besser als nichts.

Doch jetzt saß der Inhalt meiner leeren Seele vor mir, lachte und redete leise, während seine Brust zusammengeflickt wurde. In meinem Kopf und in meinem Herzen herrschte ein heilloses Durcheinander. Ich fühlte mich mindestens genauso zerrüttet wie an dem Tag, als er starb.

»Danke, Doc, ist schon wieder so gut wie neu. Ist meine Tante auch hier? Geht es ihr gut?«, fragte Jack nach einer gefühlten Ewigkeit.

»Nichts zu danken. Miss Greyson hat sich einige schwere Verbrennungen zugezogen. Sie wird aktuell noch im Foxcroft Memorial behandelt. Aber sie sollte wieder genesen. Miss Cross hat die Stadt bereits verlassen.«

»Meine Tante bringt so schnell nichts um, was?«, fragte Jack spöttisch, jedoch sichtlich erleichtert, dass die Direktorin überlebt hatte.

De la Roi schnaubte. »Wir haben damals auf dem Spielfeld gekämpft. Sie war eine hervorragende Königin. Die Frau ist zäher als Schuhleder. Du musst dir keine Sorgen machen. Nun denn, falls sich etwas entzündet oder anderweitige Komplikationen auftreten, komm sofort zu mir.«

Jackson knöpfte sich das Hemd wieder zu und sprang vom Tisch.

»Danke, Doc«, murmelte ich.

Der Doktor nickte mir kurz zu, sein Blick zuckte jedoch zu Jackson hinüber. »Ich weiß nicht genau, was hier los ist, und versteht mich nicht falsch, ich weiß ein Wunder zu schätzen, wenn es vor mir steht. Aber ein Wunder von solchem Ausmaß hat immer seinen Preis.«

Ich spürte Jacksons Blick auf mir und wollte schreien, ihn an mich ziehen und küssen. Doch weil ich feige war, tat ich es nicht. Stattdessen sah ich weg. Ich war ein Feigling. Jacksons Kiefer spannte sich an. Ruckartig wandte er den Kopf ab.

»Bis später«, hörte ich Dr. de la Roi murmeln.

Vincent nickte nur, und zusammen verließen wir das Büro.

Jackson sah sich stumm um. Er wirkte blass, aber erstaunlich stabil, während wir auf die große und moderne Küche von Foxcroft Mansion zuschritten. Eigentlich besaß die Villa auch ein Speisezimmer, doch es hatte sich eingebürgert, dass die Spieler sich in der Küche zum Essen trafen. Isolde schwang dabei das Küchenzepter und bewarf jeden mit ihrem Kochlöffel, der ihr beim Backen auf die Nerven ging. Was meistens Bastion war, der wie ein Welpe um den Backofen herumscharwenzelte.

Als wir nun die Tür zur Küche aufschwangen, stellte Issy gerade einen Apfelkuchen auf den Tisch. Bastion ploppte spontan der Schwanz heraus, mit dem er erfreut wackelte.

Regina saß neben ihm und erbleichte, als sie Jackson sah. »Jesus. Es stimmt also wirklich.«

»Du schuldest mir zehn Mäuse«, nuschelte Bastion, der sich schwänzelnd ein Kuchenstück angelte.

Isolde knallte ihm den Kochlöffel auf die Finger und begann, Teller auszuteilen. Sie hatte sich umgezogen, wirkte jedoch immer noch leicht derangiert. Immer wieder warf sie nervöse Blicke in Richtung Jack, der stehen geblieben war und erst Bastion, dann Regina musterte.

»Ich hätte nie gedacht, dass ihr euch mal in ein und demselben Raum aufhalten könntet, ohne euch dabei gegenseitig an die Gurgel zu gehen«, stellte er irritiert, beinahe überfordert, fest.

Vincent schnaubte. »Es hat sich so einiges verändert, seit du weg warst.« Er öffnete sich eine Dose Red Bull und lehnte sich an den Küchentresen.

»Scheint so.« Jackson ließ sich langsam in einen Sessel gleiten und goss sich eine gigantische Tasse Kaffee ein.

Ich tat es ihm gleich und setzte mich neben ihn. Wir waren uns so nahe, dass sich unsere Oberschenkel hätten berühren können. Doch sie taten es nicht. Ich saß neben ihm, und innerlich zog sich in mir alles vor Sehnsucht und Angst gleichermaßen zusammen.

»Also, ich denke, es ist an der Zeit, dass wir alle aufgeklärt werden. Wo ist das Katzenvieh?«, fragte Vincent.

»Ich bin hier«, kam es hinter dem Küchentresen hervor, und Vincent zuckte zusammen, als sich Charles darüberschwang und neben ihn setzte. In der Hand hielt er ein halb aufgegessenes Thunfischsandwich.

In meiner Kehle wurde es eng. Wie er so dasaß, die Beine baumelnd, während ihm das helle Haar in die faltenfreie Stirn fiel, hätte man niemals geahnt, was Charles Chesterfield in Wirklichkeit war. Wozu ihn das Leben gemacht hatte. Wahrscheinlich zum ersten Mal, seit ich herausgefunden hatte, wer er wirklich war, spürte ich etwas anderes als Wut ihm gegenüber. Es war Mitleid. Als hätte er es gefühlt, blickte Charles auf. Er schenkte mir ein schiefes Lächeln, doch in seinen Augen lag ein melancholischer Ausdruck.

»Also?«, meinte Vincent und öffnete das zweite Red Bull, das er ebenfalls in einem Schluck herunterkippte. »Wir überlegen immer noch, dich zu töten. Also solltest du besser mit der Sprache rausrücken, wie wir den Fluch auslöschen können.« Kühl warf er Charles einen auffordernden Blick zu. Die beiden sahen sich dabei so ähnlich, dass es fast schon gruslig war.

»Du hast behauptet, der Fluch kann nicht gebrochen werden. Stimmt das?«, mischte ich mich ein und nahm einen großen Schluck Kaffee, um den Kloß in meinem Hals herabzuspülen.

Charles legte das Sandwich zur Seite und fuhr sich seufzend durchs Haar. »Ja. Der Ursprung des Fluchs ist die reine Uressenz einer Sünde. Eine Erbsünde kann nicht ungeschehen gemacht werden. Sie kann nicht gesühnt werden. Wir tragen diese Schuld in uns und fungieren damit wie ein Wirtskörper. Madelyn gab damals dem Fluch seine Parameter. Sie legte fest, wie er fungieren sollte. Ihr seht und spürt dann die Auswirkungen des Fluchs. In diesem Fall äußert er sich als Schachspiel. Der Fluch setzte sich in Madelyn fest wie ein Parasit und zerfraß ihren Geist.« Charles seufzte und sah aus, als würde er sich an etwas äußerst Unangenehmes erinnern.

»Was genau bedeutet das?«, hakte Regina nach, die sich tatsächlich in einem schwarzen Büchlein Notizen machte. Das Spielerhandbuch. Sehr schlau, darauf hätte ich ebenfalls kommen können.

Charles schürzte die Lippen und klopfte sich sanft an die Brust. »Der Fluch ist in uns. Der Fluch kann nicht vernichtet werden, aber die Körper, die ihn tragen, können sehr wohl sterben. Madelyns Geist war geschwächt. Augustus hatte sie damals gebrochen, und hervor kam ein Monster. Sie hatte letztendlich keine Chance gegen den Fluch. Er schlug Wurzeln, wurde schlauer und intelligenter, bis er die Form annahm, die ihr jetzt kennt. Madelyn war nur der Nährboden, sie gab dem Fluch seine aktuelle Form. Zusammen erschufen sie das Schachspiel. Eure Idee mit der Nekromantie und Madelyn einzusperren, war ursprünglich gar nicht so falsch. Ihr hattet nur den falschen Ansatz. Die einzige Chance, die ich sehe, besteht darin, sie in einen lebendigen Körper einzusperren. Wenn jemand anders den Fluch übernimmt, jemand, der stärker ist als der Fluch, und ihm eine neue Form gibt, dann …«

»… dann existiert zwar noch der Fluch, aber nicht mehr das Spielfeld«, schloss ich leise.

Charles nickte. »Genau.«

»Das bedeutet, wir können Madelyn töten, aber der Fluch würde noch existieren?«

»Ja. Aber wenn wir jemanden mit einem starken Geist finden, der ihn aufnimmt, können wir den Fluch eindämmen oder sogar kontrollieren. Stellt ihn euch wie ein sehr wildes, gefährliches Tier vor, das ihr in einen Käfig sperrt.« Charles schwieg kurz, dann fuhr er fort: »Dafür muss aber jemand freiwillig den Fluch in sich aufnehmen.« Er sah dabei erstaunlich gleichmütig aus, als rollte er die Worte wie einen teuren Tropfen Alkohol in seinem Mund herum und überlegte dabei, ob er ihn mochte oder nicht.

»Woher weißt du das?«, fragte ich leise. »Warum hast du uns das nicht eher erzählt?«

»Ich bin mit Madelyn verbunden seit dreihundert Jahren, da schnappt man so einiges auf«, sagte er ironisch. »Zudem dachte ich, es würde keinen Unterschied machen, da wir den Fluch ohnehin nicht zerstören können. Lieber ein bekannter Feind als ein unbekannter. Doch … nun, es kann nicht mehr so weitergehen. Wir gehen damit viele Risiken ein, alles kann schiefgehen, aber vielleicht wenden wir das Blatt.«

»Was ich mich schon die ganze Zeit frage«, warf Issy ein, und alle sahen sie an. »Wie konnte Madelyn zum Fluch werden? Davon steht nichts in einem Buch. Es gibt keine Aufzeichnung, nur Spekulationen. Sie hat ihre Seele verkauft, oder? Sie wurde zu diesem Ding, aber wie?«

»Das ...«, sagte Charles leise, während er auf seine Finger starrte, »... ist das Einzige, was ich niemals herausgefunden habe. Das ist eine Sache, die zwischen ihr und Augustus vorgefallen ist, als ich mit einer Schussverletzung und ohnmächtig vom Fieber im Bett lag. Ich habe nur das Endresultat vorgefunden. Manche Geheimnisse sollen vielleicht auch Geheimnisse bleiben.«

Alle schwiegen betroffen. Jackson starrte in seinen Kaffee, auf dem glänzende Schlieren schimmerten.

Charles war es schließlich, der weitersprach. »Wenn der Körper stirbt, der den Fluch in sich trägt, nimmt ihn derjenige, der den Wirt getötet hat, in sich auf.«

Langsam stellten sich meine Nackenhaare auf, während in meinem Kopf ein paar Zahnräder ineinandergriffen, die sich bisher nur ratlos im Kreis gedreht hatten.

»Was ist, wenn der Fluch keinen neuen Körper findet? Was passiert dann?«, hakte Regina nach.

Charles schürzte den Mund. »Prinzipiell ist es so: Wer den Wirt tötet, wird auch zum neuen Fluch. Falls das jedoch aus irgendwelchen Gründen schiefgeht ...« Er zuckte mit den Schultern. »Du fragst mich, was passiert, wenn eine Erbsünde frei auf die Welt losgelassen wird? Ich weiß es nicht, aber ich glaube nicht, dass es etwas Gutes ist.«

Es wurde still. Sehr still. Bis Jackson sprach.

»Madelyn St. Burrington entspringt meinem direkten Familienzweig, darum liegt es auch an mir, diesen Fluch zu übernehmen.«

»Bin voll dafür«, warf Vincent ein.

»Vincent!«

»Was denn?«, fragte er, als er meinen bösen Blick sah. Er zuckte nur mit den Schultern. »Jemand muss es tun, oder? Und wenn er sich freiwillig meldet ...«

»Aber so einfach ist die Sache nicht, richtig?«, unterbrach ich ihn und sah zu Charles hinüber. »Wenn sie stirbt, stirbst du auch, oder nicht?«

Charles lächelte mich an, ein Lächeln, so unendlich traurig, dass ich das Schimmern in seinen Augen sah. Tränen, die er nicht vergoss. Einen Schrei, den er nicht losließ, doch sein gesamter Köper krümmte sich zusammen, und seine Finger krallten sich so stark um die Kante des Tresens, dass die Knöchel weiß hervortraten. »Ja, ich denke schon. Vielleicht nicht sofort, aber früher oder später sicher«, sagte er schließlich schlicht.

Selbst Bastion hörte auf, an dem Kuchenstück zu kauen, das er sich stibitzt hatte.

Tief atmete ich durch und versuchte, meine Gedanken zu sortieren, was gar nicht so einfach war, da sie gefühlt schier im Kreis liefen.

»Scheiße«, hörte ich Bastion murmeln.

»Das kannst du wohl laut sagen«, murmelte Vincent, der die Arme vor der Brust verschränkt hatte und nach draußen starrte. Ich sah, wie seine Augen ausdruckslos wurden, und wusste, dass er an seinen Vater dachte. Ich konnte jedoch nicht sagen, ob er schockiert, verängstigt oder begeistert von dem Gedanken war, ihn töten zu müssen.

»Die wichtigste Frage bleibt jedoch, wie man Madelyn töten kann«, warf Regina ein.

»Gina, hör auf, so unsensibel zu sein«, rügte Isolde sie.

Regina schnalzte mit der Zunge und warf ihr helles Haar nach hinten. »Ich denke nur pragmatisch. Sentimental können wir später werden. Wie kann man sie töten?«

Charles hob einen Zeigefinger und drückte ihn gegen Vincents Brust. Genau an der Stelle, wo dessen Herz schlug. Vincent guckte ein wenig pikiert an sich herab. »Es ist wie bei den Königen. Das Herz ist der Schwachpunkt. Wenn es stehen bleibt, stirbt der Körper, und der Fluch wird freigesetzt.«

»Hm … klingt doch machbar«, murmelte Bastion und schielte auf das Küchenmesser am Tisch.

Charles schnaubte. »Nun ja, es gibt da auch noch ein klitzekleines Problem.«

»Natürlich gibt es das, wäre ja auch zu witzig, wenn es einfach wäre«, murmelte Vincent.

Charles räusperte sich. »Madelyn ist der Ursprung des Fluchs, sie hat sich bereits so sehr verändert, dass sie nicht mehr als menschlich bezeichnet werden kann. Alles, was ihr zu sehen bekommen habt, waren Illusionen. Ihr wahrer Körper existiert schon lange nicht mehr in seiner ursprünglichen Form. Nur ihr Herz ist übrig geblieben, und das schlägt gut versteckt irgendwo auf dem Spielfeld.«

Ich runzelte die Stirn, während endlich Dinge einen Sinn ergaben, die es vorher nicht getan hatten. »Ist das der Grund, warum das Spiel immer im Wald stattgefunden hat? Muss sie in der Nähe ihres Herzens bleiben? Tut sie sich deshalb schwer, uns hier draußen sofort aufzuspüren?«

Charles' Lippen kräuselten sich. »Exakt.«

»Und du weißt nicht zufällig, wo das Herz liegt?«, hakte Regina nach.

Charles schüttelte den Kopf. »Nicht genau. Wir müssen es aufspüren, aber dafür müssen wir aufs Spielfeld zurück, und dort zerquetschen euch Madelyn und Augustus schneller, als ihr Schachmatt sagen könnt.«

»Aktuell sieht es so aus, als hätten wir keine Wahl. Wir halten nicht mehr lange durch«, sagte Vincent düster.

Charles fasste für uns noch einmal zusammen: »Madelyn lässt ihr Herz nicht gern ungeschützt zurück, denn je weiter sie sich davon entfernt, desto schwächer wird sie. Das Herz liegt also irgendwo zwischen Chesterfield und St. Burrington. Darum haben die Spiele auch immer an diesem Ort stattgefunden. Der Fluch wirkt dort am stärksten, und Madelyn hat alles im Blick. Zudem ist sie nicht dumm. Sie weiß inzwischen, dass ich zu euch gegangen bin. Sie wird also auch wissen, dass ihr wahrscheinlich bald zurückkommt. Bis dahin lehnt sie sich einfach zurück und genießt die Show. Es tut mir leid, dass ich euch keinen einfacheren Ausweg bieten kann, und vielleicht versteht ihr jetzt auch, warum ich so gehandelt habe, wie ich es getan habe«, schloss er, und obwohl er mich nicht ansah, sondern auf seine Füße starrte, wusste ich, dass vor allem Letzteres an mich gerichtet war.

Ich setzte an, doch die Worte blieben aus. Ich hatte schlichtweg keine Ahnung, was ich antworten sollte. Die Situation selbst war außer grauenvoll nur furchtbar.

Mir war kotzübel. Ob immer noch oder schon wieder, ließ ich lieber mal dahingestellt.

»Was sollen wir tun?«, stellte Isolde schließlich die alles entscheidende Frage.

»Das ist eure Entscheidung. Ihr müsst nur jemanden bestimmen, der den Fluch ersetzt.«

KAPITEL 31

Eine bedrückte Stimmung lag zwischen uns allen. Isoldes Kuchen war inzwischen ausgekühlt, doch niemand rührte ihn mehr an.

»Was machen wir?«, stellte Regina schließlich die alles entscheidende Frage.

»Das, was wir am besten können und wofür wir unser ganzes Leben lang ausgebildet wurden: töten«, antwortete Vincent lapidar und stieß sich schwungvoll vom Tresen ab.

»Trotzdem sollten wir das alles auch mit den anderen Spielern besprechen«, warf Isolde ernst ein. »Entweder wir stimmen ab, oder wir losen unter allen Freiwilligen aus, wer der neue Fluch wird.«

»Das müssen wir nicht. Ich werde der Fluch«, sagte Jackson.

Ich warf ihm einen scharfen Blick zu. »Nein!«

»Doch!«

»Charles hat gesagt, es braucht einen starken Geist, um den Fluch halten zu können, und du weißt doch noch gar nicht genau, was dein Tod und die Wiederauferstehung mit dir gemacht haben! Abgesehen davon müssen wir im Notfall sowieso damit rechnen, dass einfach derjenige den Fluch tötet, der gerade die Gelegenheit dazu hat.«

Alle nickten, nur Jackson nicht. Der knurrte.

Vincent wandte sich an ihn. »Ehrlich, Black Jack. Mein Leben war entschieden stressfreier, als du noch tot warst. Hat dir schon mal jemand gesagt, dass du dezent anstrengend bist?«

Jackson verdrehte die Augen. »Zwei Minuten mit dir, und ich weiß wieder, warum ich mit dem Rauchen angefangen habe, König Weißpopo.«

»Oh nein, denk nicht mal dran, Jack! Du warst bereits tot, und du wirst es wieder sein, wenn ich dich mit einem Stummel erwische«, fuhr Issy dazwischen, die ihre Schürze auf den Tresen warf.

Regina folgte, sodass ich mit Charles allein in der Küche zurückblieb. Ich hätte aufstehen sollen, aber meine Füße fühlten sich wie Gummi an. Es raschelte leise, und plötzlich lag ein Sandwich vor meiner Nase.

»Iss. Du siehst scheiße aus.«

»Danke, das Kompliment kann ich nur zurückgeben.«

Charles ließ sich neben mich auf einen Stuhl fallen. Er stützte das Kinn an der Lehne ab und musterte mich unter seinen Wimpern hervor. »Na komm, spuck's aus.«

»Was? Das Sandwich? Ist eigentlich gar nicht so schlecht.«

»Nein, das, was dich aussehen lässt, als hätte dich ein Einhorn von hinten gerammt. Mit dem Horn voran in deinen Ar…«

»Charles!« Obwohl mir absolut nicht danach war, begann ich zu lachen.

Er schmunzelte. »Bist du noch sauer auf mich?«

Ich schluckte und starrte auf die Tischmaserung hinab. Kuchenkrümel lagen darauf. Ich pickte sie mit dem Zeigefinger auf. »Eigentlich sollte ich es sein, aber weißt du was?«

Er zog eine Augenbraue hoch.

Ich seufzte. »Ich habe mich selbst so satt. Diese Wut in mir, diese Trauer. Hawk hat recht. Das Leben ist scheiße, aber ich muss aufhören, mich darin zu wälzen.«

»Ihhh!«

»Du weißt, was ich meine.«

»Ich kann es förmlich riechen.«

»Charles!« Erneut musste ich lachen und stieß meine Fußknöchel gegen seinen Oberarm.

»Aua! Seit wann bist du so brutal?«, jammerte er, stockte jedoch, als ich meine Stirn an seine Schulter lehnte.

»Nur um das klarzustellen: Du bist immer noch ein Idiot«, flüsterte ich. »Egal ob als Curse, als Charlie oder als Charles.«

»Habe nie behauptet, etwas anderes zu sein«, murmelte er. Sein Kopf sank gegen meinen.

»Charles?«

»Hm?«

»Du bist mein bester Freund«, flüsterte ich und spürte, wie mir eine Träne die Wange herabrollte. Schnell wischte ich sie weg. »Musst du wirklich sterben?«

»Du hast gerade versucht, mich zu töten, schon vergessen?«

»Ja, ich weiß, aber eigentlich will ich gar nicht, dass du stirbst. Ich war nur wütend.«

»Mordswütend«, neckte er mich und strich mir liebevoll durchs Haar. »Bevor du da jetzt hochgehst und den knallharten König raushängen lässt, der sich sein Cape der Rechtschaffenheit überwirft, um die Welt zu retten, versprichst du noch mir etwas?«

»Ein Minicape für Katzen?«

»Nein, auch wenn das dezent episch wäre und ich sicher bezaubernd darin aussehen würde.« Ich spürte, wie er lachte, meine Hand nahm und sie sanft drückte. »Falls ihr auslost, wer der Fluch sein soll, möchte ich nicht, dass du dich freiwillig meldest.«

»Was?« Meine Finger rutschten aus seinen. »Warum?«

Ernst sah er mich an. »Weil ich dir vieles wünsche, aber nicht dieses Leben. Ich bin schon so lange Teil eines Fluchs, dass ich dir sagen kann: Es ist die Hölle auf Erden. Du bist vielleicht von der Zeit losgerissen, du alterst nicht, aber im Inneren vertrocknest du wie eine Pflanze ohne Sonnenlicht. Du faulst innerlich dahin, ohne jemals wirklich sterben zu können. Jeder Tag fühlt sich an, als würdest du an der Klippe des Wahnsinns balancieren.«

»Darf ich dich was fragen?«

»Natürlich.«

»Wird es funktionieren? Einen neuen Wirt zu finden? Und wenn wir ihn kontrollieren, ist es dann möglich, das alles hier zu beenden?«

Curse sah mich traurig an. Er nickte. »Ich glaube, ja. Zumindest gibt es sonst keine Alternative«, sagte er leise.

»Dann kann ich dir nicht versprechen, dass ich kneife. Ich werde alles tun, was notwendig ist.«

Curse nahm meine Hand und drückte sie fest. Warm. Mein Fluchzeichen kribbelte. Sanft strich ich ihm eine Locke aus der Stirn. Blinzelnd unterbrach ich den Augenkontakt, während mein Blick auf sein weißes Haar fiel. Weich wie das Fell einer Katze.

»Darf ich dich noch was fragen?«

»Fragen ja, aber ob ich antworte, ist eine andere Sache.«

Meine Mundwinkel zuckten. »Warum eine Katze?«

»Hä?«

»Warum rennst du in der Gestalt einer Katze herum, während Madelyn in Form von Fluchwebern herumkrabbelt und Augustus … na ja, einfach er selbst ist?«

Charles verzog das Gesicht. Eine leichte Röte schlich ihm in die Wangen, während er sich am Nacken kratzte. »Ach das, also … Versprich mir, nicht zu lachen, ja?«

»Versprochen«, sagte ich und lehnte mich gespannt vor.

Er seufzte. »Wir sind das geworden, wovor wir damals am meisten Angst hatten.«

»Was?«

Charles grinste und kratzte sich am Kopf. »Katzen. Ich hatte panische Angst vor Katzen, genauso wie Madelyn damals eine Phobie vor Spinnen hatte.«

Ein Prusten entwich mir, so laut, dass ich dabei spuckte. »Im Ernst? Ich meine, ausgerechnet *du* hattest Angst vor Katzen?«

»Panische sogar. Wir hatten in meiner Kindheit so ein weißes Mistvieh, das mich immer und überall von hinten angesprungen hat. Ich konnte keine zehn Schritte gehen, ohne dass mich dieses Fellknäuel mit Krallen anfiel.«

Er schauderte bei der Erinnerung. »Was war ich heilfroh, als unser Vater das Monster aus Versehen beim Tontaubenschießen erwischt hat.«

Ich blinzelte, öffnete den Mund und brach in schallendes Gelächter aus.

»Hey! Das war traumatisch!«, beschwerte er sich.

»Ja … aber … gerade du und … und …« Ich lachte nicht mehr, ich wieherte. Die Tränen spritzten mir dabei praktisch aus den Augen wie bei einem Emoji.

»Dir erzähl ich gar nichts mehr«, murrte Charles und verschränkte die Arme vor der Brust.

Ich lachte nur noch lauter. »Die letzten dreihundert Jahre müssen für dich *wirklich* die Hölle gewesen sein«, gackerte ich, und Charles zog eine Grimasse.

»Die ersten fünfzig Jahre bin ich vor Panik jedes Mal aus dem Fenster gesprungen, wenn ich mein Spiegelbild gesehen habe. Aber man gewöhnt sich daran, vor allem daran, sich den Hintern zu leck…«

»Sag's nicht! Ich bin schon traumatisiert genug«, schnitt ich ihm das Wort ab und wischte mir giggelnd die Tränen ab. »Danke dafür. Das hatte ich wirklich nötig.«

»Immer doch.« Charles sprang auf und half mir galant auf die Füße.

Während wir aus der Küche traten, ließ mich jedoch ein Detail nicht los. »Und was ist mit deinem Bruder? Warum sieht er noch so aus wie er selbst? Fürchtet er sich denn vor gar nichts?«

Ein schadenfrohes Lächeln breitete sich auf Charles' Gesicht aus. »Ganz im Gegenteil. Mein Bruder hat vor nichts mehr Angst als vor sich selbst. Er ist seine eigene Hölle.«

Zusammen gingen wir nach oben und steuerten auf den Salon zu. Die Tür war nur angelehnt, sodass ich die wilden Diskussionen bereits im Flur hören konnte. Sie hatten also schon ohne mich angefangen.

Ich versuchte, den Stich zu ignorieren, der mich dabei durchfuhr, und auch das Stimmchen, das mir einflüsterte, dass immer noch ich der König war und sie auf mich hätten warten müssen. Doch es war auch klar, dass Jackson in dieser Hinsicht einen ausgesprochen großen Part innehatte. Mit seiner Rückkehr waren die anderen sicherlich automatisch in ihre gewohnten Muster zurückgefallen.

Entschlossen stieß ich die Tür auf. Jackson und Vincent standen zusammen mit ihren Königinnen an der Stirnseite des Salons. Die Spieler hatten sich getrennt. Schwarz und Weiß. Die einen links, die anderen rechts, während sie wild diskutierten.

Mit einem tiefen Atemzug hob ich den Kopf und ging ebenfalls an die Stirnseite des Zimmers. Vincent bot mir den Platz neben sich an, und ich stellte mich zwischen ihn und Jackson. Isolde löste sich von Jacksons Seite und platzierte sich neben mir. Jack versteifte sich kaum merklich.

»Wie ich sehe, ist die Diskussion bereits in vollem Gange.«

Vincent nickte und setzte seine Ansprache fort: »Wir zwingen niemanden zu kämpfen oder der neue Wirt zu werden. Doch denjenigen, die es wollen, steht es frei, aufs Spielfeld zurückzukehren. Alle anderen, die bereits zu schwach sind, bleiben hier.«

»Und wer soll der neue Wirt werden?«, warf Faith zögerlich ein.

»Ich schlage vor, wir losen unter den Freiwilligen aus«, gab Regina zurück. »So bleibt es zumindest fair.«

»Wer dafür ist, hebt die Hand«, sagte Isolde.

Hawks Hand schoss nach oben, genauso wie Ivorys, Bastions, Fox', Graves … Alle, die noch klar genug denken konnten, meldeten sich.

»In Ordnung. Dann ist es entschieden? Wir gehen auf das Feld zurück?«

Alle nickten. Einige entschlossen. Die meisten blass.

»Gut, dann mache ich die Lose fertig. Jeder, der mitgehen will, soll eines ziehen«, sagte Regina und nahm sich von einem altmodischen Schreibtisch ein Blatt Briefpapier.

Ungeduldig zerrte sie an dem dicken Papier, bis Issy es ihr sanft aus der Hand nahm. »Ganz ruhig. Alles wird gut«, glaubte ich sie flüstern zu hören.

»Nichts wird gut«, fauchte Regina, doch zu meiner Überraschung wich sie nicht zurück, sondern lehnte sich kaum merklich an Isolde.

Ich musterte die beiden eindringlich. Nicht dass mir entgangen wäre, wie vertraut die beiden Königinnen inzwischen miteinander umgingen, aber das öffentliche Kuscheln war neu. Sie machten leise tuschelnd die Zettel fertig und stopften alles in Hawks Beanie.

»Wer mitmachen will, zieht.«

Issy ging reihum. Eine zittrige Hand nach der anderen verschwand in der schwarzen Mütze. Papier raschelte. Gleich darauf erklangen die ersten erleichterten Seufzer.

Vincent zog und warf nur einen flüchtigen Blick darauf, ehe er das Zettelchen fein säuberlich faltete und einsteckte. »Nichts«, sagte er knapp.

Jackson folgte, und ein Muskel an seinem Kinn zuckte. »Nichts«, sagte er dumpf. Seine Augen brannten, als er den Zettel in einer Faust zerknüllte.

Ich war die Letzte, die hineingriff. Das Ganze fühlte sich beinahe so an wie damals, als wir in Chesterfield für das Spiel trainiert hatten. Wir hatten ebenfalls Zettel gezogen, nur dass ich diesmal wusste, was vor sich ging und worauf ich mich einließ.

Meine Hand verkrampfte sich um den Zettel. Ich traute mich

nicht daraufzusehen, weshalb ich Isolde anstarrte. »Ausgerechnet Regina?«, fragte ich sie so leise, dass nur sie mich hören konnte.

Die schwarze Königin wurde augenblicklich rot, doch ihr Blick war trotzig. »Bekomm mal deinen eigenen Beziehungskram auf die Reihe, bei der Spannung zwischen euch wird einem ja schlecht«, konterte sie.

»Touché!«, murmelte ich und blickte auf den Zettel. Mein Herz blieb stehen, ehe es viel zu schnell weiterschlug. »Fluch.«

»Nein!« Der Zettel wurde mir aus der Hand gerissen. Jackson stand über mir und drückte mir stattdessen seinen Zettel in die Hand. »Du nicht. Nicht du.«

»So funktioniert das nicht. Ich habe gezogen, also gehe ich«, warf ich ein.

»Nein! Ich lasse nicht zu, dass du zum Fluch wirst, Alice«, sagte er ernst.

»Lass sie gehen, Jackson«, fuhr Vincent dazwischen.

Jackson starrte ihn finster an.

»Zum Teufel damit! Willst du das wirklich zulassen? Kümmert dich überhaupt etwas außer dir selbst? Ist sie dir vollkommen gleichgültig?«

Vincent presste die Lippen zusammen. »Nein, denn im Gegensatz zu dir habe ich Alice keine Rolle aufgezwungen, die sie gar nicht annehmen wollte. Jetzt beschwer dich nicht, dass sie deinen Platz auch eingenommen hat und ich dabei an ihrer Seite war. Und das werde ich auch weiterhin sein, egal was passiert.« Damit drehte er sich um und stürmte türenknallend aus dem Zimmer.

Jackson starrte ihm nach. Wäre er noch der schwarze König gewesen, hätte er vor Zorn mit Sicherheit etwas in die Luft gesprengt.

»Ganz großartig, das hat uns gerade noch gefehlt«, stöhnte Regina und wollte bereits hinterherstürmen, wurde jedoch von Issy aufgehalten.

»Nicht. Das ist eine Sache zwischen den dreien.«

»Aber …«

»Morgen besprechen wir den Rest des Plans und brechen danach auf. Kriegt bis dahin euren Scheiß wieder in den Griff, oder wir brechen die Sache ab«, sagte Issy.

Jackson fuhr sich durch die Haare und schüttelte den Kopf. »Ich muss nachdenken«, presste er hervor und folgte Vincent nach draußen.

Tief einatmend kniff ich mir in die Nasenwurzel. Warum? Warum ich? Und warum die zwei? Wäre ein charmanter süßer John Doe von nebenan zu viel verlangt gewesen? Konnte Jackson nicht ein einziges Mal über seinen Stolz hinwegsehen? Und Vincent etwas weniger gestört sein?

»Alles okay?« Isolde stellte sich neben mich.

»Nein.« Seufzend blickte ich sie an. »Sind wir bereit dafür?« Ich nickte auf den Zettel hinab.

Sie lächelte traurig. »Ich glaube, für so etwas ist man niemals bereit. Aber du solltest das klären, was zwischen euch dreien steht.«

Unglücklich starrte ich sie an. »Und was ist das genau? Ich weiß nicht, was wir sind. Und eigentlich ist das auch gar nicht wichtig. Wir haben größere Probleme, als einen Freundschaftsstatus auf Facebook zu klären.« Frustriert biss ich mir auf die Lippen.

Issy hob die Hand und legte sie mir auf die Brust, unter der mein Herz schlug. »Jackson, Vincent und du, ihr seid von Anfang an auf eine Weise verbunden gewesen, die niemand wirklich versteht. Ich weiß, dass es ständig so wirkt, als müsstest du dich für eine Seite entscheiden. Schwarz oder Weiß. Jackson oder Vincent.«

»Muss ich das denn nicht?«, flüsterte ich.

Sie lächelte und drückte sanft gegen meine Brust. »Liebe, Hass und Freundschaft sind eng miteinander verwoben. Jedem von euch fehlt etwas, was der andere ausgleicht. Manchmal muss man nicht trennen, sondern zusammenfügen. Zu dritt seid ihr am stärksten. Geh und sei stark, Alice.«

Ich nickte zögerlich und hob den Kopf. Dabei sah ich Charles unauffällig aus dem Zimmer verschwinden. Die Geschichte wiederholte sich. Sie hatte mit Charles, Augustus und Madelyn begonnen und würde wohl mit Vincent, Jackson und mir enden. Nur wie?

Isolde gab mir einen sanften Stoß Richtung Tür. Mit schmerzendem Magen ging ich los. Einer Eingebung folgend joggte ich die Stufen der Villa nach oben. Je weiter ich nach oben kam, desto staubiger wurde es, und die Treppen begannen zu knarren.

Ganz oben befand sich eine Tür, die nur angelehnt war. Ich konnte das Heulen eines Luftzugs hören, der sich durch einen Spalt quetschte. Eine frische Brise wehte mir entgegen, als ich die Tür aufdrückte, die ein müdes Knarren von sich gab. Ich linste nach drinnen und sah eine weitere Treppe, schmal und lang wie eine Hühnerleiter, nur dass sie sich in einer Spirale nach oben bog. Mein Atem hallte mir nach, während ich vorsichtig weiter nach oben zu gehen begann. Dabei klammerte ich mich an dem Geländer fest. Jeder Schritt brachte das uralte Holz zum Stöhnen, Ächzen und Quietschen.

»Bitte nicht einbrechen, nicht einbrechen«, beschwor ich die Treppe, die mir mit weiterem Quietschen antwortete.

Um Gottes willen, ich hoffte, zumindest einer der beiden war dort oben, denn allein würde ich hier nie wieder herunterkommen.

Hektisch nahm ich die letzten Stufen und stieß auf eine offen stehende Dachluke. Ich steckte den Kopf hindurch, sah mich um und schreckte dabei eine gurrende Taubenfamilie auf. Ich war offensichtlich am Dachboden angekommen und wohl seit langer Zeit einer der ersten Menschen hier oben, denn eine dicke Staubschicht lag am Boden und brachte mich sofort zum Niesen. Die Treppe unter mir ächzte protestierend. Ups.

Hektisch krabbelte ich auf den Dachboden und blickte mich erneut niesend um. Hier lag hauptsächlich ausrangierter Krimskrams aus den letzten dreihundert Jahren herum. Im dunklen Dämmerlicht sah ich größtenteils nur Schemen unter weißen, mottenzerfressenen Bettlaken, doch ich erkannte definitiv einen alten Diwan, eine Badewanne mit Löwenköpfen als Beinen, eine Lavalampe aus den 1970er-Jahren und riesige Stapel an alten Zeitungen.

Erneut streifte mich eine kühle Brise, und ich entdeckte über dem Diwan ein geöffnetes Dachfenster. Eine der Tauben saß gurrend auf dem Diwan und starrte mich neugierig an. Ich kletterte auf den Diwan und schob den Kopf durch das Fenster.

Da waren die beiden. Jackson und Vincent saßen auf dem Dach. Das rote Glühen einer Zigarettenspitze war zu sehen. Ihr leises Gemurmel mischte sich mit den empörten Gurrlauten der Taube.

Neugierig versuchte ich zu lauschen, doch die Taube gurrte viel zu laut weiter. Vincent sagte etwas, was Jackson zum Lachen brachte. Der Anblick der beiden hatte etwas Verstörendes und gleichzeitig Faszinierendes an sich. Sie waren wirklich wie Tag und Nacht. Aber was war dann ich? Wie passte ich dazwischen?

Jackson seufzte. »Ich habe mit meiner Tante gesprochen und sie … *gurrrr* … *gurrrr* … Ich möchte nicht, dass … *gurrrr.*«

Vincent zuckte mit den Schultern. »Ich weiß, du kannst nichts dafür, weil du tot warst und so, aber du hast vie… *gurrrr* … *gurrrr* … Alice ist nicht mehr das Mädchen von früher.«

Jacksons Schultern spannten sich an. »Darf ich dir ein… *gurrrr* … stellen?«

»Kommt drauf an.«

»Liebst du … *gurrrr?*«

Argh! Dieses Mistvieh. Ich fixierte den Vogel und schnippte mit den Fingern. Eine kleine Portion Dunkelheit floss aus meinen Fingerspitzen. Sie traf die Taube genau am Hintern. Die gurrte entsetzt und flog in einem Kamikazeanflug direkt in meine Richtung. Erschrocken duckte ich mich, als die Taube in einen Stapel aus Kisten krachte. Federn stoben auf. Entsetzt riss ich die Augen auf, während die Kisten knarrend umkippten. Ich sprang vom Diwan, fing eine alte Schneiderpuppe auf und versuchte hektisch, den Stapel am Umkippen zu hindern. Doch es war schon zu spät. Die erste Kiste folgte der Schwerkraft, und mit ihr polterte auch der Rest laut rumpelnd über mir zu Boden. Bei jeder Kiste, die aufschlug, zuckte ich zusammen. Zeitungen flatterten wie makabres Konfetti um mich herum, und ich linste vorsichtig nach oben.

Sowohl Jackson als auch Vincent starrten mich an.

Kacke.

»Äh … hey … was für ein Zufall, euch hier zu sehen. Netter Dachboden, oder?«, stammelte ich und spürte, wie ich dabei knallrot anlief.

Vincent grinste, während Jackson den Kopf schief legte und dabei spöttisch eine Augenbraue hob. »Ist das eine Freundin von dir?« Er nickte auf die Schneiderpuppe in meinen Armen.

Erst jetzt bemerkte ich, dass ich die Puppe an den Brüsten gepackt hielt. »Ja, wir sind ganz dicke miteinander.« Ich schlug mir die Hand gegen die Stirn und seufzte.

Vincent prustete los. »Wollt ihr euch zu uns gesellen?«, foppte er mich, ganz der Gentleman.

»Nein, ja … klar!« Schnell stellte ich die Puppe zurück, ehe ich wieder auf den Diwan stieg.

Jackson hielt mir die Hand hin. Mein Fluchmal kribbelte wie verrückt, als er mir nach oben half. Der bisher sanfte Windzug fuhr nun heftiger durch meine Klamotten, während ich mich zwischen Vincent und Jackson fallen ließ.

»Wenn ich es nicht besser wüsste, würde ich behaupten, du hättest uns belauscht, Chérie«, brummte Jackson.

Vincent grinste. »Und da ich es definitiv besser weiß als er, sage ich: Gut gemacht! Du hast so viel von mir gelernt. Ach, sie werden so schnell groß, böse und durchtrieben.« Rührselig hielt er mir seine Hand zum High Five hin.

Ich boxte ihm stattdessen in die Rippen.

»Aua!«

»Hoffe, das hat wehgetan!« Ich funkelte ihn an.

Vincent zuckte mit den Schultern und klatschte sich selbst ab.

»Was macht ihr hier oben? Zusammen und so?«, bohrte ich nach.

Jackson räusperte sich und stellte seinen Schuh unauffällig auf die ausgedrückte Kippe.

»Ich kam hoch, um allein zu sein und nachzudenken«, erklärte Jack.

»Und ich bin ihm gefolgt, um ihn vom Dach zu stoßen«, setzte Vincent fort.

Jack guckte selbstgefällig. »Hat er aber nicht geschafft.«

»Jetzt reden wir. Wir sind zu müde für mehr«, murrte Vincent.

»Ich bin stolz auf euch, Jungs«, erwiderte ich trocken.

Beide wirkten erfreut. Ich verdrehte die Augen.

»Wir haben eigentlich nur den Plan für morgen besprochen«, gab Jackson zu. Ein Windzug zog an seinen schwarzen Haaren, die sich dabei sanft wellten.

»Und?«

Sein Blick wanderte zu meinem Handgelenk. »Ich sollte wohl anfangen, ein paar Fehler wiedergutzumachen, und meine Rolle wieder einnehmen.«

Das Zeichen kribbelte, und in mir wallte die Dunkelheit auf. Sie erkannte Jack und schnurrte beinahe wie eine Katze. Zögerlich fanden sich unsere Finger und verschränkten sich ineinander.

»Wirst du mich auf das Spielfeld lassen?«, fragte ich leise.

Jacks Gesichtsausdruck verdüsterte sich. Seine Finger krampften sich um meine, doch er nickte. »Wenn es das ist, was du willst«, sagte er dumpf.

Erleichtert entspannte ich mich. »Dann bekommst du deine Kräfte gern zurück. Wir müssen danach aber neue für mich suchen, damit ich nicht vollkommen schutzlos bin«, witzelte ich.

Jacksons Blick bohrte sich in meinen, und die Dunkelheit strebte ruckartig weiter auf ihn zu. Mein Körper reagierte instinktiv und rutschte näher, bis ich fast auf seinem Schoß saß.

»Okay!«, unterbrach uns Vincent. Der weiße König stand auf und klopfte sich imaginären Staub von der Hose. »Ich merke schon, dass ich überflüssig werde. Tauscht ihr mal schön eure Zeichen aus, ich werd derweil eine Runde kotzen gehen wegen all des Kitschs hier oben.« Vincent lächelte kühl auf uns herab, doch ich sah das warme Funkeln in seinem Blick, als er durch die Dachluke verschwand.

»Ehrlich. Ich hasse diesen Kerl«, murmelte Jack.

»Er ist gar nicht so übel.«

»Willst du mich verarschen?«

»Eifersüchtig, Black Jack?«

»Nur ein wenig.«

Wieder sahen wir einander an, und mein Körper zog sich schmerzhaft vor Verlangen nach seiner Nähe zusammen. Zögerlich hob ich eine Hand und streichelte über seine Wange. Jackson sog scharf die Luft ein und schloss die Augen.

»Ich hab dich so unendlich vermisst, Jack«, hörte ich mich selbst sagen.

»Unser Leben ist so unendlich verkorkst. Aber du bist trotzdem das Beste, was ich jemals bekommen habe.« Jackson lächelte und lehnte seine Stirn gegen meine. Unser Atem vermischte sich. Die Nacht war wolkenlos. Die Milchstraße zog wie ein Band aus Lila, Gelb und Weiß an uns vorbei.

»Weißt du, was das Problem mit Wundern ist?«, fragte ich leise.

»Nein. Was, Chérie?«, murmelte er und vergrub sanft seine Finger in meinem Haar.

Ich schauderte, leckte mir über die Lippen und sah, wie er der Bewegung sehnsüchtig mit dem Blick folgte. »Sie sind so verdammt selten. Sonst wären sie ja keine Wunder.«

»Du meinst, unser Kontingent an Wundern ist aufgebraucht?«, fragte er ernst.

»Vielleicht.«

In meinen Ohren summte es. Die Finger meiner freien Hand zuckten. Im nächsten Augenblick schob sich Jacksons Hand in meine andere, und der Druck wich einem ruhigen Rauschen. Issy hatte recht. Wir glichen einander aus. In mir rastete etwas ein. Wie ein Puzzleteil, das schon sehr lange seinen Platz suchte, doch niemals gepasst hatte. Das Fluchmal summte auf meiner Haut, und ich spürte einen Schauder über meinen Rücken laufen. Jacksons Lippen berührten meine. Nur flüchtig. Sehnsüchtig. Ehe er genug davon abließ, dass ich sprechen konnte.

»Bereit, wieder der schwarze König zu werden, Jackson St. Burrington?«, flüsterte ich und fühlte seinen schnellen Herzschlag unter meinen Fingern.

Jack nickte, und ich ließ die Dunkelheit in mir los. Es war erstaunlich einfach. Die Macht des schwarzen Königs hatte die ganze Zeit viel zu schwer auf meiner Seele gelegen. Sie gehörte nicht mir, sondern Jackson. Ich hatte sie nur eine Weile für ihn getragen.

Die Dunkelheit verließ meinen Körper und ging auf Jackson über, auch wenn ich spürte, dass ein Teil von ihr in mir zurückblieb. Zum ersten Mal verlor ich mit der Rückverwandlung nicht alle Fähigkeiten der Spielfigur, die ich eingenommen hatte. Ob das eine Besonderheit der Könige war?

Jackson stöhnte auf und riss mich damit aus den Gedanken. Es klang, als hätte er Schmerzen, während ich selbst vor Erleichterung aufseufzte. Es fühlte sich an, als würde ein kühlendes Tuch auf eine brennende Wunde gelegt werden. Alles in mir wurde leichter. Auch wenn ein Hauch von Schatten in mir zurückblieb.

Jackson schien es anders zu gehen. Eine Vene an seiner Stirn pochte. Er schrie nicht, doch er biss die Zähne zusammen und krümmte sich, während ihm der Schweiß von der Stirn tropfte.

Ich schauderte, als eine Gänsehaut über meinen Körper rieselte.

Das Zeichen an meiner Haut verschwand, als wäre es niemals dort gewesen. Stattdessen leuchtete Jacksons Handgelenk auf. Schwarz und kräftig, als wäre es niemals verschwunden, prangte das Fluchmal wieder auf seiner Haut. Heftig keuchend starrten wir uns an.

»Wie … wie geht es dir?«, stammelte ich.

Jackson sog scharf die Luft ein, und im selben Augenblick sah ich in seinen Augen, wie die Dunkelheit seine Venen durchflutete. Schatten tanzten in seinen Pupillen, und Funken tanzten hindurch wie gefallene Sterne.

»Ich kann dich fühlen«, brachte Jack hervor. »Die Dunkelheit hat sich verändert. Es ist, als wäre ein Teil von dir in mir.«

»Ist … ist alles weg?«, fragte er.

Ich schauderte.

Hob meine Hand und holte einen klitzekleinen Rest Dunkelheit hervor, der zitternd über meine Finger tanzte.

»Fast. Ein wenig von dir ist wohl auch jetzt in mir, Black Jack.«

Der Gedanke, wie dieser Funke an Dunkelheit mich verändern würde, ließ mich innehalten.

Doch seine Hände umfassten mein Gesicht, und er zog mich so nah an sich, dass kein Hauch mehr dazwischenpasste. »Ich liebe dich, Chérie«, murmelte er und küsste mich.

Mehr brauchte es nicht. Mein ganzer Körper, meine ganze Seele standen lichterloh in Flammen.

Jacksons Hände verflochten sich mit meinem Haar, und unser Atem mischte sich, als ich seinen Kuss erwiderte. Hungrig, sehnsüchtig. Ich ließ meine Hände über seinen Körper wandern, spürte und ertastete jede Erhebung, jeden harten Muskel, der sich zitternd anspannte. Irgendwann schaffte ich es, sein Hemd aufzuknöpfen. Knopf um Knopf öffnete ich es mit zitternden Fingern und legte dabei Zentimeter um Zentimeter warme Haut frei. Ich löste mich von Jacks Lippen, küsste eine federleichte Spur bis zu der Wunde an seiner Brust.

Jacksons Atem ging schnell. »Chérie.«

»Du bist so wunderschön. Schon am ersten Tag wollte ich dich berühren«, flüsterte ich zurück und bebte, als er mich ruckartig packte und auf den Rücken drehte.

Das dunkle Haar rahmte sein Gesicht ein wie Rabengefieder, das im Mondlicht beinahe bläulich glänzte. Seine Lippen waren voll und leicht geschwollen. Sie senkten sich wieder auf meine.

Jack küsste mich, bis ich keine Luft mehr bekam, berührte mich mit seinen großen, warmen Händen, seinen weichen Lippen. Inzwischen sah ich die Sterne über uns nur noch verschwommen. Ich spannte mich an und küsste, was ich fand. Seine Wangenknochen, seine Hände.

»Darf ich weitermachen, Chérie? Oder soll ich aufhören?«, brachte Jackson stockend hervor.

Wenn er jetzt aufhörte, musste ich wahrscheinlich sterben. »Hör nicht auf. Nie wieder«, bat ich ihn.

Jackson schauderte. »Jeder Augenblick mit dir ist ein kleines

Wunder, Alice«, glaubte ich ihn murmeln zu hören. Und dann hörte ich eine ganze Weile lang gar nichts mehr bis auf meinen eigenen stockenden Atem, der sich mit Jacksons vermengte.

Schweiß glänzte auf unserer Haut, und ich fühlte, wie Jackson meine Stirn küsste. Meine Nase. Meinen Mundwinkel. Mein Ohr.

»Jack, das war …« Mir fehlten die Worte, und ich spürte, wie er sein Gesicht an meinem Hals vergrub.

»Perfekt. Es war perfekt«, murmelte er.

Wir starrten in den Himmel, und ich wünschte mir eine Sternschnuppe. Einen fallenden Stern, dem ich meine Wünsche mitgeben konnte. Die Wunder mochten vielleicht schon aufgebraucht sein, aber vielleicht nicht die Wünsche.

Doch der Himmel blieb klar. Nichts bewegte sich, also schloss ich die Augen und schickte meinen Wunsch einfach so in die Nacht.

Ich drückte mich an Jackson und wünschte mir, dass wir eines Tages wieder so beisammen liegen und darüber philosophieren konnten, wie seltsam es war, dass wir hier lagen.

Langsam schlug ich die Augen auf, blinzelte und zuckte zusammen.

Jackson beugte sich über mich. Der Wind spielte mit seinen Haaren. In seinen Augen lag ein seltsamer Ausdruck.

»Alles okay?«, fragte ich verwirrt.

»Es tut mir leid, Alice«, murmelte er. Eine schwarze Locke fiel ihm die die Stirn.

»Was?«, setzte ich an.

»Vincent und ich sind uns nicht immer einig, aber in dieser

Sache schon. Du wirst mich hassen, aber zumindest wirst du am Leben sein, um uns hassen zu können«, schloss Jackson.

Nackte Panik jagte meinen Puls nach oben, doch da presste mir Jackson bereits ein Tuch auf die Nase. Ich schrie erstickt auf. Ein unglaublich beißender Gestank füllte meine Nase. Ich hustete und würgte. Mein panisches Hirn brauchte in etwa drei Sekunden, bis es die Informationen zu dem ausspuckte, was hier gerade geschah.

Chloroform.

Jack betäubte mich.

»Ich liebe dich«, hörte ich ihn flüstern, während das Chloroform langsam in mein Hirn einsickerte und dort seine Wirkung tat.

Innerhalb von wenigen Atemzügen spürte ich, wie mir die Kraft aus den Muskeln wich und ich zusammensackte. Das Letzte, was ich sah, war eine Sternschnuppe, die am Himmel vorbeizog.

KAPITEL 32

Ich fiel.

Ich fiel tief.

Ich fiel schnell.

Ich fiel in einen Abgrund, der wie eine schwarze, faulige Wunde unter mir aufklaffte.

Wie Alice im Wunderland stürzte ich einen Tunnel. Doch im Gegensatz zu dieser Alice wartete dort unten nicht das Wunderland auf mich, sondern der Tod höchstselbst. Es war sein Spiel, und er war es auch, der am Ende als Einziger gewinnen würde. Ich konnte seinen Atem auf der Haut spüren. Modrig und eiskalt. So eiskalt.

Ich öffnete den Mund, um zu schreien, doch nichts kam heraus. Ich fiel einfach immer weiter, während der Tod auf mich wartete. Stinkend, kalt und unendlich. Der Tod riss seinen Schlund auf, und ich hörte seine Stimme in meinem Kopf dröhnen: *»Bald, Alice Salt. Bald …«*

Ich riss die Augen auf und wollte schreien, doch etwas steckte in meinem Mund. Hektisch versuchte ich zu atmen, während das wenige an Luft durch meine Nase pfiff. Mit tränenverschleiertem Blick versuchte ich, mich zu rühren, doch weder meine Hände noch meine Füße schafften es, sich zu bewegen.

Die Panik quetschte mir den Brustkorb zusammen. Atmen, Alice! Atmen! Ich würgte, ehe ich durch den Nebel in meinem Kopf begriff, dass ein Knebel in meinem Mund steckte. Ich zerrte erneut an meinen Händen, die über meinem Kopf an einem Bettpfosten festgemacht waren, und fühlte hartes Eisen. Handschellen! Die Schweine hatten mich mit Handschellen gefesselt.

Ich zwang mich, die Panik herunterzuschlucken und so lange still liegen zu bleiben, bis sich mein Puls wieder einigermaßen stabilisiert hatte. Mit schmerzendem Genick sah ich mich um. Okay, so weit, so gut.

Ich lag in meinem Zimmer. Durch die Fenster fiel seichtes Licht in den Raum. Nach dem Stand der langen Schatten musste es wohl später Nachmittag sein, was jedoch bedeutete, dass ich ziemlich lange *out of order* gewesen war. Beinahe einen ganzen Tag. Vielleicht sogar länger.

Eine Gänsehaut breitete sich auf meiner Haut aus, als ich daran dachte, was Vincent und Jackson in all der Zeit bereits für Mist gebaut haben mussten. Vielleicht war es schon zu spät. Vielleicht waren sie längst auf das Spielfeld gegangen und lagen als toter Stein am Boden.

Von erneuter Panik ergriffen zerrte ich wieder an den Fesseln und fluchte um den eklig aufgeweichten Knebel in meinem Mund herum. Der Geschmack nach alten Socken lag auf meiner Zunge. Ich suchte in mir die Dunkelheit, doch die floss träge und zäh wie Teer in meinen Venen. Das Chloroform musste immer noch wirken. Ich schaffte es gerade einmal, einen müden kleinen Funken zu erzeugen, der nutzlos im Raum herumtanzte.

»Mgpftgrmpft!«, fluchte ich in den Knebel und suchte nach

etwas, was mir helfen konnte, mich mit roher Gewalt zu befreien.

Vielleicht war Jackson so blöde gewesen, den Schlüssel auf dem Nachttischchen liegen zu lassen. In Filmen lag der Schlüssel immer knapp neben dem Opfer. Mein Blick schoss zu dem Tisch, aber kein Schlüssel war zu sehen. Mist.

Meine Glieder prickelten schmerzhaft von der abgedrückten Blutzufuhr, und ich biss vor Frust in den Knebel hinein. Wenn ich nichts fand, mit dem ich mich losmachen konnte, musste ich warten, bis das Chloroform abgebaut war. Wie lange würde das noch dauern? Ein paar Minuten? Stunden?

In Schockstarre lag ich im Bett, während ein Horrorszenario nach dem anderen vor meinem inneren Auge auftauchte. Jackson, wie er unter einer Horde Spinnen begraben wurde. Vincent, der von seinem Vater geköpft wurde. Curse, dem während der Schlacht sein Thunfischsandwich herunterfiel.

Oh Gott, mein Kopf war wirklich noch nicht ganz klar. Frustriert knallte ich den Hinterkopf gegen die Kopfstütze des Betts, das gegen die Wandvertäfelung prallte. Oha! Das war laut. Weit lauter als mein Gebrüll mit dem Knebel im Mund. Vielleicht konnte ich ja so Aufmerksamkeit auf mich ziehen, falls außer mir noch jemand in der alten Villa war. Konzentriert robbte ich ein wenig höher und ließ den Kopf erneut fallen.

Rumms!

Aua. Aber es war laut. Hoffentlich hörte mich jemand. So gut ich konnte, begann ich, auf dem Bett herumzuzappeln, und je mehr die Matratze wackelte, desto lauter knallte das Kopfteil gegen die Wand. Ich machte Lärm für zehn, und obwohl das Poltern und

Quietschen zwischenzeitlich ziemlich unanständig klang, hoffte ich, dass es genug Aufmerksamkeit erregte, damit jemand angelaufen kam. Das ganze Bett rumste gegen die Wand, und die Dunkelheit in mir erwachte langsam aus ihrem dösigen Chloroformdusel.

Rums!

Die Dunkelheit kräuselte sich auf meiner Haut und rann mir zusammen mit dem Schweiß den Rücken herab. Kleine Wirbel entstanden, die aufgeschreckt hin- und herhuschten.

Rums!

Rums!

Die Bewegung zerrte an meinen Armen. Keuchend hielt ich inne, schloss die Augen und zog an der Dunkelheit in mir. Sie bohrte sich schmerzhaft aus meinen Adern heraus. Ich schrie vor Schmerz, und in der nächsten Sekunde knallten die Schatten wie Schießpulver aus mir heraus. Der Holzrahmen splitterte, und das Bett krachte in sich zusammen. Erschrocken kreischte ich auf, während die Matratze ihren Inhalt ausspuckte. Meine Arme hingen jedoch immer noch am Kopfteil fest, außerdem bohrte sich ein Bruchstück des Betts in meinen Rücken. Argh!

Frustriert schloss ich die Augen und atmete tief durch, als ich ein Kitzeln an meinen Beinen fühlte. Erschrocken zog ich die Beine zurück, riss die Augen auf und sah ein schlankes Frettchen an mir herumschnuppern. Pringles!

Erfreut rief ich seinen Namen, durch den Knebel klang es jedoch eher wie »Pfinpfel«. Das Frettchen starrte mich mit intelligenten, nass glänzenden Augen an. Ich grunzte und versuchte, es weiter vollzutexten. »Phol Philfe, Pfinpfel. Pfnell!«

Oh ja, das verstand das Frettchen jetzt mit Sicherheit. Es schnupperte mich an, krabbelte zu mir hoch hörte meinem Gegrummel zu. Dann gurrte es zufrieden, tapste mit seinen Pfötchen auf meiner Brust herum, wie um zu testen, wie flauschig ich war, und rollte sich zufrieden auf mir zusammen. Nein!

»Bist du sicher, dass er da langgelaufen ist?«

»Ja. Er meinte, es würde etwas seltsam riechen, und ist davongezischt.«

Blitzartig hob ich den Kopf, als ich die dumpfen Stimmen hinter der Tür hörte.

»Vielleicht hat nur Bastion wieder vergessen, seine Unterhosen in die Wäsche zu geben.«

»Urgh, Grave! Hat dir schon mal jemand gesagt, dass du genauso abgedroschen bist wie dein Cousin?«

Das waren Grave und Glory! Ich musste etwas tun. Kurz entschlossen wuchtete ich mich herum und knallte lautstark von der aufgeplatzten Matratze. Das Kopfteil polterte samt mir laut auf die Dielen und kugelte mir fast die Arme aus. Ich schrie unterdrückt auf, während die Muskeln an meinen Achseln brannten. Pringles sprang erschrocken von meiner Brust und meckerte mich empört an.

»Hast du das gehört? Das kam doch aus Alice' Zimmer, oder?«

Ich schrie in meinen Knebel hinein und sah, wie an der Türklinke gedrückt wurde, doch sie rührte sich nicht.

»Abgesperrt.«

Pringles stellte gurrend die Ohren auf und quetschte sich durch den Spalt zwischen Tür und Boden.

Ich hörte Glory erfreut den Namen des Frettchens rufen, während Grave erschrocken hervorpresste: »Wo kommt der denn her?«

Das Frettchen gurrte, und Glory sog scharf die Luft ein.

»Was ist los?«, hörte ich Grave fragen, doch da klopfte bereits jemand an der Tür.

»Alice? Bist du da drin?«

Die Klinke wurde nach unten gedrückt, doch nichts rührte sich. Es war abgesperrt. Natürlich war es das. Ich stöhnte, als hinter der Tür aufgeregte Bewegung aufkam.

»Oh Gott, hörst du das? Brich die Tür auf, Grave.«

»Und wie soll ich das anstellen? Ich bin doch nicht Hulk.«

»Dann hol jemanden, der es kann.«

»Aber alle, die die nötigen Muskeln dafür haben, sind schon losgegangen. Und warum sollte Alice überhaupt in ihrem Zimmer sein?«

Ich stöhnte lauter und genervter.

»Ich hab keine Ahnung, aber Pringles meint, sie liegt dort drinnen. Hol am besten Dagger, er ist als Einziger stark genug«, zischte Glory.

Ich hörte Graves Schritte, die sich hektisch entfernten.

Kleiderrascheln war zu hören, und ich sah unter dem Türspalt ein Auge, das versuchte, ins Zimmer zu gucken: »Alice?«

Ich grunzte.

»Keine Sorge, Grave holt Hilfe.«

Ich seufzte und zuckte im nächsten Moment zusammen, als etwas gegen die Scheiben schlug. Ich drehte mich schnell weg, als Scherben durch das Zimmer spritzten und sich klirrend am Boden verteilten. Erschrocken blinzelte ich über meine Schulter und sah einen weißen Raben, der sich krächzend Splitter aus dem Gefieder schüttelte.

Mein Herzschlag beschleunigte sich. Dagger!

Ich hatte den weißen Turm bisher immer nur als Raben gesehen, selbst in den letzten Monaten. Umso faszinierender war es jetzt zu beobachten, wie sich sein Gefieder aufplusterte. Die kleinen Knochen bogen sich, das Gefieder zog sich zurück, der Schnabel öffnete sich zu einem Schrei, und im nächsten Augenblick hockte ein hübscher, nackter Kerl in meinem Zimmer. Hätte kein Knebel in meinem Mund gesteckt, hätte dieser wahrscheinlich offen gestanden.

Dagger sah aus wie ein Engel, was aber vermutlich daran lag, dass sich seine weißen Rabenflügel immer noch an seinen Rücken schmiegten. Sein Haar war beinahe golden und fiel ihm bis auf die Schultern. Daggers Gesicht sah aus, als hätte es jemand aus Marmor geschliffen, mit großen sturmgrauen Augen, geschwungenen Brauen und gleichmäßigen Gesichtszügen, sodass er leicht androgyn wirkte.

Dagger verzog das Gesicht und spuckte eine weiße Feder aus. »Hey, habe gehört, du steckt in Schwierigkeiten?«, sagte er mit einer erstaunlich rauen, warmen Stimme.

Ich starrte ihn nur völlig paralysiert an.

Ein zögerliches Klopfen war zu hören. »Ähm, hallo? Alles okay da drinnen?«, hörte ich Glory fragen.

»Ja, ich hab sie«, rief Dagger, und Glory atmete erleichtert auf.

»Ist sie verletzt?«

»Sieht nicht danach aus. Oder?«, erkundigte sich der Turmspieler bei mir.

Ich schüttelte den Kopf, während er sich vor mich kniete und zungenschnalzend die Handschellen in Augenschein nahm.

»Dafür hat er die also gebraucht. Hab mich schon gewundert,

warum Vincent Handschellen aus reinem Titan wollte. Sind schwer zu knacken, was?« Seine Mundwinkel zuckten, als ich ihn angrummelte. »Mal sehen, was sich machen lässt.« Dagger bog einen weißen Flügel nach vorn und riss sich blitzschnell eine große weiße Feder aus. »Schön stillhalten«, ermahnte er mich, während er den Kiel ins Schloss schob und darin herumzufuhrwerken begann.

Ich hätte mich gar nicht rühren können, selbst wenn ich es gewollt hätte. Was aber allem voran an der sehr muskulösen Brust vor meiner Nase lag. Um Gottes willen, zusammenreißen, Alice!

Es klickte. »Geschafft!«

Die Handschellen fielen ab, und ich zerrte mir, so schnell ich konnte, den Knebel aus dem Mund und schnappte keuchend nach Luft. Kein Wunder, dass mein Mund nach alten Socken schmeckte. Es war eine verdammte Socke, die mir die beiden in den Mund gestopft hatten. Dem eingestickten Schulwappen nach zu schließen war es Jackson gewesen. Dieser Arsch!

»Danke, Dagger«, presste ich hervor.

»Gern geschehen«, sagte er ruhig, ließ die Feder fallen und hielt mir seine Hand entgegen.

Schwankend ließ ich mir aufhelfen, während ich mir durch das wirre Haar fuhr. Ich musste grauenvoll aussehen.

»Du sieht grauenvoll aus«, sagte der schöne Dagger.

Ich schnitt ihm eine Grimasse. »Danke.«

Dagger legte den Kopf schief und sah dabei tatsächlich ein wenig wie ein Vogel aus. »Darf ich dir eine Frage stellen?«

»Nur eine? Ich hätte mehr.«

»Was ist hier passiert? Vincent und Jackson sind längst am Spielfeld angelangt. Warum bist du hier und nicht bei ihnen?« Er sagte es nicht vorwurfsvoll. Er klang eher amüsiert, trotzdem zog sich in mir alles zusammen.

Ich biss die Zähne zusammen und spürte, wie die Dunkelheit aus den Schatten kroch und sich um mich herum sammelte. Mein Schatten verzog sich zu etwas Großem, Groteskem. »Vincent und Jackson haben mich betäubt und hier liegen lassen. Warum hat denn niemand nach mir gesucht?«, fuhr ich Dagger schärfer an als beabsichtigt.

Er zog eine Augenbraue hoch. »Vincent hat uns erzählt, du seist mit dem verfluchten Kater noch in der Nacht zum Spiel aufgebrochen.«

»Und das haben alle geglaubt?

»Nun ja, kein Vorwurf, Liebes, aber du stehst in dem Ruf, nicht immer sehr rational zu handeln.«

Mir entgleisten kurz die Gesichtszüge. »Wirklich?«

Er zuckte entschuldigend die Schultern. »Das ist süß.«

»Hallo? Alles okay?« Glory klopfte und erinnerte mich daran, dass ich eigentlich gar keine Zeit hatte, hier zu stehen und mit Dagger zu plaudern.

Ich schritt auf die Tür zu, sammelte Dunkelheit um meine Faust und brach mit einem krachenden Ruck das Schloss auf. Wieso hatte das bei den Handschellen nicht auch so einfach funktioniert?

Die Tür schwang nach innen. Glory und Grave starrten mich an, ehe beider Blicke an Dagger hinter mir kleben blieben. Ich konnte es ihnen nicht verdenken, dass ihre Blicke dabei leicht glasig wurden. Vor allem Grave begann, ziemlich intensiv zu starren.

»Wie lange sind sie schon weg?«, platzte es aus mir heraus, während ich mich an den Bauernspielern vorbeischob.

»Seit zwei Stunden. Alice … Was machst du hier noch?«, fragte Glory, und ich hörte, wie sie mir folgten, inklusive Dagger, dessen Federn raschelnd am Boden schleiften. Er bewegte sich ein wenig staksend, als wäre er schon sehr lange nicht mehr auf zwei Beinen gegangen.

»Kann ich dir … ähm … helfen, Dagger?«, hörte ich Grave fragen.

»Nein, danke«, sagte der, und Grave seufzte enttäuscht.

»Wie schade«, hörte ich ihn murmeln. »Ich halte dir gern etwas … Ich mein, ich helfe dir gern.«

Ich musste ein Grinsen unterdrücken, während wir die Treppen nach unten hetzten. In der Halle blieb ich stehen. Mein Hirn versuchte, schnell genug zu arbeiten, um einen Notfallplan zu erstellen. Ich trug noch dieselben Klamotten wie am Vortag, doch daran ließ sich jetzt nicht viel ändern.

»Was schlägst du jetzt vor?«, fragte mich Glory.

»So schnell wie möglich auf das Spielfeld und die beiden Idiotenärsche retten … oder töten. Das hab ich noch nicht final entschieden«, knurrte ich und ging zur Tür.

»Warte! Wie willst du so schnell dort sein? Zu Fuß bist du mindestens eine Stunde unterwegs, und mit dem Auto wärst du auch nicht viel schneller.«

»Dann renn ich eben.«

»Unbewaffnet?«

Ich blieb stehen. Stimmt.

»Waffe?«, bot mir Grave an, fasste in seine Hosentasche und reichte mir eine Handfeuerwaffe.

Mit großer Abneigung nahm ich sie entgegen. Das letzte Mal, als ich eine Waffe gehalten hatte, hatte ich Jackson damit erschossen. »Ich hab keine Ahnung, wie man das Ding benutzt.«

»Gut zielen und abdrücken«, kam die trockene Antwort.

»Okay.« Tief atmete ich durch, ehe ich die Waffe in meine Jackentasche steckte. »Danke.«

»Viel Glück, Alice Salt«, flüsterte Glory, und Grave nickte. Beide sahen mich an, als würden sie nicht damit rechnen, mich lebend wiederzusehen. Ich tat es auch nicht.

»Passt auf euch auf«, gab ich mit rauer Stimme zurück.

Pringles, der sich auf Glorys Schultern zusammengerollt hatte, gurrte mich an.

»Du auf dich auch, Kleiner«, sagte ich, obwohl ich keine Ahnung hatte, was er zu mir gesagt hatte.

Glory grinste schief.

Ich drehte mich um, als mich Grave an der Tür zurückhielt. »Alice?«

Mit erhobenem Blick sah ich über die Schulter.

»Sag Fox, dass ich ihn umbringe, wenn er sich töten lässt.«

Mein Mundwinkel zuckte, und ich verließ die alte Villa.

Das Sonnenlicht hing tief über den Baumwipfeln. Ein sanfter Windzug rauschte leise in den Blättern. Ansonsten war es jedoch still. Viel zu still. Ein Rascheln neben mir wie von Federn ließ mich aufblicken. Dagger gesellte sich neben mich. Er hatte irgendwo eine Hose aufgetrieben. Ich erkannte eine Jogginghose von mir. Sie war mir zu groß gewesen, passte ihm also beinahe perfekt. Die Sonne fiel auf sein Haar und ließ es wie gesponnenes Gold aussehen.

»Wenn du willst, bring ich dich auf das Spielfeld.«

»Wie bitte?«

»Ich fliege dich. Unter einer Bedingung.«

Ich hob eine Augenbraue.

Dagger antwortete leise: »Falls wir das alle hier heute überleben, darfst du Vincent nicht verraten, dass ich dich losgebunden habe. Wenn er sauer ist, wird er unausstehlich, und ich hab gern meine Ruhe.«

»Meine Lippen sind versiegelt«, versprach ich und bekam dafür ein Lächeln. Schockschwerenot, sogar sein Lächeln war schmerzhaft schön.

Raschelnd breitete er seine Flügel aus und hielt mir schließlich die Arme auf. »Darf ich?«

Ich nickte und ließ mich von ihm hochheben. Sein Bizeps spannte sich an, während er mich eng an seine Brust drückte.

»Halt dich fest«, bat er, und ich glaubte, aus Richtung Villa ein neidisches Seufzen zu hören.

Die Tür stand noch offen, und Grave und Glory sahen uns dabei zu, wie ich auf Dagger kletterte, alles, was ich hatte, um ihn schlang und die Luft anhielt, während der Turmspieler seine Muskeln anspannte. Im nächsten Augenblick katapultierte er uns beide in die Höhe. Scharfer Wind zerrte an meinen Klamotten und riss meinen erschrockenen Schrei mit sich fort, während wir uns höher und höher schraubten. Das Schlagen der Flügel hallte laut in meinen Ohren. Ich drückte das Gesicht gegen Daggers Brust, um mich von dem scharfen Wind abzuschirmen.

»Bitte nicht erwürgen«, hörte ich ihn hervorstoßen.

»Sorry«, keuchte ich, ohne jedoch locker zu lassen.

Ich linste nach unten und spürte leichten Schwindel in mir aufsteigen. Wir waren so verdammt hoch, dass sich die Felder und Wälder von Foxcroft wie grüne Quadrate unter uns ausbreiteten. Der Fluss zog sich durch die Stadt wie eine dunkelblaue Vene, die sich zu kleinen Armen verästelte. Dagger schwenkte nach links, mein Magen kam ein paar Sekunden später nach, und dann sah ich es. Direkt vor uns sollte der Wald liegen, doch wir stießen nur auf einen Wall aus Nebel. Er war vollkommen blickdicht und überspannte viele Meilen. Aschegeruch hing noch in der Luft.

»Was ist das?«, hörte ich mich selbst fassungslos fragen.

»Ich habe keine Ahnung, aber es gefällt mir nicht«, gab Dagger zurück.

Ich öffnete den Mund, schloss ihn jedoch wieder. Was sollte ich dazu auch sagen?

Dagger legte indessen die Flügel an, und wir schossen zurück auf die Erde, die in schwindelerregender Geschwindigkeit näher kam. Das Haar peitschte mir ums Gesicht, während mir ein Schrei im Hals stecken blieb. Wir flogen so tief, dass mich der Wipfel einer Tanne am Bein berührte. Der Wind rauschte an uns vorbei, als Dagger scharf abbremste und laut flügelschlagend auf der roten Mauer landete, die wie durch ein Wunder noch stand. Der Nebel begann genau hier wie eine steile, turmhohe Wand und leckte an den alten Ziegeln, die bröckelten, als ich einen wackligen Schritt von Dagger abrückte.

»Erinnere mich daran, niemals ein Turm zu werden, der fliegen kann«, brachte ich hervor und rieb mir den flauen Magen.

Dagger grinste und hielt sein Gesicht in die Nachmittagssonne. »Ich liebe das Fliegen«, murmelte er. »Nichts kann dich aufhalten, nichts hat Macht über dich, nicht einmal die Schwerkraft. Ich liebe diese Freiheit, die mir nur zwei Flügel und ein paar hohle Knochen bescheren können.« Er schloss die Augen, und es wirkte, als würde er auf etwas weit Entferntes lauschen.

Eindringlich betrachtete ich ihn. »Darf ich dir eine Frage stellen?«

Dagger öffnete seine stechend grauen Augen, was ich als Aufforderung auffasste.

»Warum habe ich dich bisher nie als Mensch gesehen? Warum der Rabe?«

Dagger lächelte und schlug die Augen nieder, sodass seine unverschämt langen Wimpern seine Wangenknochen berührten. »Als Vogel verlangt niemand von dir, andere Menschen zu töten. Als Vogel bin ich frei.« Ein Windzug, der nach kalter Asche roch, spielte mit seinem Haar.

Naserümpfend atmete ich durch, was unangenehm in der Lunge kratzte, und starrte auf die Nebelwand, die sich vor uns erstreckte. Die Dunkelheit in meinen Venen zirkulierte schneller und beschleunigte meinen Herzschlag, während sich meine Sinne schärften.

»Wo sind sie nur?«, fragte ich leise.

»Keine Ahnung. Ich habe sie nicht mehr gesehen, seit sie das Feld betreten haben. Das war vor einigen Stunden. Der Nebel ist absolut blickdicht«, berichtete Dagger, der seine weißen Flügel ausbreitete. Der Wind spielte mit den großen Federn. »Ich bin leider keine große Hilfe im direkten Kampf, aber ich werde mit dir hineingehen, alles im Auge behalten und dich warnen«, versprach er.

Ich nickte dankbar, und im nächsten Moment saß ein weißer Rabe auf der roten Mauer. Er plusterte sein Gefieder auf und warf mir einen letzten Blick aus schwarz glänzenden Augen zu.

Sein Anblick erinnerte mich an eine alte griechische Sage, die mir mein Vater einmal erzählt hatte. Die Sage handelte von einem jungen Mann namens Ikarus, dem ein paar weiße Flügel aus Wachs und Federn geschenkt wurden. In seinem Übermut kam er der Sonne zu nahe, sodass die Hitze das Wachs schmolz. Er stürzte ab und versank im Ozean. Ich fragte mich, ob wir heute alle im Ozean versinken würden. Man legte sich nicht mit Naturgewalten an, und der Fluch kam mir in diesem Augenblick wie die Sonne vor. Groß, unbezwingbar, unerreichbar. War ich also Ikarus, dass ich trotzdem sprang?

Geschmeidig stieß ich mich ab. Der Nebel verschluckte mich, und ich hörte am Flügelflattern, dass Dagger mir folgte. Zuerst sah ich nichts außer weißem Nebel, zumindest bis ich auf einmal hart am Boden landete. Staub wirbelte auf, als ich mich abrollte. Ich hustete, richtete mich auf und erstarrte. Es war schlagartig dunkel geworden, und absolut jedes Geräusch war verstummt. Es ging kein Lüftchen mehr, kein Vogel sang.

Ich stand im Nichts, als hätte ich mit meinem Schritt auf das Spielfeld eine vollkommen neue Welt betreten. Angespannt blickte ich mich um. Auch die Umgebung hatte sich verändert. Es waren nur dürre schwarze Bäume zu sehen, die sich wie vertrocknete Hände hilflos nach oben reckten, und als ich aufblickte, war auch der Himmel fort. Stattdessen lag über allem die dichte, wabernde graue Decke aus Nebel und schloss mich ein wie eine Kuppel. Der Nebel kroch zwischen den Bäumen hindurch, sodass ich kaum weiter als einige Meter sehen konnte.

Da ich oben nichts Vertrautes entdecken konnte, fiel mein Blick nach unten. Der Boden war nicht länger Erde. Es war hallender Marmor. Gigantische schwarze und weiße Kacheln, die sich abwechselten. Langsam sickerte die Erkenntnis in mich ein.

Ich stand auf einem gewaltigen Schachbrett.

Der Fluch schien den Wald optisch vollkommen verändert zu haben. Die gewaltige Bandbreite seiner Kräfte war jedoch nicht nur zu sehen, sondern auch zu fühlen. Bis jetzt schien der Fluch versucht zu haben, alles natürlich zu halten. Doch das neue Spielfeld hatte nichts mehr mit der Welt gemeinsam, die ich kannte.

Eine Gänsehaut überzog mich. Der Fluch meinte es hier eindeutig ernst. Ich drehte mich um, doch statt auf die rote Mauer stieß ich auf eine dichte Nebelwand. Es gab keinen Rückweg mehr. Ich war im Spielfeld gefangen.

Kapitel 33

Nun, das erklärte zumindest, warum die anderen verschwunden waren und bis jetzt nichts von sich hatten hören lassen. Schluckend drehte ich mich um und zuckte zusammen. Ich war mir sicher, bis eben nichts bis auf ein paar verkrüppelte Bäume gesehen zu haben, doch nun zeichnete sich vor mir eine Silhouette im wabernden Nebel ab. Ich hätte schwören können, Dagger hätte soeben noch auf einem Baum gesessen, aber als ich mich suchend umsah, war nichts von dem weißen Spieler zu sehen.

»Hallo? Dagger?«

Zögerlich trat ich auf den Baum zu. Meine Schritte hallten auf dem Boden, als würde ich durch eine gigantische Halle schreiten. Mein Atem kondensierte zu kleinen Wölkchen. Erst jetzt bemerkte ich, wie kalt es geworden war. Fröstelnd beschleunigte ich meine Schritte, doch als ich zu der Stelle kam, an der die Silhouette Gestalt annehmen sollte, zerstob sie zu Nichts.

Ich stand nun noch tiefer im Spielfeld. Alle meine Nackenhaare stellten sich auf. Die Dunkelheit in mir brodelte, und ich zog sie wie einen schützenden Umhang um mich. Es half nur mäßig, ich fühlte mich immer noch wie auf dem Präsentierteller.

Ich ging weiter. Der Nebel bauschte sich um mich herum und wich vor meinen Füßen zurück. Aufmerksam blickte ich mich um.

Ein verbrannter, umgestürzter Baum versperrte mir den Weg. Seine Rinde war pechschwarz. Ich stieg darüber, und in dem kurzen Augenblick, bevor meine Füße wieder den Marmor berührten, hörte ich es. Ein Geräusch, als würden Krallen über den Steinboden schleifen. Ich erstarrte. Mein Kopf schoss herum, doch nichts war zu sehen.

»Fuck!«

Bebend stieß ich den Atem aus und ging schneller. Das Geräusch setzte wieder ein. Es folgte mir. Ich lief schneller und sah aus dem Augenwinkel erneut die Silhouette. Sie lief gebückt und sah beinahe aus wie ein …

»Rawwwwwww!«

Mit einem wilden Knurren sprang ein schwarzer Wolf auf mich zu. Bastion! Seine riesigen Tatzen trafen mich auf der Brust. Ich schrie vor Schmerz und Überraschung auf, während ich auf den harten Boden knallte. Er war rutschig, sodass ich einige Meter weit schlitterte, ehe ich keuchend zum Stillstand kam. Der Wolf warf sich zähnefletschend über mich.

»Bastion! Ich bin's, Alice!«, schrie ich, doch als ich dem Wolf in die Augen starrte, sah ich nicht Bastions hübsche grüne Augen, sondern reines, abgrundtiefes Schwarz. Kein Erkennen blitzte darin auf. Kein Mitleid, nur der reine nackte Wahnsinn.

»Bastion!«, brüllte ich, doch der schwarze Turmspieler riss, ohne zu zögern, das Maul auf und schnellte auf meine Kehle herab.

»Nein!«

Die Dunkelheit in mir holte aus und knallte gegen den Schädel des Wolfs. Der wurde hart zurückgeschleudert. So schnell ich konnte, sprang ich auf die Beine zurück und begann zu rennen. Der

Wolf hinter mir knurrte und nahm die Verfolgung auf. Ich schmeckte Blut auf der Zunge. Mein Herz raste, während ich hektische Haken schlug. Bastion kam stetig näher. Ich spürte zwar keinen Atem auf der Haut, fühlte Bastions Präsenz aber. Sie war eiskalt und durchtränkt von etwas abgrundtief Falschem.

Einem Instinkt folgend steuerte ich einen der gekrümmten Bäume an, spannte die Muskeln an und sprang. Ächzend umklammerte ich einen der angekohlten Äste, der unter meinem Gewicht jedoch beinahe zusammenbrach. Schnell griff ich nach dem nächsten und zog blitzschnell die Füße an, als der Wolf danach schnappte. Ich kletterte, so hoch ich konnte, bis mein Gewicht den Baum gefährlich in Schieflage brachte. Der Wolf knurrte zu mir hoch und warf sich mit seinem gesamten Gewicht gegen die ausgedörrte Baumhülle.

Scheiße, Scheiße, Scheiße.

Hektisch sah ich mich um, ob es etwas gab, mit dem ich mich verteidigen konnte. Der Fluch schien nicht nur das Spielfeld neu aufgezogen zu haben, auch die Regeln schienen ausgehebelt worden zu sein. Wo zuvor kalte Präzision geherrscht hatte, regierte nun das Chaos.

Ich brauchte etwas, was ich diesem Chaos entgegenhalten konnte. Doch es gab hier nichts … außer … In meiner Tasche ertastete ich die Schusswaffe von Grave. Mit zittrigen Fingern friemelte ich sie heraus. Meine Hände waren schweißnass, und die Waffe entglitt mir, als sich Bastion mit solcher Wucht gegen den Stamm warf, dass der knackend brach. Der Baum stürzte und ich mit ihm. Ein Schrei verhakte sich in meiner Kehle, als ich hart auf dem Boden aufprallte. Die Luft wich aus meiner Lunge, und ich sah die scharfen Zähne des Turmspielers nach mir schnappen. Hektisch tastete ich neben mich, packte den Griff der Waffe und schoss.

Der Knall hallte betäubend laut nach, und der Rückstoß verriss mir schmerzhaft das Handgelenk. Der Wolf heulte, während ich schoss. Steinsplitter flogen in alle Richtung, der Wolf kam ins Straucheln, und noch während ich in den weit aufgerissenen Schlund starrte, zerbrach der Spieler in tausend Stücke.

Keuchend und mit kaltem Schweiß bedeckt ließ ich die Arme sinken. Was hatte ich nur getan? Ich hatte soeben Bastion getötet, das hatte ich getan. Die Galle kam mir hoch, und ich würgte heftig, als mich ein fester Griff packte. Schreiend bäumte ich mich auf, als ich auf die Füße gezogen und gegen einen weiteren Baum gedrückt wurde. »Psst. Ich bin's, Charles.«

Charles? Ich riss die Augen auf und sah heftig atmend den zweiten Slave vor mir, der mich eng an sich presste. Sein breiter Rücken schirmte uns beide vor dem Spielfeld ab.

»Ich lass dich jetzt los, aber du musst mir versprechen, nicht zu schreien«, raunte er. Sein heißer Atem streifte mich am Ohr.

Abgehackt nickte ich, und die Hand verschwand von meinem Mund. »Charles, was zum Teufel ist hier los?«, stieß ich hervor.

Er presste die Lippen zusammen und sah mich gehetzt an. In seinen eisblauen Augen tobte ein Sturm aus Angst und Schmerz. »Was hier los ist? Die Frage ist eher, was du hier zu suchen hast. Du solltest nicht auf dem Spielfeld sein.«

Wütend starrte ich ihn an. »Darüber können wir uns später noch streiten, aber wenn du wirklich gedacht hast, mich einfach so zurückzulassen zu können, dann bist du noch dämlicher, als du aussiehst.«

»Ich bin nicht dä…«, setzte er an, ehe er sich selbst unterbrach und den Kopf schüttelte. »Egal. Wir müssen von hier verschwinden. Der Lärm von vorhin lockt bestimmt noch mehr an.«

»Noch mehr wovon? Was war das gerade? Warum hat Bastion mich angegriffen? Diese schwarzen Augen …« Ich stockte und schauderte. »Dahinter steckt der Fluch, oder? Was hat er getan?«

Charles atmete tief durch, und erst jetzt bemerkte ich, wie erschöpft er wirkte. Ein grober Schnitt prangte an seiner Augenbraue, und er atmete nur sehr flach, als würden ihn die Rippen schmerzen. »Es ist Madelyn«, stimmte er mir leise zu. »All die Jahre, und ich unterschätze sie immer noch. Madelyn wird dieses Spiel zu Ende bringen, selbst wenn sie es erzwingen muss. Und genau das tut sie gerade. Die Spieler hatten kaum das Spielfeld betreten, als die Fluchweber über sie herfielen. Sie ist in die Köpfe der anderen eingedrungen. Sie kämpfen dagegen an, aber Madelyn zwingt ihnen ihren Willen auf. Die ersten Spieler sind bereits dabei, sich gegenseitig in Stücke zu reißen. Es ist ein Massaker, Alice, und ich weiß nicht, wie lange Jackson oder Vincent noch durchhalten, ehe der eine den anderen tötet.«

Fassungslos starrte ich Charles an. Erneut stieg mir bittere Galle die Kehle hoch. Es war jedoch nicht der Gedanke, dass ich eventuell sterben könnte, der mir in diesem Augenblick solche Angst einjagte, sondern dass die Menschen litten, die ich liebte. Ich wollte lieber in der Gewissheit von der Welt verschwinden, dass jene, die ich liebte, glücklich waren, als mit der Erinnerung an ihren Tod und dem Geruch ihres Bluts an meinen Fingern weiterleben zu müssen.

Es gab jetzt kein Zurück mehr.

»Weiß Madelyn, dass ich auf dem Spielfeld bin?«, fragte ich flüsternd und linste in den Nebel hinaus. Nichts zu sehen, und dennoch fühlte es sich an, als würden mich Dutzende von Augen beobachten. Ich spürte die Gänsehaut wie ein Ziehen an meinen Nerven.

»Ich habe es sofort gespürt, als du das Spielfeld betreten hast. Ich nehme an, dann weiß sie es ebenfalls. Wie müssen uns verstecken.«

»Und dann?«

»Zeit schinden. Ich habe zugegebenermaßen keine Ahnung, wie wir den Wahnsinn aus den Spielern herausbekommen, und wahrscheinlich ist Madelyn bald hinter dir her. Sie ist wie eine Marionettenspielerin.«

Ich biss die Zähne zusammen. »Dann überlegen wir uns, wie wir die Fäden durchschneiden können, während wir Jackson und Vincent suchen.«

»Hast du mir gerade nicht zugehört?«

»Doch, aber ich weiß auch, dass wir es ohne Jack und Vincent nicht schaffen werden. Wir brauchen sie.«

Charles sah mich an, seine Nasenflügel flatterten, doch schließlich nickte er einmal ruckartig. »Komm ...«

Seine Finger verflochten sich mit meinen. Er lotste mich tiefer in das Spielfeld hinein. Wir liefen zusammen los und duckten uns hinter jeden verkrüppelten Baum, der uns auch nur ein wenig Deckung spenden konnte. Unsere Schritte hallten leise auf dem schachbrettartigen Boden.

Ansonsten blieb es jedoch absolut still. Die Ruhe war beinahe erdrückend, und je weniger sich rührte, desto mehr hatte ich dabei das Gefühl, immer öfter blinzeln zu müssen, um meinen Blick fixiert halten zu können. Mir wurde schwindelig.

»Warte mal …« Keuchend blieb ich stehen und stützte mich an den eigenen Knien ab, während ich hustend nach Luft schnappte.

»Alles in Ordnung?« Nervös strich sich Charles durch die Haare und sah sich gehetzt um.

»Hier stimmt was nicht«, japste ich und deutete auf einen Baum neben uns. »Ich schwöre, an dem sind wir vorhin schon vorbeigekommen.«

Misstrauisch beäugte Charles den Baum und schien zu schnüffeln. Nahm er gerade Witterung auf? Was auch immer er roch, es schien ihm nicht zu gefallen. Wäre er noch in Katzengestalt gewesen, hätte er sicher die Ohren angelegt.

»Du hast recht. Das ist derselbe Baum. Wir laufen im Kreis.«

»Hast du denn gar keinen Orientierungssinn?«, konnte ich mir nicht verkneifen zu fragen.

Charles sah mich scharf an. »Ich bin ebenso auf diesem Spielfeld gefangen wie du, Alice. Nur weil ich das schon sehr viel länger bin, heißt das nicht, dass ich jeden Winkelzug des Fluchs kenne.«

»Schon gut, sorry.« Kapitulierend hob ich meine Hände. »Dann lass uns doch da lang gehen …«, setzte ich an und stockte.

Der Nebel vor uns wirbelte auf, verdichtete sich erst und lichtete sich dann.

Charles fauchte und wich einen Schritt zurück.

Ein Kichern ließ uns zusammenfahren, und im nächsten Augenblick knallte etwas auf den Marmor genau neben uns. Eine zierliche Gestalt ließ sich wie aus dem Nichts zwischen uns fallen. Die Haare waren schwarz, die bisher blauen Augen ebenfalls pechschwarz.

»Issy«, flüsterte ich entsetzt.

Die schwarze Königin grinste. Das Lächeln wirkte zu breit für ihren Mund. »Willkommen auf dem finalen Spielfeld, Alice Salt«, sagte sie fröhlich, und es klang, als würde sie mit vielen Stimmen gleichzeitig sprechen. Sie breitete die Arme aus und knickste. »Wir haben nur auf dich gewartet«, sagte sie mit ihrer verzerrten, hallenden Stimme.

»Lauf!«, brüllte Charles, der blitzschnell mit dem Bein ausholte und Isolde in den Magen trat.

Sie taumelte zurück und schnappte nach Luft, doch als sie ruckartig aufsah, grinste sie, und der Wahnsinn des Fluchs spiegelte sich darin wider. Hinter ihr ballte sich der Nebel, und heraus traten Spieler über Spieler. Die Schwaden umtanzten sie wie Leichentücher. Da waren Hawkins, Fox, Ivory und viele mehr, allesamt mit pechschwarzen Augen. Sie gingen neben und hinter Isolde in Stellung.

Ich spürte meinen Herzschlag und schmeckte Salz auf der Zunge, als die Spieler zur Seite traten und Platz machten für eine hochgewachsene Gestalt. Breite Schultern teilten den Nebel.

Jackson.

Sein Gesicht war vollkommen ausdrucklos, und er hatte seine dunklen Augen auf mich gerichtet wie ein Raubtier. Sein Mantel wehte hinter ihm her, und zu Boden tropfte schwarzer Nebel, der sich mit dem weißen vermischte, sodass sich die Schwaden mit Jacksons Haar verwoben. Mein Blick huschte umher, doch ich sah Vincent nicht. Immerhin etwas, doch der kalte Blick, mit dem mich der Fluch durch Jacksons Augen musterte, reichte mir schon, um mir die nackte Todesangst über den Rücken rieseln zu lassen.

Ich ballte die Hände zu Fäusten und visierte ihn an.

»Alice Salt, ich dachte schon, du kommst gar nicht mehr«, schnurrte der Fluch und kam auf uns zu.

Charles stolperte zurück, doch der Kreis der Spieler zog sich zusammen. Sie kreisten uns ein wie ein Pack hungriger Wölfe.

»Ich bin hier. Und was willst du jetzt tun? Mich töten?« Ich hob das Kinn, obwohl ich merkte, wie sich mein Magen vor Angst verknotete. Der Fluch kam so nahe, dass mir der Geruch von schwarzer Magie und leichter Fäulnis in die Nase stieg.

»Dein Tod wird meine Belohnung sein, Alice Salt, aber zuerst wirst du zusehen, wie alle, die dir am Herzen liegen, sich gegenseitig das Leben nehmen. Die Erinnerung an das Grauen in deinen Augen wird mich noch für viele weitere Jahrhunderte glücklich machen.«

Der Fluch blieb so knapp vor mir stehen, dass ich die absolute Abwesenheit von Leben in Jacksons Augen sehen konnte.

»Jackson«, flüsterte ich und starrte weiter in die schwarzen Spiegel aus reinem Nichts. »Ich weiß, du kannst mich hören. Ich weiß, du fühlst mich. Du musst dagegen ankämpfen.«

Der Fluch grinste und legte den Kopf schief. »Oh, er hört dich. Er schreit in seinem Kopf. Seine Fäuste trommeln gegen seinen Verstand, und dennoch wird er dir nicht helfen können. Und Charles …« Der dunkle Blick zuckte zum zweiten Slave hinüber, und der Fluch zog eine Augenbraue hoch. »Du warst ein ganz unartiger Kater. Wir zwei haben noch ein Hühnchen miteinander zu rupfen, wenn das alles hier zu Ende ist.«

Charles knurrte. Ich spürte ihn hinter mir, roch förmlich seine Angst. »Wenn ich sage *Lauf!*, dann tu es. Vincent ist vielleicht noch nicht vom Fluch erwischt worden. Womöglich kann er dir noch helfen.«

Aus dem Augenwinkel starrte ich ihn an. »Du wirst dich jetzt aber nicht opfern!«, zischte ich.

Charles lächelte mich an, und ehe ich blinzeln konnte, schoss er nach vorn und warf etwas zu Boden. Ich sah einen Lichtfunken, einen Lichtblitz, gefolgt von einem lauten Knall. Der Boden brach auf. Splitter fegten in alle Richtungen, und ich duckte mich, um mein Gesicht zu schützen. Haarfeine Schnitte überzogen meine Hände. Ein Böller.

Charles hatte allen Ernstes einen Böller gezündet.

»Lauf!«, brüllte er und stürzte sich auf Jackson.

Der Lärm hatte zumindest für so viel Ablenkung gesorgt, dass ich es schaffte, mich umzudrehen und über Jackson und Charles hinwegzuspringen, die sich über den Boden rollten. Charles holte aus und schlug Jackson mitten ins Gesicht. Begleitet vom Knirschen von Knochen rannte ich in die Nebelschwaden hinein, obwohl ich die Schritte meiner Verfolger bereits hören konnte. Mein Atem presste sich schwer durch den Brustkorb.

Ich lief, so schnell ich konnte, und hörte im nächsten Augenblick ein Zischen. Baumrinde spritzte direkt vor mir auf. Sie platzte von dem bereits toten Baumkorpus, in dem eine Kugel steckte. Gehetzt blickte ich mich um und entdeckte über mir Hawkins, der mich anvisierte und erneut schoss. Ich schlug einen Haken und sah weitere Spieler auf mich zukommen. Im nächsten Augenblick traf mich ein fester Tritt im Rücken. Es knackte, und ich stürzte hart zu Boden. Meine Zähne schlugen zusammen, ich schmeckte heißes Blut, das mir den Mundraum füllte. Ich zwang mich, es herunterzuschlucken, drehte mich um und trat blindlings aus.

Eine Person stolperte, und ich sah Fox zu Boden stürzen. Keuchend robbte ich nach hinten und bemerkte, wie Hawkins erneut anlegte.

»Scheiße, bist du langsam!«

Charles sprang mitten aus dem Nebel hervor und riss Hawkins von seiner erhöhten Position. Der Schuss ging ins Leere. Charles schnappte sich die Waffe, trat nach Hawkins aus und gab einen lauten Schuss ab.

Ich rappelte mich auf und beobachtete, wie Fox sich zischend an den Arm fasste. Blut tropfte daraus hervor, und dann kniete an derselben Stelle kein Mensch aus Fleisch und Blut mehr, sondern eine Steinstatue.

»Nein! Fox!« Mein Schrei ging in einem festen Griff unter.

»Fass ihn an!«, sagte Charles und presste meine Hand auf den kühlen Stein.

Für einen kurzen Augenblick sackten mir die Beine weg, während Fox' Fähigkeiten mich ausfüllten, als hätte ich zu viel Chili gegessen. Mein Magen hob sich ruckartig an. Meine Adern loderten, mein Mund brannte, meine Augen juckten, und ich hörte mich selbst schreien. In der nächsten Sekunde züngelten Flammen aus meiner Haut hervor. Ich roch Asche.

Charles ließ mich los. Wir starrten uns an, Funken flogen um seine Gestalt, und ich sah die Entschlossenheit in seinem Blick.

»Überlebe. Egal wie. Egal was du dafür tun musst. Nicke, wenn du mich verstanden hast«, sagte er.

Ich nickte.

Charles presste grimmig die Lippen zusammen und wandte sich den anderen zu. Sie kamen von überall. Ihre Gesichter bereits starr wie Stein.

Fox' Feuer brannte in meinen Adern, als ich mich vor Charles warf und einen brüllenden Schrei aus meiner Lunge entließ. Die

Luft erhitzte sich, es fühlte sich an, als würden mir ein paar Äderchen in den Augen platzen, während aus dem Schrei Flammen wurden, die aus meinem Mund schossen. Die Spieler wichen zurück. Ich spuckte uns eine Schneise durch sie hindurch, packte Charles, so fest ich konnte, und zog ihn hinter mir her.

»Was machst du? Du sollst …«

»Halt die Klappe! Ich lass dich nicht im Stich«, stieß ich keuchend hervor.

Wir rannten und schlugen einen Haken, bis sich eine Gestalt direkt vor uns aus dem Nebel schälte. Langes weißes Haar blitzte auf, und ich spürte, wie mich ein kräftiger Griff von den Füßen hebelte. Regina kniete über mir. Die Augen kalt und schwarz.

»Nein, nicht du auch noch«, stieß ich hervor, als Regina ausholte und mir in den Magen schlug.

Ich krümmte mich zusammen. Die Flammen erstarben, während Regina Charles packte, der auf sie zugestürmt kam. Wohl noch nie hatte ich einen Menschen so schnell und geschmeidig agieren gesehen wie Regina, und zum ersten Mal wurde mir bewusst, dass die weiße Königin nicht giftig sein musste, um tödlich zu sein. Sie packte den viel größeren Mann, verdrehte ihm den Arm, bis es knackte, und knallte seinen Kopf so hart auf den Boden, dass es knirschte.

»Charles!«, würgte ich hervor und spuckte Galle.

Der Slave stöhnte und brach zusammen. Ein kaltes Lächeln huschte über Reginas Gesicht, als sie mit wiegenden Hüften auf mich zukam. Keuchend kroch ich nach hinten, sammelte alles an Kraft, was ich noch in mir hatte, und schlug mit einer kleinen Feuersalve aus. Regina wich geschickt aus, und im nächsten Augenblick hatte sie mich an der Kehle gepackt und drückte zu. Sterne tanzten vor meinen Augen.

»Gina … nicht!«, brachte ich krächzend hervor.

Ich stemmte mich gegen ihren Griff, packte ihre Hände und ließ Flammen darüber züngeln. Obwohl der Geruch nach verbrannter Haut die Luft schwängerte, drückte sie fester zu. Meine Wirbelsäule bog sich in einem letzten verzweifelten Versuch durch, ihrem harten Griff zu entkommen, bis die weiße Königin ohne jede Vorwarnung losließ. Eine große Gestalt packte sie von hinten und zog sie von mir weg.

Luft!

Heftig sog ich Sauerstoff ein und hustete krächzend, als ich im Augenwinkel niemand anders als den weißen König von Chesterfield entdeckte. Regina schlug nach ihm. Vincent wich tänzelnd aus. Seine Augen trafen meine, und ich spürte, wie mir trotz der gequetschten Luftröhre ein erleichtertes Seufzen entwich.

Vincents Augen waren blau wie Eis. Niemals hätte ich gedacht, so dankbar für diesen eisigen Blick zu sein.

»Zwing mich nicht, dir wehzutun, Regina«, sagte Vincent. Seine Stimme brach am Ende weg, als er ihrem Schlag geschmeidig auswich.

Regina begann zu grinsen. Die Haut an ihren Mundwinkeln überdehnte sich dabei, während sie mit der Stimme des Fluchs antwortete: »Du wirst mich schon töten müssen, um mich aufzuhalten, Vincent Chesterfield. Aber so viel Zeit wird dir dafür nicht bleiben, bevor die anderen aufholen. Zudem wissen wir beide, dass du Regina nichts antun wirst. Gib auf. Ich verspreche dir, dass es schnell gehen wird.«

Vincent zögerte, und Gina schlug aus.

»Vincent!«, entfuhr es mir, als der weiße König zu Boden taumelte und sich keuchend den Kehlkopf hielt.

»Es ist gleich vorbei, ich kümmere mich nur noch um Alice«, versprach ihm der Fluch und drehte sich mit wehenden Haaren zu mir um.

Geschmeidig trat sie auf mich zu, packte mich an den Haaren und zerrte mich nach oben. Ein Schrei entfuhr mir, während Regina ausholte. Ich stemmte mich dagegen und spürte meine Haare reißen, bis Regina ruckartig erstarrte. Beinahe verblüffte riss sie ihre Augen auf und starrte an sich herab. Eine Dolchspitze ragte ihr aus der Schulter.

»Vinc…«, setzte sie an, ehe sie erstarrte. Weißer Marmor überzog ihre Haut, bis nur noch Stein meine Haare umklammerte.

Hinter ihr stand Vincent. Er zitterte am ganzen Körper, und ich hörte ein Schluchzen aus ihm herausbrechen. Tränen rannen ihm über die Wangen. »Es tut mir leid, Gina«, flüsterte er. Meine Augen fanden seine, und er wischte sich ruckartig übers Gesicht.

»Vincent«, flüsterte ich erneut und spürte ebenfalls einen Kloß im Hals.

Er bebte, seine Lippen zitterten, ehe er nickte, auf mich zukam und sanft mein Haar aus Reginas steinerner Hand befreite. »Komm.« Er half mir auf die Beine.

Sein Blick zuckte hektisch über das Spielfeld, während sich Charles stöhnend regte und wir aufblickten. Auf seiner Stirn prangte eine ziemlich schmerzhaft aussehende Beule.

»Was ist passiert?«, nuschelte er.

Vincent und ich teilten nur einen Blick, packten Charles an jeweils einem Arm und zerrten ihn auf die Füße, bevor wir weiterrannten.

»Wo … wo laufen wir hin? Wir können uns doch nicht verstecken, oder?«, keuchte ich. Mir war schwindelig, ich konnte kaum atmen, und mir war gelinde gesagt kotzübel. Ich war mir nicht sicher, ob ich noch würde laufen können, sobald das Adrenalin nachließ.

»Die Ruinen der Häuser sind noch hier. Dort sollten wir zumindest kurz unterschlüpfen können«, sagte Vincent genauso atemlos wie ich. Über seine Wangen liefen immer noch die stummen Tränen, und mein Herz zog sich so schmerzhaft zusammen, dass ich schluchzend wegsehen musste.

»Achtung, sie kommen von links!«, hörte ich Charles keuchen.

Wir bremsten scharf ab, genau in dem Moment, als eine Gestalt aus dem Nebel preschte. Etwas knallte direkt vor uns auf den Boden. Gewehrkugeln rissen den Boden auf. Ivory und Hawk.

»Lauft! Ich lenke sie ab«, keuchte Vincent, der uns weiterschubste.

»Nei…«, setzte ich an, als es knallte und eine Kugel sich direkt in Vincents Brustkorb bohrte.

Ich hörte mich aufschreien, doch Vincent grinste nur und verpuffte zu Nichts. Eine Illusion.

»Ich sagte laufen, nicht gaffen«, rief ein weiterer Vincent, der sich erneut vor uns stellte, sodass der nächste Schlag seinen Kopf traf.

Charles drehte sich um, und wir stolperten weiter. Im selben Augenblick knallten weitere Gewehrschüsse über unsere Köpfe hinweg. Steinsplitter flogen nach allen Seiten, und ich sah Ivory einem humpelnden Vincent in den Nebel folgen. Hawkins schloss zu uns auf, während er immer wieder Schüsse abgab.

Ich krallte mich an Charles fest, der keuchend über einen riesigen Baum sprang, der quer über dem Boden lag. Charles sprang darüber und sah sich hektisch um. Doch nichts rührte sich. Alles war still. Es war jedoch eine lauernde Stille. Ich fühlte mich beobachtet, jeder Schritt, den wir taten, war wie ein Schritt in Richtung Tod.

Ich hob den Kopf und sah die Ruine von St. Burrington aus dem Nebel auftauchen. Das Internat wirkte beinahe wie ein Spielhäuschen, das jemand einfach dort liegen gelassen hatte. Teile des Dachs waren eingestürzt. Die Trümmer lagen überall am Boden verteilt. Die ehemals hübsche cremefarbene Fassade war rußig, die Fenster zersprungen, sodass es aussah, als würden uns tote Augenhöhlen anstarren. Ich schauderte, doch Charles hielt genau darauf zu.

»Was ist …?«, setzte er an, als Vincent auch schon aus dem Nebel brach und sich keuchend umsah.

»Rein da! Vielleicht können wir mit Trümmern die Tür blockieren. Das sollte uns zumindest ein paar Minuten Verschnaufpause gönnen.«

Wir stiegen ins Innere des zerstörten Herrenhauses. Auch hier hatte das Feuer ganze Arbeit geleistet. Die Dielen knarrten, als würden sie jederzeit nachgeben. Zusammen schoben wir alles vor die Tür, was wir finden konnten. Ächzend drückte ich mit der Schulter gegen einen Schrank und brachte ihn so zu Fall. Ich zuckte zusammen, als es laut krachte, doch der Eingang war verrammelt.

Keuchend stützte ich mich an den Knien ab und rang nach Luft.

Klebriger Schweiß rann mir am gesamten Körper herab, und den Jungs ging es nicht anders.

»Was machen wir jetzt?«, hörte ich mich selbst fragen und hoffte, jemand würde mir antworten, doch beide starrten mich nur an.

Draußen war ebenfalls alles still, was mich beinahe noch nervöser machte.

»Wir sollten uns Ruhe gönnen, solange das möglich ist«, sagte Vincent schließlich.

Unsere Blicke kreuzten sich, und ich musste den Drang unterdrücken, mich in seine Arme zu schmiegen, das Gesicht an seiner Brust zu vergraben und mich vor der Welt zu verstecken.

»Vincent, es tut mir so leid, was mit Regina passiert ist«, flüsterte ich.

Vincent lachte zittrig. Es klang jedoch mehr wie ein unterdrücktes Aufschluchzen. »Sie war meine beste Freundin. Immer«, brachte er nur hervor.

Eine Haarsträhne fiel ihm in die schmutzige Stirn. Ich widerstand dem Impuls, sie ihm zur Seite zu streichen, und sah mich hilflos um. Alles hier war praktisch nutzlos. Verbrannt, verstümmelt, als würden wir im Inneren einer Wunde sitzen.

»Okay, gibt es etwas, was wir tun können, um den Fluch aus den Spielern herauszubekommen? Aktuell haben wir quasi keine Chance, an das Herz des Fluchs heranzukommen. Zumindest nicht, solange sie uns jagen wie die Hasen.«

Ich sah Charles an, doch der schüttelte den Kopf. »Ich wüsste nicht, wie, Alice. Unsere einzige Chance ist es, das Herz zu finden.«

Ich presste die Lippen zu einem festen Strich zusammen und sah erneut nervös zur Tür hinüber. »Wir sollten uns etwas tiefer ins Haus zurückziehen. Wenn sie hier durchbrechen, haben sie uns«, gab ich zu bedenken.

Die beiden Jungs nickten müde, und wir setzen uns in Bewegung. Wir spielten auf Zeit, aber selbst ein paar Minuten Verschnaufpause waren besser als nichts. Die Dunkelheit des Herrenhauses zog sich flüsternd um uns zusammen, als würde sie versuchen, uns zu beschützen. Wir betraten den Fechtsaal, von dessen Decke Balken herabgestürzt waren wie gebrochene Knochen.

Fröstelnd ließ ich mich vor einem der großen Holzscheite nieder, presste meine Hand darauf und spürte die Hitze in mir aufsteigen. Meine Finger fühlten sich an, als würden sie Blasen werfen. Die Muskeln in meiner Hand vibrierten unter dem Drang zurückzuzucken, doch ich ließ sie liegen, und das Holz begann, sich knackend zu erwärmen. Im nächsten Augenblick züngelten Flammen zwischen meinen Fingern hervor. Vincent hob eine Augenbraue und ließ sich neben mich fallen.

»Es hat Fox erwischt?«

Ich nickte nur und schluckte hart.

»Scheiße.« Vincent ließ seinen Kopf auf die Knie fallen.

Für ein paar Sekunden lauschten wir nur dem Knacken des Holzes, während die Flammen unruhig tanzten. Sie pochten wie mein Herzschlag.

Auf und ab.

Links und rechts.

»Gibt es wirklich keine Lösung? Warten wir gerade nur noch auf unseren Tod? Nach alldem, was wir durchgemacht haben, soll es das jetzt gewesen sein?«, flüsterte ich.

Charles leckte sich über die trockenen Lippen und sah mich ernst an. Das Feuer tanzte in seinen Augen und verwandelte sie in flüssiges Gold. »Es gibt da etwas, worüber ich schon eine ganze Weile nachdenke, aber es ist nur eine Theorie. Ich habe keine Ahnung, ob das möglich ist oder umsetzbar.«

Träge wandte Vincent den Kopf. »Sag schon, Kater, noch mehr am Arsch können wir ohnehin nicht sein.«

Charles presste die Lippen zusammen und starrte in das Feuer. »*Servus eligat colorem, servus eligat formam, arbitrium finit ludum*«, murmelte er und fuhr gedankenverloren durch den Ruß am Boden. Sein Finger zeichnete die lateinischen Buchstaben hinein.

Ich starrte darauf und übersetzte flüsternd: »Der Sklave wählt die Farbe, der Sklave wählt die Figur, die Entscheidung beendet das Spiel. Ich kenne dieses Zitat. Ich habe es im Spielerbuch gelesen.«

Charles nickte. »Du hast mich gefragt, was es bedeutet, und um ehrlich zu sein, habe ich es immer für das Geschwafel eines wahnsinnigen Königs gehalten. Doch gleichzeitig ging es mir nicht mehr aus dem Kopf. Was wäre, wenn ...« Er stockte und starrte mich eindringlich an. Sein Blick verursachte mir eine Gänsehaut. »Was wäre, wenn dieses Zitat bedeutet, dass du weder Schwarz noch Weiß wählen musst?«

»Wie meinst du das?«, flüsterte ich. Das Feuer zwischen uns knackte, und Funken flogen zu Boden.

»Du wählst die Farbe, Alice, und du wählst die Form. Vielleicht kannst du dich dazu entscheiden, etwas Neues zu sein. Der Fluch ist an Schach angelehnt, aber wer sagt denn, dass es nur zwei Farben geben darf? Du könntest dein eigenes Spielfeld eröffnen, in einer neuen Farbe.«

»Wie meinst du das?«, fragte ich müde und verwirrt.

Er seufzte. »Kennst du 3-D-Schach? Dort spielst du nicht nur auf einer Ebene, sondern auf mehreren, und das ermöglicht so eine komplett neue Strategie und neue Möglichkeiten. Wir können diesen Effekt vielleicht nutzen, indem wir eine weitere Farbe ins Feld schicken. Weder Schwarz noch Weiß. Sondern eine Ebene dazwischen.«

Es wurde still zwischen uns, während ich versuchte, Charles' Gedankengängen zu folgen. »Weder Schwarz noch Weiß«, murmelte ich, starrte auf mein Handgelenk und spürte plötzlich tief in mir ein Stechen, ein Ziehen. Eine Erinnerung, die sich mühsam hervorbuddelte und sich einfügte wie ein Puzzlestück, das zurück an seinen Platz fiel und ein bisher unerschlossenes Gesamtbild erschuf.

Ich erinnerte mich. An damals, als ich mit Vincent die Balustrade im Gewächshaus herabgestürzt war. An das Zeichen an meiner Hand, das für einen kurzen Augenblick rot aufgeleuchtet hatte.

Ich versteifte mich. Konnte es sein, dass diese dritte Farbe schon von Beginn an mitgewirkt hatte, ohne dass ich es bemerkt hatte? Waren Charles und ich die dritte Ebene des Schachspiels? War das unsere eigentliche Funktion?

»Ist das wirklich möglich?«, fragte ich atemlos.

Charles zuckte mit den Schultern. »Es ist eine Theorie. Wir zwei sind Slaves. Einzeln genommen können unsere Fähigkeiten die aktuellen Spielfarben unterstützen, aber wenn wir uns zusammentun, können wir vielleicht auch etwas Neues schaffen. Die Frage ist nur, wi…«

Er hatte noch nicht zu Ende gesprochen, als uns ein lautes Krachen zusammenfahren ließ. Obwohl jeder einzelne Muskel in meinem Körper schmerzte, war ich sofort auf den Füßen.

»Das war die Eingangstür. Sie sind durchgebrochen«, fluchte ich.

Vincent erhob sich und starrte auf den abgebrannten Türrahmen vor uns. Es dauert nur wenige Herzschläge. Sie kamen zu uns wie Ungeziefer, die Augen starr und schwarz visierten sie uns an. Jackson an ihrer Spitze. Glas knirschte unter seinen Stiefeln, und als er uns sah, huschte ein Lächeln über sein Gesicht.

»Klopf, klopf. Dürfen wir eintreten?«

Kapitel 34

Meine Muskeln strafften sich, spannten bis zum Zerreißen über den Knochen, während Vincent und Charles über meinen Kopf hinweg einen schnellen Blick wechselten.

Der Fluch sah uns indessen spöttisch aus Dutzenden Augen an, doch er sprach aus Jacksons Mund: »Ihr könnt nicht weglaufen, das hier ist mein Spiel.«

Vincent erwiderte das kühle Lächeln und trat dabei nach vorn. »Alles klar, Black Jack. Oder soll ich dich lieber ›den Fluch‹ nennen? Dann lass uns mal ein bisschen miteinander tanzen.«

Seine Gestalt zitterte. Es sah aus, als würde die Luft um ihn herum flimmern. In meinem Kopf setzte ein unglaublich wattiges Gefühl ein. In meinen Ohren knackte es, mir wurde schwindelig, und im nächsten Augenblick schien Vincent sich zu verdoppeln, verdrei-, verfünf-, verachtfachen. Kopie um Kopie ließ er von sich selbst entstehen und schuf damit eine Mauer aus Körpern zwischen mir und dem Fluch.

»Dann kommt mal her«, sagte Vincent lachend, und Fluch-Jackson stürzte auf die Kopien zu.

Im selben Moment packte mich Charles und zog mich fort. »Was machst du?«, fauchte ich und stemmte mich gegen seinen Griff an.

Er warf mir einen grimmigen Blick zu. »Wir nutzen die Zeit, die Vincent uns gerade verschafft. Wir laufen.«

»Nein!« Ich stemmte die Beine in den Boden, riss mich los und schüttelte den Kopf. »Ich lasse Vincent nicht im Stich.«

»Alice!«, fauchte Charles mich an, doch da wirbelte ich bereits herum und sah Dutzende Vincents, die sich in Luft auflösten, nur um sich Sekunden später woanders wieder zu materialisieren. Es war praktisch unmöglich herauszufinden, welcher echt war, und das war wohl auch das Geniale an der Taktik, denn der Fluch kämpfte praktisch gegen Luft. Ich ließ den Blick schweifen und sah aus dem Augenwinkel eine Bewegung. Ich duckte mich instinktiv, und der Faustschlag ging ins Leere.

Jackson stand direkt vor mir. Mein Puls jagte erneut nach oben, während ich langsam zurückwich. Charles fauchte Jackson an, der langsam auf uns zukam.

»Ihr kommt hier nicht raus. Gebt endlich auf«, sagte er ruhig und musterte mich aus seinen fluchschwarzen Augen.

Knirschend biss ich die Zähne zusammen. Meine Finger zuckten, und im nächsten Moment schlug das Feuer aus, das immer noch am Scheit brannte, fraß sich durch den bereits verkohlten Boden und schloss uns in einen schützenden Kreis ein.

Jack stand davor und fixierte uns, eine Handbewegung folgte, und Dunkelheit kroch aus seinen Fingern hervor. Es sah aus wie Fluchweber, die in viel rauchigerem Zustand als sonst aus ihm hervorquollen und auf das Feuer auftrafen. Es zischte und begann hektisch zu flackern. Ein Schweißtropfen rann mir den Rücken herab, und im nächsten Augenblick erstickte Dunkelheit das schützende Feuer. Jackson trat durch die Schneise, die Fluchweber sammelten sich vor ihm. Höher und höher türmten sie sich, ehe sie wie eine Welle über uns zusammenzuschlagen drohten.

Ich riss die Augen auf, warf schützend die Arme nach oben, hörte Charles fluchen und spürte einen harten Stoß. Ich krachte zu Boden und riss ihn im Fall mit mir. Noch während ich hart aufkam, hörte ich es: ein Brüllen. Es klang grauenvoll, als würde jemandem bei lebendigem Leib die Seele herausgerissen.

Vincent – der echte Vincent – stand vor uns und fing die Fluchweber mit seinem Körper ab. Diese stürzten sich auf den weißen König, und ich hörte mich selbst schreien. Hitze brandete auf und leckte über meine Haut, Tränen zischten darin, während der weiße König von Krämpfen geschüttelt wurde. Die Fluchweber krochen in jeden Winkel seines Körpers, zwängten sich durch seinen zum Schrei geöffneten Mund in Nase, Ohren, Augen. Sein Körper zuckte, bevor er ruckartig innehielt. Dann stand er stocksteif da.

Sein Anblick grub sich für immer in meine Erinnerungen. Wie der weiße König langsam den Kopf drehte und tiefschwarze Augen mich fixieren, ehe sich wie in Zeitlupe seine Mundwinkel nach oben bogen, weiter und immer weiter, bis mich eine verzerrte Fratze anstarrte. Voller Grauen starrte ich zurück, bis ich einen harten Griff im Nacken fühlte.

»So, jetzt rennen wir aber um unser Scheißleben«, brüllte Charles mich an, und diesmal widersprach ich nicht.

Wir rannten, schlugen Haken, und ich konnte hören, wie uns die Spieler folgten. Das Poltern ihrer Schritte wurde vom Geruch nach beißendem Feuer und dunkler Magie begleitet. Ich hustete, als wir durch das Gebäude stürmten. Doch wohin? Mein Blick irrte überallhin und nirgendwohin. Wir konnten uns nicht verstecken, nur laufen. Wir hielten auf die Eingangstür zu, doch Isolde stand bereits davor. Wir fuhren zurück. Jackson und Vincent schnitten uns von hinten den Weg ab, während uns die anderen Spieler einkreisten.

»Schachmatt, würde ich sagen«, sprach der Fluch aus Vincents Mund.

»Bleibt zurück!«, fauchte ich und atmete tief ein und aus. Das Feuer in mir brodelte hoch, als Jacksons Dunkelheit sich wie eine Krankheit im gesamten Haus ausbreitete. Die bereits porösen Balken ächzten und stöhnten. Das Feuer in meinen Adern schlug aus und schloss uns fauchend wieder in einen schützenden Kreis.

»Das bringt doch nichts. Gib einfach auf, Alice Salt. Du kannst dieses Spiel nicht mehr gewinnen«, sagte Jackson, und seine Dunkelheit prallte auf meine.

Ich stemmte mich schreiend dagegen, hörte das Brüllen der Flammen, die immer höher und höher schlugen. Kalte Dunkelheit traf auf Hitze, und beide verschlangen sich wie gierige Raubtiere. Die ohnehin porösen Wände des Hauses begannen, immer mehr zu ächzen und zu knacken. Holz, Staub und Mörtel rieselten auf uns herab, doch ich konnte mich nur auf Jack konzertieren. Wenn ich auch nur eine Sekunde nachließ, würde die Dunkelheit über uns zusammenschlagen. Ich zitterte, meine Muskeln spannten sich an, waren kurz davor, zu zerreißen, während ich dem Fluch hasserfüllt in die Augen starrte.

Der fletschte die Zähne. Die Dunkelheit strömte aus ihm heraus, verschlang jeden Zentimeter rund um den Feuerkreis. Ich konnte Charles meinen Namen rufen hören, doch es ging in einem ohrenbetäubenden Krachen unter. Ich zuckte zusammen und starrte nach oben.

Im selben Augenblick, als mich die Dunkelheit niederdrückte, gab das gesamte Dach knirschend nach. Balken krachten zu Boden und schlugen hart ein. Ich konnte gerade noch Charles beiseitezerren, als uns die Trümmer unter sich begruben.

Kapitel 35

Ich konnte nur für ein paar Sekunden ohnmächtig gewesen sein, als mich der Geruch nach verbranntem Haar und Fleisch weckte. Rauch kratzte in meiner Lunge. Es klingelte in meinen Ohren und ich richtete mich langsam auf. Zumindest versuchte ich es, aber ich konnte mich kaum bewegen, denn ich lag halb unter einem Balken begraben. Im ersten Augenblick spürte ich keine Schmerzen, doch das musste nichts bedeuten.

Rauch und Asche lagen so dicht in der Luft, dass alles dunkel war. Nichts und niemand rührte sich.

»Charles?« Meine Stimme klang zittrig. Ich hustete und versuchte erneut, mich aufzusetzen. Allein bei dem Versuch wurde ich beinahe wieder ohnmächtig.

»Alice.« Mein Name ging in einem nassen, gurgelnden Husten unter.

»Charles!«, schrie ich. Da war eine blasse Hand. Sie ragte zuckend unter einem weiteren Balken hervor. »Warte … ich komme.«

Ich schaffte es, mich zu befreien, riss mir dabei aber die gesamte Handfläche auf. Ich ballte sie zur Faust, um kein Blut zu verlieren, stolperte auf Charles zu und ließ mich neben ihm auf die Knie fallen. Mit meiner letzten verbliebenen Kraft stemmte ich mich gegen den Balken. Es krachte, als der Balken sich bewegte und zur Seite kippte, doch nur so weit, dass ich Charles sehen konnte. Sein Zustand ließ alles in mir erstarren.

»Charles … bitte nicht. Sieh mich an«, flüsterte ich und schluchzte entsetzt auf.

Der Slave lag am Boden. Seine Arme und Beine waren verdreht. Sein Gesicht war zerschlagen und zerkratzt. Und trotzdem war er bei Bewusstsein. Blut sickerte langsam aus dem Mund.

»Charles, nein … nein, verlass mich nicht. Nicht du auch noch. Verlass mich nicht«, hörte ich mich flüstern und klammerte mich an ihm fest.

Er hustete, und Blut spritzte auf sein Hemd. Ich spürte, wie mir jegliche Wärme aus den Wangen wich. Das war es also. Das Ende. Der Fluch hatte wirklich alles zerstört, nur um mich in die Finger zu bekommen. Das hier musste ein Ende haben. *Ich* musste ein Ende haben.

»Alice. Sieh mich an. Sieh mich an, Mädchen!« Charles nahm meine Hand.

»Es ist vorbei. Wir haben verloren«, presste ich hervor, doch der Slave lächelte mich an.

»Nein, ist es nicht«, brachte er hervor. Schweiß rann ihm über die Stirn. »Du musst es tun … Du musst das Herz finden und zerstören«, flüsterte er. Sein Atem stockte, ehe er die Finger fest um meine schloss. Sein Körper bäumte sich auf, bevor er im nächsten Augenblick erschlaffte.

»Nein! Charles, wach auf! Wach auf!«, rief ich und nahm seinen Kopf in die Hände. Ich presste bebend meine Lippen auf seine Stirn, wischte ihm eine Haarsträhne fort. Doch er rührte sich nicht. »Bitte«, flüsterte ich, ohne genau zu wissen, worum ich bat. Ein Wunder?

Ich wischte ihm sanft mit dem Daumen das Blut aus dem Mundwinkel, biss mir auf die Unterlippe und hielt Charles, ohne mich zu bewegen. Ich spürte ein Kribbeln, während meine Hand auf seiner Brust lag. Bebend starrte ich auf die Blutstropfen, die aus meiner Unterlippe quollen und auf Charles' Brust fielen, die sich nur noch schwach hob und senkte. Sein Blut sickerte in meines. Rot in Rot. Schlieren, die sich verbanden.

In diesem Moment fühlte es sich an, als würde die Zeit stillstehen. Mein Herz krampfte sich so heftig zusammen, dass ich mich keuchend vorbeugte. Das Zeichen an meiner Hand kribbelte weiter, dann brannte es plötzlich, als würde es sich langsam von meiner Haut schälen. Der stechende Schmerz fraß sich praktisch einen Weg durch mich hindurch und entzündete etwas tief in meinem Inneren.

Eine Stimme flüsterte mir ins Ohr, anfangs noch leise. Doch dann schwoll sie zu einem Brüllen an, das durch meinen gesamten Körper schallte.

Verdammt sind wir, wie Figuren zu leben,
sechzehn von uns wird es ewiglich geben.
Weder Schwarz noch Weiß bleiben verschont,
im endlosen Kampf um Leben um Tod.

Blut für Blut, so muss es sein,
die rote Königin steht am Ende allein.
Doch niemals gibt mein Herz mir Ruh,
denn verflucht bin ich und verflucht bist du.

Mein Blick flackerte, und ich sah, wie sich das Zeichen des Bauern an meinem Handgelenk streckte und reckte, größer wurde und eine andere Form annahm, während das bisherige Schwarz zu einem leuchtenden Rot wurde. Ich bebte und zuckte, als ein völlig neues Gefühl meine Venen durchströmte. Zitternd schloss ich die Augen und sog es tief in mich ein.

Es war pure und reine Macht.

Zwei unterschiedliche Fähigkeiten schienen unter meiner Haut zu pochen und verbanden sich zu etwas vollkommen Neuem. In diesem Augenblick füllte sich jede meiner Zellen mit etwas Neuem. Unmenschliches verband sich mit der verfluchten Erde und wurde ein Teil davon. Meine Finger zuckten, und ich spürte, wie Charles einen tiefen rasselnden Atemzug nahm.

Ein Keuchen bahnte sich aus seinem Mund. Er riss die Augen auf. Seine Muskeln zuckten. Sein Kopf hob sich, als er den Mund zu einem stummen Schrei öffnete. Seine Knochen knackten.

Meine eigenen Muskeln wurden von solchen Krämpfen gebeutelt, dass ich nicht mehr tun konnte, als im Schutt und Schmutz neben ihm zu kauern und zu hoffen, dass der Schmerz endlich nachließ oder der Tod uns endlich zu sich holte. Es kam mir vor, als würde ich bereits in seinen Schlund blicken, konnte seinen kalten Atem spüren und dennoch pochte mein gesamter Körper. Ich fühlte jeden Tropfen Blut in meinen Adern rauschen, spürte meinen Herzschlag, dessen Rhythmus den Boden zum Beben brachte.

Charles jaulte, während sich seine Knochen schmerzhaft zurück in die richtige Position schoben. Unsere Hände verschränkten sich, und unsere neuen Zeichen fanden zueinander. Charles brüllte und stemmte sich gegen den Balken, der auf ihm lag. Das Ungetüm knarrte und zersprang in tausend Einzelteile. Die Splitter schlugen im Boden ein, während Charles und ich einander keuchend anstarrten.

Ich sah mich selbst in seinen Augen.

Ich blinzelte.

Einmal.

Zweimal.

Erst da begriff ich, was ich sah.

Charles' Augen waren nicht mehr hellblau, sondern von einem intensiven Rot … genauso wie meine. Bebend und keuchend hob ich meine Hand. Dort prangte nicht länger das Zeichen eines schwarzen Bauern, sondern das einer Königin, rot wie meine Augen. Auf Charles' Handgelenk zeichnete sich ein roter König ab.

»Was … was war das gerade?«, keuchte ich.

»Ich glaube, wir haben soeben tatsächlich eine dritte Farbe erschaffen«, krächzte Charles.

Erneut sahen wir uns an, und im nächsten Augenblick zog ich ihn in eine feste Umarmung. »Jag mir nie wieder solche Angst ein, hast du verstanden?«, raunte ich mit brüchiger Stimme und begrub meine zersplitterten Fingernägel in seinem Haar. »Du bist Familie, und Familie stirbt nicht einfach so.«

Ich spürte Charles' Lächeln an meinem Hals, als er die Arme um mich schlang und mich an seine Brust zog. »Ist gut, den Spruch lass ich mir mal als Arschgeweih tätowieren, wenn du willst«, raunte er mir ins Haar.

Ich stieß ein Geräusch aus, das wie irgendetwas zwischen Lachen, Grunzen und Schluchzen klang. »Du hast so 'nen Knall.«

Charles setzte zur Widerrede an, als uns ein Knirschen wie von

Glas in die Realität zurückholte – auf das Spielfeld inmitten eines Trümmerfelds. Wir fuhren auseinander, doch es war nichts weiter zu sehen als Schutt und eine Steinfigur. Mein Blick wanderte nach oben und ich sah feine, aber maskuline Gesichtszüge und eine steinerne Beanie, die das schmerzverzerrte Gesicht halb verdeckte.

»Oh, Hawk …«

Ich stand auf. Trotz allem, was geschehen war, waren meine Bewegungen so fließend, als würde ich schweben. Ich hörte, wie Charles mir folgte. Zitternd blieb ich vor Hawkins stehen und berührte seine steinerne Wange. Zuerst fühlte ich nur Kälte, die durch den schwarzen Stein drang, bis Charles ebenfalls seine Hand auf den gefallenen Spieler legte. Unter meinen Fingerspitzen wurde der Stein ein wenig wärmer, und roter Rauch schien sich von meiner Haut abzusondern und in Hawk einzusickern. Das Blut rauschte mir so laut in den Ohren, dass ich es salzig auf der Zunge schmecken konnte. Der Stein wurde wärmer und begann zu beben.

»Fühlst du das?«, flüsterte ich.

Charles murmelte zustimmend, und da war er. Tief in der Brust vergraben. Ein Herzschlag. Ich presste meine Hand fester gegen den Stein, schloss die Augen und fühlte den Herzschlag schneller pulsieren. Der Stein begann zu knacken. Überrascht wich ich zurück und sah, wie das Handgelenk des Spielers in gleißendem Rot aufleuchtete. Karmesinfarbene Adern durchzogen den Stein. Zuerst waren es nur wenige, die sich pochend über den Arm wanden und über die Schultern nach oben rankten, doch es wurden mehr und mehr. Der Stein begann zu brechen, splitterte, und im nächsten Augenblick stieß Hawkins einen keuchenden Atemzug aus. Er taumelte. Blitzschnell fing ich ihn auf, und Hawkins' wirrer Blick irrte zu mir nach oben.

»Was ... was ist passiert?«, fragte er und hob sichtlich verwirrt seine Hand. Auf seinem Handgelenk war das Zeichen eines roten Springers zu sehen.

Wir sahen uns an, und ich spürte, wie sich ein Lächeln auf meinem Gesicht ausbreitete. Hawkins starrte mich an, und seine Pupillen weiteten sich.

»Alice?«, fragte er.

»Hey«, krächzte ich und räusperte mich schnell.

»So was hab ich noch nie gesehen«, murmelte Charles neben mir und musterte Hawkins wie ein Experiment, von dem er noch nicht gänzlich sicher war, ob es geglückt war oder nicht.

»Was ist passiert?«, krächzte Hawkins erneut fassungslos, als er sich von mir losmachte und dabei immer noch auf sein rotes Springerzeichen starrte.

»Du wurdest vom Fluch kontrolliert, genauso wie die anderen. Kannst du dich daran erinnern?«, fragte ich so ruhig wie möglich.

Sein Blick zuckte, er wurde blass, doch er nickte. »Es war grauenvoll. Ich dachte, ich wäre wahnsinnig geworden. Und dann war ich tot, oder?«

Ich nickte, und er atmete zischend aus.

»Ich war tot, und dann hab ich euch rufen hören ...« Sein Blick zuckte zu dem roten Zeichen auf seinem Arm. »Genau, ich hab euch rufen gehört, und dann wurde mir plötzlich wieder warm. Wie habt ihr das gemacht?«

Charles und ich wechselten schnell einen Blick. »Ich schätze, wir haben herausgefunden, wozu die Slaves wirklich imstande sind«, murmelte Charles.

Ein grimmiges Lächeln breitete sich auf meinem Gesicht aus. »Ich schätze, der Fluch hat Panik bekommen. Jedenfalls sehe ich ihn und die anderen Spieler nirgendwo.«

»Unterschätze Madelyn nicht. Sie versucht zwar mit Sicherheit, ihr Herz zu schützen, aber sie wird garantiert noch ein Ass im Ärmel haben«, warnte mich Charles.

»Was tun wir jetzt?«, fragte Hawkins und riss sich endlich vom Anblick seines neuen Spielerzeichens los.

Mein Blick huschte durch die Trümmer nach draußen aufs Spielfeld. Der Nebel hatte begonnen hereinzukriechen. Ich schmeckte Angst in der Luft. Sie war beißend und kalt.

»Wir tun genau das, was der Fluch von uns will«, murmelte ich und setzte mich in Bewegung. »Wir spielen. Und dafür brauchen wir Spieler.«

Kapitel 36

Unsere Schritte hallten auf dem marmornen Boden wider. Früher war hier tiefer Wald gewesen. Wenn mich die Orientierung nicht vollkommen verlassen hatte, dann mussten wir uns irgendwo in der Spielfeldmitte befinden. Jetzt war hier nichts mehr außer Leere und vollkommene Stille. Die Umgebung war tot und kalt wie die Steinfigur, auf die wir zugingen.

»Hallo, Regina«, sagte ich.

Regina starrte nur stumm zurück. Selbst als Steinfigur war sie wunderschön ... und wirkte wütend.

»Bereit?«, fragte ich Charles.

Der nickte, und zusammen legten wie unsere Hände auf die Steinfigur. Tief atmete ich durch. Fühlte meinen Puls, den Herzschlag ... Reginas Herzschlag, tief vergraben in Stein und Kälte. Dichte rote Schwaden schwebten von unserer Haut und drangen in die Steinporen ein, bis diese krachten und knackten. Es fühlte sich wie eine Ewigkeit an, auch wenn nur wenige Augenblicke vergangen sein mochten, bis es krachte und Regina freikam. Keuchend schnappte sie nach Luft. Ihre Augen irrten umher, bis sie mich fand.

»Was ... geht hier vor sich?«, keuchte sie, und ihre Beine knickten ein.

Hawkins beeilte sich, sie zu stützen. Er flüsterte ihr etwas ins

Ohr. Was es auch war, Regina zuckte zurück und starrte auf ihr Handgelenk.

Sie wurde blass, ehe sie loskreischte. »Ein roter Bauer? Ist das dein Ernst?«

Charles hinter mir unterdrückte erkennbar ein Prusten, während ich ebenfalls grinste. »Tut mir leid, Regina. Diesmal ist der Königinnenposten schon vergeben.«

Regina starrte mich an, als ob es ihr lieber gewesen wäre, ich hätte sie gar nicht erst zurückgebracht. Dennoch riss sie sich zusammen, atmete tief durch und nickte. Wieder einmal registrierte ich, wie stark sie war. Wie schnell sie sich Situationen anpassen konnte. Ich war mir nicht sicher, ob wir jemals Freunde werden würden, aber sie war allemal eine Person, von der ich viel lernen konnte.

»Okay, wir bilden hier also gerade die Avenger League?« Ihr Blick zuckte umher, und ich erkannte die Berechnung in ihren Augen. »Ohne die Spielverderberin sein zu wollen, aber ich glaube, um jeden gefallenen Spieler hier aufzuwecken, bleibt uns keine Zeit. Und ich bin mir auch nicht sicher, ob wir genug sind. Ist Vincent …« Sie stockte.

»… vom Fluch besessen. Aber wir retten ihn«, versprach ich etwas, was ich eigentlich nicht versprechen konnte.

»Regina hat recht. Wir können nicht alle Spieler suchen und aufwecken. Zuvor wird Madelyn uns finden«, warf Charles ein.

»Wir sind alle mit dem Spielfeld verbunden. Vielleicht müssen wir sie nicht finden, sondern sie nur zu uns rufen«, murmelte ich, ging in die Hocke, legte eine Hand auf den kühlen Boden und fühlte. Zuerst spürte ich gar nichts, doch dann nahm ich ein zartes Vibrieren in den Fingerspitzen wahr. Es fühlte sich an wie Herzschläge. Die gefallenen Spieler. Ich spürte sie. Sie alle.

Da war Lark.

Bastion.

Ebony.

Keith.

Spieler, die ich kaum gekannt hatte und deren Herzschlag dennoch unter meinen Fingerspitzen vibrierte. Auch wenn sie alle auf dem Spielfeld verteilt waren, zum Teil zerbrochen und zerschlagen, trug jeder von ihnen noch einen Lebensfunken in sich, die Erinnerung eines Herzschlags, wenn auch tief verborgen.

»Was hast du vor?«, zischte Regina mir zu.

»Psst! Ich muss mich konzentrieren«, flüsterte ich. Ich presste die Augen zusammen und schickte einen Schwall an reiner Kraft durch den Boden. Alles in mir zitterte vor Erschöpfung. Ich war am Ende meiner Kräfte. »Komm schon. Mehr!«, murmelte ich, und die rote Macht quoll aus meinen Adern hervor. Selbst meine Sicht wurde rot und verschwommen.

Badum.

Badum.

Badum.

Mein Herz schlug viel zu schnell. Ich schmeckte Blut auf der Zunge und wusste: Wenn ich jetzt noch mehr Macht durch mein Herz zwang, würde es stehen bleiben. Dennoch ließ ich nicht locker. Ich brüllte auf, und in mir zersplitterte etwas. Ich gab alles auf. Alles, was in mir war. Alles, was mich ausmachte.

Das Spielfeld bebte, und ich spürte jede einzelne Figur, die sich darauf befand. Ich fühlte sie alle. Ihre kalten, stillen Herzen lagen in meiner Hand, und ich rief sie zu mir. Staub wirbelte auf. Ich wankte. Verlor jede Orientierung. Ich war überall und nirgendwo. Weit entfernt glaubte ich, ein Aufflackern zu sehen. Ich prallte auf den kalten Marmor.

»Alice!« Hände packten mich und drehten mich auf den Rücken. Charles' Gesicht schwebte vor meinem. »Atmen! Komm schon!«

Er verpasste mir eine Ohrfeige. Der Schmerz jagte durch meinen Kopf, und der Schock ließ mich tatsächlich ruckartig wieder atmen. Schmerzerfüllt sog ich die Luft in meine Lunge, drehte mich um und hustete.

»Was zum Teufel hat sie gemacht?«, fragte Regina.

Ich spuckte aus und krächzte, als Hawkins sich ruckartig versteifte. »Fühlt ihr das auch?«

Unser aller Köpfe ruckten nach oben. Zuerst war nichts zu sehen, doch ich spürte, wie der Boden vibrierte. Der Nebel kräuselte sich, und heraus traten Gestalten. Ihre Schemen zitterten, bevor sie sich zusammensetzten und näher kamen. Der Nebel glitt von ihnen ab, und die Spieler blieben vor uns stehen. Jeder von ihnen war aus Fleisch und Blut. Und ein jeder trug das Zeichen eines roten Spielers. Es waren weit mehr, als heute auf dem Spielfeld gefallen waren, und es befanden sich auch Spieler aus vergangenen Runden darunter, die seit Jahrzehnten als Steinfiguren ihr Dasein gefristet hatten.

Ein Junge mit dunklen Haaren stützte sich an einem Baum ab und sah sich verwirrt um. Mein Herzschlag geriet kurz ins Stolpern. Es war Keith. Das letzte Mal, als ich den schwarzen Spieler gesehen hatte, saß er als Steinfigur am See und starrte ins Endlose.

Jetzt prangte sein Spielerzeichen in leuchtendem Rot auf seiner Hand. Ich sah ihn lebend, atmend.

Neben ihm stand Lark. Die weiße Bauernspielerin rieb sich den Kopf, als versuchte sie, eine Migräne zu vertreiben. Ihr Zeichen leuchtete wie das von Keith rot und grell. Ich fühlte den Widerhall ihrer Essenz in mir. Wie eine Verbindung, die so komplex und verzweigt war wie die Wurzeln eines Baums.

Daneben stand Feather und starrte Keith an, als sehe sie einen Geist, obwohl sie selbst soeben von den Toten zurückgekommen war.

Ein Knurren durchbrach den Nebel. Zwei Wölfe kamen auf uns zu. Nixon und Bastion. Das Fell der beiden war nicht länger schwarz oder weiß, sondern kupferrot. Obwohl beide exakt gleich aussahen, wusste ich instinktiv, wer Bastion und wer Nixon war. Zudem begann Bastion prompt vor Freude mit dem Schwanz zu wedeln, als eine ebenfalls kupferrote, schlanke Katze vorbeiflitzte. Amber. Bastion bellte laut und glücklich, und Amber machte einen erschrockenen Buckel und fauchte genervt. Bastion wedelte daraufhin nur noch mehr herum.

Der Nebel ballte sich und gab immer mehr Figuren frei. Sie kamen alle zurück. Jeder Einzelne. Mein Blick huschte über die Spieler, die sich taumelnd zu orientieren versuchten. Ich hatte das Gefühl, als würde mein Herz außerhalb des Körpers schlagen. Sechzehn Mal, um genau zu sein. Für jede Figur, die wir wiedererweckt hatten. Ich fühlte sie alle, warm und lebendig.

»Das ist …«, setzte Regina an, als Hawkins sie unterbrach.

Ein Schluchzen platzte aus seinem Brustkorb hervor, und ohne auf uns zu achten, hastete er nach vorn. »Page!«, schrie er und stolperte dabei praktisch über sich selbst.

»Hawky!«, antwortete ihm eine hohe Stimme, während sich ein Mädchen aus den Reihen der Spieler löste.

Ich hatte sie nur ein einziges Mal gesehen, doch ich erkannte sie dennoch auf Anhieb wieder. Es war Page. Sie war unglaublich klein und zierlich. Wie eine Elfe. Ihre leuchtend orangefarbenen Haare standen wirr in alle Richtungen ab. Sie schluchzte auf.

»Hawk!«

»Page!«

Die beiden krachten förmlich ineinander und kamen hart am Boden auf. Es schien sie nicht zu stören. Hawk stieß ein Schluchzen aus, das mir durch Mark und Bein ging, als er die Arme um das zierliche Mädchen schlang und sein Gesicht an seiner Schulter vergrub. »Ich dachte, ich würde dich nie wiedersehen«, hörte ich ihn raunen.

Ich sah Page lächeln, selbst aus der Entfernung. »Ach, Hawky«, brachte sie nur hervor.

Die beiden Springer sahen sich tief in die Augen, und im nächsten Augenblick küssten sie sich. Der Kuss war so intensiv und leidenschaftlich, dass ich wegsehen musste. Mein Herz krampfte sich zusammen.

Charles seufzte. »Nun, wie es aussieht, haben wir zumindest zwei glücklich gemacht«, murmelte er spöttisch. Er half mir, auf die Beine zu kommen. Ich wankte und wäre beinahe wieder umgekippt. Charles schnalzte mit der Zunge und sah mich scharf an. »Das war ein extremes Risiko.«

»Ich glaube, wir sind an einem Punkt angekommen, an dem wir Risiken eingehen müssen«, gab ich zurück.

Charles presste die Lippen zusammen, ehe er nickend die Spieler musterte, die allesamt ein wenig verwirrt aussahen. Was ich ihnen allerdings nicht verdenken konnte.

»Es sind genau sechzehn. Du hast eine komplette Spielfarbe aufgeweckt.«

»Alice«, rief eine Stimme. Bastion richtete sich in seiner menschlichen Gestalt auf und kam auf uns zu.

Ich merkte, wie mir das schlechte Gewissen das Herz verkrampfte, und noch ehe der große Turm etwas sagen konnte, hatte ich mich in seine Arme geworfen und drückte mich fest an ihn.

»Uff«, grunzte er sichtlich überfordert und tätschelte mir etwas unbeholfen die Schultern.

»Es tut mir so leid, Bastion«, brachte ich heraus, und er blinzelte auf mich herab.

Ein wenig derangiert musterte er erst mich, dann das Zeichen auf seinem Handgelenk, ehe er die Hand zur Faust ballte. »Du musst dich nicht entschuldigen«, sagte er dumpf. »Ich kann mich nicht an viel erinnern, aber was ich noch weiß …« Er stockte und schauderte. »Hast du uns aufgeweckt?«, fragte er sichtlich bemüht, ruhig zu bleiben.

Ich nickte.

»Okay, ich frag erst mal nicht nach, was du hier gerade abziehst, ich habe ohnehin schon Kopfschmerzen.« Tief atmete er durch, während er sich suchend umsah. »Wir sind immer noch auf dem Spielfeld. Was sollen wir tun?« Kein Zögern war in seiner Stimme. Er hatte, ohne mit der Wimper zu zucken, seine Rolle als Turm wieder eingenommen und war nun bereit, meine Instruktionen entgegenzunehmen.

»Wir …«, setzte Charles an, als ein Krachen uns alle aufschreckte.

Der Nebel kam unruhig in Bewegung, und das Geräusch von splittendem Stein erfüllte die Luft mit einem hallenden Echo. Die Spieler wichen zurück. Bastion stellte sich knurrend vor mich. Der bisher weiße Nebel begann, sich schwarz zu färben, als hätte jemand Tinte darin vergossen. Die Schwaden wurden schwerer und träger und legten sich mit dem Geschmack von schwarzer Magie auf meiner Zunge nieder, während der Boden Sprünge bekam und sich eine zentimeterdicke Schneise einmal quer hindurchschlug. Der Boden ruckte wie bei einem kleinen Erdbeben. Dunkelheit legte sich über uns, und die Temperatur sank so rapide, dass mir der Atem vor dem Mund schwebte.

»Das sind …«, setzte Charles an.

»… Jackson und Vincent«, flüsterte ich. Die Augen der beiden Könige waren immer noch pechschwarz.

Hinter ihnen reihten sich die Spieler, die immer noch am Leben waren. Ich sah Ivory und hörte hinter mir seinen Zwilling Ebony aufkeuchen.

Obwohl kein Windzug ging, flatterte Jacksons Mantel. Um seine Finger spielte der schwarze Rauch, während von Vincent eine solche Kälte ausging, dass ich ein Zähneklappern unterdrücken musste. Und in ihrer Mitte standen Madelyn St. Burrington und Augustus Chesterfield.

Der Fluch musterte uns aus Augen, in denen schon lange kein menschliches Leben mehr lag. Madelyns zierliche Züge gaben weder preis, was sie dachte, noch was sie fühlte. Einzig Augustus Chesterfield sah aus, als würde er sich weit wegwünschen.

Ich konnte Charles hinter mir fauchen hören. »Du elendiger Verräter. Ich wusste, du würdest dich auf ihre Seite stellen.«

Augustus antwortete nicht. Er sah den Fluch an, und ich erkannte die Angst in seinen Zügen. Dieser elendige Feigling hatte seit dreihundert Jahren Angst vor seiner eigenen Schöpfung, und auch jetzt schien er lieber zu kuschen, als sich gegen sie zu stellen.

»So, so … sieh einer an«, sagte Madelyn und trat nach vorn. Ihr Kleid sah seltsam aus, schwarz und als würde es sich von selbst bewegen. Erst bei genauerem Hinsehen bemerkte ich, dass es aus Hunderten Fluchwebern bestand, die sich ineinander wanden wie ein bizarres Kunstwerk. »Ich hätte niemals gedacht, dass mir meine eigene naive Schöpfung einmal im Weg stehen würde.«

»Madelyn«, brachte Charles heraus und trat vor.

Ihre schwarzen kalten Augen richteten sich auf ihn. Ich wartete, dass Charles noch etwas sagte, doch er starrte sie nur an.

Madelyns Mundwinkel kräuselten sich. »Charles«, erwiderte sie. »Ich korrigiere mich. Von dir bin ich Widerstand gewöhnt. Ich erinnere mich vage, diesen Charakterzug an dir sehr geschätzt zu haben. Genauso wie deine sture Naivität nach all den Jahren. Aber ehrlich, Charles, was soll … das hier?« Sie deutete spöttisch auf die roten Spieler.

»Wir spielen dein Spiel«, mischte ich mich ein und trat neben Charles, obwohl Bastion mich zurückzuhalten versuchte. »Und ich glaube, es gibt in den Spielregeln kein Verbot, das es uns untersagt, eine neue Farbe zu eröffnen, oder?« Ich starrte sie mit einer Mischung aus Gefühlen an, in der ich schon lange keinen Unterschied zwischen reinem Hass, Angst und Wut mehr machte. Nur noch eins interessierte mich: zu überleben.

Madelyn lächelte schwach. »Nein, das verstößt in der Tat nicht gegen die Regeln. Aber es ist sinnlos. Ihr werdet scheitern. Mein

Herz liegt gut verborgen auf dem Spielfeld. Bevor ihr auch nur in die Nähe kommt, schlagen wir euch nieder.«

Meine Augen zuckten über die Spieler, die sich hinter ihr aufgestellt hatten. Allesamt mit schwarzen Augen und leerem Blick. Es waren ebenfalls exakt sechzehn.

»Nun, dann lass uns spielen«, schlug ich vor.

Ihre Mundwinkel kräuselten sich. »Ich könnte euch auch einfach töten. Hier und jetzt.«

»Wir wissen beide, dass du das *nicht* kannst«, erwiderte Charles. »Es wird Zeit, dieses Spiel zu beenden, Madelyn. Bist du nicht ebenfalls müde? Nach all den Jahrhunderten? All dem unschuldigen Blut? Willst du nicht ebenfalls Ruhe finden?« Ich hörte, wie seine Stimme am Ende brach. Meine Finger tasteten nach seinen, und unsere Hände verschränkten sich kurz ineinander.

Der Fluch starrte Charles an, und zum ersten Mal glaubte ich, seine echten Gefühle über seine Gesichtszüge huschen zu sehen. Wie ein Funke des früheren Selbst.

Doch so schnell es gekommen war, so schnell verschwand es auch wieder. Sie schnippte nur mit den Fingern, und Jackson stellte sich neben sie. »Jackson, mein Lieber«, säuselte sie und richtete ihren Blick direkt auf mich. »Bring mir den Kopf des Slaves.«

Jackson nickte, spannte die Muskeln an und sprang über den Riss im Boden. Schwarzer Rauch und Staub wirbelten auf, als er hart aufkam und sich langsam aufrichtete. Bastion brüllte und verwandelte sich neben mir in einen riesigen roten Wolf, der sich schützend vor mich stellte.

Madelyn hob eine Augenbraue und rief: »Schach.«

Die anderen Spieler bewegten sich wie Marionetten, an deren

Schnüren man gezogen hatte. Sie sprangen über den Riss, und das absolute Chaos brach aus. Die beiden Spielfronten knallten wie eine gewaltige Welle aufeinander.

Jackson stürzte auf mich zu. Ich drehte mich weg, war aber zu langsam. Der Aufprall schleuderte mich hart zu Boden. Bastion brüllte und ging auf den schwarzen König los, der jedoch geschickt auswich und die Dunkelheit um den großen Wolf schlang. Der fiepte auf, als er ruckartig in den Nebel geschmettert wurde.

»Bastion!«, rief ich und rappelte mich auf, nur um erneut von einem harten Schlag getroffen zu werden. Der Schmerz schoss mir durch den Schädel. Heiß und gleißend. Ich taumelte zurück und fiel in den alten, umgefallenen Baumstamm. Das Holz ächzte und brach krachend zusammen.

»Haltet sie auf«, hörte ich den Fluch schreien.

Desorientiert sah ich mich um. Splitter fielen von mir ab, bis ich mitten in der Bewegung erstarrte. Ein faustgroßes Loch klaffte im Stamm.

Das Loch war nicht groß und dennoch richtete sich jedes meiner Härchen auf. Eines nach dem anderen.

Die Temperatur sank herab und der nächste Atemzug stach vor Kälte, während weiße Wolken vor meinem Mund schwebten.

Ein Beben ging durch den Boden.

Die kleinen Steinchen am Boden zitterten.

Badum.

Die Äste der umstehenden Bäume wackelten wie Adern, die pulsierten.

Badum.

Badum.

Bis auf das Pochen wurde es mucksmäuschenstill.

Die Welt selbst schien den Atem anzuhalten.

Badum.

Badum.

Badum.

Und jetzt hörte ich es auch.

Es war ein Herzschlag.

Der Nebel rund um den Baumstamm lichtete sich, verzog sich wie von Fingern zur Seite gezogen.

Und dann sah ich es.

Mitten in dem klaffenden Loch unter Asche und Staub vergraben lag … ein schlagendes Herz.

Ich atmete zittrig aus.

Mein Atem schlängelte sich aus meinem Mund. Mein ganzer Körper war starr vor Kälte.

Badum.

Badum.

Das Herz in der Asche schlug langsam und stetig.

Direkt vor uns.

Badum.

Da war es wirklich.

Wir hatten das Herz des Fluchs gefunden. Es war wirklich hier. War immer hier gewesen. Genau im Zentrum des Spielfelds.

»Charles«, schrie ich, als mich ein harter Griff packte und an den Haaren zurückzog.

Ich schrie, schlug mit dem Kopf aus und hörte ein unterdrücktes Stöhnen. Ich wirbelte herum und schlug erneut zu. Jackson taumelte. Ich nutzte die Gelegenheit, stürzte auf das Herz zu und packte es. Es fühlte sich unangenehm heiß an. Warm. Pochend. Lebendig.

Gehetzt blickte ich mich um und sah Charles seinen Bruder niederschlagen. Mit schmerzverzerrtem Gesicht spuckte er verächtlich aus. Sein Blick irrte über das Spielfeld und fand mich. Erschrocken riss er die Augen auf, als er sah, was ich in der Hand hielt. Überall um uns herum schrien die Spieler. Ich wusste nicht, ob vor Wut oder Schmerz, aber ich roch Kupfer, Blut und Tod.

Madelyn schritt auf uns zu wie eine Totengöttin. Ihr dunkles langes Haar hatte sich gelöst und peitschte ihr wütend um den Leib. Geistesgegenwärtig packte ich eine scharfe Scherbe, die aus dem Marmorboden gebrochen war. Der Stein schnitt mir in die Handfläche. Meine gesamte Hand pochte. Mein Atem rasselte mir in den Ohren, während ich die Scherbe hob, um sie tief in das Herz zu stoßen. Doch als ich ausholte, wurde ich von Madelyns scharfer Stimme aufgehalten.

»Halt. Oder deine Könige töten sich und beenden dieses Spiel.«

Ich erstarrte. Mein Blick hob sich, und da standen sie. Direkt vor mir. Jackson und Vincent. In ihren Händen leuchtete jeweils ein langer scharfer Dolch, der sich genau auf das Herz des jeweils anderen presste. Ich sah schimmernde Blutstropfen heraustreten. Madelyn schritt näher, das Gesicht zu einer Fratze verzerrt. Ich spürte, wie mir eine Schweißperle über den Rücken lief.

»Hol noch mal aus, und beide Könige sterben«, knurrte Madelyn mich an.

Ich keuchte, mein Blick zuckte zu Charles, und ich wusste, ich sollte es tun. Ich wusste, ich musste das Herz durchstoßen, selbst wenn das hieß, Jackson und Vincent sterben zu lassen. Doch mein

Herz krampfte sich bei der bloßen Vorstellung so fest zusammen, dass ich keine Luft mehr bekam. Ich hörte das Lachen des Fluchs. Kalt und süß.

»Weißt du was? Ich glaube, es ist an der Zeit, Schachmatt zu sagen.«

Sie hob die Finger und schnippte. Wie in Zeitlupe sah ich, wie Jackson und Vincent ausholten. Es war dieser Augenblick zwischen zwei Herzschlägen, in dem ich eine Entscheidung fällte.

Mein Blick kreuzte sich mit dem von Charles, und ich hörte mich flüstern: »Es tut mir leid.« So weit ich konnte, holte ich aus und warf ihm das Herz zu. Ich beobachtete nicht, ob er es auffing. Stattdessen stürzte ich nach vorn, warf mich zwischen die beiden Könige und spürte im nächsten Augenblick scharfes Metall in mich dringen.

Genau durch mein Herz.

Eine Klinge vorn.

Eine Klinge hinten.

Jackson vor mir.

Vincent hinter mir.

Es war seltsam. Ich fühlte nicht einmal Schmerz. Nur diese Kälte, die sich von meinem Herzen ausbreitete.

Im selben Moment sah ich Charles einen Dolch in das verfluchte Herz rammen.

Madelyn erstarrte. Für eine Sekunde tat sie gar nichts, ehe sie plötzlich den Mund aufriss und schrie. Ihr Körper krümmte sich und begann, sich langsam in zappelnde Fluchweber aufzulösen, als wollte Madelyn aus ihrer eigenen Haut flüchten.

Der gellende Schrei ließ jeden auf dem Spielfeld erstarren. Es klang, als würde ihre Seele brechen. Der Fluch stolperte, bebte und fiel in sich zusammen. Rauch kräuselte sich an der Stelle, an der Madelyn gestanden hatte, und ich spürte einen Ruck in meiner Brust. Eines der Messer wurde herausgezogen. Mein Blick irrte nach oben. Jackson. Aus seinen Pupillen wich der starre Ausdruck und zog sich in sich zusammen, ehe er blinzelte. Kaltes Entsetzen zeichnete sich in seinen wunderschönen Augen mit den goldenen Sprenkeln ab. Als würden Sterne vom Himmel fallen.

»Chérie«, krächzte er.

Ich lächelte und spürte im selben Augenblick, wie mein Herz zu Stein erstarrte. Schwärze schlug über mir zusammen.

Und danach?

Danach war da gar nichts mehr, außer einer leisen Stimme in meinem Kopf:

Denn verflucht bin ich und verflucht bist du.

KAPITEL 37

»Alice?«

Ein Licht flammte in der Dunkelheit auf. Klein wie die Flamme eines Feuerzeugs. Dennoch zuckte ich zusammen. Blinzelnd hob ich den Kopf und spürte nur Schwärze, nur Dunkelheit, bis auf die Flamme, die einen flackernden Schein warf.

Wie lange war ich in der Dunkelheit gewesen?

Wo war ich?

Träumte ich?

»Alice«, flüsterte es erneut durch die Finsternis.

Zitternd schlang ich die Arme um mich selbst und versuchte, mich zu bewegen. Mir war so verdammt kalt. Meine Zehen krümmten sich, als ich langsam aufstand. Mein Körper schmerzte fürchterlich, jede Bewegung fühlte sich an, als würden schwere Gewichte versuchen, mich wieder zurückzuziehen.

Allein der Gedanke, dass das Licht vielleicht etwas wärmen könnte, ließ mich bibbernd einen Schritt vor den anderen tun. Die Dunkelheit war überall um mich herum, über mir, neben mir, sodass es sich anfühlte, als würde ich durch einen langen Tunnel gehen. Das helle Licht kam näher, doch die Kälte war weiterhin beißend. Meine Glieder zitterten mit jedem Schritt stärker.

»Sieh dich an, was für ein wundervolles Mädchen du bist. Ich bin so stolz auf dich«, hallte die Stimme zu mir herüber.

Bebend hielt ich inne und sah mich verunsichert um. Doch es war niemand zu sehen.

»Hallo?«, fragte ich, und das Wort hallte nach. Das Echo versiegte jedoch ungehört, unkommentiert. Stattdessen war ein helles Lachen zu hören. Ein Babylachen.

Die Kälte stach so sehr in meine Haut, dass ich mich zwang weiterzugehen. Ich hatte das Gefühl, jeden Augenblick einfach zu erfrieren. Bereits jetzt fühlte ich meine Zehen und Finger nicht mehr.

In das Babylachen mischte sich ein sanfter Singsang. Es klang beinahe nach einem Kinderlied:

Darling, darling, butterfly,
I see you dancing in the sky.
Mother, mother, sky,
is it true or is it a lie?
That darling, darling, butterfly
fell for charming, charming firefly.

Der Schein der Flamme begann, sich auszubreiten und warf einen warmen Kegel. Als ich näher kam, sah ich, dass das Licht zu einer Öllampe gehörte. Ein Schritt mehr, und ich betrat den Lichtkegel.

Ein leises Knarren war zu hören. Im Schein der Lampe saß eine Frau in einem hölzernen Schaukelstuhl. Sanft wippte sie hin und her. Das Holz knarrte dabei leise. Sie war in ein altmodisches Nachthemd gehüllt. Dunkles Haar fiel ihr übers Gesicht, während sie ein Bündel an sich drückte. Kleine Händchen streckten sich aus, griffen nach den dunklen Strähnen, während die Frau liebevoll weitersang, begleitet vom sanften Schaukeln des Stuhls.

Darling, darling, butterfly
and charming, charming firefly
lived a lovely life.
Brother, brother, night,
please never break the wreath,
so that both won't end in death.

Das Lied verstummte auf ihren Lippen. Das kleine Händchen löste sich von ihrem Haar und fiel zurück. Das dunkle Haar teilte sich, und ich wich instinktiv zurück.

Es war Madelyn.

Ich musste ein Geräusch gemacht haben, denn sie sah auf. Ihr Blick irrte durch den Raum, bevor er auf mir zu liegen kam.

»Alice …«, flüsterte sie.

Zitternd wich ich zurück, doch Madelyn hielt mich auf.

»Warte, Alice. Ich bitte dich …« Sie stand auf. Das Nachthemd floss ihr wie Wasser um den zarten Körper. Das Licht der Lampe zeichnete goldene Strähnen in ihr Haar. Sie sah wunderschön aus.

»Was willst du von mir, Madelyn?«, fragte ich gepresst. Eisige Kälte kroch mir die Waden nach oben. Ich linste nach unten und sah, dass ich bereits mit einem Fuß aus dem Lichtkegel getreten war. Die Schwärze verschluckte mein Bein vollkommen.

»Bitte komm zurück. Ich verspreche, dass ich dir nichts tun werde«, beteuerte Madelyn. Sie rührte sich nicht, sah mich nur an, einen flehentlichen Ausdruck in den Augen.

Ich blieb, wo ich war, zog nur langsam meinen Fuß zurück ins Licht. »Was willst du von mir?«, fragte ich leise und schlang die Arme um mich.

Madelyn schluckte, und zu meinem Erstaunen sah ich Tränen in ihren Augen schimmern. »Ich möchte dir danken. Danach werde ich dich gehen lassen. Du wirst mich nie wieder sehen müssen, das verspreche ich«, sagte sie leise, und über ihr Gesicht huschte ein gebrochener Ausdruck.

Bebend starrte ich sie an und merkte, wie der Zorn in mir hochkam wie bittere Galle. Ich wollte auf sie zulaufen, ihr den dürren Hals umdrehen. Ich hasste diesen Gedanken und genoss ihn gleichzeitig. »Du willst mir danken? Wofür?«, spuckte ich aus.

Ein Schatten fiel über ihr Gesicht, und ich sah die Trauer in ihrem blassen Antlitz. »Es tut mir so leid«, flüsterte sie. »Das alles. Ich habe damals versucht, dich zu warnen. Vor … vor mir selbst. Ich weiß, was der Fluch …«, sie stockte und korrigierte sich selbst, »… was ich getan habe, ist nicht entschuldbar, doch glaube mir, ich habe gekämpft, solange ich konnte. Mein Verstand wurde über so viele Jahrhunderte hinweg zerfressen. Der Fluch war wie ein Parasit, der mich von innen heraus zerstört hat, bis mir nur noch dieser kleine Rückzugsort blieb, an dem ich mich vor mir selbst verstecken konnte.« Sie deutete um sich herum, und ich wagte es, für eine Sekunde den Blick schweifen zu lassen.

Das Baby begann leise zu weinen, und Madelyn drückte es an sich. Schaukelte es sanft, bis das Weinen leiser wurde und leiser.

Madelyn blickte wieder zu mir auf und lächelte traurig. »Ich habe wirklich versucht, dich zu warnen.«

»Vor dir selbst ...«, echote ich, und unter meinen Zorn mischte sich auch ein Hauch von Verstehen.

Mit bebenden Lippen nickte Madelyn, während sie erneut mit den Tränen kämpfte. Eine Träne floss über und perlte über ihre Wange. Sie glänzte wie Glas. »Zuerst hatte ich gehofft, wenn ich dir rate, unauffällig zu sein, würde das Spiel beendet sein, bevor der Fluch auf dich aufmerksam wird. Als das nicht funktioniert hat, habe ich versucht, dir zu zeigen, was damals passiert ist, in der Hoffnung, dass du es besser machen wirst als wir damals. Ich weiß, am Ende ist alles anders gekommen, und dennoch bin ich so unglaublich dankbar zu sehen, was du getan hast, um den Fluch aufzuhalten. Ich weiß, welche Narben das in deiner Seele hinterlassen hat, und ich kann sie nicht heilen, nichts zurücknehmen oder ungeschehen machen. Alles, was ich dir geben kann, sind mein zutiefst empfundener Dank und mein Segen.«

Sie kam auf mich zu. Langsam. Ich hätte die Chance gehabt auszuweichen, doch ich blieb, wo ich war, bis ich den Hauch ihres Atems fühlte, der auf meine Stirn traf, als sie mir einen Kuss daraufhauchte. Der Geruch von Flieder und Morgentau ging von ihr aus.

»Ich danke dir, Alice Salt. Mögest du ein langes Leben voller Liebe, Lachen, Freundschaft und Mut führen. Ich wünsche dir alles Glück dieser Welt.«

Ihre Hand strich sanft über meine Wange. Es fühlte sich an wie ein Windhauch. Weitere Tränen rannen ihr über die Wange und fielen auf mich herab. Sie lächelte, während die Kälte in mir langsam wich. Ich bemerkte es erst, als der Krampf in meinen Waden nachließ und mich heftiger Schwindel packte. Madelyns Finger rutschten von mir, und ihre Gestalt verschwamm immer mehr, während das Licht heller und heller wurde. Es wurde so grell und heiß, dass ich die Hände schützend vor die Augen schlug, und ich hörte Madelyns Stimme mir zurufen: »Bitte sag Charles, dass wir hier auf ihn warten.«

Im nächsten Moment wurde meine Welt in blendend helles Licht getaucht.

Das Gefühl kalter Regentropfen auf meiner Haut weckte mich. Blinzelnd schlug ich die Augen auf und sah schwere graue Wolken, die ihre schimmernden Tropfen auf die Erde ergossen. Jeder Tropfen, der auftraf, hallte unendlich laut in meinen Ohren nach. Der Regen zog schimmernde Bahnen über meinen Körper, der weder kalt noch warm war.

Ich blinzelte und spürte immer noch eine Hand auf meiner Wange.

»Hey … wach endlich auf!« Die Hand verpasste mir einen Klaps.

Der kleine, scharfe Schmerz riss mich so heftig zurück ins Leben, dass ich reflexartig zurückschlug. Unter meiner Hand spürte ich etwas knirschen, gefolgt von einem Stöhnen. »Voll auf die Nase, ey!«

»W…was?« Keuchend taumelte ich und knickte im nächsten Augenblick ein.

»Chérie!«

Bevor ich aufschlagen konnte, packten mich zwei Arme und zogen mich an eine breite Brust. Eine warme Brust, unter der ein steter Herzschlag pochte.

Meine Augen suchten und fanden. »Jackson?«, krächzte ich.

Er lächelte mich an. Regen tropfte auf ihn und lief ihm in Bahnen über das Gesicht. Sein schwarzes Haar fiel ihm in die Stirn.

»Du bist wach«, stieß er hervor. Er packte und schüttelte mich. »Was hast du dir nur dabei gedacht, dich für uns zu opfern? Ich dachte, ich sterbe tausend Tode. Mach das nie, nie, nie wieder!«

Ich starrte ihn an, und im nächsten Augenblick lagen seine Lippen auf meinen. Sein Kuss war heiß, schmeckte nach Salz und leicht wässrig vom Regen. Bebend schloss ich die Augen, vergrub meine Finger in seinem feuchten Haar und zog ihn fester zu mir herab. Unser Kuss wurde intensiver, Jacksons Zunge stahl sich in meinen Mund und …

Ein Räuspern unterbrach uns.

»Könnt ihr das vielleicht auch später erledigen? Mir wird hier dezent schlecht«, sagte eine kühle Stimme.

Jackson löste seine Lippen von meinen und funkelte jemanden über meine Schulter an. »Nicht jetzt! Wir sind beschäftigt.« Sein Cajun-Akzent war so ausgeprägt, wie ich ihn noch nie gehört hatte.

»Das ist kaum zu übersehen.«

»Vincent?«, fragte ich, legte den Kopf in den Nacken und sah den weißen König von Chesterfield hinter mir stehen.

»Hallo, Alice, schön, dass du wieder da bist«, murmelte er, während der kühle Ausdruck etwas Sanfterem wich, was das Eis in seinen Augen zum Schmelzen brachte.

»Ich glaube, sie hat mir die Nase gebrochen«, jammerte eine andere Stimme. Jackson knurrte etwas, doch er wich so weit von mir zurück, dass ich Charles sehen konnte, der sich knurrend die Nase hielt und mich anfunkelte.

Ich starrte ihn an und hatte das Gefühl, als würde ich immer noch schlafen. »Was ist passiert?«, fragte ich krächzend und richtete mich langsam auf.

»Wir haben dich zurückgeholt, das ist passiert«, raunte Jackson mir ins Ohr.

»*Ich* habe dich zurückgeholt«, korrigierte Charles ihn und fuchtelte mit seinen Händen herum. »Die beiden haben nur blöd geglotzt.«

»Ach so …«, brachte ich nur heraus und hielt mir den pochenden Kopf, während ich meinen Blick schweifen ließ.

Wir befanden uns eindeutig immer noch auf dem Spielfeld. Ich erkannte es auf einen Blick wieder, auch wenn die Asche sich wegen des Regens in Schlamm verwandelt hatte. Die kahlen Bäume reckten sich gierig dem Wasser entgegen. Es wirkte beinahe, als würde das ehemalige Spielfeld reingewaschen werden.

Mein Blick zuckte zu Charles zurück und mein müdes Hirn spuckte eine sehr wichtige Frage aus: »Wie hast du mich zurückgeholt? Das Spiel ist doch vorbei … oder nicht?« Nervös blickte ich mich um, als könnte der Fluch jederzeit um die Ecke kommen, bis ich Charles' trauriges Lächeln sah.

»Ja, das Spiel ist vorbei«, murmelte er, und im selben Moment färbten sich seine Augen pechschwarz.

»Du bist …«

Ich zuckte zurück und spürte Jacksons Arme, die sich fest um mich schlossen, während Vincent neben mir in die Hocke ging und mir beruhigend eine Hand auf die Schulter legte.

»Keine Sorge … Er wird uns nichts tun«, bestätigte Jackson mir, während Charles blinzelte und das Schwarz wieder zu strahlendem Blau wurde.

»Es hat also wirklich funktioniert. Du bist … du bist der …«, krächzte ich und spürte, wie sich mein Herz zusammenzog.

Charles antwortete für mich. »Ich bin der neue Fluch.« Er wirkte ernster als üblich, sein Gesicht blass und makellos wie das einer Statue. »Der Fluch ist in mir. Ich halte ihn in Schach. Und ihr müsst jetzt gehen«, antwortete er mir, und zum ersten Mal bemerkte ich, dass er nicht näher kam, sondern einen guten Meter Abstand hielt. Der Regen perlte an ihm ab.

»Was? Nein! Ich lasse dich nicht im Stich.« Ich fuhr auf, doch Jackson hielt mich an den Schultern fest.

Charles sah mich an und schüttelte den Kopf. »Nein, Alice, das hier ist nicht mehr dein Kampf. Nicht mehr dein Spielfeld. Nehmt die restlichen Spieler und geht. Lebt euer Leben.«

»Aber … du …« Ich schniefte und sah wahrscheinlich völlig jämmerlich aus.

Behutsam kam er nun doch näher, nahm meine kalte Hand und drückte sie sanft. Sie fühlte sich seltsam an. So zerbrechlich wie ein Vogel. »Ich komme zurecht«, versicherte er mir leise. »Ich habe mein Schicksal und du deines. Leb dein Leben, Alice, und sei glücklich. Weit weg von hier.«

»Aber was tust du denn jetzt?«, stieß ich hervor.

»Ich bleibe hier und isoliere den Fluch, so gut es geht, von den Menschen.« Er grinste schief.

»Aber …«

»Es ist besser so. Ich fühle es, tief in mir. Der Fluch sucht nach neuem Futter. Nach einem neuen Weg auszubrechen. Ich bleibe hier, solange ich kann, und halte die Menschen von diesem Ort fern. So ist es am besten.«

»Charles …«, flüsterte ich und sah zu Jackson und Vincent hinüber. Beide wirkten müde, zerschlagen und abgekämpft.

»Alle ehemaligen Spieler, die wir finden konnten, wurden aufgeweckt«, murmelte Jackson.

»Und da ist noch mal ein ganzer Haufen unter der Erde, der darauf wartet, ebenfalls aufgeweckt zu werden«, warf Vincent ein.

Jackson nickte. »Wir haben Charles versprochen, die ehemaligen Spieler aufzunehmen und wieder in die Gesellschaft einzugliedern, wenn er sie nach und nach aufspürt und weckt. Wir werden also noch einiges zu tun haben …« Er lächelte, und dieses Lächeln ließ mich für einen kurzen Augenblick vergessen, wer ich war. »Und wir haben Zeit für uns.« Er drückte mir einen Kuss auf den Kopf und strich mir das Haar zurück.

Zeit mit Jackson. Ein Leben mit Jackson. Mein Herz flatterte vor Glück und Furcht gleichzeitig. Mein Blick zuckte zurück zu Charles, der sich müde das Gesicht rieb.

»Es tut mir so leid, Charles«, presste ich hervor. Tränen stiegen in mir auf, die im Kontrast zum Regen heiß waren.

Er lächelte gequält. »Nein, mir tut es leid. Ich werde niemals wiedergutmachen können, was Madelyn, Augustus und ich damals getan haben. Ich kann es nur besser machen und euch eine Zukunft schenken.«

»Augustus, wo ist er?«, fragte ich und sah mich mit wirrem Blick um.

»Zu Staub zerfallen«, sagte Vincent nicht ohne Genugtuung.

Kurzes Schweigen trat ein, während jeder von uns seinen eigenen Gedanken nachging, bis ich etwas wackelig aufstand und Charles an mich zog.

»Bitte geht und seid glücklich«, flüsterte er mir ins Ohr.

»Und du?«

Lächelnd legte er den Kopf schief und zuckte mit den Schultern. »Ich warte.«

»Warten? Worauf?«

»Auf den Sonnenaufgang. Den habe ich schon lange nicht mehr gesehen.«

»Und dann?«

»Dann warte ich auf den nächsten. Geh jetzt. Issy und die anderen warten hinter der Mauer auf euch.«

Mit einem Seufzer löste ich mich von Charles, während Jack wieder sanft seine Arme um mich schlang.

»Ich soll dir etwas ausrichten«, murmelte ich und atmete tief durch. »Ich soll dir sagen: Sie wartet auf dich …«

Charles starrte mich an. In seinen Augen huschten Schatten umher und vermischten sich mit dem klaren Blau darin. Er fragte nicht, wen ich meinte. Er nickte nur und starrte sehnsüchtig in den Himmel. »Ich freue mich auf den Tag«, flüsterte er.

Wir sahen einander an. Der Regen prasselte auf uns herab, und mein Atem verdampfte zu kleinen Wolken. »Ich werde an dich denken. Jeden Tag. Jede Nacht. Und ich werde nicht aufhören, an Wunder zu glauben. Wir werden uns wiedersehen. Irgendwann.«

»Irgendwann«, wiederholte er nur und drehte sich um.

Ich beobachtete, wie er im Regen davonschlenderte. Sein Rücken krümmte sich. Dann sank er zusammen, und im nächsten Augenblick verschwand eine weiße Katze aus meinem Sichtfeld.

Epilog

»Alice, wenn du jetzt nicht losfährst, kommst du zu spät zur Schule!«

»Ich weiß, Mom!«, brüllte ich zurück und band mir das Haar hektisch zu einem Pferdeschwanz, während ich in die Küche stürmte.

Meine Mom verdrehte gerade die Augen und murmelte etwas über Teenager, während Kay in einen Donut biss. Die beiden saßen bereits in ihrer Uniform am Küchentisch. Grandma Emerald in ihrem Schaukelstuhl kauerte und strickte. Die Sonne schien zu den Fenstern herein, und ein lauer Luftzug brachte die Lavendelbüschel an den Dachbalken zum Tanzen.

Ich warf mir den Rucksack über die Schulter. »Ich bin seit letzter Woche achtzehn. Ich bin kein Teenager mehr«, erinnerte ich meine Mom und schnappte mir einen Toast.

Sie schnaubte in ihren Kaffee. »Da sind sie einmal einen Sommer lang weg und halten sich danach gleich für zehn Jahre älter.«

Ich starrte sie an und fuhr mit meinem Daumen den Keramikhenkel meines Bechers nach. Es fehlte eine Ecke. Nur eine kleine, scharfe Kante, aber sie war da. Ganz ähnlich, wie ich mich fühlte. Denn dass ich beschädigt und nicht mehr ganz vollständig war, merkte man nur, wenn man ganz genau hinsah.

An dem Tag, an dem wir alle das Spielfeld verlassen hatten, waren wir zuerst in Vincents Familienvilla zurückgekehrt. Ich hatte gefühlt eine ganze Woche geschlafen. Und geweint. Dr. de la Roi hatte uns versichert, dass es besser werden würde.

Es hatte einiges an Mut erfordert, nach Hause zu gehen. Die Angst, dass mich dort der leere, verständnislose Blick meiner Mutter treffen würde, hatte mich beinahe umdrehen lassen. Ohne Jackson, der mich begleitet hatte, hätte ich wahrscheinlich gekniffen.

Als ich die alte Villa Salt betrat, das Knarren der Dielen hörte und den Duft von Kaffee und Lavendel einatmete, hatte es sich für einen kurzen Augenblick so angefühlt, als beträte ich das Leben eines anderen Menschen. Als würde ich in die Privatsphäre eines Fremden eindringen.

Nur Jacksons Hand an meinem Rücken hatte mich stabil genug gehalten, um weiterzugehen. Bis wir in die Küche kamen. Meine Mom hatte wie jetzt auch mit Kay am Küchentisch gesessen und von ihrer Zeitung aufgesehen. Als sich unsere Blicke trafen, erstarrten wir beide. Zumindest bis Mom aufstand und mich beinahe schon vorwurfsvoll ansah.

»Alice, Schätzchen, was machst du denn schon hier? Ich habe von Direktorin Greyson eine E-Mail bekommen, dass ihr auf einer Exkursion seid und erst morgen zurückkommt. Du hättest anrufen sollen, dann hätte ich dich abgeholt.«

Mir waren die Tränen in die Augen geschossen, während Dankbarkeit und Erleichterung in mir miteinander rangen. Sie konnte sich erinnern. Sie wusste, wer ich war. Ich war so erleichtert, dass ich einige Sekunden brauchte, um meine Fassung wiederzufinden, ehe ich schniefend und mit nassen Augen aufblickte.

»Sorry, Mom. Der Ausflug war früher vorbei als geplant.«

»Ach so?« Sie hatte verwundert die Stirn gerunzelt, und für einen Augenblick hatte ich einen Schleier in ihren Pupillen gesehen. Als versuchte sie, sich an etwas zu erinnern, schaffte es aber nicht.

Schließlich hatte sie sich geräuspert und mit einem schiefen Blick aufgesehen. »Und wer ist das?«, fragte sie mit einem Unterton, bei dem sich mir früher die Nackenhaare aufgestellt hätten.

Jetzt lächelte ich nur. Meine Finger tasteten nach Jacks Hand. Er war hier neben mir. Warm und atmend. Unsere kleinen Finger verhakten sich ineinander.

»Das ist Jackson. Er hat mich hergebracht.«

Jack war nach vorn getreten und hatte meine Mum angelächelt. »Es freut mich sehr, Sie kennenzulernen, Ms. Salt.«

Kays Stimme riss mich aus meinen Gedanken, und statt der Vergangenheit sah ich wieder den Henkel meines Bechers mit dem Sprung vor mir.

Kay blickte von der Zeitung auf, in der er geblättert hatte. »Es kam mir wirklich lange vor ohne dich, Alice, Süße. Dann noch dieser Waldbrand. Es grenzt an ein Wunder, dass er nur im Privatbesitz gewütet hat.«

»Werden die Internate jetzt wieder aufgebaut?«, erkundigte sich meine Mom.

Kay brummte: »Könnte noch etwas dauern. Hier steht, dass die Vegetation einige Jahre brauchen wird, um sich von dem Schaden zu erholen.« Er tippte auf einen Artikel in der Zeitung und verteilte dabei Donutkrümel darauf. »Sie überlegen wohl, bis zum Neubau für die Internatsschüler ein kleines Internat in der alten Cross-Villa zu gründen. Zumindest für die, die bleiben wollen. Bis dahin müssen sich die Schüler in der Foxcroft High zusammenquetschen.«

Das Gesicht meiner Mom verdüsterte sich. »Es war ein seltsamer Sommer. Ich bin einfach froh, dass du wieder bei uns bist, Alice. Ich habe mich die ganze Zeit gefühlt, als würde der wichtigste Teil in meinem Leben fehlen.«

»Hey!«, beschwerte sich Kay, während mein Herz ganz weich wurde.

»Ich bin so froh, wieder bei euch zu sein«, sagte ich. Ich inhalierte tief Moms Duft und drückte ihr einen Kuss auf die Wange, ehe ich mir wieder den Toast zwischen die Zähne klemmte. »Bis später!«, rief ich über die Schulter und rannte aus der Küche.

»Was heißt später?«, rief mir Mom nach, doch da schlug die Tür schon hinter mir zu.

Tief atmete ich den Duft des Herbstlaubs ein. Es war ein warmer, sonniger Tag, obwohl sich die Blätter bereits rot, braun und orange gefärbt hatten. Ich wuchtete mein Fahrrad aus einem Laubhaufen, schwang mich in den Sattel und fuhr zur Schule, während ich dabei den Toast verschlang.

Der Wind fuhr mir durch das frisch gewaschene Haar. Überall war Halloweendekoration angebracht, und geschnitzte Kürbisse zogen Grimassen auf den Verandastufen der Familienhäuser. Ich fuhr gerade um die Kurve, die zur Schule führte, als ich aus dem Augenwinkel die Silhouette einer weißen Katze sah. Scharf bremste ich ab, sodass ich dabei fast vom Sattel gefallen wäre. Keuchend starrte ich in den gepflegten Vorgarten, doch mir starrte nur eine Pappkatze mit Hexenhut entgegen. Ein Kloß verstopfte mir den Hals. Natürlich war es nicht Curse. Er war es nie. Egal wie sehr ich es hoffte.

Enttäuscht trat ich wieder in die Pedale und schaffte es gerade noch, eine Minute vor dem Klingeln zur ersten Stunde vom Fahrrad zu springen. Ich schloss das Rad ab und sah, wie sich mir ein großer Schatten näherte. Eine angenehme Gänsehaut rieselte mir den Rücken herab, und ein Lächeln stahl sich in meine Mundwinkel, als ich kurz darauf einen Kuss in den Nacken bekam.

»Gibt es eigentlich auch mal einen Tag, an dem du pünktlich kommst, Chérie?«

Mit erhobener Augenbraue drehte ich mich um und grinste Jackson an. Jackson, der jetzt ganz offiziell mein Freund war. »Du musst ja nicht jeden Tag auf mich warten.« Ich zupfte an seiner Footballjacke herum. Er trug das Ding tatsächlich, und manchmal musste ich mich kneifen, nur um sicherzugehen, dass ich nicht immer noch schlief.

Jack legte mir einen Arm um die Schultern. »Doch, sonst müsste ich Regina und Issy beim Knutschen zusehen, und dieses Bild verfolgt mich bis in meine Albträume.« Er schauderte.

Ich musste grinsen, während wir über den Schulhof liefen. »Apropos Albträume, hat Regina etwas Neues von Vincent gehört?«, erkundigte ich mich leise.

Sofort spannten sich seine Schultern an, doch er schüttelte den Kopf. »Nicht, seit er losgezogen ist, um seine Mutter zu suchen. Sie ist schon länger nicht mehr in Foxcroft gewesen.«

»Ich mache mir Sorgen um ihn. Glaubst du, er kommt wieder zurück?«, murmelte ich.

Jackson schnaubte und bugsierte mich durch die Tür. »Vincent kann auf sich selbst aufpassen. Außerdem ist er wie Herpes: Der kommt immer wieder zurück, glaub mir.«

Ich prustete los, während Jackson sanft auf mich herablächelte und mir einen Kuss auf den Scheitel drückte. »Mach dir nicht so viele Sorgen. Wir schaffen das, egal was noch auf uns zukommt. Zusammen.«

Seine Finger verschränkten sich mit meinen, und ich sah auf den Hinterhof hinaus. Kam es mir nur so vor, oder sah ich da einen Katzenschwanz aufblitzen?

»Oh Gott, Alice. Ich liebe dich, aber kannst du bitte aufhören, so zu trödeln?«, knurrte Jackson.

Ich fuhr herum und funkelte ihn an. »Ich liebe dich auch, aber kannst du bitte aufhören zu nerven, Black Jack?«, blaffte ich und winkte mit einer Hand.

Und hätte jemand in dieser Sekunde genauer hingesehen, wäre er Zeuge gewesen, wie sich die schweren Türen quietschend von allein in Bewegung setzten und krachend hinter uns zufielen.

Ende

@STELLATACK
@RAVENSBURGERBUECHER

Danksagung

Also *räusper*: Meine Lektorin meinte, ich muss hier jetzt die Danksagung schreiben, sonst bin ich schon wieder zu spät dran. Weil das Buch ohnehin schon etwas später bei euch gelandet ist, als geplant, setzte ich mich jetzt tatsächlich brav hin und schreibe diese Danksagung, und da sie etwas länger wird, geht vielleicht noch mal aufs Klo, macht euch eine neue Tasse Tee und holt die Schoki raus.

Ich warte so lange auf euch.

Fertig?

Kekse, Schoki, Chips, alles bereit?

Ja?

Gut.

Also.

Wooow. *Night of Crowns 2* ist fertig. So ganz unter uns: Ich dachte, ich werde niemals mit dem Ding fertig. Dieses Buch ist reine Hassliebe.

Allein von den ersten Kapiteln gab es über zwanzig verschiedene Varianten, und es hat ewig gedauert, bis ich mich gezwungen habe, es einfach bei einem bestimmten Anfang zu belassen. Dazu gab es Varianten, in denen Alice starb, in einer anderen starb Curse, in einer weiteren kratzten ALLE ab, in der nächsten kam Alice mit Jackson und Vincent zusammen, und kurz habe ich auch überlegt, Curse als Love interest einzubauen … Aber nein, das war mir dann doch zu haarig #achtungschlechterwortwitz.

Selten war ich im Entstehungsprozess so zwiegespalten wie hier. Es gab in meinem Kopf so viele Richtungen, in die die Story gehen könnte, und ich hatte Angst, den falschen Weg zu gehen, weshalb dieses Buch wirklich sehr lange gebraucht hat, bis es zu der Version kam, die ihr nun in den Händen haltet. Das gesamte Buch habe ich im Jahr 2020 geschrieben, und ich denke, ich muss nicht viel zu diesem Jahr sagen, oder? 2020 war … anstrengend. Drei Bücher liegen hinter mir, eine Geburt, kein Kindergarten – was bedeutet, dass in diesem Buch wahrscheinlich noch mehr geflucht wird als sonst. (Und das muss echt was heißen, denn ich fluche echt viel und heftig in meinen Büchern.)

Dennoch war *Night of Crowns* auch ein ganz, ganz, wichtiges Buch für mich. Ich witzle ganz gern, dass ich zwar mit *Kiss Me Once* bekannt geworden bin, doch mit *Night of Crowns* habe ich bewiesen, dass ich auch wirklich schreiben kann. Ich gehe Fantasy grundsätzlich etwas anders an als Romance. Bei Fantasy liebe ich es, Ecken und Kanten einzubauen. Da muss nicht jeder lieb und nett sein, und das Buch braucht auch nicht immer ein Happy End zu haben, wobei *Night of Crowns 2* durchaus eines bekommen hat. Da dürft ihr euch bei meiner Lektorin Sarah bedanken, die meinte, ich könne nicht alle töten. Tja … jetzt leben sie, war aber eine verdammt knappe Sache – vor allem mit Jackson. Gebt es zu: Euch ist das Herz stehen geblieben, als ich ihn gekillt habe, oder? Mann, war das klasse. Beste Stelle im Buch, wenn ihr mich fragt.

Und hiermit möchte ich mich nun bei allen bedanken, die im Schreibprozess involviert waren. Meine Testleser, Lektoren, Familienmitglieder, allen Lesern, die mich mit ihren Nachrichten auf Trab gehalten haben, und natürlich auch an meine Cörner, die auf Instagram für so viel Trubel sorgen. Denn ihr könnt Alice, Jack, Vincent und Curse auf Instagram finden. Sie freuen sich bestimmt über eure Nachrichten.

Vor allem bedanke ich mich beim Ravensburger Verlag, der unendlich viel Geduld und Passion bewiesen hat, und bei meinem Agenten, der das Buch am Ende so oft korrigieren musste, dass er seinen Laptop an die Wand klatschen wollte. Sorry, Klaus! Ich weiß echt nicht, wo immer diese ganzen dummen Fehler herkommen. Ich bin ein wandelnder Fehlermagnet auf zwei Beinen. Daher bin ich wirklich von Herzen dankbar für jeden, der mit mir diesen Weg geht, und am Ende … ja am Ende kommt dann tatsächlich ein Buch heraus.

Für alle, die jetzt traurig sind, das Spielfeld verlassen zu müssen: Kopf hoch. Wer weiß, ob nicht eines Tages wieder ein weißer sprechender Kater in einem anderen Buch auftaucht.

Haltet auf alle Fälle die Augen offen und legt einen Vorrat an Thunfisch an.

So, während ihr jetzt das Ende des Buchs verdaut, gehe ich mal auf die Suche nach der Fernbedienung. Seit zwanzig Minuten läuft hier das Musikantenstadel und ich fühle mich dezent verstört.

Kann mal bitte jemand diese dumme Fernbedienung anrufen?

Warum ist die immer weg?

Ist ja fast so schlimm wie meine linken Socken, die sind auch immer weg.

Haltet die Ohren steif, wir lesen uns hoffentlich demnächst wieder.

Bussi,
Eure Stella

LESEPROBE

»Kiss Me Once«
von Stella Tack
ISBN 978-3-473-58555-7

Ich ließ mein blitzblaues Mini Cabrio auf den weiß markierten Parkplatz rollen und stellte den Motor ab. Das monotone Brummen, das mich die letzten drei Stunden begleitet hatte, erstarb plötzlich. Mein mit Anhängern völlig überfüllter Schlüsselbund klimperte, als ich ihn abzog und damit auch dem Radio den Saft abdrehte. Ich nahm die Sonnenbrille von meiner Nase, warf sie in meine Handtasche und sprang aus dem Auto.

Himmel, hatte ich lange gesessen! Ächzend streckte ich mich, zog meinen hochgebundenen Pferdeschwanz fester und schloss den Wagen ab. Die schwüle Hitze Floridas ließ die Luft förmlich flirren, sodass ich mich beeilte, in den Laden zu kommen. Hoffentlich funktionierte wenigstens die Aircondition. Der 7-Eleven sah nämlich genauso aus wie der vor fünf Kilometern. Weißer Kasten, grüne Streifen, abblätternde Farbe und ein leicht defektes Neonschild, sodass die 7 mehr wie eine 1 aussah. Vor fünf Kilometern hatte ich im letzten Moment doch noch gekniffen. Zu deutlich hatte ich noch die Worte meiner Mutter in Erinnerung, dass man sich dort drinnen weit Schlimmeres als nur No-Name-Produkte einfangen konnte. Aber dieses Mal wollte ich es durchziehen. Ich straffte die Schultern und gab mir selbst einen imaginären Tritt, dann betrat ich den Laden. Sofort spürte ich, wie mir die Klimaanlage eiskalte Luft direkt ins Gesicht pustete. Als ich einen kurzen Blick auf mein Spiegelbild in einem der Fenster erhaschte und die pinken Haarspitzen sah, die sich in der feuchten Hitze kringelten, konnte ich nicht anders, als zu grinsen. Da sollte noch einer behaupten, das Ergebnis sähe niemals so aus wie auf der Packung. Ich hatte mein Shirt gestern beim Färben zwar mehr eingesaut als meine Haare, aber das, was letztendlich Farbe abbekommen hatte, sah grandios aus! Das dunkelblaue Chanel-Kostüm, das mir meine Mom rausgelegt hatte, lag immer noch zu Hause auf dem Bett. Stattdessen trug ich eine Jeans-Short aus dem Walmart, kombiniert mit einem weißen T-Shirt, auf dem ein Regenbogeneinhorn Ballett tanzte. Ich konnte mich nicht erinnern, jemals so billige Sachen getragen zu haben, aber bei Gott – ich liebte jedes einzelne Stück! Sogar die No-Name-Flipflops an meinen Füßen, von denen meine Mutter immer behauptete, dass sie schon allein vom Hinsehen eine Plastikvergiftung bekäme. Aber als ich sie im Walmart an der Kasse hatte hängen sehen, war gleich ein Paar in meinem ohnehin schon vollen Einkaufswagen gelandet. Die Einkaufstüten und -kisten stapelten sich nun bereits bis zum geschlossenen Verdeck meines Minis. Den Walmart konnte ich also als Destination-Stop auf meiner Liste abhaken. Jetzt war der 7-Eleven dran.

Neugierig blickte ich mich um. Das Innere des Ladens war genauso schäbig, wie er von außen aussah, und sofort drang mir der aufdringliche Geruch nach Zitronenreiniger in die Nase. Meine Flipflops quietschten auf dem billigen Linoleum, während ich – mit einem der klebrigen Einkaufskörbe in der Hand – zielgenau auf das Regal mit den Isodrinks zusteuerte. Und da war es. Mein Ein und Alles. Das, wofür sich die letzten drei Stunden bereits ausgezahlt hatten.

»Gatorade!«, rief ich voller Freude. Ein Grinsen breitete sich auf meinem Gesicht aus. Die wenigen Kunden in meiner Nähe guckten mich zwar ziemlich komisch an, aber das war mir im Augenblick vollkommen egal.

»Kommt zu Mama!«, flötete ich und schaufelte jede blaue Flasche, die mir in die Finger kam, in den Korb. Dabei war mir auch egal, dass die Isodrinks nicht gekühlt waren und sich schon eine leichte Staubschicht auf den Etiketten abgesetzt hatte. In den Dingern war sowieso nichts Natürliches enthalten, was hätte schlecht werden können. Glücklich tätschelte ich den Inhalt des schweren Korbs und hielt auf das Regal mit den Süßigkeiten zu. Meine Augen wurden groß. Ich hatte noch nie so viele Süßigkeiten kaufen können, wie ich wollte. Sofort landete eine Jumbopackung Rainbow Nerds in meinem Korb der Sünde. Gefolgt von Twinkies, Pop-Tarts, Twizzlers, Reese's-Keksen und Oreos mit Minzgeschmack. Fünf Minuten später sah mein Korb aus, als hätte ich für die Geburtstagsparty einer zuckersüchtigen Achtjährigen eingekauft. An meinem achten Geburtstag hatte es damals nur Lachs-Kanapees mit Kalbsbries gegeben, weshalb ich diesen Einkauf als Akt der ausgleichenden Gerechtigkeit ansah. Als Krönung warf ich daher auch noch ein paar Double Chocolate Fudge Cookies dazu. Mein achtjähriges Ich hätte bei diesem Anblick vor Freude bestimmt angefangen zu heulen. Okay, mein achtzehn Jahre altes Ich war ebenfalls kurz davor, in Tränen auszubrechen. Aber ich hielt mich zurück. Der Verkäufer sollte mich nicht für noch durchgeknallter halten als ohnehin schon.

»Hallo!« Ich grinste breit, als ich meinen überquellenden Korb triumphierend auf seinem Tresen abstellte.

»Hey«, nuschelte er zurück und musterte mich skeptisch. Er musste etwa in meinem Alter sein, vielleicht ein wenig älter. Bestimmt studierte er nebenher. Ein anderer Grund fiel mir nämlich nicht ein, warum man diesen Job hier freiwillig machte. Ich ertappte mich dabei, wie ich ihn anstarrte. Der Ärmste hatte ein unvorteilhaftes Akneproblem und einen Hals, der so lang und dünn war, dass ich seinen Adamsapfel hüpfen sah. Aber dadurch wirkte er viel natürlicher als die Jungs, die ich bisher kennengelernt hatte. Ich konnte mich nicht dran erinnern, wann ich das letzte Mal einen Menschen mit solchen Hautproblemen gesehen hatte. Die meisten, die ich kannte, konnten vor lauter Botox und Lasereingriffen nicht einmal mehr lächeln. Aber dieser Junge wirkte so … *normal. Natürlich* war vielleicht das bessere Wort. Ich fühlte mich ein bisschen, als hätte ich einen kleinen Kulturschock. Es war alles so ganz anders, als ich es erwartet hatte. Das war zwar irgendwie traurig, aber gleichzeitig fand ich es faszinierend.

»Wie gehts?«, erkundigte er sich höflich bei mir, während er begann, den Süßkram zu scannen und in eine grüne Tüte zu packen.

»Wundervoll, danke! Und selbst?«, erkundigte ich mich überschwänglich, was ihm ein verhaltenes Grinsen entlockte.

»Muss schon gehen. Heiß heute, nicht wahr? Bist du auf dem Weg zum College?«, erkundigte er sich.

»Ja. Zur UCF, ich fange in den nächsten Tagen dort an. Wie kommst du darauf?«

Der Typ lachte, was seine Grübchen aufblitzen ließ. »Ach ja. Erstes Semester«, sagte er, während er meine Einkäufe in die Tüten verfrachtete. Er befüllte inzwischen schon die dritte. »Man sieht es den Neuen immer sofort an. Da ist alles noch so anders und aufregend. Zu diesem Zeitpunkt glauben sie noch, neben dem Büffeln ein Leben zu haben. Deshalb kaufen sie sich auch all die Dinge, die sie zu Hause nicht essen durften.« Spöttisch zog er eine dunkle Augenbraue hoch, während er demonstrativ eines der neonblauen Gatorades in die Tüte warf. Mir stieg die Röte in die

Wangen. »Glaub mir, am Ende des Semesters bettelst du deine Mom an, dass sie dir einen grünen Salat macht.«

Niemals!

»Also … gehst du auch auf die UCF?«, erkundigte ich mich und versuchte, nicht ganz so neu und aufgeregt zu wirken. Was gar nicht so einfach war, denn bis gestern hatte ich – wegen des Koffeins – noch nicht einmal Schwarztee trinken dürfen. Wüsste meine Mom von meinem beinahe schon exzessiven Konsum an Gatorades, würde sie wohl einen Herzinfarkt bekommen, mich enterben und in eine Klinik für Anonyme Koffeinsüchtige stecken. Nicht zwingend in dieser Reihenfolge.

Mein Versuch, eine coole Miene zu ziehen, musste wohl ziemlich in die Hose gegangen sein, denn sein Lächeln wurde noch breiter.

»Drittes Semester, Englisch und Kunst auf Lehramt. Falls du in einem Fach Mrs Garcia bekommst, nimm die Beine in die Hand und lauf, ehe sie auch noch deine Seele in die Finger bekommt.«

Ich prustete. »Danke für diese aufbauenden Worte. Sollte ich auch einen Pflock mitnehmen?«

»Nein, Weihwasser sollte vorerst reichen. Zumindest, um dir genügend Zeit zu verschaffen«, antwortete er vollkommen ernst und reichte mir die raschelnden Tüten. Insgesamt fünf. »Das macht 90 Dollar und 58 Cent.«

»Augenblick!« Ich wühlte zwischen undefinierbaren Dingen in meiner Handtasche herum, bis ich endlich meine Geldbörse gefunden hatte. Ich zählte die Scheine bar ab und schob ihm hundert Dollar über den Tresen. »Passt so und danke für die Tipps.«